Céline, Louis-Ferdinand, Nord. Paris, 1960

COLLECTION FOLIO

Louis-Ferdinand Céline

Nord

Gallimard

Né en 1894 à Courbevoie, près de Paris, Louis-Ferdinand Céline (pseudonyme de L.-F. Destouches) prépare seul son baccalauréat tout en travaillant. Engagé en 1912, il fut gravement blessé en novembre 1914. Invalide à 75 % et réformé, il fut envoyé au Cameroun (1916), puis à Londres (1917). Après la Victoire il fit des études de médecine, puis accomplit des missions en Afrique et aux États-Unis pour le compte de la Société des Nations. De retour en France, il exerça la médecine dans la banlieue parisienne et publia en 1932 son premier ouvrage *Voyage au bout de la nuit*, suivi, en 1936, de *Mort à crédit*. De 1944 à 1951 Céline, exilé, vécut en Allemagne et au Danemark. Revenu en France il s'installa à Meudon où il poursuivit son œuvre (*D'un château l'autre, Nord, Rigodon*) et continua à soigner essentiellement les pauvres. Il mourut en 1961.

Céline au milieu de l'Allemagne en flammes, tel est le sujet de Nord. *Acteur, récitant et voyant à la fois, l'auteur se retrouve à Baden-Baden, dans les mois qui précèdent l'effondrement du Reich, étrange palace où le caviar, la bouillabaisse et le champagne comptent plus que les bombardements, étonnante baronne von Seckt, survivante d'un autre monde et qui juge Hitler : « Vous savez, Monsieur Céline, le triomphe du Diable tient surtout à ce que les personnes qui le connaissaient bien ne sont plus là... »*

Puis c'est Berlin, aux maisons éventrées, l'étalage d'une organisation tracassière au milieu des ruines. Céline et ses compagnons d'infortune (sa femme, Lili, l'acteur Le Vigan, le chat Bébert) sont envoyés à cent kilomètres de la capitale, à Zornhof dans une immense propriété régie par un fou. A l'est, la plaine s'étend jusqu'à l'Oural. Et autour des quatre Français (car Bébert compte bien pour un Français) vit une famille shakespearienne dans un pays habité par des Polonais, des prostituées berlinoises et des objecteurs de conscience tous gras et robustes, auxquels le Reich fait fabriquer des cercueils.

Céline se veut chroniqueur; mais il décrit l'Allemagne de la débâcle comme Dante visitait les cercles de son Enfer.

D'un côté les grands de ce monde, toujours acharnés à profiter de la vie; de l'autre, les misérables auxquels on jette un « idéal » comme un os à ronger. Et, sans cesse, « le monde des Grecs, le monde tragique, soucis tous les jours et toutes les nuits ».

Le texte de Nord *donné dans cette édition est celui du volume* Romans II *de la Bibliothèque de la Pléiade.*

Oh, oui, me dis-je, bientôt tout sera terminé... ouf!... *assez nous avons vu*... à soixante-cinq ans et mèche que peut bien vous foutre la plus pire archibombe H?... Z?... Y?... souffles!... vétilles! seulement horrible ce sentiment d'avoir tant perdu tout son temps et quelles myriatonnes d'efforts pour cette hideuse satanée horde d'alcooleux enfiatés laquais... misère, Madame!... « vendez vos rancœurs, taisez-vous »!... bigre, j'accepte!... je veux, mais à qui?... les acheteurs me boudent, il paraît... ils n'aiment et n'achètent que les auteurs presque comme eux, avec juste en plus, le petit liseré à la couleur... chef-loufiat, chef torche-chose, lèche-machin, fuites, bénitiers, poteaux, bidets, couperets, enveloppes... que le lecteur se retrouve, se sente un semblable, un frère, bien compréhensif, prêt à tout...

« Taisez-vous!... ils avaient déjà aux galères, dix pour cent de “ volontaires ”, vous êtes de ceux! »

★

On peut très bien ne jamais voter, avoir tout de même son opinion... et même plusieurs... privilège de l'âge... un moment donné, vous ne lisez plus les articles... seulement la publicité... elle vous dit tout... et la « rubrique nécrologique »... vous savez ce que les gens désirent... et vous savez qu'ils sont morts... suffit !... tout le reste : blabla... gauche, centre ou droite !... « Comptoirs tolérés » comme autrefois les « maisons »... pour tous les goûts... les petites manies et les grosses...

Vous les voyez tendre la coquille pour les pauvres réfugiés smyrnotes, bulgare-bastaves, afro-polaks, tous joliment pitoyables, mais merde, et vous ? vous existez plus !... vous êtes pas encore rendu compte ?... effacé...

★

La classe 12 date, c'est entendu... mais je vais vous dire une bonne chose c'est de cent ans avant J.-C. qu'il faudrait être !... tout ce que nous racontons ennuie !... les pièces de théâtre, mêmes bâillements ! et les cinés et télévises... calamité ! ce que veulent populo et l'élite : du Cirque !... des mises à mort dégoulinantes !... des vrais râles, tortures, tripes plein l'arène !... plus de semi-bas de soie, faux nichons, soupirs et moustaches, Roméos, Camélias, Cocus... non !...

BADEN-BADEN

du Stalingrad!... tombereaux de têtes coupées! héros, verges en bouche! qu'on revienne avec sa brouette d'yeux des grands festivals... plus de petit programme tranche dorée! du sérieux, du sanguinolent... plus de frimes pancraces « répétés », non!... le Cirque fera fermer tous les théâtres... la mode oubliée fera fureur... la trois cents ans avant Jésus! « enfin! enfin! » vous pensez le roman! je me dépêche!... la tenue de soirée est de rigueur? mais non! mais non! « la vivisection des blessés »!... voilà! tant d'art, des siècles de soi-disant chefs-d'œuvre pour rien! escroqueries! crimes!

*

« Vous vous dites en somme chroniqueur?

— Ni plus ni moins!...

— Sans gêne aucune?...

— Ne me défiez! j'entends encore Mme von Seckt...

— Je vous l'assure, Monsieur Céline, si mon mari avait vécu nous n'aurions jamais eu d'Hitler... cet homme-catastrophe!... l'intelligence sans volonté n'aboutit à rien, n'est-ce pas?... mais la volonté sans intelligence?... catastrophe!... vous avez Hitler!... c'est votre avis, Monsieur Céline?...

— Certainement, Madame, certainement!... »

Dieu sait s'ils étaient gaullistes, antihitlériens à tous crins les hôtes du « Brenner », Baden-Baden... s'ils étaient mûrs pour les Alliés!...

croix de Lorraine au cœur, dans les yeux, sur la langue... et pas des petites gens malchanceux, affolés râpeux boutiquiers... non!... tous habitués du très haut luxe, de la supercatégorie, deux trois femmes de chambre par appartement, balcon de cure ensoleillé sur la *Lichtenthal-allée*... les bords de l'*Oos*, ce petit ruisseau aux clapotis si distingués, bordé de toutes espèces d'arbres rares... le site du parfait raffinement... saules pleureurs à chevelures d'argent, au fil de l'eau, sur vingt... trente mètres... jardinage fignolé de trois siècles... le « Brenner » n'admettait clients que les extrêmement bonnes familles, anciens princes régnants ou magnats de la Ruhr... de ces maîtres de forges à cent... deux cent mille ouvriers... là où je vous parle, juillet 44, encore ravitaillés très bien et très ponctuellement... eux et leurs gens... beurre, œufs, caviar, marmelade, saumon, cognac, grand Mumm... par jets d'envois parachutés sur Vienne, Autriche... direct, de Rostov, de Tunis, d'Épernay, de Londres... les guerres qui font rage sur sept fronts et sur toutes les mers n'empêchent pas le caviar... la super-écrabouillerie, bombe Z, lance-pierre, ou tue-mouche, respectera toujours les *delikatessen* des hautes tables... Ce n'est pas demain que vous verrez Kroukrouzof se nourrir de « singe »! Nixon à la nouille à l'eau, Millamac à la carotte crue... les hautes tables sont « Raison d'État »... Le « Brenner » l'était avec tout ce qu'il faut!... assassins à tous les étages habillés en garçons de cuisine promenant la compote marasquin... question des espèces, vous pensez que ces personnes étaient affranchies... que la « Bourse au mark » pour dix, quinze millions, à la fois, sur une carte, amusait clients et larbins... la hâte d'être débarrassé de cette monnaie de farce!... acheter avec n'importe quoi! mais d'où la Camelote? d'à côté!... de Suisse... et par là, d'Orient, du Maroc... et à quels prix!... en marks, par brouettes!... très bien... très bien... mais encore il fallait un souk!... un étage entier du « Brenner » fut aménagé... avec ses marchands authentiques!... frisés, gominés, bistrés, cauteleux ad hoc... amabilités de jaguar, sourires à crocs, cousins de Nasser, Laval, Mendès, Yousef... « allons! allons! aimés clients! » vous auriez vu les magnats ce qu'ils amenaient comme tombereaux de devises!... le souk Brenner en plein négoce!.. le vrai du vrai du fond des choses! un Boukara cinq kilos de « Schlacht Bank! » pesé!.. enlevé!... demain vous verrez les mêmes, rassemblés en souks au Kremlin, Russie, à la Maison-Blanche, U.S.A., une autre guerre en plein!... dix, vingt Hiroshima par jour, vous pourrez vous dire que ça boume, furieux bruits, c'est tout!... bénignités, chichis, froissements atroces... mais tout pourvu que Mercure s'y retrouve!... l'essentiel!... que ce soit dans les bagnes russes, à Buchenwald, ou dans les « pires asiles de force », ou sous les cendres atomiques Mercure est là! son petit temple?... vous êtes tranquille!... la vie continue... Nasser aussi et son canal!... et marmelades!... et les vrais esturgeons de Rostov!... que le dernier parachute qui reste aille pas s'amuser s'il vous plaît à laisser tomber autre chose qu'une vraiment forte caisse de Chianti, plus coupes et miroirs biseautés, « purs Venise » plus mieux que tout!... ensembles déshabillés nylon, « façon Valenciennes »!... tout sur la table des dames « Kommissar »!... un peu là, idoles parfumées, blasées des tortures, bâillantes aux potences... pensez un peu aux chemisettes « ratafia-nylon », dernier parachute!... qu'on vous le répète pas! pas toujours aux trucs fastidieux à pulvériser cinq provinces! balancer des si forts neutrons qu'on retrouve plus la gare Saint-Lazare!... pas un écrou de locomotive!... assez de vos extravagances!

Je vous assure qu'à Baden-Baden, *Brenner Hotel,* il y avait ce qu'il faut pour enchaîner!... pas que les gens des *Koncern* de Ruhr et les banques Centre-Europe-Balkans, aussi les généraux blessés, un peu, de tous les fronts, surtout à la table du ministre Schulze, représentant de la Chancellerie... tout ça se privait pas je vous jure... fines nourritures et de ces complots, trames et horaires!... vous me direz que j'invente... pas du tout!... chroniqueur fidèle!... il fallait y être bien sûr... les circonstances! c'est pas tout le monde... la fin des repas congestionnée de gigots, de lourds secrets, et de Bourgogne... menus pas à résister!... finesses bout en bout, des hors-d'œuvre aux fraises crème battue... melba... sirop?... plus?... moins?... zest?... et tous ces garçons du service, bien attentionnés, à l'écoute et bien notant, hésitations, *ja* et soupirs... en vraiment fines fleurs des réseaux, cocos, fifis, *geheimdienst*, Wilhelmstrasse, *tutti frutti*... tous les râteliers!... aussi habiles prompts à servir quatre « micros » d'un coup qu'à présenter faisans, langouste deux sauces, et céleri, d'une même main! au même moment! à douze dîneurs... souplesse, silence, précision!... beaucoup avaient servi Pétain et au Ritz à Paris Gœring... et pas qu'Hermann! tous les hauts dignitaires nazis et la baronne de Rothschild... pour les paumés, loqueteux, ratés, billevesées racistes!... l'élite c'est l'élite n'importe comment, n'importe où!... aux autres les meetingues et la merde! motions, brailleries, poings levés, poings bas, pouces à l'envers, à genoux, couchés, aux chiottes l'engeance!... un loufiat de la Maison-Blanche, Kremlin, Vichy, ou du « Brenner » vous a une façon de passer les raviers que vous vous trompez pas... le « truand de base » que ce soit chou rouge ou chou-fleur, « bortch » ou pot-au-feu, aura toujours le pet commun, attristant... même au beaujolais ou vodka!... tout à fait d'autres digestions : Windsor, le Kremlin, l'Élysée!... que demande l'*Huma*, l' « intelligenzia » des damnés?... son bonheur, ferveur?... avoir les mêmes pets que Kroukroutchev ou Picasso!... être damné comme!... pas si facile!... style, traditions, épaisses moquettes, plats aucun bruit!... holà, manants!

« Voulez-vous je vous prie, ce consommé aux pointes?... mieux lié!....

— Mille grâces, Altesse! »

Voilà!... ainsi du turbot!... vous n'avez pas à le dire deux fois!...

Bien entendu la Bibici, Brazzaville et la Chaux-de-Fonds étaient renseignés avant nous des moindres variations d'humeur, des plus minimes glouglous de bidets... vous pouviez entendre heure par heure tous les haut-parleurs des couloirs sonner toutes les stations du monde et toutes les nouvelles du « Brenner »... vous appreniez par Trébizonde ce qui se passait la chambre à côté... les nouveaux venus et les départs... Bordieu! que ça ne gênait personne!... l'énorme bidon, si sanglé, « pleins-pouvoirs » Legationsrat Hans Schulze pensait qu'à sa propre débinette... toutes ses pensées, sécurité!... biens, et famille, en Bavière-Est... et pour nous, bien sûr, l'abattoir!... certain qu'il avait son « réseau »!... que tous les laquais, cuisines, couloirs, et maîtres d'hôtel lui venaient absolument tout dire... heure par heure... tout ce qui se passait dans les piaules, baccara, partouzes, coco... pour les maladies, c'était moi... rapport aussi tous les matins!... c'est un fait, personne ira oser prétendre qu'il y avait quelque chose de caché au « Brenner Hotel »... je vous ai dit, le livre précédent à propos de Sigmaringen, un moment donné, pourvu que les « renseignements » rappliquent, s'emberlifiquent bien, fassent masse... tout va!... ça peut aller tel quel ainsi des siècles! exemple, Rome, Ninive, Byzance, Babylone... et plus près de nous les Soviets... vous verrez que nous pouvons durer deux... trois millénaires, Soviets et nous, de procès-fuites en ballets roses, de corridas inter-police en purges au sang... et re-discours et re-voteries! Hurrah! que la pithécanthropie gode et fort!... pas sortie des cavernes pour rien!... palabres, filatures, micro-films, et plantureuse vie! fignoleries de braguettes et d'agapes!... le nôtre, Legationsrat Schulze demandait pas autre chose... des renseignements et la vie de prince!... je l'ai soigné lui et sa famille il occupait lui ses bureaux, les gouvernantes et ses enfants, toute « l'aile au soleil » de l'hôtel... il pouvait pas désirer mieux!... si!... question la cuisine!... pas content du tout! ils lui rataient ses « bouillabaisses »!... ils y mettaient pourtant du soin... mais... mais ils le faisaient exprès! bel et bien! Schulze le fin connaisseur, dix ans consul à Marseille! lui faire monter de ces ratatouilles! sabotage!

« Docteur! Docteur! goûtez-moi ce brouet!... une soupe pour l'Armée du Salut! »

Lui, dix ans consul à Marseille! il faisait monter le chef... de Marseille aussi, le chef! et ça s'expliquait, et avec l'accent! toute l'armée allemande refoulait, on peut dire perdait l'Europe, abandonnait vingt armées, mais la bouillabaisse de Schulze a toujours été le grand souci du « Brenner Hotel »... et par ravitaillement « exprès »! rascasse, ail, safran et petits poissons de la Côte des Maures, vingt espèces, lancés aux cuisines à l'heure fixe, en frais aquarium, par avion... pas qu'on puisse prétendre, plus tard, guerre pas guerre, qui y avait eu du laisser-aller au « Brenner Hotel »... et pourtant là cette bouillabaisse prêtait plus qu'à des commentaires... des soupçons!...

Je veux, que peut-être aux cuisines, en sous-sol, ils aient été un peu secoués... des *Marauders*, des malpolis, faisaient semblant de viser l'hôtel... semblaient!... et pas du tout!... looping et pirouette et salut!... filaient bombarder la campagne!... mais en sous-sol aux cuisines ils pouvaient croire que ça y était... la terre tremblait... et les marmites... et les râpés de la bouillabaisse... enfin tout de même, Schulze et le chef étaient pas si persuadés que c'était pas un marmiton...

Et je vous raconte pas le Casino!... coupable oubli!... Casino « rendez-vous de l'Europe », toutes les élites... noblesse, ambassades, théâtres... bien avant que les « masses » voyagent et que l'Amérique vienne en trois heures... figurez-vous ces salles de jeu, baroque « à la Transylvanie » tapissées velours framboise et or... vous attendez des Grieux... Manon est en « répétition »... dix Manon!... pas repenties du tout!... pire en pire joueuses!... du rouge et de la noire... des cils, des nénés, des hanches... et ce soutien-gorge qui fout le camp!

Les colonels congestionnés, les conseillers hépatiques, et les rombières défaillantes, cardiaques pâles .. pâles... qui n'ont plus un jeton vaillant... et plus la force de se lever... partir... c'est la guerre, l'orchestre fait défaut... juste de bruit le même *rrrrr!*... de la roulette... et la voix de chantre sec... « jeux sont faits! »... Les clients hobereaux du *Brenner* venaient faire un tour... assez méprisants, comme il faut... mais les collabos « réfugiés » les dames surtout se cramponnaient à trois... quatre... aux chaises... haletantes à la chance...

La pâtisserie du Casino absolument toujours bourrée de veuves de guerre boches... en pleine cure de convalescence pour chocs émotifs... et en avant « babas au rhum »!... « religieuses » et brioches comme ça!... tartines aux myrtilles et plateaux d' « éclairs »... plaisir de les voir!... je dois dire qu'on profitait un peu... plus tard qu'on a eu à souffrir!... je vous ai raconté! les faux gâteaux de Sigmaringen, plus plâtre que farine... m'en veuillez pas si je vous raconte tout en désordre... la fin avant le commencement!... belle histoire! la vérité seule importe!... vous vous y retrouverez! je m'y retrouve bien!... un peu de bonne volonté, c'est tout!... vous regardez un tableau moderne vous vous donnez un peu plus de mal!... pas tellement exorbitant de vous représenter les veuves de guerre en pleine cure, suralimentation par tartes, petits fours, feuilletés aux fraises... cafetières de chocolat crémeux... pas difficile! toutes les bouches pleines, dégoulinantes... pour sortir, les difficultés! les portes à tambour!... il fallait que les garçons les poussent... toutes ces dames un peu endormies... qu'elles aillent échouer ci... là... dans le parc... un banc... l'autre... rotantes... songeuses... encore bien des heures, digérantes...

Les croupiers eux s'amusaient pas... et n'avaient pas le temps de toucher aux petits fours!... bagnards des jetons!... « par ici la monnaie!... *le cinq!* »... en plus ils dressaient leurs élèves, chacun un... le tabouret à côté de lui, mutilé choisi, cul-de-jatte, et en uniforme... pas de temps à perdre! rééducation du grand mutilé!... qu'il apprenne, prompt, le lancer de boule... et ratissage!... cinq! trois! quatre! « les jeux sont faits! » la dextérité de la fortune!... l'harmonieux élan, la continuité, la monnaie... l'annonce impeccable!... la tradition Baden Casino date pas d'hier!... Berlioz y a joué et Liszt... et tous les princes Romanoff... les Naritzkine et les Savoie... Bourbons et Bragance... nous forcément on faisait intrus, nous dont aucune grève d'Europe voulait... enfin c'était un opéra, genre comique... en spectateurs vous pouvez tout... l'Histoire passe, joue, vous êtes là... je vous raconte...

Les mêmes croupiers qu'à Monte-Carlo, exactement... tous soi-disant « déportés »... les mèches gominées, les mêmes... nez busqués, les mêmes... smokings, poches cousues... comme à Ostende, Zopott, Enghien... des voix de couperets doux... « faites vos jeux »... en somme une seule nouveauté, rééducation de culs-de-jatte par les spécialistes monégasques... le Grand Reich pensait à tout... on lui trouve maintenant des défauts! voire!... ce qu'on raconte maintenant des Gaulois, de Louis XIV, même de Félix Faure!... tous les vaincus sont des ordures!... je le sais... très bien...

* Erklärs: Selbstmitleid

Dans les très vieilles chroniques on appelle les guerres autrement : voyages des peuples... terme encore parfaitement exact, ainsi prenons juin 40 le peuple et les armées françaises ne firent qu'un voyage de Berg-op-Zoom aux Pyrénées... les derrières bien en cacas, peuple et armées... aux Pyrénées se rejoignirent, tous!... Fritz et François!... ne se battirent, burent, firent sisite, s'endormirent... voyage terminé!... et je vous remmène à Baden-Baden!... désordre, bric-à-brac des idées!... pourquoi avoir quitté Montmartre encore un coup? la sacrée frousse d'être écharpé avenue Junot quatre ans plus tard... oh, quels aveux inglorieux! tous les amis et les parents s'attendaient bien qu'on me dépiaute, tous d'accord, tous prêts à bondir, vider tous mes meubles, se répartir mes draps, fourguer le reste... ce qu'ils firent très bien, palsambleu! rien à dire, j'avais tout fait pour... je m'étais mis en croix pour eux!.... le bon Jésus meurt bien tous les jours dix mille ans après!... leçon pas perdue pour tout le monde! la preuve : regardez les routes ce qui roule comme piperluches motorisées, pleines de caviar, diamants, vacances... pas sacrificielles pour un pet!

L'armée française, puisqu'on remarque c'est en 40 qu'elle fait sa diarrhée grand galop Berg-op-Zoom, Bayonne... nous, Lili, moi, Bébert, La Vigue, en 44... rue Girardon, Baden-Baden... chacun sa foireuse épopée! le petit Tintin, condamné à mort, pour sauver l'honneur et sa peau a sauté dans l'avion pour Lourdes... je ne vais pas vous régaler de « Vies parallèles »... Tintin c'est une chose, moi une autre... sa chronique aussi des milliards!... la mienne vous pensez, quelques « cent francs » lourds... Tintin ses statues partout, moi sur la pierre de mon tombeau on osera pas graver mon blase... déjà ma mère au Père-Lachaise on lui a épuré sa tombe, on lui a effacé notre nom... voilà ce que c'est de pas se sauver le moment venu à l'endroit qu'il faut... figurez-vous qu'à La Rochelle j'ai dû résister à l'armée française qui voulait absolument m'acheter l'ambulance! c'était pas la mienne!... moi l'honnêteté en personne, on ne peut m'acheter rien du tout! l'ambulance de mon dispensaire, Sartrouville... vous pensez!... je l'ai ramenée d'où elle venait, la damnée bouzine! et les deux grand-mères passagères, et leurs kils de rouge, et trois nouveau-nés... en parfait état tout ce bazar! qui m'en a su le moindre gré? oh, foutre, personne! vous pensez toutes les infamies? à moi! à moi!... de quoi remplir un bagne! vingt Landru, Petiot, et Fualdès!... j'aurais fourgué l'ambulance, le prix qu'ils m'offraient, les nouveau-nés, les infirmières et les vieillardes, je serais actuel : héros de

Résistance, je vous aurais une statue comac! une fois l'hallali sonné, ah mes aïeux!... pas de crime que vous n'ayez commis! vous offrez pas assez votre gorge, qu'on vous tranche vos sales carotides!... lâche!... des millions aux gradins vous l'hurlent!... tout ça par orgueil prétentieux, ramener la bouzine d'où elle venait, qu'elle m'appartenait pas du tout!... qu'elle était un bien de Sartrouville! vanité!... je la lâchais aux Fritz, aux francecailles, aux fifis, à n'importe qui, aux bains-douches, tous étaient acheteurs, avec grand-mères et infirmières et nouveau-nés! je serais le très honoré, rentier heureux, pas le clochard vieillard dans la merde...

Une petite consolation, peut-être, chaque matin dans *Le Figaro*, en chronique nécrologique, les départs... « que dans son château d'Aulnoy-les-Topines, le grand Commandeur Poussetrouille a pris son billet... que toute sa famille éplorée, avant de passer chez le notaire, vous remercie... de vos condoléances affectueuses... etc... »

L'abonnement au *Figaro* a des raisons, « Courrier des Parques »... que j'en ai vu passer comme ça qui s'étaient joliment promis de me manger l'intérieur du crâne... aux astibloches, hautains cocus!... salut la famille éplorée!... tout embarrassée d'Aulnoy-les-Topines... forêts et château... tannez le notaire!

*

Il est bien possible, en effet, que toute cette vallée de l'Oos ne soit plus qu'une rigole d'atomes d'ici un an... deux?... dès lors en parler vaut la peine!... aucun ordre dans mon récit?... vous vous retrouverez bien!... ni queue ni tête?... peste!... je vous ai quitté à l'hôtel *Löwen,* sans vous avoir donné la clef... je n'ai pas eu le temps... juste quelques mots des femmes enceintes... tant pis!... le livre entier est chez Gallimard, et s'ils s'en foutent aussi ceux-là!... souvenirs et mémoires!... y a que les vacances qui les réveillent! je vous ramènerai aux femmes enceintes... enfin j'espère... notre première étape de Paris fut bel et bien Baden-Baden... et je vous l'ai pas raconté!... presque l'air d'en être honteux!... pourtant tout aussi avouable que *Marble Arch* ou *Time Square!...* la Medway ou les rives de l'Oos... *Lichtenthal-allée!...* haut lieu de promenade des plus grands raffinés d'Europe... au moins les mêmes qu'Évian ou Bath!... je veux, la chance joue!... la roue tourne, les jeux sont faits!... la chance vous boude?... honte de l'Univers! gagnant?... tout vous est permis!... les plus belles avenues à votre nom!... toutes les Chancelleries à votre fente, à lèche qui mieux-mieux!... le Casino « Tout-va » de l'Histoire a une roulette qui rigole pas, qui se fout pas mal que vous ayez mille fois raison!... jouez donc un faux jeton, vous l'avez! qu'importe!... si il sort on vous adorera!... nous le nôtre de jeton nous semblait bien toc... je demandais à Mme von Seckt, nous promenant allée *Lichtenthal*... le long de l'Oos... cette petite rivière murmurante, glougloutante, granitée de toutes les couleurs... pourquoi on nous avait mis là, nous?... pas montrables, pas avouables, en ce site?... et dans cet hôtel?...

« Oh n'ayez crainte Monsieur Céline, ils ont leur idée!... vous verrez cette grande catastrophe se déroulera selon un plan... les armées du Reich quittent la Russie selon un plan!... dix mille tués par kilomètre... pour la France je peux pas vous dire... pas encore... mais sûrement aussi, tant par kilomètre... le prince Metternich me disait hier qu'à Paris, déjà les représailles... méfiez-vous Monsieur Céline, nos fous sont extrêmement sournois, et chevaleresques, et méthodiques... très baroque mélange n'est-ce pas?... vous verrez!... l'art baroque est un art allemand.... typique, n'est-ce pas?... typique!... ils prennent leur temps, vous verrez, vous verrez tout, Monsieur Céline... tenez, moi, ma propre maison à Potsdam, je suis absolument certaine que j'ai été bombardée par la *Luftwaffe!* pas du tout par la R.A.F.!... un ordre du fou, me faire disparaître, et ma maison, et les papiers de mon mari!... ils sont venus juste à midi, au moment du déjeuner... j'étais chez ma fille à Grünwald... oh, ma maison n'existe plus!... une équipe de la Chancellerie est venue fouiller les décombres! ils n'ont rien trouvé... c'est bien au prince Metternich que je dois la vie, il est venu me chercher à onze heures... maintenant, n'est-ce pas, Baden-Baden!... vous dire que du temps de mon mari nous voulions y prendre quelque chose... une villa... vous voyez le destin!... moi aussi je me demande pourquoi ils nous ont mis là, tous ensemble? ou plutôt je ne me le demande pas... sûrement vous avez remarqué... ces bombes qui tombent... pas bien loin de l'hôtel... et au moment du déjeuner?... si souvent n'est-ce pas que personne n'a plus peur... le monde s'habitue... le monde n'y croit plus!... si vous pouvez quitter le Brenner, allez-vous-en Monsieur Céline!... l'Hôtel Brenner est endormi et ses hôtes!... sous le charme!... seule une bombe peut tout réveiller!... je plaisante, Monsieur Céline... en vérité, vous le savez, cette vallée est paradisiaque... nulle part au monde vous ne verrez de telles essences, de tels bosquets... de telles douceurs... peut-être à Tzarskoïe-Selo?... les saules seuls n'est-ce pas?... non des feuilles, des larmes d'or et d'argent, au courant de l'Oos... un enchantement, évidemment! et tant d'oiseaux!...

— Une merveille, Madame von Seckt!...

— Du temps de Max de Bade, nous avions peut-être plus de nids... pour les oiseaux de *Lichtenthal* existait une Société... ils avaient un enclos à eux, tout planté, mouron et chènevis... aussi pour les oiseaux de passage un enclos de rocaille... on avait soin de tout alors... »

Je voulais pas lui faire remarquer que si les

oiseaux pépiaient tant et loin devant nous c'était à cause de Bébert qui ne nous quittait pas, fidèle greffe!... il nous suivait dans les talons... lui pensait aux mésanges, fauvettes, rouges-gorges... lui et les oiseaux se comprenaient, d'une certaine façon...

Je vous parle beaucoup de Mme von Seckt, je vous la fais pas voir... une personne âgée, menue, toute vêtue de satin violet... demi-deuil... oh mais pas triste! toute prête à rire... nullement abattue par les événements, s'en amusant... « des bijoux que je ne portais plus depuis mon deuil »... elle les avait tous sur elle... trois sautoirs, bagues, et de très beaux bracelets... « une châsse, Monsieur Céline, une châsse!... tout ce que j'ai retrouvé de ma maison!... je suis ridicule, n'est-ce pas?... vous trouvez?... la jeune femme est coquette pour plaire, la vieille pour avoir l'air riche, il faut être riche ou disparaître!... tenez mes nièces venaient me voir à Potsdam... elles allaient bientôt se marier... ma maison était très vaste, trop importante, quatre étages, mon mari avait ses bureaux, bien trop grande pour moi... je pensais à venir par ici finir mes jours... je leur aurais donné ma maison... Hitler a tout arrangé, n'est-ce pas?... est-ce drôle!... où peuvent être mes nièces?... je ne les reverrai jamais sans doute... moi, où pensez-vous que je finirai?... à l'hôtel Brenner?... encore sous une bombe? oh, certainement pas dans l'Oos!... personne n'a jamais pu s'y noyer!... aucun joueur! le plus malchanceux!... à Monte-Carlo tout le monde peut se noyer! la mer est là... ici l'Oos est fait exprès pour le Casino!... il clapote, gazouille, mais ne noie personne, jamais!... vous l'entendez?... piquant détail Monsieur Céline, son gazouillis est réglable, variable selon l'heure, le temps qu'il fait... réglé par une demoiselle préposée aux sources, une employée du Casino, l'Oos ne doit ni éclabousser, ni importuner, ni noyer... charmer il doit!... les autorités de la Vallée pensent à tout... tout doit être ici dans un rêve... vous avez pu voir... »

C'était pas tout à fait notre cas... je nous trouvais pas du tout dans le rêve... dans la vérité, bien tocarde!... comme aujourd'hui en 59... la bourgeoisie l'effort qu'elle fait, pour se croire encore en 1900... foutue mascarade!... certes pas à dire, certains attraits, grand luxe vieillot, très capitonné, rassurant... douceurs tziganes pour des siècles et des siècles de stupres... mais pour nous pardon, bêtes marquées, moqueries! rarement vous voyez les bêtes s'amuser devant l'abattoir... tout de même un joli monument! qui valait la peine même pour nous animaux traqués : l'église russe... cinq coupoles, énormes oignons d'or, sur le ciel bleu... un effet que vous dites : voilà! oh quelle éblouissante prière!... le pope est là, il attend... il attend le retour des tsars... ou au moins de quelque archiduc... deux lui étaient venus depuis 17... pas donateurs ni l'un ni l'autre... emprunteurs d'icônes... emprunteurs pour montrer à Rome... le pope les avait jamais revus... ce pope vivait au « Brenner », aussi, aux cuisines!... il faisait partie de la Vallée, en attendant des temps meilleurs les autorités l'avaient casé à l'hôtel... il faisait visiter son église de temps en temps... Lili, moi, Bébert et Mme von Seckt l'avons fait un peu parler... avant d'aller un peu plus loin à l' « enclos des roses »... la promenade finissait là... depuis les Romains... les premiers Thermes, elle finit là... vous devez prendre quelque repos... « l'enclos des roses » ne veut pas de truands! valets-la-sauvette!... saucissons!... l'enclos des roses ne s'offre qu'aux promeneurs de bon ton... les fleurs sont là depuis Tibère...

★

Bosquets... massifs... roses... pastels ardents... pas à croire... nous en étions là, sur un banc de marbre, Mme von Seckt nous racontant, une fois de plus, ses séjours en Chine, avec son mari, général, génial réorganisateur de l'armée Mao... et que le funeste petit clown aurait pas tenu seulement deux mois!... ah, Monsieur Céline, croyez-moi!... son mari là!

« Vous savez Monsieur Céline le triomphe du Diable tient surtout à ce que les personnes qui le connaissaient bien ne sont plus là... vous pensez si cet Adolf peut s'en donner! il ne craint personne!... un autre diable seul!... »

Je pensais en effet que ça allait de plus en plus

mal... cette Mme von Seckt radotait mais je crois assez justement... plus aucune nouvelle de ma mère... ni de personne... un petit peu par les radios... les levées de barricades dans Paris... tout le personnel du « Brenner » communiquait par Lausanne... toute la ville d'ailleurs... croupiers, manucures, commerçants, et le *Legationsrat* lui-même, notre *führer*... bien d'avis tous que « Radio-Sottens » était autrement plus sérieux que « Télé-Göbbels »... Schulze, notre führer se déclarait pas nettement pro-alliés, mais à chaque vraiment grande défaite, il faisait dire une grande messe à l'église des Thermes, lui et sa famille communiaient... rien à dire!... nous étions là à réfléchir dans cet endroit d'enchantement, Mme von Seckt nous faisait voir, entre les roses, l'endroit où s'élevait, quelques briques tenaient encore, le « Pavillon des Philosophes »... où Grimm, Mme de Staël, Constant, se rencontraient chaque matin... Mme von Seckt venait ici toute petite, elle connaissait tous les buissons, tous les sentiers, tous les labyrinthes, désespoir des gouvernantes!...

« Je connais aussi un peu la Chine... l'Italie... et l'Espagne... et Monte-Carlo... je dois dire Monsieur Céline j'ai été gâtée... comme on ne l'est plus!... même une reine! je le dis sans pudeur, c'est fini... même une reine de droit divin doit tenir compte de l'opinion de ses gens... la milliardaire la plus choyée a sa « fiche à jour »... dont sa femme de chambre prend grand soin... les plus petites folies de sa patronne, grands dîners, amants, fausses couches, au doigt et à l'œil... autres temps!... plus fragiles que Marie Stuart! plus guettées que Marie-Antoinette... toujours est-il monsieur Céline ignorante je suis et mourrai... stupidité!... une addition à plus de quatre chiffres je laisse aux autres, je suis perdue!... »

Je dois dire, Lili, danseuse, trouvait aussi très naturel que je refasse les additions...

Comme c'était risible!... nous nous amusions!... et comme il faisait beau!... chaud, cependant aéré... un temps de Paradis...

Moi qui suis toujours inquiet, jamais à jouir de la minute, ne voyant personne là autour, ni sous les arceaux, ni sur les pelouses, je me demandais le pourquoi de ce silence... surtout à onze heures du matin, le moment des familles... par un temps pareil!... notre enclos de roses, parfumé, pas à tenir!... que Lili pourtant si discrète demande à Mme von Seckt si nous ne pourrions pas nous promener vers l'autre banc... vers les platanes, l'ombre... Mme von Seckt nous racontait comme au « Brenner » jeune mariée, son mari, alors capitaine, avait provoqué en duel l'ambassadeur du Brésil à propos d'une rose!... oui!... une rose pourpre-noire... tombée de haut... sur leur balcon... des fenêtres de l'ambassadeur!... exprès! l'accusait son mari... non! protestait Son Excellence... l'affaire s'était arrangée... bien grâce au prince!...

« Le prince Metternich... »

Mme von Seckt avait encore des souvenirs...

HITLER-ATTENTAT (44)

bien d'autres... *Achtung!... Achtung!...* une sirène beugle... *attention! attention!* et tout de suite une de ces fanfares!... l'annonce encore d'une victoire?... impossible! depuis au moins deux ans y avait plus que des reculs... une paix séparée avec la Russie?... ça se pouvait!... l'haut-parleur était assez loin... entre l'hôtel et la roseraie... j'écoute... nous écoutons... il ne s'agissait pas d'une victoire!... *Achtung! Achtung!...* mais d'un attentat contre Hitler!... bouquet!

« Ils ne nous disent pas s'il est mort?... »

Mme von Seckt remarque... et elle ajoute :

« S'il n'est pas mort ça va être beau... »

Vous n'avez pas à être surpris, lecteur... au moment de cet attentat les faits incidents quiproquos s'entremêlèrent, que maintenant encore vous vous retrouvez souvent en mésententes parallèles... conjurations contradictoires... le mieux je crois, imaginez une tapisserie, haut, bas, travers, tous les sujets à la fois et toutes les couleurs... tous les motifs!... tout sens dessus dessous!... prétendre vous les présenter à plat, debout, ou couchés, serait mentir... la vérité : plus aucun ordre en rien du tout à partir de cet attentat...

Ils l'auraient tué, réussi, c'était un ordre! maintenant voyez où nous en sommes qu'il est échappé! entrés dans le désordre pour toujours!... donc trouvez assez naturel que je vous raconte l'hôtel Brenner, Baden-Baden, après le « *Löwen* », Sigmaringen... où nous ne fûmes pourtant que bien après!... faites votre possible pour vous retrouver!... le temps! l'espace! Chronique, comme je peux!... je dis!... peintres, musiciens, font ce qu'ils veulent!... d'autant fêtés, couverts de milliards et d'honneurs... cinémas, jeux de boules!... moi là, historique, il me serait dénié de coudre tout de traviole?... foudroyé suis lors?... Zabus!... folle honte!... me sauve en loques et lambeaux!... la meute aux chausses!... pitié à pendre!... je vous salue, Messieurs Mesdames... les jeux sont faits? tant pis!... larguez!... retrouvez-vous!... la roulette cahote?... bonne mine!... la boule dingue?... contrition!... sottise!... la faute de cet attentat mou!...

Ah, Messieurs, Mesdames, bien sûr je n'aper cevais personne dans cet « enclos du Paradis »!... ni sur les bancs, ni dans les charmilles!... qu'ils s'étaient joliment planqués! dès les premiers *achtung! achtung!* dans le fond des caves du « Brenner »... qu'on ne les entende, ni ne les regarde!... mais là à la piscine, tout de suite, tout près, redoublement d'engueulades! un boucan! pas seulement des « haut-parleurs », mais du public!... tout le « Brenner », le personnel et les clients... tout ça se foutait pas mal d'Adolf et de l'attentat... qu'ils l'aient déchiqueté ou non... « tes fesses, morue! va te faire daufer! au jus, putain!... »

Quel cul qu'ils pouvaient en avoir?... « gros cul »?... à qui?...

« Le führer est mort!

— T'en sais rien, salée! à l'eau!... raie! *unver-*

schämt!... éhontée!... *raus! raus!* dehors!... »

Ça tournait mal... et tout de suite d'autres cris...

« Elle a le droit! boches! enfiotés! vous insultez une jeune fille!

— Une jeune fille? aux gogs!... »

Là-dessus ça se boxe! *vlang!... pflaff!*

« La suceuse! »

De la roseraie nous entendions tout... que ça tournait en vraie bataille... les pour et les contre!... mais les fesses à qui?...

« Trisse! trisse, malheureuse!... »

Toute la vallée fait écho...

« Sors d'ici, goyau! »

Une femme s'échappe de la piscine... elle court... elle vient vers nous...

« Madame von Seckt!... Madame von Seckt!... »

Nous la connaissons!... Mlle de Chamarande!... c'est pour elle, pour ses avantages, que toute la piscine hurle et se bat!... et que ça continue!... *vlauf!... broum!...* de ces châtaignes!... un plus gros *vrouf!...* du plongeoir!... et un autre!... ils se foutent à l'eau!... et dans la flotte ça continue... Mlle de Chamarande est là... elle s'assoit a côté de nous... hors d'haleine... son maillot en loques... elle prend la main de Mme von Seckt... elle pleure...

« Madame! Madame! je vous en prie... ils m'ont frappée!... ils sont fous!... ils veulent me tuer parce que leur führer est mort!... ils vont venir, Madame von Seckt!... ils vont vous tuer tous!... ils m'ont dit!

— Mais pas du tout, mon enfant!... le führer n'est pas mort! il en a vu d'autres!... seulement un petit attentat! vous n'êtes pas assez couverte, voilà tout!... ces hommes baigneurs voient trop de choses!... la belle affaire! votre maillot est trop léger! couvrez-vous et restez là! tenez! mon mouchoir!... séchez vos larmes! vous n'aurez plus d'yeux bientôt!...

— Mais mon peignoir, Madame von Seckt!... ils m'ont arraché mon deuxième peignoir!... jaune et rouge! ils n'ont pas voulu me le rendre!

— Évidemment; je vais aller vous le chercher, moi!... ils me le rendront!...

— Madame von Seckt, ils sont furieux! fous furieux!

— Pas avec moi, belle amie, la vieillesse dégrise les plus fous... attendez-moi! ils seront bien trop contents de me le rendre, votre peignoir! jaune et rouge, vous dites? »

Nous restons là tous les quatre... exact!... elle y va!... l'allée de sable vers la piscine... à petits pas... et elle revient presque tout de suite avec le peignoir rouge et jaune.

« Ils ne vous ont rien dit?

— Bien sûr!... rien du tout, chère amie! couvrez-vous maintenant!... nous allons rentrer à l'hôtel!... tous ensemble! »

En effet... nous passons, nous quatre à travers l'attroupement de loufiats... ils se boxaient un instant avant, maintenant très tranquilles... pas un murmure... Mme von Seckt les regarde, s'arrête...

« Tout de même vous voyez! tout n'est pas de leur faute, chère amie! »

En fait, notre demoiselle avait tout fait depuis son arrivée, trois semaines, que tous les mâles de la piscine deviennent intenables... un nouveau maillot tous les jours, de plus en plus provocant... oh, des superbes fesses, j'admets... mais ce qu'elle pouvait faire avec!... de ces déhanchements... appels de reins dès le plongeoir!... et puis en nageant... une manière de crawl qui lui faisait dix croupes à la fois... tapant dans les mousses... sur l'eau, sous l'eau... de quoi bien retourner la piscine... je veux dire les clients... coiffeurs, croupiers, garçons de bains... et les désœuvrés de notre hôtel... officiers en convalescence... bien sûr, bien sûr, les nerfs à bout... cet attentat contre Adolf avait fait monter la température... mais en plus elle là, son derrière! sans Mme von Seckt elle se faisait lyncher... d'un mot le calme est revenu... nous repassons devant cette horde, masseurs, maîtres de bains, cuisiniers, clique bien sournoise, courbettes partout! Mlle de Chamarande, sauf sa manie déplorable de tellement faire valoir son séant, était une personne très gentille, même très sympathique, instruite... pharmacienne à Barcy-sur-Aude... « collaboratrice » de hasard, elle avait été aimée et très amoureuse d'un avocat de la Milice... ils allaient se marier... leur idylle avait tourné court, deux jours avant le Débarquement les fifis l'avaient abattu, le fiancé, en plein prétoire... elle s'était sauvée, sa maison brûlait, sa pharmacie, tout, et sa grand-mère... un tank S.S. l'avait trouvée dans les luzernes! un maquis entier la cherchait... si elle l'avait échappé, juste!... à plat ventre entre les balles!... ah, Mlle de Chamarande!... les émotions!... elle pouvait être un petit peu drôle!... en se sauvant elle avait rejoint toutes les familles miliciennes à Gérardmer... et ce n'était pas tout!... en prenant ses bains, elle avait fait la conquête de toute l'Ambassade d'Allemagne en étape de repli vers Francfort... plus les croupiers de Monte-Carlo qui devaient ouvrir à Stuttgard une autre école, filiale d'ici... puisqu'elle n'avait plus d'officine, plus de maison, plus de grand-mère, plus que des voyous partout autour qui la recherchaient pour la scalper, la demoiselle, pas sotte, s'était rendue plus qu'aimable avec les messieurs des deux bords, croupiers gaullistes, nazis d'ambassades... toutefois peut-être un peu trop de croupe pour des gens jeunes et sur les nerfs... surtout du plongeoir!... la preuve, vous avez entendu cette basse bataille, entre les loufiats de Vichy « résistants occultes » au « Brenner » et les habitants de Baden-Baden, mutilés boches, boscos, tordus, des hôpitaux, qui venaient aussi à la piscine, s'offrir un « strip-tease » à l'œil... exaspérés forcément, bien prêts à nous bouziller, tous déjà préparaient les pavés qu'ils allaient nous passer au cou... c'était fait sans Mme von Seckt... nous profitons de l'accalmie, nous reprenons la berge de l'Oos, quelqu'un accourt au-devant de nous... Fräulen Fisher!... encore une qui nous aime bien... et qui se vante d'être très méchante... les Américains l'ont fessée... elle nous met tous dans le même sac!... elle est laide d'une certaine façon, si Quasimodo, que ça peut que lui avoir fait du bien... à Alger qu'elle s'est fait fesser... au Consulat... elle était là, chez Schulze, à présent, sa secrétaire... la nature l'avait servie, toute sa joue gauche, une tache de vin, les cheveux rouges, drus, queue-de-vache, les yeux, un œil gris, l'autre bleu... et louchante... elle faisait aussi son effet!... elle s'en vantait!... qu'elle était du Hartz, du massif pays des sorcières... d'abord, elle soignait son décor, partout dans sa chambre, peintures et poupees de sorcellerie... au mur, en bibelots, en assiettes... pendant du plafond... autant de sorcières chevauchant balais... « vous savez... elle nous prévenait... nous allons toutes au sabbat! » Elle tenait à cette bonne légende... elle se voyait touillant la marmite, nous dedans et les Américains, à bien bouillir, dépiautés... Alger, au moment du débarquement, les amerloques l'avaient passée au coaltar... nous les responsables! un monde!... là si pressée de venir au-devant de nous... quelle bonne nouvelle?...

« Docteur! Docteur!... »

C'était pour moi...

« Monsieur le *Legationsrat* voudrait parler au docteur... urgent!... si vous voulez bien?

— Mademoiselle Fisher à vos ordres!... je vous suis!... »

Deux minutes... j'étais chez Schulze...

« Docteur, vous savez ce qui s'est passé?

— Oh à peu près Monsieur le ministre... à peu près?...

— Oh non Docteur, vous ne savez pas!... vous allez savoir!... vous connaissez cet hôtel!... vous avez été partout?...

— Oui, à peu près... il me semble...

— Alors, s'il vous plaît... si vous voulez bien... je vais vous faire accompagner par un homme à moi... il aura une clef spéciale... " passe-partout "... vous connaissez! inutile de frapper aux portes... vous ouvrirez et vous trouverez des malades... si vous êtes assez aimable, prenez tout ce qu'il faut, vous savez, votre sacoche!... surtout ceux-là!... je vous donne les numéros!... »

Il écrit...

« 113... 117... 82... entrez sans frapper!... ils pourraient ne pas vous ouvrir... ne leur dites pas que c'est de ma part...

— Oh, pas un mot, Monsieur le ministre!

— Ensuite, lorsque vous aurez donné vos soins... revenez me voir!... vous ne parlerez à personne de ce que vous aurez observé... jamais!... jamais!...

— La tombe, strict! La tombe, Monsieur le ministre!

— Alors, bien merci Docteur!... nous nous reverrons après... après... »

Ce sont des chambres que je connais... 117... 113 surtout... pas très sorcier!... ça s'étalait depuis des mois, y avait qu'à les regarder un peu... tous ces gens, les gros du « Brenner », les plus grands appartements, surtout le 117, avait trempé dans le complot, pardi!... les magnats à brouettes de marks... peut-être qu'ils s'étaient suicidés?... ça, que le Schulze m'envoyait voir... je raffolais pas... y étaient morts ou étaient saouls... du moment que l'on célèbre quelque chose, bon ou mauvais, l'humain se rondit, bâfre, maximum... je prends ma seringue, ma trousse, mes ampoules... voyons si ça s'est pendu? je me dis, tout près là, le 113!... d'abord!... voyons!... *toc! toc!* on ne répond pas... le loufiat au « passe » ouvre... une femme sort du noir une belle brune... dépoitraillée, échevelée...

« Ah, c'est vous! ah, c'est vous, cher docteur!... entrez donc, voyons, entrez! »

Je crois qu'en fait de complot, ce qui se passe c'est plutôt un genre de partouze... combien ils sont?... cinq six formes bougent... là-bas, au fond... pas mon affaire!... cette femme était assez distante, d'habitude... à peine un espèce de sourire... là, le peignoir ouvert je la vois plus aimable... brusque, elle m'embrasse!... elle veut peut-être que je me joigne? zut! je ne viens pas pour ça du tout!... je viens pour m'en aller! ils sont combien?... je distingue mal... un méli-mélo... je reconnais un garçon d'étage et un commandant... et une manucure... à poil celle-là... et cinq... six couples... tout ça dans l'obscurité... ils ont tout fermé, ils n'ont qu'une bougie, une seule... qu'est-ce qu'ils foutent en plus qu'ils se massent?... des incantations?... ça sent l'encens... j'y vois mieux, je m'accommode, comme à la radio... la belle échevelée ne m'embrasse plus, elle me laisse, s'affale, tout de suite elle ronfle... ah je vois au mur une grande photo, celle d'Hitler, pendue à l'envers... avec, en large, un crêpe... à travers le cadre... ils devaient célébrer sa mort... ce que m'avait recommandé Schulze de jamais en parler à personne pardi!... que leur bombe avait fait fiasco!... ils étaient fins là, à se peloter comme si c'était réussi! pas crevé l'Adolf!... pas du tout!... le colonel chauve et le môme liftier à même le tapis... saouls aussi les deux!... hoquetants... ils vomiraient... les autres aussi... pas drôles du tout... l'Hitler à l'envers qu'était drôle, orné du grand crêpe... je dis au porte-clés : « Ça va!... maintenant le 117!... » je vois encore qu'ils ont mis des tables... trois... quatre... avec tout ce qu'il faut! des poulets entiers découpés... des énormes compotiers de tout... fruits glacés... meringues... ils n'ont même pas pu y toucher tellement ils dégueulaient déjà... les caisses de champagne... ils en avaient pour bien huit jours... ma brune si accueillante ronfle... elle s'aperçoit pas que je m'en vais... les autres chambres doivent être aussi libertines... 214... 182... peut-être pas tous en messe noire... alors à jouer du piano... enfiler des perles... en attitudes édifiantes... dans les circonstances tragiques y a toujours deux clans, ceux qui vont voir couper les têtes, ceux qui vont pêcher à la ligne... on jouait du piano au salon, en bas, j'entendais... le tout de descendre trois étages... je dis au porte-clés : allons-y! je m'étais pas trompé... pas qu'en un salon!... dans deux... dans trois salons... grand rassemblement des familles... oh, mais très convenables! industriels, et généraux convalescents... et Français collaborateurs... pères, mères, les enfants et petits chiens... sûrement ils savent pour l'attentat... mais pas l'air du tout soucieux... tout à la musique!... j'entends... *lieder*... romances... juste notre Constantini chante... il a de la voix, c'est un fait... Mme von Seckt l'accompagne, très bien, sans partition... tout le répertoire... comme elle veut... tous les opéras...

Si vous croyez que je vais dire
qui j'ose aimer!

l'air favori de Mme von Seckt... désuet peut-être, mais agréable... surtout en ces salons d'époque, brocarts, velours, cordelières, pompons, hautes lampes, immenses abat-jour...

Si vous croyez...

maintenant Amery!... le fils du ministre anglais... autant notre Constantini est plutôt hercule, autant Amery est le genre fluet... gentleman... dandy... oh mais pas affecté du tout!... ça va... puisqu'on chante, en avant... et qu'il s'accompagne lui-même!...

Mademoiselle d'Armentières, parlez-vous?
Mademoiselle d'Armentières!

lui a plutôt la voix grave... il serait « basse »...

Mademoiselle d'Armentières...
hasn't been kissed for forty years!

Mme von Seckt n'est pas prise au dépourvu par la *Mademoiselle d'Armentières!...* qu'elle t'attaque, plaque de ces accords!... sur l'autre piano!... à secouer les familles!... qu'elles chantent aussi les familles!... au refrain!... en français!... et en anglais... vous dire jusqu'où peut aller la bonne entente...

Mais je vois là-bas tout au fond quelqu'un qui me fait signe... du vestibule... ce quelqu'un c'est Schulze... oh, je lui dirai rien du tout... on parle toujours trop... j'y vais... il m'emmène... un couloir... un autre... vers l'extrême autre aile de l'hôtel... les « salons de la correspondance »... où personne ne va jamais... encore un autre salon « Privat »... il s'assoit... moi aussi... à lui de parler...

« Docteur, tout ça va finir! vous êtes certainement au courant...

— De rien du tout, Monsieur le ministre!... je n'ai rien vu! rien entendu!

— Vous répondez très bien, Docteur! mettons! mettons!... mais moi alors je dois vous dire que toutes les chambres de cet hôtel doivent être évacuées cette nuit!... cette nuit même!... vides demain matin : mettons à midi!... Ordre du Ministère!.... et pas une seule de ces personnes ne doit rester à Baden-Baden... avez-vous beaucoup de malades?... je veux dire : malades alités?...

— Deux... peut-être...

— Ils iront à l'hôpital... Mme von Seckt s'en va aussi...

— A l'hôpital?

— Où elle voudra!... ou à l'asile... elle est folle... on viendra la chercher ce soir... ne lui dites rien!...

— Bien, Monsieur Schulze!...

— Vous Docteur vous, mes instructions... vous êtes affecté à Berlin à la *Reichsarztkammer*... le professeur Harras se chargera de vous là-bas... vous prenez le train demain à l'aube, un train de troupe... je vous conduirai à la gare... moi-même!... vous ne dites rien... à personne!...

— Oh, soyez sûr, Monsieur Schulze! je peux tout de même emmener ma femme?... et mon chat?... et Le Vigan?

— Certainement! certainement!

« Mais ne voyez personne autre, voulez-vous?... et ne dites au revoir à personne... je vous ferai porter dans votre chambre vos trois repas pour ce soir... et un panier pour le voyage... et demain à l'aube soyez prêts!... mettons cinq heures!...

— Certainement, Monsieur le ministre! »

Ils se doutent pas les autres là-bas l'autre aile... ce qui les attend... ils chantaient toujours... on les entendait... un petit peu... ils écoutaient un autre artiste... cette fois, un Allemand... une très belle voix...

Vater!... ô Vater!

Schumann... je n'ai jamais revu personne de ces réfugiés de Baden-Baden... j'ai appris y a pas très longtemps qu'Amery avait été pendu, à Londres... Londres est comme qui dirait fait pour... et l'accordéon... la hache aussi... un psaume entre...

Exkurs

*

Beschreibg. d. Elends Cs / Opfer

Depuis le moment où nous quittâmes, je dois dire sans fanfare, notre rue Girardon, pourchassés par les « petits cercueils », nous ne fîmes qu'aller de mal en pire... je vois plein de personnes inconséquentes, gavées d'alcool et de cigarettes, et de bulles de gazettes, faire fi de pareils présages! si sérieux!... mieux! froufrouter pire que sous Loubet!... gavées par les « Courriers du Cœur »!... l' « Art ménager »... l' « Art de guérir »... joli avenir!... mécanisés gibbons de choc!... pithécanthropes à bachots!... minute, papillon! le fil de l'Histoire?... admettons! vos frocs d'hominiens tout trempés, vous sortiriez plus des coliques si vous étiez un peu à jeun...

alas!... le fil de l'Histoire par le trou!... les détails sont un peu à rire... gloussons des chocs et contre-chocs!... comme à la foire, pouffons!... atomiques en diable, d'années en années, à travers mutations et mythes! de Vénus en Mars et la Lune... jusqu'où n'irons? à la bonne vôtre!... spectres!... voyage à mille années-lumière!... vous me croirez si je vous dis... j'ai déjà pris un petit élan, en cercueil tout droit, vertical, zinc, à la Police de Copenhague... si je suis sorti un peu du Temps... j'ai des raisons... vous pouvez vous-même... commettez voir un petit larcin! la première boutique venue... ils vous feront bien goûter aussi de leur « cabine spatiale »!... allons! allons! un bon mouvement!... banal touriste! vous aurez vu du pays!... vous raconterez vos aventures!... pittoresques!... vécues... mon Achille, tenez, est friand, mon philanthrope qui n'a plus d'âge...

« Vous n'avez pas encore fini? Céline, vous me devez des millions!... ne l'oubliez pas! »

C'est le mois dernier que fut fêté son « n'a plus d'âge »!... qu'il ait été strabique et sourd, enfin presque, les infirmités, les abus, personne ne faisait plus attention, on le voyait buter dans les meubles, se faire répéter les questions depuis si longtemps, que personne ne remarquait plus.. mais son « n'a plus d'âge » fut tout de même une heure émouvante... délégations des employés et rédacteurs, chefs d'écoles, orphéons en tête, suivis de trois quatre cercueils en nylon, symboliques, parés de soutiens-gorge et bas noirs, tout

Gallimard (Achille/Scheusal)
als gnadenloser Antreiber

ornés de couronnes d'immortelles à larges rubans « à notre Achille si bien aimé »... un des cercueils plein de hochets... l'autre plein de francs lourds... l'autre de lunettes... bien entendu, un mois de vacances pour ceux qui n'y étaient pas déjà...

Je voyais là, que son « n'a plus d'âge », lui avait, en somme, réussi... le numéro spécial de la « Revue Compacte »... « Il n'a plus d'âge, il durera ! » lui avait fait un bien énorme, une très forte piqûre de vacherie...

« Vous n'avez pas encore fini ?

— Non, monsieur Achille, pas encore !

— Surtout pas de philosophie ! pas d'intelligentes remarques ! attention ! j'en ai plein mes caves !... j'en fous à la Seine !... des pleins hangars, des trains de péniches, des myriatonnes de " fines remarques " ! à propos de tout ! en manuscrits et imprimés, intelligentissimes ! même sadiques, fouettantes, saignantes ! piments éventés, Céline !... mon " n'a plus d'âge " m'a fait plaisir, mais mes " invendus ! " y pensez-vous ?... Sisyphe à remonter cette camelote, lui faire passer la crête atroce, qu'elle déboule écrase les lecteurs, ces rotants monstres, me retombe pas toujours sur la nuque ! comprenez Céline !... essayez ! souvenez que vous me devez des sommes !... fuyez, fuyez l'intelligence, comme le petit goujon, l'épervier !... ne frôlez pas tant les abîmes !... diantre, holà ! je n'ai plus d'âge ! je n'ai plus d'âge !... Certes ! »

Vous comprenez par conséquent que je coupe

très court aux commentaires... Achille malgré son « n'a plus d'âge » et sa « Revue Compacte » est en grand péril... je vous ramène vite à Baden-Baden! oubliez tout ce qui précède! oiseux commentaires! jérémiades, salut! nous revoici au « Brenner »... vous vous souvenez?... eh bien, une surprise!... à peine remontés dans notre chambre... *toc! toc!* on frappe... Mme von Seckt!... tout est éteint... très difficile de nous trouver... paliers et détours... elle nous a cherchés, numéro par numéro... elle a une bougie à la main...

★

Mme von Seckt savait déjà que nous partions à l'aube...

« Je me suis permis de venir frapper à votre porte...

— Oh Madame!... Madame!... à certains indices, je croyais...

— Ne croyez pas!... ne croyez pas, cher docteur! plus rien n'a de raison!... nous sommes tous aux ordres du fou... vous aussi Docteur! et vous Madame!... ce Schulze ne sait plus ce qu'il dit!... qui il doit trahir?... il ne sait plus!... est-il drôle, Docteur! à rire! à rire! »

Je pensais aussi à Schulze... il avait de quoi nous faire peur... mais aussi! aussi! un coup de téléphone de Berlin, M. Schulze Legationsrat, coq en pâte, n'existait plus!... joliment possible au moment où on épurait les hauts-cadres, plus

ABSCHIED DOFT/SECKT

ou moins trempés dans le complot... Schulze devait en savoir un bout...

Je prie Mme von Seckt d'entrer...

« Non... non, Docteur, pardonnez-moi!... je veux seulement vous dire au revoir... à tous les deux... je me suis échappée de ma chambre mais vous connaissez les couloirs!... au moins un œil à chaque serrure!... est-ce drôle!... certainement ils m'ont vue sortir!... vous savez?... »

Elle me cite des noms... une amie... une autre... déjà parties...

« Madame Céline, Madame, je n'ai plus grand-chose... vous savez... mais tout de même vous me ferez plaisir d'accepter ce petit souvenir... »

Je vois un éventail...

« Aucune prétention artistique, vous savez!... peint par moi-même... toutes les jeunes filles peignaient alors!... bientôt il n'aura plus de couleurs... et mille bonnes chances!... demain nous partirons aussi!... tous!

— Vous partez?

— Oui, plus tard que vous, à midi!... moi, aux folles... le prince, lui, à l'hôpital... leur méthode, les uns par ici... les autres par là!... Docteur! Docteur, séparons-nous!... nous sommes en train de comploter!... »

Elle s'en va... elle n'a pas peur des trous de serrure... on la voit loin avec sa bougie, là-bas... ce couloir est immense... large... long... elle nous fait signe au revoir!... au revoir! sa chambre est tout au bout de l'étage...

*

Oui, je l'avoue, pas du tout l'ordre!... vous vous retrouverez, je l'espère! je vous ai montré Sigmaringen, Pétain, de Brinon, Restif... étourderies!... diantre! Baden-Baden d'abord!... ce n'est qu'après, bien après, que nous avons retrouvé le Maréchal, et la Milice, et les « hommes de choc » de l' « Europe nouvelle » qui sont encore, plus ou moins, dans la Nature ou dans les fossés... l' « Europe nouvelle » se fera sans eux! mais certainement! et à la bombe! et atomique!... je vous crois comme un et un font deux!... et avec les Chinois en plus... comme de bien entendu!... vous ne trouverez rien vous renseignant dans votre journal habituel... ni à la « colonne des théâtres »...

Que je revienne à mon histoire... Mme von Seckt nous faisait ses adieux... son petit souvenir, l'éventail... voilà!... le lendemain matin comme prévu, à l'aube, Schulze frappe... l'hôtel dort... mais nous sommes prêts, Bébert dans son sac... nos deux valises et en avant!... la gare... le *Legationsrat* nous embarque... en route!... le train siffle... ça a demandé encore six mois que ça devienne vraiment la pagaïe, le trafic était interrompu, un jour, deux jours, pas plus... rafistolage et en route!... pourvu que vous ne vous perdiez pas, avec mes façons d'avancer trop tôt... de plus savoir... sens dessus dessous... d'autres avatars en oublis!... *pflof!* cette tituba-

FAHRT NACH BERLIN

tion dans les heures, les personnes, les années... je crois, en fait, ce bric et broc, la conséquence des galopades et mauvais traitements... trop d'ébranlements... coup sur coup... une personne, assez favorable, m'arrête et me dit... « Docteur, je sais que ce n'est pas vrai, mais la façon que vous marchez on dirait que vous avez bu... » oui en effet... mais tous les vieillards à peu près... regardez les sorties de Nanterre!... une de mes clientes, de mon âge, roule fort et tangue, et se cache pas qu'elle c'est la bouteille... elle me la brandit sa bouteille à hauteur du front... et que d'un mot de plus elle me le fend!... tel quel! je suis loin d'être aussi brutal... Crédié! maintenant je vous oubliais sur le quai de la gare... Baden-Baden... je tenais encore parfaitement debout, c'est qu'à Berlin, vingt-quatre heures plus tard que je me suis aperçu que j'étais drôle... j'ai commencé à zigzaguer... et houler... il est rare que les malades, cerveau, cervelet, puissent vous dire le moment exact où ils sont devenus gâteux... moi « Berlin-Anhalt »... à la sortie!... après le quai... oh je n'ai pas lâché la rampe... mais je n'ai plus jamais marché droit... une inquiétude : est-ce que ça durerait?... si ça a duré!... et comment!... je ne me suis pas très bien soigné... mais quand même!... j'aurais pu un peu m'adapter... voyez les « sorties » de Nanterre... y a des petits « à-coups », de la tristesse, mais ça va loin, jusque dedans Paris, jusqu'à la Nation... soyons sérieux!... débarquement à « Berlin-Anhalt » je me voyais basculé du quai, passer sous le dur... moins deux! je dis à Lili : « Il me faudrait une canne!... » évidemment!... et nous partons à la recherche!... mais trouver où?... on demande donc... « allez donc par ici!... allez donc par là!... vous trouverez sûrement!... » merci! en route! Lili me donne le bras... pas aucun magasin d'ouvert ni de cannes ni d'autres choses... nous allons voir du pays!... nous demandons encore... « allez donc ci!... allez donc là! » ce qu'on voit surtout ce sont des devantures défoncées... et d'autres, gondolées... papillotes!... vous trouverez sûrement? nous voici porte du Brandeburg!... une avenue : sous *les Linden!...* pas aucun tilleul!... depuis des siècles ils essayaient de les faire pousser... plus loin!... plus loin!... encore une autre large avenue... en somme presque tout en ruine Berlin capitale... je voyais pas beaucoup de magasins... sauf les rideaux de fer et puis toutes les deux trois devantures des énormes tas de briques et des gouttières et des tuiles... monceaux!... des très vieilles femmes ramassaient tout, enfin essayaient, en faisaient des tas propres, des sortes de petits châteaux forts à même le trottoir... le ménage des décombres... joujoux d'enfants, sable, trous, briques, pour aïeules maniaques... et je voyais toujours pas les cannes!... enfin plus loin! ils ont dit! on va, encore un coin de rue... un autre... oh, tout de même!... tout de même! voici!...

Vraiment l'imposant édifice!... bien huit étages... mais quel état! des étages entiers s'en vont par les fenêtres... pendent... en ferrailles... camelotes, verreries... cascades... par lambeaux... aux coups de vent... je vois pas ce qu'ils peuvent avoir à vendre! nous profitons de la poussière... une rafale... et nous nous jetons dans l'intérieur!... les bombes ont fait une salade! vous voyez plus rien des rayons... ni des escaliers... vitrines... ascenseurs... tout ça en vrac mélimélo vers le sous-sol... ah, y a encore du personnel!... des très vieux birbes, messieurs vendeurs... oh, fort aimables... à sourires... deux, trois par rayon... rayons de rien... sous les pancartes... « Soierie »... « Porcelaine »... « Costumes »... mais les cannes?... des béquilles?...

« Oh, certainement!... mais oui... mais oui!... au troisième! »

A l'escalade!... plus d'escalier... des escabeaux et des petites échelles... nous passons devant la « Passementerie »...

« *Leider! leider,* nous aurons bientôt! *bald!* »

Les vieux messieurs toujours souriants nous évincent... les cannes sont au « quatrième »... encore quelques escabeaux... là y en a!... par exemple! leur seul rayon achalandé! toutes les cannes possibles! et un monde!... le seul rayon vivant! des militaires et des civils... et des mômes... les vendeurs là ne sont pas vieillards, mais tous mutilés!... stropiats... bancroches... même des culs-de-jatte... aussi atigés que les clients... le rayon fadé « Cour des miracles!... »

Je me gratte pas, je choisis deux cannes, deux joncs, légères, à bout de caoutchouc, parfaites!...

on me débite!... et à la caisse!... vingt marks!... des vrais plaisirs!... me voici paré pour les vertiges... frivolité!... tous les débuts sont rigolos même ceux de cloche-patte!... émoi et joie! d'avoir trouvé le seul rayon avec vendeurs et cannes au choix en ce magasin si énorme si vide...

Où peut-il être à présent?... quelle zone?... qu'est-il devenu?... ce magasin sans escaliers?... j'ai demandé un peu... ici... là... les gens me regardent... je leur parais drôle... ils ne savent pas...

★

Moi, mes cannes, Lili, Bébert, nous voici touristes... cherchons un hôtel! cette ville a déjà bien souffert... que de trous, et de chaussées soulevées!... drôle, on n'entend pas d'avions... ils s'intéressent plus à Berlin?... je comprenais pas, mais peu à peu j'ai saisi... c'était une ville plus qu'en décors... des rues entières de façades, tous les intérieurs croulés, sombrés dans les trous... pas tout, mais presque... il paraît à Hiroshima c'est beaucoup plus propre, net, tondu... le ménage des bombardements est une science aussi, elle n'était pas encore au point... là les deux côtés de la rue faisaient encore illusion... volets clos... aussi ce qu'était assez curieux c'est que sur chaque trottoir, tous les décombres, poutres, tuiles, cheminées, étaient amoncelés, impeccable, pas en tas n'importe comment, chaque maison avait ses débris devant sa porte, à la hauteur d'un, deux étages... et des débris numérotés!... que demain la guerre aille finir, subit... il leur faudrait pas huit jours pour remettre tout en place... Hiroshima ils ne pourraient plus, le progrès a ses mauvais côtés... là Berlin, huit jours, ils remettaient tout debout!... les poutres, les gouttières, chaque brique, déjà repérées par numéros, peints jaune et rouge... là vous voyez un peuple s'il a l'ordre inné... la maison bien morte, qu'un cratère, tous ses boyaux, tuyaux hors, la peau, le cœur, les os, mais tout son dedans n'empêche en ordre, bien agencé, sur le trottoir... comme l'animal aux abattoirs, un coup de baguette, hop! vous rattraperait tous ses viscères! hop!... se remettrait à galoper! Paris aurait été détruit vous voyez un peu les équipes à la reconstruction!... ce qu'elles feraient des briques, poutres, gouttières!... peut-être deux, trois barricades?... encore!... là ce triste Berlin, je voyais dabs, daronnes, dans mes prix, et même plus vioques, dans les soixante-dix, quatre-vingts... et même des aveugles... absolument au boulot... à bien tout ramener au trottoir, empiler devant chaque façade, numéroter... les briques, ici! tuiles jaunes, par là!... éclats de vitre dans un trou, tout!... pas de laisser-aller!... pluie, soleil, ou neige Berlin a jamais fait rire, personne! un ciel que rien peut égayer, jamais... déjà à partir de Nancy, vous avez plus rien à attendre... que de plus en plus d'ennuis, sérieux, énormes labeurs, transes de tristesse, guerres de sept ans... mille ans... toujours!... regardez leurs visages!... même leurs eaux!... leur Spree... ce Styx des teutons... comme il passe, inexorable, lent... si limoneux, noir... que rien que le regarder il couperait la chique, l'envie de rire, à plusieurs peuples... on le regardait du parapet, nous là, Lili, moi, Bébert... une dame, une Allemande s'approche... elle veut nous parler... c'est une amie des animaux... elle veut caresser Bébert... il a la tête hors de son sac... il regarde avec nous la Spree... cette dame nous demande d'où nous venons?... de Paris!... nous sommes « réfugiés »... c'est une femme de cœur, elle comprend que nous ayons de la peine...

« Oh, vous aurez beaucoup de mal avec votre chat! »

Je ne le savais pas, elle me l'apprend, que les animaux domestiques, chats, chiens, « non-de-race » et « non-reproducteurs » sont considérés « inutiles »... que les Ordonnances du Reich vous obligent à les remettre au plus tôt à la « Société Protectrice ».

« Faites attention dans les hôtels! sous un prétexte ou sous un autre leur délégué passe... pour une " visite vétérinaire " soi-disant... et vous ne revoyez plus votre chat!... les S.S. s'entraînent avec, leur arrachent les yeux... »

Nous voici prévenus... je remercie... nous nous méfierons des hôtels!... Bébert n'est ni reproducteur, ni de « race »... pourtant j'ai un passeport pour lui... je l'ai emmené passer la visite à l'Hôtel Crillon... par colonel-vétérinaire de l'armée allemande... « le chat dit " Bébert " propriétaire docteur Destouches 4 rue Girardon, ne nous a semblé atteint d'aucune affection transmissible (photo de Bébert)... » le colonel-vétérinaire n'avait rien mentionné du tout quant à la race... nous verrions bien à la police!... très beau rêvasser, deviser, mais nous, notre visa?... oh, j'y pense!... nous ne serons reçus nulle part sans passeports en règle... Schulze nous avait bien prévenus... « passez tout de suite à la police! »

« Allons mon petit! on y va! »

Nous avions un petit peu flâné... je demande au premier *schuppo*... de l'autre côté du pont... « le bureau des visas »?... pas loin!... il me montre deux... trois baraquements entre le Musée et le tramway... bien!... nous approchons... une pancarte... quelque chose comme « personnes déplacées »... plus près nous voyons, entendons, tous les baragouins possibles... enfants, grands-parents, jeunes filles... ça serait la cohue mais tout de même un certain ordre, par pancartes... comme les briques... les « Balkans » ci... les « Russie » là!... l'« Italie » plus loin... nous les *Franzosen* tout au bout... on va... on frappe à une porte... y a une petite queue... *herein!*... nous y sommes!... c'est que d'attraper l'attention de l'homme à la machine à écrire... nous sommes à peu près une vingtaine au-dessus de sa tête... à répondre aux questions des autres... pas égoïstes, réponses à tout... aux cas de toute la queue... ceux de Noirmoutier... Gargan... Marly... Villetaneuse... ils ne savent pas parler allemand!... si on répond pas pour eux!... on lui laisse pas le temps de questionner, l'homme à la machine à écrire... à lui qu'on pose des questions... et qu'on répond tous à la fois... les uns pour les autres... ce qu'on veut, qu'il signe, et son tampon! il bafouille un peu ce qu'il voudrait... des papiers! nos papiers!... là! là! qu'on en est pleins de papiers! à revendre! plein nos gibecières et pantalons!... qu'est-ce qu'il veut foutre avec, ce nave? moi-même, je regarde, ce que je trimballe comme « pièces », certificats, livrets!... passé certain âge, c'est horrible! à bien vous écœurer de la vie... ce que vous avez récolté comme extraits, polycopies, baptême, contributions... en triple, double!... un autre gratte-papier surgit... lui, pour nos photos... on a!... surtout La Vigue!... les meilleures de son dernier film... le bureaucrate nous dévisage... il compare nos tronches... pas content du tout! non!... ça, vous?... jamais!... ni moi, ni Lili, ni La Vigue!... pas ressemblants!... on sait un petit peu que c'est bien nous! quand même! pas d'autres!

« *Ach!... nein!... nein!* »

Le culot de ce rond-de-cuir!... pas changés tellement!... lui, miraud! si vite! il se fout de nous! pour qui qu'il nous prend?... je vois, je compare... sûr, on a l'air fatigué... on a bien maigri, mais c'est tout! comment il nous voit?

parachutistes?... saboteurs?... ils parlent que ça dans leurs journaux!... en tout cas, une chose : il veut d'autres portraits!... d'autres photos ça veut dire en face... la baraque de l'autre côté de la Spree... « Photomaton »... on voit la guitoune, jaune et rouge...

« Il est curieux, dis! »

Il est peut-être aussi, sans doute, en cheville avec cette baraque?... c'est en tout cas sa manie de pas trouver personne ressemblant... la preuve: le couple là!... un monsieur très bien, à barbiche, et sa femme, en larmes... ils étaient venus à Berlin pour voir leur fils à l'hôpital... « la Charité »... blessé à l'Est... le maniaque à lorgnon les trouvait pas ressemblants non plus... ils venaient de Carcassonne... ils s'expliquaient... ils nous font juges...

« Nous avons peut-être un peu changé mais pas tellement, n'est-ce pas Madame?... le chagrin, le voyage?... »

Nous regardons et comparons... évidemment, un petit quelque chose, mais pas à ne pas les reconnaître!... Ce fonctionnaire à lorgnon est un maniaque ou un coquin... en tout cas un dangereux loustic... il décide, il nous met en pénitence dans le coin du hangar pour avoir le temps de copier nos pièces... à la main, d'abord... et puis après à la machine... le monsieur barbichu de Carcassonne, zut! en a assez!... pour qui le prend-on?... quelle plaisanterie! oh, La Vigue approuve!... on se fout de nous !... bel et bien !... ce bureaucrate flic dépasse les bornes !

« Pensez Monsieur ! pas reconnaissable, moi !... moi !... ma photo sur tous les murs ! toute l'Europe a ma photo ! hélas ! hélas !... et l'Amérique ! cet ahuri ne me reconnaît pas ! il sort d'où, je demande, ce crétin ?... voilà leur police !... jolie clique d'emmerdeurs planqués !... il aurait mieux fait d'être dans le train, notre train !... moi j'étais dans le train, moi, Monsieur !... le dernier train de la gare de l'Est... regardez ma valise ! »

Il va à la banquette en face... il sort sa valise du dessous... la brandit haut !... l'ouvre... toute une boule de linge en échappe, en charpie... ses chemises... mouchoirs... culottes...

« Vous voyez un peu !... passé Épernay, plus qu'une cible !... le train-cible !... des deux remblais !... de part en part ! tap ! tap ! rrrrrt ! pas que mes valises !... combien de morts ?... on ne saura jamais ! j'avais trois sacoches en plus !... je les ai laissées ! le maquis est maître de la France !... j'ai vu.... je le sais !... tenez, à Paris ?... Paris même ! vous ne savez pas ?... j'ai vu, moi !... »

Là debout, il revoyait...

« Vous ne savez pas ! les souris grises, les téléphonistes !... les langues arrachées, ficelées deux par deux à la Seine !... du pont de la Concorde ! »

Le couple, le barbichu et sa pleureuse, avaient l'air comme de douter... ah, par exemple !

« Vous ne me croyez pas, vous Monsieur ?...

passez vous-même en ce moment sur n'importe quel pont de Paris vous me donnerez des nouvelles!... »

Ces sceptiques l'horripilaient! leurs valises étaient transpercées?... belle preuve! trois... quatre balles!

« Viens Ferdine! je ne peux plus tenir! »

Il sort, il m'emmène... tout de suite à la pancarte, l'autre porte, *Abort*... W.-C... nous entrons...

« Ces gens-là sont des poulets! t'as pas vu? ces soi-disant de Carcassonne!... salut! jacter qu'ils veulent!...

— Tu crois?

— Positif!... que c'est plein de microphones partout, plein la baraque!... »

Je veux bien... je réfléchis...

« Ferdine, si nous ne sortons pas d'ici, pas dans une heure!... tout de suite... tout de suite!... nous en sortirons jamais! »

Je veux bien.

« Va chercher Lili!... nous dirons au mec du bureau que nous allons déjeuner en face, et qu'aussitôt nous revenons!... que nous lui laissons nos papiers! tous nos papiers! que nous revenons avec les photos!... il touche sa fleur, moi je te dis!

— T'as raison! »

Je fais signe à Lili... un saut au bureau!.. enfin, un saut comme je peux!... le nôtre bureaucrate n'est plus là, il est à la soupe... zut! c'est un autre! cet autre m'écoute... il veut bien

« qu'on va revenir, etc. » mais il me met en garde que nous n'aurons rien à manger si nous ne présentons pas de passeports!

« Je peux vous donner un " petit permis "... tout ce que je peux!... l'*hausgericht!...* repas frugal... »

Oui! oui! on veut bien!... le principal qu'il nous laisse sortir, nous garde pas dans la cambuse! ce couple de Perpignan est peut-être bien honnête? pas bourrique du tout!... ce qu'ils ont affreux, c'est qu'ils ont pas reconnu La Vigue... ni du théâtre, ni du film!... les gens que ça peut être?... pas à croire!... bien capables de tout!...

« Allez Ferdine! magne! attends pas que l'autre flic rallège! »

Il nous presse...

« D'abord dis, la clape!... non tiens, tout de suite " Photomaton "! je t'ai pas tout raconté, Ferdine!... notre train de plaisir! le dernier dur de la gare de l'Est!... quatre fois mitraillé, mon fils!... Épernay... Mézières... et puis en Belgique!... les deux remblais pleins de maquisards! vois un petit peu! »

Il recommence tout!

« Regarde ma valoche! »

Il la rouvre... elle se répand... toutes ses liquettes plein le trottoir!... que les gens de la queue se rendent compte de ce qu'a été le dernier train!... et que les deux-là de Carcassonne qui pleurent ont rien vu!

« Voilà ce que c'est maintenant la France! »

Oh ça y est! quelqu'un l'a reconnu!... un!... dix!...

« Le Vigan!... Le Vigan!... c'est lui! »

Il remercie... une fois... deux fois... il s'incline... et il remballe son saint-frusquin... toutes ses loques... vite!...

« Maintenant fils, en route! »

En route, c'est pas loin... l'autre côté de l'avenue, le « Thüringer Hof »... on a finalement décidé qu'on irait qu'après aux photos... Lili porte Bébert dans son sac...

« Tu peux plus marcher sans cannes? »

Il me demande.

« Si! je pourrais, mais je suis mieux avec!

— Tu te vieillis! »

Sa terreur lui, vioquir! vioquir!...

« Mais dis donc fils, t'as dix ans de moins! tu verras un peu dans dix piges!... »

Normal que je titube, lui droit comme un I...

Le « Thüringer Hof » nous voici!... le palace... oh, bien écorné... entre deux immeubles absolument en décombres... en creux, je dirais... le « Thüringer » se tient encore, juste un balcon qui lui pend... on entre... la « Réception »... au milieu d'un grand hall, tout or... je sors notre petit permis : « un repas »...

« *Stimmt*... ça va!... vous voulez manger?

— Oui!... oui!... oui!... »

Le Vigan répond...

« Vous voulez une chambre?

— Deux chambres!... une pour moi, ma femme!... et une pour notre ami, là!... »

Ce portier est de la grande époque, la redingote plus que vaste, à passementeries très vermicelle, casquette de super-amiral... mais il aperçoit Bébert!... sa tête!... Bébert aussi le regarde fixe...

« Vous avez un chat? »

Foutre, il le voit!... clac!... il referme son registre!... il veut plus de nous!

« Aucun animal n'est admis!

— Alors?

— Alors? »

On peut lui répondre tac au tac: larbin, boche, schleu, etc... qu'il aille se faire!... ça nous avancerait pas beaucoup...

« Montre ta valise, con! »

Je fais à La Vigue... il m'obéit, il montre les trous... son fatras de loques... je lui montre mes cannes... que je tiens pas debout...

« Blessés! blessés! *verwundet!* ma femme aussi!...

— Alors adressez-vous là!... là ils prennent avec les animaux... »

Il nous écrit le nom sur une carte... « Zenith Hotel »... Schinkelstrasse...

Je veux pas que La Vigue déconne encore, je prends le commandement...

« Merci beaucoup Monsieur le portier, nous y allons tout de suite de votre part... peut-être aurez-vous l'obligeance de prévenir le " Zenith Hotel "... téléphoner? »

Bien content qu'on le débarrasse!

« *Ja!... ja!... ja!...* »

Je lui plie un billet de cent marks en quatre... en huit... je lui file dans le creux... et lui serre très fort les deux mains... tout de suite il a le « Zenith » au bout... j'entends le bon dialogue... « ça va!... *stimmt!* allez-y! » qu'ils peuvent nous prendre! que nous sommes sérieux au pourboire...

Je prépare un autre billet de cent marks, que j'aie tout ce qu'il faut en arrivant... pas tout d'être maudit de l'univers!...

« Maintenant La Vigue, en avant! »

Fini l'amusette!... si on se fait encore virer du « Zenith Hotel », c'est plus qu'aller où?... je leur répète, Lili et notre ami illustre artiste... qu'ils me demandent avant de parler!... qu'ils gaffent pas!...

Il s'agit d'abord de trouver cette Schinkelstrasse!... l'amiral-portier veut bien sortir... il nous montre... la quatrième?... troisième?... à gauche?... on peut pas se tromper!... soit!... mais je connais le décor des façades, vous croyez qu'une rue existe, elle existe plus... tout son intérieur, poutres, briques, escaliers, lui pend par les fenêtres... ou se trouve en tas devant les portes... si vous voyez de loin, une certaine hauteur de briques, c'est tout le souvenir de l'immeuble... vous acquérez l'habitude... le trottoir est plus qu'un petit boyau juste à passer pour une personne... entre le haut mur des ordures et les soi-disant maisons... là du « Thüringer » à cette rue Schinkel, au bout de deux minutes c'était plus que des bouts de

HOTEL ZENITH (Steinbock)

devantures qui voguaient, s'effilochaient... et des persiennes... vous auriez ri! à chaque bourrasque, il vente beaucoup dans une ville qui n'a plus d'immeubles... ça doit être terrible à Hiroshima! *ptaf!*... il vous arrivait une fenêtre!... vous pouviez très bien être tué... avec cannes... sans cannes... ah, je vois cette Schinkelstrasse... le 15... le tas de décombres dépasse pas le premier balcon... « Hotel Zenith »... il reste plus qu'un bout de la plaque : *nith*... pas d'erreur!... la sonnette sonne plus! tant pis!... en avant!... personne nous accueille! ce qui reste du « Zenith Hotel », j'ai qu'à regarder... et d'abord trouver quelqu'un... je vois au fond d'une sorte de courette... là aussi des monceaux d'ordures, de briques et de tout... mais pas en ordre, en piles... non!... le genre la vieille zone... et des excréments en plus... bon!... c'est un style!... et presque noir, là tout le fond... noir et moisi... un côté c'est un rez-de-chaussée... pas de fenêtre ni de porte... des tentures en place... je me demande: cette cagna est-elle habitée?... j'appelle : oh! oh!... quelqu'un sort de cette moisissure... un moujik!... je dis : un vrai!... barbe, bottes, chemise bouffante... et le large sourire... enfin, un aimable!... il me parle en allemand... pas bien, mais assez... je lui réponds aussi « petit boche »... on se comprend... c'est lui le gérant du « Zenith », il m'explique, il vient de Sibérie... prisonnier? déporté?... Vlasoff?... je demande pas... mais enthousiaste!... il m'entreprend!... deux mots... les louanges de sa Sibérie!... qu'est-ce qu'on attend? comme la Sibérie est riche! giboyeuse! fleurie! verdoyante! accueillante! j'ai pas idee!... de ces vallons! quels pâturages!... de ces buissons!... quels gardénias! je peux pas me douter!... il me fait une de ces propagandes, massive, que nous pourrions partir tout de suite!... vivre en Sibérie!... mais j'objecte! entendu! sûrement! mais Berlin veut pas nous lâcher... est-il agent de l'*Intourist?* je lui demanderai... ce doit être sa femme qui nous regarde, elle a soulevé un peu de tenture... une vraie *baba,* yeux bridés, mouchoir de tête... elle est pas causante... je veux aider... La Vigue y va... cent marks bien pliés... elle voit qu'on a des bonnes manières, elle fait signe à son moujik que nous sommes acceptables... qu'il peut y aller...

« La chambre? »

Certainement la chambre! tout de suite!... deux chambres! mais bien sûr!... où vous voudrez! second étage?... voici déjà une chose acquise... nous ne coucherons pas dans la rue... et la clape?... va-t-il nous demander des tickets?... non, ça sera de la soupe, de leur propre soupe, trois gamelles, et du pain noir, et de la bière... cet hôtel qui ne paye pas de mine au moins une chose, veut bien de nous!... l'occupation russe a du bon! maintenant à l'étage!... l'escalier!... ça manque de marches... on ne peut pas monter plus haut... le « troisième » existe plus... à ciel ouvert... bon pour le « second »! quels numéros!... n'importe!... « tirez! poussez! » il en a de bonnes!... ses portes ouvrent pas!... coincées, gondolées... on s'y met tous!... les murs, les cloisons cèdent très vite!... oh très bien!... tout un mur qui se rabat sur nous!... l'autre cloison décolle... on voit dans cette pièce, on peut même entrer... nous entrons... avec plein de plâtre, papiers peints, briques... oh, deux lits-cages!... Lili, moi, Bébert... et La Vigue, où? la chambre à côté! pas par la porte, fichtre!... nous savons! à insister, la défoncer, tout le couloir céderait!... peut-être tout le « Zenith »? les murs ne demandent qu'à s'ouvrir... mais un peu de doigté! La Vigue est adroit avec son canif, il décolle une brique, une autre... très subtilement... le tout de ne pas toucher aux portes!... là ça y est!... sa chambre, comme la nôtre, mais pas de table de nuit... ni broc, ni cuvette... un petit miroir... fendu, mais quand même!...

« Dis, Ferdinand, j'ai une sale gueule!...

— Oh non! un peu fatigué, ça se comprend! »

Il prend facilement l'air tout au bout de tous les malheurs.. Christ aux Oliviers... c'est depuis son film *La Passion*... et maintenant depuis la gare de l'Est, l'attaque de son train, ses chemises en charpie et l'état de la France, il peut être un peu accablé... le Christ, c'était déjà pas mal... une seule fois qu'ils ont joué le Christ, j'ai vu un peu, les acteurs, et même les metteurs en scène, c'est pour la vie... la moindre occasion ils sont Christ... demandez toujours à un artiste s'il a joué le Christ, si oui, vous pouvez vous attendre... une femme, si elle a fait la Vierge? à cent ans, elle la fera encore... je voulais pas que ça le prenne là, La Vigue, qu'il se mette en croix sur le lit-cage... on était assez en plein drame, je trouvais... vite! vite!... je lui parle de notre soupe, du moujik et de nos gamelles... qu'il serait bien aimable d'aller voir... qu'on ne nous oublie pas... il avait vu le fin fond de la cour... juste, on vient!... des pas... c'est le barbu!... je parle d'autre chose... je lui demande : la dernière alerte?

« Oh, toutes les nuits! mais plus de bombes! fini les bombes! »

Je veux, mais je crois ces avions lunatiques et simplement qu'ils recommenceront... en fait, bien sûr, ils sont revenus, mais des mois plus tard, et alors pour le grand cirque... nous, le moment, c'était l'accalmie... ils s'occupaient des frontières et des raids sur Londres, pas de Berlin... nous toujours, nous étions casés, pas très solides, mais enfin... tout était fragile!... nous aurions été à Paris, ç'aurait été nos jolies viandes... qu'auraient été secouées grand ouvertes!... donc pas à se plaindre! mieux le « Zenith » que l'abattoir!...

On s'assoit sur nos lits-cages, on pense... y a penser... Bébert part à la découverte... la façon des chats, dès qu'ils sont quelque part, il faut, même en très grand danger, qu'ils reconnaissent les lieux et les environs... leur espace vital... pour ça qu'il est si délicat de les emmener à la campagne... leur instinct, ils fuguent, et vont finir à la marmite... là, l'« espace vital » au

« Zenith », c'était la longueur du couloir... tout de suite Bébert est au bout... Lili l'appelle... il revient pas... elle va voir... une tenture... j'y vais aussi, on est à regarder tous les trois, Lili, moi, Bébert... rien! le vide... oh, un vide de bien sept étages, un entonnoir de très forte bombe, vaste assez pour plusieurs immeubles... le « Zenith » peut dire qu'il l'a frisé poil!... comme la loterie les bombardements!... engloutissez?... on parle plus de vous!... si c'est votre veine, ce sont les autres qui plongent! vous pouvez jouer dès aujourd'hui, puisque vous partez en vacances, à qui plongera? lui? elle? moi?... au « Zenith », tout considéré nous l'avions belle... Le Vigan remonte avec les gamelles... très honnêtes! chou rouge à la crème, le moujik le suit avec des cannettes et l'eau minérale... voilà le parfait ordinaire!... ah, aussi des boules... pain noir... ce moujik nous gâte! il demande pas de tickets... nous nous allongeons, on a le droit, on a un petit peu bagotté... y a plus de fenêtres... je veux dire presque plus, juste les montants... et deux, trois demi-vitres... ce Russe est vraiment sympathique, il nous apporte deux grands tapis pour suspendre en guise de rideaux... on accroche... voilà qui est fait... maintenant vraiment on peut attendre... l'intimité, si on peut dire... chacun chez soi!... façon de parler... pour passer chez Le Vigan y a qu'à enlever deux carrés de plâtre... mais pour aller au couloir c'est seulement en étant chez lui et faisant pivoter quatre briques... pas par la porte!... surtout pas!... elle vous ferait crouler tout l'étage! Bébert lui passe par où il veut... fissures... trous de rats, rideaux... certaines fissures un peu plus larges, Lili passe... elle va au couloir, à l'autre bout... elle m'appelle... je veux pas y aller...

« Si! si! viens!

— Qu'est-ce que tu vois?

— Un autre trou! »

Bon!... je fais l'effort... à quatre pattes... je démolis un peu le bas du mur... La Vigue vient aussi, à quatre pattes... nous voici l'autre bout de l'étage... un « à pic » encore au-dessus d'un cratère, un autre!... un grand tapis pend en guise de cloison... après le tapis, le vide, l'autre trou... de quoi bien enfouir trois immeubles... ils y sont peut-être?... même sans doute... le « Zenith Hotel » a eu de la veine, il pouvait très bien partir des deux côtés... il s'en est arraché beaucoup, puisqu'il n'existe plus que deux étages... existent légèrement, je dirais... à propos, il faut que je demande au moujik où sont les autres voyageurs?... « *sight-seeing* »?... *new-Berlin?*... je rigole!... mais au fait! nos photographies!...

« La Vigue! nos photomatons! »

Le flic aux passeports doit se demander ce qu'on devient, il doit être rentré de la soupe... mauvais qu'il croie qu'on se fout de lui! zut!... qu'on se repose d'abord! un peu!... surtout après la soupe aux choux... je dis rien, mais lourde... nous revoici donc à quatre pattes, à prospecter vers une autre fente plus large, plus facile... Bébert nous trouve une très béante, je l'avais pas vue... ça y est!... nous y sommes! mais couverts de plâtre, sable, cendres... on va se laver!... j'appelle :

« Ivan! Ivan! »

Il m'a pas dit comme il s'appelle, mais Ivan il peut pas se vexer... il a peut-être une brosse? faudrait une étrille tellement nous sommes épais de plâtras... et de toutes les crasses...

« Ivan! Ivan! »

Personne vient... on peut s'allonger... La Vigue ronfle presque tout de suite... moi-même je me laisserais aller... Lili somnole... Bébert est entre nous deux...

Il faisait presque nuit quand les sirènes ont commencé... une d'abord... puis cent!... sans elles, on dormirait encore...

« La Vigue!... La Vigue!

— T'en fais pas! le Russe l'a dit, ils bombardent plus! ils passent! »

Ivan dans le couloir, je l'entends... qu'est-ce qu'il vient foutre?

« Mais dis les trous, c'est pas la Lune! »

J'objecte...

« Laisse! laisse, je te dis!... ils vont ailleurs! »

La Vigue a la foi.

Ah, voici Ivan! il venait!... encore trois gamelles, patates et betteraves, et l'eau minérale! d'où il sort tout ça?...

« Ivan, as-tu un peu de viande?... pas pour nous!... pour notre chat, là?

— *Da! da! da! Ich will!* »

Cet Ivan est providentiel, je trouve... il a droit

encore à cent marks... je veux me ruiner pour Ivan!

« La Vigue!... La Vigue!... à table! »

Il passe par sa fente, le voici, il bâille...

« Dis, c'est comme ça en Russie? »

Je veux savoir...

« *Ach! viel besser!* bien mieux!

— Et en Sibérie?

— *Noch viel besser!...* encore beaucoup mieux!

— Tu vois ce qui nous reste à faire!...

— Pas à hésiter! »

Tout un programme... Ivan reste là, il nous regarde... si ces gamelles vraiment nous plaisent?

« *Merkwürdig!* Ivan! merveilleux! »

Je pense que pour la Sibérie, on réfléchira!

« D'abord, dis donc, le flic? »

La Vigue se demande!

« Il s'attend pas à ce qu'on revienne!

— Mais les photos? »

Je suis plus courageux, je trouve qu'il faut! Ivan revient, il remonte avec le petit bout de viande... je m'y connais... cette viande ne sent pas... mais elle est pâle... je veux pas vous faire un effet, mais enfin les choses... l'endroit... « on ne voit que ce qu'on regarde et on ne regarde que ce qu'on a déjà dans l'esprit »... Bébert renifle un peu ce bout de viande pâle... il mord dedans, il la refuse pas... pas de commentaires... une bonne chose, il a à manger!... La Vigue retourne à son sommier, il reronfle tout de suite... nous aussi, je crois... il est pas question de se parler... on ne peut entendre que les sirènes... au moins une heure qu'elles mugissent... deux heures... elles alertent pour rien... pas une seule bombe... Ivan l'avait dit... du « décor sonore » c'est tout!... somnolons donc si nous pouvons... on se repose, voilà!... je vais voir venir l'aurore... je peux rester là comme ça des heures, j'ai l'habitude... Ivan je pressentais, devait pas être loin... il devait regarder ce qu'on fabriquait... un trou de voyou, une fissure à lui...

« *Komm* Ivan! *komm!* viens! »

Je veux pas qu'il se gêne!... je veux lui parler un petit peu... il m'agace qu'il rôde... le voici!...

« Ivan! les autres voyageurs?

— *All weg!* tous partis! »

Je comprends qu'on ait eu des chambres!

« Et le café? »

Sa femme doit en avoir en bas... je lui passe encore un « cent marks »... il va devenir riche si ça continue... il veut bien, Ivan!... il descend, il remonte avec un plateau, trois bols, une cafetière, du lait en poudre, et plein de pain noir... en boules et en tranches...

« Du sucre, Ivan! »

Le sucre c'est de sa poche... tout de suite... des gros morceaux, chacun deux!... on peut pas se plaindre!...

« Ivan!... *Künstler!*... tu te démerdes! t'auras pas volé qu'ils te rapatrient! en Sibérie!... tu te monteras un Palace là-bas!... *nach Siberia!*

— *Ach! ach! ach!...* »

Qu'on rigole donc!... on est pas là pour pleurer!... sacré moral, « Zenith Hotel »! la preuve!... on lui boit tout son faux café, et son pain noir, pas très pain vrai dire, mi-sciure... et son sucre... plus que saccharine!... enfin, café tiède!...

« Dis, regarde Ferdine! »

Je vais voir chez lui, par sa fenêtre, je soulève la tenture... la Schinkelstrasse se réveille... des gens vont, viennent... je vois que c'est surtout des équipes au ramassage, empilage des pierres, décombres, tuiles... et que ça dégringole!... des escouades d'hommes et de femmes, des vieux... ils ramassent, ils vont mettre en tas sur d'autres tas... en ordre... bientôt y aura plus de trottoirs, trop de tas, trop hauts, trop larges, des pyramides... je vous ai dit, les façades qui restent, godent, flottent, défaillent, s'écaillent au vent... les penailleux au ramassage sortent des trous à l'aube... rats de jour... ils font pas vite au ramassage, pas ardents, mais ordonnés... des très vieilles mains, des très vieux êtres, bien rhumatisants, hâves, tordus... où ils peuvent briffer? on se demande si ce sont des Russes?... des Baltes? des cloches d'ici?... ils sont tous en pantalons... enfin, à peu près... je vois... ceux qu'ont des jupes m'ont l'air plutôt d'hommes... ils fument tous, il semble... fument quoi?... bientôt, il restera plus rien des maisons... plus que des poussières et des cratères... le « Zenith » peut un petit peu s'attendre à faire qu'un tas... déjà il en a deux étages devant sa porte... ces équipes de vieux fossoyeurs travaillent pour l'avenir! Hamlet était qu'un petit J3... dialectique gâté, il aurait attaqué le Château, le démolir pierre par pierre... lui aurait fait un drôle de bien! il aurait poussé moins d'*alas!* je voyais là ces vieillards œuvrer, fantômes ainsi dire, pas vite bien sûr, mais très sagement, entasser les tuiles, qu'il en reste pas une à la traîne... même chercher en face, aux autres tas, ce qui était du « Zenith », ce qu'appartenait à notre ruine... on peut dire des gens consciencieux... pas de va-comme-je-te-pousse souillons... des équipes quand ce sera « tout-cendres », que la planète sera plus qu'une gadouille de neutrons, vous feront des petits tas de ces chimies, trois, quatre tas disons pour une capitale... cinq tas pour Brooklyn-Manhattan... oh, je plaisante!... tout vient à point! là nous étions Schinkelstrasse... deux tas pour Paris!... nous n'y sommes plus! je vous retrouve!... nous regardons la rue... l'ordre que mettent ces gens... pas que dans les briques... il tombe de tout... cheminées... gouttières, baignoires... mais nous, là je pense, nos photomatons?

« Tu te souviens toi où c'était?

— Oui!... oui!... »

Tant mieux!... juste à côté du « Thüringer »... d'où on s'était fait éjecter!... hop! un sursaut! que la police nous recherche pas! vite à nos images! même méconnaissables! j'appelle Ivan! le voici!... je lui recommande de toucher à rien, qu'on va se faire voir à la « Police »... qu'on va pas être cinq minutes... on va pas bâiller aux vitrines!... là dans la rue je vois vraiment que j'ai besoin de cannes, je me ramassais tous les trois pas... je suis comme les maisons... j'ondule... on passe encore par des rues... sans doute les mêmes... aussi pleines de vieux, comme la nôtre... qui ramassent, empilent... ils fument aussi, n'importe quoi... ils sont habillés pareil, loques et ficelles, demi-jupes et bouts de pantalons... on parle des misères de Shanghaï, y a toujours tout ce qu'il faut partout... ah, voici notre photomaton!... nous nous sommes retrouvés sans mal!... oh, mais quel monde!... j'ai droit à deux priorités!... invalide de guerre et médecin... mon brassard!... « Défense passive de Bezons »... je me le passe au bras... je m'occupe pas des gens, j'entre direct dans la baraque, et Lili, La Vigue et Bébert... ça murmure!... je leur montre ma « croix rouge »... ils voient... et j'annonce haut, fort... « Affaires étrangères »!... je leur dirais n'importe quoi!... qu'on est Belzébuth et sa cour... pour arriver à la demoiselle qu'on se fasse pas virer finalement parce que nous ne sommes pas à l'heure... la demoiselle nous demande pas de détails elle nous fait asseoir... chacun devant un gros œil de verre... La Vigue veut qu'on le laisse réfléchir... une seconde... le temps de s'arranger un peu... penses-tu!... *tac! tac! tac!...* on est pris!... la technicienne ne peut pas attendre!... elle nous montre tous les gens dehors!... nos trois tabourets sont occupés, illico!... et nous, rejetés debout!... ça se développe dans le cagibi... deux minutes! voici!... je paye... dehors nos binettes!... là, on a le temps... on se regarde... et regarde encore... Lili, moi, La Vigue, on a changé de tronches!... le flic de la *Polizei* a raison... je m'occupe pas beaucoup de ma figure, mais là vraiment de quoi s'amuser!... des yeux, des calots qui ressortent; presque du « Basedow »... et plus de joues du tout!... des bouches flasques, comme de noyés... tous les trois!... on est vraiment devenus horribles... trois monstres... pas niable!... comment on est passés monstres?... comme pour les cannes, là d'un seul coup... c'est depuis Baden-Baden que je titube... ça doit être aussi depuis le « Brenner » nos tronches d'effarés guignols criminels?... le saisissement?... on est mimi!... surtout Le Vigan qu'est à rire, lui le charmeur célèbre, aussi envoûtant à la ville qu'en film ou la Scène... qu'elles étaient toutes folles! il fait aussi incongru que nous en « Photomaton »... traqué, effaré... Lili aussi, pourtant mignonne, traits réguliers, criminelle en rien, la voici marâtre assassine, les cheveux en tornade et Sabbat, sorcière sur le retour, elle qu'a pas vingt ans...

« L'Allemagne nous réussit pas... »

C'est à craindre!...

« Le flic dira qu'on n'est pas nous!... »

On peut être sûr!... je prévois les complications... mieux pas y aller!... advienne que pourra!...

« Retournons à l'hôtel! »

Traîner par les rues?... pas bien recommandable!... j'étais pas encore habitué à être identique et moi-même et cependant méconnaissable... plus tard je m'y suis fait, très bien fait, promener un double, un espèce de mort, un mort avec cannes et soucis... un méchant qui vous abatterait, ferait que vous renvoyer au cimetière d'où vous n'auriez pas dû sortir... moi depuis 14... pas que de 44!... je vais pas voter, je sais pourquoi, je suis attendu... les conservateurs de cimetières savent qui est qui... à peu près encore des formes, et des couleurs et des souvenirs... mais quels? ratiociner arrange rien... vous êtes repéré!... à la fosse! dans notre cas, nos photos, il s'agissait pas de plaisanterie... la police en voudrait jamais!... elles étaient pas à présenter... je propose... nous revoici au « Zenith »...

« On peut essayer sur Ivan!... »

Ça risque rien... je l'appelle... il était derrière le mur... je lui demande ce qu'il pense de nos photos... il les prend, il les retourne, face et verso... têtes en bas, il trouve rien... on est devenus des Picasso... notre cas est vraiment assez grave... y a qu'à la Cour de Justice et pour la prison qu'ils vous retrouvent... et pour bien vous gauler vos meubles... là ils se trompent pas... Berlin, nous n'étions qu'au début, je ne savais pas tout ce qu'on peut faire avec les personnes hors-la-loi... arrive que pourra!... je commande encore trois gamelles et le petit quelque chose pour Bébert... quand on a des photos comme nous il faut se montrer large... j'y vais de deux billets de « cent marks »... encore!...

je sais pas ce qu'il pense en politique, Ivan... mais une chose : il pourra dire que je suis aimable... sans doute nous ne sommes plus que nous trois dans ce qui reste du « Zenith Hotel »... plus que nos deux chambres habitées !... tout de même encore un téléphone... je l'entends qui grelotte... même assez souvent... où il peut être cet appareil ?... dans la cour, dans son rez-de-chaussée ? ou au fond d'un des cratères ? mais qui peut lui téléphoner ?... Le Vigan se le demande aussi... on va pas lui poser de questions !... allons encore réfléchir !... on sait maintenant très bien passer chez La Vigue... par ses briques... nous revoyons la rue, la *Schinkel*, le va-et-vient des vieillards, comme ils grattent, épeluchent, mettent en piles... ils feront une autre rue, tuiles et briques, si la guerre dure seulement dix ans... revoici Ivan avec des choux rouges à la crème, et la petite viande pâle pour Bébert... Lili me fait remarquer quelque chose... un étage, une maison en face, comme suspendu entre les colonnes de l'immeuble... en hamac... les étages au-dessus et dessous existent plus... soufflés !... en plus cet étage fait vitrine... vitrine de fleuriste... fleuriste, magasin suspendu... roses, hortensias, clématites... suspendu entre les colonnes en hamac... plus rien n'existe de cette maison que cet aérien entresol... et le grand escalier... le seul étage habité, je crois, de toute la Schinkelstrasse... ah, et nos piaules nous, en carrés de plâtre, « Zenith Hotel »... je demande...

« Dis donc, Ivan !... »

DR. PRETORIUS (Dr. Faustus)

Je lui montre l'autre côté de la rue... ce magasin en hamac?

« *Da? da? blumen? geschäft?...* fleuriste?

— *Nein!... nein! doktor* Pretorius! »

Va pour Pretorius!... on fait nos remarques, que cet entresol était peut-être pour les mariages et les enterrements... bouquets et couronnes? on n'en avait pas encore vu... mais ça devait sûrement exister... les conditions se présentaient... nous on s'achèterait bien des fleurs... une coquetterie pour nos piaules!... en pots!... fignoler notre home!... des géraniums... Lili voulait les clématites... on en discutait gentiment... d'intérieurs, de fleurs... et d'herbe pour Bébert... il devait avoir ça, Pretorius! ce Pretorius!... d'abord terminer nos gamelles!... là encore on se demandait... choux rouges à la crème?... d'où il pouvait avoir cette crème, l'Ivan barbu?... son air rustique, c'était un drôle de débrouillé!... même le chou rouge?... je dis!... maintenant finies les gamelles on pourrait faire un saut en face? qu'est-ce qu'on risque? d'abord voir si c'était vrai ce Pretorius?... pas une invention! alors y acheter deux géraniums... Docteur Pretorius... s'il existe?... plein de ramasseurs le trottoir en face... par où on monte chez ce lustucru? nous verrons!... on y va!... on descend on traverse la rue... on passe entre deux tranchées de briques... on demande l'escalier... par là!... je vois trois étages en échelons de cordes... et puis redescendre à l'entresol! ce micmac!... mes cannes sous le bras, c'est du travail... il doit rigoler le frère là-haut de voir ses clients piquer une tête... ça doit arriver!... ah le voici... « Doktor Pretorius »... il s'appelle vraiment comme ça... gravé sur cuivre... sa plaque pend à un fil de fer... ils sont tous *doktor* en Allemagne... doktor fleuriste?... voilà, c'est lui!... il nous a vus venir... il nous demande tout de suite, en français...

« A qui ai-je l'honneur?

— Ma femme!... M. Coquillaud! et moi-même! »

J'en dis pas plus... c'est assez... un homme au premier abord, ni vulgaire ni brute, assez gras... dans la cinquantaine... et à lunettes...

« Par ici, je vous prie! »

Il nous précède... il boite un peu...

« Vous voudrez bien m'excuser... j'ai entendu vos paroles... cet immeuble vide résonne!... je ne suis pas fleuriste du tout!... je le déplore!... je regrette, Madame! je suis bien docteur, c'est exact... mais docteur en droit... et avocat...

— Oh, vous nous pardonnerez, Maître!... notre sottise!... Ivan, en face, aurait dû nous expliquer!...

— Celui que vous appelez Ivan ne sait rien du tout!... il s'appelle Petroff... il est stupide comme tous ces gens russes... stupide et ivrogne et menteur... tous ces gens de l'Est... ici, n'est-ce pas, nos bonnes manières les déroutent... ils ne savent plus ce qu'ils voient, ce qu'ils entendent, ils ne savent plus ce qu'ils sont!... là-bas on les fouette tous les jours... sitôt qu'ils cessent d'être battus, ils délirent!... le cas de ce Petroff, celui que vous appelez Ivan... il me voit fleuriste!... certes j'ai des fleurs... mais pour l'ornement de mon local, pas pour commerce!... il vient me voir assez souvent... me vendre de sa crème... je lui ai dit cent fois : " Je suis avocat, Petroff "... il faudrait que je le batte au sang pour qu'il se souvienne!... l'habitude!

— Oh, certainement, cher Maître, très juste!... très juste!

— J'aime beaucoup les fleurs, je possédais à Breslau un véritable jardin de fleurs tropicales... en deux serres...

— Ah, vous étiez à Breslau?

— Oui Monsieur, et je pense, et je crois que je peux dire que mon cabinet était le plus important de Haute-Silésie... jusqu'à Vienne!... au criminel comme au civil!...

— Vous avez fait, bien entendu, de longs séjours en France, cher Maître?

— Oh oui!... j'ai même présenté à Toulouse une thèse en français, sur Cujas...

— Cher Maître, rien qu'à vous entendre! aux premiers mots!

— Vous trouvez alors que je parle assez bien français?

— Bien?... bien?... mais on ne peut mieux, cher Maître!... comme on ne le parle plus... sauf quelques très grands écrivains... Duhamel, Delly, Mauriac... et peut-être?...

— Ah, en vérité? vous trouvez?... vous me faites plaisir!... prenez place! assoyez-vous, je vous en prie! là, Madame!... je crois que ce divan est plus accueillant que mes fauteuils! tous " d'occasion ", vous vous doutez!... je n'ai rien sauvé de Breslau!... pas un dossier!... et vous-mêmes!... je me permets!... vous êtes à Berlin en touristes?... vous connaissez un peu la ville?...

— Oh, très peu... très peu...

— Alors vous me ferez le grand plaisir, puisque vous demeurez en face, de venir me prendre, et je vous montrerai les endroits un peu pittoresques... cette ville est un peu secrète, comme chez vous Lyon... elle a été très décriée, salie dirais-je... ville très sinistre!... ville de pédérastes, de monstres!... vous avez sûrement entendu?...

— Oh, la jalousie, Maître! rien de sérieux!

— Vous verrez!... vous verrez vous-même!... en attendant, je vous prie, mon appartement est à vous! disposez! disposez! et toutes les fleurs!... choisissez pour votre chambre! le « Zenith » ne paie pas de mine!... je sais!... les chambres sont dans un triste état!... cet hôtel a beaucoup souffert des derniers bombardements... toute la rue d'ailleurs!... cette rue n'est plus que façades... à peine, ci, là, quelques logis... quelques cratères sont aménagés... me dit-on... pour ma part j'ai reconstruit, vous pouvez voir... avec les moyens possibles!... un entresol, et suspendu! le plafond, les cloisons, sont d'autres immeubles... en face... à côté... les meubles d'autres quartiers détruits... surtout d'*Alt*

Köln... des amis d'ici et de là-bas m'ont aidé... en cette maison tous les locataires sont morts... morts chez eux... tous les corps identifiés... la loi me fait droit... du moment que je reconstruis, occupe le local, bourgeoisement, et paye les impôts, je suis chez moi... loi de 1700, nullement abrogée!... »

Il s'animait!... soutenait sa cause!... le lorgnon tremblotant... ah, que personne vienne contester!... son droit! et qu'il occupe bourgeoisement!... pas fleuriste du tout!... une invention de ce Petroff, sale animal, crapule à fouetter, jaloux cochon slave!

« J'attends n'est-ce pas, que tout s'arrange!... retourner à Breslau? non!... je m'inscris ici!... j'ouvre mon cabinet, ici même!

— Certes! certes, Maître!

— Situé vous le voyez en plein centre!... à deux pas de la Chancellerie! »

Il se frappe le front...

« Comment? comment? vous ne savez pas? »

Il se lève, vraiment pas à croire!... il regarde l'heure... le Chancelier... la Chancellerie, là, si près!... c'est le moment, il va être quatre heures! deux pas!... nous voulons?...

« Oh, certainement!... enchanté... tout ce qu'il y a d'heureux! quelle veine! »

Bébert le chat dans sa sacoche, et en route!... Pas loin, il avait raison... une minute...

Eh bien, c'est ça leur Chancellerie?... grand rectangle en pierres genre granit... mais bien plus triste que du granit, plus funèbre... pas étonnant ce qui s'y est passé!... en comparaison, le Panthéon, les Invalides, font amusants... tout ça sur une petite place de très chagrine sous-préfecture... y a les portes de la Chancellerie qui sont vraiment colossales... sûrement blindées... eh bien, c'est pas tout! et l'Adolf?... on est venu pour!... il est là-dedans? enfermé?... il va sortir?... je demande à La Vigue... il ne sait pas... zut!... je demande audit Pretorius « chutt!... chutt! » il me répond... « les voilà! vous entendez la fanfare?... » j'entends rien du tout!... il n'y a que nous sur cette petite place!... nous trois, nous quatre, Lili, moi, La Vigue et lui... personne autre!... debout, on attend... cette « place de la Chancellerie » est vraiment peu fréquentée... pas une sentinelle, pas un troubade, pas un schuppo... je commence à la trouver mauvaise, pourquoi il nous a emmenés là?... on l'a vue sa Chancellerie... j'y dis!...

« Ça va!... on remonte!

— Chutt!... chutt! »

Lui, entend quelque chose!... il me regarde...

« Les voilà!... »

Je vois rien... j'entends rien...

« Tu vois quelque chose, toi? »

Je demande à Lili... et à La Vigue... non!... rien du tout!... le mec est inquiétant... je me doutais un peu... mais là, pour sûr!... on voit rien, on entend rien... lui tout au contraire, il se tient plus!... il crie!... il hurle!... sur la pointe des pieds!... *heil! heil!* ça le prend là à côté de nous... son feutre à bout de bras!... *heil!*...

Prétorius – Plünderer / Rue Girardon

heil!... il est remonté!... il voit des trucs?... y a rien... rien... je peux dire : rien!... il se fout de nous? il le fait exprès?... la place absolument vide... toutes les boutiques autour fermées... lui voit l'Hitler!

« Vous voyez, il entre!... les portes s'ouvrent!... magnifique! magnifique! *heil!* »

Et il gueule encore trois *heil*... il voudrait peut-être que nous aussi?... il remet son feutre... c'est terminé...

« Remontons! »

Je vais pas lui demander si c'est vrai... on se tait... on s'en va... on l'écoute... c'est lui qui raconte les choses... qu'Hitler avait bien bonne mine... que la foule était si heureuse!... nous on veut bien, on dit comme lui... comme ça jusqu'à sa maison *Schinkelstrasse*... colonnes et décombres... l'acrobatie... d'abord par des escabeaux jusqu'au palier du « troisième » et puis la redescente par la longue échelle jusqu'à son entresol-hamac... épreuve! surtout pour moi, à vertiges... maintenant voilà, on est revenus... où il a trouvé tous ses meubles?... il m'explique, très raisonnable, plus du tout l'énergumène... il a des relations dans toute la banlieue de Berlin... il achète les meubles de personnes enfuies, bombardées, défuntes... oh, pas tout!... que les bonnes pièces! je vois, c'est vrai, il déconne pas... c'est bon!... commodes, tables, fauteuils, pas horreurs du tout! je lui demande...

« Alors, ça aussi, légal?

— Absolument!... paragraphe 4! même loi de

Plünderer haben Recht hinter sich

1700!... reconstruction! je reconstruis!... j'habite!... je paye les impôts!... correct!... correct! »

Pas dingue!...

« Ordonnance du 13 décembre Potsdam 1700!... »

Précis!...

Je l'écoute, je me dis que nous autres rue Girardon, ça doit être pareil, au moment même, ils doivent se servir... ils doivent avoir des Ordonnances, pépères! qu'on retrouvera jamais rien!... d'un côté, l'autre, boches ou nos frères, tranquille! la clique, bradeurs, secoueurs, vampires des désastres!... les uniformes ont rien à faire, ni les drapeaux... tout voleurs, tout assassins sont! outre-Rhin, trans-Caucase, Touraine, Arabidjan, Connecticut cherchez pas, hominiens partout!... Basse-Provence ou Haute-Silésie, étripeurs, faux dingues, trifouilleurs de Codes, foncent!... vous embarquent tout!... réputés réprouvés? pendables : fixe!... l'article est là!... 75... 113... 117... potences tout près!... partout!... passez les cordes! *couic!* le nôtre là, s'y prenait, je trouvais, d'une façon joliment risquée... que d'un moment l'autre tout lui redébouline sur la tronche, bibelots rares, plantes exotiques, vitrines suspendues, il serait saisi!... que la R.A.F. se remette à s'occuper de Berlin!... on était sans doute qu'en entracte!... les articles et les paragraphes que lui serviraient? même de Frédéric? où il irait, et son Hitler imaginaire?

Ah, l'entresol!... ah, Chancellerie!... je veux,

pour le moment, l'entracte, il était mieux que nous... son genre de hamac fleuri était assez gai... qu'il ait des visions?... possible!... les nerfs, l'effet des bombardements?... je lui demande...

« Vous avez tout perdu cher Maître? bombardé?... à Breslau?... »

Je connais un peu ce Breslau, bien noir pays, ciel et terre, plus noir que la Prusse et plus froid...

« Oui, tout!... absolument tout! pertes matérielles!... *ach!... ach!* »

Ici geste, que cela compte peu! vraiment peu!... mais!... mais!...

« Mais ma femme, ma chère femme Anna!... et mon plus jeune fils, Horst, six ans... voilà! »

Cela nous attriste, bien sûr... mais ce n'est pas tout :

« Deux fils encore!... en Russie... depuis seize mois aucune nouvelle... mon frère et mon neveu en France!... pas de nouvelles! »

Nous faisons encore des ah!... ah!... c'est tout... lui toujours tout le monde parti, et sans nouvelles, il se rabobiche un intérieur, et un cabinet d'avocat... plus tard j'ai vu, avenue Junot, exactement pareil au même, ils nous ont tout secoué, et réoccupé bourgeoisement... l'Épuration c'est qu'un instant, on vous égorge et vous secoue tout... un éclair! vous vous retournez, tout est fini!... votre successeur lit son journal, fume sa pipe, Madame après son soutien-gorge, coud, vesse, et discute où ils iront?... vacances? vacances? la petite fille joue du piano, faux... vous vous avez plus rien à foutre!... passez votre chemin, crevez muet!... Pretorius lui, avait confiance... installé dans son hamac, dans ses meubles, à lui plus ou moins, il se voyait tout un avenir... payant ses impôts... rien à craindre!... tout de même, tout son truc houlait, il aurait pas fallu beaucoup que son bric-à-brac pique aux pavés... une petite bombe, plonge! et salut!... tel quel dans son farfouillis je l'aurais bien vu rue de Provence ou Palais-Royal en véritable magasin... de tout il avait, je voyais, oiseaux empaillés, collections d'insectes... toutes ses tentures ornementées... qu'il ait perdu sa femme Anna, son fils Horst, et sans doute bien d'autres, et son frère, l'empêchait pas du tout de penser que la tragédie prendrait fin et qu'installé bourgeoisement, payant ses impôts, son avenir était assuré, surtout placé comme il était, à quelques pas de la Chancellerie... il lui suffisait d'attendre... c'était aussi bien mon avis!... je l'approuvais fort... La Vigue, Lili le félicitaient pour son bon goût, ses si amusants bibelots, ses si jolies fleurs, son français parfait...

« Vraiment vous croyez?

— Ah, là! là! »

Et de renchérir.

Juste je me levais pour mieux voir... mieux regarder... une bricole... une autre... tiens! tiens!... je tique!... je me trompe pas... cet éventail?... je le connais... c'est ça!... je dis rien, je garde pour moi... c'est bien celui de Baden-Baden... l'éventail de Mme von Seckt... pas d'erreur y en a pas d'autres... je leur en parlerai à l'hôtel... dans les circonstances pareilles un petit mot de trop pardonne pas... je sais, j'ai éprouvé : pas de vane! je tourne la tête, je lui dis encore plus de bien de ses fleurs, de ses potiches, mexicaines... sur le bon esprit qu'il a eu de prendre des options sur tous les décombres d'alentour... et même sur le « Zenith » en face!... trois marks par tonne d'éboulis, dix marks par mètre carré de terrasse!... quel placement! je parlais de tout, mais pas de l'éventail! il a fallu qu'il nous relise tous les textes certifiant ses droits... aussi que Lili choisisse des fleurs, deux, dix! tout ce qu'elle voudrait!... la technique pour rentrer chez nous c'était d'abord de descendre par l'échelle jusqu'au trottoir... là en bas il nous enverrait un panier, au bout d'une corde!... on voulait bien? tout ce qu'il voulait!...

« Demain, la même heure? vous me ferez l'amitié... nous irons à Charlottenbourg! cela vous plaît-il?

— Oh certainement, Maître, certainement! »

Ah, au trottoir! enfin!... voici le panier qui descend... vite! vite! toutes nos grâces! salut! salut!

« Merci Maître!... merci! »

Vite en face!... chez nous! nous traversons les décombres... que les vieillards nous emmurent pas!... ils s'occupent pas de nous... vite notre escalier!... il existe encore!... nos piaules aussi...

« Maintenant écoutez-moi, vous deux!... vous avez rien vu? »

Je leur chuchote...
« Non!... ses fleurs!
— Vous avez pas vu Hitler?
— Non!
— Qui vous croyez que c'est ce Pretorius? »
La Vigue se gratte pas...
« Ferdine, c'est un flic!
— Qu'est-ce qu'il voulait?
— Qu'on dise du mal!
— Alors il l'a dans le baba! mais sûr, il va recommencer! une chose que vous avez pas vue... chez lui!... accrochée au rideau du fond!
— Quoi?
— Alors vous avez rien vu!
« Bien simple si je déconne! Lili où as-tu mis l'éventail de Mme von Seckt? »
Avec nous c'est pas difficile on a tout dans une seule valise, on se rend tout de suite compte... Lili la cherche, l'ouvre sur le lit-cage, rien!... pas d'éventail!...
« Vous avez rien vu!... il est en face chez Pretorius!...
— Alors?
— Alors foutons le camp et tout de suite!
— Pretorius est pas venu ici!
— Et Ivan?
— Ils sont en cheville? tu crois?
— Puceau je te dis, si on se tire pas! là, la minute! ça va mal!... le vol on s'en fout!... mais le turbin, un peu!... »
Il est dur à penser pratique, vite, Lili aussi... heureusement que moi je décide!

« Si on reste là on est faits!...

— Alors où?

— J'ai une adresse! »

Je ne voulais pas m'en servir de cette adresse! mais maintenant y avait plus de chichis!... tant pis! la « police des étrangers » avec nos photos « anti-nous » c'était plus la peine! j'avais plus que le suprême recours : Harras... au vrai, un bien compromettant ami! super-S.S.! tant pis! *alea jacta!* César s'était pas lancé de gaieté de cœur, au moins Harras c'était du sérieux! pas du demi-nazi... quart-cela... Professor Harras, président de l'Ordre des Médecins du Reich... très compromettant, sûr, certain, mais d'avoir quitté notre patrie qu'était notre fatal premier crime... le premier pas toujours qui compte!... dans les faux chèques, le bris des tirelires, le vol aux devantures, la trahison, tout!... le premier pas!... le toboggan du déshonneur!... vous commencez, un tour... deux tours... personne peut plus vous arrêter!... Lili La Vigue me comprennent bien...

« Oh oui! tu as raison!... »

Ils sont d'accord... mais quel pétrin!... depuis Montmartre c'était joué!... lui-même La Vigue avant de partir s'était construit un genre fortin dans sa propre cuisine, avec tous ses lits, tables, chaises, lessiveuse... mais finalement ils l'auraient eu!... comme ils ont eu Bonnot, Liabeuf, et le fort Chabrol... Parlant du fort Chabrol, souvenir de môme, j'ai vu ce siège... et la reddition... à propos encore, j'ai lu depuis, combien ce Guérin était suspect... bourrique ou pas, je l'ai vu embarquer à Ablon, par les pontonniers du 1er Génie, mort de sa belle mort, quai de l'Écluse... pendant la grande inondation, 1910... les souvenirs de môme sont toujours si c'était d'hier...

La Vigue avait pas voulu tenir derrière son sommier-barricade pour pas faire incendier l'immeuble... sa concierge, une femme au grand cœur, l'avait supplié :

« Partez, monsieur Le Vigan! vous savez que tout le monde vous aime!... vous reviendrez!... »

J'avais pensé, moi aussi, faire tout sauter, rue Girardon... j'aurais pas eu droit aux honneurs comme l'anar appointé Guérin... j'aurais eu la villa Saïd... l'Institut dentaire... Cousteau m'y aurait envoyé... et « Je suis partout »... pas besoin du tout d'autres haineux, ceux de mon clan suffisent!... nous faisions des pals très présentables, moi, Lili, La Vigue... farandole d'amis tout autour, flûtes et tambourins!

C'était bien drôle à penser, mais là il s'agissait de partir, tout de suite! tout de même, que les ramasseurs se rassemblent pour la soupe, sous le « 26 »... plus loin... qu'ils nous voient pas déguerpir... alors dare dare l'*Untergrundbahn*... j'avais repéré la station, au bout de notre rue... on la demanderait à personne, mieux se gourer que se faire connaître... j'avais le plan de cet *Untergrundbahn*... je l'avais acheté à Paris, en 39, je m'étais dit : un jour!... on a des pressentiments... mais jamais jamais assez nets, impératifs!... de tout que j'aurais dû pressentir! terrible! pas à peu près!... ma voyance avait fini là : le plan de leur métro... je pouvais prévoir pendant que j'y étais... raté voyant! je dis à La Vigue :

« Maintenant tu sais, c'est *Grünwald!*

— *Grünwald* quoi?

— Nave! mais Harras! Harras notre homme! souviens du nom! »

Je l'avais fait trop réfléchir, là sur le lit, il regardait droit, l'œil fixe... son rôle le reprenait... souvent il revenait dans ce rôle... « homme de nulle part »...

« Harras, voyons! je t'ai assez dit!... réveille-toi... à Grünwald!... sept stations sur le plan!... la Haute-Chambre des médecins du Reich!... *Professor Harras!*... là, on va!... mais gafe!... comme nazi!... pardon... *ober! ober Alles!*... pas le choix, fils... pas se demander!... c'est lui ou la tôle! tu sens pas?

— Si fils, t'as raison... »

Je l'ai sorti du songe... Il se secoue...

« Tu dis, c'est où?

— Grünwald! tu dirais le Bois de Boulogne... regarde!... sept!... huit stations! »

J'y montre... je le préviens...

« On le prend au bout de Schinkelstrasse... non! pas celle-là!... on le prend à *Unterdenlinden*... l'autre après!...

— Gi!... mais Ivan?

— Qu'on revient tout de suite! qu'on va à la *Polizei* montrer notre valise, qu'ils ont demandé.

— Comme tu veux!

— Lili t'as compris? »

Avec elle je suis assez tranquille, elle parlait pour ainsi dire pas, sauf à Bébert dans son sac, des petits mots, une conversation à eux... nous voilà dans l'escalier... et sur le trottoir... on a rencontré personne... pas d'Ivan!...

« Dis, La Vigue, t'as pas regardé?

— Quoi?

— Sous les lits!...

— Si!... y avait rien!... et puis, dis! ils pouvaient un peu écouter!

— T'as raison!... mais maintenant gafe! »

Au guichet je demande trois « Grünwald »... leur métro est comme à Paris... couloirs, escaliers... un autre... question trèpe c'est comme tout Berlin, des gens qui savent plus pourquoi ils iraient cette rue-ci? celle-là? ce couloir au bout? cet autre?... ils butent!... s'entrecognent... *bitte! bitte!* pardon!... toutes les langues!... Lili demande pardon... et La Vigue... je vais pas arrêter un de ces égarés pour lui demander où est *Grünwald?*... quel bifur?... notre changement? ce quai est « pour »?... on verra bien la rame venir?... d'abord, ça doit être inscrit!... oh, un panneau!... et un immense!... au moins cent stations! en rouge et néon!... toute la cohue dessous, cherche, ânonne... trouve! trouve!... trouve pas!... *bitte!* pardon! *versegoul! Teufel!* si ça se monte sur les espadrilles! rombières, mômes, darons!... *bitte!* sûr beaucoup savent presque pas lire, font semblant... demandent qu'on leur lise, qu'ils ont perdu leurs lunettes...

sub-hébraïques, semi-lettons, triestins, africano-tchèques, qu'ont su, qui ne savent plus, et quelle langue?... autant de fois désappris à lire que tout a culbuté autour d'eux, changé de présidents, de fleuve-frontière, et de montagne limite, depuis Sarajevo, vous pensez!... canaux, et couloirs, et pétroles!... bamboula!... maintenant ces noms?... l'exact quoi? qu'ils se sont déjà gourés dix fois!... ont passé des nuits, des jours, sur les bancs d'au moins vingt stations... pas plus mal qu'ailleurs!... mieux que dehors!... « *Kraft! donnerwetter! ach!* merde! » y a des apatrides d'Asnières qui savent qu'un bout de fritz, mais alors des tombereaux d'insultes d'Extrême-Mongolie, qui dévident le jar scandinave, et le javalase des *lager*... d'où ils sortent?... labours et usines, ci et là!... beaucoup rasés à zéro, par l'armée Vlasoff... ceux-ci vous pouvez pas prétendre qu'il y a pas d'Europe!... à bout d'*ach! bitte!* quel quai ils prennent?... d'abord qu'ils retrouvent leurs espadrilles!... le quai 5?... le 6?... nous c'est *Grünwald!* je suis bien patient, mais quand même... j'avais dit que je parlerais pas... je vois une employée à casquette framboise...

« *Bitte!* pardon!... *Grünwald!*

— *Hier!* ici!... »

Je sais pas si elle m'a entendu... possible!... toujours voici un tonnerre!... du tunnel! rafale de cailloux!

« En avant! »

Il stoppe!... on est pas seuls à foncer, tous

ceux qu'étaient sous le grand panneau... l'attaque de la rame! ils insistent pas pour comprendre... ils coagulent... foncent... vous diriez New York, cinq à six... faut que ça entre!... vingt fois d'êtres, choses, que ça peut tenir!... vous y feriez entrer tout Berlin la passion qu'ils mettent!... et encore d'énormes baluchons... et la Mairie!... et les Écoles!... de leur violence sur un seul wagon!... que tout ratatine, s'agglutine... *ooooh!...* à la force pneumatique des portes!... pire que chez nous la République... les Lilas... là-dedans plus à se demander!... faire corps c'est tout! avec toutes les personnes, pieds, têtes!... mais pas suffoquer aux petits chocs... *ptim!... ding!...* à-coups des roues! reprendre souffle au *ting!* pas au *ptang!...* notre greffe Bébert est bien laminé dans son sac par les cinq cents gens du wagon... chaque cahot!... surtout aux stations, le bouchon des « entrées, sorties »... ah, *Tiergarten!* je demande... c'est un terminus *Tiergarten!...* j'aurais dû demander!... ça sort... lentement... je demande à encore une demoiselle à deffe framboise... c'est l'autre quai notre dur pour *Grünwald!...* qu'on sache cette fois-ci!... notre direction! il aurait fallu changer deux fois!... je lui fais répéter, que je comprenne bien... je l'accapare, la seule préposée de la plate-forme... forcément ça râle tout autour! et méchamment! tiens, une drôle d'injure! « *fallschirm!* »... parachute!... c'est pour nous!... j'avais déjà entendu... l'effet de nos paletots « canadiennes »... les mômes qui nous ont repérés...

HJ- HORDE

bientôt ils sont dix... vingt!... plein de doigts vers nous, que nous sommes parachutes!... la demoiselle à casquette framboise s'occupe pas... simple... tous ces mômes sont *Hitlerjugend*, ils ont le brassard « croix gammée », « Jeunesse d'Hitler »... Jeunesse d'Attila, Pétain, Thiers, de Gaulle, demain Kroukrou, Ramsès, Dache, vous avez que leur filer l'insigne! ils se sentiront plus! vous livreront des tombereaux de scalps!

La « Jeunesse d'Hitler » était fameuse pour sa chasse aux parachutistes... toute la Germanie d'ailleurs était hantée au moment « *fallschirmjäger* », saboteurs parachutistes!... tous les journaux, des pages entières, décoration des héros mômes par Hitler lui-même! croix de fer en diamants!... gamins, gamines, embrassés par le Chancelier... nous tombions pile, nous, nos « canadiennes »! demain vous verrez Astrabuth embrasser les mômes qui nous auront coupé la tête, vous connaissez pas Astrabuth, les mômes non plus, mais pour ça vous pouvez être sûr, ils sont déjà nés dans l'Empire, ils se trifouillent déjà les braguettes... nous la chasse aux parachutistes était en plein boum... les mômes avaient pas que des croix de fer, ils avaient aussi la prime : 100 000 marks, et le diplôme de « Siegfried de choc »... nous là, nous la foutions mal, je nous voyais drôlement encadrés... les gens qui étaient déjà sortis redescendaient de la rue pour nous voir... notre capture par les « Hitlerjugend »!... pas à rire! la foule faisait chorus... et pas que des boches, des étrangers! toutes les langues! oh, mais voici des chaleureux : « *da! da!* » qui nous aiment!... *da! da!* qui nous étreignent et nous embrassent!... qu'ils sont heureux!... *parachutt!* d'autres croyants!... qu'on tombe pour eux exprès du ciel!... c'est une, deux familles... ils portent l'étoile « OST »... *da! da!* ils sont comme Ivan, ramenés de l'Est par l'armée allemande pour l'agriculture, le désamorçage des routes, l'ordre un peu des rues, des briques!... ils voyaient leur délivrance! que nous portions des « canadiennes »!... ils ne voyaient que ça! nous pouvions être qu'Américains et saboteurs!... pourtant bien de Paris nos paletots, de chez la couturière à Lili, Mlle Brancion, rue Monge... je leur hurle : *von Paris! von Paris!* va foutre! ils veulent qu'on soit canadiens!... tout le quai! toute la cohue de deux quais... trois métros! rien à faire! qu'ils les regardent nos canadiennes!... l'étiquette au col!... pas de New York!... rue Monge!... « on vient incendier les moissons! faire sauter les voies!... » allez redire!... c'est ça et c'est tout!... pour les uns : hurra!... pour les autres : à mort!... je vois surtout, la manière qu'ils se surexcitent, mômes et adultes, qu'ils vont nous déchirer vifs... pas question de filer, faufiler... il en arrive toujours d'autres, hordes sur hordes!... si encore c'était la police on pourrait peut-être s'expliquer?... mais pas un *schuppo!* la jeune fille à casquette framboise est peut-être partie chercher du secours? en tout cas ça va vraiment mal... plus tassés que dans les wagons... les uns du bonheur qu'on soit « parachutt »... les autres qu'on est à leur merci « monstres, dérailleurs, incendiaires »... déjà j'ai une manche de partie!... La Vigue aussi!... ils vont nous bouffer par les manches?... je nous vois à poil sous très peu... dans l'ébullition de la plate-forme... Providence!... un petit homme passe, reconnaît Le Vigan...

« Mais c'est vous! bien vous, Le Vigan? »

Le Français à petite deffe, dans la trentaine, et à mégot...

« Tu viens ici pour travailler?

— Oui! oui! oui!... T.O.!

— Moi aussi, obligatoire! qu'est-ce qu'ils ont comme crime!... mais c'est pas pour long, les patfes!... t'es d'un réseau?

— Pas encore!... mais on va s'y mettre!

— Tous les trois?

— Oui, tous les trois!... »

La Vigue a la présence d'esprit... l'homme à la deffe nous dit tout... entre les gueulements...

« Je m'appelle Picpus, dis! tutoye-moi!... qu'est-ce qu'on leur met! déjà sept usines que je gratte! une robinetterie, la dernière!... Picpus, de Boulogne, tu te rappelleras?... ils me virent, je me fais rembaucher!... je vais à Magdebourg, une fabrique de tuiles, dis, ils ont besoin! là, on sera quatre du même gang! qu'est-ce qu'on va leur mettre! demande à y aller!... lui aussi!... ta femme aussi!... je vais t'écrire le nom de la *firma*... ils embauchent, ils ont plus personne!... moi dis, ils me cherchent, leurs poulets! je leur chie aux poignes!... j'étais Lacosse à Hanovre! ça a un peu pris, je te dis!... j'étais dessous!... j'étais Anatole à Erfurt! maintenant : Picpus!... tu te rappelleras? »

Les gens beuglent plus, ils nous écoutent... ça le gêne pas...

« Dis comme faux fafs?... ce que tu voudras!... mate un peu! avec bacchantes!... sans bacchantes!... »

C'est vrai, qu'il en a!... collection! plein ses poches!... enfin, une poche... photos...

« Je suis pas beau? »

Il voit qu'il m'esbroufe... et que tout le quai nous regarde...

« Les chleus je les emmerde! si tu t'imposes pas, t'es foutu!

— Oui!... oui!... bien sûr! »

On est d'accord!

« Norvins!... Étienne! nous! »

La Vigue annonce! fort! que ça résonne! toute la voûte! pour les deux quais! nos deux noms de guerre!... que ça se sache bien!... tac au tac!... là, ils nous regardent!... ils nous arrachent plus nos bouts de manche, ils écoutent La Vigue qui gueule plus fort que Picpus! l'autorité!

« Bien sûr que je vais changer de blase! je suis Norvins Étienne!. .

— Gi!... j'ai compris!... t'auras ta carte!... on est un peu organisé! t'as des photos? »

Si on en a... les « méconnaissables! » douze chacun!

On lui en donne trois...

« Et vos blases alors, vous autres deux!... c'est mieux différent!

— Labarraque Jean!... et Émilie! »

J'y avais pensé... tac au tac...

« Parfait!... O.K.!... Magdebourg! mieux pas écrire, vous vous souvenez?... *Firma Yasma!* tuiles! vous trouverez!

— Je comprends qu'on trouvera! »

Mais voilà des mômes qui rappliquent.. une autre meute d'*Hitlerjugend!* cette horde très méchante... excitée! ils sont au moins une centaine...

« Vous êtes cons de vous occuper d'eux! baffes dans la gueule! »

D'autor Picpus rentre dans le tas... *pflag*, il y va! hardi! et encore! *beng!* dans la danse! qu'ils brament *Hitlerjugend!...* comme il dompte tout ça Picpus!... tout le quai!... comme il y va!... et à la beigne!... coups de pied aux miches!... « petits enculés » qu'il les traite... harangue, en plus!... il les défie!

« Vous avez pas vu que c'est La Vigue?... l'artiste résistant? vous le connaissez pas? fiotes foireux! »

Qu'ils sachent un peu qui ils s'en prennent! morves-au-nez! on peut dire qu'il risque que ça tourne mal... que les deux plates-formes en aient assez d'être injuriées... va foutre! encore plus fort qu'il gueule!

« Le Vigan, regardez-le bien! l'héros et artiste!... lui aussi!... elle aussi!... »

Nous deux!... moi, Lili!... y a plus qu'à saluer les deux quais.

« Écoutez bien!... écoutez bien, tous!... ils viennent dérailler les trains?... cons finis!... ils viennent pour votre libération!... brutes aveugles!

— Bravo! bravo! »

Ça répond bien... les deux quais..

Picpus a retourné l'opinion... de cette foule des deux quais qu'était prête à nous foutre en miettes... maintenant là, de Picpus, ils nous voyaient trois héros de l'air!... on lui devait la chandelle Picpus!... il avait dompté le soulèvement!... tout de même un petit hic, les mômes *Hitlerjugend* pourtant bien secoués patafiolés, cocards, beurre noir, en voulaient encore... surtout les filles, bornées petites vacheries!... on les avait après quand même!... *fallschirm! fallschirm!* il en dégoulinait de la rue... d'autres! des escaliers!... ils n'étaient plus cent... bien deux cents!... avec les autres voûtes ils seraient mille! Picpus avait dompté ceux-ci!... mais ceux-là! il pouvait pas!... ils nous laisseraient jamais sortir!... ils nous voulaient absolument! oh mais attention! l'adresse!... l'adresse d'Harras? Picpus à force de taper dans le tas en pouvait plus!... il en arrivait toujours d'autres... les bras lui pendaient!... je voyais le moment qu'ils allaient le balancer sous le dur!... notre Picpus!... seul contre mille!... mais notre « adresse »?... je ne l'avais pas dans la poche, mais je l'avais fait coudre dans le fond de ma culotte... je l'avais montrée à personne, je m'étais dit : pour le cas extrême... maintenant, un petit peu le cas extrême!... vous dire ma nature, me ressaisir à un poil de rien... là je me déculotte, brutalement... ils me regardent tous ce que je fais?... j'arrache le fond... le bout de papier y est! et l'adresse!... je déplie, je leur montre... *Reichsgesundheitskammer! Professor Harras, Grünwald, Flieger Allee 16*... les mômes me lâchent pas... ils restent agrippés... mais un sait lire... il lit haut...

« *Wollen sie uns nicht führen?* » je demande « ne voulez-vous pas nous conduire? » si!... si!... *ja!... ja!...* ils veulent bien!... ça doit leur paraître amusant... *ja! ja! ja!* ils savent par où c'est, eux, les mômes!... le couloir, le guichet, quel quai... y a qu'à les suivre! Picpus nous dit qu'on a raison... lui il peut plus remuer son bras... il peut plus parler non plus, il a trop crié, il chuchote...

« Alors c'est pour l'étendre, le mec?... comment vous l'appelez?

— Harras!...

— Connais pas!... mais c'est un S.S.?

— Oh, terrible! médecin des S.S.!

— Vous avez un feu?

— Ils nous l'ont piqué à la douane...

— Tiens, une grenade!... une anglaise! »

Du fond lui de sa poche... il me la passe... il me la glisse dans ma canadienne... pas le temps de voir, ni dire, je l'ai... je la sens, elle est lourde...

« Tu sais comment t'en servir?

— Non!...

— C'est simple... tu tires la goupille et t'envoies!... t'as cinq secondes!... tu te sauves... c'est des extras!... ton mec éclate! la tôle! tout! au moment que tu lances... trois! quatre! cinq!... calte! t'as pas plus! couche-toi! t'es debout, c'est ta gueule! t'as compris?...

— Oh, oui! »

Si je comprends!... il reste pas, il vient avec nous et les mômes... mais cette fois-ci, pardon, la vraie voûte! on repasse par les stations, les mêmes... et puis on change, une fois... deux fois, comprimés, pressurés, mais pas tant... ah, voici *Grünwald!* tout le monde dehors!... Picpus, nous, les mômes... on monte au jour... c'est bien ça... *Fliegerallee* un écriteau... beaucoup de pavillons, des deux côtés, dans les arbres... mais ça a pris!... tous ces pavillons ont des fenêtres qui pendent, des demi-fenêtres, des gouttières... des toits retournés... nous c'est le *16,* notre adresse... le trottoir à droite... nous faisons plutôt foule avec nos jeunesses d'Hitler...

« Tu l'as pas perdue? »

Picpus a pas très confiance! il me voit la laissant dans le métro!...

« Mais tâte! excité! »

Il tâte, il la sent...

« T'as bien compris? la goupille?... t'envoies! tu te couches! en même temps! »

Moi je pense qu'une chose, qu'elle nous éclate avant qu'on y soit!... nos blases!... *27?* ça doit être en face?... la porte aux deux factionnaires...

GRÜNWALD

l'autre trottoir... l'écriteau rouge : « Reichsgesundt »... oui !

« Dis Picpus, taille !... tu vois la pancarte !... »

Il voit... les mômes eux aussi voient... et la croix gammée jaune et or, un autre panonceau, on y est bien !...

« *Sehen sie?*... voyez-vous ? »

Je leur fais... ils voient surtout les factionnaires qui nous font signe de foutre le camp... oh, mais minute !... mon papier, moi !... je l'agite !... ils me laissent approcher, mais seul !...

« Professeur Harras ? »

Je veux le voir !... un officier sort d'un taillis... je me présente...

« *Ich bin ein Artz von Paris!* je suis un médecin de Paris !...

— *Gut !... gut !... wer sind die da?* »

Il veut dire les mômes qui nous suivent... et Lili, La Vigue...

« Ma femme Lili... et mon ami Le Vigan !... »

Je ne veux pas qu'il nous sépare...

« *Gut ! gut !* »

Les mômes ? il demande...

Des curieux !

Alors ça suffit ! *weg ! weg !*... il leur fait !... ils se sauvent tous... le Picpus avec !... plus personne !... magique son *weg ! weg !*... maintenant plus que nous trois... qu'est-ce qu'il va nous dire ?...

« Je vous prie ! je suis au courant ! vous étiez au Zenith Hotel ! »

Je vois qu'il parle français quand il veut. et

en somme, qu'il nous attendait... les pays à dictature, même en ruine, avant que vous alliez quelque part, on sait qui vous êtes... donc pas à parler... tant mieux!... nous suivons... c'est d'abord un très grand jardin, même plutôt un parc... plein de décombres, ici, là... d'autres villas, sans doute?... ce qu'il en reste! et des morceaux de stèles et statues... et couvertes de ronces et de barbelés... ah, une très haute serre, mais plus une vitre... on passe dedans... l'officier avance tout doucement... peut-être est-ce miné?... je lui demanderais bien... mais qu'est-ce qu'il est lui comme grade S.S.?... *Sturmführer* quelque chose? il est pas bavard... je voudrais balancer un objet... mais où? que ça n'éclate pas!... je pourrais en parler à l'S.S.?... il doit savoir que je l'ai en poche... de décombres en tas de briques nous voici devant un tunnel... ils doivent demeurer au fond... je vois cet S.S. comme il est propre, astiqué, impeccable... ça doit être une grotte confortable... j'en ai vu beaucoup en Allemagne, très habitables... je dis rien, mais je suis sûr, on verra... il me fait : *vorsicht!* attention! *minen!* ils ont mis des mines dans le cas d'une attaque... ils doivent pouvoir faire sauter tout, le tunnel et le reste!... heureusement, que ce *Sturmführer* avait pas regardé dans nos poches!... moi du coup je veux qu'il voie Bébert! mais il fallait qu'il émerge, qu'il montre sa tête... il a bien voulu... je réfléchis, j'ai pas que la grenade... bien d'autres trucs!... un petit Mauser, un rasoir, deux savons à barbe, trois boîtes d'allumettes, une tranche de lard... et sûr d'autres choses!... c'est extraordinaire ce qu'on emporte quand on est foutu hors chez soi... c'est extraordinaire aussi tout ce qu'on a besoin pour vivre, même très très chichement... Mattey, Ministre de l'Agriculture, nous faisait la leçon, plus tard, à Sigmaringen... je lui parlais de passer en Suisse... « faites bien attention Docteur, vous échappez pas par les bois sans avoir sur vous l'essentiel!... un couteau et des allumettes! de quoi vous couper des petits bois et vous allumer un petit feu! manger peut toujours attendre!... mais la première nuit froide sans feu vous attrapez sûrement la mort... » Mattey avait rudement raison!... le feu est le boute-en-train de la vie, même un feu de rien, trois brindilles... comme pour les courses à vélo, pas de roue devant vous, sous votre nez, pas de Tour de France!... je veux, le couteau!... les allumettes, mais la grenade et sa goupille sont de trop!... je voyais bel et bien ma poche, grenade et goupille nous envoyer plus haut que les arbres! Il se doutait, l'S.S.?... lui qui faisait si attention à ce qu'on s'écarte pas du petit chemin... sûr, il avait peur des mines... mais ma poche moi, un petit peu?... ce parc était immense, rocailles, futaies... presque tous les arbres ébranchés... je cherchais voir, droite, gauche, un endroit d'eau... je pourrais envoyer mon afur!... j'avais vu plusieurs petites mares, bien bourbeuses, herbues, vaseuses... mais bien trop loin de ce sentier! pas envie de déchiqueter personne!... si elle éclatait au nez de cet S.S.?... ça serait moi!... qu'il nous mène enfin à Harras, ce qu'on lui demandait!... Harras même super-nazi était un homme à tout comprendre, bien philosophe et arrangeant, pas le borné qui s'étonne de tout, la brute de Parti... le gorille à brassard... il comprendrait notre état... j'espérais... sinon notre compte était bon... les flics au cul, et en voiture!... on s'était fait assez remarquer! le Pretorius et d'un!... sur la pointe des pieds, et *heil!* et l'Ivan voleur... on avait fait tout le nécessaire!... et les photos! et le Picpus!... je veux qu'un moment donné, après deux trois relances d'hallali, tout tourne flic... Harras était notre suprême chance... encore un autre petit sentier!... ce parc n'en finissait pas!... où il nous emmenait?... ah, je vois un cratère!... et de l'eau au fond... vraiment bien de l'eau, on s'y baigne... et plein d'hommes nus...

« Une piscine pour les Finlandais!... »

Ce sont des Finlandais tout ça?... une grosse isba à côté, leur bain de vapeur... ils entrent là-dedans, ils s'échaudent, ils ressortent et vite, et piquent une tête... ils arrêtent pas... un autre!... un autre!... pendant que l'S.S. nous explique combien ces bains sont toniques, qu'il en prend lui-même, etc. etc. j'extirpe ma foutue grenade du fond de ma vague et je la pose sur le rebord du trou, qu'elle glisse à pic... je la pousse... tout doucement... *vlof!* elle plonge! si elle éclate ça sera dans l'eau!... j'espère qu'elle est fausse et postiche!... arrive ce qu'il arrivera!... de quoi on m'a pas dénoncé? même à présent, en 60?... dans tous les clubs, terrasses, partis, latrines!... futilités!... prenez exemple : la Convention! pourtant saignante, têtes à un fil, tonnerres de menaces, représente maintenant rien du tout... moins qu'un déjeuner sur le pouce!... nous là dans le parc, nous existions encore un peu... enfin on croyait... *Reichsgesundheitskammer* Grünwald... personne je crois avait pu me voir me débarrasser de la babiole... peut-être que juste une « simili »?... l'essentiel, je l'avais plus!... mais l'S.S.?... je le cherche, plus là!... je regarde encore... plus fort que de jouer au bouchon! disparu!... oh, mais un gros homme vient vers nous... très très gros bonhomme en peignoir... je le reconnaissais pas!... c'est lui!... si, c'est lui! il sort de l'isba!...

« Ah, ce cher Céline!... »

Très chaleureux...

« Mes hommages, Madame, je vous prie! »

Je l'avais pas reconnu!... Harras lui-même!... à mon tour, je présente...

« M. Le Vigan, le célèbre acteur! »

Le Vigan s'incline... que nous voilà heureux de nous retrouver!... oh, maintenant, compromis à fond, ennazifiés jusqu'à la glotte... et alors?... au moins lui est pas un douteux! Président de *Reichsgesund*... il doit faire au moins colonel!... je l'ai vu en uniforme, seulement colonel!... il est pas trop chauve pour un « professor » de son âge... c'est le sympathique dynamique, et de subtil bon sens, un genre d'esprit que nous n'avons guère : la profondeur drôle... la sagesse bien irréfutable avec des échappées de clown... là, qu'est-ce qu'il commandait Harras?... une cave sous les ronces? un tunnel?... je crois führer de tous les praticiens du Reich, *Gross Reich,* et protectorats... tout!... miraculistes, homéopathes et même les *felchers,* agents de la Santé, détecteurs des épidémies... vous dire le pouvoir qu'il avait, le souriant opulent Harras! sûr, il pouvait faire quelque chose... nous trouver un petit emploi, loin, je pensais aux « felchers »... détecteurs de rats crevés, au fond des vallées moraves... je nous voyais très bien « felchers »... ou chercheurs de « poux suspects » en Hertzégovine... bien des blots pour nous! ça durerait ce que ça durerait!... je me gênais pas avec Harras... juste d'un trou, du tunnel je crois, il nous arrive un bruit de fanfare...

« Mon cher Harras, encore vingt-cinq villes reprises! Rostov enfin à quelqu'un!... plus Sébastopol!

— Et vous-même mon cher Céline?

— Nous n'existons plus mon cher professeur!... votre police ne nous trouve pas nous-mêmes! méconnaissables!... nos photos fausses!... vous vous nous reconnaissez vous? n'est-ce pas?

— Oh, des sottises!... j'arrangerai ça! »

Je le félicite pour sa bonne mine... qu'il paraît, lui, en très belle forme!

« Vous manquez! vous manquez Céline parce que vous voulez! »

Et il rigole fort!...

« Vous êtes à Berlin... vous ne venez pas me voir! »

Je vois pas ce qu'il y avait à rire, enfin, toujours, jovial comme je le voyais, nos épreuves étaient terminées! pas qu'on se soit mal défendus, tout compte fait!... sauf son rire qu'était un peu de trop... nous bien difficile de rire depuis notre départ de Montmartre... la rigolade était cuite!... lui Harras, rigolo comme tout!... enfin au moins avec ce joyeux on aurait à briffer, dormir, et il s'occuperait de la Police... je pensais pas qu'à moi, Lili, La Vigue, Bébert...

« T'entends qu'on aura la dîne et qu'il s'occupera des photos!... »

Je secoue Le Vigan, il rêvasse, qu'il se rende compte!

« Oui pote! t'as raison!

— Regarde son peignoir! »

Je le lui fais tâter... en super-éponge! sûrement de Londres ou d'Amérique! d'où il l'a eu?... il fait pas mystère...

« A Lisbonne!... tout ce que vous voulez! j'en ai en bas, dans les casemates, tout ce que vous voulez! »

Le cœur sur la main, Harras! je comprends qu'on allait se servir! c'était pas du luxe!... il était nazi, entendu! mais quand je considère, après des années, combien y en a qui se sont servis, qui se sont mis à gauche des milliards avec les Juifs et les nazis, qui s'en portent foutre pas plus mal, je vois qu'on était que des sales puceaux... attendez Juanovici, quand il sera sorti de quarantaine, il vous en racontera des drôles!... déjà la Duchesse, pour avoir renversé un trône avec son derrière, vous touche près de trois cents millions pour raconter sa bonne histoire... alors pensez, M. Joseph, lui, le féal et preux!

Eh là! eh là! je m'emporte! je vais vous perdre!... aussi incohérent connard que tel... ou tel!... ivrogne de mots!... où étais-je, voyons? vous me dites... avec le *Professor* Harras dans ce grand parc *Reichskammer*... j'aurais pas cru!... je le vois! encore un espèce de palais, demi-croulé, éventré... tout recouvert de vigne vierge... et torsades de fil de fer!... Le Parc Monceau est déjà désordre mais là alors un fatras! plein de têtes de statues par petits tas comme si on venait de les jouer aux boules... dans le plâtre et le sable... tout cela devait être voulu, camouflage de ruines... je demande à Harras...

« Vous voulez nous faire sauter?

— Pour le 14 Juillet, Céline! 14 Juillet! pas avant!

— Le 14 Juillet est passé!

— Pour la fête d'Adolf, alors! »

Pas être discret avec lui!... au contraire!... il nous voyait comme on était, bien défaitistes... pourvu que nous lui parlions français, on pouvait y aller!... on était faits pour être absurdes, on pouvait y aller!... on était faits pour être absolument sans force, gagas, éperdus, amoureux de tout ce qui était de France.. nos comportements dérailleurs, nos vanes incendiaires, aucune importance! vétilles! gamineries!... nos vaches roublardises? tradition espiègle!... notre prodigieux « historisme » rachetait tout!... *ach, was nun?*... nous derniers tenants du « plaisir de vivre »!... nous pouvions tout étaler... le Teuton est le dernier client de la planète qui nous passait n'importe quoi... son armée, sans doute la seule, la dernière, qu'était prête à mourir pour nous... on y a montré nos natures! vous me direz : l'avenir ne nous regarde pas! l'avenir est aux jeunes!... je leur en souhaite!... Harras, boche, nazi cent pour cent, nous voyait pas hitlériens! pas du tout!... tout ce qu'il demandait, qu'on lui parle français!... qu'on ait été un petit peu juifs, un petit peu nègres, un tantinet espagnols, oh, oh là! là! bien sûr! tous les États-Unis aussi! et alors?... pas du tout le fada à œillères, Harras, la preuve, il me faisait *chutt!* dans le parc que j'écoute les avions passer...

« Pas allemands! pas allemands du tout!... Céline, écoutez! »

Nous écoutions.

« *Musik!* »

Ronrons agréables à l'oreille!... pas du tout comme leur *Heinkel!* pénibles quincailles!... nous pouvions un peu nous rendre compte! je pouvais un peu lui demander, finalement, ce qu'il faisait lui?

« Je voyage, Confrère! je voyage!... deux fois par mois à Lisbonne, pour voir un peu les gens d'en face, ce qu'ils ont à dire... échange de vues... s'ils voient des typhus?... si nous nous n'avons rien à l'Est?... non!... jamais!... toute la viande est vaccinée!... chez eux!... chez nous! *ooah!* »

Y avait encore là de quoi rire!

« Comment pensez-vous Confrère que les guerres maintenant peuvent finir?

— Un nouveau virus!

— Je vois pas!... eux non plus! *ooah!* »

Je vois qu'il prenait pas mal les choses...

D'où je le connaissais cet Harras?... il faut avouer tout!... d'une séance de film aux Champs-Élysées!... un film tout à fait technique sur le typhus en Pologne... ma petite spécialité le typhus... mais on m'avait vu à ce typhus!... dès lors ce que j'ai reçu comme cercueils!... là le fatal tort, montrer des choses un peu sérieuses aux gens du commun!... des fesses, oui! nichons de plus en plus énormes!... et comment! formidables festins! super-voitures! super-pancraces... l'idéal!... le sérieux vous condamne!

Ce que je voyais de bien dans cet Harras c'est que les autres étaient que petites bourriques, lui au moins, était important... puisque nous étions dans son « Commando » qu'il nous fasse tout voir!... pas que son cratère bain finlandais! et son boulodrome de têtes de statues!... ça devait être sous terre son reste?... oui!... oui!... oui!... tout ce que je voulais!

Voilà, nous suivons... un tunnel... sous les décombres... ah tout à fait une autre école que l'hamac-étage Pretorius... rien du tout à voir, extérieur... nous suivons Harras... une grotte... un peu de jour... une autre... et des bureaux dans les parois... une immense salle aménagée comme à New York, mais au moins à vingt mètres sous terre... dactylos aussi, demoiselles comme en Amérique, très gentilles, et en pantalons.

« Qu'en dites-vous, Céline?

— Tout à fait l'Europe nouvelle! »

Du coup il a encore d'autres bureaux! deux étages au-dessous... on entend la ventilation... encore d'autres souriantes dactylos... il traverse tout ça en pacha, Harras, il répond par des petits *heil!*... toujours en si épais peignoir, citron et bleu ciel... encore un petit escalier... la bibliothèque!... un étage entier de registres... à côté, toute une voûte, une grotte, les fiches... je me disais ça devait être pareil à la Chancellerie... vingt-cinq mètres sous terre... pour ça que nous n'avions rien vu... il devait être encore plus profond Adolf... au fait, plus grave, le flic des « visas »?

« Harras, Confrère! une chose!... une seconde! voulez-vous regarder nos photos? »

Je les lui passe...

« Vous nous reconnaissez? »

Il les regarde... il nous regarde...

« Non, évidemment!... moi, je vous reconnais... mais un étranger, surtout un « polizei » aurait du mal...

— Alors nos permis de séjour?

— Ah, sacré Céline! toujours inquiet!... mais ce n'est rien! rien du tout!... je téléphonerai... après le thé!... ils vous l'apporteront!

— Moi aussi? »

La Vigue croyait encore moins que moi... il se ressemblait plus du tout, lui, l'homme de « nulle part ».

« Mais bien sûr, mon cher Le Vigan!... vous l'aurez! »

Il nous voit tout de même incrédules...

« Tenez un peu! je téléphone! »

Une demoiselle... *telefon! Polizei!* il a appelé... un numéro... *heil Hitler!...* et il commence... mi-voix, sourde... ce qu'il a à dire!... et puis nos noms... La Vigue, Lili, moi...

« Là, ça y est!... c'est fait! »

Il raccroche...

« Vous les aurez dans un quart d'heure! »

Le recours à l'autorité est bien agréable des moments... zut! flûte, trahison! quand on a les hyènes au trouf, sauter dans la gueule du loup est tout de même une petite revanche... mieux que déchiqueté par les rats, parents, amis... amantes... cette *Reichsgesundt* sous terre, au moins une chose, on pouvait un peu réfléchir, on n'aurait pas pu rue Lepic... oh, pas que je pensais que ça durerait!... une semaine ou deux!... maintenant, tout de suite, dormir! mais Harras veut d'abord qu'on mange... il a de quoi... il envoie deux jeunes filles souriantes nous chercher de tout... je vois revenir les jeunes filles souriantes avec de ces plateaux de sand-

ALARM : LILI - BÉBERT

wichs!... pas au pain noir!... pain blanc et beurre... de tout!... de tout! je les vois... sandwichs... sandwichs!... et puis plus rien...

★

Vous parlez en fait de sommeil si on s'est fait réveiller!... « attention!... attention! *achtung!...* » tous les haut-parleurs de ces caves, bureaux, couloirs... une résonance à tout casser, tympans et la voûte... attention à quoi?... La Vigue commençait à dormir au fond de son fauteuil... elle avait pas fait long feu notre « sécurité »!... leur confort!...

« Ferdine, ça va mal! »

De là-haut, de la surface, il nous venait des « *huluuuu* » des échos de sirènes... ah, et des *rrrr!... rrrr!* précis de petites salves... ils devaient tirer... contre quoi?...

« La Vigue!... Lili?... tu l'as vue? »

Elle était partie de l'autre fauteuil...

« Elle est sortie avec Bébert! »

Nom de Dieu, il l'avait laissée!

« Tu l'as pas retenue?

— Et toi? »

C'est vrai j'aurais dû me méfier, fatigue, pas fatigue, la manie de Lili s'en foutre que ce soit défendu, sortir coûte que coûte... fugueuse dans un sens... elle me l'avait fait à Sartrouville, promené Bébert, onze heures du soir au bord de la Seine... les Allemands étaient en face, en reconnaissance, l'autre rive... forcément, elle et sa lampe, ils l'avaient visée... *ptaf! ptaf!...* nous partions le lendemain, avec l'ambulance et les nourrissons et la pompe à incendie et les archives municipales... sept camions... Sartrouville... Saint-Jean-d'Angély... cet incident des coups de feu allemands... la berge en face... l'avait beaucoup amusée... je lui avais dit ce que j'en pensais... au diable, ce que je pensais!... je suis sûr là qu'elle était sortie juste parce que c'était défendu, et avec Bébert... j'attrape mes cannes... La Vigue me suit... un escalier... le couloir... nous montons... le tunnel... ah, je m'en doutais!... ah, c'est du propre! le barouf de tout! plein l'air de sirènes! *uuuuu!* peut-être un bombardement?... j'entends pas de bombes... mais *ptaf!* et *rrrrr!* bataille de rue? peut-être des parachutistes, des vrais, pas des rigolos comme nous... ça doit tirer au fusil... tout près... j'appelle...

« Lili!... Lili!...

— Voilà!... voilà!... »

Ah, elle est vivante!

« T'es blessée?

— Mais non!... mais Bébert sort plus! »

Je rehurle :

« Sort plus d'où?

— Là! là! du trou là! »

Je branquille vers l'endroit... oh, mais Lili a sa « torch »!... grand allumée!... presque un projecteur! elle illuminait tout le sous-bois... elle a attiré du monde, ils sont au moins dix autour...

qui regardent aussi le trou, entre les briques, sous les ronces... dix « landsturm » barbus... Lili s'occupe pas... elle appelle Bébert... il doit être dans le creux, sous les ronces... Harras!... le voici!... heureusement!... et de très bonne humeur!... et avec un autre peignoir, orange et violet... il les collectionne!... qu'est-ce qu'il s'est rapporté de Lisbonne!... il peut se monter un magasin! en tout cas nous le faisons bien rire!... il me montre aux nuages les badigeons! comme tout ça s'agite! biffe le ciel! la grande alerte! et que c'est Lili et la *Volksturm* qu'ont tout déclenché! ah, comme c'est drôle!... et bien français!

« Ah chère Madame! ah cher Céline!... Madame a donné l'alerte à toute la *flach* de Berlin avec sa petite lampe!... ooch!... ooch!... ils vont tirer du canon! vous allez voir!... ooch!... ooch!... »

J'ai plus qu'à rire avec lui...

« Les *Volksturm* du parc ont cru aussi que Madame était parachutiste! vous les avez entendus?... ils ont tiré dans les fourrés! deux se sont blessés!... oooh!... *ach!*... tout à fait idiots nos milices!... s'ils ont eu peur de Madame!... et du chat!... eux qui ont alerté la *flach!*... »

En fait, aux nuages, au moins cent pinceaux, à présent... nord... sud... est... cherchaient l'escadrille...

« Tout idiote aussi notre *flach!* Confrère!... aussi stupide que les *Volksturm!*... ils devraient illuminer les trous! par ici!... par ici!... il n'est pas au ciel Bébert!... n'est-ce pas? il est sous les briques!... je vais leur téléphoner, la *flach*... ils ne sont pas loin!... Potsdam! ils peuvent!... eux ont une tour!... et un phare... pour les patrouilles!... vous connaissez?... Sans-Souci?

— *Telefon, Otto!... telefon!* »

L'officier de tout à l'heure, Otto... je vois qu'il porte sur son épaule une très grosse bobine... il vient... il déroule... Harras prend le cornet...

« *Hier!... Hier* Harras! »

Harras parle... ça doit être cocasse... de nous il parle... à quelqu'un là-bas à la *flach*... c'est trop rigolo!... *ach!... ach! ooah!...* l'officier S.S. reprend le cornet et le fil... tout de suite les pinceaux se rabattent... des nuages vers nous... sur nous!... en oblique... un d'abord... puis trois!... puis tous!... on peut dire qu'on y voit clair!... plus clair qu'en plein jour! même à travers les taillis... clair blafard... même les militaires sont blafards, et les buttes de briques, et Harras... avec son peignoir il fait énorme bonhomme de neige, blanc éblouissant... seulement ses lèvres, noires... je lui demande :

« Maintenant, ils vont nous tirer dessus?

— Pas encore Confrère! pas encore! »

Nous sommes en pleine plaisanterie...

Bébert l'intéresse... où peut-il être? damné greffe! mais là tout de suite! derrière un arbre!... il s'en faisait pas... Lili le tenait à la laisse, un bond, il était parti... un autre bond à travers les ronces... il nous regarde... il avait quelque chose... un rat!... le rat était encore chaud... il l'avait eu à la nuque... Harras regarde, retourne le rat...

« Celui-là est pas mort de la peste!... »

Il propose :

« On décore Bébert? »

Bébert, toilette avant tout!... il nous laisse le rat!... il commence par le bout de sa queue... lèche!... lèche!... et puis une patte!... et puis l'autre...

Abrutis *Volksturm* qui ont alerté toute la *flach!*... je veux, Lili est aussi bien responsable avec sa « torch » grand allumée! Bébert maintenant qui les bluffe avec sa toilette si soigneuse... sur le nez, sur l'oreille... sous les badigeons du ciel, phares et *flach*, rabaissés sur lui et sur son rat...

« Il va la passer sur l'oreille! »

Un qui annonce...

« Si il se la passe, il va pleuvoir!... »

Voilà la question!... ce qu'est important! tous les *Volksturm* sont d'avis... en fait, il se la passe!... et la repasse!... et même il se la retourne! une fois!... deux fois!... plus de doute! ça y est!

« *Leutnant Otto! telefon!* »

Otto revient avec la bobine... Harras est en pleine plaisanterie... il leur annonce là-bas au *flach* qu'il va pleuvoir, que Bébert a retourné son oreille, que c'est assez de leurs projecteurs, qu'ils éteignent tout! ils exécutent!... plus que la petite « torch »... on redescend à nos cavernes... et à nos sandwichs et fauteuils... chacun un gros peignoir tout prêt... mêmes très gros « éponges » qu'Harras... aussi comme lui, rouge et jaune, à fleurs... nous enlevons nos canadiennes... ouf! et juste eu le temps d'un sandwich, deux... on aurait pu un peu dormir... même Bébert...

Nos papiers étaient là, j'oubliais, sur chaque fauteuil signés, tamponnés...

★

Dormir... dormir... mais certainement!... vous êtes somnolent déjà... ça va... et puis un petit souci... l'autre... une réflexion...

« La Vigue... La Vigue... »

Je chuchote...

« Il t'a dit quelque chose?

— Non... mais il dira...

— Pourquoi... tu penses?

— Mon petit doigt!... »

En attendant on était vraiment pas mal dans ce *Reichsgesund* en sous-sol... en somme en cavernes et cavernes, salles de douches, air conditionné, éclairage néon... question la dîne, tout ce qu'il fallait, sandwichs, sandwichs, salade de betteraves et porridge... à boire que de l'eau et jus de fruits... pas de bière... oh ça pouvait très bien aller!... vu ce que nous étions, ce qui nous menaçait, j'en aurais bien pris pour vingt ans... la vie souterraine est comme la vie sous-marine, il faut passer sous le pôle, c'est tout!... et pas sortir mal!... je nous voyais pas bien sortir... pas confiant... je posais pas de question à Harras... il nous avait mis, je voyais, dans des bureaux « en réserve », plus profonds que les autres... pas de lits, mais d'énormes sofas, qui devaient venir aussi de Lisbonne... il ne nous demandait rien, que lui parler français, et lui rectifier ses fautes... il parlait vraiment pas mal, mais il voulait la perfection, comme Frédéric...

« Je suis trop vieux, mes chers amis, et cette guerre dure trop longtemps... j'aime tant Versailles! là, que j'aurais voulu finir... »

On montait prendre l'air vers midi, on remontait au jour, pas longtemps, avec le lieutenant Otto... Bébert avec nous... une petite promenade, zigzag, entre les rouleaux de barbelés... un regard aux bains finlandais, aux confrères à poil, qui nous faisaient des signes d'amitié... ils m'en voulaient pas de la grenade... est-ce qu'ils se doutaient?... on reprenait le sentier du retour dans les pas du lieutenant Otto... il nous prévenait bien : mines partout!... l'aimable parc!... ça serait pas la *flach* ce coup-ci! ça serait nous le badaboum, les flammes!... et pour le compte! cette promenade zigzag finie rentrés au sous-sol, y avait échanges d'aimables propos, avec des demoiselles-secrétaires... mais jamais un mot sur les fronts, ni sur les avions, ni la politique!... mais sur Bébert, ses petites façons, s'il avait attrapé d'autres rats?... ces demoiselles nous parlaient aussi de ces gens qui habitaient là, au-dessus, autrefois, avant la guerre... disparus... des grandes familles de Grünwald... les bombardements, les décombres... pour avoir l'air un peu quand même occupé, je m'intéressais aux télégrammes... Harras voulait bien... une autre cave.. le télescripteur n'arrêtait pas... deux typhus vers Tzara-Plovo... une seule « biliaire » à Salamine!... rien, ainsi dire... comparé aux poussées 17!... la même chose, me disait Harras, du côté ennemi, en face!... et pourtant eux avaient les Indes et tout le Proche-Orient!... ils s'arrachaient les cheveux, pareil!... eux qu'avaient les vallées d'Euphrate!... où pourtant même avant Moïse sitôt qu'il se montait une armée toutes les pires pestes fondaient dessus! à présent là, j'avais qu'à voir « *telescript :* zéro »!... avant 18, les pires cohortes mystiques féroces, trois quatre salves vous aviez la paix! un peu aussi par la soif... trois bidons d'eau!... vous les retrouviez tous purulents!... maintenant nib!... les chacals se battaient entre eux!... armées, millions d'hommes dans le désert, frais comme l'œil! même dans les oasis infectes, mares putrides, pas un cas! vous dire leur triste philosophie aux « Hautes Autorités » de Lisbonne... russo-ricains-anglo-boches... « nous avons trop vacciné, cette guerre ne finira jamais »... tous hélas d'accord! vous dire si Harras avait eu le temps chaque voyage de s'acheter de tout, de ces sofas, coussins, couvertures, et de ces peignoirs si épais! et de ces victuailles, jambons, rillettes, poulets en gelée, que vous pouviez tenir cent ans dans les caves de la *Gesundt*... il voulait bien parler « technique »... de notre point de vue épidémique... plus rien virulait!... la vérité! la guerre par massacres, c'est une chose, elle fait du bruit, mais résout rien!... les microbes se désintéressent? pitié de vos pauvres bataillons! infinis conflits, eaux de boudins... même « l'atomique » je vous garantis, finira jamais sans microbes... le virus, du fond du silence, vous attaque la terrible armée, que vous avez plus un bonze debout, deux trois semaines, tous à dégueuler, fauchés! âmes, boyaux, bramer à la Paix! voilà du décisif, sérieux! ça, qu'ils attendaient à Lisbonne... comment cette affaire finirait?... napalm, gaz, soufre, méchantes foutaises! la vraie de vraie peste prenait plus! comment la nôtre allait finir, saleté, guerre de guerre, 44?... tous les virus millénaires faisaient faux bond! les maréchaux peuvent bien des choses, déchaîner foudres et cataclysmes, mais pas réveiller un microbe... les grands empereurs peuvent s'entendre, s'entr'offrir tellement de tonnes de viandes, troufions, tellement de villes, provinces, berceaux, hôpitaux, personnes déplacées, charniers, que c'est la nouveauté totale, nouvelles frimousses, nouvelles boucheries, mais la guerre arrête pas pour ça! microbes fainéants, guerre continue! millions et millions sous les armes, prêts à tout... milliards de puces inutiles! deux typhoïdes à Zagreb!... une varicelle à Chicago!... de quoi abattre bien des courages! même dans la vallée du Vardar, où pourtant depuis douze siècles aucun conquérant n'avait tenu, maintenant impeccable, pas un rat mort!... ni un comitadji fiévreux... l'humanité dans de beaux draps... pas les maréchaux, ni les diplomates, qui dictent la paix, les puces, et les rats... maintenant, zéro!... nous là toujours, Lili, moi, Bébert, La Vigue, nous avions un petit truc de plus, sûrement des « mandats » au der! pas que de Paris, de Berlin aussi!... notre Harras avait beau dire, il voulait me parler, je voyais... quelque chose le retenait... au bout de trois jours dans ces sous-sols on se sentait tout de même un peu revivre, foutre du *telescript!* sandwichs à gogo, eau minérale et tout le confort, profonds sofas, et trois peignoirs éponge chacun, et il faut dire, le parfait calme... mais ça pouvait pas durer... pendant la minute d'haut-parleur, fanfare et « nouvelles » Harras profite, il me chuchote...

« Demain, Céline, nous irons voir un village pas loin d'ici... »

J'allais pas lui demander pourquoi... nous redescendons dans notre loge... je raconte à Lili et La Vigue que demain on va en excursion... on s'attend à tout... entre nous on examine qu'est-ce qu'il peut bien nous vouloir?... se débarrasser?...

Le lendemain sept heures, nous sommes prêts... il a dit sept heures... il devait nous emmener... on aurait bien encore dormi... pas très ravissante cette promenade...

Sept heures, juste, voilà Harras, en grand

FELIXRUHE

uniforme, dague, décorations, aiguillettes, bottes...

« Je suis ridicule, n'est-ce pas, Confrère?... il le faut où nous allons! *ooah!* »

Que c'est à rire!

« Vous allez nous faire fusiller?

— Non! non!... pas encore! »

Soit! la vie continue!... une très grosse voiture... pas une gazogène... à essence!... il prend le volant... nous sommes en septembre... il fait beau... leur campagne en septembre tourne au rouge, les feuilles... il fait déjà plus que frais... il va pas vite... nous traversons tout Grünwald, des allées de villas en décombres... et puis encore un autre parc... et puis des prairies... et puis des étendues de terres grises... où sûrement rien ne pousse... genre de cendre... pas du paysage aimable!... deux... trois arbres... une ferme au loin... plus près un paysan qui bine, je crois... Harras ralentit, il s'arrête, il va nous parler...

« Mes amis vous allez voir un ancien village huguenot... *Felixruhe!* la route là, à gauche... vous n'êtes pas trop fatigués?... cinq kilomètres! pas plus!...

— Non!... non!... non! »

Nous sommes pleins d'entrain!... en avant pour ce Felixruhe!... une route très étroite!... que sa Mercédès passe, mais juste!... tout de suite c'est là, nous y sommes... mettez un hameau normand, Marcouville quelconque, mais alors tout à fait fini, les murs et les toits plus qu'en trous... tout ronces et mousses à travers les fenêtres et portes... loques de chaume...

« Voici le hameau huguenot! »

On peut pas aller de l'autre côté, une toute petite rivière sépare... le pont est pas pour voitures, trop vermoulu... on s'arrête... tout de suite plein de gens viennent... il en sort de tous les trous, des toits et des huttes, des champs... des vieux et des vieilles surtout, et plein de mômes... les autres doivent être à la culture ou mobilisés... tout ce monde est nu-pieds... et si ça jacasse!... ils s'approchent... ils touchent la voiture... les vitres... Harras aime pas... *pfoui! pfoui!* qu'ils foutent le camp!... il lâche son volant... nous voici sur le pavé... qu'est-ce qu'on est venus faire?... du tourisme?...

« Vous savez plus huguenots du tout!... tous polonais!... vous les avez entendus!... l'invasion slave! comme vous les Berbères à Marseille!... naturel!... tout Berlin aux Polonais! naturel!... voyage des peuples!... par là! par là! »

Il nous montre l'est, l'ouest!

« Vous comme ça!... sud!... nord!... »

Des paroles qu'il aurait pas dites à Grünwald... même en rigolant... là on le voyait de très bonne humeur... comme délivré d'un souci... lequel?...

« Maintenant, cher Monsieur, et vous Madame, si vous voulez bien, vous allez un peu nous attendre... je vais dire deux mots à votre mari... tous ces Polonais sont voleurs, mais peureux aussi, heureusement!... vous restez ici, voulez-vous, dans la voiture, ils n'approcheront pas... deux mots à dire à votre mari, cinq minutes!... »

J'avais qu'à le suivre... leur rage tous ces gens politiques : deux mots à vous dire en particulier... faire un tour!... vous en revenez, revenez pas... je leur demande toujours...

« Alors? »

Je vois là son énorme Mauser... je veux, ce feu fait partie de sa tenue...

« Non! non! pas encore Céline! *ooah!...* seulement vous parler!... impossible, Grünwald! tout mouchards, Grünwald! vous vous êtes peut-être aperçu?

— Les demoiselles?

— Évidemment! et les microphones! pas trouvé?

— Je n'ai pas cherché...

— Partout microphones! sous les tables!... toutes les tables!... sous tous les fauteuils! »

Nous nous n'avions rien dit de scabreux, moi, Lili, La Vigue... ils avaient bien pu entendre!... d'abord qu'est-ce qu'on avait à se dire?... rien! sauf qu'on se demandait ce qu'ils allaient bien faire de nous?... bien naturel! bien naturel... embarqués dans une drôle d'histoire!... où il m'emmenait en attendant?... cette route si étroite devenait large... presque une avenue... plus du tout comme dans nos hameaux... grandiose!... les mêmes masures en torchis des deux côtés, bien croulantes, pourries... plein d'orties des fenêtres, des cheminées... sûrement personne n'habitait plus là... je demande à Harras...

« C'est loin? »

Sûr, il était gros, mais agile... plus jeune que moi... « Quelle année vous êtes né, Harras?

— 1906?

— Je vois!... je vois!... du jarret!

— Nous sommes arrivés! là!... là!... »

Il me montre... l'église... elle est aussi vermoulue fendue lézardée de bout en bout que les maisons autour, elle doit pas servir souvent...

« Regardez, Céline! »

Je regarde au-dessus du portique... une date gravée... gravée dans un marbre carré noir... 1695...

« Les huguenots, n'est-ce pas? maintenant ici bientôt les Russes! les Polonais pour commencer! et puis les Chinois, pour finir! voyage des peuples! *ooah!...*

— Pas de microphones? »

Je m'inquiète...

« Non!... pas de microphones! pas encore! »

Il est loustic, en tourisme, Harras! il aurait fait un Perrichon un peu plus tôt...

« Regardez cette église, Céline, l'intérieur, on y prêchait en français il y a encore cinquante ans... »

Il a la clé... pas besoin de clé... je pousse le battant... on regarde l'intérieur... elle est à claire-voie l'église... plus de crevasses que de briques...

« La dernière fois que je suis venu la cloche était encore en place, en haut, maintenant... »

Je la voyais la cloche, elle était tombée au milieu des bancs... ça n'a pas été bombardé!... c'est la pluie et le temps... y a rien à voir... qu'encore quelques panonceaux, noir et bleu... des paroles de psaumes...

Plus près de notre Seigneur...
Par sa Passion nous vivons...

plein de vigne vierge et de lianes montent partout, après la cloche, après la chaire...

« Voilà!... on a vu!... alors? »

Je demande à Harras...

« Au cimetière là!... nous serons encore plus tranquilles!... »

Le cimetière je vois, est pas plus entretenu que l'église... pas de fleurs du tout, que des énormes buissons de ronces... on peut lire des noms, beaucoup de dalles... mais ça s'efface... la mousse comme éponge les noms... Harras a déjà cherché... ah, un!... « Anselme Preneste »... « Nicolas Pardon »... l'autre bout des orties... « Elvire Roche Derrien » et par là, voilà!... « Félix Robespiau »!

« C'est lui qui a fondé le village! et l'église!... Félix Robespiau!... ils étaient trop à Berlin!... déjà la crise du logement!... *ooah!*... encore d'autres villages huguenots par là!... plus haut! aussi écroulés! »

Il me montre... au nord...

« Nous n'irons pas! »

Ces villages au nord... plus de routes... que des fondrières... et des ronces...

On s'assoit... j'espère maintenant qu'il va parler... vraiment l'endroit est tranquille...

« Alors ?

— Certainement Céline vous avez deviné... il faut que je vous trouve une situation... pas seulement pour vous, pour votre ami, et pour Madame...

— Bien entendu !

— Vous savez n'est-ce pas, vous avez lu, que dans notre *Reich* tout le monde doit être occupé... à l'avant !... à l'arrière !... les commentaires, vous savez !... peut-être encore un petit moyen pour un certain temps... vous vous êtes malade, mutilé, vous vous reposez... bien !... votre ami Le Vigan est fou, malade aussi, vous le soignez... bien !... acteur, ça ira !... votre femme vous soigne... vous ne trouvez pas ?

— Certainement, mon cher Harras ! mais alors à l'hôpital ?...

— Non !... non ! pas du tout ! vous irez en convalescence... tous les trois !... dans une de nos *Dienstelle*... vous savez, un bureau " annexe ", pas loin d'ici, cent kilomètres... vous savez, les bombardements... pour le cas !... au nord !... vous serez très bien je trouve, tous les trois... cent kilomètres nord d'ici... à Zornhof... dans un petit château... vous vous amuserez !... le baron-comte *Rittmeister* von Leiden ! pur prussien !... plus pur que moi ! plus gâteux que moi !... 74 ans ! il a le droit ! absolument dégénéré... et paraplégique! vous aurez sa fille Marie-Thérèse... pianiste! tous les deux parlent bien français, mieux que moi!

— Oh, non! oh, non cher Harras!

— Vous verrez! et des Polonais partout! pire qu'ici! vous verrez!... plein les terres!... attendez!... son fils! la ferme en face, cul-de-jatte et épileptique!... *ooah!*... et la belle-fille, Isis, et la petite-fille, Cillie... le cul-de-jatte ne parle pas français... et pas que des polaks, vous verrez!... des Russes aussi, plein les betteraves!... femmes, hommes... prisonniers... volontaires... Russes soi-disant déserteurs... et des " Vlasoff... " tous bolcheviks! communistes espions!... oh mais les plus beaux, vous verrez, nos *bibelforscher* vous savez?... nos " objecteurs de conscience "... vous verrez tout ça!... et les prostituées de Berlin, trop dangereuses, " tertiaires " incurables... vous les verrez, elles travaillent, la voirie, pas à Zornhof!... à Moorsburg, à côté... des centaines!... communistes aussi!... et puis des travailleurs français... ceux-ci " anti-nazis " féroces... ils ne vous aimeront pas... et ils sont malins! quand ils sauront qui vous êtes... à vous méfier!... il faudra vous méfier aussi du chef de notre " Dienstelle "... Kretzer et sa femme... je ne sais pas ceux-là quel jeu ils jouent... je le saurai un jour... vous serez tout près de Moorsburg... à voir Moorsburg! vous aurez le temps!... pas encore été bombardé! là aussi un pharmacien qui joue un jeu, je ne sais pas lequel?... la ville de Frédéric II où il faisait manœuvrer ses hommes!... à la baguette! *ooah!...* sa ville à lui, construite exprès... avec des places pour les manœuvres, vous diriez cinq six places Vendôme!... mais sans Ritz et sans rue de la Paix!... *ooah!* il les faisait fouetter sur place, au milieu de la place, ses goujats! si c'était grave, fouetter à mort!... la discipline!... après ça, il jouait de la flûte et il écrivait à Voltaire, en vers... mauvais vers, mais quand même... vous ne vous ennuierez pas là-haut! en convalescence... un petit musée à Moorsburg... Mme von Leiden vous promènera, la femme du fils, le cul-de-jatte... elle vous demandera des leçons de français, certainement... oh, elle n'est pas laide du tout!... ni infirme comme son mari... vous verrez!... vous ne pourrez pas rester ici, je veux dire à Grünwald, impossible!... nous serons rebombardés à Grünwald, pour ce qu'il en reste!... et j'irai vous voir souvent, là-haut, dans votre manoir... si je ne suis pas mort!... *ooah!...* vous aurez tout pour travailler, là-haut... peut-être aussi pour pratiquer... dans quelques mois... nous vous chercherons une usine... dans quelques mois... peut-être Le Vigan, infirmier?

— Oui... oui... certainement! »

J'avais rien à dire... mais je nous voyais pas à Zornhof...

« Vous ne prévenez personne, n'est-ce pas... ni votre femme... ni votre ami... je vous conduirai moi-même, après-demain... mercredi midi... par la route!...

— Entendu Harras! compris! »

Quelles précautions!... peut-être pas du tout à Zornhof qu'il nous emmenait?... je regarde encore ce cimetière, tous ces monceaux de ronces... pourquoi il m'avait amené là?... par goût?... peut-être... rien de plus... le certain goût funèbre... toute la Bochie... ils avouent pas, mais ils sont voués, attirés... je cherche encore à lire des noms, sous les ronces...

« Vous avez sûrement remarqué Harras, surtout des femmes!... »

Harras avait remarqué comme moi...

« L'accouchement n'est-ce pas, à l'époque!... le même phénomène aux États-Unis, même époque... une très belle étude d'Eichel... vous avez connu Eichel? »

Si j'ai connu Eichel!... statisticien de l'État de New York, grand balzacien à ses moments...

« Un très intéressant mémoire sur la mortalité des femmes dans l'État de New York, fin du XVIIe... Eichel!... vous connaissez?

— Certainement!... certainement Harras!

— Environ trois femmes pour un homme... normal pour l'époque... les hommes se remariaient trois... quatre fois... normal pour l'époque!... New York ou Berlin... ceux-là, les polaks de *Felix* ne s'enterrent pas ici, ils ont leur cimetière à eux, là-bas...»

Il faisait le geste.

« A l'est!... loin!... nous n'irons pas! »

Il me montre là-bas, un bouquet d'arbres, au bout de la plaine... c'est drôle comme l'infini des êtres est facilement au bout des doigts... un geste... entre ciel et terre...

Il résume...

« Alors, n'est-ce pas, mon cher Céline, c'est entendu... mercredi midi!... et pas un mot... à personne!... pas un mot!

— Comme la tombe, Harras! comme la tombe! »

Je comprends pas le pourquoi de tout ce secret, mais lui, doit savoir... du moment où vous êtes chassé de vos quatre murs, vous devenez joujou... tout le monde s'amuse à vous faire peur, voir votre binette... tout tourne énigmes... là j'étais pas sûr d'Harras... cette drôle de virée, *Felixruhe?* qu'est-ce qu'on y était venu foutre?... pas net!... façon de nous promener?... admirer ces décombres d'église?... le cimetière huguenot?... pour ça qu'il s'était mis en grande tenue, sur son 31, torsades, aiguillettes, trois croix gammées?... pour m'apprendre quoi?... Zornhof?... qu'on déménageait?... certainement encore foutu bled!... des gens encore plus « anti-nous » qu'ici... et en plus, il m'avait prévenu, des prisonniers « résistants »... ça promettait!...

« Tu la vois pas mais elle est là! gafe!... on y fonce! tout est savonné!... »

Ce que je pensais! je le disais pas, je disais rien... j'écoutais Harras... il parlait...

« Voilà! nous avons vu Felixruhe... nous allons refermer l'église... ce n'est plus bien la peine peut-être? »

Elle était ouverte de partout... exactement! les orties et les vignes vierges avaient envahi l'intérieur, tous les bancs recouverts, la cloche...

« Ils en feront des cinémas des anciennes églises! ils répareront! *propaganda! propaganda! ooah!*

— Qui?

— Ceux qui viendront! toujours des endroits de propagande! églises! maintenant, pour matérialistes! athées!... voilà ce qui nous manque : des athées sérieux!

— Vous aurez, Harras! vous aurez!

— Je voudrais voir un peu les Russes rééduquer les Chinois! leur faire remonter la cloche, là-haut!...

— Vous verrez, Harras! vous verrez! Vous verrez tout!... »

Je suis le réconfortant, l'optimiste!... je ressaye la clé... elle tourne à vide... elle a fait son temps cette clé! l'église aussi... si crevassée bout en bout... pas besoin de bombes!

« Elle s'en va au vent, Harras! »

Vraiment maintenant c'est fini... il m'a dit ce qu'il avait à me dire... que nous déménagions mercredi... la belle histoire!... secret?... pourquoi?... il ne parle plus... nous allons par un autre sentier... il prend pas le même... pourquoi?... retrouver sa bouzine... elle est assez mastodonte, personne y enlèvera!... ah, elle est au bout du sentier... non! pas elle, pas l'auto elle-même, mais du monde après et dessus, un énorme essaim de jambes et derrières, les uns dans les autres... et sur le toit de la voiture!... tout Felixruhe est sur l'auto! ils vont la bouffer!... à mon tour de rire! qu'il s'était sapé exprès, bottes, aiguillettes, croquemitaine or et argent, qu'ils se tiennent à distance! l'autorité! salut!... agglomérés qu'ils s'étaient!... plein le toit, le capot, et les roues... Lili là-dessous et Le Vigan, et Bébert... j'hurle... deux coups...

« Lili!... Lili!... »

Elle me répond... à travers les esclafferies... plein de mômes!... ils veulent voit Bébert... ils exigent...

« Pépert!... Pépert!... »

Nous ne pouvons pas approcher... du coup, ça va plus!... Harras regarde, pas un mot, il sort son soufflant... son gros Mauser... et *ptaf! ptaf!*... coup sur coup en l'air! tout le chargeur! ah là, ça dégage!... si ça se sauve! les petits! les grands! Harras dit rien... un autre chargeur!... encore en l'air!... *ptaf!*... Harras veut pas être dérangé... même les moineaux!... la route est libre, vide, plus personne... aussi loin qu'on puisse voir... aux arbres... je demande à Lili, La Vigue, ce qui s'est passé... s'ils leur ont pas volé quelque chose?

« Non!... ils voulaient qu'on parle polonais et qu'on sorte Bébert!... *protche pani! protche pani!* »

La Vigue en plus, était à peu près sûr d'une chose!... qu'ils l'avaient reconnu!

« Tout de suite, dis, à moi : *franzouski! franzouski!* »

En somme ç'avait été aimable... même enthousiaste... pour la formidable Mercédès, pour Bébert et les *franzouski*... pour La Vigue peut-être, surtout?... sa belle expression « Christ en croix »... peut-être?... en tout cas on pouvait partir... plus rien devant nous!... oh, si!... deux jeunes filles!... deux toutes jeunes filles... moi qui regardais loin, je les avais pas vues, là tout de suite, devant notre capot, à genoux... et implorantes...

« *Mit! mit! mit! bitte!* »

En larmes! qu'on les emmène! Harras hésite pas!... il jure! oh, par exemple!

« Attention!... attention!... *vorsicht!*... les plus terribles qui parlent allemand! »

Il les laisse parler... une chose, elles ont pas eu peur... ni de la Mercédès ni d'Harras ni de son revolver... dans les sanglots elles nous racontent... que leurs pères et mères sont morts, qu'elles sont seules à Felixruhe, que tous les hommes veulent les violer... que les hommes vont revenir des champs, qu'ils sont aux betteraves... qu'on les a chassées de chez elles, qu'on leur a volé leurs paillasses... qu'elles n'ont plus rien... qu'elles veulent venir avec nous... travailler pour nous... tout!... tout ce qu'on voudra!... aux champs!... aux cuisines! n'importe quoi!... mais qu'on les emmène! ou qu'on les tue là tout de suite sur la route si on veut pas les emmener! qu'on n'hésite pas! elles touchent au Mauser d'Harras... elles se dépoitraillent, là à genoux, elles nous montrent où on peut les tuer, là, au cœur!... son gros revolver!... qu'il hésite pas! mais qu'on les laisse pas là, vivantes!... au cœur!... au cœur!... Harras doit avoir l'habitude de ce genre de supplications... même pas l'air surpris!

« Vous savez Confrère, tout ça est mensonges!... que mensonges!... rien de vrai! »

Il réfléchit...

« Une chose, je pense... une seule chose sérieuse! on nous a enlevé trois femmes, là-bas à Grünwald, la semaine dernière... parties je ne sais où!... polonaises aussi... »

Je le laisse réfléchir...

« Si!... si! je sais!... blanchisseuses! ils les ont prises pour le front de l'Est!... je sais!... »

Il est content!... maintenant à celles-ci!...

« *Nun!... ernst!* sérieux maintenant!... *waschen? wollen sie waschen?...* voulez-vous laver?...

— *Ja!... ja!... ja!...* »

Tout ce qu'on veut!... là ça se décide, il les emmène...

« *Komm!...* voulez-vous Confrère, nous les prendrons avec nous... mais que je les fouille d'abord!... rien à les croire!... »

Elles se relèvent d'à genoux, plus en larmes... il les palpe... leurs loques... les plis... et puis les cheveux... les entre-jambes... elles veulent bien... elles veulent bien tout... il ne trouve rien... sauf des poux... il me montre...

« Elles n'en auront plus là-bas! »

Il s'adresse à elles maintenant, qu'elles disent

que vraiment elles veulent?... ah, et comment!

« *Ja!... ja!... ja!...* »

Dans le bonheur!... autres larmes! heureuses! heureuses!...

Allez ouste!... tout le monde en voiture!... Lili, moi, La Vigue, Bébert, et nos deux fillettes blanchisseuses... qu'elles ont de beaux cheveux, je remarque... ourlés, blondeur de blé... à présent on peut voir leurs yeux, grands, bleus d'une certaine pâleur... slave, nous dirons... le charme slave... le charme slave, le charme couperet que tous les bourgeois se jettent dessous, têtes premières, les prolos avec!... enfin d'accord!... titubants comme saouls! oh pas le cas d'Harras! s'il les voyait futées salopes, nos deux trouvailles, bien prêtes à tout!... pas d'illusions!... zéro pour le charme slave! mais un fait exact, Grünwald manquait de blanchisseuses, alors ces garces-ci ou d'autres!

« Surveillez-les n'est-ce pas, surtout! qu'elles fassent pas de gestes aux carreaux! tenez-les entre vous! »

La Vigue ne demandait pas mieux... ils se faisaient déjà des sourires... plus du tout de larmes ni de sommations qu'on les tue... Harras regarde encore la route... rien!... et le hameau... plus personne!... il rempoigne son gros Mauser et *ptaf!* tout un chargeur! en l'air!... et d'un autre!... dans la direction de l'église!... que personne vienne voir comme on part... là, voilà, il prend le volant... en route!... peut-être deux cents mètres, il freine... il descend... cette fois de sous son siège il sort une belle mitraillette... et accessoires, pivot, pied, cartouches... il se plante au milieu de la route, et il tire... *vrrrrrai!* une fois... deux fois... sur Felixruhe...

« Vous savez Confrère, ces gens-là ont l'air d'avoir peur... ils n'ont pas!... si vous oubliez de tirer... eux, tirent!... ils n'ont pas l'air d'avoir d'armes... ils ont!... »

Maintenant ça pouvait aller... il remonte au volant et on fonce! pas le modèle « faiblard gazogène » sa Mercédès, la vraie à essence... dans la voiture personne dit rien... La Vigue, pourtant si galant, est repris par ses réflexions... il songe... l'idée qu'on rentre à Grünwald?... pourtant je lui avais rien dit de ce qui se préparait... moi, je pouvais être un peu songeur, j'avais des raisons... il verrait!... pas beaucoup à regarder dehors... le paysage... des gens à biner, pieds nus, des femmes surtout, des Polonaises, des Russes... la terre du Brandebourg, grise et beige... une terre à sillons de patates... au bout, une espèce de grandeur, entre ciel et terre... une immensité à eux... nos immensités à nous, ne sont pas sinistres, les leurs, si... pas à ça que pensait Le Vigan... peut-être?... en tout cas qu'est-ce qu'on prenait!... la route, elle, était pas songeuse!... rempierrée on dirait exprès, qu'on cahote fort! casse! *beng!... boum!...* assis! un autre trou!... *prang!* nos têtes dans le plafond! et *re-prang!...* les petites blanchisseuses s'amusaient!... vite fait la jeunesse, tourne tout éclats de rire!... à chaque ramponneau!

« Vous avez déjà été? »

Je demandai en « petit allemand ».

« *Nein! nein!* »

Pas des mômes blasées...

« Vous avez été à Berlin?

— *Nein! nein!* »

Heureusement Harras avait des forts bras, pour tenir la route, il fallait... de plus en plus de fondrières!... de ces embardées, d'une à l'autre! il la fait voler, cette énorme! plein gaz par-dessus les crevasses! moins vite, à l'aller!... le retour, on peut dire, on chargeait! il chantonne...

Vater! ô Vater!
Ô père! ô père!

Le roi des Aulnes!

« Il faut cher Céline! il faut!... je ne m'amuse pas! »

Amuse, pas amuse, on va aller s'emboutir!... retourner les sillons!... mais ça s'approche!... une longue descente... plus de champs... des ruines... droite et gauche... et des pavés... je reconnais... Grünwald... le genre des villas éventrées, les balcons pendants... ça y est! c'est nous! *Reichsgesundt*... maintenant il s'agit pas de distractions!... que nos demoiselles nous jouent l'air!... Harras est gros, lourd, mais rapide... il saute de son siège... un autre bond!... il ouvre la portière...

« Restez là tous! attendez! »

Il donne l'ordre au lieutenant Otto d'aller lui

chercher quelqu'un... Frau?... un nom que je ne connais pas... elle arrive... cette *frau*... je l'avais jamais vue, grisonnante, assez ronde, en uniforme bleu... une figure pas du tout à rire... je comprends à ce qu'ils se disent qu'elle commande quelque chose... Harras lui présente nos demoiselles... ah, à peine nos demoiselles la voient, elles se jettent à genoux, encore à genoux! et elles l'implorent... même scène qu'on a eue là-haut à Felixruhe... mais cette femme en bleu, peut-être la lavandière en chef, leur parle leur langue, tout de suite, polonais... elles lui répondent dans les sanglots, finis les fous rires!... et toujours à genoux... et par là! et par là!... elles font le geste vers la voiture qu'elles ont quelque chose par là! par là!... qu'elles veulent bien lui montrer à elle... non! non!... quelque chose en arrière! plus encore!... encore!... dans le coffre?... quoi?... elles avaient rien!... on les a pas vues mettre dans le coffre... on y va tous... toute la garde et le lieutenant Otto et tous les *Volksturm* et la *frau* X, et nous... que nos demoiselles profitent pas pour se sauver! c'est un fourbi d'ouvrir ce coffre!... d'abord six boulons... et puis trois pneus... on désosse tout... qu'est-ce qu'elles peuvent avoir camouflé?... dans le fond du coffre?... ah, ça y est! un paquet! un gros! des loques!... et dedans un môme emmitouflé!... et qui roupille!... un garçon!... elles l'avaient mis sans qu'on les voie... qu'est-ce qu'il avait pris!... il se plaint pas... il est enveloppé, ficelé dans plein de morceaux de linges... il se met à rire de nous voir...

« Quel âge a-t-il? »

Les demoiselles savent pas... moi je crois · trois ans... trois ans et demi...

« A qui est-il?

— C'est mon frère! »

Harras coupe court...

« Elles mentent! toujours! toutes!... pour tout, Confrère!... tout le temps!

— Son nom?

— Thomas! »

Thomas nous regarde... on le palpe... on le retourne, on l'ausculte... rien au cœur, pas de ganglions, pas rachitique, un môme solide... ça le fait bien rire qu'on le tripote... on lui regarde la gorge, rien!... la frau lui parle polonais, tout doucement... il rit encore... c'est le môme bien commode... à nous aussi!... il nous montre... il veut ravoir!... quoi?... on y va!... dans le fond de son trou... au fond du coffre... un bras de poupée!... c'est ça! il le veut!... il part avec... il marche pas mal pour son âge, trois ans, trois ans et demi... il veut bien aller où on veut, il obéit... un peu vacillant... il a voyagé!... il part pieds nus sur les cailloux, il nous tend le bras de sa poupée... à la majordome aussi, et puis à Harras, et puis aux *Volksturm*... qu'on joue nous aussi! la façon qu'on l'a fait rebondir il doit tout de même s'être fait des bosses!... on le reprend, on le repalpe... deux trois petits bleus, rien!... un môme costaud!... Harras trouve que ça suffit, que les demoiselles ont assez pleuré, qu'elles se relèvent et emmènent leur môme, et que tout le monde disparaisse !

« *Frau Schwartz ! bitte !* »

Ah, maintenant, je sais... Schwartz... elle s'appelle Schwartz... qu'elle emmène tout !...

« Au revoir, Thomas ! »

On a pas été pour rien à Felixruhe... on a ramené du personnel...

« J'ai été très vite pour rentrer, n'est-ce pas ?

— Oui, assez vite !

— Oui, mais c'est fini... il fallait ! »

Il faut convenir, on n'a pas eu d'accident... ni autre chose...

« Otto, je vous prie !... *butterbrötschen !*... sandwiches... des plateaux de tout !

— Je vous prie, Madame ! »

Je voyais que La Vigue voulait me parler...

« Plus tard !... plus tard !... »

★

Je vous l'accorde, tout le monde peut reconnaître une fièvre, une toux, une colique, gros symptômes pour le vaste public... mais seuls les petits signes intéressent le clinicien... j'arrive à l'âge où sans être du tout moraliste, le rappel des petites saloperies, mille et mille, analogues ou contradictoires, peut me faire encore réfléchir... à ce propos, il m'est assez souvent reproché de trop m'étendre sur mes malheurs, d'en faire état... « Pouah ! ne dirait-on pas le drôle qu'il est le seul à avoir eu certains ennuis, le fat!... » corniguedouille! oui et non!... combien je reçois de lettres d'insultes tous les jours? sept à huit... et de lettres de folle admiration?... presque autant... ai-je demandé à rien recevoir? que non! jamais!... anarchiste suis, été, demeure, et me fous bien des opinions!... bien sûr que je ne suis pas le seul aux « certains ennuis »! mais les autres qu'en ont-ils fait de leurs « certains ennuis »? ils s'en sont servis à me salir, au moins autant que ceux d'en face! exposé, offert que j'étais... aubaine pour toutes dégueulasseries, vous pensez qu'ils s'en sont payé!... ceux de ce côté et ceux d'en face!... ennemis soi-disant... à la noce!

« Il se lamente »!... tudieu, vous dis, c'est pas fini! le mur des lamentations est plus solide que jamais! deux mille années!... admirez!... la muraille de Chine bien plus vieille!... et que le jour où elle s'abattra vous serez tous dessous, poudre de briques...

Mais je ne vais pas vous perdre encore!... nous en étions à Grünwald... jus de fruits, sandwiches, eau minérale... caviar... marmelade... poulet... on nous régalait d'une façon!... qu'est-ce que ça cachait?... mais ces divans étaient trop bouffis, énormes de coussins, pour que des gens même comme moi, souffrant bien de la tête, cèdent pas au sommeil...

Ce devait être deux, trois heures plus tard, qu'Harras apparut...

« Confrère, pardonnez-moi de vous réveiller,

il le faut!... vous me pardonnez! Votre Diplôme!... il le faut! j'oubliais! votre doctorat!... une copie!... une photocopie pour le Ministère! pour votre « permis d'exercer »!... je vais vous prendre cette photocopie! moi-même! tout de suite!... il nous la faut pour demain!

— Parfait!... parfait Harras! »

Il est dans un très gros peignoir, vert et rouge... je bondis... il m'a parlé à voix basse... je vois, La Vigue a disparu... il doit être allé se coucher... Lili est là, elle dort... je fouille dans le sac où j'ai nos papiers... j'en ai un petit peu!... ah, voilà!... mon diplôme!... 1924!... verso, tous les cachets des commissariats... que de lieux divers! « pierre qui roule! »... je n'ai amassé que des ennuis... je n'ai pas le genre « ami »...

« Nous allons au laboratoire!

— Où?

— Plus bas... deux étages en dessous!... tout doucement!... »

Il ne veut pas réveiller Lili... je ne connaissais pas ce laboratoire... où peut-il encore m'emmener?... pressentiments... un moment on ne bougerait plus tellement on se méfie...

« Bien Harras! allons!

— Lili, je reviens, je vais avec M. Harras deux étages en dessous... prendre des photos... je remonte tout de suite...

— La confiance ne règne pas! remarque Harras...

— Mon cher Confrère, aucune confiance! »

Oach!... je le fais encore s'esclaffer...

« En bas vous pourrez parler! pas de micro, en bas!... pas un micro!... sacré Céline! »

Je peux pas le vexer, sacré Harras... je peux être que drôle... il me mène par un petit couloir... et un ascenseur... deux paliers plus bas... une grande salle pleine d'appareils genre « radio »...

« Vous êtes comme Ali Baba, Harras!... profondes cavernes, trésors partout! encore d'autres Harras? je veux tout connaître!

— Certainement Céline! certainement! mais d'abord, votre diplôme! permettez-moi! »

Nous sommes devant l'instrument... *toc!...* vite fait!... *tac! tac! tac!...* trois fois mon diplôme! et les visas des commissaires...

« Voici, Céline, méfiant ami! vous voyez, je vous le rends!... je fais vite!

— Merci!... merci!... »

Je le replie en quatre... en huit... je l'enfouis dans une de mes sacoches... j'en ai quatre en bandoulière... que je ne quitte jamais, je dors avec... vous savez n'est-ce pas aux débâcles tout le monde fauche les papiers de tout le monde... vous laissez votre acte de naissance sur une table, une chaise, vous le retrouvez plus!... c'est un autre branquignol quelque part qui existe pour vous, devenu vous... d'où je vous écris, là de mon local, Bellevue, en perspective, je vois bien au moins cent mille maisons, un million de fenêtres... combien de gens là-dedans, hypocrites, ont des papiers pas à eux?... sont autres qu'on croit?... qu'ont pris d'autres vies, d'autres lieux de naissance?... qui mourront pas eux? mettez encore quatre, cinq débâcles, et une vraiment belle, atomique, tout le monde se sera fauché les papiers, personne sera plus soi... vous aurez quinze... vingt-cinq Destouches, docteurs en médecine... jaunes... rouges... franc-comtois... berbères... les vraies sérieuses transmigrations, décisives, intimes, s'opèrent par la fauche des papiers, et si possible, transfert parfait, le vol suivi d'assassinat, qu'il ne reste rien de l'individu, le dépeçage de l' « authentique »!... silence!... combien de silences dans tous ces étages?... des armées de faux fafs!... jusqu'au Sacré-Cœur, toute la perspective... vous iriez : *toc! toc!*... aux mille portes...

« Vous êtes bien vous-même? »

Comme si vous alliez au Louvre relever les « pas vrais »... espièglerie!...

Soyons sérieux!... je vous racontais le « photoscope », qu'il m'avait rendu mon diplôme...

« Céline, vous vous êtes sans doute aperçu que l'administration du *Reich* est tout à fait méticuleuse... j'adresse demande à l' " Intérieur "... pour votre " permis d'exercer "... le ministre a son mot à dire... or tous, vous m'entendez bien Céline, tous les bureaucrates du ministère de l'Intérieur, sont anti-nazis!... le ministre lui-même! et tous les huissiers! absolument! comme tous les acteurs sont anti la pièce qu'ils jouent! ils l'ont en horreur!... tous les théâtres!... absolument!... même rage!... anti! vous savez tout ça!

— Alors?

— Ils vont faire ce qu'ils pourront pour que votre dossier se perde... et votre " permis d'exercer "!... un mois... deux mois... un an...

— Puisque personne ne nous écoute... vous me l'avez dit, Harras?... bien dit?... personne?

— Non!... non!... allez-y!... vous avez besoin!... dites!... ici, aucun microphone!... pas installés!... pas encore!... mais bientôt!...

— Eh bien moi Harras puisque vous me le permettez, je serais bien heureux de savoir comment votre Reich tient encore?

— Le cas de tous les États forts, Céline!... la guerre partout!... complots partout!... ce Reich ne tient que par les haines!... haines entre les maréchaux!... et l'aviation contre les tanks!... Hitler n'a rien inventé!... la marine contre les nazis!... l'Intérieur contre les Affaires étrangères... cent autres camarillas contre cent autres... Athènes, Rome, Napoléon, ont-ils tenu autrement?... nous savons tout cela Céline!

— Certainement, Harras!... mais il faut tout de même un moment quelques fanatiques...

— Dans le *Signal* de M. Gœbbels, les fanatiques!... très peu dans la rue...

— Aux armées?

— Les armées n'est-ce pas, c'est l'Arène... dans l'Arène il faut mourir... non?

— Évidemment!

— Eh bien, écoutez-moi Céline, j'ai servi au front deux hivers... au front de Pologne... puis en Ukraine... médecin commandant, et puis colonel... j'ai vu bien des soldats mourir, de blessures, de froid, de maladies... vous dire qu'ils mouraient heureux? peut-être?... que c'était fini!... pas plus!... il nous faudrait d'autres soldats, d'autres hommes!... voilà!... vous aussi!... vos derniers soldats sont morts en 17, nous aussi!... les Russes tenez, en sont encore à 14... ces sortes de soldats somnambules... qui se font tuer sans le savoir... mais ça ne durera pas... vous les verrez dans une autre guerre... ils sauront!... nos soldats se ruaient en 14, français contre boches!... maintenant ils veulent regarder... au Cirque, oui, mais dans les gradins... voyeurs, tous!... vicieux!

— A ce propos mon cher Harras, Montluc déjà... »

Toc!... toc!... toc!... la porte...

La surintendante à cheveux gris... elle veut lui parler... il y va... ils se chuchotent... elle a l'air assez mécontente... lui, pas du tout!... *tss! tss! tss!* qu'il lui fait... il la calme...

« J'irai voir! j'irai voir! »

Il me raconte...

« Cette femme est scandalisée!... l'Espèce n'est-ce pas, cher Confrère, l'*Espèce!*... c'est une vieille fille!... »

Je renonce à Montluc... en avant pour ce scandale!... l'Espèce?... où? qui?... quoi?... je me doute un peu... nous reprenons le très étroit couloir, et deux ascenseurs... tout de suite le bureau à La Vigue, sa garçonnière...

« Monsieur Le Vigan! vous êtes là?

— Je pense bien que je suis là! et pas seul! »

La réponse très ferme!...

« A la bonne heure! »

Harras savait... il semble ravi...

« Je peux entrer?

— Prenez la peine!... poussez fort!... »

Harras pousse... et je vois... nous voyons... notre Le Vigan pyjama rose, couché tout de son long, souriant... et nos deux fillettes polonaises, à genoux en prière, sous un crucifix, le mur en face... elles ont trouvé un crucifix!...

« Vous voyez, Messieurs, la foi est la foi!... certains barbares n'ont de cesse qu'ils aient outragé les autels! pillé les lieux saints! certains hommes sont d'autre race, Professeur Harras! rassemblent les brebis!... sauvent! regardez-moi professeur Harras! je sauve! je suis de ceux! »

Nous le regardons... en pyjama rose... il s'est redressé, tout droit, debout sur son sofa... parler l'exalte...

« Professeur, en cette fosse humide que trouvez-vous?... un sanctuaire!... ces fillettes orphelines prient! que finissent défaites, victoires, déluges! Ce triste endroit, crèche de toutes les innocences!... Jésus! »

Tirade...

En fait, leur Thomas, bien enroulé dans plein de couvertures, dormait là, dans un fauteuil... tout ça ne dérange pas Harras!... une chose qu'il remarque...

« Vous voyez Céline, le drôle! je vous parlais de la nature!... ce pyjama rose est à moi, je n'osais pas le mettre, la surveillante lui a donné!... il lui va bien! »

Le Vigan nous regarde, lui qu'est surpris que nous trouvions tout ça naturel... alors? le reste!... tout l'acte! les bras écartés! et l'expression, le visage du Christ!

Harras conclut :

« Il a séduit la surveillante! »

Je ne réponds rien... on peut s'attendre qu'il séduise tout, et bien plus, s'il s'en donne la peine... pourtant une très revêche personne cette surveillante... fana nazi?... ou polonaise?... je demande à Harras...

« Je ne sais qu'une chose elle vient de Brno, Moravie, *Gross Deutschland*... vous ne connaissez pas Brno? tout, Brno! nazi! sudète! autrichien! russe!... et anti-tout! et polonais!... maintenant elle est avec nous... elle fait très bien au lavoir, elle le dirige très sévèrement... et elle aime les peignoirs roses... fanatique?... peut-être?... nous verrons!... voyons Le Vigan!

— Monsieur Le Vigan vous devez fumer?

— Certainement je dois!

— Un artiste comme vous! moi je n'arrête pas de fumer! je veux oublier mes soucis!... vous êtes un admirable Christ!... »

La Vigue saute de son divan, il lâche la pose... le voici à la cigarette, jambes croisées, mondain... les deux Polonaises en prière... ne prient plus... se relèvent aussi... viennent s'asseoir contre La Vigue... elles veulent fumer!... Harras leur offre un paquet... deux paquets de

« Lucky »... les demoiselles bien contentes tout de suite!... fous rires!... leurs cheveux ont été lavés, vraiment ondulés naturel, longs, très longs... et elles ont arrangé leurs loques, très coquettement, plus du tout des souillons boueuses!... amusantes!... Esmeraldas!... sûrement les conseils de La Vigue... je les verrais très bien place du Tertre... Harras réfléchit...

« Confrère, nous allons parler... une petite modification... vous mes amis, ne fumez pas trop! mais enfin un peu!... faites-vous plein de sandwichs! »

Il serre la main à Le Vigan... il embrasse les deux fillettes... et aussi Thomas, dans le fond du fauteuil, qui est en train de se réveiller... il m'emmène l'étage au-dessus... un autre bureau vide... il ferme bien la porte...

« Céline nous partirons demain matin... enfin demain à midi... vous me comprenez n'est-ce pas?

— Certainement Harras!

— Je ne suis pas sûr de cette vieille fille... elle débauche le pauvre Le Vigan, cela se saura à la Chancellerie... ce n'est pas grave, certes! mais pas la peine!... assez de scandales!... les jeunes filles encore ça va, mais cette vieille folle! mes pyjamas roses, surtout! et que je ne les mets jamais! tout ça à la Chancellerie, n'est-ce pas? avec commentaires!... vous me voyez leur expliquer?... et le crucifix!...

— Impossible, Harras! impossible! »

*

Le lendemain à midi, en effet... la grosse Mercédès... re-scène des adieux, tout le monde s'embrasse... les petites Polonaises et Le Vigan pleurent... on est en plein sentiments... la surintendante aussi, pleure... les *Volksturm* aussi... ils s'étaient habitués à nous, déjà... voici les demoiselles dactylos toutes chargées de bouquets, chrysanthèmes, lierres... marguerites, presque en couronnes... on remplit la Mercédès... on s'arrache aux embrassades... Harras met en route... voilà!... pas le même chemin que pour Felixruhe... direction nord-est... voici le poteau, Moorsburg cent kilomètres, pas à se tromper, à droite, nord-est... une route qui a dû être bonne, mais très crevassée... même dangereuse... Harras heureusement va pas vite, on passe un faubourg... deux faubourgs... les champs... betteraves... luzernes... c'est pas la campagne vallonnée... presque plate... à vingt à l'heure on cassera rien!... on entend un peu les sirènes... loin... alertes... fin d'alertes... des bombes aussi... le cœur de la guerre, bombes!... *booom! uuuuuu!*

« Dans quinze jours ça sera sérieux... vous ne verrez pas!... »

J'avais rien dit... je pensais à son Moorsburg, ça devait être chouette et on serait bien reçus! même avec nos gros bouquets!... j'aime pas la campagne, je sais pourquoi... partout vous êtes

MOORSBURG

reçu suspect, alors nous?... et en Prusse?.. ç'aurait été bien pire en France, je veux!... Moorsburg?... la très haute protection d'Harras nous servirait pas à grand-chose... qu'à être plus mal piffrés sans doute... est-ce qu'il se faisait des illusions, Harras? je crois pas... il se débarrassait... il avait pas le choix... le bled où nous allions, un hameau!... il me montre sur la carte : Zornhof... un nom à retenir : Zornhof... on était dans la tragédie, carte pas carte!... ça serait pas mal d'être figurants, seulement figurants... dans quinze jours ça rebombarderait dur, c'était promis... je voyais pas pourquoi?... notre cas était un peu plus grave!

A force d'aller tout doucement on arrive quand même... je vois une ville là-bas...

« C'est Moorsburg? »

Oui!... on a mis trois heures... il m'avait prévenu de l'endroit, du pittoresque... exact!... trois... quatre places Vendôme, mettez dans une sous-préfecture, ce qu'il fallait à Frédéric pour faire manœuvrer ses canailles... et aussi les exécutions!... on pouvait voir de toutes les fenêtres, la manœuvre, à la baguette, et aussi le bourreau fonctionner... rouer... du spectacle!... joliment mille fois plus jouissant que nos pauvres branlettes en salles obscures... votre peuple heureux!... pioupious au pas! tous les auteurs vous le diront, qu'ont tant de mal que le trèpe arrive... à se faire applaudir par trois rangs d'orchestre... et n'est-ce pas après quels tapages!... partouses, placards à la une, *strip-*

tease d'ouvreuses, pancraces de grooms!... nib!... vous pouvez rien faire venir qu'au sang, boyaux hors... à la vérité!... vivisection!... tripes plein le plateau!... l'agonie, voilà! qui qu'est pas gladiateur ennuie! et gladiateur éventré!... au spasme!... je nous voyais un petit peu pantelants dans la grosse bouzine... parfaitement marqués à l'épaule, avec notre article 75...

« Je vous vois bien rêveur, Céline!... »

Je disais rien... j'avais rien dit depuis Grünwald... les deux autres non plus...

« Pas vilain du tout, Moorsburg... »

Je voulais être aimable!

« Oh, vous y reviendrez souvent! tout près Zornhof!... sept kilomètres... une promenade! mais d'abord ici, je dois vous présenter au *Landrat*... »

Il arrête l'auto...

« Là maintenant, je dois vous prévenir, le comte Otto von Simmer n'est pas tout jeune... ni très commode... c'est un Landrat de " réserve ", si j'ose dire!... de l'aristocratie prussienne, son père a été gouverneur du grand-duché " Nord et Schleswig "... lui a été colonel pendant l'autre guerre, il a fait Verdun, uhlan à pied, blessé à Douaumont, il boite, vous verrez, il n'aime pas du tout les Français, ni les Russes, ni les nazis, ni les Polonais, ni personne... je crois tout de même qu'il aime assez la baronne von Leiden... vous le verrez là-bas à Zornhof... vous vous amuserez... vous ne direz rien, bien entendu... moi, il me hait, d'abord comme plus jeune que lui, puis comme médecin, puis comme S.S., et puis parce que je vois la baronne... je vais tout de même vous le faire connaître, il faut! »

En avant donc!... une autre grand-place!... et encore une autre!... c'est ici!... deux vieux factionnaires en civil... chassepots, brassards... L'Hôtel du Landrat...

« Attendez-moi!... je monte lui parler... il viendra vous voir... si il veut!... »

Les factionnaires, garde-à-vous! Harras passe, monte... dix minutes il redescend avec le Landrat... un birbe de bien soixante-dix ans, très mal rasé, pas de bonne humeur, grincheux... il vient se rendre compte... qui c'est nous?... d'abord moi, et puis les deux autres... un petit salut et *b'jour!... b'jour!* en français... je vois la figure là de tout près, rides et poils... tout de même dirais-je fine, une certaine beauté... presque féminine, de vieille femme... les yeux gris, absolument gris... oh, il regarde droit, pas vieillard du tout...

« Ils vont chez les von Leiden?

— Oui, je les emmène!

— *Gut!... gut!* »

Poignée de main chacun... c'est assez!... salut militaire!... pour Lili, il s'incline... et demi-tour!... il remonte chez lui... les marches... là il a du mal... il boite plus que moi... je crois une fracture de la hanche... il disparaît... je ne vous ai pas parlé de sa tenue... dolman à brandebourgs, colonel... bottes à galons d'or, éperons

LANDRAT

d'or de même, moustaches à la Guillaume II, mais pauvres, deux touffes...

« Il ferait pas mal dans un ballet !

— Quel ballet ?

— Ballets russes, 1912, Châtelet !

— Vous trouvez ?... vous verrez celui de Zornhof ! encore plus pour votre ballet !... et encore plus vieux !... celui-ci, c'est rien ! »

Ça promet !... en route ! ce Moorsburg est toute petite ville à part ces sortes de places Vendôme... un quart de Chartres, sur une plaine bien plate, sables et glaise... presque pas de bétail, pas de prairies... seulement des étangs, des roseaux... mais que d'oies, canards, poulardes !... dans Moorsburg même, plein les rues...

« Elles ne sont pas à manger ! *verboten !...* pas du tout !... plus tard !... plus tard... ! après Noël !...

— Je pense bien Harras ! d'abord et d'un nous mangeons très peu !... on n'y touchera pas !... même après Noël !

— Pas dangereux les oies, Céline ! mais faites attention à ce vieux pitre !

— Simmer ?

— Je vous l'ai pas montré pour rien... »

Ah, nous voici !... ce Zornhof ! que d'oies encore ! que d'oies !... de tous les trous d'eau, ça s'envole... quelques vaches... un très grand parc... au bord là-bas, un petit manoir à tours rondes... nous y sommes !

« Ce parc dessiné par Mansard !... avant la

Révocation!... ce ne sont pas des huguenots, ici!... luthériens, les von Leiden!... famille à manoir, armes, et pigeonnier! »

Mansard, c'est un fait, avait tiré le meilleur parti de ce morceau de plaine, tout bourbe jaune et cendres... quels splendides arbres!... vous aviez vraiment l'impression dans ce décor de si hauts frênes, par cette allée aux lents détours, d'entrer dans l'amabilité... Harras avec ses gros airs teutons avait compris aussi très bien...

« Par ici, Versailles, Céline! ce côté, manoir!... l'autre côté la steppe!... la Russie!... l'Est! »

Il nous fait faire le tour des massifs, du petit étang... en effet, Versailles, d'un côté, si on veut... le semi-grand escalier de marbre... avec deux lions de bronze... de l'autre côté, la plaine... la steppe, comme il dit... vraiment infiniment la plaine...

« Jusqu'à l'Oural! »

Quelques rideaux de très grands chênes... et des étangs... mais tout de suite là sous les fenêtres, côté la plaine, côté Oural, nous voyons bien, un petit marais de bourbe et d'herbes... ils ont dû y faire des travaux...

« Maintenant voyons l'intérieur!... ce qu'ils ont préparé pour nous! et d'abord, n'est-ce pas, visite au *Rittmeister!* n'est-ce pas Confrère?

— Certainement! certainement Harras!

— Rittmeister Comte von Leiden! »

Il annonce... je le vois pas... mais je vois deux... trois petites filles que notre venue amuse bien! fous rires!... elles sont habillées elles aussi, presque en loques et nu-pieds... mais pas tristes du tout! nu-pieds et longs cheveux... elles doivent avoir dans les dix... douze ans... polonaises ou russes, je demande...

« Petites Ukrainiennes!... ce sont ses soubrettes, il en a cinq!... elles l'amusent! il les fesse! pour rire! elles le fouettent! pour rire!... ils s'entendent très bien! pas du tout le méchant hobereau, comme celui que vous venez de voir!... sauf avec son chien Iago!... vous verrez Iago!... »

Les fillettes nous ouvrent les portes... elles s'y mettent à cinq... et que c'est encore drôle! quels rires! toutes grandes les portes! des monuments! tout est à rire!... et nous là, surtout!... ah, le voici, à son bureau, lui, le Rittmeister!...

« *Bitte! bitte! Kindern!* enfants! »

Qu'elles se calment! il peut y aller!... à nous à présent! elles nous tirent après nos sacs, nos bandoulières... le sac à Bébert surtout... Harras coupe...

« *Ruhe!...* silence! »

Le vieux à son bureau, implore... qu'on ne brutalise pas les petites filles!... elles sont intenables, les petites filles!... elles pincent, elles hurlent, à celle qui caressera Bébert... elles sont impossibles... Lili laisse caresser Bébert... elles sont occupées, voilà!... maintenant, présentons-nous au baron von Leiden!... oh bien plus gracieux que le Landrat!... il parle français, il a été en Sorbonne, avant la guerre de 70... il se lève, pour mieux nous parler de Paris... oh comme il s'y est amusé! il ôte son bonnet, tout chauve, il tangue, il est gai, jambes en manches de veste, cavalier aussi, comme le Landrat de Moorsburg, uhlan aussi, voilà comme c'était Paris! il nous montre! comme ça! comme ça!... lui était champion de la valse!... il sait encore!... et du Palais de Glace!... il nous fait voir comme il valsait et patinait!... il esquisse!... en manches de veste, en diagonale, tout à travers l'immense bureau!... et il fredonne, il fait l'orchestre!... si les mômes pouffent! ah, pas du tout comme le Landrat!... il glisse il se rattrape à une chaise... il nous fait rire nous aussi!... les cinq mômes se roulent, en font pipi comme il est drôle quand il fait le fou! qu'il se cogne dans les meubles... il vogue d'un fauteuil à l'autre! si il est cocasse!... d'un coup c'est fini, il s'arrête, elles rient trop! bien en manches de veste, fixe il se campe, il réfléchit... ah, il va nous montrer nos chambres!... assez plaisanté! nous deux Lili dans la tour! nous allons voir!... en avant!... oh il a du mal!... il a trop valsé!... je le vois là, bien aussi tordu que le Landrat mais pas du tout crispé hargneux, tout le contraire, un hôte charmant... il est dur qu'avec son chien, Harras m'a prévenu... maintenant à nos piaules!... nous montons... lui aussi avec bien du mal... des grosses marches de pierre... voici!... une cellule toute ronde, sombre, un lit-cage, une cuvette, un broc, c'est tout... c'est beaucoup moins bien que Grünwald, entre monastère et prison...

« Vous savez, Céline, c'est en attendant!...

— Oh, bien sûr, Harras ! »

Je ne vais pas bouder, et Lili non plus ! maintenant La Vigue, où?... il faut redescendre... l'escalier de pierre... et un autre... on va !... La Vigue son réduit, c'est du côté des cuisines... en sous-sol... nous voyons... aussi un lit-cage, une paillasse, et un petit broc... plus mal que nous tout compte fait... mais lui il donne sur la plaine, plutôt sur la mare aux algues, nous nous donnons sur le parc, les frênes... mais par une meurtrière pas drôle... lui La Vigue c'est des barreaux... alors ?... bien ! c'est tout !... quand vous êtes entré dans les « malheurs de la guerre » c'est plus que de tourner la page... à un autre malheur !... bien d'autres !... pas pousser des « oh ! »... vous êtes un petit peu préparé, je pense, vous attendez pas qu'on vous berce, vous mitonne des délicatesses, vous êtes entré, il fallait pas !... pensez au gladiateur romain, s'il n'offrait pas toute sa gorge, comment il se faisait traiter, huer !... et vous alors ?... criminel de tout, pour toujours !... chichis ?... votre cause entendue !...

Là, Harras nous avait promenés, un peu, je pense... lui aussi avait des chefs, des invisibles *super-Ober*... qui gafaient un peu ses façons... la preuve, les micros de Grünwald, plein les murs, et sous les fauteuils... la Chancellerie ?... ou Conti, le ministre ?... il faisait peut-être tout ce qu'il pouvait ?... dans le moment c'était du répit... en attendant qu'on se décide... à quoi, bon Dieu ?... y avait à choisir ?... Le Vigan, la propagande, le genre Ferdonnet... moi, médecin d'usine... nous n'étions pas très piaffants, ni l'un ni l'autre!... à notre place, vous auriez fait quoi?... « fallait pas quitter Paris! qu'est-ce que vous faisiez à Berlin?... » très exact!... rien à y foutre! surtout moi, depuis septembre 14, je suis renseigné! pas dans les livres, par l'expérience... les meilleures leçons aux plus chères écoles, servent à rien, la preuve!... tout de suite en voyant Zornhof, de loin, je me suis dit, ça y est! t'as été à l'Est, t'as gagné!... plus blaveux grotesque imbécile que les quarante millions de Français! qui eux au moins savent se retourner! reculer, se sauver, chiasse plein les frocs et se retrouver couverts de gloire, phénos d'honneur! admirez! bouffis de dotations merveilleuses, prébendes indexées, héréditaires, à suffoquer tous les Gothas!... « Ferdine, payant con pour tout le monde, t'as pas fini!... tu peux t'amuser du reste!... tourner les pages!... et bien des pages! t'auras jamais autre chose à voir!... lucide, pas lucide, régalé! »

Je vais pas attrister Lili, ni La Vigue, ce sont des choses qu'on garde pour soi... donc, ce chnok von Leiden, Rittmeister, semblait tout de même, plus piffrable que le Landrat de Moorsburg... on verrait bien!... mais d'abord les présentations!... la famille, le domaine en face, les fermes, l'autre côté du parc... très bien!... en avant! nous y sommes!... vraiment la grande agriculture... étables... étables... ça mugit!... mares à purin... que c'est une épreuve pour le

FR 7. GEFANGENE

nez, distinguer le plus âcre, ce qui coule des porcs?... des vaches? ou des silos?... trous, ruisseaux partout... étang d'urine et de fumier dans le milieu de la cour... moi qui m'y connais un petit peu, par la force des choses, qu'en ai manié des tombereaux, à la main, fumier et urine, de tous les escadrons du 12e, je dois dire que là c'est intense... surtout le jus de betteraves...

Je remarque que deux hommes, sous un porche, sont à se demander ce qu'on fout? pas des polaks, ni des Russes, ni des Fritz... y a débraillé et débraillé!... ceux-ci sont français, bel et bien... oh, ni liants, ni potes... ils nous gafent de loin... un troisième vient du fond de l'étable... tout de même un nous parle, nous fait signe qu'on vienne... « d'où vous êtes? » un est de Saint-Germain... l'autre du Var... l'autre de la Haute-Marne... ce qu'ils louchent c'est ce que fume La Vigue!... ça va!... je leur passe deux paquets... la cigarette est au-dessus de tout, au-dessus de la soupe, au-dessus du beurre, au-dessus de l'alcool... rien résiste à la cigarette... juste Harras traverse la cour, il va voir le fils, la belle-fille, pour les prévenir que nous venons les voir... au moment que les trois nous demandent...

« Vous êtes déportés?...

— Non, on est collabos! »

Je leur dirais pas ils l'apprendraient...

« Eh bien, nous on va vous dire, on les connaît!... pas plus bâfreurs, sournois, assassins, que ces mecs-là!... plus qu'ils sont *von* plus ils sont pires!... le cul-de-jatte, Isis, et le birbe manches de veste, ça fait quelqu'un! plus le Landrat! vous verrez!... »

Ils nous font signe :

« Leurs poches, gonflées!... énormes!... comme ça! vous avez qu'à voir!... plein les étables!... plein les granges! nous, nous font crever!... plein aux as!... ils nous fouteraient pas une carotte! vous allez voir un peu le Système!... comment ils vont vous gâter!... vous venez pour ça!... non?... vous êtes pas les premiers qui viennent!... ils repartent pas gras, je vous le dis, aux os! vous serez aussi! vous les verrez jamais manger!... ils se la calent que dans leurs piaules! à table : zéro!... *mahlzeit* que de l'eau, rien dedans!... *heil!* pour vous, rien dedans! vous êtes pas les premiers qui passent!... le gros Harras vous savez ce qu'il vient?

— Non!...

— Tringler Isis et se chercher du beurre et de tout!...

— Il s'oublie pas!...

— Oh, la grosse saloperie, que non!... plus charogne que celui de Moorsburg! Simmer, vous le connaissez?

— Oui! oui!...

— Celui-là pense qu'une chose, nous faire fusiller!... hier, trois!... échappés du camp, qu'il dit!... il s'embarrasse pas!... il tringle aussi la baronne Leiden!... lui Harras en cheville!... il

VON LEIDEN

vient aussi aux poulets, au beurre, aux œufs! vous le verrez!

— C'est amusant!

— Là-bas où vous êtes c'est autre chose, le vieux c'est les mômes!... il les fesse!... et puis après il se déculotte, c'est elles qui le fouettent!... ses petites bonnes, vous les avez vues? sa punition! *ptaf! ptaf!* qu'il en saigne! son vice! mais lui c'est plutôt à se marrer! pas le Landrat! »

Au moment, Harras redescend de la ferme là-bas le petit escalier, je dois dire, il se rajuste la braguette...

« Votre mec!... vingt-deux! »

Ils se rentrent dans l'ombre de l'étable...

« Piquez-lui encore un paquet!

— Gi!

— Passez ce soir, après le *mahlzeit!* »

Harras était arrivé là, il venait nous chercher...

« Madame, et vous mes amis, je vais vous présenter!... le fils von Leiden, vous verrez, un infirme, et toujours de mauvaise humeur, mais elle sera contente de vous voir... elle vous invitera à dîner... »

Nous le suivons... un sentier de ciment... entre deux mares... purin... beaucoup de basse-cour... dindons, poules... oies surtout... on entend grouiner... une étable, de l'autre côté des silos... des porcs qui sortent... ils sont menés par l'homme de Haute-Marne... nous montons le petit escalier... tout de suite le salon de la ferme... Mme Isis von Leiden et le mari...

salutations!... lui je vois, cul-de-jatte, tassé au fond d'un fauteuil, à peine s'il nous regarde... l'hostile... elle fait un peu de frais... elle, une personne encore très bien... la quarantaine, une qu'on appellerait à Neuilly la très belle « foâme », très en chair, longue, un certain charme... souriante, mais distante... pour celui qui veut s'approcher?... peut-être?... notre Le Vigan, nous, c'est le moment qu'il se mette en valeur, notre tombeur n° 1...

Oh, pas du tout!... rêveur d'ailleurs!...

« Et vous, Monsieur?

— Bien merci, Madame! »

Il laissait tomber... désespérant... lui, le fringant en chef, l'ardeur au déduit... flanelle!... frigo total! l'effet de Zornhof? je nous voyais lotis, le cul-de-jatte, le Landrat, La Vigue... moi tout seul, l'amabilité!... Lili ne parlait pas allemand sauf « *Komm mit!* » pour que Bébert la suive... il obéissait... il a traversé toute l'Allemagne par deux fois, Constance, Flensbourg, sous de ces rafales de mitrailles, bombes! entre cinq armées au pancrace, *finish!*... phosphore, trains blindés... pas perdu Lili, d'un pouce! lui qu'obéissait à personne... *komm mit!* c'est tout... le seul mot allemand qui lui plaisait, le seul que Lili a appris... là, devant le cul-de-jatte et sa femme, je m'efforce... je parle de la beauté de cette campagne, de ces admirables horizons... ils ne répondent pas... en fait, des baies de leur salle à manger on peut voir les rutabagas, les choux, d'immenses troupeaux d'oies... et encore des oies!... quelques moutons... et au loin, très loin, comme un liseré d'arbres, la grande forêt des séquoias... quelques gens aussi... je crois à leurs bottes, des personnes russes... et les femmes, des russes aussi, à leur façon de nouer leur ceinture au-dessus des seins... plein de mômes autour, à se foutre des beignes, se culbuter à travers les grands, bien rire... quand elle a fini d'être môme, l'humanité tourne funèbre, le cinéma y change rien... au contraire... de quoi elle serait gaie?... il faut être alcoolique fini pour trouver que la route est drôle... toutes!... là, dans les étendues à Zornhof, à travers patates, ça s'amusait énormément, marmaille nu-pieds... à coups de navets! à coups de carottes! filles contre garçons!... plus tard quand on a des chaussures, on a peur de les abîmer... le bel âge on regarde à rien, *pflac!* une beigne et une autre!... Lili voulait y aller aussi, s'amuser avec les moutards... elle s'amusait pas avec nous... nous, le cul-de-jatte, la belle-fille, Harras... Le Vigan de plus en plus songeur, ça promettait!...

« Vous serez bien avec les Kretzer, ils s'occuperont de vous... »

Isis nous repasse à ces Kretzer... Harras m'avait déjà prévenu... pas engageants ni l'un ni l'autre, lui « le directeur aux écritures » de la *Dienstelle...* agence en campagne du *Reichsgesundt...* pour le cas de destruction totale, que y ait plus de Grünwald du tout, même plus les cavernes... oh, c'était bien à s'attendre!...

Enfin Isis, elle s'appelait Isis, me parle un

petit peu de la ferme... des difficultés du moment... que j'avais pas idée!... qu'ils ne demeureraient pas à la ferme si ce n'était le manque d'essence et les bombardements de Berlin... que cette cour était infecte... les mares, et l'odeur des silos... avions-nous senti? et puis encore le plus grave : il ne pleut pas assez, rien ne pousse!... cette sécheresse depuis la guerre!... ça va, je peux demander...

« Vous avez deux Français, je crois?

— Oui, deux!... un pour les porcs, Joseph... l'autre pour les jardins, Léonard! »

Je ne vois pas ce qu'il y avait de drôle, elle rit...

« Voilà des gens qui ne nous aiment pas! »

Le cul-de-jatte coupe...

« Mais voyons! ils nous exècrent! tu es folle, Isis!... tu vois des Français nous aimer?... pourquoi pas les Polonais? les Russes?... les Chinois?... ces gens ennemis veulent nous tuer tous, n'est-ce pas Harras?... pourquoi sont-ils montés ici, ceux-ci?

— Mais non!... mais non!... coléreux von Leiden! vous avez mal dormi, voilà! »

Isis trouve qu'il a été loin, que nous pouvons être surpris...

« Mon mari est de mauvaise humeur... très mauvaise!... vous le connaissez vous, Harras, il a souffert toute la nuit!... excusez-le!... humeur détestable! »

Il proteste l'humeur détestable!... il confirme...

« Non!... non!... je sais ce que je dis!... tous

KRETZERS

ces gens sont des espions!... ils viennent saboter! vous êtes folle!

— Allons! allons! reposez-vous! vous êtes grossier!... je vais reconduire ces personnes! Harras je vous prie!... »

A nous :

« Surtout n'est-ce pas, vous l'excusez! il vous voit, sa jalousie le prend! je ne peux pas toujours lui faire des piqûres!

— Oh, certainement non! »

Si je comprends!... Harras comprend très bien aussi... nous sortons... quand nous passons devant les étables, les deux Français, Joseph, Léonard, me font signe qu'ils voudraient bien encore fumer... « entendu! entendu! » ceux-là je vois que nous avons une chance qu'ils nous supportent... je suis d'accord... « Camels »?... « Navy Cut »?... ça va!.... nous sortons de la ferme, les Kretzer juste venaient nous chercher... et très aimables! la révérence à Isis von Leiden... à nous chaleureuses poignées de main... lui est drôle comme avant 14, lorgnon et manches de lustrine... sa femme une ménagère nerveuse, pas l'air idiote, même assez vive, mais garce.. c'est elle qui commande... bon!... la pratique pour nous, que nous allons dépendre d'elle, pour la briffe qu'elle nous tolère!... lui a beau porter brassard et boutonnière « svastika » il a rien à dire... elle qui parle et qui décide... ils nous montrent encore notre réduit, nous connaissons, la tourelle, avec lit-cage, broc, cuvette... ah, et un « chromo » de Frédéric... je n'avais pas vu!... partout partout des « Frédéric »... plus que des Hitler!... en bas chez le vieux au moins cinq!... j'avais oublié de vous dire... ils insistent que nous regardions par notre meurtrière, le beau parc, l'allée dessinée par Mansard... les feuilles qui tombent si joliment, les immenses frênes... l'automne... beaucoup de mésanges... il fait déjà frais... on est pas venu pour s'amuser... on est là en cure... je pense aux cigarettes... à Léonard et Joseph...

« Vous viendrez souvent, Harras?

— Aussi souvent... aussi longtemps que nous aurons de l'essence! »

Il dit encore...

« Tout de même, je voudrais que vous pensiez à quelque chose Confrère, vous aurez le temps!... pour moi! médical et historique... pour moi!... je vous en parlerai après le repas... médical et historique... je vais dîner chez les von Leiden, en face, à la ferme... vous vous allez dîner en bas avec les demoiselles de la *Dienstelle*... vous ferez connaissance... et M. et Mme Kretzer!... ah, et aussi Kracht! souvenez-vous de son nom, Kracht!... mon homme de confiance, ici!... pas les autres, pas les autres du tout!... lui me téléphone tous les jours... si vous avez à vous plaindre? à lui! rien qu'à lui!... »

Pas mal de savoir!... du moment où vous êtes traqué le plus petit renseignement, la brindille, peut très bien vous sauver la mise... ce Kracht me disait pas grand-chose... mais les Kretzer comme sales gueules!... on verrait, Harras

KRACHT

parti!... et son boulot?... histoire et science?... qu'est-ce que ça venait foutre?... une façon de nous fatiguer... la fatigue est un gros luxe, très justement punissable, le galérien qui s'endort, l'aviron lui rentre dans le ventre, lui sort toutes les tripes... bien fait!... du moment que vous êtes haï, ardemment recherché, par millions millions d'étripeurs, vous avez plus qu'un seul recours : plus jamais dormir!

Notre cas nous était trop grave! je l'avais lu partout!... nous nous trouvions à bout de branche...

Mais au fait!... au fait!... où nous étions? Zornhof! je vous retrouve! notre premier dîner à cette table de la « Dienstelle »... la salle à manger du manoir, pas réjouissante... on se voit presque pas... de l'ombre des grands arbres!... deux bougies aux deux bouts de la table... ces demoiselles secrétaires sont assez souriantes, aimables, mais moins qu'à Grünwald... une seule essaye de nous parler, une petite bossue... ah, voici ce Kracht!... le comptable nous présente... c'est un S.S. en uniforme... il est pharmacien dans le civil... mobilisé, il est l'S.S.-chef de Zornhof... il a été au front de l'Est, il se repose... c'est pas le garçon antipathique... mais pas très liant... il a l'air de croire à son truc... ça serait vraiment le premier nazi qui ressemblerait à ce qu'ils doivent être, butés bien cons... féroce, sans doute? pas vieux, la trentaine... amusant, un Homais nazi!... ah, il parle!... on l'écoute... je traduis pour Lili et La Vigue... les événements, le communiqué...

« Dis donc?... le complot? demande-lui? »

Le Vigan veut savoir... pas une question à poser, je trouve... mais ce Kracht a entendu...

« Il y a des traîtres! oui!... ils seront châtiés! »

Voilà, simple!... et il répète en allemand, que toute la table comprenne... toute la table fait « *ja! ja! sicher!* certainement! »... et M. et Mme Kretzer... Kracht doit sûrement aller au rapport « propos de table »... les autres savent... question repas, je vois pas grand-chose... la Kretzer nous demande nos tickets... Lili les lui donne... maintenant qu'est-ce qu'on va manger?... une demoiselle apporte une soupière... nous avons droit à trois louches d'un liquide fade, tiède... je vois pas les demoiselles y goûter, ni les Kretzer, ni Kracht... je crois qu'on se fout de nous... attendons la suite... y a pas de suite!... Mme Kretzer dit : *mahlzeit!* haute voix! et se lève... tout le monde se lève... salut à l'Hitler, *heil!*... c'est terminé!... ils remettent bien leur chaise en place, et ils s'en vont... où? au bureau?... dans leurs chambres?... on demande pour Bébert un petit reste... reste de quoi?... voilà le petit reste!... une demi-patate dans une sauce... je fais pas de réflexions... La Vigue en fait, lui, et tout haut...

« Pour ça que t'as donné nos cartes, Lili?... je la crève!... vous la crevez pas?

— Si!... on va le dire à Harras!

— S'il s'en fout Harras! vous avez pas

regardé son bide!... si il se tape quelque chose en ce moment! tu rêves, Ferdine!... ça manque de rien à la ferme, vous avez vu les oies un peu!... c'est pas pour nos ordinaires!... y avait du sandwich à Grünwald!... pour ça qu'ils nous ont virés! qu'on crève ici! »

Il parlait haut...

« Tout ça est entendu Ferdine! où t'as les châsses? tous en cheville! le cocu, l'Harras, la morue, le Landrat!... accord parfait!... voilà que je vais te dire, une chose!... quand on est parti de Baden-Baden c'était à pas se laisser berner! merde et salut!... on va pas au Nord! à l'Est! au Sud! on retourne en France!

— La Vigue tu visionnes! en France tu serais épeluché! oui! ta peau! »

Il réfléchit...

« Ferdinand, j'admets! exact!... je le sens, t'as raison! pour ça qu'ici ils se permettent tout!... ils savent!

— Alors maintenant dis donc ta chambre?

— Tu peux parler!... c'est une bath, viens!... »

Je le suis... en sous-sol... le petit escalier... un long couloir... c'est une cellule en fait de chambre, avec barreaux... après la cuisine, à gauche... cuisine? enfin une espèce, on y a jamais vu personne...

« Le dogue, tu vois?

— Oui je vois, il grogne pas...

— Il a pas l'air commode quand même... »

Un énorme chien mais bien maigre... sur le

flanc à même le carrelage, on devait pas le nourrir beaucoup, sous tous les régimes y a des êtres pour l'austérité, la vertu... les faibles et les animaux... en passant à côté de lui, il grognait un peu... il nous aurait peut-être bouffés?... en plus qu'il le faisait jeûner, question démonstration de vertu, le vieux von Leiden, commandant de uhlans, le sortait tous les jours, l'emmenait faire le tour du domaine, lui en bécane, le dogue à la laisse... que tout le hameau se rende compte que l'énorme Iago crevait de faim, qu'on plaisantait pas au manoir... je nous voyais nous aussi un jour attelés à quelque chose, tous les trois, bien démonstratifs travailleurs... la façon qu'on avait dîné, soupe tiède et *heil* y avait plus beaucoup à faire... les demoiselles étaient pas maigres, même assez dodues, sûr elles engraissaient pas de la soupe!... elles devaient se rattraper chez elles, huis clos, à coups de choucroute et de fortes saucisses... à nous les potages transparents!... d'abord ça sentait trop bon, tout le balcon devant leurs chambres, sûr elles se mijotaient des petits plats, toutes à fricoter! partout ça sentait un peu... appétissant... sauf dans la salle à manger... tiens même ce couloir du sous-sol a une odeur!... on la sentait pas d'abord... je fais à La Vigue... « on y va! » fallait pousser une forte porte... deux portes!... y avait quelque chose sur un feu de bois!... un sous-sol quatre fois grand comme rond de tour!... nous qui croyions cette pièce vide! pleins feux au contraire, trois fourneaux et de ces marmites!... deux femmes nu-pieds et deux gamines sont à ficeler des gigots... lardent!... elles se gênent pas pour nous, on les fait rire... nous avons trouvé leur cuisine!... plus tard j'ai su... j'ai su tout... ces petites mômes faisaient partie de la troupe qui amusait le vieux, elles étaient toute une bande là-haut, Russes et Polonaises... lui le vioque avait quatre-vingts ans, et il montait encore à cheval, l'année précédente... maintenant c'était un autre sport, c'est les mômes qui montaient sur lui, le faisaient avancer à quatre pattes... « youp dada! » le fouettaient avec sa cravache!... au sang! il adorait!... tout le tour du bureau! plus vite! plus vite!... *los!...* jusqu'à sa chambre, à côté... il leur criait : « sorcières! sorcières! »... ses vieilles fesses toutes nues!...

Il avait beaucoup de livres en bas... et aussi là-haut dans l'autre tour... chez sa sœur Marie-Thérèse... je vous en parlerai... le donjon l'autre aile du manoir... Paul de Kock... Dumas père et fils... Murger... il ne voulait plus que du Paul de Kock... j'ai su tout cela par Isis... après ses séances à quatre pattes, il s'écroulait, il restait des heures sur le flanc, les fesses bien rouges, la langue à pendre... il aimait à souffrir, vieux sale, mais pas à se priver de bien bouffer!... la cuisine d'en bas, celle du couloir à La Vigue, travaillait que pour lui, il voulait rien manger de la ferme, il se méfiait d'un mauvais fricot...

En tout cas, la Frau Kretzer avait embarqué

toutes nos cartes, elles étaient pas lourdes de tickets certes! mais quand même un peu de margarine... et deux cents grammes de *leberwurst*... je dis à Lili :

« Redemande-les-lui! on ira nous-mêmes!... ils doivent avoir une épicerie... ou à Moorsburg! demande-les-lui doucement... avec Lili je suis bien tranquille jamais elle froissera personne... et on lui rendra jamais rien... si elle obtient pas, La Vigue essayera... en attendant on la saute!... que l'Harras revienne!... qu'il ait terminé son gueuleton avec le méchant cul-de-jatte, Isis et l'uhlan... j'y dirai ce que je pense des hospitalités du Reich... ce Landrat uhlan bouffe en face... il parle français, il paraît... on l'a pas entendu beaucoup, nous! il a pas daigné... ah voici du monde!... des voix... on va voir... oui, tous!... le cul-de-jatte est avec, porté par un prisonnier russe, un costaud, le cul-de-jatte le tient par le cou, ses deux moignons autour de sa taille... ce cul-de-jatte nous toise, juché comme il est, de haut... il nous demande en allemand :

« Alors les Français, ça va? »

Je réponds tout de suite...

« On ne peut mieux! »

Je veux pas que Le Vigan parle le premier, ils sont un peu congestionnés, tous... le Landrat surtout... pour la première fois il nous parle... et en français...

« Vous allez vous promener alors?

— Certainement Monsieur le Landrat! si vous permettez...

MAHLZEIT

— Je permets!... je permets!
— Vous ne connaissez pas Zornhof?
— Non, Monsieur le Landrat!
— La baronne vous fera connaître!... »

Tout de suite un projet d'excursion... elle nous emmènera!... nous irons voir les sites superbes!... les beautés de la Prusse... et surtout la grande forêt, unique en Europe!... la seule forêt de séquoias!... arbres géants... trois mille hectares!... deux scieries... nous pouvons voir au loin ces arbres!...

Nous voyons un peu, en effet, très au loin... ces von Leiden sont drôlement pas à plaindre, je trouve, riches... des vrais seigneurs, à immenses domaines... les repas *mahlzeit* à l'eau tiède, d'autant plus très voulus, exprès! y a qu'à voir leurs bides, eux! même le cul-de-jatte est bedonnant... je veux pas exciter La Vigue qu'il se mette en colère, ça serait pire qu'à Baden-Baden, on se ferait virer alors pour où?

« Très heureux mon cher Harras! n'est-ce pas Lili, n'est-ce pas La Vigue? prodigieux arbres les séquoias! soixante mètres! déjà vu de telles forêts en Californie, mais je ne savais pas qu'en Europe!...

— Vous verrez!... vous verrez Céline!... la baronne se fera un plaisir!... »

Je remarque comme ce Simmer est poudré, et rouge à lèvres, et les ongles faits... il serait un peu pédéraste?... ça l'empêcherait pas bien sûr de faire ce qu'il faut à la *baronin*... bien rares sont les stricts invertis, la plupart ont de nombreux enfants, pères et grands-pères exemplaires... lui là, Simmer, porte bagues, même un très gros cabochon et une chevalière à ses armes et une améthyste et au petit doigt, un grand camée... en plus de ses trois croix de fer... il est croyant, je lui vois un long sautoir en or avec un Saint-Esprit au bout... j'ai su après... tous étaient bourrés... je crois qu'ils s'entendraient pas mal avec des réfugiés comme eux, bien nantis, des Carbuccia par exemple, des Gallimard, les Laval, mais nous là, hâves penailleux, pourquoi on n'était pas pendus? le vrai rideau de fer c'est entre riches et les miteux... les questions d'idées sont vétilles entre égales fortunes... l'opulent nazi, un habitant du Kremlin, l'administrateur Gnome et Rhône, sont culs chemises, à regarder de près, s'échangent les épouses, biberonnent les mêmes *Scotch,* parcourent les mêmes golfs, marchandent les mêmes hélicoptères, ouvrent ensemble la chasse, petits déjeuners Honolulu, soupers Saint-Moritz!... et merde du reste!... babioles! galvaudeux suants trimards, mégotiers, revendicateurs, à la niche! ce qu'ils pensent de nous là sûr!... les quatre et l'infirme à dos du géant... ils ont comme un début de grimace rien que nous regarder... je demande comment s'appelle l'hercule?...

« Nicolas! »

Harras me raconte d'où il vient, du fond de l'Est, prisonnier blessé, il l'a ramené ici lui-même, pour le service de la ferme et de la

Dienstelle... et il ne fait rien que porter le cul-de-jatte.

Ah, maintenant qu'ils sont venus nous voir... ils veulent nous montrer les étables... on retraverse le parc avec eux... très consolant, vous pouvez observer vous-même, comme les gens s'arrangent, tirent parti des révolutions, s'aménagent au mieux de leurs petites aises, toutes guerres et séismes... que tout s'écroule?... alors? fatal!... la vie passe!... un mois!... un an... hop!... et les revoici! installés dans une autre combine encore mille fois plus pépère... vous verrez après l' « atomique »!... fourmis, termites, des pires cendres! vous les retrouverez, confortables, dans de ces galeries climatisées, sous-sol de Kilimandjaro... *private!* je voyais là, le Nicolas colosse, qu'était venu de l'extrême Caspienne, blessé, prisonnier, pour promener partout le cul-de-jatte! les von Leiden devaient manquer de rien! Nicolas non plus!... il était pas pour la vertu... nous on était pour et Iago!... il devait avoir double ration, porteur-infirmier!... j'attendais qu'on sorte des étables pour parler un peu à l'Harras, seul à seul... va te faire fiche!... lui qu'a quelque chose à me dire!... urgent!... il m'emmène à un autre salon... je connaissais pas... je vois... Louis XV... pas vilain du tout... six fenêtres sur la plaine... en bas tout de suite le petit étang, celui qu'on voyait de chez La Vigue... et puis des oies... et encore des oies... et un autre étang, plein de roseaux...

« Cette plaine-ci jusqu'à l'Oural, Céline! n'est-ce pas! »

Il me l'avait déjà dit...

« Oui, jusqu'à l'Oural... mais Berlin d'abord!... vous verrez les bombardements... vous verrez flamber!...

— Bientôt?

— Oh, huit... dix jours!... ici, n'est-ce pas, vous ne risquez rien!

— Vous croyez?

— Ils ne vont pas s'occuper de Zornhof!... le tout par les temps actuels c'est d'être assez petit, de pas valoir la bombe!

— Nous ne la valons pas?

— Non!... ni von Leiden, ni Madame, ni son père... ni les Kretzer...

— Le vieux a une sœur?

— Oui dans l'autre tour... on ne la voit pas, sauf le dimanche, à l'église, à l'orgue... enfin maintenant je ne sais pas, les usages changent, vous verrez, elle est peut-être devenue volage... une chose qui ne changera jamais : qu'elle aime pas son frère... le Rittmeister! ni le cul-de-jatte! ni Isis!

— Bon, Harras, j'écoute, nous allons pas mourir d'une bombe, mais de ce qu'ils nous donnent à bouffer, sûr!

— Très exact, Céline! très exact!... mais vous êtes mieux qu'à Paris!... n'oubliez pas!... oubliez jamais! que tous ces gens-là, Kretzer, le Landrat, le père von Leiden, le fils, la sœur, les demoiselles du bureau, toute la clique, ne valent pas la corde, vous pensez! mais certainement!... mais vous, vous êtes mieux qu'à Berlin, l'essentiel! ça sera qu'un incendie Berlin, bientôt!

— Croyez pas Harras qu'on se plaigne!... Mille calories pourraient suffire, mais la soupe ne doit pas faire trois cents...

— Je sais, la Kretzer a pris vos cartes...

— Toutes, Harras!

— Je vais lui dire ce que je pense, et puis je parlerai à Isis, ça s'arrangera!

— Je crois pas beaucoup à Mme von Leiden, peut-être pire que le fils, ni au père... ni aux prisonniers... ceux-là nous les avons vus, ils se détestent, mais ils sont merveilleux d'accord qu'on est la pire espèce d'engeance et que c'est horrible qu'on soit là et pas pendus!

— Vous croyez, Céline?... ils vous l'ont dit?

— Harras si j'attendais qu'on me dise, y a longtemps que notre affaire serait faite...

— Vous avez raison, brave ami, mais maintenant? vous avez un toit, vous n'auriez aucune chance en France!... ici vous mangerez! si vous voulez... vous croyez que ça va tout seul entre nous? même entre le Landrat et les von Leiden?...

— A couteaux tirés!... je suis certain!... je vous l'accorde!... mais vous, vous vous privez de rien en attendant que tout s'écroule!... quelque chose!...

— Vous avez raison! mais très désagréablement croyez-le Confrère!... tous ces gens dénoncent, complotent!... délirent!... pas que les prisonniers! les gens du village, tous!... les *bibelforscher* aussi!... les oies, je crois même!... et les vaches!...

— Je pense bien! mais dénoncent quoi? et à qui?

— Tout!... à Adolf Hitler! à la Chancellerie!... ce qui n'existe pas ils l'inventent! on a inventé les Croisades n'est-ce pas? alors?... pas que Zornhof, allez, toute l'Allemagne!... vingt!... trente mille hameaux pareils! en France aussi pareil!... antiboches!... les Croisades! ce Landrat fait beaucoup arrêter... pas assez d'arbres pour pendre tous ceux qu'il faudrait!... si les lapins pouvaient parler! les prisonniers sont grands chasseurs... deux fusillés la semaine dernière... je vous ai dit, ce Landrat n'est pas bon, bon ou mauvais ce serait pareil, il sait ce qui l'attend, il n'est pas sot, il se venge d'avance... vous vous promènerez dans Zornhof, n'entrez pas dans les maisons, même s'ils vous invitent... surtout si ils vous invitent!... ils sont tous Allemands, soi-disant, familles allemandes... les hommes sont au front, se battent... mais en vrai, ce sont tous des Slaves, deux générations ici, mais restés Slaves... et ils nous détestent, Polonais ou Russes, les bicots aussi meurent pour vous, vos meilleurs soldats, mais ils vous détestent... bien sûr, les gladiateurs romains détestaient Rome!... les lansquenets, tenez ici, détestaient leurs capitaines... ils n'arrêtaient pas de faire la guerre pour telle religion, telle autre, ils ne croyaient à rien!... et la guerre à d'autres lansquenets, aussi

LEBENSMITTELSCHRANK

voleurs, aussi voyous qu'eux, d'autres villages!... des mêmes souvent!... le courage, la mort, ne prouvent rien... les psychologues sont ridicules, les moralistes se trompent en tout... les faits seuls existent, et pas pour longtemps... pour le moment une chose certaine, les Russes vont jusqu'à Berlin et un peu au-delà... ici ils sont chez eux, pas nous!... le pasteur d'ici est allemand, Rieder, vous le verrez, s'il réapparaît! aussi anti-nazi que les Russes... nous n'avons plus assez de police... en tout cas, je vous ai prévenus, les plus dangereux encore pour vous, seront les prisonniers français...

— Harras nous avons l'habitude... la haine familiale...

— En tout cas ici rien à craindre!... Kracht est là!...

— Oui, mais quelle fragilité!...

— L'oiseau aussi sur la branche!

— Trois oiseaux, Harras!... la graine? je vois que c'est impossible!

— Mais non! que non! venez par ici!... tout ce que vous voulez, Céline! »

Il m'emmène au fond du salon... un placard à double porte... Louis XV, rose et gris perle, il l'ouvre tout grand, il me passe les clés... trois clés... trois serrures... je vois, ce sont encore d'autres fermetures... *clac! clac!*... il a raison... on manquera pas...

« Y a de tout n'est-ce pas? »

Jusqu'au plafond des conserves... l'autre côté,

bouteilles et cigares... boîtes de *Navy Cut* et *Camel*...

« Pour un régiment, Céline! vous prendrez tout ce que vous voudrez, mais vous ne direz rien! à personne!... comme eux!... faites comme eux!

— Harras ils ont déjà dû venir!... ils n'ont pas les clés... mais ils ont dû se servir quand même...

— Pas beaucoup Céline, pas beaucoup, je vois... ils savent que je sais... tout ça vient du Portugal... ne faites rien cuire... ne mangez que du jambon, des rillettes, du beurre... des sardines... et tout dans votre chambre... comme eux! allez jeter les boîtes vides très loin... promenades!

— A l'Oural?

— Non!... pas tout à fait, mais dans les étangs... ils chercheront... ils vous guettent... vous savez... et surtout tenez-vous bien à table!... redemandez la soupe, comme si vous aviez toujours faim... comme si vous l'aimiez! de plus en plus faim! l'air! l'air aussi!... les grandes promenades! »

Toc! toc! c'est Lili... je lui ouvre... elle s'excuse... elle a été chez les Kretzer, ils ont un étage à eux... l'autre escalier...

« Alors?

— Je lui ai redemandé nos cartes, qu'on voudrait bien qu'elle nous les rende, que nous irions à Moorsburg nous acheter du *leberwurst*... nous-mêmes!

— Elle a pas voulu?

— Non!... elle a dit que c'était pas la peine, que son mari irait... et elle a piqué une crise! qu'on avait pas confiance en elle! qu'on la prenait pour une voleuse! qu'elle, elle était une mère martyre!... qu'elle avait eu ses deux fils tués! et par les Français!... j'ai pleuré avec elle, tant que j'ai pu... elle m'a pas laissée partir... furieuse elle était...

« " Vous ne me croyez pas! "

« " Si! si!... je vous crois! "

« Il a fallu qu'elle me montre les deux tuniques de ses fils... une à brandebourgs, l'autre une vareuse à liseré... les deux toutes déchirées, criblées... pleines de caillots secs... »

« Vraiment à ses fils? »

Je demande à Harras.

« Oui! oui! exact!... ses deux fils!... n'empêche qu'elle est une fameuse garce!... je crois même un peu empoisonneuse... oh, y a pas qu'elle!... »

« Pas qu'elle » me fait penser à d'autres mots que j'avais entendus... des bouts de paroles, entre lui et Kracht... j'allais pas demander qu'il me précise... mais drôles... Lili doit montrer les photos, nous montre, elle a promis... en effet on voit les deux fils, vingt, vingt-cinq ans, artilleurs, les deux... ils ressemblent à leur mère... ils ont été tués le même jour, ça fait quatre ans... devant Péronne... Harras a connu les deux fils...

Maintenant Bébert?... je pensais à lui... il aimait pas tant le jambon, ni les sardines... ce qu'il voulait c'était de la marée, du poisson vif... heureusement y avait la bossue... celle-là vraiment très très aimable... son père demeurait à Berlin, dans un grand *bunker*... il était pêcheur de la Spree... ça tombait bien... chaque lundi sa fille nous ramènerait une bouteille pleine de petits poissons... c'était entendu... Bébert se régalerait toute la semaine... ça durerait ce que ça durerait...! y a du bon cœur où que ce soit, on peut pas dire que tout est crime...

Harras était pas le méchant Fritz, mais... mais à voir!...

« Harras, quand partez-vous, Confrère?

— Demain matin! mais si vous voulez Céline, je vous demanderai un petit conseil... et un petit travail... si vous voulez bien!... je vous demanderai que nous en parlions, si vous voulez bien... un projet! ce soir! nous serons tranquilles après le dîner?... vous voulez bien?...

— Certainement Harras! certainement!... mais pas trop tard...

— Neuf heures!... neuf heures ça va?

— Oui... oui, je serai là... Lili aussi... et La Vigue... et Bébert.

— Certainement! »

★

Je connaissais Harras, j'avoue, depuis des années, jamais je n'avais eu l'impression qu'il nous prenait très au sérieux, ni non plus qu'il se moquait de nous... on était français et voilà... plus tard avec tant et tant d'autres j'ai eu bien nette la certitude que nous étions guignols... et encore tous les jours en France... et je crois pour la vie... à propos la pire espèce de saloperie, la plus redoutable : les bienfaiteurs, les pires sadiques... à bien se marrer de vos contorsions... quelle secte !... le public des corridas, et de tous les cirques... du moment où vous ne pouvez plus « porter plainte » vous devenez le « joujou », c'est plus que question de vous faire hurler plus ou moins... vous avez tout à redouter, d'abord et d'un, du commissaire, vos empreintes au « Bulletin des recherches »... et vos portraits... tête de pipe... le vrai amusement des familles !... « Ah celui-là, regardez-le, qui n'a plus le droit de “ porter plainte ”, qu'est-ce qu'on va lui mettre ! » d'abord lui faire brûler son lit, sa table, et les chaises... et le refaire passer devant la Cour sous un de ces réquisitoires que ses tripes lui jailliront toutes seules du bide, qu'il en fera le tour de la terre au pas de gymnastique par les sentiers des éclats de verre et la piste des planches à clous... je craignais pas Harras pour ce genre de distractions mais lui c'était ses « absences » !... vous pouviez le voir, un moment, toc !... il cessait d'être là avec vous, bien là, raisonnable, et brusque !... un autre bonhomme !... une certaine exaltation... le regard... les paroles... plus tard... bien plus tard... repensant à lui... repensant aussi à d'autres Allemands, médecins et malades, ce qui me chiffonnait de les voir se perdre dans ces sortes « d'états seconds », plus tard, bien plus tard j'ai compris que c'était leur manière inspirée, leur transe mystique... pauvre Harras, fatal qu'il ait tourné si mal!... encore bien plus mal que moi...

Oh, pardonnez!... que je vous retrouve! nous avions un point commun Harras, moi... exacts! militaires!... neuf heures!... je descends au salon... je le trouve à la porte... on entre... il referme... je regarde sa figure, il a bien mangé, bien bu... je l'écoute...

« Mon cher Céline, le moment est venu, je crois, pour nous, pour l'Europe nouvelle, de bien faire connaître, pas seulement au monde savant, au grand public, l'ancienneté de la collaboration de nos deux nations dans tous les domaines, philosophique, littéraire, scientifique, et médical! médical! le nôtre, cher Céline!... depuis huit siècles, combien de professeurs allemands ont enseigné dans vos écoles?... croyez-vous?... Montpellier?... Paris?... Sorbonne?... »

Le moment d'avoir l'air convaincu... de bien être d'accord...

« Vous trouverez tout ceci ici!... dans ces dossiers! »

Un coffre que je n'avais pas ouvert... quelques pièces de velours... et puis des dossiers! ah, dossiers!

« Tout ceci nous vient des Archives... du Musée des Sciences... »

Une façon je crois saisir, qu'on ait l'occupation qu'il faut!... officielle!... une liasse!... une autre! plusieurs manuscrits en gothique... gothique vert et rouge... et les portraits des professeurs!... gravures sur bois...

« Vous me ferez ce plaisir Céline? vous me comprenez? »

Je vois ce qu'il demande...

« Certainement! certainement, Harras! »

Une rédaction, que je vais faire traîner un mois... deux mois... les autres auraient rien à dire... on serait pas oisifs parasites!... nous! mais historiques propagandistes!... *prima! prima!* excellent! *oach!...* son rire le reprenait! la bonne farce!... oh mais on trouve une autre gravure... *les Quatre Cavaliers* de Dürer...

« Celle-ci pour notre préface n'est-ce pas?

— C'est une idée!...

— Mais attention! attention Céline! grande révolution! vous savez? la Peste est devenue toute petite... la Famine aussi... toute petite!... la Mort, la Guerre, tout à fait énormes!... plus les proportions de Dürer!... tout a changé!... vous êtes d'avis?... »

Bien sûr que je suis d'avis?

« Oh, l'Apocalypse, certainement! mais perdues la Peste, la Famine!

— La Famine encore un petit peu... »

J'objecte...

« Vous avez l'armoire Céline! *ooach!...* »

Que c'est drôle!

« La calamité Céline, je vous l'ai dit, à Berlin, vous avez vu les télégrammes, les épidémies ne prennent plus... ni en Mongolie... ni aux Indes!... cette guerre sous Dürer serait terminée depuis deux ans!... celle-ci ne peut jamais finir... vous le direz dans votre préface!... deux cavaliers au lieu de quatre!... pauvreté!

— Harras, à vos ordres! tout sera écrit!

— L'Apocalypse vaccinée? impossible!

— Je vois!... je vois Harras! »

Il était remonté... je pensais à Lili, elle devait être un peu inquiète... elle avait Bébert avec elle... La Vigue dans sa cave-cellule devait pas être rassuré non plus... je voudrais bien qu'Harras se taise, me laisse remonter... mais il a la grande habitude des rencontres internationales... je connais l'atmosphère, j'ai fait le tour du monde plusieurs fois avec plein de savants comme lui... là, vous pouvez dire que la raison existe plus... pour peu que vous prêtiez l'oreille!... pas que les politiques qui déconnent, les savants donc! jaloux de la tribune comme pas! soliloques!... colloques! plus de sottises dans les mémoires de Hauts Instituts techniques que dans les comptes rendus de la Chambre... ou dans votre journal habituel... et pas qu'ici, ça serait trop beau, là-bas, partout : astronomie, histologie, sur tous les méridiens possibles... pas de couleurs de peaux, rideaux de fer, sectes, races qui tiennent! qui déconne plus est gagnant!... fanatisés, fascinés!... doctes comme ignares! à genoux! de ces sottises qui dépassent la Lune, vous savez plus jusqu'elles iront d'une galaxie l'autre!... mille ans!... mille ans!... je voyais notre Harras bien parti... une chose j'étais sûr, peu à peu, il m'ensommeillait à me parler dossiers... et de cette préface!... de ses *Quatre Cavaliers!*... de la petite Famine et de la petite Peste... je me voyais passer des mois sur l'Apocalypse!...

A la S.D.N., où je fus, ce que j'ai pu entendre!... les plus puissants cerveaux de l'époque, génies à la Nième puissance! lui Harras tout fort technicien qu'il était, faisait pas le poids... du tout! du tout!... je veux dire à la toise des Bertram Russel, Curie, Luchaire... ceux-là alors des Titans en l'art de rien dire... Harras son Apocalypse, peutt!... peutt!... zébi!... j'en tirerais peut-être deux... trois mois... pas plus! je l'avertis...

« *Ooaah!* nous avons aussi l'arme secrète! »

Ça il veut encore m'expliquer...

« Harras, si vous voulez, demain?

— Oui! oui! entendu! demain soir! *heil! heil!* »

★

Lili devait en avoir assez, là-haut dans notre rondelle de tour... à peine la hauteur d'être debout... Harras insistait... développait sa thèse : la médecine franco-allemande à travers les siècles... les preuves! tel dossier!... tel autre!... pour chaque portrait une anecdote!... que je me souvienne! tel professeur fritz à Paris, à Montpellier... dès le XIe siècle... XIIe... XVe... leurs controverses!... oh, pas des petits bricoleurs! des savants, déjà... bien en cour ou persécutés... de tout...

Je vois la porte qui bouge... je me doute... Harras voit pas... Lili qui me fait signe... ça va!... je me lève tout doucement... Harras en a bien encore pour deux heures... au moins... il est homme à passer des nuits sur un petit détail statistique, sur un « Résumé de Conclusions »... que vous retrouverez plus tard au fond d'un jardin, dactylographié... d'une cabane, trempé, plus lisible... que personne sait plus ce que ça fout... Harras était de la bonne espèce à passer des nuits à mettre au point ce qu'il vraiment fallait penser de cette rougeole aux îles Féroé... XVIIe siècle... pour le moment sa passion c'était les Fritz à Montpellier XIIe... XVe...

Nous étions sortis du salon sans qu'il s'aperçoive... il se faisait une conférence... pour lui tout seul... on l'entendait par l'escalier... mais là dans la paille je dormais pas... je me disais : sûr il va s'apercevoir!... il va être vexé!... y avait pas que l'écho de ses paroles, y avait l'écho des *broum* au loin... ça le dérangeait pas, il a bien tenu une heure et demie sur les professeurs du XIIe... nous on se reposait un peu... je somnolais presque... tant pis!... *toc! toc!* pas de surprise!... lui!... la porte!

« Confrère! Confrère! vous m'excuserez! il faut que je parte! »

Je me lève... je vais lui parler... je le vois sur

une marche... il est en grande tenue de campagne... triple manteau... grenades à manches... je le vois très bien, il fait l'effet cinéma avec sa grosse « torch», sur le noir de l'escalier...

« Je pars maintenant Céline, il faut!

— Ça va mal?

— Oh, ils ont un peu bombardé... vous n'avez pas entendu?

— Si!... mais loin!...

— Il vaut mieux voyager la nuit... ils ne s'occupent des routes que le jour!...

— Bonne chance, cher Harras!...

— Vous aurez ça prêt?

— Prêt quoi?

— Le résumé du coffre, voyons!

— Mais évidemment cher Harras!... huit jours, j'ai fini!

— Doucement Céline! doucement!... prenez votre temps!

— A vos ordres, Harras! à vos ordres!

— Attendez encore!... je peux entrer? deux mots!... vous voulez bien m'excuser, Madame? »

Je le prie...

« Certainement voyons... Harras! »

Je referme derrière lui... jamais nous ne l'avions vraiment vu en grande tenue de guerre... lui déjà énorme, il fait monstre... surtout dans notre rondelle de tour... il est trop grand, il baisse la tête...

« Voilà mes amis, attention! je ne sais pas quand je pourrai revenir! Kracht me téléphonera... je peux retourner au front russe... peut-être?... ou repartir à Lisbonne... cela dépendra... vous là vous savez... vous ne bougerez pas... pour les gens, je vous ai dit!... d'abord le Landrat vous le connaissez... vous l'apercevrez, n'essayez pas de le rencontrer, c'est un vieux absurde et méchant... vous avez vu le genre du manoir et de la ferme... l'autre vieux, le Rittmeister et ses soubrettes n'est pas dangereux... des manies c'est tout... vieillard!... le fils von Leiden l'invalide et sa femme, la ferme en face, ont une petite fille Cillie... cette petite fille viendra vous voir, c'est entendu, elle vous apportera du lait, pour vous et Bébert... voyons!... voyons!... »

Il réfléchit...

« La femme du fils, Isis, a un caractère difficile... elle n'est pas à la ménopause, mais pas loin... belle femme incomprise, vous voyez?...

— Oui... oui... certainement...

— Attendez!... la complication!... lui, le cul-de-jatte, se drogue... on le drogue... il est infirme depuis quatre ans... à peu près... les deux jambes... sclérose en plaques?... syringomyélie? il a été examiné dix fois... vingt fois... Paget? la suite démontrera n'est-ce pas?

— Bien sûr!... bien sûr!...

— Il fait des crises genre tabès... mais pas tabès... la suite démontrera n'est-ce pas?... très douloureuses... il est aussi, assez psychique, nettement, là il est dangereux... des colères... ce n'était pas un homme méchant en temps normal, maintenant il est... avec sa femme, avec sa petite fille, avec tous, avec vous s'il vous voit trop... je lui ai donné les calmants usuels... et puis des piqûres... finalement, de l'opium... en sirop... son cœur cède aussi... il vous demandera de l'ausculter... sa femme, Isis, fait tout ce qu'elle peut... je lui dis : pas trop de médicaments!... n'est-ce pas dans ces cas on se demande toujours... Kracht vous dira... ah, encore, j'oubliais!... vous ne l'avez pas vue!... dans l'autre tour par là, en haut!... Marie-Thérèse von Leiden, la sœur du vieux... l'autre tour du manoir... *baronin* Marie-Thérèse!... elle ne voit ni son frère, ni son neveu en face, ni surtout sa nièce Isis!... elle vit chez elle, elle va chercher ce qu'il lui faut à Moorsburg, elle-même, elle fait sa cuisine chez elle, ses petits plats, elle a peur d'être empoisonnée... elle ne sort que le jeudi, pour Moorsburg... et le dimanche pour tenir l'orgue... peut-être vous irez à l'église... pasteur Rieder!... anti-nazi!... elle joue assez bien... vous pourrez l'entendre au piano, chez elle, elle vous invitera, elle est très aimable, quand elle veut... elle parle français, elle a été élevée en Suisse... toutes les jeunes filles des bonnes familles, alors!... »

Il résume :

« Voilà, maintenant vous savez tout... vous vous méfierez des Kretzer... s'ils se montrent hostiles, Kracht me téléphonera...

— Bien mon cher Harras, entendu!

— Et mon petit travail, n'est-ce pas?...

— Je ne pense qu'à votre petit travail!

ABSCHIED HARRAS

HJALMAR

— A la bonne heure!... sacré Céline! »

Un coup d'*ooach!* comme on est drôles!... on se secoue les mains! poignées!

« Toutes mes excuses Madame Céline! pardonnez-moi!... pardonnez-moi! »

Je descends avec lui... je veux voir comme il part... il veut bien... Kracht est en bas du perron avec deux grosses valises, très bourrées.

« Vous n'emmenez pas les documents, Harras?

— Oh, pas de danger! tout ça, victuailles! poulets! beurre!... jambons! je vous cache rien!

— Harras, vous êtes un ami! »

On case ses énormes valises... et il met en marche... moteur!... en route!... saluts hitlériens!

« Vous vous souviendrez Céline!

— De tout!... et fraternité! »

Kracht me serre la main, la première fois qu'il me la serre... il est pas liant... il remonte chez lui... moi, dans ma tour... l'auto au loin... on l'entend...

Et aussi plus loin... bien plus loin... plein de petits *ptaf! ptaf!*... les éclatements de leur « Passive »... on a pas eu d'alertes, ici... ici l'alerte c'est au bugle... ils m'ont raconté... le garde champêtre, Hjalmar, fait le tour du hameau... il est plus vieux que le vieux von Leiden... quand c'est l'urgence, c'est au tambour... on a eu l'urgence qu'une seule fois, et par erreur... c'était un avion allemand du camp d'à côté qu'était tombé sur Platzdorf... Platzdorf, à mi-route Moorsburg et nous...

★

La Vigue est remonté avec nous... y avait pas à en mener large d'après ce que nous avions appris, sur ce Zornhof, sur le manoir et sur la ferme et sur les von Leiden... et sur ce Kracht, l'S.S. pharmacien, bourrique de service... et sur le personnel *Dienstelle*... Harras s'était débarrassé... bel et bien... nous étions mieux à Grünwald... mais après tout, peut-être pas?... peut-être mieux placés à Zornhof?... du moment où vous avez plus rien à dire, plus qu'à obéir, vous avez plus qu'à espérer, vous êtes animal...

Oh, bien le cas du monde actuel! tout le monde sous le Spoutnik qui va venir! n'importe quel filon à fond de mine, dans les grisous, tout! ils veulent bien tout mais pas le « Spoutnik »!... « volontaires » aux petits wagonnets! zut! et que c'est donc chacun son tour!... tout ça a un petit peu crâné depuis 44... la fête est finie!... ganguesters au vestiaire!... nous là déjà à Zornhof nous avions bien à être fixés... à la merci c'est tout... tous ces gens autour, prisonniers, Fritz du hameau, ou Russes ou polaks, pensaient qu'à mal... notre compte était bon!... Kif en France, où tous nos frères nous attendaient, Bretagne et Montmartre, pour nous débiter en lamelles... donc, bien à rire! la petite Esther avait le monde entier pour elle, nous le monde entier contre... la petite Esther Loyola préparait son film dans les greniers d'Autredam... nous on ne nous a rien tourné... taule et silence!... propagande tout pour? imposture, l'autre côté : ruine, honte...

Autour du « Mirrus » nous mettions un peu au point, ce qu'il faudrait faire... ce qu'il ne faudrait absolument pas... à peu près tout... ce que les uns les autres avions vu... impressions... pas fameuses!... on verrait demain pour la suite... en attendant, un peu de rab... Lili avait mis de côté, moi aussi, d'à table, deux tranches de pain noir... La Vigue du céleri et de la mie... on partage... les araignées viennent regarder... elles se laissent filer du plafond, elles gafent... et zzz! elles se renroulent... c'est des curieuses... on habite chez elles, exact... La Vigue veut aller voir en bas, chez lui, sa cellule, mais que je l'accompagne!... bien!... alors tous les trois! on laisse Bébert... on prend une bougie... on va passer devant les chambres où demeurent toutes les secrétaires de la *Dienstelle*... on voit rien, sauf des petites lueurs sous chaque porte... ça se chuchote un peu... et aussi des voix de radios... pas de courant, y a plus de courant... des radios à piles... les demoiselles de la *Dienstelle* doivent s'offrir des petites soirées, tout à fait entre elles... des moments pour tout, des moments pour être discrets... nous descendons donc, les grandes marches... nous appelons d'en haut Iago, qu'il sache... ça va, il grogne mais pas fort... pour juste qu'il nous a entendus... il nous laisse passer... on va la voir cette cellule!...

Autant d'araignées que chez nous... et nous repassons devant Iago... et nous revoici sur notre paille... on voudrait s'en foutre complètement, dormir... le moment des soucis au contraire! le monde des Grecs, le monde tragique, soucis tous les jours et toutes les nuits... pareil au même pour les personnes hors-la-loi... le monde nouveau, communo-bourgeois, sermonneux, tartufe infini, automobiliste, alcoolique, bâfreur, cancéreux, connaît que deux angoisses : « son cul? son compte? » le reste, s'il s'en fout! Prolos Plutos réunis! parfaitement d'accord!... nous là, cloches traqués, nous n'avions pas à dormir!... nous avions à penser aux gaffes... ce qu'on aurait dû, pas dû dire?... examens de conscience... une toute petite gaffe peut très bien vous précipiter... La Vigue en bas dans sa cellule devait aussi drôlement réfléchir... que Bébert qui pensait à rien, c'était à nous d'être astucieux... animal pour animal il était plus heureux que nous... je dis plus rien, je remue pas... je voudrais bien que Lili dorme un peu... je peux passer des heures, moi, allongé, sans dormir... j'ai l'habitude, j'écoute mon tintamarre d'oreille... je sais attendre le jour... la meurtrière là-haut devient grise... puis pâle... pas à espérer beaucoup plus, nous sommes en septembre... il doit être six heures, à peu près... je vais pas réveiller Lili... je vais voir La Vigue... mais le jus, comment? je vais lui demander... quel jus?... à la ferme?... il saura peut-être?... je descends nu-pieds... je passe encore devant Iago... Iago dort à même la pierre.... il me grogne un peu... il me laisse passer...

La Vigue est réveillé aussi... je lui demande s'il a pensé au jus... tu parles qu'il y a pensé!... même on va y aller!... pas à la ferme, là dans le couloir, y a une cuisine, genre de secrète, il est certain, deux, troisième porte... on cogne, on frappe... il les a vues, elles sont quatre, trois Russes et une des mômes du vieux... personne répond... Iago grogne qu'on frappe... les autres doivent se le faire passer dans leurs piaules... si c'est cachottier ces morues, chacun pour soi!... et l'autre le vieux, sa cuisine à lui dans sa cave! sûr ils ont tous des petits pains!... mais lui La Vigue comment il s'est éclairé? aux allumettes!... il me montre et il m'offre une boîte... lui avec trois allumettes ça a suffi pour se coucher... nous aussi avec la bougie, mais dangereux!... c'est veine qu'on brûle pas... maintenant on va aux petits pains... une idée... si pas à côté, à la ferme!... La Vigue s'habille... enfin ses grolles... on se déshabille plus depuis longtemps... il est pas long, on est dehors, il fait frais dans le parc... au premier tournant de l'allée, nous tombons sur des hommes forçats... genre forçats... une douzaine, qui ajustent des troncs de sapins les uns sur les autres... qu'est-ce qu'ils foutent? qui ils sont?... je vais leur demander... mais j'ai pas le temps, un soldat me coupe la parole, un vrai, un assez vieux S.S., il sort du taillis... lui me demande ce que je veux?... et ce que nous sommes?... pas aimable... je lui explique que nous demeurons au manoir dans la tour, là... réfugiés français, et que nous allons à la ferme voir s'ils ont pas quelque chose de chaud?... il se radoucit... il nous verserait bien un peu de jus, mais eux l'ont pris à quatre heures, lui et ses bagnards... il n'a plus rien!... il retourne son bidon, il me montre, plus une goutte!... leur réveil, quatre heures!... il sort de sa plus profonde poche une énorme tocante acier noir... six heures et demie!... même bien appliqués, raisonnables, on est toujours des sortes d'oisifs... y a que les bagnards qui bossent vraiment... les levés avant l'aube... ceux-ci en mettaient un coup... on voyait... ils bâtissaient une genre d'isba, bien trente mètres sur trente, tout en troncs de sapins... et sur lambourdes! sûrement ils avaient une scierie... je demande à l'S.S... pas là, l'autre bout du hameau, au Dancing!... *Tanzhalle!...* puisque ce S.S. est dégelé je demande qui ils sont? « travailleurs de l'Évangile »!... j'avais entendu parler d'eux... c'était ça? menuisiers gros bides, et « objecteurs de conscience »... si ils avaient été français on leur aurait un peu montré à jouer de la Bible et de l'objection... je dis à l'S.S...

« Hitler est bon!... en France, *Kapout!*

— *Ja! ja! hier auch!* Ici aussi! »

Et il tape sur son gros Mauser... joyeusement!... on rigole!... on est amis!

« *Heil! Heil!* »

BIBELFORSCHER

Je propose...

« On va chez les von Leiden en face, ils auront peut-être du café ?...

— *Sicher!* bien sûr!... »

Ça va! on va!... à travers le parc et puis la grande cour... à gauche les étables, la porcherie... et les hauts silos à betteraves, qui sentent si mauvais... le sentier en ciment tout le long de l'étang au purin qui sent encore bien plus fort... ils ont tout mis dans cette cour... plus les oies, les canards, les poules... sans doute pour tout surveiller, voir tout ce qui se passe, d'en haut, de la ferme... je vois pas nos travailleurs, les deux Français, Léonard, Joseph... j'entends des chants russes... je vois des femmes et des enfants... nu-pieds... et des hommes, en bottes... ils traversent la cour... ils nous font des gestes... ils crient des choses... peut-être aimables ?... non! ils ont plutôt l'air en colère... mais y a de l'entrain!... ils doivent aller biner, sarcler... là-bas, dans la plaine... on voit que ça, des buttes de patates... des petites... des énormes... des longues, jusqu'à Moorsburg... tout l'horizon... ils doivent y aller... c'est quoi ces gens-là ?... Harras m'avait dit... tout Russes ramassés d'Ukraine... ils sont ici comme « volontaires »... soi-disant... des villages entiers... Ivan aussi, au Zenith, était « volontaire », lui de la Sibérie... et les bagnards « bibelforscher » ? La Vigue remarque comme moi, ils sont gras... du bide tous... et ils sont forts! ce qu'ils remuent on serait écrasés net... pour qui les isbas? encore une complication...

pour des médecins finlandais, des « collaborateurs » comme nous... ils vont venir se reposer ici... peut-être ceux de Grünwald?... Harras m'avait dit, j'avais écouté que d'une oreille... la vérité, notre guerre avait fait des petits, tous les bouts de l'Europe... preuve j'en ai trouvé moi-même plus tard à Copenhague, Danemark, plein les cellules, des étages entiers, tassés, tous les âges, tous les poils, traîtres belges, yougoslaves, lituanes, lettons, apatrides, juifs, relaps, mongols par la mère, asniérois du père, le tutti frutti la godille des cent drapeaux à la conquête et trains d'équipage sens dessus dessous... là maintenant je me demandais si ces confrères allaient se construire encore un bain à réactions... froid chaud?... certainement! La Vigue était sûr! ce coup-ci j'avais plus de grenade à leur glisser dans la piscine... une chose que je voulais m'enquérir, ces gros bagnards, qui les nourrissait?

« Viens!... on va demander à l'S.S.!... »

L'S.S. nous explique, ils ne manquent de rien!... à leur cuisine, au *Tanzhalle,* ils ont toujours tout ce qu'il faut... lui mange avec eux... macaroni, céleri, carottes, choux... tant qu'ils veulent!... autre chose que nous notre *mahlzeit!*... de temps en temps même, une oie, un poulet, pour le goût, on en trouve... je me renseigne...

« Vous les trouvez sur les routes, écrasés!... »

Bien! c'est à retenir! il ne passe rien sur les routes... nous toujours pour le moment nous sommes en quête d'un petit café... on lui dit : on va à la ferme!... le parc avec ses allées si gracieuses est d'un frisquet! d'une humidité en plus que vous pouvez plus parler... de tremblote... on se dit au revoir avec l'S.S... il m'a rappelé le Passage Choiseul avec ses lessiveuses de nouilles... la seule cuisine tolérée, les nouilles à l'eau, les nouilles qui ne donnent pas d'odeur... la terreur des dentellières, l'odeur de cuisine!... j'ai été élevé je peux dire, toute mon enfance et la jeunesse, dans le labeur et les nouilles à l'eau... aux *bibelforscher* pour d'autres raisons, même ordinaire... l'S.S. nous avait pas invités mais ça pouvait venir... je dis rien à La Vigue mais il y pensait, certainement... ah, nous voici à la ferme... à la porte de leur cuisine... on frappe! fort!... rien répond!... comme au manoir... bien, on va voir le fils!... on prend le petit escalier... si on est viré, on verra! quelque chose à dire, qu'on vient s'excuser pour la veille, qu'ils nous avaient invités, qu'on s'est trompés de jour... une contenance... ça sent le café!... une chose! et le vrai café!... peut-être ils ont pensé à nous?... rigolade!... *toc! toc!*... on frappe encore... *herein!* on entre dans l'espèce de petit salon... ils sont assis, le fils cul-de-jatte et Isis, à une petite table carrée, ils sont en train de se faire les cartes... Nicolas aussi est là, le géant russe qui porte le fils von Leiden, il est debout contre son fauteuil... ils se font l'avenir.

« Pourquoi venez-vous? »

D'emblée pas content... je m'attendais.

« Si y a pas un petit *frühstück?* petit déjeuner? »

J'allais dire : quelques petits pains!... j'en voyais plein une grande corbeille... il me laisse pas finir...

« Frau Kretzer est chargée de vous... pas nous!... pas ici! »

Sa femme Isis est moins brutale... elle nous fait comprendre...

« Excusez-le!... il est à bout!... il a souffert toute la nuit!... j'ai envoyé ma fille en face, Cillie... avec le lait... pour vous... vous le trouverez là-bas... »

Elle nous vire bien sûr, mais moins sec... nous c'est le jus qu'on veut!... le lait, on verra!...

« Alors, les cartes? »

La Vigue s'agace...

« Quoi les cartes?

— Qu'est-ce qu'elles disent?

— Elles disent que vous partiez d'ici!... vite!... »

Décidément le cul-de-jatte est à ressort, foutu tronc! on redescend, on dit pas « au revoir »... nous revoilà dans la grande cour, pas plus avancés...

« Ils doivent avoir un boulanger quelque part?... une épicerie?... un bistrot?

— On peut essayer!... »

Où ça peut être?... de la cour on a vu un clocher... ça serait en France, on trouverait autour de l'église... on avance... personne dans cette sorte de rue... que des oies, par troupes...

elles se rassemblent, elles foncent à l'attaque, becs en avant... le cou horizontal... *couac! couac!* nous passons... finie leur colère!... elles volettent... vers les grosses mares... profondes, bourbe et sable... je vous dis la rue, la route plutôt... d'une largeur d'avenue... là que vous voyez un pays vaste, les hameaux énormes, les ruelles des avenues... le village imposant, route largeur des Champs-Élysées... les bords en chaumières, mais trois, quatre fois grandes comme les nôtres... vraiment démesurées masures... sûr, plaines qu'ont pas de raison de finir... vous voyez aux vallonnements... un autre!... et un autre!... Harras m'avait fait remarquer pour rire, plaisanterie boche, mais bien exacte...

« Vous voyez cette plaine, ce ciel, cette route, ces gens?... tout ça triste, n'est-ce pas?... russe!... triste!... jusqu'à l'Oural!... et après! »

On n'avait qu'à voir... un hameau... un creux... un autre hameau... des oies... des sillons... nous au moins nous avions un repère, le clocher, le cadran... neuf heures!... on y va!... si un épicier existe?... il doit être ouvert... deux... trois chiens aboient après nous... je vois, cette route très large fait le tour de Zornhof, mais en deux... elle se sépare aux premières chaumières elle se retrouve au bout du hameau... et puis elle s'en va tout droit... et encore plus loin... c'est des genres de paysages qui sont faits pour les musiques russes, fanfares à clochettes... régiments de cosaques qui s'éloignent... mais nous un petit peu le clocher!... l'église, voilà!... on y est! pas du tout le genre Felixruhe, pas l'église croulante, en parfait état... et dedans plein de mômes au ménage, tous les bancs... et si ça frotte!... filles et garçons... si ça s'amuse!... nous qu'arrivons! pas surpris de nous voir! ils nous font signe qu'on va s'organiser un jeu... eux se mettront d'un côté de la chaire, nous de l'autre... à qui s'enverra le plus de balais!... en avant le ménage!... que ça nous apprendra un peu le russe... j'entends, ils sont russes et boches... polonais aussi... ensemble... ils se font la guerre, mais pas la nôtre... mais ils ont bien l'esprit quand même!... ils voudraient qu'on entre dans la leur... qu'on apprenne aussi leurs cris de guerre... *lourcha! lourcha!* me paraît être pour nous... moi aussi maintenant je leur demande : où est le pasteur?... je m'adresse à ceux qui parlent allemand... « il est aux abeilles! » aux abeilles, ça doit être les ruches... on les quitte... on se sauve même... il faut, ils nous visent... tout y passe, balais, seaux, brosses!... ils nous aiment plus, on veut pas jouer... le presbytère est sûrement là, tout près... on regarde, une maison bien propre, repeinte, les fenêtres grand ouvertes... et des petites filles aux croisées... ravies... toutes à rire... on leur demande où est le pasteur?... elles nous comprennent...

« Où est le pasteur?

— Aux abeilles!

— Là?... là? »

On montre le jardin...

« Non!... non!... loin! loin! »

Elles font le ménage du presbytère comme les autres font les bancs de l'église... mais là ici moins brutales... elles nous lancent pas leurs brosses, balais, elles pourraient, on est juste dessous... elles sont au moins quatre par fenêtre... elles nous demandent si nous ne montons pas? oh, elles sont à se méfier quand même! plus tard, en prison, j'ai connu des soldats allemands qu'avaient fait la guerre aux Russes dans les forêts, Est de Trodjem, qu'avaient fait des prisonnières, des très très dangereuses fillettes, tireuses d'élite... leur truc, perchées haut des arbres, elles savaient reconnaître l'officier, à plus de deux mille mètres, pourtant vêtu comme ses hommes, tout blanc... elles le rataient pas! *ptaf!* d'une seule balle, rigodon!... l'instinct! les femelles savent... les chiennes aussi... celui qui commande!... tenez, Jeanne d'Arc à Chinon, Charles VII qui se dissimulait...

Nous en tout cas question du jus, je n'en voyais goutte... on regarde le jardin, poireaux... pommes de terre... pommiers...

« Loin, les abeilles?...

— Oui!... oui!... *ja! ja!*... loin!... loin!... »

Je crois qu'il y en a pour un moment que ce pasteur revienne... nous ce qu'on voudrait, c'est un petit quelque chose de chaud... je peux dire, surtout pour ramener à Lili... on fait : au revoir, à ces mignonnes... elles sont toutes coiffées pareil... leur mouchoir noué sous le menton... bien riantes mômes!

Tout de suite après le hangar, une grande pancarte... *Tanzhalle!*... Dancing... fermé le *Tanzhalle!*... mais à l'intérieur ça cloue! fort!... et ça scie! et un *plom!... plom!*... de moteur... ça doit être là, leur atelier? un de là-dedans a dû nous voir... une porte s'ouvre... un *bibelforscher* en sort... un forçat à bourgeron cerclé jaune, rouge, comme les nôtres là-bas, à l'isba... ils ne doivent parler à personne... mais celui-ci nous parle, bel et bien... « qu'est-ce qu'on veut? »

« On cherche un bistrot d'ouvert!... *wirtschaft! wirtschaft!* »

Il me fait signe d'attendre son chef sans doute?... le voici!... c'est le même que là-bas, à l'isba, on vient de lui parler!... il commandait aussi là-bas!... Zornhof est pas grand, il a vite fait le tour... il nous accueille...

« Mais *teufel!*... diable! fini le café! venez voir! »

Nous entrons dans ce *Tanzhalle*... il nous montre son casernement... le plancher, et la paille, ils couchent tous à même, les trente-cinq « objecteurs » et lui... assez épais de paille... on a couché sur moins épais, pas pendant un jour, des années... question du jus, trop tard, trop tard, il me montre la cafetière... on parle de choses et d'autres... de puces... ils n'en ont pas...

« *Verboten!*... »

Mais des araignées? plein!... nous aussi!

« *Nicht verboten!* pas défendu les araignées! »

A côté, on voit l'établi... les établis... y a de l'outillage!... d'ici, le bruit de moteur!... ici qu'ils débitent les troncs... je vois, ils sont pas fainéants, ils en empilent plein la route... comme « objecteurs » ils gagnent leur soupe! qu'on voie leur popote!... contre le dortoir... trois grandes lessiveuses sont à mijoter... il faut que je goûte... La Vigue aussi... une louche d'escouade... y a plus que du rata là-dedans!... y a deux oies!... on le fait avouer à l'S.S... deux oies de combien?... deux... trois kilos! je comprends que les forçats aient du bide!... où ils les trouvent?... dans les champs!... en tout cas c'est un petit peu mieux que le potage Kretzer!... je pense à Lili et à Bébert... jolie notre petite virée, on s'est fait sortir de la ferme, mais on s'est repus à la louche... égoïstes! pour Lili, Bébert, une gamelle? j'ose pas... j'ose pas trop... oh, mais j'y pense!... La Vigue aussi... on est pas encore très potes avec cet S.S. garde-chiourme mais ça va venir... tout ce qu'il y a de nutritive cuistance!... sûr ils ont pas la vie douillette, ils marnent en robots, mais ils clapent... ils sont mieux qu'au front, et mieux que nous. Nous reprenons la route, on a vu des choses, on en reparlera... je vous ai dit, c'est que des chaumières des deux côtés... personne nous regarde... les hommes jeunes sont à la guerre et les femmes aux champs les mômes avec... on voit que des oies et des canards... des mares jusqu'au milieu de la route, nous pataugeons... je me dis que dans ce hameau il doit y avoir un débit... tout de même... on l'aurait passé?... non!... sur un des toits, côté plaine, un écriteau... *Wirtschaft...* ah!... en vert... veine!... nous entrons... c'est une salle commune de ferme, des bancs tout autour... il fait tiède... c'est le poêle en briques... au milieu, je vois ils se chauffent à la tourbe... une table au fond, je l'avais pas vue, et un comptoir... ce sont des laboureurs, là debout... je les compte... six!... ils parlent français... d'emblée tout de suite, ils se chuchotent, nous regardent... ils savent ce que nous sommes... et tout de suite ça y est, vers nous! « collabos!.. fumiers! » Zornhof ou la Butte, ou Meudon, trente ans plus tard, la renommée!... ça serait amusant dans un sens, avec de l'argent, mais sans pognon ça complique bien... enfin tant pis, du jus s'y en a!... je vais jusqu'au comptoir... ils se poussent les coudes... je les regarde là tous... ils se ressemblent, un peu plus culotté, je crois, plus insolent, celui qui nous a appelés « chleus », ça doit être lui le chef de la « Résistance » au hameau... en tout cas, là je vois, pain blanc, beurre, tartines... ils se débrouillent... *Fräulein!...* j'hésite pas non plus... une frida à nattes... la patronne, peut-être?... elle s'est défilée nous voyant... elle réapparaît... *nichts! nichts!...* rien pour nous! il est gentil notre petit bled! aussi aimable que le 18e!... il avait bien choisi l'endroit notre *Oberführer...* le petit coin tranquille...

Où il pouvait être celui-là, à propos? Harras? un Lisbonne quelconque, à la chasse aux épidémies, en train de s'en foutre jusque-là! caviar, porto, fraises à la crème... s'il s'en tapait des typhus!... et que le rideau tombe sur la guerre, et ses furieux combattants!... on la verrait l'épidémie! pas besoin de cavaler si loin! elle passerait bien à Zornhof! qu'on verrait les rates des demoiselles éclater de microbes!...

Oui! oui!... mais en attendant nous rentrons bredouilles! évidemment! exactement! et même menacés! nous allions avouer à Lili?... non! certainement!... nous repassons devant les chaumières vides... voici un coup de bugle!... deux coups!... plus loin... je dis à La Vigue : c'est le garde champêtre, on va lui demander!... où il pouvait être? dans une impasse entre deux granges, il s'occupe pas de nous... il souffle... un bugle à piston qui doit avoir que trois notes, qui donne tout de même un genre d'alerte... on l'entend au loin, de jour... et même la nuit... il doit être prévenu par quelque part... y a plus de téléphone... je crois moi qu'il souffle par principe... il a pas une tête à savoir... c'est sa fonction, il fait ce qu'il faut... une ruelle, une autre... il est mis en « territorial », casque à pointe d'avant 14, « prusco » réglo... un large baudrier cuir verni, pour son tambour... mais pas de tunique, un bourgeron troué aux coudes, le grimpant en loques... on l'a pas gâté!... en galoches, enfin je crois, on peut pas voir, qu'une motte de boue à ses pieds, ses jambes, des bottes... nous aussi, on est dans le ton, on a qu'à se promener dans Zornhof... on le regarde... il est fatigué, il s'adosse, il joue plus... son casque à pointe lui retombe sur le front... il se suce la moustache, les bouts, jaunes et blancs...

« Dites-nous ! dites-nous, *Herr Landwehr!* l'épicerie ? *Kolonialwaren?* »

Lui doit savoir... il nous regarde, faut pas qu'il ait oublié !... mais lui qui nous demande !...

« Où vous demeurez ?

— Chez le *Rittmeister!* là ! là ! »

On lui montre la direction.

« *Ach! ja!... ja!... franzosen!* »

Il est au courant, pas hostile ! au contraire il va nous mener... l'épicerie?... mais par là !... juste notre direction ! après la deux !... troisième chaumière !... il compte sur ses doigts... deux... trois... quatre... cinq !... il ira pas avec nous !... on peut pas se tromper... on se serre les poignes... je dis à La Vigue :

« Fais attention !... Si y a du monde, motus !... on essayera quand on sera seuls !... si ils sont comme au bistrot !

— Tu veux lui secouer?

— Non!... mais au charme!... dis, t'es là pour!... tes yeux!... vas-y! sûr, c'est une femme !... »

En fait !... j'avais bien prévu, c'était une grosse blonde, pas mal... question l'épicerie, une grande chaumière comme les autres, mais là-dedans rien que des étagères... tout le tour des murs... j'ai vu comme ça au Canada, à Saint-Pierre aussi, Miquelon... aussi au Cameroun en 18, le genre factorie... je veux pas vous bluffer que je suis le bouleversant voyageur, le « Madon des Sleepings », maintenant qu'aller-retour Le Cap est un petit impromptu de week-end!... New York par la stratosphère plus ennuyeux que Robinson...

Question factorie, j'en ai eu une moi-même comme ça, tout en paillotes, ribambelles d'étagères autour, c'était en 17, chez les Maféas, à Bikomimbo... un édifice, trois étages, entièrement construit par moi-même, et les menuisiers du hameau... anthropophages, paraît-il... je ne les ai pas vus dîner... mais pirates, je suis certain... aussi pillards que mes fifis rue Girardon et que demain les Chinois, ici... j'avais de tout là-bas, autre chose qu'à Zornhof! cassoulet, riz, filets de morue, pagnes... pas d'eau par exemple!... l'eau du marigot pardonne pas... boyaux la compote, pour toujours... à la première tornade tout part... étagères, camelote, haubans de liane, riz, fûts de tabac!... toutes les livraisons de John Holdt Cie... vous parlez des nuits des tropiques! il ne vous reste plus que les scorpions, et les serpents, et les puces-chiques... tout le reste s'est envolé, parfait!... comme mon bazar rue Girardon... une fois que vous avez pris le pli... tenez à Copenhague, Danemark, pareil au même... je ne vivrai pas assez longtemps pour connaître la suite... mais ça sera du pareil au même... « Jeunesse oublieuse »... moi, la mienne oublie rien du tout, la preuve que je gagne ma vie avec... vous raconter ceci, cela, et que ça vous servira à rien... cocktails et babils et vacances!

nous n'étions pas là pour rêver... je voyais une étagère de pains... « tickets »? elle me demande... je suis sûr que c'était entendu entre les Kretzer, les von Leiden, le Landrat, l'S.S. Kracht, et toutes les demoiselles *Dienstelle* que nous reverrions jamais nos cartes... vingt ménagères discutaient devant les provisions... à réclamer leur pot de moutarde, leur quart de faux brie... absolument comme à Montmartre, rue Girardon, et plus tard plus haut au Danemark.

L'idéal des personnes sérieuses, avoir l'épicière aux tickets... devant la tranche elles se sentent plus... tout d'un coup elles s'aperçoivent qu'on est là, qu'on gafe... panique! *komm! komm!* ramassent leurs cabas et leurs mômes... *komm! komm!* et si ça décampe! l'Harras qui cherche pestes et véroles à finir la guerre, moi je crois qu'à nous trois faisons la terreur et le vide, admirablement... toute cette chaumière... « kolonialwaren », ménagères, morveux, ont pas tenu trois secondes à notre vue, tous dehors... le vide!... vous dire notre puissance annihilante! Harras nous aurait promenés sur le front Est la guerre se serait arrêtée pile, les armées pris le mors!... plus à voir!... la déroute des ménagères, jambes à leur cou, jupes sur la tête, que personne aille les reconnaître...

Certainement, j'admets, Montmartre eût été bien pire, les mêmes en « furie Bibici » se seraient ruées nous découper menu, se chamailler, se battre sur nos rognons... un bout de foie... nous emporter dans leurs filets... oh, ça pouvait venir!... même, certainement! question de semaines... Zornhof... Montmartre... alignement des épilepsies... je vois encore aujourd'hui même je reçois des lettres de menaces très horribles, vingt ans après, de personnes qui n'étaient pas nées... il va de soi, j'ai bien l'habitude!... je note à propos, que les lettres de menaces les plus agressives ne sont jamais signées... tandis que les lettres de l'autre bord, d'admirateurs tant que ça peut, portent toutes, les noms et adresses... gentils amateurs d'autographes!... rigolo, c'est que peut-être ce sont les mêmes qui vous préviennent qu'ils vont venir vous mettre en pièces et puis l'autre semaine, d'une autre écriture, vous trouvent l'incomparable génie qu'ils se désolent et pleurent nuit et jour à penser combien l'humanité tellement abjecte vous a traité et vous traite... beaucoup plus mal que le dernier des parricides... il faut de tout pour faire un monde, et plus que tout dans le même être... à comprendre, vous avez bonne mine!... là en tout cas une bonne chose, nous étions seuls avec l'épicière!... je dis à La Vigue...

« C'est le moment!... »

Je crois... j'attaque avec un « cent marks », je lui offre...

« Pour le pain! *brot!* »

Cent marks bien repliés... voilà!... c'est fait!... elle me passe la boule... on s'est compris...

« Avez-vous du miel? »

Je vois les pots...

« *Kunsthonig!*... miel artificiel! mais tickets!

— Moorsburg! »

La vache!... encore cent marks!... ça va, un pot!... elle me prévient...

« Il est pas bon!... le vrai vous le trouverez chez le pasteur! Rieder!

— Nous le savons!... il est aux ruches!... pas chez lui! »

Elle sait aussi... les ménagères de Zornhof doivent pas souvent la gâter... moi mes deux cents marks ont bien fait... elle se dit que je suis riche et compte pas... du coup le pasteur, elle me renseigne...

« Il court après les essaims!... il a toutes les ruches de Zornhof... les femmes ont peur des abeilles... il a l'église et les abeilles... mais vous le trouverez le soir et le dimanche... le soir, après huit heures!... »

Bon!... c'est à savoir!... je lui parle de café... encore cent marks! gi! à la poigne!... mais là vraiment elle en a pas... que de l'avoine grillée!... le soir après huit heures peut-être?... si je veux revenir?... du pain aussi... mais que je tape à sa persienne... quatre fois... elle me montre... que je prévienne... en même temps : *franzose!*... elle saura...

Nous ne sommes pas sortis pour rien... une boule... un pot de miel... par exemple on s'est fait remarquer... tant pis!... La Vigue a pas eu besoin de courtiser la dame épicière... les cent marks ont très bien agi... et l'encore cent!... et que c'est le mien pécune, pas du Pape, pas d'Adolf, ni de Juanovici, le mien de mes migraines... quand je pense que je suis encore là à essayer de vous distraire!... que de très vaillants Européens en pourraient plus, poseraient la chique sous tant d'avanies, tels torrents d'outrages...

Mais en somme, récapitulant, nous rapportons un petit quelque chose... nous n'avons pas être si honteux!... certes, nous aurions pu rapporter plus!... une autre gamelle du *Tanzhalle?* l'S.S. aussi avec cent marks?... fichtrement possible!... on aurait peut-être dû risquer... ou un paquet de *Navy Cut?* y avait l'armoire et j'avais la clé... Harras était pas près de revenir! et puis il comprendrait tout de suite... sûrement il était faux derge, mais raisonnable... le cas était majeur! il m'avait dit : tapez dedans! je lui expliquerais... maintenant nous étions à notre parc... la grande allée... le péristyle... oh mais du nouveau!... un peu à l'Ouest, une autre isba... ils ont été vite!... je regarde l'heure, l'église... vraiment des charpentiers de choc!... y avait rien quand nous sommes partis!... pourquoi cet autre bâtiment? je vais aller leur demander... mais ils ne doivent parler à personne, l'S.S. m'a prévenu, et même pas entre eux!... ils nous regardent même pas... nous qu'est-ce qu'on fout à être curieux, avec notre faux miel et notre boule?... vite, montons! Lili doit s'en faire... quatre à quatre les marches!... j'exagère!... ça y est!... tout de même!... notre grosse porte... notre rondelle de tour... Lili n'est pas seule... y a réception!... je vois d'abord une petite cale-

MARIE-THÉRÈSE VON LEIDEN

bombe, toute petite, dans un haut bougeoir... on se fait les cartes... elles sont combien là? des femmes?... trois... quatre... en plus de Lili... je discerne les figures, peu à peu... une des figures parle... dans un français un peu chantant... à moi...

« Docteur, je me suis permis! Mme Céline était seule!... je suis Marie-Thérèse von Leiden... votre servante... et votre amie!... la sœur de celui d'en bas, vous le connaissez! le comte Hermann von Leiden... l'original! et la tante de celui d'en face... de la ferme! l'infirme!... maintenant les présentations sont faites!... je le disais à Mme Céline, je ne suis pas aussi impossible que mon neveu en face, et mon frère en bas!... ni que ma nièce, terrible celle-là, Isis! pas du tout aussi malade et maniaque que les gens qui me veulent du mal ont pu vous faire croire! sans doute aussi le gros Harras!... jaloux celui-là!... et méchant! jaloux de mon français!... oui!... vous imaginez, Docteur!... j'ai été élevée à Lausanne! la belle affaire!... »

Cette demoiselle Marie-Thérèse faisait bien les soixante ans... à peu près... je la voyais mieux, peu à peu... l'œil se fait... l'autre femme c'était la Kretzer... elle avait pas voulu non plus laisser Lili seule... les femmes pour chercher des ragots ont toujours tous les prétextes... Kretzer c'était pour nos tickets, qu'ils étaient plus à Moorsburg, que nous en aurions d'autres, de Berlin... mais que ça pouvait durer un peu... bien fait de compter que sur nous!... et que j'avais la boule et le faux miel... et que j'en aurais d'autres!... ah, encore deux femmes dans l'ombre... maintenant je vois les têtes... deux secrétaires du bureau... elles sont venues aussi pour les cartes... une, notre petite bossue aux poissons... elle me montre une bouteille pleine d'ablettes, vivantes, frétillantes, pêchées au filet dans la Spree, par son père... il braconne... en barque... ils sont logés dans un *bunker,* en forme de donjon, super-épais, ciment armé... pour eux là-dedans une alvéole, privilège, parce qu'elle a perdu cinq frères et deux oncles... deux sur le front Ouest, quatre en Russie... c'est le tellement sur-blindé *bunker,* toute épreuve, que les bombes peuvent juste ricocher, mais l'ébrèchent pas... j'ai vu à la sortie de Berlin ces si hautes ventrues bétonnades, exactement pas rassurantes, que vous êtes certain qu'entré là-dedans, on vous revoit plus... elles avaient tenté d'y loger, la petite bossue et sa mère, elles avaient pas pu... en fait de ricochets tout ce château de béton roulait, tanguait sous les mines, pire qu'un navire à la houle, elles avaient pas tenu... elles avaient rien dit, personne dit rien, personne n'y demeure, sauf quelques bandits, détrousseurs, pirates... ou des dingues... j'en ai connu pas qu'un, des dizaines, plus tard, en prison, fridolins, Russes, Français, polaks, ils m'ont raconté leurs manières d'aider les personnes affolées, les mères surtout et leur marmaille, à se pressurer par les petites portes... ils leur portaient leurs valises... et hop! ni vus ni connus, trous dans la nuit! « flagrants » bien sûr, y avait des déboires, délits, fusillés sec sur place!... mais combien se sont fait des fortunes, acheté de très beaux fonds de commerce, avec ce sang-froid aux valises? moi pour mon compte, mes déménageurs de la Butte sont tous passés « Commandeurs »... preuve que le culot, bien placé, vaut mieux que roulette et baccara... là tout compte fait, sauf les voyous, toutes les familles des héros morts, qui en avaient goûté un peu, fuyaient ces formidables abris... de minuit à cinq heures du matin, centaines « forteresses » R.A.F. passaient sur la ville, s'occupaient plus des quartiers, larguaient la sauvette! tout leur bazar sur les *bunker*, repères faits pour!... ceux des familles privilégiées qu'avaient voulu tenir quand même étaient sortis, sans yeux, sans oreilles, rendant leur cerveau par le nez, sonnés pour le compte... total, elles demeuraient n'importe où, dessous de porte, fond de métro, mais pas en donjon!... l'Apocalypse que l'autre voulait me faire écrire si elle existait!... sous son blase!... minuit à cinq heures du matin, pour les familles très éprouvées, prioritaires, à au moins trois fils tués au front... en tout cas cette petite bossue s'occupait de Bébert très gentiment, et son père aussi, pêcheur à grands risques!... pas que des ablettes, gardons, goujons... si Bébert la voyait venir, avec sa bouteille!... quand on connaît un peu les greffes, si peu liants, tellement sur leurs gardes, c'était la surprise de le voir, il l'aimait bien avec sa bosse... et pas je crois, tout intéressé, aussi parce qu'elle pensait à lui, il se rendait compte... je voyais encore une autre figure... un profil... une fillette... toute pâle... un très fin profil, joli... onze... douze ans... Cillie, la fille d'Isis von Leiden?

« Ma nièce! elle vous apporte du lait!... »

Maintenant je suis fixé... nous avons au moins deux amies!... Cillie von Leiden et la bossue... pas mal dans notre condition!... d'abord n'importe où et n'importe quand, paix, calme plat, guerres, convulsions, vagins, estomacs, verges, gueules, braquets, à ne savoir où les mettre! à la pelle!... mais les cœurs?... infiniment rares! depuis cinq cents millions d'années, les verges, tubes gastriques, se comptent plus, mais les cœurs?... sur les doigts!...

Zut et mes philosophies! ce qu'était à savoir pour nous c'est ce qui se préparait... sûrement, pas que les cartes!

La Frau Kretzer bien dans l'ombre, loin de la bougie, je l'attaque... j'en ai assez!

« Frau Kretzer, nos tickets? »

D'emblée elle pleure, elle sanglote...

« Ils sont à Berlin! »

Et pour bien qu'on en parle plus, elle nous fait voir encore une fois les deux dolmans de ses deux fils, elle a amené exprès, nous montre les endroits des balles, et les plaques de sang caillé, à la lueur, tout près, plus près, de la bougie... et son visage aussi tout contre... comment elle est à bout de chagrin!... elle nous avait déjà montré!...

si elle vit encore elle doit l'avoir très au point, cette scène de larmes et des dolmans...

Mais où elle peut être à présent?... Kretzer?... Est de l'Oural?... Est du Baïkal?... des gens qui me paraissent renseignés m'affirment que cette Prusse est maintenant devenue toute tartare, tous ces êtres dont je parle seraient maintenant devenus fantômes, par la force des choses... ils étaient déjà, je dois dire... même la petite Cillie, là, si délicat profil, à la chandelle...

Au moment, autour de la table, fantômes ou pas, en plus d'interroger les cartes, elles dégustaient un petit café... on nous offre... oh, pas un vrai!... un *ersatz* pâle, tiède... Marie-Thérèse a fini l'avenir, elle bat...

« Et alors?... alors?... »

Je demande.

« Un homme nu vient!... un homme tout nu! »

Et de rire!... en voilà une divination!...

« C'est tout?

— Oui, c'est tout! et des flammes!... plein de flammes! »

Que c'est original!

« Maintenant venez voir chez moi!... faites-moi l'amitié! »

Elle nous convie...

« Il vous faut des livres, n'est-ce pas?... des livres français pour Mme Céline... la bibliothèque de mon frère est juste à côté de ma chambre, vous verrez, vous choisirez! lui ne lit plus! »

En avant ! on lève la séance... je crois surtout qu'elle veut nous parler, sans Kretzer et sans la fillette... bon !... quelque chose à nous dire ?... Cillie et Mme Kretzer partent d'abord... on les entend dans l'escalier... nous restons avec la tante et la petite bossue... bien !... maintenant elle n'a pas à se gêner...

« Vous êtes invités demain soir à dîner, la ferme en face !... bien entendu tous les trois !... je vous préviens !... chez mon neveu... vous l'avez vu !... l'invalide !... vous connaissez sa femme aussi, Isis !...

— Oui !... oui !... certainement !

— Vous les connaîtrez bien mieux ! le Landrat sera invité aussi !... Harras aussi serait invité s'il n'était pas parti au diable !

— Nous sommes enchantés ! »

Là, elle remarque, sec :

« Moi, on ne m'invite pas ! »

Soupirs... et elle continue...

« Peut-être sa mère sera invitée... vous la verrez !... attention, sa mère !... sa mère adoptive !... comtesse Tulff-Tcheppe !... ils sont de Königsberg... de parfaite noblesse... mais pas Isis ! non ! du tout !... peut-être une bâtarde ?... enfant adoptée, mais pas plus ! situation délicate, n'est-ce pas ? Tulff-Tcheppe, le père, était un coureur !... qu'il l'ait ramenée à sa femme ? la belle histoire !... Isis en veuille à tout le monde !... de cette fausse naissance ! vous voyez ça !... méfiez-vous !... »

Va pour Isis, fille adoptive !... qu'est-ce qu'on

avait à nous mêler? écarts de noblesse! que l'Isis était dangereuse? alors?... elle avait de belles relations, si elle voulait se débarrasser!

Là, notre amie Marie-Thérèse, elle vraie héritière si je comprenais bien, et elle la prochaine comtesse von Leiden!... nous allons voir son local... pas de notre côté du manoir... l'autre tour, côté plaine... il fait bien noir dans l'escalier, on emmène Bébert dans son sac... un étage... vers l'autre aile... l'autre tour... encore un étage... nous voici chez elle... deux grands chandeliers Louis XV... elle nous allume tout... elle manque de rien cette demoiselle... très coquet boudoir je vois, vous diriez une rétrospective de portraits de famille et de vieux petits meubles... mais pas bric-à-brac, pas boutique comme chez Pretorius... non... du goût, même les broderies, paysannes, locales, sont intéressantes... cette demoiselle Marie-Thérèse est une fine personne, son étage est très agréable... ses fenêtres, pas des meurtrières comme chez nous, donnent sur la plaine... on peut admirer le grand spectacle... ils sont au moins cent projecteurs en action au-dessus de Berlin, à badigeonner... ça fait de la clarté jusqu'ici... c'est l'alerte comme à l'habitude, tout le ciel des nuages, tout bel écran, d'un horizon l'autre... l'Apocalypse tant annoncée, l'affaire sino-russe-yankee aura pas besoin de projecteurs! rancart accessoires!... nous là toujours chez cette Thérèse nous attendions les confidences!... Lili, La Vigue, moi... nous étions venus pour...

« Mes chers amis, vous savez, ne parlez jamais de rien devant cette femme Kretzer... ni devant Kracht... ni aux autres... tout est répété!... vous avez rapporté un pain... je l'ai vu... bien sûr ils l'ont vu aussi!... et du miel!... faites attention!... moi-même je me méfie extrêmement!... je suis guettée par ceux d'en face, par mon propre frère et mon neveu... ils ont des espions partout... la petite Cillie est délicieuse, n'est-ce pas? jolie comme un cœur, je l'aime bien, elle aussi je crois, mais tout de même elle raconte en face tout ce qu'elle a pu voir... elle viendra chez vous pour le lait, alors elle regardera tout... j'espère que vous n'avez pas d'armes?

— Non! oh non! Mademoiselle!

— Il me fait plaisir de vous montrer mon local... vous me faites l'honneur... mais vous devez redescendre bientôt... ces gens du bureau vous ont vus... je vais vous dire vite tout ce qu'il faut que vous sachiez!... mon frère en bas à son étage avec ses petites Polonaises se livre à ses perversités... il est très vieux, quatre-vingt-quatre ans, un âge n'est-ce pas?... où vous ne pouvez plus rien dire!... il est tourné tout bébé avec ces fillettes, il urine sur elles, elles urinent sur lui, ils s'amusent!... je n'ai pas peur de vous l'avouer, vous le savez, elles le fouettent! il a vécu trop vieux, c'est tout!... des infirmières, ce serait pire!... nous avons eu des infirmières, elles lui volaient tout!... celles-ci veulent seulement du sucre et des gâteaux secs... enfin je vous dis tout ça très vite, il faut... vous allez redescendre... mon frère, les petites filles, sottises!... Harras?... votre ami Harras plus grave, il ne vaut pas grand-chose!... il ne vous a pas tout montré... vous le découvrirez!... moi je le connais!... j'ai bien failli l'épouser... Simmer aussi j'ai failli... ça ne s'est pas fait!... 1912!... nous nous connaissons!... Isis ce n'est pas le même moral, les mêmes principes, elle a capturé mon neveu!... ce soir vous irez à la ferme, bien!... ne parlez pas de moi!... cette femme me hait, je ne l'aime pas!... elle n'est pas laide, je conviens, mais quelle âme! comment s'est-elle fait adopter par les Tulff-Tcheppe... personne ne le sait!... Harras peut-être?... en tout cas elle ne sera jamais comtesse von Leiden!... elle est baronne par mon neveu, et c'est tout!... il faudrait que je meure, je ne veux pas!...

— Mais voyons, voyons! »

Quelle idée risible! oh! ah! ah!

« La femme n'est pas philosophe, jamais! n'est-ce pas Docteur!... les hommes si dégradés sensuels cochons qu'ils soient sont avant tout : philosophes!... une perte de temps pour les femmes!

— Tout à fait juste, Mademoiselle! pour nous taire, soyez assurée! et nous parlons l'allemand si mal!... rien dire nous sera bien facile!

— Vous me comprenez très bien Docteur!... Harras connaît toutes ces choses, parfaitement! le Landrat aussi!... ils s'amusent avec cette femme!... et bien d'autres! une seule héritière ici! moi!

— Bien entendu ! »

Nous étions d'accord...

« Personne ne monte jamais ici ! ni elle, ni mon neveu infirme ! vous pensez ! lui est très malade, vous le verrez... très aigri... il lui mène une existence !... oh, elle mérite ! un enfer !... elle vous racontera, laissez-la parler !... elle n'héritera pas quand même !... ni du titre, ni du domaine ! si elle vous parle, je n'ai rien dit, je n'existe pas !

— Évidemment !

— La petite fille est héritière... bon ! soit !... après moi ! »

Cette dorade est acharnée, zut ! mais nous on n'a pas nos soucis ?... tickets, s'il vous plaît, un petit peu !... elle a assez parlé d'elle ! elle lâche pas son bout, et nous ?... ça va !... je risque...

« Vos tickets ?... Simmer les garde, vous ne vous êtes pas douté ?... il déteste Harras et tous les S.S. !... et vous avec ! Isis les aura si elle veut, si elle veut se donner la peine ! »

Qu'Isis la très dangereuse nièce se fasse enfiler par les deux... et mille autres !... vétilles... mais nos tickets ? ah, Messaline ! ah, Zornhof !

« Vous verrez Docteur !... vous verrez !

— Mille grâces Mademoiselle ! nous ne verrons rien !

— Oh, pardonnez-moi Docteur !... les hommes traqués perçoivent... perçoivent... »

Et la voici repartie à rire...

« Vous avez bien vu les sandwichs, n'est-ce pas ? »

J'allais pas nier, La Vigue non plus... un de

ces plateaux!... au moins cent *butterbrot* épais!... sous une cloche cristal... du mieux servi qu'à Grünwald!...

« Ils sont pour vous!... si vous voulez me faire l'honneur!... je crois que vous ne buvez pas de bière?... alors, n'est-ce pas, une citronnade?... une orangeade?... voulez-vous?

— Oh, certainement! »

Disons les choses, ce ne sont pas des sandwichs au beurre... sûrement elle ne reçoit rien de la ferme...

« Vous savez Monsieur Le Vigan, ce sont de pauvres sandwichs de guerre!

— Hé là! hé là Mademoiselle! délicieux!... si seulement Mme Kretzer!...

— Vous savez ce sont mes tickets! j'allais encore le mois dernier à Moorsburg... mon frère me prêtait leur tilbury... j'ai toujours fait mes commissions moi-même... ils n'ont plus de chevaux il paraît... tous au labour... Kracht me rapporte ce qu'il faut... lui peut aller à Moorsburg... Au fond, je préfère... la route n'est pas longue, Moorsburg ici, sept kilomètres, mais pas sûre, non! les dernières fois je n'étais pas tranquille... seule sur la route...

— Ah?... ah?...

— Oh, vous savez des gens qui traînent... de tout!... des déserteurs... des prisonniers... des réfugiés de l'Est... des *bibelforscher* maraudeurs... des filles prostituées de Berlin... elles ont leur camp près d'ici, à Katteln... la police ne peut pas être partout!... très débordée notre police!... le

Landrat aussi! Kracht lui n'a rien à craindre, il est armé!... je ne vais pas sortir armée pour aller chercher ma ration, trois poignées de faux thé! Kracht me rapporte du vrai thé, aussi des bougies... ils ont de tout aux S.S.... depuis un an nous n'avons plus rien, vous avez remarqué? plus de lampes, plus de courant, plus de charbon, même plus de tourbe... tout est réservé à Berlin, vous avez vu leurs projecteurs?... tout pour les nuages!... pour ça qu'ils nous laissent dans la nuit!... ils s'amusent à peindre en blanc le ciel!... et jamais ils n'abattent d'avion!... je l'ai dit à Simmer! à Kracht!... ils ne servent à rien eux non plus! je vous donnerai un paquet de bougies, vous n'y voyez pas dans votre tour? je vous donnerai aussi du miel, du vrai des ruches du pasteur... à propos vous l'avez vu?

— Nous avons été pour le voir, il n'était pas au presbytère...

— Il n'y est jamais!... il est toujours après ses ruches, courir après les essaims... les essaims des uns chez les autres! il est comique!... on vous l'a dit?...

— Oui, les *bibel* du *Tanzhalle*...

— Ils ne vous ont pas tout dit, allez! pas tout!... je vous parlerai du reste!... parlez un peu au garde champêtre!... vous le connaissez?

— Oui, le casque à pointe!

— Bugle et tambour!... le tambour c'est " la grande alerte "... mais vous pouvez regarder vous-même! s'il y a plus de projecteurs aux nuages c'est la " grande alerte "! vous entendez les " forteresses " aussi bien que lui!... »

Certes ils passaient au ras de l'église... question de bombes ils auraient pu détruire Zornhof depuis des années!... vous pouviez juger aux moteurs comme ils passaient près!... le manoir arrêtait pas de trembler... pas que les vitres, les murs!... des vraies usines d'atmosphère qu'ils amenaient au-dessus de Berlin... Hjalmar pouvait battre son tambour! et puis ça flambait, on voyait!... jaune... orange... bleu... de ces langues géantes d'un nuage à l'autre... vous dire s'ils amenaient de fortes torpilles!... notre casque à pointe pouvait se démener!... tambouriner sous les fenêtres!... il avait peur c'était tout... il grelottait au tambour!... j'aurais dit que ça lui fait plaisir... Marie-Thérèse aussi, pareil... tout le manoir nous serait tout tombé dessus ils auraient joui... les boches et les bochesses ont le certain goût des catastrophes... comme la francecaille le goût des bons vins... seigneurs les uns, goulafs les autres... tous bien saloperies très dangereux... je vois pour mon compte ce qu'ils m'ont gâté les uns comme les autres... toutim! tout squelette j'en parlerai encore, qu'ils sont foutus le camp en 40, qu'ils sont revenus pour me voler, me condamner à tout, et eux s'ériger des statues... passez muscade! jamais ils retourneront d'où ils sortent, gardes-charniers! je raconterai tout dans mes Mémoires...

« Où ça vos Mémoires? »

Attendez!... ceux qu'iront me les secouer,

mille fois plus marles que mes voyous de la Butte, et de Saint-Malo Ille-et-Vilaine... pas peu dire!... je vous raconte ces tout petits riens!... j'ose!... je vous sais en sympathie!... là-haut, à Zornhof, tous ces gens, y compris Thérèse l'héritière me semblaient terriblement douteux... mais le choix?... c'était eux ou rien!... le retour en France?... la Villa Saïd?... l'Institut dentaire?... les amis si dévoués donneurs?... pas bandant!

« Chère Madame Céline, je me permets, il paraît que vous êtes danseuse?... dansez-vous encore?

— Lorsque je trouve un endroit... où danser!... à Baden-Baden nous avions, mais à Berlin... »

Au moment même le garde champêtre, il semble, exprès, tape et vas-y! tant que ça peut!... et souffle! bugle!... la double alerte!... sous la fenêtre, en bas...

« Lorsque je trouve un endroit...

— Si vous voulez me faire l'honneur... vous viendrez ici chère Madame, mon parquet est très convenable, je crois... je ferai rouler les tapis!... vous voyez là, mon piano! on peut l'entendre... ils ne bombardent pas toujours! »

Comme c'est drôle!... nous rions aussi, moi, La Vigue...

« Vous voudrez bien me permettre de vous jouer tout ce que vous voudrez!

— Peut-être Monsieur votre frère?...

— Monsieur mon frère n'a rien à dire! nous

ne manquons pas de partitions, vous choisirez! ma mère avait trois pianos, j'ai gardé son Steinway... je l'accorde moi-même, nous jouions de la harpe autrefois... mon père chantait... les accordeurs ne viennent plus... toutes les partitions de ma mère et les miennes sont à côté!... la pièce à côté!... vous m'entendez?

— Oui!... oui!... oui!... »

Elles criaient très fort finalement... Marie-Thérèse en était rouge... plus fort que le tambour et les moteurs des « forteresses »... Marie-Thérèse force encore...

« Les accordeurs ne viennent plus de Berlin! nous nous arrangerons, vous choisirez!... j'ai tout je crois! tous les ballets! »

Elle veut qu'on aille voir tout de suite! et nous emmène... deux marches... une porte... elle annonce...

« A droite l'allemand et l'anglais!... les livres!... le français là, et la musique!... vous voyez?... vous n'aurez qu'à faire votre choix!

— Nous reviendrons demain, si vous voulez bien, Mademoiselle!... »

Un petit peu de repos! surtout que crier sert plus à rien, l'autre casque à pointe doit être entré dans la maison même... dans l'escalier... il fait un bruit qui couvre tout... toutes nos voix et l'écho des bombes, et les « forteresses »... il veut pas rester dehors! bugle et tambour! je réfléchis... y a du condé! je suis sûr que la Marie-Thérèse mange pas que des sandwichs à la margarine... tout le monde ici s'empiffre chez soi... y a des odeurs plein les étages... ragoûts... poulets... gigots... dindes... le pire au sous-sol, tout le couloir à Le Vigan, ces cuisines que nous n'avons pu voir... la Vertu c'est nous et Iago leur grand chien danois... lui en plus il promène le dab, il le tire, le « Rittmeister », le fouettard à vélo, le tour du village, chaque matin, que les femmes et les prisonniers voient bien que Iago est juste squelette et que pourtant il en fout un coup, le tour de Zornhof, deux fois chaque matin... preuve qu'on s'amuse pas au manoir, qu'on observe les grandes *Ordonnances* « Privez-vous de tout »! Iago tout le monde peut se rendre compte est bien privé! un os un bout de pain par semaine, pas davantage!... l'effort qu'il donne, tire le vieux tout le tour du hameau, deux fois, au ras des fossés, les fondrières, à la cravache!... yop!... ce qui va venir pour nous un jour, pas rester là des inutiles!... tirer quelque chose... aider aux betteraves?... sortir les vaches?... une chose qu'on savait déjà, manger réellement très très peu... si y avait eu à choisir j'aurais opté *bibelforscher*... personne nous demandait rien du tout... même pas à rentrer en France nous faire finir Villa Saïd, les organes en bouche, nous prouver que nous avions eu tort... non! nous n'avions de choix en rien!... un certain moment tout tourne drôle, il ne s'agit pas d'exagérer, s'en rendre malade, la belle histoire! mettez, que j'aurais été présent au même moment rue Girardon, quel spectacle s'offrait à ma vue?... quatre Commandeurs des Légions d'honneur embarquaient mes meubles!... vous êtes surpris regarder ce fric-frac? quatre voitures de déménagement... diantre, vous réchappez pas!... tout un gros Colt!... benêt le surpris! que l'homme est identique et même depuis cinq cents millions d'années!... il va pas muter d'un iota, caverne ou gratte-ciel! gibbon motorisé, alors? aéroporté? plus vite voleur et assassin! la belle affaire! fusée guidée!... Zornhof, Berlin ou Montmartre, nos comptes sont bons... damnées viandes!... toutes les guerres totales, Révolutions, Inquisitions, chambarderies, pirouettes de Régimes, sont des occasions magnifiques, providences pour bien des personnes... la preuve mézig rue Girardon, comme mon local me fut soufflé, et tout ce qu'il contenait... vous croyez peut-être qu'ils m'auraient mis une petite plaque « Ici demeurait, et fut pillé, etc... » je peux attendre!... zéro!... je vais me mettre en colère? oh que non! que de Gaulle prenne Cousteau ministre?... et de la Justice! jamais il aura vu tel zèle à faire rouvrir Villa Saïd, y faire passer à la broche tous les partisans de l'Amnistie! qu'il sera forcé de modérer ces fanatiques!

« Cousteau! Cousteau! je vous en prie!... »

Tout ceci pour vous amuser, petits à-côtés... le seul récit de nos avatars peut vous paraître monotone... quand vous avez tant de choses à faire ou simplement à vous asseoir, boire... vedettes, télévisions, pancraces, chirurgie du cœur, des nichons, des entre-fesses, des chiens à deux têtes, l'Abbé et ses spasmes homicides, whisky et longues vies, les joies du volant, l'alcôve de la Grande-Duchesse, basculeuse de Trônes... que je vienne moi en plus vous demander de vous procurer mon pensum d'une façon d'une autre!... je vois mal!... arrive que pourra!... tant pis!... la suite!

Sur la paille... La Vigue dans sa cellule de cave... moi Lili dans notre quart de tour... La Vigue remonte de son trou, nous avons un peu à nous dire... la dorade et son piano et ses tapis et ses bafouilleries d'héritage, elle aurait fait bath à sa fenêtre, je trouvais, pendue par les pieds... comtesse de mes deux!... j'y aurais mis le Landrat en pendant!... et l'Harras l'autre bord, quand il reviendra!... pas de jaloux!... l'Isis en plus et son cul-de-jatte...

« Oh, que tu as raison, Ferdine! tous par les pieds!... mais nous un peu? partons pour où?... comment? »

Exact! je vous disais dans le précédent livre, du moment que vous êtes désigné, votre cou, la corde!... vous faites qu'aggraver votre cas à ce qu'on vous remarque mal convaincu, rechignant au nœud...

Je leur dis, et zut!... autre chose!...

« Dis pote! on a oublié! tu y as pas pensé toi Lili? »

Je les surprends!

« Voyons, le dîner!... on était invités en face!... à la ferme!... chez le cul-de-jatte! »

Ils sortent des nuages!

« T'en fais pas!... comme ça la nuit traverser le parc?... ça vaut mieux qu'on ait oublié!... leurs parcs sont drôles! »

Je vois ce qu'il veut dire, Grünwald, l'alerte... qu'on a bien failli, c'est vrai... mais maintenant là c'est différent... on est attendus... je veux que tout tremble... les murs, l'escalier... l'impression aussi au loin de chez Marie-Thérèse que Berlin est tourné volcan... que c'est un grondement perpétuel... Grünwald doit être un lac de feu, les demoiselles au fond, et les télégrammes!... et le cratère des bains finlandais... et ma grenade!... pas fol l'Harras!... je le voyais pas revenir de si tôt s'occuper de nos avatars... lui avait plus rien à Grünwald, sûr!... avec ce qui passait au-dessus de nous, trains de mines et phosphores, ça serait pas long que notre plaine-là brûle, pareil... pour être du séisme, c'en était!... ils feront mieux la prochaine fois?... pas certain et pas longtemps!... ils se finiront au couteau... en tout cas pour une fois La Vigue parlait raisonnablement... se risquer dehors?... ce qu'on voyait et ce qu'on ne voyait pas... dingues!... on irait demain à la ferme, première heure!... en attendant, puisqu'on était seuls, personne autour, on pouvait encore réfléchir... il fallait, sûr, certain l'endroit était moche... pas pour une raison, pour dix!... cent!... Harras s'était bien foutu de nous... endroit de détente!... le garde champêtre tambourinait... une allée... une autre... il arrêtait pas... il était sorti de l'escalier... *rrrr! rrrr!...* il m'empêchait pas de réfléchir... j'avais une petite idée... je la gardais pour moi... les idées qu'on dit tournent mal... nos bougies faisaient juste assez clair pour se voir nos têtes... dans notre tour il fait un doux noir... en plus l'effet « Le Nain » nous trois... bien misères... la bougie est implacable... je leur dis : le moment de nous régaler! souper fin!... on a la boule, cent marks je l'avais payée et le faux miel de l'épicière... le moment exact avant qu'ils viennent nous faucher tout... prétexte, un autre!... je vois par la meurtrière les reflets de Berlin... sûr des incendies au phosphore... jaune jonquille...

« La Vigue, ton couteau! »

Toujours son gros eustache, à cran... il tape dans la boule... on peut dire du pain bien tassé, humide, bourratif... ils peuvent réduire Berlin en poudre et l'*Obergesund* et le Pretorius et ses fleurs rares, et l'Adolf et sa Chancellerie et le « Zenith » et tout ce qu'on a vu, je leur fais cadeau!... et l'Alsace et la Lorraine!... et mon domicile, Saint-Malo... je troque!... pour une véritable confiture, marmelade « Dundee »!... qu'elle m'a fait vivre, je peux dire, y a un demi-siècle, et ma jeunesse, Bedford Square London, Mile End road, et en bien des docks!... zut! que c'est maintenant que les hauts S.S., les Titans de la Ruhr, Krupp Konzern, et les Kommissars du Kremlin, qui reçoivent des « Dundee »... tenez là, remarquez, les mêmes derrières, mêmes appétits. Kommissars, Archevêques, Magnats...vous leur regardez les insignes, croix, banderoles, brassards, galons, vous perdez votre temps!... rêvez aux étoiles! leurs étrons qui comptent! leurs étrons de grâce!... les plus gros fias, les plus forts bides, plus puissants cacas, toute l'autorité!... et la mystique! doubles triples bajoues! nous là plaisantant nous étions aussi des jouisseurs dans notre genre! une boule!... une autre boule!... le truc de cent marks à l'épicière, plus la tambouille du *Tanzhalle!...* on pouvait voir venir... zut, là j'y pense!... ma canadienne!... je dois avoir encore un pain noir!... ma canadienne sous la paillasse... ils avaient pas vu, sûrement... je la cherche, sous les couvertures... ça bouge!...

« Passe la bougie!... »

Je comprends!... trois rats sortent... ils se sauvent pas, ils s'en vont, c'est tout... nous les avons dérangés... des gaspars de moyenne taille, j'ai vu des bien plus gros aux temps où j'étais médecin de bord, surtout en Baltique... Dantzig, Gdynia... là vous voyiez des champions!... des bêtes redoutables... ceux-ci devaient venir des silos... le rat vous dit bien si l'endroit est riche... ce sont ici que des silos moyens... en tout cas que Bébert fasse gafe!...

« Sors-le de son sac! »

Un bond! il y est! Bébert a vu!... bien! calme... on pourrait essayer de dormir... je dors jamais beaucoup, ni profond... je me contente de m'allonger tout droit... bien raide, je pense à ce qu'a eu lieu... y a beaucoup eu lieu et beaucoup à venir...

La Vigue part avec sa calebombe, pour son sous-sol...

« Bonne nuit ! »

Je l'entends dans les marches... il hésite, remonte, redescend... je l'entends plus... je me dis : il est rentré chez lui !... une minute encore... des pas... je l'appelle...

« La Vigue !

— Ohé !

— Ouvre !

— Alors ?

— Tu sais, Iago !

— Alors ?

— Il est en travers du couloir !

— Alors ?

— Viens avec moi...

— Non !... toi, reste ici ! »

Je vais pas descendre à la cave, laisser Lili seule... il a aussi qu'à s'allonger, on manque pas de fourrage... mais sa bougie !

« Souffle-la ! »

On a des couvertures en rab... des couvertures, je les reconnais, de cavalerie allemande de 1914... les nôtres étaient franchement bleues, eux les leurs, pistache, une jolie couleur... ce que c'est d'avoir des souvenirs !... Madeleine Jacob n'était pas née, ni Cousteau, que je ramenais déjà dans nos lignes des chevaux d'en face... perdus de patrouilles...

Tous ceux que je regarde tant et tant, qui font tel foin, droite centre ou gauche, étaient encore dans les limbes... sont éclos tout déraisonneurs !... la raison est morte en 14, novembre 14... après c'est fini, tout déconne...

La Vigue hésite, il souffle pas sa chandelle...

« Qu'est-ce que t'as? t'as vu des fantômes!

— Non!... mais comme rats! ils font la queue!...

— Passe-moi ta lueur!... »

J'y écrase, entre les doigts... il s'allonge, tout de suite il ronfle... j'aurais dormi si vite que lui, nous brûlions vifs!... si vous êtes pas terrible en quart, de jour et de nuit, fatal que vous finissiez torche...

« T'entends pas le canon, con? »

Une brute, un sac!

« T'entends pas le tambour? »

Rien du tout...

« Tu sens pas que ça remue? »

Zéro!... il ronfle...

Je réfléchissais à notre dorade, comtesse héritière, musicienne cartomancienne... Lili s'était fait une amie!... elle nous avait prédit plein de flammes, et un homme tout nu...

« De quoi tu ris? »

Tiens, je me marre, il a entendu!

« De rien!... de comment ils vont être aimables!

— Qui?

— Le cul-de-jatte et Madame!... »

Un petit bruit... Bébert qui grignote... il doit finir les ablettes de la petite bossue... elles étaient dans le gros bocal... il a dû tout renverser... lui, il se fout du jour ou de la nuit!... tout de suite ils peuvent partir, qu'il pense... avec les greffes c'est pas nos paroles qui comptent c'est ce qu'ils sentent, eux... il doit se dire ça va pas durer... je crois pas non plus...

*

Pour dormir il faut de l'optimisme, en plus d'un certain confort... zut! encore de moi!... il est très vilain de parler de soi, tout moimoiïsme est haïssable, hérisse le lecteur...

« Vous ne faites que ça! »

Oui, mais tout de même, de temps en temps, à titre expérimental, un certain moi est nécessaire... la preuve par exemple, le sommeil, pour vous faire comprendre... je peux dire que je ne dors que par instants depuis novembre 14... je m'arrange avec bruits d'oreilles... je les écoute devenir trombones, orchestre complet, gare de triage... c'est un jeu!... si vous bougez de votre matelas... donnez un petit signe d'impatience, vous êtes perdu, vous tournez fou... vous résistez, étendu, raide, vous arrivez après des heures à un petit instant de somnolence, à recharger votre faiblard accu, à pouvoir le lendemain matin vous remettre un peu à la rame... demandez pas plus!... vous seriez riche, évidemment la question se poserait tout autre!... personne vous demanderait rien foutre, qu'aller vous faire couper les cheveux, passer à la banque, chez le pédicure, chez Coccinelle... mais dans les conditions précaires, je dis sérieusement difficiles, il s'agit de demeurer bien fixe, bien raide, étendu, attendre que tous les trains se tamponnent, *chutt! poum!...* bifurquent!... sifflent... enfin trissent!... que vous ayez vous, un quart d'heure, pour recharger vos accus de vie... et pouvoir la gagner le lendemain votre garce de chirie d'existence... vous voyez que j'abuse pas du moi, puisque c'est moi qui endure, pas un autre! j'en ai un côté de la tête que tous mes cheveux sont partis à me forcer le crâne dans l'oreiller, ou la paille, ou la planche, selon... je vous disais pour dormir il vous faut un certain confort en plus d'un certain optimisme... pour moi et les hommes dans mon cas les trains arrêteront pas de siffler!

Je reçois une lettre : « c'est un prêtre qui vous écrit! » suivent six pages tassées de morale...

Cette façon d'écrire!... la mienne!... que je devrais avoir bien honte...

« Sale con, et ta locomotive? »

Je n'ai pas toujours obtenu mon bref instant de somnolence, mais où que ce soit, j'ai toujours tenté... en chambre à coucher ordinaire, ou en cellule, ou en case bougnoule, ou sous iglou, j'ai toujours fait mon possible... depuis novembre 14... sans rien dire, bien sage... attendant bien que mes trains démarrent... même rigolo à l'infirmerie, dans la cellule des agités, condamnés à mort, l'enclos spécial tout illuminé toute la nuit où le sapristi arrêtait pas de se larder la cuisse sous sa couverture à coups d'éclats de cruche, et hurlant tout ce qu'il pouvait... jamais j'ai tiqué... absolument fixe, bien sage, attendant bien que mes trains démarrent, et que l'autre damné se tranche enfin la fémorale, pâme, vide...

« Vous pourriez vous faire opérer, vous, pour votre oreille ! »

Me direz-vous...

« Avec les progrès actuels ! »

Je vais vous confier une bonne chose... progrès !... ils sont comme les ministères, ils se montent, on les gonfle, ils se défont... le temps de les voir, ils existent plus...

Mon cher jeune ami, une de mes clientes est atteinte du même mal que vous, bourdonnements intenses et vertiges, elle possède un très grand parc, elle se fait tirer par son garde-chasse douze à quinze salves, tous les soirs... cela semblait la soulager... elle renonce... elle n'en peut plus !... croyez-moi faites comme elle, ne bougez plus !

Lermoyez avait très raison... avec les années, les décades, et à travers tant d'événements je suis devenu assez habile accordeur de tous les tintamarres possibles... et vertiges avec !... de jour et de nuit... je me dis que tout aura une fin... mon radotage, mon nerf auditif, mes carillons, mes petites habiletés du cerveau... tout ça aura été utile, un petit moment, comme Lermoyez, comme Gallimard et ses contrats, comme nos ennuis à Moorsburg...

Le Landrat lui-même, ce féroce gugusse, nous a joliment servi, je vous raconterai...

Mais là je vous ai encore promené ! justement j'étais dans la paille, je n'avais pas encore bougé... mais j'avais entendu Lili... j'ouvre un œil... je la vois... oh, presque dans le noir... elle regarde par la meurtrière... j'y vais... il s'agit de mouvements... escarbilles bien au-dessus des arbres... et puis de flammèches... le brasero de Berlin... on y avait été!... qu'est-ce qu'ils pouvaient brûler encore? les façades?... ils s'amusaient... je crois qu'il était parti à temps notre Harras... il devait avoir pris le dernier avion... qu'est-ce qu'il pouvait ramener de Lisbonne? d'autres insignifiances! il se sera gentiment amusé... quand il reviendra il pourra tisonner l'endroit de son *bunker* Grünwald!... chercher les demoiselles dans les cendres... avec le jour nous voyons très bien que les avions ont changé de tactique... ils ne passent plus au ras des chaumes... ils piquent de très haut chacun, en flèche... un long tracé de mousse... et *broum!...* dardent! *broum!...* dans le cratère! en plein! Lili s'intéresse bien plus à un petit scandale des mésanges... une bûche évidée dont elles sortent, par un tout petit trou... y a des « elles » et y a des « ils »... mais je crois que c'est « elle » qui fait la loi... elle qui fait le ménage... aussi en colère, mauvaise crête, que la mère de famille au labeur... toute la nichée est sur la branche, en face, pas fière, becs baissés... en même temps elle jette hors les pailles, crottes, et leur dit ce qu'elle pense, *couic! couic!* d'où ils peuvent lui ramener tout ça?... bien immobiles sur la brindille, tous becs en bas, rien à répondre... telles algarades chez les oiseaux ont pas que des raisons de sentiments, de ménage aussi, de propreté des lieux, des troncs où ils demeurent...

La flambée des restes de Berlin est pas raison de laisser le tronc plein de pailles! le nid souillon! nous là, ménage, le mieux serait de laisser Lili s'arranger... si on déblaye, s'y met à trois, on va se faire du mal... trop étroit... nous d'abord, La Vigue moi, on a à aller à la ferme, nous excuser...

« De quoi?

— Qu'hier soir nous devions y aller!... tu ne savais pas?

— Ah si! la petite Cillie me l'a dit! »

De toutes les vexations de l'exil, la plus déprimante peut-être, est celle de devoir s'excuser... et de ceci!... et de cela encore!... un moment, vous faites plus que demander pardon... vous êtes de trop, en tout, partout... même la tragédie terminée, le rideau tombé, vous êtes encore toujours gênant... tenez ce qui se passe dans l'Édition... que je sois encore là et les regarde les autres! pontifier, conner...

Un fait!... nous devions aller à la ferme...

« Hop! dis La Vigue! »

Lili irait rendre visite à l'héritière Marie-Thérèse, l'autre aile du manoir... elle avait offert son piano, cette doche, et son salon, ses partitions... une amitié bien soudaine je trouvais, et bien ardente... enfin, on verrait!... nous l'urgence, c'était le cul-de-jatte et sa femme... on s'excuserait pour la forme, mais on avait eu très raison de pas sortir la nuit, traverser le parc... les

Armadas de « forteresses », Berlin et ses éruptions de mines, vétilles!... mais ce que je voyais pour nous sérieux, passer trop près des fourrés!... à Grünwald ç'avait été juste qu'on fasse un carton... *rrrrr!...* personne responsable!... déjà ç'avait été milli que Lili n'écope dans le parc du Centre de Santé, Sartrouville... de la berge en face, Maisons-Laffitte... *rrrrr!...* d'une patrouille estafette allemande... la veille que nous prenions la route avec les archives de la ville, la pompe à feu et l'ambulance... le mémorable raid dont personne cause plus, ce parcours la « victoire à rebours », Sartrouville — Saint-Jean-d'Angély... pas nous tout seuls! toute la francecaille, armée, villes, bourgs, bas les culottes...

Je voyais là Zornhof, le parc, création de Mansard, aurait fait joliment l'affaire d'une petite rafale... même de jour!... je vous dis de ces fourrés, de ces voûtes d'arbres!... en plus des *bibelforscher...* des fentes de leur espèce d'isba... et vers la fin des allées... cette haie si touffue... vous pouviez vous attendre à tout... je précise à La Vigue... « toi tu gafes à droite! moi la gauche! »... dans notre condition, toute cette ramure d'hêtres, chênes, sapins bleus, était pas à s'engager... quand vous avez le monde bien hostile, toutes les ondes en épilepsie, qu'enfin on vous hache, écartèle, vous pouvez vous méfier un peu du moindre tas de cailloux, de la brouette...

Rien jusqu'à la route... juste quatre... cinq...

HJALMAR HAT PFARRER VERHAFTET

six *bibelforscher* qui ne relèvent même pas la tête pour nous voir passer... trop pris à racler des troncs d'hêtres pour encore une autre isba... les galériens étaient bavards, il paraît... pas ceux-ci, bien silencieux. J'ai vu travailler bien des chevaux, des bœufs, des fourmis, des Américains à la chaîne, des noirs au potopoto, vous leur trouviez des petits soupirs, des petits remerciements de mandibules, ceux-là : rien du tout... nous traversons l'espèce de route... et puis la grande cour de la ferme... du bâtiment près des silos, les deux Français, travailleurs soi-disant libres, nous font signe de venir... eux veulent rester dans l'étable... bon!... on y va! de l'autre côté de la cour des gens sont comme rassemblés... je demande aux deux Français ce que c'est?... voilà! le pasteur a été fait aux pattes à l'aérodrome... ce pasteur qu'on n'avait pas pu voir... Hjalmar, casque à pointe, garde champêtre, Hjalmar il s'appelait, le tient à la chaîne, lui a passé une menotte, pas deux... il en avait qu'une!... le fourgon cellulaire devait venir cet après-midi chercher le délinquant, l'emmener à Berlin... pas très sûr... vu l'état du ciel, et des routes... comment le pasteur s'est fait piquer?... nous sommes curieux... chassant un essaim il paraît... il s'était fait interpeller par le sergent aviateur, qui l'avait remis au garde champêtre, Hjalmar casque à pointe... maintenant c'était question de fourgon... le coup de poursuivre les essaims dans les ailes mêmes des appareils le mettait dans un très mauvais cas... et c'est de ça qu'ils discutaient tous, là-bas de l'autre côté de la cour... y avait Hjalmar et son pasteur, avec chaîne et menotte, y avait bien sûr les servantes russes, et les ménagères du hameau, et même notre *Kolonialwaren* et des soldats en uniforme français, polonais, et fritz... ce coup du pasteur fait aux pattes et que le fourgon devait venir chercher faisait dire à chacun ce qu'il pensait... y avait des « pour »... y avait des « contre »... « si j'étais la Justice allemande! » l'avis de nos deux, là, Léonard, l'autre... ils nous renseignent... Hjalmar casque à pointe, ne sort son sabre que le dimanche... bien!... on regarde en face, de l'autre côté, le rassemblement... sûrement eux, pour du jus!... et chaud!... à la porte de la cuisine... je demande ce qu'ils croient, Léonard, Joseph...

« Vous pouvez y aller!... mais pas nous!... pas nous! »

Entendu!... qu'est-ce qu'on risque?... nous traversons donc toute cette cour... eh bien! une énorme cafetière! et comme pain, pardon!... plein de *brötchen!...* autre chose que notre boule!... ah mais, ils veulent bien partager!... et qu'on se réchauffe! Hjalmar donne des ordres aux servantes, qu'elles nous sortent des sièges, comme à eux, qu'on s'installe, et donne notre opinion aussi, nous ne nous faisons pas prier... pour dire il fait plutôt frais, octobre... mais avec le jus, ça va!... maintenant notre avis sur le pasteur?... qu'il aurait dû rester chez lui, pas cavaler sous les avions, qu'il avait cherché son malheur, abeilles ou pas! la majorité pensait de même, qu'il n'avait que foutre sous les appareils...

Mais Lili?

J'espérais bien que la Kretzer était montée... elle manquait jamais d'apparaître sitôt que nous étions partis, La Vigue, moi, elle venait aux ragots... elle et ses tuniques et ses larmes... elle monterait peut-être à manger? petits pains, petits fours? en même temps? qu'elle était cordon bleu, la garce!... vicieuse en tout, fignoleuse de gâteaux feuilletés, demi-amandes... je pensais toujours au cyanure... une idée... oh, la périlleuse sorcière!... peut-être dans le tas, ferme et manoir, la plus imprévisible de toutes, avec les dolmans de ses deux fils... et ses soupes mauves, transparentes tièdes...

Je me laisse emporter!... ma verve! je reviens vite où nous en étions... au petit déjeuner servi chaud... à Hjalmar et son pasteur apiculteur malheureux... pour le moment tout allait bien!... du vrai café et du pain de miche, à gogo!... plein de servantes... à disposition!... et la cuisine...

« Pour quand le fourgon?

— Pas tout de suite, il vient de Berlin... »

L'impression de Berlin comme tout tonne, flambe, jette des étincelles aux nuages, je le vois pas venir leur fourgon!

« Restez donc assis! votre femme n'a qu'à venir!... y aura toujours à manger!... c'est l'ordre! »

Hjalmar y va fort! il reçoit... il enlève sa

menotte au pasteur, qu'il puisse boire manger à son aise et il passe la chaîne autour de sa propre cheville... comme ça personne pourra s'enfuir... service! le pasteur profite qu'on est autour pour nous faire entendre la parole...

« Dieu voit tout! »

Tranquille sur son tabouret, il demande encore un autre jus... il s'adresse à nous...

« *Sie verstehen?...* vous me comprenez?

— *Ja!... ja!...* »

Qu'il continue!... en allemand... ou en français... à son idée!

« Les hommes ne sont rien!... les chaînes non plus!... Dieu pense à nous!... le jour se lève!... prions!... »

Il faisait pas jour n'importe comment, trop de nuages!... Hjalmar garde champêtre tenait pas du tout à prier... il chuchotait à la bonniche... c'était pour en plus du café le petit « remontant », je crois du genièvre... pourvu je pensais à la Kretzer, qu'elle soit montée voir Lili... pour le ragot c'était certain... mais aussi avec du café, du pain, et du beurre... ils avaient de tout ces Kretzer... quand ils voulaient... nous en tout cas, qu'on veuille ou non, les von Leiden!

Je vous parle toujours du pasteur mais je vous raconte pas son costume, il était pas en redingote, mais en longue blouse grise, et sur sa tête un bada immense, gris aussi, et une voilette nouée sous le menton... l'apiculteur en pleine récolte... d'ailleurs il m'explique... il ne veut pas qu'on s'en aille avant! il faut qu'on sache... sa garde des ruches, la chasse aux essaims l'avaient mené dans les ailes d'avions... il trouvait toutes ses abeilles là, dans les carlingues... ça faisait plus de deux ans qu'un avion avait décollé... le dernier avion, le dernier pilote, avait fait un trou dans le terrain... l'appareil y était encore et le pilote, enfoui profond... on comptait encore douze avions, immobilisés au sol, bien tranquilles... alors forcément, les essaims se trouvaient attirés!... surtout par l'intérieur des ailes...

« Je leur dirai à Berlin!... ils ne le savent pas, ils ne viennent jamais!... le ciel appartient à Dieu! Dieu a créé les abeilles! que sa volonté soit faite!

— *Sicher!* certainement! »

Nous étions d'avis!... Hjalmar casque à pointe approuvait... j'aurais bien parlé du miel...

Quelqu'un venait du fond là-bas... un botté... Kracht, notre *Sturmapotheke!*... qu'est-ce qu'il venait foutre?... Hjalmar me le dit, il vient observer... il doit rendre compte de nous, de tout à son *Standartführer*, Berlin... bon!... le voici!... il a traversé la cour... vite... il pose pas de question au pasteur, mais il nous fait signe : tous debout! rassemblement!

« *Komm! komm!* »

Qu'on le suive!... où il veut aller?... Hjalmar enchaîné au pasteur, peut pas bouger... vite! vite!... la clé! il se lève!... on lui ôte sa menotte! voilà... on va aller tous ensemble à la queue leu leu... enfin Kracht parle, nous allons au camp d'aviation, pour l'enquête... il peut pas nous laisser ici?... bien!... nous voici sur le sentier... d'abord à travers les luzernes et puis par un bois... on va... on va... c'est loin, je trouve... depuis Berlin je trouve que tout est loin... je boquillonne dur... je les suis à distance... ah, ça y est!... une très grande clairière... nous y sommes!... Hjalmar a emporté son bugle, et son tambour... tout ça dans son dos, bringuebalant... il boite aussi, même plus que moi... il doit être aussi, blessé de guerre... nous devons être dans les mêmes carats... ses instruments font un vacarme!... il a repris le pasteur à la chaîne, par le bout, par la menotte... je comprends pas bien ce que veut Kracht, le pourquoi il nous a amenés?... moi qu'avais à faire au manoir et à la ferme et chez l'épicière... qu'est-ce qu'on venait perdre le temps ici?... sitôt qu'ils peuvent c'est bien simple tous les gens vous font perdre des heures, des mois... vous leur servez comme de fronton à faire rebondir leurs conneries... et bla! et bla! et reblabla!... une heure de cette complaisance vous aurez quinze jours à vous remettre... bla! bla!... prenez un pur-sang, mettez-le à la charrue, il en aura pour un mois, deux mois, à reprendre sa foulée... peut-être jamais... aussi vous peut-être, d'avoir voulu être aimable, prêter une oreille...

Kracht, pourtant pas le lascar causant, ni chaleureux, devait avoir une bonne raison pour nous amener là, sur ce terrain militaire... nous surtout, Français très spéciaux... où nous n'avions vraiment que foutre!... je vois émerger quelque chose de terre... d'une tranchée... une casquette... une tête... et puis le buste... c'est un aviateur... sergent aviateur... le petit liseré jaune au calot... *heil! heil!...* nous tous fixe! *heil! heil!...* il sort tout à fait de son trou... il a plus qu'un bras... si je comprends, il garde le camp, et les avions... quels avions?... où?... loin!... il nous montre au bout de la clairière... avec sa jumelle, je vois... il a une jumelle... six avions au sol, en effet... c'est lui le sergent qui avait arrêté le pasteur... sous une carlingue... flagrant délit... ça allait plus... il l'avait déjà pris trois fois!... il s'occupait plus de lui maintenant!... repassé à Hjalmar!... ce sergent aviateur je comprenais ne commandait que par intérim... le Commandant en titre était parti à Berlin... ou Potsdam, chercher des ordres... le sergent essayait de le joindre... toutes les lignes étaient sectionnées... avec ce qui tombait y avait pas à être surpris... une sorte de journal officiel arrivait quand même à Zornhof, à l'aube, le « Communiqué de la *Wehrmacht* » plus deux trois sérieuses « mises au point »... « *Nous reculons sur tous les fronts mais très bientôt notre arme secrète aura anéanti Londres, New York, Moscou.* »

Personne faisait plus attention à ces « mises au point »... ni les grivetons, ni les ménagères, ni les prisonniers... le papier seul intéressait, ce papier si rare nous arrivait par cyclistes... déjà quatre avaient disparu, aucune trace!...

A propos, le fourgon cellulaire avait pas non plus beaucoup de chances d'arriver jamais... le pasteur se faisait une raison, Hjalmar de même... en attendant là-haut, aux nuages, c'étaient des sillages de mousse les uns dans les autres, amusants... longs... très longs... et puis brusque! coupés! « abstraits » nous dirions... et *broum!* cratère sur cratère!... que nous là sur ce terrain à cent kilomètres nous ressentions les rafales de mines... pas du rêve!... j'avais bien fait d'acheter mes cannes... ce magasin maintenant devait être en poudre... qu'était déjà à claire-voie!... question de leur gazette, à propos, où ils l'imprimaient?... je demande à Kracht...

« Dans un *bunker*, dix mètres sous terre, au sud de Potsdam!... »

Vraiment, on peut dire des têtus!... mais toujours la question que je me pose : pourquoi il nous avait amenés?... du moment qu'ils vous invitent à faire un petit tour c'est qu'ils ont une intention... comme l'Harras pour Felixruhe? qu'est-ce qu'on avait été y foutre?... je me demande encore... nous étions donc là à admirer le ciel, les mélis-mélos mousse et nuages... brusque il me fait :

« Docteur voulez-vous? venir avec moi jusqu'aux avions? vous les voyez? au bout du terrain... je voudrais vous demander votre avis, pour mon rapport...

— Certainement!... certainement!... »

Mais quel but?... ce si soudain familier S.S.? promenade dans les bois?... m'éloigner des autres?... le terrain est couvert de cendres... mais tout de même très mou... lui avec ses bottes enfonce encore plus que moi... il a plus de mal à avancer...

Ah nous voici aux avions... six appareils... un là! il retrousse sa bâche, je vois le triste état!... de ces trous dans l'aile!... les ailes!... des trous tout élargis... rouillés... et les carlingues, et les hélices!... la ferraille! je le dis à Kracht, y a personne autour... il me répond très franchement...

« Docteur je vais vous dire le pire!... bien pire!... ils n'ont plus de pilotes!... plus d'huile!... plus d'essence!... le dernier pilote est là!... »

Là, il me montre un peu plus loin, un trou... une crevasse dans la piste même... et une queue d'avion qui en sort... dépasse!...

« Le pilote est au fond du trou... le dernier pilote... enterré... les experts devaient venir de Berlin, ils ne sont jamais venus... j'ai fait verser de la chaux vive... c'est tout ce qu'on pouvait faire n'est-ce pas?... le trou est plein de chaux vive... j'en fais verser chaque semaine... »

Mais les essaims?... il me montre... à l'intérieur! dans chaque aile... je vois! trois... quatre essaims... le pasteur avait raison de chercher... la preuve il avait laissé toutes ses boîtes et son filet à papillons à l'endroit même où le sergent l'avait surpris... mais il n'avait pas pu le garder dans son bout d'abri... pas la place! il n'avait ni chaîne ni menottes, il l'avait repassé à Hjalmar qui faisait office de prison, en attendant « la cellulaire »... le tout était de s'accommoder de conditions bien difficiles...

« Écoutez Docteur, voilà... je vous ai fait venir pour vous demander un petit service...

— Très heureux Kracht... très heureux!... »

Ah, je me dis, enfin!...

« Un petit service très délicat... assez délicat... vous avez des cigarettes?...

— Moi non, Kracht!... je ne fume pas... ma femme non plus... mais j'ai la clé de la grande armoire... vous le savez... »

Inutile qu'il m'en dise plus long, ce qu'il veut c'est que je tape dans le stock... je peux pas lui dire non... je peux pas lui dire carrément oui! il m'avait emmené au bout du terrain pour me tâter le moral... quand vous avez un peu vécu vous connaissez toutes les façons de tous les agents provocateurs... ils commencent toujours leur travail par un petit pastis « cœur ouvert »... après le « cœur ouvert » accré!... le mec se montre! je revenais jamais du bout du terrain si j'avais dit ce que je pensais...

« Mais certainement mon cher Kracht!... des " Craven "? " Lucky "? " Navy "? »

Je lui faisais l'article...

« Mieux des " Lucky "! vingt cigarettes... c'est tout!... pas plus!...

— Mais où?

— Là!... dans mon étui-revolver! »

Il me montre...

« Je le laisserai exprès dans l'entrée... au portemanteau!... suspendu!... quand nous descendrons... vous savez?... au *mahlzeit!* »

Que nous rions du *mahlzeit!*

« Vous refermerez bien l'étui!... »

Il ajoute :

« Oh, vous pouvez être tranquille!... Harras ne reviendra jamais!... »

Voilà pour me rassurer! certain qu'il reviendra jamais Harras?... il me semblait plutôt que notre affaire nous était cuite... qu'il pouvait se permettre le pire... nous proposer cent carambouilles... que ça ferait jamais qu'un tout!... cette façon de lui refiler des cigarettes dans son étui au portemanteau c'était pour que tout le monde s'aperçoive! autant dire!... pensez toute la *Dienstelle*, toutes les demoiselles, et les Kretzer... si c'était en quart! Kracht jouait épais je trouvais, autant dire faisait ce qu'il faut qu'on soit expédiés, chaîne et menottes... même fourgon que le pasteur Rieder... pas que moi, La Vigue, Lili, et le greffe... nous devions les gêner au manoir, ils devaient être en connivence... trafiquer de je ne sais quoi? je ne savais pas, mais c'était!... les oies? le miel?... un condé!... en tout cas on les agaçait... un moment les gens se grattent plus, vous verrez à la prochaine... quand sonnera l'heure que toutes les villes flambent, qu'ils auront plus qu'une seule idée, que vous brûliez avec!

« Très bien Kracht!... tout à fait d'accord!... votre étui au portemanteau! »

Ce qui était le plus important, qu'on revienne sur nos pas!... qu'on retrouve La Vigue... cette petite promenade avait bien assez duré, on avait vu les avions, les essaims, les boîtes du pasteur... et on s'était entendus pour les cigarettes...

Je regardais encore ce terrain... grand je dirais deux fois la place de la Concorde... on voit très loin, au-dessus des sapins, le clocher de Zornhof, le cadran... question de ce terrain et de l'abri, les « forteresses » qu'arrêtent pas de passer, savent certainement ce qu'il en est, que le dernier pilote est au fond, depuis trois mois, dans la chaux vive, et qu'il peut attendre! que personne est venu enquêter... pour ça qu'ils nous laissent tranquilles... y a que Hjalmar qui bugle l'alerte!... fait semblant d'y croire... on reprend le même sentier, boue et cendres... et on se retrouve!... La Vigue... ouf!... il s'était demandé ce que Kracht pouvait me vouloir?

« Oh, rien!... un petit renseignement... tu sais, à propos de ma demande...

— Quelle demande?

— Le permis de pratiquer...

— Ah oui!... ah oui!... »

J'allais pas lui parler de l'armoire... il saurait bien... je lui dirai plus tard... maintenant voyons!... le sergent du camp est « rationnaire » à la ferme, il va y chercher sa gamelle... le lieutenant aussi avant de disparaître... les cuisinières russes des von Leiden font la popote... pour tous ces gens, civils, militaires... nous voici à la queue leu leu le sergent manchot avec Kracht, ce sergent boite aussi... au moins autant que moi... il aurait bien besoin d'une canne... je pourrais pas lui donner l'adresse du magasin où je l'ai achetée... ce magasin doit être aux nuages, maintenant, sûr!... je demanderai pas l'adresse non plus du « Zenith Hotel! »... il paraît, la bossue m'a dit, que la Chancellerie était broyée, l'Adolf devait être en voyage...

Après Kracht et le sergent manchot, toujours à la queue leu leu, peut-être à deux mètres, fortement boitant lui aussi, vient Hjalmar, équipé comme nous sommes partis, avec son tambour et son bugle, et son pasteur à la chaîne... remise la chaîne! ôtée! remise encore!... il boite plus qu'aucun d'entre nous, Hjalmar casque à pointe!... le pasteur lui donne le bras, l'aide... là voilà on y est! tout de suite Hjalmar impatient... il voudrait que les femmes se magnent... lui regarde le ciel... il est parti depuis très longtemps... qu'est-ce qui se passe? peut-être une alerte spéciale?... téléphone?... je lui demande...

« *Nein! ach!... nein! Kaput!... Kaput! telefon!* »

Belle lurette qu'il ne marche plus! *telefon!* il doit donc y aller à l'estime!... bugler quand il veut! d'abord il les voit lui-même ces putains d'avions! aller, revenir!... et l'horizon... là-bas la folle haute armée des flammes! jaunes... vertes... je lui montre...

« *Achtung!* Hjalmar!... attention! *rrrrrr!* »

Qu'on rigole un peu!... non, il rit pas, il prend trop à cœur... il va se faire du mal, les événements sont comme l'amour, ils sont d'abord tout ce qu'il y a de graves, palpitants, et puis tout grotesques... Hjalmar son horloge intime n'était pas à l'heure, il se croyait encore en 14... son Berlin? qu'une bouillie de ruines, Moscou, Hiroshima, New York, pourront plus jamais horrifier ni même être pris bien au sérieux... le monde 60 est trop jean-foutre, nicotinisé, alcoolique, aéroporté, blablaveux, pour qu'on trouve pas tout naturel qu'il n'existe plus... là, le pasteur Rieder qui aurait bien pu être inquiet nous donnait au contraire l'exemple du plus parfait calme... même il chantonnait des bouts de psaumes... je comprenais pas tout, mais presque... un chant que j'ai entendu souvent, en Angleterre, au Danemark... « Sagesse est ma force »... cependant, tout de même, son histoire de chasse aux essaims sur un terrain militaire pouvait lui valoir des ennuis... tels qu'il aurait plus envie de chanter, jamais... les tribunaux de la *Luftwaffe* avaient jamais été bénins... mais maintenant depuis le fiasco total, que la R.A.F. faisait ce qu'elle voulait, pulvérisait une ville par jour, ils ne voyaient plus qu'espions partout et tous les suspects, pasteurs, pas pasteurs, te les fusillaient en série... le pasteur s'en tirerait pas chantant, je pensais...

Voici, nous approchons de l'autre porte... je vois, leur cuisine est grand ouverte... les trois servantes sortent, elles sont pieds nus, les cheveux dans le dos... ce sont des gaillardes, pas maigres, je dis : elles se privent pas... elles ont leurs tabliers noués, façon russe, au-dessus des seins... pas que ce soit coquet, mais pratique...

c'est nous qu'elles trouvent drôles!... avec notre pasteur enchaîné, qui donne le bras au garde champêtre, et le sous-off manchot et Kracht... et surtout La Vigue son expression, qu'il tombe de la Lune... pourquoi elles nous trouvent si comiques?... Kracht leur demande, il parle un peu russe... elles savent pas... Berlin qui brûle, elles sont blasées, les « forteresses » qui passent et repassent, elles regardent même plus... mais nous là, Hjalmar et son pasteur à la chaîne, nous valons la peine... eh bien, qu'elles amènent la marmite! le sous-off a pas à se gêner, il est « rationnaire » et que ça saute!... elles apportent... une de ces panades! bien plus riche, plus grasse, que celle des *bibelforscher*... le sous-off nous en commande trois gamelles qu'elles plongent en plein dans la marmite... il leur ordonne d'amener trois chaises... pas des tabourets!... on est cinq à se régaler... je dirai il fait assez frais, la soupe tombe bien, le café et la boule... je pense à Lili... je devais lui monter quelque chose... mais peut-être Marie-Thérèse ou la trouble Kretzer lui ont monté ce qu'il fallait... oh, pas sûr! je crois à rien de ces femmes, sauf à encore quelque entourloupe... je pense à notre dorade héritière avec son piano à queue... et l'autre avec ses deux tuniques... je regarde l'heure au cadran de l'église... le café, la boule, la panade agissent bellement sur le pasteur... il change de mine, il change de ton... il chante plus de psaumes, maintenant, des *lieder!* et il a de la voix, il le sait! un organe!... ratichon artiste, on entend plus que lui, il gueule plus fort que les étables... les cuisinières russes qui le trouvaient ennuyeux aux psaumes, godent aux *lieder*... elles sortent toutes de la cuisine, par trois, six qu'elles sont !... et elles applaudissent qu'il recommence !

ô Vater ! ô Vater !

Il faut avouer il chante bien, la vraie voix de lieder, grave, passionnée, chaude... passionnée d'arriver où ?... « ô père ! ô père ! » Le Roi des Aulnes !... précipitation ! ils sont ainsi, ils ont voulu !... Berlin, le V 2 et la suite ! je les voyais galoper, comment ! *Vater ! ô Vater !*

« C'est mieux aux *bibel !* »

Je réfléchis... pas si simple ! je sais ce que veut leur *feldwebel*, il veut aussi des cigarettes... et comment !... ils sont tous au courant de l'armoire, et que j'ai la clé ! tout, d'abord, qu'ils savent !... pas que les cigarettes... le nombre des oies et des dindes, les œufs mêmes, combien à couver sous chaque poule... cigarettes ?... ils auraient pu m'en faire le compte !... à attendre je regarde, nous étions revenus juste à l'entrée de l'escalier... le moment de monter pour les excuses... après on irait au Dancing... et puis à la *Kolonialwaren*... là, pour le pot de miel « synthétique »... plus à compter sur le pasteur, ni les ménagères... mais pas se faire voir du bistrot ! méchamment repérés... têtes à massacre, première occase !... en fait la première occasion ? les

Russes içagui?... descente sur Zornhof?... « commando » des nuages? les communiqués de la Wehrmacht étaient plus du tout à comprendre, sauf qu'ils étaient de forme, de ton, plus glorieux résolus que jamais, sur des « positions préparées d'avance »...

Aussi borné bouché qu'on soit nous pouvions donc être quasi sûrs de voir surgir nos exécuteurs d'un moment l'autre, de l'air ou de la plaine, avec vraiment tout ce qu'il fallait, paniers, guillotines, cornemuses et mille tambourins, nous faire danser les rigodons, nos têtes bilboquets libérés!... ce dont on nous prévenait sans doute par ces dentelles de mousse au-dessus, ces grands signes d'un horizon l'autre... certain, tout tremblait... l'eau des étangs et des mares, les arbres jusqu'aux plus petites feuilles, les murs du manoir, et la porte de la cuisine... et nous-mêmes sur nos fortes chaises... et sans doute de plus loin que Berlin?... Le Vigan était sûr... plus Nord selon lui... Nord c'était l'armée anglaise... Ouest c'était Eisenhower... ils en voulaient tous à Zornhof?... Harras avait choisi l'endroit pour nous refaire un bon moral... il avait choisi aussi les vraies bonnes personnes accueillantes... le *Rittmeister,* son fils cul-de-jatte, Kracht l'S.S., la Kretzer et ses tuniques... et cette suave dorade dans sa tour... les *bibelforscher* laconiques... tous à nous épier, sans aucun doute, nous mijoter quelque drôlerie...

Là sur ma chaise à la porte de la cuisine, je

regardais le sergent manchot... il me regardait, lui aussi...

« *Aus Paris? aus Paris?* »

D'où on venait?

« *Ja! ja!*

— *Schöne frauen da!...* jolies femmes! »

Que vous vous trouviez n'importe où... sous les confetti, sous les bombes, dans les caves ou en stratosphère, en prison ou en ambassade, sous l'Équateur ou à Trondhjem, vous êtes certain de pas vous tromper, d'éveiller le direct intérêt, tout ce qu'on vous demande : le fameux vagin de Parisienne! votre homme se voit déjà dans les cuisses, en pleine épilepsie de bonheur, en plein vol nuptial, inondant la *barisienne* de son enthousiasme... il me le disait, le sergent manchot... bien triste...

« *Niemehr wieder!... niemehr!* jamais plus!... »

Plus de Paris!... ce qu'il voyait dans la catastrophe!... son bras, voilà c'était fait! il s'était peu prou habitué... mais le coup de « plus jamais Paris »... *niemehr! niemehr!...* passait pas! ça devait être les grands boulevards, son *niemehr! niemehr!...* quand les Allemands se mettent à être tristes, c'est tout à fait comme quand ils boivent... ils s'anéantissent...

« Mais vous y retournerez à Paris, voyons!... Berlin, Paris, une heure, à peine!... c'est pas moi qui vais vous apprendre!... les progrès de demain! après la guerre!... une seule monnaie et l'avion! une heure!... plus de passeports! »

Là il m'écoute.

« Vous croyez?... vous croyez vraiment?

— Mais c'est pour ça que les guerres existent!... le progrès! plus de distances! plus de passeports! »

Je suis sûr de moi!... je suis convaincant...

« *Na!... na!... na!* »

Il doute un peu, il dodeline... ses traits se détendent... un peu plus il sera de mon avis... il se reverra place Saint-Michel...

Notre Kracht là, nous l'agaçons à parler de Paris, lui qu'a jamais été en France... il aurait voulu me parler... je me lève, je fais quelques pas dans la cour, vers notre parc, comme pour aller chercher Lili... il se lève aussi... il me rattrape...

« Docteur!... ce soir, entendu? dans mon étui?

— *Ja! ja!... sicher!...* certainement! »

Tout ça est plus qu'indélicat mais je ne connais pas le fond des choses... et où nous en sommes!... là! zut!...

Je retourne chercher Le Vigan... y a du spectacle!... Hjalmar a profité des marmites, il a fini trois gamelles, lui tout seul... mais il peut plus, le roupillon l'a pris, doucement, son casque à pointe penche... son tambour roule aux cailloux, il laisse aller... ses bras tombent, mous... il se tasse sur sa chaise, pantin... on le regarde, La Vigue, moi, se tasser... le pasteur qui le retient par sa chaîne, il roulerait aussi aux cailloux... avec son tambour... mais qu'il croule donc! il dormira mieux... une idée!... La Vigue a la même... la clé de la menotte!... il l'a après lui, à une ficelle autour du cou... on la lui dégage là, tout doucement... la menotte!... et tac! et voilà!... le pasteur est libre! oh, il se sauve pas!... il est sommeillant lui aussi, le dos au mur... Hjalmar-le-casque ronfle tout de son long, nous avons l'air fin avec la menotte, la chaîne, la clé! on ne peut pas laisser ces objets à la porte de la cuisine! que Kracht rapplique ou qu'Isis descende... je fourre tout dans ma poche... quand ils se réveilleront, ils se douteront...

Maintenant, au cul-de-jatte, nous n'avions fait, d'une sissite l'autre, que remettre à plus tard... fini de lanterner! nous montons!... on verra bien!... ce petit escalier en bois est très raide, et très crasseux, plein de badigeonnages de cacas... l'escalier du manoir en face, le nôtre, a une autre allure!... cependant, je dois dire, au premier étage, ça va mieux... je dirais même très cossu... dans le genre baldaquins, plateaux de cuivre, carafes de Bohême, poufs et statues florentines... souvenirs de voyages... oh, ça ferait pas cher à la Salle, ni même aux Puces!... mais enfin là c'est assez gentil, rococo boche... comme à Berlin chez Pretorius, son bric-à-brac... on passe beaucoup de choses aux Allemands vu leur climat et le paysage, n'importe quel chichi, verroterie, fait toujours plus gai... mais ce qui rachète tout, c'est leur verrière, toute la largeur de la maison, tout le panorama côté Nord... ils ont un point de vue magnifique, comme chez la dorade, de sa tour, mais eux sur les grands

C+LV3 bei Isis + KRÜPPE

étangs, plus loin que les sillons... je regar
le point de vue, je cherche à me repérer... r
de saillant, que des cimes d'arbres, très... très loin... je voyais pas le cul-de-jatte, ni sa femme, ils étaient pourtant là, tout près, au beau milieu du salon, à une table à jeu, ils se faisaient les cartes... on avait frappé ils ne nous avaient pas répondu, trop pris par les cartes... j'aurais un peu réfléchi, je serais pas monté les surprendre, dans le moment j'aurais pu penser qu'ils étaient tous à se faire l'avenir... oh, pas que les von Leiden... et pas que les Allemands!... Moscou... London... Montmartre... la façon que ça allait tourner? à genoux! un vœu!... grand jeu!... signe de Croix!... Mme de Thèbes ou saint Eustache!... l'avenir au Déluge ou aux roses?...

Les deux là Isis, son cul-de-jatte, étaient pas contents de nous voir... surtout je crois vexés d'être surpris aux brêmes...

« Qu'est-ce que vous voulez? »

Lui me demande, sec... le grand Nicolas à côté de lui...

« On vient s'excuser pour hier...

— Vous excuser de quoi?

— Nous avons été retenus en face par Mlle Marie-Thérèse...

— Nous ne vous avons pas attendus!... allez-vous-en!... sortez d'ici!... »

Isis sa femme doit trouver qu'il est un peu brusque.

« Docteur, ne faites pas attention! il n'a pas

dormi... il n'a pas pu s'endormir... il a vraiment beaucoup souffert... je vous dirai...

— Oh, Madame, je comprends très bien! »

Mais c'est pas son avis du tout! cul-de-jatte!

« Non, Isis!... *nein!... nein!... los! los! raus!...* qu'ils partent tous! »

Elle ne l'écoute pas...

« Vous avez vu ma fille Cillie?... elle est en face vous porter du lait pour votre chat... et le petit déjeuner pour votre femme et votre ami et vous-même...

— Pourquoi tu leur parles encore, garce?... dis? ce sont des saboteurs, tu ne vois pas?... tous les deux!... tous les trois!... tu m'entends, putain?... vas-tu les foutre à la porte!... Nicolas! Nicolas!... sors-les!... non!... emporte-moi! »

Nicolas s'approche... le cul-de-jatte l'attrape par le cou, à deux bras... Nicolas le soulève tout doucement... l'amène vers le fond, moignons ballants... par une grande tenture... ça doit être leur chambre à coucher...

Nous n'avons pas à être surpris... il ne veut pas nous voir, et alors?... les autres non plus!... Montmartre, Bezons, Sartrouville, Londres, Tegucigalpa mêmes sentiments! honnis partout! au plus, otages! et palsambleu, qu'on l'est encore!... que demain on re-épure?... le pli est pris! ça sera pas d'autres, ça sera nous! qu'ils soient en conflit du tonnerre, s'arrachent toutes les tripes à qui qu'aura tort ou raison, bouffent cru le rideau de fer, rages, races, religions, sectes, couleurs, absolument total d'accord, que c'est nous les coupables, pas d'autres! que c'est nous tous les crimes!

Les systèmes nerveux, les magazines, les Académies, les salons, les Chambres, ont besoin de certaines certitudes...

Là, ce qu'ils pouvaient voir, le cul-de-jatte et sa femme, tout l'horizon Nord, je vous ai dit, ils pouvaient être un peu fixés, pas besoin de demander aux brêmes!... les nuages d'abord, aussi noirs les leurs que les nôtres, au Sud... encore plus bitumés peut-être... plus lourds... de derrière la tenture le cul-de-jatte se plaint... assez haut... de quoi? de douleurs?... si il recommence, je demanderai si je peux être utile?... non!... il recommence pas... on a assez d'aller et venir... on reste assis...

Je pense à Harras qui me voyait mettre au point sa grande idée « l'histoire de la Science et Médecine »... « les médecins franco-allemands à travers les âges »... le voyou! comment qu'il était foutu le camp!... et que nous ne le reverrions jamais! question typhus et vérole il aurait eu qu'à être ici, calamités, il aurait eu tout ce qu'il voulait!... pas besoin de dossiers!... c'était écrit, toutes les couleurs, là-haut, dessous et sur les nuages, très au point ce qu'il fallait penser des Sciences, fulminates, phosphores, soufres... d'Ouest... Nord... quelle armée? quelles hordes?... loin encore... certes... mais tout de même depuis quatre jours les fumées étaient plus épaisses... ils devaient brûler des forêts...

En tout cas une chose, pour les Fritz là, les

von Leiden, le Landrat et même les Kretzer, ça allait pas être une bonne note de nous avoir logés nourris, très mal, mais quand même... y aurait des comptes... oh, ils savaient... ils s'attendaient... ils demandaient qu'à se débarrasser... mais où ? et comment ? je pensais bien en dire un mot à Isis, elle me semblait plus prête à saisir... pas bien favorable, mais moins sotte... le mari, l'hostile absolu, pas à lui parler, jaloux dingue... crises ? crises de quoi ?... drogues ?... je verrai...

« Madame, nous vous embarrassons... mais croyez bien !...

— Je sais ! je sais... je vous comprends allez, Docteur !... vous êtes très très malheureux... je peux vous comprendre... je suis aussi très malheureuse... peut-être... »

Elle n'ose pas dire : plus que vous !... la première fois que je la regarde cette femme... au vrai, je regarde plus les femmes depuis des années... l'âge sans doute, et puis aussi les événements... quand la forêt brûle les plus loustics animaux et les plus féroces pensent plus ni aux bagatelles ni à se dévorer... nous pour notre compte ça faisait depuis 39 que notre forêt brûlait... je veux qu'il y ait des exceptions, des gens qui s'en ressentent raison de plus, qui godent qu'aux supplices, que les yeux les langues arrachées portent aux galanteries... pareil de manger du caca, et s'abreuver aux pissotières... je ne suis pas doué... là cette dame il faut que je la regarde !... une personne dans la quarantaine... une jolie figure, dans un genre...

aux traits très nets, très dessinés... où je dirais que la Nature s'est donné du mal... achevé le portrait... la Nature se donne pas beaucoup de mal sur nos « minois chiffonnés »... nos charmeuses, nos ravissantes, de la scène et des magazines, crétines et fières de l'être... « mannequins », que le monde nous envie, faces foutues bric broc fards et faux cils... demi-bistrotes, demi-gardeuses... je parle pas du reste, corps qu'en squelette, panne, cellulite, poils et soutiens-gorge... demoiselles au comptoir ou clientes, elles ont conquis le monde!... voilà!... Ambassades ou Passage des Princes, vous avez qu'à sortir un peu, vous verrez la foule à leurs trousses... les supplier qu'elles succombent... beautés gravées, zut!... « à peu près » foutus à la serpe, jambes atrophiques et manches de veste, fesses baladeuses, nichons itou, vous font de ces recettes!

Mais là, l'Isis? hé là! prudence! c'était d'avoir l'air ému, sensible... elle s'attendait... beaux yeux en amande, noirs... les femmes se regardent dans les glaces depuis leur toute petite enfance, vous pensez si à quarante ans, leur fascination est au point... bon!... elle tenait que je sois fasciné... moi question des « miroirs de l'âme »... quand il faut il faut, je peux aussi être très attentif... ses yeux valent la peine... d'habitude les yeux des dames sont simplement « garce veloutée »... elle, un peu plus, une prête à tout!... oh, simple impression!... la première fois que je la regardais... le corps, maintenant! on peut dire, j'y reviens, on peut dire que le monde ne s'occupe pas des corps, vous avez qu'à regarder un peu les grands Illustrés de la Beauté, ma doué!... je me répète!... quels musées d'horreurs!... indéniables! là devant vous! pas « imaginaires »!... ces genoux, ces derrières, ces chevilles, ces varices, ces tétins!... ces atrophies, kilos de panne, bourrelets et fanons, des plus primées idoles d'écrans! milliardaires stars, égéries de papes!... pas besoin d'engins et atomes pour détruire notre jolie espèce!... les femmes sont déjà plus regardables... je veux dire vétérinairement, à la façon saine et honnête dont sont jugés poulaines, lévriers, cockers, faisanes... y aurait plus de concours agricoles s'il fallait couronner les « foâmmes »!

Mais les « foâmmes » ne sont pas que corps!... goujat! elles sont « compagnes »! et leurs babils, charmes et atours? à votre bonne santé! si vous avez le goût du suicide, charmes et babils, trois heures par jour, vous pendre vous fera un drôle de bien!... haut! court!... soit dit sans méchante intention! ou vous passerez toute votre vieillesse à en vouloir à votre quéquette de vous avoir fait perdre tant d'années à pirouetter, piaffer... faire le beau, sur vos pattes arrière, sur un pied, l'autre, qu'on vous fasse l'aumône d'un sourire...

Là, question d'Isis, vu où nous étions et le moment, il ne s'agissait pas que je fasse fi... ni le sceptique, ni le fatigué... fort intéressé au contraire!... je pouvais un peu deviner son corps... je devais!... en négligé, grande robe de chambre à volants... satin, mousselines... rose et vert... je devais voir là-dessous, un corps adorable, désirable, je devais être troublé... bégayer, rougir, plus savoir... tout ça!...

Elle s'est allongée... enfin, presque... assez pour que je lui voie les jambes même un peu les cuisses... par l'échancrure, les seins aussi, sans soutien-gorge... voici le moment, j'y pense, où toutes les littératures, de la mercière ou des Goncourt, des sacristies ou des fumeries, partent à débloquer... « la peau satinée exquise, le galbe des reins... » je devrais moi aussi, je sens, y aller du couplet... voilà, je n'ai plus le sens ni l'esprit!... bien sûr j'aurais pu autrefois!...

Question de faire partie d'une secte, d'une académie, ou même d'une terrasse, la littérature attend toujours comme les salons, que les viandes soient un peu blettes pour pâmoiser... y a du chacal dans leurs jugements... sur le vrai, le neuf, ils n'osent pas... une certaine pudeur... il leur faut voir un peu de varices, beaucoup de vergetures, des chevilles en œdèmes, pour que vraiment l'ardeur les prenne... tout sac d'os, ou demi-panne, foies gras... mais là, pardon, pas le moment d'avoir l'air ceci... cela!... La Vigue non plus : enthousiastes! là à la voir de tout près je dois avouer qu'elle se tenait encore... cuisses, seins, le visage... certainement née de parents solides, ni alcooliques, ni vérolés... élevée dans les bois, en Prusse orientale, bien nourrie... honte et détresse, terrible handicap des jeunesses pauvres! je sais ce que je dis...

En fait, dans notre condition, Isis, « belle foâmme », beaux restes ou non, c'eût été la dorade là-haut, ou la Kretzer, elle aurait eu quinze ans, cent ans, nous devions être, l'honneur qu'elle nous faisait, joliment flattés... voire bandants!... nous admettre à son demi-nu entre broderies, satins, mousselines... nous n'allions pas manquer de respect!... oh, bon Dieu non!... plutôt le cyanure!

Qu'est-ce qu'elle nous raconte?... en français... des banalités... que Berlin brûle!... diable, nous le savons!... que les Anglais sont bien des monstres... et alors?...

Oh, mais une larme! oui, elle pleure... deux larmes!... et le petit mouchoir...

« Vous savez, Messieurs, j'allais chaque mardi à Berlin, je n'irai plus! »

D'autres larmes... nous ne sommes pas indifférents...

« Le Landrat m'emmenait... lui a toujours sa voiture... ici n'est-ce pas nous n'avons rien... plus rien!... »

Larmes encore... elle m'explique, sa manucure est à Berlin... son coiffeur, sa couturière, son masseur, tout à Berlin!... Le Landrat à propos, où est-il?... il devait venir déjeuner... pas un mot!... ils doivent être tous dans les caves!... elle sourit... nous sourions... masseur, Landrat, couturière, tous dans les trous!... nous ici nous ne savons rien... nous savons juste que ça bombarde... et que tout tremblote...

En fait de tremblement, juste là au fond, la

ANGRIFF D. KRÜPPELS MIT SCHROTFLINTE

lourde tapisserie s'écroule!... avec la tringle! *rrrrac!* tout arraché!... et quelqu'un!... le cul-de-jatte sur le dos de Nicolas! le géant! le cul-de-jatte en colère!... une apparition!... il roule de ces calots vers nous!

« *Schweine!* cochons!... *raus! raus!*... dehors! »

Je vous traduis... le cul-de-jatte ne parle pas français... qu'allemand...

« *Spione! Spione!... lauter Spione!* »

On est pas que cochons, on est espions!...

« Vous ne voulez pas les jeter dehors?... *Spione! Spione!* ah, vous ne voulez pas! *Nikolas!* »

Le géant lui passe son fusil de chasse... et de là-haut, d'à califourchon, il nous ajuste, pour ainsi dire, à bout portant... enfin quatre, cinq mètres... on n'a pas le temps de réfléchir, Isis qu'était en pose languide, à nous faire du charme, cuisses et sanglots... jaillit! tigresse! y empoigne son flingue! le jette l'autre bout de la pièce! et lui avec!... qu'il va rebondir tête première!... qu'il lui hurle : putain!... putain!... deux fois!... là je le vois sur le tapis... d'un coup, il bouge plus... il bave, il se trémousse, il râle... ah, enfin quelque chose de net, que je reconnais... il se mord la langue... il se débat, crie... pas du tout syringomyélie... une autre gentillesse! ce fils von Leiden est épileptique... là au tapis... indéniable!... tous les caractères... Isis m'a surpris, cette détente!... la façon qu'elle l'a désarmé! pas le temps de faire ouf! vraiment admirable nette, précise!... Harras devait sûrement savoir que ce cul-de-jatte était dangereux...

« Vous voyez Docteur!... vous le voyez! »

Je comprends que je le voyais!... il avait à se tordre et baver pendant encore au moins une heure.

« C'est la jalousie!... et puis aussi les alertes!... depuis deux ans il ne dort plus... je vous demande pardon, Docteur!... et à vous monsieur Le Vigan!... il ne sait plus ce qu'il fait! je pensais qu'Harras pouvait le faire soigner à Berlin... vraiment... vraiment... je n'en peux plus!... surtout pour la petite!... il est dangereux, même pour elle!... il ne sait plus! et il souffre!... il souffre trop pour un être! de son dos... du cœur... et des nerfs... n'est-ce pas? il a des crises des nuits entières!... vous ne pouvez rien pour lui, Docteur?

— Nous verrons Madame! nous verrons... »

En attendant sur le dos là il se convulse fort... à nos pieds... ses petits moignons de jambes saccadent... les bras comme en lutte avec la carpette... la tête si crispée, comme refermée dans les rides, et une grosse mousse de bave et de sang après le menton...

« Vous le voyez Docteur!... il est comme ça au moins deux fois par semaine... de plus en plus fort...

— Il faudrait évidemment qu'il soit reçu ailleurs... soigné ailleurs... qu'il ne soit pas comme ici toujours sous l'alerte... en Suisse par exemple...

— Il ne voudra jamais partir! il est trop jaloux!

— Nous en parlerons avec Harras...

— Oh, s'il revient, celui-là!

— Combien durent ces crises?

— Très variable! *verschieden!*... dix minutes!... deux heures!... tous les médecins ont recommandé d'attendre longtemps... de le laisser dormir... trois heures... quatre heures... c'est bien?

— Parfait!... mais avec quoi le soignez-vous?

— Voyez! »

Elle me mène à l'armoire aux médicaments... y a ce qu'il faut! je vois... de tout... poudres... ampoules... flacons... luminal... dolosal... morphine... héroïne... elle peut le régaler!... je lui demande combien elle lui donne de cachets?... d'ampoules?

« Tout ce qu'il veut, tant qu'il veut!... Harras m'a dit... certains jours deux fois... trois fois... mais surtout la nuit... ses crises le prennent vers onze heures... »

Ses crises lui venaient pas que des alertes... souvent d'une contrariété... maintenant c'était de jalousie, là... elle était sûre... il était jaloux, maladif... jaloux d'Harras ou du Landrat... je comprenais d'Harras, mais nous? on avait pas à rendre jaloux! cloches et loquedus... tout absorbés par les gamelles et les tremblements des murs, et l'article 75 au fingue... si cette dame s'en ressentait encore, à sa santé! au vrai, pas de situation moche qui tienne, impossible de faire comprendre aux dames ardentes qu'on demande plus rien... hors-d'œuvre, petits plats, ou desserts!... qu'elles gardent tout! qu'elles nous foutent nom de Dieu la paix!

Ô rage! ô gâteux! mort de vous!
Quatre cents règles la vie des dames...
À vos ardeurs, et vite! et feu!...

Pour nous il était pas question La Vigue moi... sages... sages pour toujours!... terrible le dada des beautés! plus les villes brûlent, plus on massacre, pend, écartèle plus elles sont folles d'intimités... l'article n° 1 du monde : foutre!... moi qui n'oublie pas grand-chose (nulle flatterie), je me souviens très bien qu'en octobre 14, le régiment pied à terre, sur la rive droite de la Lys, attendant l'aube sous le feu continu des batteries d'en face, plein de demoiselles et de dames, bourgeoises, ouvrières, profitaient du noir pour venir nous tâter, relevaient leurs jupes, pas une parole dite, pas un mot de perdu, pas un visage vu, d'un cavalier pied à terre l'autre... les bonnes mœurs mettent dix mois, dix ans, à faire traîner les fiançailles, d'un sport d'hiver l'autre, vernissage l'autre, surprises-parties, ruptures d'autos, petits grands gueuletons, alcools formids, rots, bans, Mairie, mais s'il le faut, les circonstances font copuler des régiments méli-mélo de folles amoureuses, sous des voûtes d'obus, mille dames à la fois!... à la minute!... pas d'histoires!... trous dans la nature?... morts partout?... *djigui! djigui!* amours comme des mouches!

Je vous fais part de mes réflexions, je me sens plus beaucoup de temps à vivre, si je saisis pas l'occasion tous mes ennemis l'auront trop belle, ils me raconteront tout de travers, ils ne font déjà que ça... vous me direz... tout le monde s'en fout!... moi pas! je vous parlais du cul-de-jatte von Leiden... sur le dos... en crise... que je vous reparle de ce sale tronc!... je lui vois ni col, ni cravate... bien!... il se débat, il s'entame la langue... mais il ne risque pas de s'étouffer... la très nette crise d'épilepsie, classique... son fusil de chasse?... je vais le ramasser... il était parfaitement chargé... deux cartouches... je les empoche...

« Nous aussi il nous menace souvent!... moi et ma fille!... »

J'imagine bien!... zut!... c'est son affaire!... nous question de soucis on est un petit peu gâtés!... mais je pense à Lili... elle doit se demander ce qu'on devient?... je pense à la gamelle... trop loin le *Tanzhalle!*... trop loin l'épicerie!... je nous revois pas passer devant le bistrot... ni devant les chaumières... toutes les femmes et veuves à l'affût... qu'elles sont durement en quart ces dames!... non, je nous vois pas!... le mieux que je tape dans la marmite, en bas, à même... que je demande pas la permission... si je demande à Isis von Leiden, ce sera encore des histoires, qu'elle se méfie de ses servantes russes, qu'elles ont ordre de ne pas toucher à la soupe sans que le cul-de-jatte les autorise... et nous nos tickets où était l'autorisation?... chez le Landrat?... chez Dache?... un seul moyen, on comprend le vol un moment, quand vraiment que c'est bien entendu, non!... et non!... non partout!... reste qu'à se servir et foutre le camp... salut!... nous prenons donc congé d'Isis, le plus discrètement du monde, sur la pointe des pieds... son dab est toujours sur le dos, il se trémousse toujours, mais bave moins... il reprendra conscience dans une heure à peu près... il nous aura pas vus partir... il ne se rappellera peut-être pas de sa crise... nous descendons le petit escalier raidillon, là tout de suite en bas nous retrouvons Hjalmar et le pasteur, bien en train de ronfler... ils ont pas bougé, ni l'un, ni l'autre... le pasteur sur sa chaise, dos au mur, Hjalmar étendu tout de son long dans la rigole, son tambour, son bugle, à la traîne... ça serait pourtant un peu le moment qu'il batte et trompette!... le ciel est sillonné de R.A.F. aller retour Berlin London que les nuages s'éparpillent... noirs... blancs... flocons de neige, morceaux de suie, et de mousse... Hjalmar ronfle et le pasteur aussi... et les filles à la cuisine?... j'y vais!... personne!... tout le frichti en plan!... des pleines marmites, et qui fument et qui sentent bon... je vois y a qu'à se servir, ni une, ni deux!... c'est plein de gamelles plein les tables... je remplis, j'y vais!... une! deux... trois... quatre!... on a que la cour à traverser... le manoir est à deux minutes... d'abord longer la grande mare, et puis les étables... encore la petite route... notre allée de hêtres... et les

FRZ. GEFANGENE
(Haß auf Dt wie auf Kollabos)

isbas... peut-être les « objecteurs » avaient fini de raboter?... consciencieux silencieux... silence, heureusement!... si ils s'étaient mis à parler, c'eût pas été piqué des vers! qu'à regarder leurs tronches... plus haineux que nous... on va donc le long des étables...

« Hep!... hep!... par ici! »

Des Français... pas compliqué... ils nous ont vus... et nos gamelles... ils en veulent aussi... je dis : « bon! ça va! tenez! une chacun! »... on en garde deux pour nous ce soir... et je leur raconte qu'ils nous ont fauché nos tickets la Kretzer, Kracht et les autres... clique de bandits!

« Vous en faites pas, ils sont tous pirates pareil!... les Russes à la tambouille alors!... elles fourguent la marmite aux femmes boches! pour ça qu'elles sont jamais là! »

Juste très haut, là-haut, à travers les nuages vous auriez dit un banc d'ablettes... nous regardons...

« Y en a de plus en plus! »

Joseph qui parle... l'autre, Léonard, qu'avait l'air encore plus sournois et d'encore moins nous piffrer remarque :

« Qu'est-ce qu'ils leur mettent! »

Je suis pas à court... tac au tac!...

« Comme on a vu nous Berlin, ils devraient avoir terminé!... hein, La Vigue? »

La Vigue approuve...

« Ah, on se demande!... qu'est-ce qu'ils peuvent encore bombarder?... les trous?

— Y a encore des boches dans les trous!... ils

en brûleront jamais assez!... et sens dessus dessous! »

L'avis de Joseph...

Pour Joseph on aurait dû être là-bas aussi nous dans le grand brasier, c'était notre place, saloperies vendus!... rien de spécial... l'avis de tous et toutes, pas seulement de Joseph garde-cochons et de Léonard, bouseux prisonnier, de Cocteau aussi de l'Académie, et de tant et tant, amis de la Butte, et de Cousteau, condamné à mort, et le Goncourt Vaillant... c'est la magie de ma pauvre personne, si gratuite, que toutes et tous m'ont accusé, noir sur blanc, et m'accusent encore, et m'accuseront « outre-là » d'avoir émargé à tous les guichets... occultes, officiels... traversé tous les rideaux de fer, fixes, mobiles, toutes les tôles des vespasiennes, passé par tous les trous de souris, d'un croûton l'autre!... voilà d'être le miroir des âmes! putains veulent que putains partout!... vous pouvez penser que ces deux prisonniers volontaires étaient pas à la discussion! ils avaient leurs idées sur nous!... et puisqu'on était dans l'étable et pas aucun Fritz autour Léonard nous casse le morceau...

« Vous ça vous fait pas votre affaire, hein?... nous, c'est ce qu'on veut! tous les nazis au phosphore!... et les autres!... toute la bochie!... gonzesses et les chiars!... tout!... vous vous les aimez!...

— Non!... on peut pas dire... et eux nous piffrent pas! sûr!

— Alors pourquoi êtes-vous ici?

— Parce que Paris c'est encore pire!
— Pire que quoi?
— Nos têtes trop à prix!
— Ah, vous voyez! »

Voici la preuve!... l'aveu!... Léonard Joseph bourrent leurs pipes... avec une espèce de tabac...

« Du foin!... voilà tout ce qu'on a droit!... et encore, hein?... avec nos tickets!... »

Nous nous rendons compte... on renifle ce qu'ils fument... c'est pas tout à fait du foin... un petit peu de tabac avec... tabac?... tabac?... je pense... la même idée!... parbleu ils devaient savoir aussi!... l'armoire!... et que j'avais la clé... je crois pas qu'ils y aient été voir... pas encore... mais sûrement on leur avait dit... et qu'Harras rapportait de Lisbonne des boîtes et des boîtes... pas de secrets possibles à Zornhof!... ils étaient qu'à ça tous!... prisonniers, ménagères, épicière, se rendre compte de tout ce qu'était sous clé!... qu'ils arrêtaient pas de tenter voir, rôder... et de se chuchoter... alors, fatal!... nous nous étions billes, nous débarquions... mais eux adaptés à ravir, acharnés haineux bouseux fouines... et y avait de la planque à Zornhof, pas que mon armoire... mes Lucky, Navy et rillettes!... eux, les deux-là, Léonard, Joseph, de leur étable, à pas se montrer, ils voyaient tout!... mataient ce qu'arrivait là-haut chez le cul-de-jatte, l'autre côté de la cour... et les rigolades chez le vieux dab, comment il se faisait punir, combien de fois il avait fait le tour de son grand salon, et de sa chambre, à quatre pattes, les mômes sur son dos, youp! dada!... le cul nu, tout rouge... ils voyaient tout ça de leur étable, sans se montrer... ils savaient tout de la *Dienstelle*, quelle secrétaire était en cloque, et les événements du hameau, quel prisonnier en rupture était venu avec une oie chez le boulanger et qu'ils se l'étaient tapée à trois... et aux marrons... et que le Landrat l'avait su, le Simmer chargé de bijoux, s'il allait les faire fusiller! à quelle heure et où ça se passerait, contre quel mur de la route Moorsburg-Berlin... le Landrat venait toujours, en personne, aux exécutions... surtout depuis six mois... six mois qu'il avait repris la Justice, les deux parquets, militaire, civil, et les polices... les Instructions... il pouvait se dire populaire!... Léonard, Joseph, le connaissaient bien... il venait souvent à la ferme, il venait déjeuner et emmener Isis à Berlin pour sa manucure et ses autres courses... toutes les châtelaines des environs allaient à Berlin toutes les semaines... que le Landrat s'envoie Isis c'était entendu!... d'abord le gueuleton, vins, liqueurs, deux, trois viandes, une dinde, et puis youp là là, Madame! et café, du vrai!... ah, les « Ordonnances » du Reich!... pour nous les privations totales! pour eux tout et plus, à s'en craquer le bide!... que Léonard trouvait la honte, il était de la gueule... Joseph lui se serait farci Isis, il était porté... moi au fait, ils me faisaient repenser à cette femme, elle remontait dans mon estime depuis que je l'avais vue bondir... ah une tigresse!... je l'avais noté sec... 4! 5!... non!... elle valait mieux!... 8 sur 20!... eux sont pas aux notes d'esthétique, Léonard, Joseph... ils sont aux tickets... qu'ils ont pas leur compte, ni de margarine, ni de faux tabac...

« Ce qu'arrangerait bien, qu'on les brûle tous!... et le Landrat! »

Je propose... pour rire!

« Et comment! et comment! »

Je vois, on est d'accord...

Avec le temps, vingt ans plus tard, les têtes atomiques sont prêtes, soixante-quinze mille, il paraît, fantastiquement désirées, méritées! qu'ils les projettent et que ça gicle bon Dieu, vite! se désatomisent, tous! postillons cosmiques!...

Déjà là, vingt ans plus tôt, le Landrat Simmer, Isis, son cul-de-jatte, le vieux fouetté Rittmeister, la Marie-Thérèse dans sa tour, le porteur hercule Nicolas, et notre Harras, toujours absent, loin, étaient bien de la même farine, tous bien abominables, fripons, et la Kretzer la pleurnicheuse, et ses deux fils morts à la guerre, et le Kracht, Apotheke botté, bourrique s'il en fut!... et les demoiselles secrétaires, et même notre petite bossue avec son père charmeur d'ablettes, champion de la Sprée, dans le même sac!... *ploff!* la même friture! total d'accord!

Là, je peux dire, Léonard, Joseph, bougeaient plus du tout... je leur trouvais de ces adjectifs qu'ils étaient assis... qu'ils auraient jamais trouvé... ce que vous sert la forte culture : vanes en tous genres, mortelles épithètes... la cuisinerie politique, commissaires du peuple, censure... les intellectuels des partis sont pas du tout superflus, sans eux Prospero cafouillerait, toutes ses colères finiraient en mugissements gras, bruits de diarrhée... le petit coup de pouce du clerc du coin arrange ces horreurs, sauve le faux contre-ut, gomme le *couac*...

Nous question là de sauver quelque chose c'était nos gamelles... elles étaient froides à bavarder... on les ferait réchauffer, mais où?

« Salut Joseph! salut Léonard! on revient tout de suite!... on a ce qu'il faut! »

Le tout, qu'on devienne un peu amis... enfin, qu'ils nous détestent moins... du moment où tout est à haines, que c'est plus que votre abattoir partout, vous trouvez deux, trois bourreaux, un peu moins pressés que les autres, vous vous les êtes comme conciliés par vos bonnes manières, deux grains de tabac, une mi-gamelle, vous avez joliment agi! vous appelez ça miracle ou autre! Lisieux n'a jamais su prendre tandis que Bernadette à Lourdes triomphe tout ce qu'elle veut!... grotte de deux milliards et deux mille trains dédoublés!

Bernadotte, de Pau, le maréchal, un autre genre, retourne sa veste quand il fallait, passe roi, et vas-y! l'est encore!... je connais quarante millions de Français qu'en ont fait autant, benouzes, flingues, et le reste!... sont pas devenus des rois pour ça!... petits participants la curée, c'est tout... s'arracher les cent mille

BIBELFORSCHER
(Verkörpern dt. Tugenden)

cadavres!... on dit! on dit!... la vérité sera pour plus tard!... quand s'entrouvriront les archives, que personne s'intéressera plus... peut-être et encore! trois croulants scléreux larmoyants à prendre 39 pour 70!... de Gaulle pour Dreyfus... Laval pour l'abbesse de Montmartre... Pétain pour un maire du Palais...

Je galège!... j'allais oublier nos gamelles!... elles allaient pas se réchauffer d'un quolibet l'autre!... sortir de nos réflexions!...

Passant devant les *bibelforscher* je vois encore une isba de plus... zut! ceux-là, crédié, s'affairent vite et bien!... pas fainéants chômeurs! et pas des petits appentis, des gros pavillons pour au moins quinze vingt familles... c'est ça qui manque à la France, pas des buées de postillons toniques ni des curés photogéniques... mais des « objecteurs »! la qualité, rapidité, ils vous réédifieraient la France en pas trente-cinq jours, le laps de la folle colique, Bréda-Pyrénées... je dis!... j'affirme!... fort prétentieux!... « nous savons tous joliment tout, une fois l'événement survenu! » l'événement là c'était notre dîne!... nous n'avions qu'à traverser le parc... notre péristyle... et notre tour... j'entends des voix... le ménage Kretzer... nous poussons la porte... oh, tout va bien!... bavards et bavardes... pas de drame du tout... les Kretzer et au moins dix secrétaires, demoiselles, rassemblés autour d'une gitane... gitane, ça je ne m'attendais pas... cette gitane venait d'où?... les gitans devaient être supprimés d'après les décrets de Nuremberg?... hautement

Bibelforscher

contaminateurs!... crypto-asiates!... une tzigane libre et jacassante? autant dire la guerre inutile!... l'Ordre d'Hitler, ne l'oublions pas, était tout aussi raciste que celui des noirs du Mali ou des jaunes de Hankéou... on allait voir ce qu'on allait voir!... on a rien vu, heureusement!... que Monnerville roi de France... et les Gaulois, la botte au cul, chassés de leur prétendu Empire!... pas raciste qui veut!

Là, celle-ci accroupie sur notre paillasse arrivait d'où?... je demande à Lili, à l'oreille... je demande à Marie-Thérèse... et aux Kretzer... tout simplement elle vient de Hongrie... ils me chuchotent... elle est pas seule... ils sont cinq familles ensemble dans une roulotte là, dans le parc de l'autre côté des isbas... diseurs de « bonne aventure », vanniers très habiles, rempailleurs, violonistes, et pillards, bien entendu, presque sûr, espions... le plus bath, passeports très en règle, plus en règle que nous!... avec cachets à la cire, photos, empreintes, et permis pour tout Berlin, *ausweis* et ravitaillement pour leur gazogène... nous avons qu'à aller nous rendre compte, tout près, à côté des *bibelforscher*... ils devaient camper ici trois semaines le temps de nous donner cinq à six représentations, cinéma, chants, danses, et de rempailler toutes les chaises, rafistoler les paniers, remonter les ruches... ces artisans tombaient à pic... et les osiers ne manquaient pas... plein les fossés et les étangs... trois semaines c'était court ce qu'ils auraient à faire!... l'agréable du IVe Reich, si vous le jugez, l'Histoire déjà, les vociférations éteintes, c'est qu'ils pensaient aux moindres détails... tenez pour les Juifs, combien étaient appointés à la Chancellerie?... et tout proches d'Adolf?... des beaux et des belles!... un jour on fera un livre sur eux... comme les fusillés des cours de Justice, si épuratrices, combien de yites nazis, collaborateurs de choc?... Sachs était pas une exception... du tout!... j'ai connu à Sigmaringen, des exemples bien plus magnifiques!... la terrible catastrophe des goyes c'est qu'ils sont si ahuris, cartésiens bêlants, que ce qu'est pas bien entendu, admis, bien conforme... existe tout simplement pas!... que ce qu'est bien entendu qui compte!... « par ici les petites Loyola!... par ici les salariés bourreaux d'Himmler!... » demandez davantage? les détails?... vous les voyez tourner net dingues, délirants anthropopithèques, tout fous d'alcool, titubants, hagards de publicité, et merde!... assassins comme cinquante films, cochons comme les « Courriers du Cœur », Mayol, Grand-Guignol, mélangés! vous avez provoqué tant pis!...

Nous deux là, avec nos gamelles, hominiens ou non, nous arrivions pile... je voyais en pleine paille de ces grandes assiettes de *butterbrot!...* des piles de tartines et petits fours... nous avec nos deux gamelles, et à réchauffer, nous avions bonne mine!... le mieux, de les porter à Iago... il devait être rentré de son tour de vertu, à tirer le vieux, montrer sa maigreur... je le dis à Le Vigan, à l'oreille... dalle!... la gitane m'a entendu...

« Allez-y!... allez-y! »

Elle crie... elle nous vire... elle savait qui nous étions... ces gens-là sont vite renseignés... leur roulotte arrivée ce matin!... en français qu'elle nous a virés!... « allez-y! »... qu'on lui voie un peu sa tronche, cette agressive!... pas beaucoup de lumière, deux bougies... le tout se faire l'œil comme à la radio, s'accommoder... maintenant je la vois, elle est assise, accroupie, elle bat... la maladie dans le moment, grivetons, civils, prisonniers, tous, toutes, les brêmes!... la grande maladie où que vous alliez ils se font l'avenir!... ah, l'Harras qui cherche une « Apocalypse »! terrible épidémie!

La gitane en est à Lili... mais que nous deux d'abord foutions le camp, moi, La Vigue!... rien en notre présence!

« *Gehen sie, doch!* »

Si grave ces cartes qu'on me dirait que c'est pour la police!...

Harras est au Portugal, contacter les autres pansus, d'en face, ils se feraient tout simplement les brêmes, je serais pas surpris... mais que cette gitane est impatiente!...

« *Los!... los!...* »

Et à voix rauque... presque d'homme... fardée elle est, juste le temps de voir, cils et sourcils passés au bleu... sûrement une perruque, pas ses cheveux... et perruque blonde!... je crois qu'elle aime pas qu'on la dévisage... oh certes, je ne veux rien compliquer... nous partons doucement, avec nos gamelles... que ces dames s'occupent de l'avenir!... en fait, qu'est-ce qu'il passe comme « forteresses »... pas dans l'avenir, tout de suite, là! au-dessus!... escadres sur escadres, et pas des joujoux, pas aux cartes!... et qui se gênent pas, en formations plus bas que les nuages... à peut-être trois cents mètres... à peine!... et tous « feux » clignotants, qu'on sache bien qu'ils sont comme chez eux, que tout l'air allemand leur appartient, pas que la capitale et ses environs, qu'ils vont tout foutre en papillotes!... cratères et phosphore! retourner tout sens dessus dessous, les ruines et la Spree, l'Adolf et sa Chancellerie, et ses *Obersturm* et *bunker*... les cimetières aussi!

Et nos tickets nous?... j'y pense!... notre Landrat devait un peu s'en occuper, s'en faire des poignées de confetti!... très bien!

« Lâche pas la rampe! »

Vers la cave maintenant, le couloir... Iago devait être là... le vieux était rentré, j'avais vu son vélo en bas, le guidon contre une colonne... il s'agissait que Iago morde pas... La Vigue me propose : « Il te connaît toi, vas-y! »... je pose une gamelle sur la dalle... et je l'appelle « Iago! »... il veut bien... trois coups de langue!... ça y est!... avalée!... je lui présente l'autre... encore trois coups de langue!... brave Iago!... on est potes! facile!... on retournera aux « bibel »... ils ont de trop! si vous faites pas le bon Dieu vous-même, une juste répartition des biens, vous mourrez sûrement enragé, d'indignation, de refoulement de trop de colères... je sais ce

JAGO ALS KOMPLIZE

que je dis... je suis à la veille... je vous parlais de l'édition, l'arnaque que c'est!... et l'abominable goût du public!... moi qu'ai pourtant bien l'habitude des dissections et de sujets très avancés, le cœur me flanche quand je pense aux livres et commentaires... pas plus pires scolopendres velus, au fond des Sargasses, que les lecteurs très avertis... bâfreurs d'excréments dialectiques, pris dans les algues, et phrasibules formés polypes, formid « messages »... « sensa » bulles de vase... rien que d'entrevoir ces fonds de rien peut très bien vous éteindre la vue, le goût, l'odorat à jamais...

Nous là, Iago était pas pieuvre, mais si on lui avait fait peur, surpris, il aurait bien pu nous bouffer... pas fait de gaffes, nous y avions été bien doucement... il nous avait très bien compris... pas que ce soit la bête avide, non! mais vraiment il en pouvait plus... il s'agissait qu'il nous connaisse... puisque je tapais dans l'armoire, que les cigarettes servent aux gamelles! si Harras revenait... il verrait bien!... lui il a bouffé tous les jours, au Portugal... pourquoi nous, les strictes « Ordonnances »?... toutes les privations du Grand Reich!... Iago, nous!... si cet Harras revenait jamais!...

Puisqu'on peut aller chez La Vigue, que Iago nous laisse passer, c'est le moment qu'on se parle un peu, de nos projets... d'abord et d'un, nos impressions!... on a rien pu se dire, pas un moment seuls, toujours des personnes autour, bavardes, mouchards et mouchardes, plus ou moins... du moment où vous êtes suspect, recherché d'un côté ou l'autre, cette espèce vous pousse tout autour... comme champignons après la pluie... l'être humain est dénonciateur, bourrique de naissance, il éclôt tel, ne se peut autre... il part, il vous quitte, pas besoin de vous demander ce qu'il va? il va téléphoner au Quart, qu'il vous a vu, comme ci... comme ça...

Je vous ai dit, La Vigue, sa cellule, était tout au bout d'un couloir, terre battue et briques... entre la cuisine du Commandant von Leiden, et le cellier... le vieux y envoyait ses gamines lui chercher ses bûches... il avait besoin pour son poêle, sorte de monument tout faïence qui tenait la moitié du salon... vraiment le très encombrant chauffage, mais il faut dire, bien à sa place, dans ce majestueux entresol, considéré le climat Brandebourg et toutes ses fenêtres sur la plaine... la cellule à Le Vigan donnait aussi sur cette même plaine mais en contrebas, et derrière de ces barreaux!... oh, j'ai connu des lieux bien pire... tout de même la chambre à Le Vigan était pas gaie... elle avait dû être dortoir des filles de cuisine autrefois, maintenant les filles logeaient ailleurs... cette fenêtre en contrebas donnait d'abord sur une grande flaque, de suite là, une mare de boue jaune, toute sillonnée de petits filets d'eau... je vous donne ces détails parce que plus tard, quelques semaines, nous eûmes à nous occuper beaucoup de ces filets d'eau et de ces longues algues, je vous raconterai... au moment, là, dans son sous-sol, nous parlons de tout ce qu'on avait vu depuis deux jours... au vrai pas bien compris ce qui s'était passé?... un moment les complications s'enchevêtrent... tant de balourdises! vous seriez si hébété?... pas Dieu possible!... mais si!... que si!... vous osez plus rien vous demander, personne cherche à vous comprendre! lecteurs, spectateurs, vrai de vrai, exigent qu'une chose, qu'on vous suspende! et vite! haut, court! en quel style vous vous balancerez? compliquez pas les Écritures! le génie de cette Civilisation c'est d'avoir trouvé des raisons aux pires paranoïaques boucheries... le sens de l'Histoire!... *new look,* assurés sociaux sanguinolents, foies en marmelade, méninges en loques, sadiques fainéants motorisés, télévisés, ravis!... béats... et plus... et plus!... un verre! deux!... roter!

Ah, comme je regrette!
Ma jambe bien faite!
Mon bras si dodu!
Et le temps perdu!

la rengaine, certes... et nous alors? en quarantaine au fond de la Prusse... en sursis!... mais en sursis de quoi?... les gens là autour tous hostiles, S.S. comme anti!... mais pas plus qu'ils ne seraient à la Butte, à Sartrouville ou Courbevoie... sursis pour où? l'Institut dentaire?... la Villa Saïd?... les dispositions devaient être prises... sûr, plus que louches ils étaient tous, pas que les « travailleurs volontaires »... Kretzer... Kracht... et l'héritière Marie-Thérèse si bien disposée et ses petits gâteaux... et les autres de la ferme en face avec leur soi-disant colère... le cul-de-jatte et son fusil chargé pour rire ou pour nous faire peur?... en y repensant, les petits détails, on se dit que cette scène était jouée... répétée... que cette mise en joue, ce bond de la tigresse, étaient un « suspense »... qu'elle avait fait dévier le canon, mais que c'était entendu entre eux... alors pourquoi?... nous ne comprenions pas...

« Je te dis, je te disais à Grünwald, on n'aurait pas dû venir ici... fallait qu'ils nous gardent à Berlin! on aurait vu venir! »

Absurde!...

« On aurait jamais dû non plus venir à Baden-Baden! tu les trouvais peut-être bien honnêtes toi ceux du " Brenner "? la si anti-hitlérienne von Seckt?... et le faux derge cul béni Schulze?... les magnats de la Ruhr si gaullistes!... à ta santé!... et tous les maîtres d'hôtel fifis? »

Question de raisonner La Vigue « homme de nulle part », c'était folie, pas la peine, mais moi aussi je pouvais prétendre m'être pas si tellement foutu dedans... cependant, total, nous étions bien dans un hameau, si à micmacs, qu'on aurait fait bien d'être ailleurs!... d'être n'importe où!

« Dis, ce que c'est encore que cette tzigane?... t'as vu sa moumoute?... perruque blonde?... d'où ça sort?... t'as entendu un peu sa voix?... une femme ça?... tu crois?... un homme?... et qu'elle nous a virés la caque! et qu'elle va faire tourner les tables!... qu'elle les a toutes emmenées là-haut!

— Qui, toutes?

— Toutes les femmes!... Lili avec! en attendant, écoute un peu... ce qu'ils mettent sur Berlin! »

C'était vrai, plus que d'habitude... de ces torrents de bombes!...

« Tu voudrais y être toi?... dis, le « Zenith »!... et le Pretorius!... suspendu, le mec... je te dis, enfant, ils retourneront tout!... les trous aussi!... en doigts de gants!... les cratères!... »

C'était pas exagéré, y avait qu'à voir un peu les murs, ce qu'ils tremblotaient, à cent kilomètres, ils en faisaient un Vésuve de bombes!... Berlin, les gens et les ruines... je veux, ils font beaucoup mieux depuis... nous verrons bien, nous jugerons... là c'était déjà du spectacle et très divers... pas que des « forteresses » escadres... des petits harceleurs aussi... un par un, *marauders... mosquitos...* question « passive » boche : nib!... pas un départ, pas une batterie!... on avait vu un peu le dernier aviateur! il s'était fait son trou lui-même!... je dis le seul, j'exagère peut-être, mais les autres qu'on voyait pas devaient avoir encore fait mieux... plus profond... qu'est-ce qu'on irait foutre à Berlin admettant qu'on nous laisse partir?... déjà c'était plus que des décombres, maintenant la façon qu'ils sucraient, plus que cendres sur cendres... il était idiot l'homme de nulle part!... il avait qu'à ressentir un peu les murs et les dalles... sa cellule pourtant bien sous terre...

« Ils viendront aussi ici? tu crois?

— On sera plus là!

— Où, alors?

— Laisse-moi réfléchir! »

Réfléchir, je me vantais un peu... tout de même une petite idée... depuis longtemps la petite idée... petite, pratique... « on ne voit que ce qu'on regarde et on ne regarde que ce qu'on a déjà dans l'esprit... »

« T'as pas entendu le sergent?

— Le sergent où?

— Celui du terrain... du rouge-gorge...

— Alors?

— Il a pas parlé d'Heinkel?

— Heinkel qui?

— L'usine de Rostock...

— Alors?

— Alors je te dirai plus tard... en attendant on va remonter là-haut, elles doivent avoir fini l'avenir...

— Tu crois? »

On sort à tâtons de sa cellule... la lumière était interdite... et puis on avait pas de bougie... on appelle Iago, il vient vers nous, il nous renifle... je lui touche la tête, il veut bien... je le caresse, il nous laisse passer... La Vigue ramasse les deux gamelles... on repassera aux *bibelforscher*... Iago nous comprend... il me fait souvenir d'un petit air...

Pas que c'était le chien empiffreur! non!... mais son daron qu'était infect se faire tirer par lui des heures, que ce pauvre bétail en pouvait plus, sans briffer!... question gamelles, j'en faisais mon affaire! simplement par cigarettes!... j'allais pas me gêner!... l'armoire d'Harras était là!... puisque je tapais dedans pour Kracht, les autres alors?... vogue la galère!... les cuisinières de la ferme?... elles voulaient bien fumer aussi!... et nos sacripants des étables?... un peu!... et l'épicière!... et le garde champêtre?... tous!... toutes! Kretzer et Madame!... ce que j'allais rendre de gens heureux!... délicatement, c'est entendu, mais enfin Harras verrait s'il revenait, sacré farceur, vadrouille à la chasse au typhus! il serait pas long à comprendre... les trains de bombes là-haut un peu s'il les avait pris sur la pêche, il aurait agi tout pareil!... arsouille!... il irait le chercher son Grünwald et ses demoiselles *telefunken* et ses jus de fruits! en flammes tout ça! flammes!... tout l'horizon! vertes... oranges... jaunes... et là-haut aux nuages les houles de suie... vers nous... sur nous... furieuses houles... certainement Harras savait... pardi!... plus rien pouvait exister de son *Obergesundt!* avec des pincettes il retrouverait pas une *fräulein!* ni un Finlandais, ni un garde-corps, tout ça était parti là-haut... il aurait de quoi rire!... *ooah!* nous là il s'agissait de trouver notre porte, remonter chez nous... absolument à tâtons... ils avaient que ça comme « passive », défense absolue de toute chandelle!... même une allumette!... pourtant ils en avaient chez eux, dans les chambres, je voyais des lueurs sous les portes... ils se faisaient aussi des frichtis... ça sentait le ragoût... ils devaient se faire des crèmes aussi, une odeur de caramel... bien sûr, ils mangeaient pas à table!... partout, tous les pays en guerre, c'est le vice général, qu'on ne voie pas ce qu'on briffe, ni ce qu'on boit... la rafle des rations de mômes, surtout du lait, pour le café de papa... je voyais à Bezons, je donnais du lait « supplémentaire » pour les « moins de quatre ans », jamais ils en voyaient une goutte... les mères se défendaient d'autres façons, aux tickets... piquaient les baths, envoyaient les gniards jouer dehors, en bas, et bien toutes seules, kil sur table, frogomme, brignolet, personne pour les voir, et pas d'odeur, bâfraient! petites ogres!... partout, tous les pays en guerre il vous faut être drôlement sioux, une patience de chat, pour voir les gens se régaler... jamais nous ne les voyions se nourrir... une magie! y avait que Iago et nous de maigres... ça devait suffire pour le hameau... parfaits exemples d'austérité... parfaits hypocrites tous ces spectateurs, manoir, ferme, chaumières... les tartuferies sont comme les langues, elles ont chacune leurs façons, leurs tours... la tartuferie boche rigole pas avec les fortes démonstrations, défilés de masses, aboiements de chefs, fols enthousiasmes, *über alles!* mais dans les familles, *mahlzeit* la crève, bien faire voir qu'on se nourrit juste d'un semblant de soupe, tout en gueulant bien fort! plus fort!... *heil!... heil!...* le portrait d'Hitler, haut du mur, idole, minces moustaches, minces lèvres, rit pas du tout... c'est seulement après le *mahlzeit*... qu'ils montaient chacun chez soi, se mijoter le petit quelque chose... la preuve j'en voyais pas un maigre... un fait certain, notre protectrice Marie-Thérèse était pas privée, elle ne vivait pas que de friandises!... j'espère que Lili avait pu lui demander des « restes » pour La Vigue, moi... où que j'aie vu, tous ces rassemblements de dames, tourneuses de tables, liseuses de mains, diseuses d'avenir, ou folles sensuelles, où que ce soit, Londres, Neuilly, New York, Dakar, sont n° 1 folles gourmandes... de ces grignotages de derrière, oui, mais encore bien plus de sandwichs, montagnes de petits fours... plus tellement de portos, gin, scotch, que ces dames sortent des tables tournantes en état de gonflements et rots... très indécentes... par les deux bouts.

Sûr Lili était pas ivre, je la connaissais... et qu'elle avait pensé à nous... nous montons... nous trouvons notre porte... Lili est là... toute seule... elle nous attendait...

« Alors?... alors?... qu'est-ce qu'elle a dit?

— Qui?

— La romanichelle...

— Elle a fait parler la table...

— Alors?

— Qu'elle vous voyait toi et La Vigue dans une grande maison très sombre... très grande...

— C'est tout?

— Une maison avec des barreaux...

— Pourquoi elle nous a fait sortir?

— Elle voulait pas parler devant vous...

— Tu crois que c'est une femme?

— Je suis pas sûre... on la reverra demain... ils ont leur roulotte dans le parc... elle doit revenir chercher les chaises, elles sont toutes à réparer chez Marie-Thérèse et chez le vieux... et aussi à la ferme, en face... »

On pouvait compter sur Lili... elle avait bien pensé à nous... un petit panier entier de sandwichs!... et pas « ersatz » comme à Berlin, des vrais au beurre! plus des tartines de foie gras... la preuve qu'ils avaient ce qu'ils voulaient!... comment?... je voyais pas encore... mais je me doutais... d'un condé l'autre... déjà le faux miel, les cigarettes, la marmite du *Tanzhalle,* et les boules chez l'épicière, on commençait à se défendre... en tapant dans l'armoire d'Harras, carrément, on manquerait de rien... le tout, dans les circonstances difficiles, même très, s'accrocher à des passionnés, donnant, donnant, qu'ils comptent sur vous... « pour soulever la Terre donnez-moi un levier! » criait Archimède... apportez au fumeur privé, de quoi bourrer sa pipe, il vous livrera les Halles... le fumeur privé est capable de tout, vous trouve tout, vole tout...

Dans l'armoire d'Harras y avait au moins trois ans de tabac... dix ans de « Navy Cut » et

« Craven »... six mois de « Lucky »... je nous voyais devenir tous, gras... ils pouvaient attendre les perfides, cul-de-jatte, Kracht, Isis, et autres!... c'était leur plan de nous fatiguer, qu'on en puisse plus... et la diplomatie alors? vous trouvez un petit compromis, vous pouvez attendre... nous le stock d'Harras... les hommes se fatiguent de tout, même des plus agressifs cocktails... tandis que le perlo, pardon!... est presque plus demandé que la vie!... à l'exécution capitale, à choisir, rhum?... tabac?... la cigarette gagne... je voyais, par notre petit moyen, qu'on arriverait parfaitement à se passer de nos tickets... seulement sûr ils deviendraient infects du moment où ils verraient bien qu'on les enquiquine... on pouvait même assez prévoir qu'ils deviendraient sauvages... pour nous donc c'était pas trop tôt d'aviser le moyen de foutre le camp... avant qu'ils nous jouent je ne sais quoi? certainement j'avais une idée... deux... trois... quatre... je suis pas malin mais je me doute... je suis pas optimiste... je pesais le pour... le contre... depuis des mois... sans mettre personne au courant... ni Lili... ni La Vigue... on verrait! là dans l'instant même je me demandais ce qu'elles avaient pu se dire... d'abord dans notre réduit de tour, et puis là-haut chez l'héritière? pas qu'interrogé les tables!... elles avaient goûté, et très bien, la preuve les feuilletés à la fraise, confit d'oie, sardines, pain blanc, tout ce que Lili avait prélevé pour nous... il y en avait, il paraît, dix fois autant!...

« Et la gitane? »

C'est pas la table, c'est un guéridon!... qu'elle l'avait fait remuer, un pied, l'autre...

« Répondu quoi le guéridon?

— Les mêmes choses! »

Que nous deux La Vigue passions à travers les flammes et puis après, des flammes encore! on était alors enfermés dans une très grande maison toute noire... toute noire avec plein de barreaux.

Pour les flammes, y avait qu'à regarder!... tous les horizons!... et tout ce qui passait d'Est et du Nord, escadres sur escadres, allait pas verser des petits fours sur le paysage!... rien que la façon que tout tremblotait, les murs, les étables, le plancher, on aurait pu pronostiquer nous aussi! les secrets!... que les dragées des « forteresses » retourneraient toutes les betteraves et les sillons, les nazis avec! hobereaux et vieilles filles et le Landrat et ses bracelets, et les travailleurs anti-volontaires, et les *bibel*, que tout ça irait parler aux nuages!... y avait qu'à voir ce qui s'amenait, roulait par bourrasques, comme exprès sur nous, en ocre... noir... fumées de quoi?... des forêts?... du coaltar?... des usines?... les avions se gênaient plus du tout, ils traversaient, comme en routine... maintenant la nuit, tous leurs feux brillants, clignotants, sûr ils sucreraient Moorsburg quand y aurait plus de ruines à Berlin... y retourneraient toutes les façades!... ils feraient d'ici, manoir et le reste, qu'un très petit cratère... quand y aurait plus rien dans le grand Reich, la cré foutue Prusse et Brandebourg!... raison joliment de pas attendre!... pas besoin du tout de la romanichelle et de ses guéridons! soi-disant femme!... qu'il fallait disparaître pardi! et comment?... y avait pas eu que du spiritisme et des petits fours... Marie-Thérèse avait offert à Lili toute la bibliothèque du vieux, tout ce qu'elle voulait!... la porte à côté de son salon... je voyais ce que Lili avait pris... tout Paul de Kock... tout Murger... pour nous deux La Vigue, du sérieux!... la *Revue des Deux Mondes* des soixante-quinze dernières années... la *Vie des Astres* par Flammarion... elles s'y étaient mises, toutes les femmes, gitane avec, pour nous les descendre, nous les arranger bien en ordre, par numéros, dates, que notre rond de tour prenne un petit air meublé, convenable... le drôle c'est que nous avons eu le temps de tout lire!... romans, essais, critiques, discours... il m'est donc permis d'affirmer, preuves à l'appui, que les rois, députés, ministres, profèrent toujours, décade en décade, les mêmes sottises... à peine ci, là, quelque imprévu... plus con, moins con... que les romanciers écrivent toujours les mêmes romans, plus ou moins cocus, plus ou moins faisandés, pédés, mélimélo, poison, browning... à tout bien voir, garniture lianes de fortes pensées... Tallemant suffit, compact, vous met tout, pognon, les crimes, l'amour... en pas trois pages... vous pouvez bien vous rendre compte que les critiques, une revue l'autre, ont toujours les mêmes doigts dans l'œil, manquent pas de se gourer absolu, du bout d'un siècle l'autre... raffolent que de la merde, tant plus que c'est nul plus ils se poignent... fols! jaculent, fervents, ahanent! à genoux!... les revues des fonds de bibliothèques sont toujours joliment actuelles... toujours le canal de Suez... toujours les vingt guerres imminentes!... toujours l'humanité qu'augmente... vous arrivez à plus rien lire, plus vouloir, plus savoir, tellement vous êtes très sûr du reste...

Je vous ai beaucoup parlé de mangeaille, allez pas me prendre pour un glouton!... pas le moins!... mais à force de manger si peu j'avais peur que nous devenions si faibles que nous restions en panne... très beau les rêves d'escampette! mais quand on flageole?... c'est arrivé, un peu plus tard, au Danemark... après la prison... là ils m'ont fini, j'ai pris cent ans, en deux années... vous voyez là des gens qui savent, gardiens, techniciens, vous font prendre cent ans en moins de deux...

Mais à Zornhof là, avec mes cannes, je marchais encore tant bien que mal... après la prison j'ai plus pu... c'est pas pour me plaindre... j'en vois, cancéreux du recto, encore parfaitement agressifs, agents de l'Intérieur, bouillants bourriques... vous dire!... je pourrais en prendre de la graine... exaspérer mon public... « Il blasphème parole!... il est pas encore crevé?... monstre pire que tout!... »

La nervosité, l'impatience de ces personnes vient de ce qu'elles n'ont pas lu la *Revue des*

Deux Mondes cent années... là, leur paraîtrait, évident, qu'un autre se prépare mille fois pire, dans le sens de l'Histoire!... mille fois plus hargneux, teigne atroce!...

Là d'où je vous parle, Zornhof Brandebourg, nous pouvions un peu penser qu'on nous avait assez secoués, bernique! c'était encore que banderilles!... le sérieux était pour plus tard... pourtant déjà l'impression d'avoir un peu trinqué... Montmartre, Sartrouville, La Rochelle, Bezons, Baden-Baden, Berlin...

Allais-je raconter à Lili ce qui s'était passé à la ferme?... le bond d'Isis!... son cul-de-jatte jaloux! cette crise?... et le fusil?... non!... peut-être?... plus tard... elle nous avait ramené de là-haut, encore de chez l'héritière, un beau chandelier à cinq branches... mais une seule bougie... ça nous éclairait pas beaucoup, la seule bougie, mais tout de même, de dehors, du parc, ils devaient voir une lueur...

« Tu crois pas, La Vigue?... »

Au moment juste, on aurait dit que c'était convenu, un coup de bugle, d'en bas... sûrement Hjalmar!... que lui, le bugle!...

« La calebombe, La Vigue! »

On saute... on la moufte... La Vigue l'écrase... on appelle!... nous qu'on appelle... du parc...

« *Franzosen!... franzosen!* »

C'est bien nous qu'ils veulent... eh qu'ils montent!... c'est peut-être pas Hjalmar?... au tambour maintenant! *drrrrrr!*... ça doit être lui?... il veut pas monter?... il a peur?... on va y aller, zut! moi, La Vigue... mais pas dans le noir!... à la bougie, l'escalier... tant pis s'ils râlent!...

« Rallume-la!... »

Je dois dire une descente assez traître!... même marche par marche... même à la bougie...

« On va lui dire de monter, le con, éteins! »

Je pousse grand la porte... c'est bien lui, Hjalmar!... avec le pasteur... qu'est-ce qu'ils veulent?...

« *Schlüssel! schlüssel!*... »

Il veut la clé... quelle clé?... il me montre le poignet du pasteur, sa menotte... où je l'ai foutue?... je me souviens, exact, je l'ai prise dans sa poche pendant qu'ils ronflaient tous les deux... mais où je l'ai mise?... je me secoue... fort... retourne mes poches... ah, la voici!... veine!... je la lui donne... je croyais qu'il allait le renchaîner... non!... une allumette!... que je voie leurs tronches... c'est bien eux!... le pasteur a toujours son panama et sa voilette d'apiculteur... Hjalmar, baudrier, tambour, bugle, casque à pointe...

« *Nun gut!* alors, bon! »

Il empoche la clé... la menotte, la chaîne... il va tout perdre!... en loques comme il est... loques à trous...

Il me rassure...

« *Er braucht nicht!*... il n'a pas besoin! »

Il m'explique...

« *Er kommt mit!*... il vient avec! »

Tant mieux!... tant mieux!...

En fait, ils s'en vont... pas difficile!... deux, trois pas!... ils disparaissent... vous diriez de l'encre notre sous-bois... y a que là-haut les nuages qui sont illuminés, brillants... des pinceaux des cent projecteurs et des reflets d'autres explosions... Nord... Est... mais dans notre parc nous, rien... l'encre... deux pas... trois pas... vous vous sentez devenir tout ouate, tout nuit, vous-même... un moment vous êtes étonné de chercher encore, quoi?... vous ne savez plus... j'entends les dernières paroles...

« Il n'a pas besoin... il vient avec... »

Hjalmar... il devait savoir où il allait avec son resquilleur d'essaims... le pasteur en voilette... enfin, peut-être?...

« *Komm mit!* »

Nous attendons qu'ils s'éloignent... on regarde la nuit... ah, du bugle!... un coup!... deux coups... c'est Hjalmar... déjà assez loin... plus loin que l'église...

Je ne les ai revus les deux que bien plus tard... en une certaine occasion... je vous raconterai... moi n'est-ce pas : vérité d'abord!... la vérité c'est réfléchir... vous attendrez un petit peu...

EXKURS: ELEND ca 1960

*

(Groll auf Opportunisten)

Je vois cette petite Esther Loyola, le monde entier à ses genoux, l'implorant, la suppliant, qu'elle daigne aller s'allonger dans une Sainte-

Chapelle... qu'Hollywoad à coups de milliards fera le reste, trente-cinq « superproductions »...

L'affaire des mansardes, poursuites sur les toits, flics partout, nous avons éprouvé aussi... certes! mais que ça ne nous a rien rapporté! crédié là non! non!... ni Sainte-Chapelle, ni contrats d'or...

Mes frères de race sont gens de maison... Esther est de ceux qui donnent les ordres... ce qu'on aurait dû me dire au berceau : « môme, tu es de la race des larbins, tiens-toi modeste et très rampant, surtout ne va jamais t'occuper de ce qui se passe à la table des maîtres! » je me serais bien planqué en 14, j'aurais pas ouvert mon clapet... que pour des oui! oui! oui!...

En 40, je me serais sauvé avec les autres, et « rengagé » dans les « héros »...

Une fois la culbute réussie et les historiens bien en place... j'oubliais pas tous les quinze jours d'envoyer mon très bel article... « Ah, petite Esther Loyola! » j'avais le Nobel, je devenais riche, tout le monde m'adorait et Mauriac, Cousteau, Rivarol et Vichy-Brisson... « ah qu'on est fier d'avoir en France un tel adorateur d'Esther! »... mes pauvres parents ne m'ont pas prévenu quand il était temps, au berceau, à Courbevoie, Rampe du Pont...

« Têtard! pas un mot de certaines choses, jamais! »

Je serais foutu le camp avec tout le monde, les autres gens de maison, et j'aurais gueulé avec eux, vingt ans plus tard, que tout s'était passé admirable!... de plein droit alors, un ministère, le Nobel et l'Académie...

Je n'insiste pas!... bien des personnes, même assez patientes, m'ont fait dire que je rabâchais... donc assez pleuré!... vite, notre *Figaro!* les nouvelles de Genève, de cette conférence pré-atomique... les nouvelles très encourageantes, revigorantes... qui nous donnent bien la certitude de passer des vacances parfaites!

« Dis-moi ce qu'ils ont bu et mangé? »

Le Figaro-Vichy nous l'apprend, littéraire et immobilier, société fermière réunie...

Enfin pourra se poursuivre la conversation qui a eu lieu aujourd'hui entre M. Gromyko et M. Couve de Murville au cours d'un déjeuner offert par le délégué soviétique. Le repas s'est prolongé pendant une heure et demie. La chère était bonne, il y avait au menu : caviar, vol-au-vent, truite au champagne, côte de veau, fruits rafraîchis. Le tout arrosé de vodka, de vin de Géorgie et de champagne de Crimée. La conversation aurait été « banale » dit-on officiellement. L'atmosphère aurait été cordiale et détendue...

Vous pouvez penser que ces messieurs, tels gourmets, menus mémorables, se font téléviser dégustant, et que leurs peuples en prennent de la graine, partent à la mer, à la montagne, très rassérénés... la foi!... l'essentiel! confiance! confiance et oubli!... ce qu'ils ont si bien mangé à Genève, déjà digéré, évacué!...

Je donne pas dix ans pour que les jeunes prennent Pétain pour une épicerie... « Colombey-les-Deux » pour un sale jeu de mots... Verdun pour un genre de pastis... « confiance, vacances, oubli... » allez voir dire à Billancourt qu'ils furent un petit peu bombardés?... on vous prendra pour un malade!... allez trouver la moindre plaque, le plus dissimulé bouquet!...

« Un tel?... Une telle?...

— Ils n'avaient qu'à se mettre à l'abri! Vous vos questions, n'y revenez pas!... déjà un drôle de " collabo " le soi-disant victime d'R.A.F.! traînard exprès, par les rues!... »

Sûrement ce loustic touchait quelque part!... ce soi-disant victime!... quel guichet?... y en a qui savent... nous en reparlerons...

*

Tout n'a pas toujours été touristique, hélicoptère et salles de bains, hôtesses « pin-up » comme de nos jours... que non! tous ceux qui ont connu le Vardar, et même dirais-je tous les Balkans, bien avant Tito, sous les Karageorgevitch, même sous Stampar ont eu affaire à de ces moustiques!... et de ces typhus! et pestes tous genres!... et aux « felchers »... je veux dire provinces, vallées, et souks, pas en touristes, viandes à bagages, motorisées, jamais satisfaites, jamais assez gavées, gonflées d'alcools folkloriques assez forts, de ratatouilles assez pimentées, jamais trouvant assez de vagins, moules assez juteuses et petits garçons assez dodus... les autobus pas assez énormes, pas assez de gros pétards bavards dedans, dessus, et autour...

En ce temps-là, Karageorgevitch, toute la Santé Publique d'Europe tenait aux felchers... comme le temps qu'il fera cet été vient du Groenland... les grandes épidémies, les vraies, bien plus puissantes que les conflits, même atomiques, nous venaient des rats... les *felchers* qui alertaient tout, d'après le sens des migrations des cadavres de rats le ventre en l'air, leur nombre... les felchers faisaient tous les souks, bazars, temples, avec leur « crochet prospecteur », alarmaient, rassuraient l'Europe...

Petits regards en arrière... Karageorgevitch, Stampar... les épidémies...

Là maintenant, Roger vient me voir... ce brave ami... je ne me fais aucune illusion... il vient me voir un peu en felcher... si je suis tout à fait ventre en l'air?... si je perds des poils?... si je tire la langue?... halète plus?... moins que la semaine dernière?... je dois dire, à propos, que notre hiver a été dur!... pas pour Achille, non!... regardez Achille à quatre-vingts ans, descendre de voiture, œillet à la boutonnière et garçon d'honneur, quel gamin!... de quoi j'ai l'air à côté? croulant, jérémiadant podagre... je veux qu'Achille ne travaille jamais, depuis le berceau, nib! bon à lape, d'un néné l'autre, commande, encaisse... c'est tout!... la vraie méthode à vivre vieux... rien foutre, bien jouir et mépriser!... toutes les statistiques le prouvent...

Demi-tour! taisez-vous!... il se trouve que né assez studieux, ayant un petit peu vécu, et sachant combien j'ai d'amis, y compris Achille, je tarde un peu à décéder... voici le petit hic, si je me décide mal, c'est le regret de finir travaillant, au lieu de rien foutre comme Achille, non que je sois jaloux des étreintes... oh là là non! ni des milliards... mais tout de même foutue damnée honte de finir laborieux!...

ah qu'il est doux de ne rien faire!
quand tout s'agite autour de vous!
trrrrrrrou! trrrrrrrou!

Pas seulement doux, brevet de longue vie, avec, sans lunettes!... mettez Kroukrou... le colonel Moimoi, Eisenhower, mineurs de fond, ils seraient morts tous les trois depuis belle!... ils parleraient plus, arbitreraient plus, trancheraient plus... tandis que là, de blablas en fameux déjeuners, ils iront tout droit dans le Larousse, avec commentaires à l'appui!... trois... quatre pages!... et pardon! ces obsèques! vous m'en donnerez des nouvelles! fanfares, petites filles et floralies!

Je le dis à Roger, il me contredit pas, il en sait un bout pour sa part, que même le petit strict minimum, quand on est pas du bon côté, mac, vicieux, fainéant, est d'un ardu à faire venir! surtout avec les carats... parvenu certain âge,

VERGLEICH C ~ UNGEZIEFER

vous avez toutes les peines du monde, surtout moi, ma réputation, on peut dire mondiale, de « monstre jamais vu »!... l'humanité est à ce prix, existe seulement, qu'elle se sente vertueuse, pure, aimable, coupable au plus de trop bon cœur, de pas vous avoir fait brancher, équarrir, l'heure propice... coupable que vous existiez là! encore!... oh certainement tout peut se refaire!... les sévères Justes rouvrir les dossiers! et les Cours!... on m'a tout pris, que le cou qui me reste!... joliment de trop!... si on me le beugle, de près, de loin!... de tous les extrêmes et du milieu, de « Rivarol » à « l'Huma »... je fais l'union sacrée des soulèvements de cœur... têtu clinicien comme je suis, cette haine si méticuleuse, tantôt sourde, tantôt claironnante, que je retrouve tout autour du monde, me semble un peu impérialiste... cabale!... impressions...

Roger est un homme tout de finesse, amitié, élégance de cœur et d'esprit... subtil, sensible, l'ambre!... en tant que felcher, loin de vouloir lui, la mort du rat, il fait tout pour le dépanner... vous pensez qu'une telle mansuétude est prise plutôt mal en haut lieu et qu'on en jase, et foutrement, à travers rédactions, loges, radios, sacristies, librairies de choc... il a pas fini d'en entendre, felcher sans conscience!... bamboula et tamtam des haines suis! y a qu'à me taper dessus que ça résonne! moustille, gambade, érecte fol! jacule, pâme!

Roger vient me parler et me tenir un peu au

courant de mes derniers échecs... *D'un château l'autre* ne se vend plus du tout... ils n'en ont pas tiré 30 000!... alors que tels et telles... et cy... en sont à 500... 700 000... et qu'ils se réimpriment! et qu'on se les arrache! dans les gares et dans les jurys, dans les cocktails, dans les boudoirs... alors qu'est-ce que je peux bien foutre moi et ma cabale! La *Revue Compacte d'Emmerderie*... pourtant l'« Argus » de la Maison, refuse de me publier une ligne, même gratuite... vous dire où je me trouve!... la pourriture que je représente comme l'ont si splendidement conté, démontré, les plus grands écrivains de l'époque, droite, gauche, centre, flambeaux de l'universelle conscience, Cousteau, Rivarol, Jacob, Sartre, Mme Lafente et Larengon... cent autres!... cent autres encore en Amérique, Italie, Japon...

Roger là, de fil en aiguille, me l'assure bien et me donne des preuves qu'il est extrêmement délicat, plus délicat que l'assassinat des trois bergères, des deux rentiers et du facteur, de présenter le moindre de mes ours au « Figaro immobilier », ou en « télévise » ou même au bistrot... et même à bout de très fortes longues pinces!

Roger me bluffe pas, j'ai vu des reporters venir ici, s'enfuir à grands cris, m'abandonnant tout! sacoches, appareils, chapeaux!... hors d'eux! panique!

Bien sûr je sais tout ça... depuis la rue Lepic, je suis fixé et que je suis pas au terme! ma poisse décisive c'est que tous les « forts » sont contre moi... sûr j'ai quelques « faibles » qui sont « pour », mais j'aime mieux qu'ils se taisent, ils peuvent que me créer d'autres ennuis... ainsi voyez ce qui serait heureux, que quelqu'un s'entiche d'un de mes ballets!... si je peux bien me fouiller!... ou mieux encore me tourne le *Voyage*... je peux attendre!... la question d'avoir dans la manche quelque « fermier général »... pensez!... tous « anti » et comme!

Roger le sent bien, admet, déplore... pareil pour l'Encyclopédie, pourtant chez Achille!...

« Jamais! jamais!... peut-être... peut-être?... quand il sera mort! »

Je vous fais juge, dans l'immédiat, vu les frais qui montent, le nouveau franc, l'été qui ne dure que trois mois, le charbon!... on va voir! les tonnes!... je saborderais bien tout, les romans et le reste!... penser à la retraite?... merde, j'ai plutôt droit! travaillant pour les patrons, puis pour les malades, et puis pour la gloire de la France, d'aussi loin que je me connaisse, certificat d'études et tout... il serait peut-être temps que je me repose... je dis!... fils du peuple vingt-cinq fois comme l'autre, mutilé 75 pour 100, le mieux serait que je pose les clous...

« Vous vous découragez, Ferdine! vous avez soit! quelque raison! certes! rafales, ouragans! mais vous plaignant vous ennuyez! tenez tous les géants de la plume se demandent tous les jours, au réveil, en se regardant bien dans la glace : " le suis-je emmerdant plus? moins qu'hier? "... journalistes d'eux-mêmes! vous êtes biffé du cinéma... entendu!... honni à la Télévision!... traité de tout chez Cousteau, chez Juanovici, chez Thorez... et chez les pauvres " d'Emmaüs "... et à Neuilly et aux Ternes... en tout lieu où souffle l'esprit... Butte, Caves, pissotières, Salons... coupe-gorges!... Arago, Roquette, Bois de Boulogne... renoncer pour ça? allez-vous demander pardon?

— Moi Roger, jamais!

— Avez-vous pensé aux *comics?* »

J avoue j'étais mal au courant...

« *Comics*, voyons!... plus important que la bombe d'atomes!... la sensa-super de l'époque!... Renaissance ah!... Quattrocento enfoncé! pfoui!... *comics! comics!* pas dix ans que tout sera aux *comics!*... sens unique!... Sorbonne, communales, normales!... y avez-vous pensé?

— Non... non Roger... mais je pourrais apprendre... »

Il me voit pas très convaincu...

Il insiste...

« Tenez Achille vous le connaissez, vous savez comme il est jeune?... je veux dire redevenu!... s'il est tout tendu vers l'avenir?... eh bien, il regarde plus sa télé!... il passe des heures aux cabinets hypnotisé par les *comics!*... quand on le met à faire ses besoins il faut l'arracher du siège, tellement il y colle, s'en va plus... vous savez s'il est économe?...

— Un prodige!...

— Eh bien à ce point! il dévalise les garçons

de courses!... tout ce qu'il peut leur piquer de journaux!... pour les *comics!*

— Dites donc! dites donc! »

Roger ne se contente pas de parler, il agit...

« Combien vous en avez là, de prêt?

— Dans les mille pages... »

Il voulait dire ce manuscrit même *Nord...*

« Illustrables?

— Je crois... un peu...

— Combien vous croyez encore?

— A peu près autant...

— Je vais vous chercher un artiste... un artiste qui veuille... peut-être?... votre chance!... mais bien attention Ferdinand! trois... quatre images par chapitre... chapitres " contractés "... trois lignes pour cinquante des vôtres, habituelles... vous me comprenez?

— Oh là là!... si je comprends " style étiquette "!... vous verrez ça!... Roger!... si je suis de l'avenir et de la jeunesse! qu'Achille sortira plus jamais, ni de son bureau, ni de son lit, ni des lieux... »

★

Comics?... Comics?... dessinateur?... je crois pas beaucoup... il trouvera pas... « revenants obligeants » ceux que je connais sont d'un hostile!... m'ont dénoncé de tous les côtés, acharnés la trouille!... question *comics,* je les ai

COMICS

connus dans ma jeunesse, et en sept couleurs... les *Belles Images* 0 fr. 10... à l'heure actuelle je vois pas beaucoup, même tout contractant mon histoire, comment elle pourrait un peu se vendre dans l'état des kiosques et des gares et des librairies, que tout ça dégueule d'invendus... que le public, si pressé, blasé, si alcoolique, si fatigué, veut plus rien lire, ni entendre, peut-être un petit truc pédé?... une pouponnière en folie? confidences de nurses roses ardentes?... alors là moi je me présente mal avec nos avatars aux flammes, phosphores, séismes...

Je vous parlais d'Isis, du cul-de-jatte, des *bibelforscher*, des Kretzer, de nos *mahlzeit* à la soupe d'eau tiède dans la haute sombre salle à manger sous l'immense portrait de celui qui devait se mettre au feu lui-même quelques mois plus tard... *heil! heil!* tous ces gens autour de la table faisaient semblant d'aimer la soupe, comme nous, ils en redemandaient, comme nous, il fallait, demoiselles dactylos et comptables... preuve de confiance, de haut moral... Kracht pharmacien S.S., herr Kretzer, chef de l'Annexe et des Archives, sa femme la pleureuse si nerveuse et nous trois, si on en reprenait! de cette bonne soupe succulente, fameuse!... pas nous qui allions bouder!... la petite bossue aussi se régalait... elle n'allait plus à Berlin, elle n'allait plus aux poissons, elle n'avait pas vu ses parents depuis des mois... le fameux *bunker* invulnérable en avait pris un coup final... fendu, fissuré, éparpillé... ses parents dessous!... le mieux était de pas en parler... la soupe tiède dans les assiettes, ridait, tremblotait, minuscules vagues... du pilonnage écrabouillage... je vous disais, Berlin, cent bornes! pas que la soupe, les verres d'eau aussi et le portrait d'Adolf... dans son cadre or... on recevait plus de « communiqué » mais par la soupe et la verrerie on pouvait bien un peu se rendre compte que de jour en jour ça se rapprochait... que ça devait être les armées russes... ça venait surtout de l'Est... ils devaient prendre Berlin en étau... et que ça serait bien rare qu'ils viennent pas voir sous peu ici... nous envoient une « reconnaissance », un tank... à force d'entendre tomber des bombes on finit par se croire importants et Zornhof, hameau, bouses et chaumes, rendez-vous d'armées... ça va vite la déconnerie... en réalité, pour nous l'essentiel, c'était le tabac blond et l'armoire... plus la liberté que je prenais... hardi, *Lucky! Navy! Craven!*... pas pour moi bien sûr, pour les autres, tous les jours deux paquets, trois... vous vous habituez... je répartissais... six cigarettes pour Kracht dans son étui-revolver, où il m'avait indiqué, au porte-manteau... pensez que tous et toutes étaient au courant!... si ils avaient reniflé le tabac!... juste ce qu'il voulait, j'étais pas fou, le Kracht bourrique, que je tape dans l'armoire, et que ça se sache... si Harras revenait on verrait!... puisque j'en prenais pour Kracht je pouvais y aller pour les gamelles... leur S.S. aussi comprenait, celui du *Dancing* aux cuisines... lui préférait les *Navy*... ah, aussi pour notre épicière, nos boules, et son miel ersatz... tous les soirs cinq ou six *Camels*... certes je pouvais y aller : j'en avais pour au moins trois ans à épuiser le stock... et je parle pas du reste, cognac, caviar, pernod, chianti... je savais pas combien au juste, mais y avait!... personne semblait y avoir été, c'est pas moi qui allais lever le lièvre... ils prendraient d'assaut!... à la cadence où je prélevais, trois, quatre paquets, et les cigares, la guerre serait finie, quand je serais au bout...

Je vous disais donc, à table, au cérémonial *mahlzeit* toutes les secrétaires et Kracht, reprenaient de la soupe, comme nous... nous absolument sans grimaces, eux un petit peu... Kracht pour encore plus de zèle, se met à rétrécir sa moustache, plus mince que celle du Führer... trois poils... toute la table en faisait la remarque, pas hautement, mais pire, chuchotant...

Et pas qu'avaler la soupe tiède, il fallait aussi converser... bien faire preuve et tous les jours d'excellent moral... commenter les dernières nouvelles... Frau Kretzer était notre gazette... d'où elle savait?... elle a jamais dit... juste la plus récente nouvelle : leur *Revizor*, l'Inspecteur-juré pour le Brandebourg, était parti de Berlin il y avait plus de trois semaines, il devait s'être perdu... et on pouvait rien faire sans lui, tous les comptes de la *Dienstelle* devaient attendre... aucun signe!... il devait venir par Moorsburg... peut-être retenu quelque part?... mais où?... par qui?...

Vite un autre sujet!... quand Frau Kretzer pleurait plus elle plaisantait, folichonnait d'une façon assez gênante, je veux dire pour les hommes... là à propos d'une roulotte, dans notre parc... si ces messieurs y avaient été? ce qu'ils en pensaient?... des jeunes gitanes, jolies! de ces regards! des braises! ce qu'ils en pensaient eux, les comptables?... et l'S.S. Kracht? pas celle qu'était venue là-haut, dans notre tour, cette virago mal embouchée qui nous avait fait sortir, moi, La Vigue... non! d'autres! fillettes ravissantes... précoces!... ondulantes!... lascives! véritablement orientales! et de ces seins!

« Vous avez résisté, Kracht? »

Il avait pas été les voir...

« Mais si!... mais si!... »

Toutes les demoiselles riaient bien, elles l'avaient vu!... il se défendait...

« *Nein! nein!*

— *Ja!... ja!... ja!...* »

Pas prouvé! la garce Kretzer pensait qu'à ça... bisque! bisque!...

Ils se traitent de tout!... ils vont se jeter les assiettes!

J'interviens... Kretzer est dangereuse!

« On va y aller nous tous les trois! »

Je veux dire La Vigue, moi, Lili.

« On vous dira si elles sont belles! »

On aurait le cœur net!... d'abord et d'un, je voulais savoir si celle qu'était venue chez nous, l'insolente, était un homme ou une femme... je la ferai sortir de sa roulotte... qu'elle nous

ZiGEUNER

reparle de la « maison noire »... et de notre avenir!... ils devaient pas avoir de *Lucky* tout romanichels qu'ils étaient!... le tabac, surtout blond, mieux que la gniole, mieux que le beurre, j'ai dit mieux que l'or, vous fait savoir ce que vous voulez... vous fait parler les pires hostiles... du moment que vous avez le paquet, là! offert... pas des mots!... et des allumettes... si vous vous mettez tentateurs vous devez savoir où vous allez... nous d'abord Bébert dans son sac, je voulais pas le laisser aux Kretzer... ni aux petites lutines polonaises... ni aux comptables... l'idée qu'ils lui feraient un sort!... ils aimaient aucun animal, aucun chien ni chat à la ferme... sauf Iago en bas, lui l'utile pour haler le vieux, et montrer ses côtes, qu'au manoir c'était la famine.

Nous nous levons de table... salut à tous! *heil! heil!* ils nous répondent...

A la roulotte!... elle est pas loin cent mètres à gauche... zut!... les « objecteurs de conscience » bâtissent encore une autre isba!... infatigable clique!... ah, la roulotte, là je vois, à côté!... très biscornue, réparée, et de toutes les couleurs... bariolée jaune... violet... rose... comme camouflée... c'est peut-être voulu?... de près ce que c'est?... on s'approche... à un carreau une petite fenêtre, un vieux nous regarde... il ouvre...

« Que voulez-vous? »

Il parle français... il doit savoir qui nous sommes... un vieux tout blanc, tout frisé... pas aimable... il parle allemand, mais drôle, pas l'accent tzigane... il chuinte... allemand... français...

« *Fas follen chie?... fous êtes franchais?*

— Oui!... oui!... c'est nous!

— Ponjour!... »

Tout de suite des *Lucky!...* et du « jaune »!... j'avais prévu...

« Ah allumettes! *franchaiges aussi?* »

... Accent du Massif Central...

Je lui passe la boîte... qu'il les garde... il appelle dans la roulotte.

« Zénoné!... Laïka! Sinül!... »

Ces demoiselles viennent nous voir... et bien d'autres... toutes aux fenêtres... elles devaient être en train de travailler... au fond... d'habitude les romanis travaillent à l'air, eux pas!... je vois, elles réparent des chaises... d'après les voix, des femmes, des hommes, ils doivent être assez nombreux... ils parlent hongrois?... tchèque?... ah, je vois les têtes... surtout des femmes... jeunes, je crois... ah mais pas belles... la Kretzer les a pas regardées! moi ce que je vois, en effet l'air oriental, mais toutes bien fripées, à bout... les cheveux en paquet... gros paquets d'huile... pas irrésistibles du tout!... elles sont moins bien que les bonniches russes, pourtant très surmenées pareil... les Russes se défendent toujours par leur peau même les plus bineuses, piocheuses, tous les temps, dehors, glace, rafales, soleil... oh, pas du tout ces gitanes!... vous diriez badigeonnées à l'huile et soufre... pas que les femmes, les hommes aussi, cuivrés en plus... le vieux portait des boucles d'oreilles... les femmes n'avaient pas de bijoux... il me semble qu'ils ne parlaient pas tous la même langue... en tout cas ils étaient tassés!... je voyais pas notre « diseuse d'avenir »... ils réparaient tous des paniers, des chaises?... je questionne... ils parlent pas allemand, seulement le vieux... *sprechen nicht!*... ils savent que ça avec les gestes... *nein! nein!* l'allemand doit leur être défendu... ils descendent jamais de leur roulotte? et leurs besoins?... et la tambouille? je voyais pas de marmites... ils dorment les uns sur les autres?... ils sont plus mal? mieux logés que nous? ils y voient pas beaucoup plus clair, sûr... contre l'isba, et sous de ces hauteurs d'arbres, de voûtes... d'abord l'entrée de cette roulotte?... de l'autre côté?... pas si sûr que ça les chaises, les paniers... ils doivent fabriquer autre chose? ça ne nous regarde pas, ils nous vireront et c'est tout!... nous sommes venus nous renseigner... quand ils parleront de leurs persiennes, ils entrouvriront peut-être?... je la regarde encore cette roulotte... comme elle est longue... au moins trente fenêtres... un monument!... et biscornue... en trois... quatre morceaux... quantité de roues... à pneus ballons... et tout ce bazar à moteurs! deux! un énorme gazogène arrière... Roger qui voulait des *comics!*... là dessiné, il aurait! quatre petites cheminées en plus... sans doute leurs cuisines? et j'avais pas encore tout vu... de l'autre côté encore plein d'hublots... et d'énormes crochets... une vingtaine... une des jeunes gitanes apparaît... voir ce qu'on veut?... oh, très aimable!... grand sourire... il lui manque des dents... elle nous montre un tambourin... elle tape dessus... *pam!... pam!...* sûrement elle danse!... *ja! ja!...* nous irons la voir!... refaisons le tour!... vraiment l'hétéroclite bastringue réparé de partout... bouts de zinc, fils de fer, ficelles... et peinturluré rose, jaune, vert... plus des dessins... des signes... arabesques... je vais demander au vieux... s'il est toujours là... oui! oui! à la même fenêtre... il m'entend pas, il m'écoute pas... il joue du violon... et pas mal... tzigane, mais pas mal... ils doivent répéter... on les verra à cette séance... « Force par la Joie »... ça aura lieu au *Tanzhalle...* on devient copains par la fenêtre... les autres, les jeunes sont renfrognés... sauf la danseuse au tambourin... le vieux regarde, plus près, la main de Lili, il lui palpe les doigts... « *cholie* bague! *cholie* bague! *roubis! roubis!...* moi aussi *roubis!* »... il nous l'avait pas montrée, il l'avait retournée à son doigt... vers la paume... un *roubis!* et une émeraude... l'autre doigt, il nous montre, un saphir... et au petit doigt un « tiamant pleu »!... il nous fait tout voir!... « combien votre *roubis cholie dame?* fous foulez pas vendre? » et plus bas, chuchotant « ils fous foleront tout! » je vois que ce vieux fait pas que du violon, joaillier il est, aussi...

En attendant, je sais toujours pas ce que c'était que cette femme, ou homme à perruque, qu'est montée chez nous, si mal élevée... est-ce qu'il la connaît?... qu'est-ce qu'elle fout, en plus des cartes et de tourner les tables? bourrique, sûr!... je lui demande...

« Oh, bonne *afenture fous safez! fous safez!* »

Ça le fait rire... c'est tout... il dit pas plus... et que ça jacasse dans l'intérieur... en russe... en allemand... et je crois aussi en espagnol... oh, on ne nous a pas fait monter!... ils sont par tribus?... combien?... cette guimbarde est longue et large, mais tout de même, ils en sortent jamais?... je pose la question...

« Vous ne sortez pas?

— Si!... si Monsieur!... tous ensemble! »

Je voudrais les voir, tous ensemble!

« Quand sortez-vous?

— Oh, je ne sais pas! »

Salades!... je demanderai à la Kretzer saloperie mégère sûrement elle, elle sait... ce qu'est boniments et ce qui existe... un fait, ils sont n'importe quoi, crasseux et crasseuses, et huilés, mais ils sont tziganes, alors ennemis jurés du Reich, traîtres au sang, pourquoi on les laisse?... « autorisés de circuler », timbres, signatures, Kracht m'a fait voir... que nous, n'avons pas!... et quand ils sortent de la roulotte, qu'est-ce qu'ils peuvent faire?... romanis, pas romanis, hongrois, valaques, à quoi ils servent finalement?... réparer les ruches?... on en a pas vu après leurs crochets... pas une ruche, que des chaises et quelques paniers... du flan tout ça, moi je crois...

« Au revoir grand-père! on ira tous à la séance!

— Oh oui!.. ça sera beau! *choli!*

— Entendu, grand-père! »

On se serre les mains... des femmes la seule qui vienne nous dire au revoir, celle au tambourin... même nous envoie des baisers!... sûrement que c'est elle la danseuse... elle a pas qu'un tambourin... elle a aussi des castagnettes... elle nous en donne là, par la fenêtre... trrr! trrr! trrr! une roulade!... je dis à Lili: « demande-lui qu'elle te les prête!... » Lili veut pas... j'insiste... et comment! l'Esméralda appelle les autres qu'ils rigolent, elle croit que Lili sait pas en jouer, prétentieuse... qu'ils se moquent de nous... pardon!... Lili se passe les cordons aux doigts et trrr! bien mieux qu'elle!... ils peuvent se rendre compte ce que c'est qu'une artiste!... ces envolées de trilles!... rafales... pizzicati! légers!... légers!... c'est à eux là de rester baba... à toutes les fenêtres... ils applaudissent... ils sont forcés!... « encore!... encore! » ils en redemandent... le vieux aussi, même y en hurle... il apprécie... que Lili lui en rejoue!... plus fin!... plus fin!... et puis plus fort!... plus fort!... *furioso!...* lui qui doit être leur chef d'orchestre, il est, on voit, le plus connaisseur... tout le sous-bois retentit... *trrrr!* vraiment le très magnifique écho pour des minuscules castagnettes... les *bibelforscher* menuisiers qui sont pourtant pas à se distraire, qu'arrêtent jamais de rouler les troncs, et d'en remonter encore d'autres, s'interrompent, viennent voir... eux on peut dire, bagnards de choc, posent la pioche, varlope, les clous, écoutent Lili... *trrr! ter!* tac!... ça fait un rassemblement, je trouve... nous pourrions nous en aller... je croyais pas si bien dire... juste Kracht traverse la petite route... et plus loin, là-bas, bien plus loin, je vois Cillie von Leiden, et deux femmes russes de la ferme, je crois, leurs servantes... pristi!... beaucoup de monde!... et puis plus loin encore, Isis... elles sortent toutes du bois, elles s'en vont... d'autres encore plus loin... ceux-là je ne sais pas du tout... mais la petite Cillie, les deux servantes et Isis, je suis sûr!... où elles pouvaient être?... une idée? peut-être dans le fond du véhicule pendant que nous bavardions dehors!... qu'elles s'amusaient dans la roulotte, les quatre? elles n'étaient pas venues au manoir... je dis rien à Lili... Kracht lui venait pour nous... d'abord pour nous surveiller... et puis pour qu'on revienne à table... il nous aimait pas baguenaudant... demain!... demain!... nous irions tous avec eux au ravitaillement des osiers... en expédition! chercher des tiges et brindilles... ils en avaient très besoin pour réparer les fauteuils... pas que nous avec eux, toute la *Dienstelle,* sténos, comptables, demoiselles, caissiers et les Kretzer... tout le personnel des bureaux... plus Kracht!... aux oseraies le long des petits ruisseaux loin dans la plaine... ils en rapporteraient des charrettes... Kracht m'explique, on devait jamais les laisser seuls, ils s'échappaient, maraudeurs fieffés, ils revenaient avec des oies, des dindons, des canards et même des vaches!... ils s'échappent vous retrouvez plus rien! demain donc on sera de service avec les quatorze comptables, les regarder couper... on est jamais de trop autour d'eux, ils trouvent toujours encore moyen d'estourbir quelque chose... il faut les fouiller quand ils rentrent... les femmes ramènent des douzaines d'œufs, dans les grands volants de leurs jupons, et entre leurs jambes, dans des sacs, et même des fausses *Livres* britanniques!... qu'elles trouvent où?... tombées du ciel?...

N'empêche qu'ils ont tous les « permis » de résidence et de circulation! *Ausweis*... comprenne qui veut!... je demande à Kracht le quoi du pour... puisqu'ils sont d'après Nuremberg les pires souilleurs de races qui soient? pire que les juifs... pourquoi ils ne les parquaient pas, les laissaient divaguer, Est, Sud, Nord?... il n'en sait rien, il l'avoue, tous leurs permis sont en règle, il a les « doubles », il me les montre... timbres, tampons, pas de doute!... il me fait le geste que tout ça le dépasse... que ces « permis » viennent de très haut!... à Baden-Baden on en avait déjà de ces « passe-droits »... abracadabrants... bien à réfléchir... mais surtout à pas ébruiter! ceux-là aussi ces crépus, huileux, loquedus, étaient ramifiés à quelque chose?... quinze ans après je me demande encore, vous pensez que j'en ai entendu! tout est pas dans *Le Figaro* ni dans *L'Huma* ni dans *L'Express*, éreintants foutoirs à blablas, carnavals aussi ennuyeux que celui de Nice, aussi carton pâte stucs, et vents...

Qui commandait ces romanis? tenait leurs ficelles? cette guignolerie leur venait quelque part? plus tard, bien plus tard, en prison, à Copenhague, tous les incarcérés boches, civils et grivetons, refluès de l'Est et du Nord, avaient un mot pour tout expliquer, « *Verrat! verrat! trahison!* » belles burnes!... toujours c'est la trahison du moment que ça n'avance plus... d'un côté ou l'autre! tenez en ce moment au Kremlin et le camp en face « Pentagone » les traîtres pullulent... plein les couloirs, qu'attendent que leur moment d'éclore... à peine un régime dit : c'est moi!... proclame! plastronne! beugle grogneugneu!... te fout plein d'hostiles en prison!... que vous voyez les complots fleurir! peaux de banane! traîtres partout! la bamboula des renégats! héros, convaincus et félons, attentistes, double-jeutistes, s'échangent dix mille serments l'heure, baisers goulus et guillotines! traîtres partout!... César, Alexandre, Poléon, Pétain, Malagaule, Cléopâtre, Cromwell, kif ont vu! verront! pendus, écartelés, hachés! seront!

Vous maniez l'amour, attendez!... baisers dérobés, consentis, croupions tortillons, distendues braguettes, pupilles retournées implorantes... pour finir par quelles cochonneries!... après maire, curé!... le plus foutrant hoquetant pancrace!...

Là je vous distrais, je m'amuse, mais nous étions à Zornhof, en retard pour la soupe!... que je vous conte!... nous n'avions pas fini du tout!... Kracht était venu nous surprendre... nous rentrons donc avec lui... je parle pas d'Isis... ni de sa fille ni des servantes... que je les ai aperçues au loin... rien!...

Tous encore une fois installés... ils veulent savoir ce que nous avons vu... rien! rien!... *heil! heil!* j'ai bien vu l'étui-revolver dans l'entrée... à la sortie je ferai ce qu'il faut... mais bien l'impression que tout ça est ourdi, goupillé et que je suis le guignol... je vois à présent, c'était à refaire, je recommencerais pas, tout ce mal!... emportez tout!... l'effet qu'ils me feraient, nazis, résistants, ménagères, apiculteur, garde champêtre, hobereaux et cul-de-jatte! bon vent!... sourires et grimaces, vainqueurs et vaincus, même marmite!... tout ce qu'il vous faut au bout de la vie, plus les voir, plus parler de rien, vous savez tout... envers, endroit, tête, anus... le trop de mal que vous vous êtes donné...

Mais là j'avais vingt-cinq ans de moins, à table, en quart, et *Mahlzeit!...* j'étais encore bon... ça bavachait fort! il fallait! la conversation tonique... tout plein de nouvelles encourageantes!... les armées progressaient partout! Crète! Stalingrand!... Biélorussie! tellement de millions de prisonniers qu'on les comptait plus... ils étaient un peu informés! d'où?... par qui?... je voulais pas faire le sceptique, La Vigue non plus... *heil! heil!* il faut être sceptique à propos, pas de travers! allez gueuler en ce moment, à Moscou même, qu'Eisenhover a bien baissé...

vous recommencerez pas! là c'était le très grand portrait d'Adolf entre deux énormes candélabres, qu'il fallait regarder bien pieusement... pas « petit malin »! *heil!... heil!...* et c'était tout!... que la guerre était comme gagnée, comme l'Algérie l'heure actuelle, comme l'Hérault et le Poitou demain, comme le Cameroun n'est pas raciste, ni les pillards d'asiates fins découpeurs de missionnaires... là c'était le portrait d'Hitler, son beau regard bleu, ses petites moustaches et pas autre chose!... son cadre au mur en prenait un coup! tremblotait, comme nos assiettes et la soupe tiède, par répercussion des bombes pourtant j'ai dit, à plus de cent bornes... pensez qu'ils s'en occupaient de jour et de nuit, retourner les ruines et cratères!... toutes nos soupes en étaient vibrantes, petites rides et vagues, comme le *Führer* dans son cadre, les murs, les vitres, les très grands arbres... je me demande où ils l'ont fourré, où il peut être l'heure actuelle ce formidable portrait d'Adolf? les Russes qui sont venus à Zornhof l'ont certainement brûlé, peut-être passé le cadre à Staline? idolâtré, brûlé aussi!... mis Kroukrou en place? quand brûleront celui-ci un autre!... le maréchal Youyou? Sidi-Petzareff?... François Ier?... qui vivra, survivra, verra!... ces formidables cadres tout or attendent toujours un autre Titan! cadres voués! Prophète, Attila, Washington, Lyautey, Robespierre, Bernadotte, Pape, tonnerre! gi! fleuves de sang! un coup de plumeau!... et on raccroche! l'idole est servie!

oh pas longtemps! un autre trépigne déjà sous le cadre, en veut!... qu'on le laisse grimper! Dache, Pompée, Gugusse, Magaule, s'exaspèrent, tonnent!

Nous là j'attendais qu'ils aient terminé leurs grimaces... *mahlzeit!... heil!...* qu'ils aient commenté les nouvelles... je connaissais le rite... on n'avait pas été trop longs à se rendre compte... à s'initier... puisqu'on en était aux bêtises... j'allais poser une question... la Kretzer me coupe : « ce que je pensais des romanichelles? » et vous Monsieur Le Vigan? vous n'avez pas été séduit? et vous Kracht?

Je vois la Kretzer est échauffée! excitée? jalouse? elle me laisse pas répondre, elle attaque...

« Vous les verrez à la danse! et puis chanter!... là Kracht, vous jugerez un peu!... vous aussi Monsieur Le Vigan!... »

Agressive cette garce, avec ses deux tuniques des fils toujours sur ses genoux...

« Tous ces gitans sont acrobates, les hommes, vous verrez! et violonistes!... et aussi dresseurs de serpents!... plein la roulotte!... chaudronniers aussi!... »

Ah que c'est donc drôle!... qu'est-ce qu'elle a bu? y a rien à boire!... un rire que dans une ménagerie tous les animaux et les gens prendraient peur... qu'on l'a pas excitée du tout! c'est entièrement d'elle!... avec ses deux tuniques sous le bras... *ach! ach! ach!* et qu'elle

ANFALL KRETZER

nous le refait... *ach! ach!* je vois pas ce qu'est drôle?... si!... si!... elle va nous le dire...

« *Sie wissen nicht?* vous ne savez pas?... le gitan?... le vieux joue de la harpe, pas que du violon! *ach!... ach!* »

Ça la reprend.

Elle va nous montrer dehors!... qu'on regarde!... le parc! la roulotte!...

« *Alle Kabbala!...* tous cabale, *wunderbar!...* vous n'avez pas vu? ils n'ont pas vu!... merveilleux!... »

Que nous sommes idiots, à plaindre!... *ach! ach!...* tous!... moi j'ai rien vu... La Vigue un peu... Kracht lui, oui!... quoi?... les signes, les dessins... c'est tout?... cabalistiques, peinturlurés, rose... vert... et alors?... je veux tout savoir... de l'autre côté de la roulotte... Kracht m'explique... j'avais pas remarqué... j'aurais dû... un peu de mémoire... un certain âge vous avez pour gagner votre vie essayé tout... oh, là! là! très très miteusement, il est vrai, mais tout de même... aux temps où j'étais employé, livreur, secrétaire chez Paul Laffitte, je cavalais grand galop... alors, bien plus économique, agile, que le métro n° 1, entre Gance, Mardrus, Mme Fraya, Bénénictus, et l'imprimerie de la rue du Temple... et Vaschid, des « lignes à la main », et Van Dongen, Villa Saïd... les esprits vont sans doute très vite, mais je les crains pas... surtout à la poulopade à travers Boulevards, les Champs-Élysées et les Ternes... chercher les épreuves, jamais les perdre, rassembler tout, plus, rédiger un commentaire, de style si prenant sorcelant que le lecteur dorme plus, vive plus, d'avoir le prochain « numéro »... je peux dire que la façon Schéhérazade, suspense et magie, je l'ai possédée, bien à la plume... il y a un demi-siècle... plus les livraisons, épreuves, et graveurs, et mise en pages... entièrement à pied, au sport, sprint en sprint... sans frais d'omnibus ni de métro... pourtant là, la roulotte j'avoue, j'avais rien vu... fatigue?... l'âge? j'avais pas vu les bariolures ésotériques... mais j'avais bien vu Isis von Leiden... et sa fille et les servantes... j'en parle pas... on me demande rien... j'ai qu'à réfléchir et c'est tout... un moment il devient si dangereux d'avoir l'air de se demander si...

Toujours, on a mis la Kretzer en méchant état... elle nous roule des yeux!... elle est prête aussi à bondir, comme Isis... je connais l'hystérie, vous pensez... mais vous observez peu en France de ces formes, je dirais, guerrières... ce sont plutôt, chez nos femmes et nos jeunes gens, des petites secousses, pâleurs, larmes, grands cris... Isis von Leiden attrapant le fusil du cul-de-jatte, au vol, d'un bond, nous avait montré cette forme d'hystérie agressive, sans pâleur, sans cris, la forme d'assaut, si j'ose dire... je voyais la Kretzer assez prête à en faire autant, nous menaçant d'un Mauser quelconque... en lui répondant *ja! ja! ja!* à tout... *ja! ja!*... elle pouvait se calmer... mais non!... la voici debout contre la table, les deux tuniques de ses fils, pressées contre son cœur... qu'est-ce qu'elle voulait? pas des *ja! ja!*... des *ach! ach!* alors?... qu'on rugisse?... non! elle va nous dire tout ce qu'elle pense! elle monte sur sa chaise et elle s'adresse à la table...

« Oui!... oui!... *noch!* encore! vous ne savez pas? vous ne savez rien!... la comtesse von Tcheppe est là!... oui!... elle sera ici demain! »

Qu'est-ce que ça faisait?... je comprenais pas?... qui c'était d'abord cette Tcheppe? Kracht savait, lui... il laisse la Kretzer gueuler... de quoi?... pourquoi?... des trucs à eux, elle aimait pas cette Tulff-Tcheppe... Kracht me renseigne, il peut parler, les cris de la Kretzer couvrent tout... j'ai ouï bien des cris, des cris d'orateurs, des cris de prisonniers, des cris de cancéreux, des cris de ministres, des cris de généraux, des cris d'accouchements, bien d'autres encore, mais là je dois dire la Kretzer n'était pas à interrompre... une comédie mais dangereuse, je crois pas qu'elle ait eu le cœur solide... qu'elle hurle, aucune importance, mais qu'elle défaille, ça irait mal... je lui fais répéter ce qu'il me disait... cette dame Tulff est à Moorsburg, elle passe une semaine chez le *Landrat*... comtesse Tulff von Tcheppe... il savait tout, lui... quelle parenté?... mère d'Isis von Leiden... mère adoptive... elle arrive de Königsberg... elle s'ennuie fort à Königsberg... détail important : elle parle français et très bien!... et elle adore les Français!... elle sera bien contente de nous voir! tant mieux!... tant mieux!... elle tombe pile!... elle est un peu exubérante, Kracht me prévient... certainement elle nous invitera, tous les quatre... et le chat?... le chat aussi!... elle possède un domaine immense, là-bas... dix fois grand comme celui des von Leiden!... et alors un de ces châteaux!... et des forêts! et des lacs! nous verrons!... au vrai, tout ça me paraissait loin... mais enfin si cette comtesse Tulff-Tcheppe voulait nous recevoir et était aimable... tout vous tente un moment donné... qu'est-ce que nous avions à perdre?... Kracht insiste que je comprenne bien : Isis était que fille adoptive!... je voyais pas beaucoup l'importance... youyouye! et que ça m'était égal!... l'importance, c'est que les Tulff-Tcheppe étaient comtes de l'Ordre Teutonique... vas-y pour l'Ordre Teutonique!... et que les titres de l'Ordre Teutonique ne pouvaient se transmettre que de mâle à mâle... et pas aux enfants adoptifs... voilà pourquoi la belle Isis s'en ressentait pas pour Königsberg... mais cette Kretzer-là, toujours gueulante, trépidante, était pas adoptive de rien, hystérique, c'est tout!... jalouse je crois, jalouse de tout! de Kracht qui la regardait pas... et de son mari, et de Le Vigan... Kracht d'après ce que je voyais en pinçait plutôt pour Isis... pas qu'il eût osé, mais tout de même... il savait tout sur les von Leiden, qu'ils étaient de petite noblesse, comtes du Brandebourg, tandis que les Tulff-Tcheppe étaient presque princes... Isis était une férue de titres, elle avait épousé le cul-de-jatte pour être comtesse! malgré tout!... mais encore là un autre hic!... ce titre était transmissible, loi du Brandebourg, par volonté du dernier comte, à qui il voulait!... Kracht en savait un bout!... de quoi rire dans l'état des choses, du ciel tout noir, de la terre qui tremblait et les murs, la table, la soupe, et l'énorme portrait de l'Adolf... cette cocasserie brouillamini, ligne directe, pas! la Kretzer debout sur sa chaise, en pleins gueulements, s'occupe tout de même de nous deux, Kracht, moi, si nous parlions d'elle?... elle nous attaque...

« Vous ne savez rien! vous ne savez rien! »

Les comptables protestent...

« Si! si!... ils savent!

— Ah, vous savez? alors où est le garde champêtre? »

Tout le monde se tait.

« Et le pasteur? vous savez aussi? »

Personne sait non plus...

« Idiots!... têtes de chèvres! ils sont disparus!... disparus! et vous disparaîtrez aussi! tous! tous!... vous m'entendez? »

Bien sûr qu'on l'entend!... Kracht fait signe qu'on la laisse crier... qu'on ne réponde rien, qu'elle est folle... bien sûr, qu'on la laisse... qu'elle est folle! mais ça la calme pas du tout... en grande transe! ça l'excite qu'on la regarde pas!... trémousse!... trémousse! presse ses deux tuniques sur sa bouche... les embrasse!... embrasse!... elle pleure dans le sang... les caillots... elle s'en barbouille toute la figure...

« Vous entendez pas les bombes? boum! boum! *heil! heil!* »

Elle descend de sa chaise, elle imite...

« *Boum! baoum! heil! heil!* »

Elle passe derrière les demoiselles... elle leur fait la bombe à l'oreille... à Kracht aussi!... *broum! broum!*

« Vous éclaterez tous! et les *franzosen* là, tous! Simmer aussi!... et la soupe! *heil! heil!* »

D'un pied sur l'autre... *boum! baoum!*... et sur les carreaux de la fenêtre à deux mains... ses deux paumes... *boum!* personne moufte...

« Elle vous éclatera dans le ventre! tous!... à lui aussi! *heil! heil!* »

Lui, c'est Adolf dans son cadre... elle nous le montre... elle est dessous juste... elle tape des pieds... un pied, l'autre!... elle danse!... *pam!... pam!*... et qu'elle rit... on trouve pas drôle... c'est son rire de ménagerie... presque la hyène... elle va rechercher ses tuniques avec les caillots elle se maquille, elle se fait des petites moustaches comme lui, le cadre... c'est pas le moment de regarder... personne fait semblant de la voir, ni de l'entendre... tout de même elle a fait trop de bruit et provoqué... Kracht chuchote à son mari à moi aussi et à La Vigue qu'on l'aide, qu'on l'emmène l'autre pièce... doucement... par la porte du fond... elle veut bien, elle est même contente, soudain là, plus du tout furieuse... apaisée elle se laisse prendre, soulever, emmener, avec ses tuniques... nous l'allons poser sur le dos... elle pleure plus... elle menace plus Adolf...

tout le monde alors se lève de table... *heil! heil!...* salut!... ils remontent tous chez eux... tous ensemble et pas un mot, comme si rien n'avait été... nous avec Kracht et La Vigue on se fait des remarques... que le ciel est plus sombre qu'hier, et peut-être plus jaune, de soufre... le vent est d'Est... on voit plus du tout les avions mais on les entend... pas le même bruit que les *Luftwaffe*, qui font très moulins à café, les R.A.F. sont en douceur et continus... Kracht me fait la remarque, il voulait que je donne mon avis... j'avais plus d'avis!... pas demain que j'aurai un avis!... *musik!* il me fait...

Vas-y! *musik!*

★

Nous nous sommes retirés, je peux le dire, très modestement... Lili, La Vigue, moi, Bébert... j'ai déposé en passant, au portemanteau, ce qui était convenu... tout ça, je voyais bien, une farce... aucun secret pour personne que je tapais dans l'armoire d'Harras... ça aurait des conséquences... bien!... on verrait!... une fois dans notre recoin de tour nous avons bien secoué nos paillasses et nos chiffons et bouts de tapis... nos rats aussi... ils se sauvaient plus... avec le froid ils devenaient osés, familiers... Bébert qu'est pourtant pas un chat aimable s'occupait plus d'eux... je voyais bien, si on leur laissait deux, trois gamelles pleines, on aurait eu toute l'espèce chez nous, toute la cave et le bois... mais nous n'avions pas que notre ménage et à nous occuper des rats... nous avions un peu à penser à cette crise d'hystérie Kretzer... bien sûr tout était comédie... mais le coup d'engueuler Hitler, de se débarbouiller aux caillots, de lui imiter ses petites moustaches... et les *heil! heil!* en plus, pouvait nous faire drôlement juger... tout Zornhof devait être au courant et même Moorsburg... ce que Kracht allait décider?... nous trois, nous n'avions rien dit... que témoins!... mais témoin suffit! je vois moi avec les « Beaux draps » qu'étaient qu'une chronique de l'époque ce que j'ai entendu! et comment encore maintenant! là-haut c'était aussi grave, nous étions aussi « traîtres à pendre » que rue Girardon... sûrement on serait coupables de tout!... à y regarder de plus près, plus tard, cette malédiction générale n'est pas sans vous apporter certains avantages... notamment à vous dispenser une fois pour toutes d'être aimable avec qui que ce soit... rien de plus émollient, avachissant, émasculant que la manie de plaire... pas aimable, voilà c'est fini, bravo!... mais faute de cette garce Kretzer il allait être vite entendu que nous avions attaqué le *Führer!* qu'est-ce qu'on allait pouvoir répondre?... je leur demande là, Lili, La Vigue... bien à voix basse... on ne se méfie jamais assez... La Vigue se fout à rire!...

« On est dans la cabale! dis donc! oh! oh!

— Cabale toi-même! l'homme de nulle part!

— Attends je vais te le faire! »

Il me regarde... fixe!... et puis louchant! louchant!... pire que dans ses films...

« T'es hallucinant, mur du son! mur du son!

— Comment t'as dit? »

On va se battre si ça continue...

« T'es le plus grand comédien du siècle!... Adolf est qu'un gougnaffe hurleur! le Landrat aussi! »

Lili m'approuve...

« Oui! oui! La Vigue!

— T'es sûr Ferdine?

— Oui, et je te le jure!

— Alors!... alors!... »

Alors nous parlons gentiment de choses et d'autres...

EXKURS

* Selbstrechtfertigung

Il s'agit que la vie continue, même pas rigolote... oh, faire semblant de croire à l'avenir!... certes le moment est délicat, mais vous savez qu'avec confiance, grâce, et bonne humeur, vous verrez le bout de vos peines... si vous avez pris un parti, périlleux certes, mais bien dans le raide fil de l'Histoire, vous serez évidemment gâté... le fil de l'Histoire? vous voici dessus en équilibre, dans l'obscurité tout autour... vous êtes engagé... si le fil pète! si on vous retrouve tout au fond, en bouillie... si les spectateurs, furieux, ivres, viennent tripatouiller vos entrailles, s'en font des boulettes de vengeance, entassent, enfouissent, en petits Katyns particuliers, vous aurez pas à vous plaindre! vous vous êtes engagés, voilà!... moi, par exemple, auquel on reproche d'avoir touché des Allemands... quelles fortunes!... pas un seul accusateur, des centaines, et de tous les bords, et joliment renseignés!... Cousteau, employé de Lesca, Sartre le résistant du Châtelet, Aragon mon traducteur et mille autres! et Vailland Goncourt qui regrette bien, qui se console pas... qui m'avait au bout de son fusil!... je peux me vanter d'être dans le droit fil, aussi haï par les gens d'un bout que de l'autre... je peux dire, sans me vanter, que le fil de l'Histoire me passe part en part, haut en bas, des nuages à ma tête, à l'anu... Cromwell jeté à la voirie, grouillant d'asticots, n'avait pas le fil!... il a appris à ses dépens! déterré ils l'ont re-strangulé, et rependu!... tant que vous avez pas, mort ou vif, la corde au cou, vous êtes qu'une charogne inconvenante... quand je vois tous ceux qui n'ont pas de fil et qui battent l'estrade, pavoisent, pérorent, Kommissars, Superpatatis, Ministres, Cardinaux du Vent... pauvres, pauvres d'eux!

Hé, moi! je m'emporte! je vous parlerai de Cromwell une autre fois! pour le moment il s'agissait de faire le tour de nos relations... Dancing... Épicerie... et peut-être rencontrer Hjalmar?... on n'entendait plus son tambour... disparus? lui et le pasteur?... ils étaient rusés tous les deux!... je dis à Lili...

« Toi tu vas voir l'héritière! tu vas monter danser là-haut... t'emmèneras le greffe dans son sac... nous deux on va faire le tour, si ça bombarde trop, on rapplique... écoute! »

Nous écoutons tous les trois... les murs tremblent... tremblotent... comme hier, pas plus... et *broum!* d'aussi loin... le ciel est aussi couvert... noir et jaune...

Voilà!... nous laissons Lili, Bébert... nous descendons... le péristyle... je remarque à La Vigue, lui qu'est porté sur la nature...

« Voici bien une misère de terre!... mords ça!... bouillie de suie jaune, que les patates refusent de germer!... s'ils peuvent se la foutre au derge leur cauchemar de Prusse! je veux, le parc est pas laid... mais il est pas d'eux!... rien est d'eux que leur funèbre façon...

— Avoue tout de même ces hauteurs d'arbres... ces voûtes de dentelles feuilles et branches!... »

Sensible La Vigue, aux harmonies vertes et ajours... il était païen panthéiste, La Vigue... il doit l'être encore là-bas... il vaut mieux... un moment donné ne plus regarder que les feuilles et les vogues des cimes... mais dans le moment il s'agissait de ramener nos ganetouses, et de tenter de piquer une, deux boules à la *Kolonialwaren...* peut-être un de ces pots de « faux miel »... je voulais plus y aller la nuit... son truc de taper au carreau pourrait bien être un signal pour les « résistants » du bistrot... qu'on était là, qu'ils nous coiffent!... tout est possible... mais certes aussi arriver de jour était pas indiqué!... tout est farce et hypocrisie dès que vous êtes comme nous étions, bien repérés, individus sac et corde, suspects tous les bouts, traîtres à la France et à l'Allemagne... les clientes de l'épicière, elles, n'avaient pas de doutes, elles murmuraient pas, elles se le criaient d'un bout à l'autre de la chaumière que nous étions la honte du hameau, que notre place était dans un camp ou en prison, qu'on venait voler leurs nourritures... ce qui était injurieux et faux puisque le Landrat de Moorsburg avait lui, secoué tous nos tickets! nous mendigotions c'est exact, mais en payant de nos propres sous... et qu'elles refusaient pas les garces... ni les cigarettes d'Harras... tout nous prendre et nous traiter de pires abjects!... un moment se pose plus qu'une question : pourquoi on vous a pas pendu? pour ainsi dire officiel!... déjà liquidés tous mes meubles et manuscrits, et mon éditeur... l'épicerie avait rien à dire... en avant!... et zut! pas trop vite tout de même!... je voyais le sol bouger un petit peu... pas seulement devant moi, là... toute la plaine!... les sillons de betteraves monter... redescendre... au loin... très loin... j'ai pas beaucoup la berlue... peut-être tout de même un petit malaise?... zut!... demi-tour!... et les cigarettes!... on nous déteste et nous méprise mais ça sera pire si nous arrivons sans tabac... nous rebroussons chemin... à l'armoire vite!... trois paquets, quatre!... je referme... on se hâte... on avait pas fait vingt mètres... « hep!... hep! »

KRACHT (Selbstmord)

Kracht est devant nous !... je me dis ! il a une sale tronche... il a pas dormi ?... il s'est saoulé ? il est malade ?... « Ça va pas Kracht ?... » le teint terreux, bistre même... il s'est tout ridé, en pas deux jours... et ses petites moustaches « à l'Adolf » sont comme rebroussées... mécontent ?... qu'est-ce qu'il a ?... les nouvelles ?... y a qu'à regarder le ciel et entendre ce qui tombe... pas besoin de nouvelles !... il a pas à être bouleversé... il nous emmène un peu plus loin... j'aime pas ce genre d'aller plus loin, il me l'a déjà fait à l'aérodrome...

« Alors, Kracht, quoi ? *was ? was ?...* »

S'il veut nous buter qu'il se décide !... si c'est de cela qu'il s'agit ?... nous faire excursionner, pourquoi ?... La Vigue qui parle vraiment plus depuis qu'on a quitté Grünwald, nous fait signe, le doigt à sa tempe, que c'est assez, qu'il se décide !...

« *Ach ! nein ! nein ! verrückt !* »

Et il se met à rire... il nous trouve mabouls... pas du tout !... on était sincères !... on avait marre d'être baladés... du coup il sort son gros *pistol*... je connaissais l'engin... et l'étui !... et il me montre sa tempe, la sienne, l'endroit où moi je dois tirer !...

« *Nun !... Nun !...* allez ! »

Il insiste...

« *Los !* »

Il veut !... juste ce qu'on ne veut pas, nous ! notre existence pas assez toque pour qu'on abatte notre S.S. ! en plus ! salut !... saloperie qu'il est, certain, sûr, mais pas notre affaire! cezig petites moustaches!... il nous avait pas regardés!... qu'allait satisfaire son vice, son envie de suicide!... papillon, minute!

« *Nein*, Kracht! *nein! braver mann*, Kracht! *freund! freund!* ami! »

Qu'on reste potes, pas autre chose! qu'il chasse ces vilaines pensées!... on lui rengaine son revolver... on lui témoigne notre affection... en sacrées bourrades!... et on l'embrasse, on s'embrasse!... il nous a fait peur... tout ça a duré deux minutes, trois suicides et résurrections... les crises émotives durent pas beaucoup chez les hommes, les dames, les demoiselles se trouvent chez elles dans la tragédie, en redemandent, encore et encore!... en prière, en tricoteuses, aux Arènes, au lit, jamais assez! nous là, émotion pour émotion, on avait eu que cette petite crainte qu'il nous emmène en promenade pour nous liquider... je garde encore quelque soupçon...

« Écoutez Docteur, voulez-vous? *hören sie?* »

Il voulait nous demander quoi? l'air très gêné, presque repentant... ça devait être délicat... Le Vigan voulait nous laisser...

« Non! non!... vous aussi Monsieur Le Vigan! »

Il nous regarde... si on se moque pas de lui?...

« Vous avez vu Frau Kretzer? vous étiez là! »

Je crois un petit peu et alors?

« *Skandal!... skandal!* »

Il paraît que tout le monde en parlait... on

s'en doute!... même à Berlin!... fort, les ragots si vite à Berlin!... tout était coupé!... radio, câbles, lettres... les bureaux roustis!... tout semblait quand même parvenir, toucher les esprits et les langues... pire qu'en temps normal... rien arrête les bavardages... jusqu'au bout ç'a été pareil, jusque le Reich existe plus... entre les pires charniers, sous les orages de fulminates, comment ça jacasse!... ah Madame!... en rajoute, invente!... pour ça que je suis pas surpris que César en Espagne, pourtant pas à la noce du tout, en pleine rébellion, était parfaitement au courant de tout ce qui se passait à Rome, heure par heure, Cirque, lupanars, Sénat, banlieues...

Les fils électriques servent à rien, ni les pneumatiques, ni les caves chantantes, une fois que les êtres sont tout tremblants, vibratiles, parfaitement secoués par la frousse... plus besoin d'aucun appareil, ils émettent transmettent d'eux-mêmes, corps et âmes, bafouillis, hoquets, les nouvelles... vous les effleurez?... pftt!... vous en avez plein!... que ça déborde, éclabousse!... vous auriez pas dû! vous vous trouvez anéanti par ce qu'ils vous apprennent... juste de l'air du temps, le vrai, le faux... l'S.S. Kracht je voyais pas la gravité? le scandale?... cette crise de nerfs?... il voulait que nous lui commentions... que nous l'assurions qu'il n'était pas déshonoré... il avait déjà pris des mesures... pouvais-je attester que cette femme était folle?

« Certainement Kracht! certainement! »

Tout de même, je propose, il serait peut-être

préférable d'appeler un médecin de Moorsburg? aucun ne voulait venir!... je devais faire « office » puisque j'étais là, même pas « autorisé » du tout... Harras m'avait bien prévenu, tous leurs ministères très hostiles, très anti-nazis, surtout l'Intérieur!... ah, je pouvais l'attendre mon « permis »!... ça faisait rien, je l'aurai direct et assez vite, par les S.S... je dois avouer une chinoiserie, je tenais pas du tout à l'avoir, ce permis infamant... c'était bien comme ça! on serait pas toujours en Allemagne!... mais Kracht voulait que je l'obtienne!... s'en foutait lui de l' « Intérieur » et de tous les ministres... damnée clique de traîtres, vendus, anglophiles!... et monarchistes!... à pendre!... j'allais pas aller le contredire!... le calmer, je voulais... d'abord monter voir la Kretzer?... soit! il l'avait enfermée où?... chez elle? couchée?... nous revenons donc sur nos pas... contournons encore la roulotte... et l'isba des *bibelforscher*... nous voici au péristyle... Kracht m'accompagne, mais La Vigue m'attendra là-haut avec Lili et Bébert... je connaissais le local des Kretzer, au second étage... un véritable appartement, donnant sur le parc... *toc! toc!*... la porte, le mari m'ouvre... il chiale... larmes partout, lunettes trempées... tout de suite il supplie Kracht de ne pas faire emmener sa femme!... l'emmener? emmener où?... il fait rire Kracht...

« Vous avez vu une voiture, vous? »

Non, il a pas vu!... alors, nous nous moquions

de lui?... du coup il se jette aux pieds de Kracht... il implore encore...

« *Bitte!... bitte!* »

Kracht l'écarte, il veut que je regarde sa femme là, allongée... ce que je vois d'abord, je compare eux et nous, c'est qu'ils ont pas du tout à se plaindre... pas sur la paille!... tout ce qu'il y a de chouette!... grands tapis, lits, divans... rideaux pailletés argent et or!... le luxe en somme!... les meubles un peu bric-à-brac, tous les styles, comme chez Pretorius, mais pas en « bois blanc », très présentables... je suis curieux partout où je passe, je regarde les meubles... Kracht me demande...

« Qu'en pensez-vous? »

Il veut me dire, de Mme Kretzer, pas des tentures!... pardi, elle veut rester là, elle veut pas bouger! elle veut bien se repentir de tout, gémir hurler nous demander pardon, se rouler à nos pieds... n'importe quoi, mais pas partir... ils ont fermé toutes les fenêtres... ordre de Kracht!...

« N'est-ce pas Docteur, elle est malade? la lumière peut lui faire du mal?...

— Certainement! certainement, Kracht! »

Je me penche sur cette douteuse nerveuse... je fais relever le rideau, un peu... ah, je vois la malade... je l'examine... la crise qu'elle avait piquée sous le portrait d'Adolf elle pouvait être un peu à bout... elle est pâle, très pâle... son mari pleure à côté d'elle, toujours à genoux... et toujours implorant Kracht... « *bitte! bitte!* »... il a ôté ses lunettes, il pleurait trop... je vois que dans cette grande chambre, ils n'ont pas de lits, que des sofas... mes yeux sont faits... je réexamine Frau Kretzer... elle a pas lâché ses tuniques, elle les tient contre elle, toujours crispée, pareil... je l'ausculte... son cœur bat pas vite... 64... 66... les paupières baissées... closes... je demande si elle mange?... un petit peu... son mari la force... des bouillies... comment elle fait ses besoins?... un petit peu, dans un seau de toilette, là... c'est exact... maintenant mon avis? grave? pas grave?... Kracht veut savoir... état nerveux!... un petit peu de simulation, certes! oui!... mais pas tellement!... de nous entendre parler, et d'elle, la voici qui pousse des oh! oh!... et des sanglots... mais pas du tout comme en bas... pas à l'esclandre!... en petits échos des *boum* de dehors, de la plaine... presque sans desserrer les lèvres... *boum! braoum!* comme au *mahlzeit,* mais très en sourdine... bien convenable en somme, allongée, raide...

« Elle est pas gênante... »

Je conseille qu'on la laisse avec son mari... on a assez de complications...

Oh, bien sûr!... Kracht demande pas mieux... mais le *skandal?* rien n'est arrangé!... on réfléchit, on s'assoit, on écoute... y a de quoi écouter... toujours d'autres et d'autres escadres passent... bzzz!... elles font plus de bruit que notre hystérique... Kracht me demande à propos...

« Hjalmar? »

Nous n'avons pas revu ce Hjalmar... ni le pasteur... rien entendu!

« *Verschwunden?*... disparus? »

Oh, ils peuvent, mais je me demande où?... je comprends que Kracht en mène pas large... un bon coup de *broum* d'en l'air, d'en haut... on pouvait s'attendre...

Autant les plaisirs sont brefs, autant les ennuis finissent pas... et que vous n'existez que par eux, triste astuce!... déplaisirs de vos premiers cauchemars en nourrice à vos dernières sueurs... et rideau!... là je le vois vraiment désolé notre S.S. en bottes, *Apotheke,* il regarde plus rien, ni moi, ni Frau Kretzer, ni les « forteresses », ni les nuages... accroupi là, avec son gros Mauser, et son brassard large comme ça, à croix gammée... pour un peu il nous demanderait de lui faire les cartes... oh quelque chose lui vient!... il a oublié de nous dire!... il se secoue...

« Le Revizor!... vous ne l'avez pas vu? »

Certainement non!... lui non plus! disparu aussi le Revizor!

« *Verschwunden!* »

Il a bien quitté Berlin... on l'a aperçu vers Kyritz, c'est tout... cinquante kilomètres à l'ouest, Kyritz... qu'est-ce qu'il allait foutre par là?... vérifier les comptes de qui?... la Caisse d'Épargne?... ça se saurait... sûrement il s'était trompé de train à Spandau... il avait pris la ligne d'Hambourg... ça se pouvait... tout se pouvait! qu'est-ce qu'on croyait nous?... les durs étaient maintenant si rares qu'il y avait pas beaucoup à se tromper... et il était pas un étourdi Revizor! tout ce qu'il y a de sérieux!... kidnappé? il avait pas de grosses sommes sur lui... si! le mois de la *Dienstelle* tous les appointements... alors peut-être ça?... ce qui nous venait!... pas qu'Avenue Junot qu'on embarque, fauche, assassine!... partout! ici même!... Brandebourg... Zornhof... c'était la mode!... l'époque!... les gitans, les ménagères, les prisonniers, les défroqués de toutes les armées, russes, valaques, *franzose*, et sûrement encore bien d'autres que je ne voyais pas... déjà dans le métro de Berlin nous avions eu l'impression... frappes et voyous!... Picpus au fait, un fameux! on l'avait pas revu... à penser, la plaine là devant nous, où rien bougeait, devait être pleine de repaires... le Revizor ils l'avaient peut-être enfoui, enterré, quelque part? qu'il se déride Kracht, qu'il rigole!... il nous regardait, si on se foutait de lui?... nous aussi on le regardait, sa tronche toute ratatinée, il avait bien pris dix piges depuis le *Skandal* du *mahlzeit*... sa petite moustache, coupée à l'Adolf, lui remontait dans les narines, hérissée... son tarin tout jaune et de traviole... les sourcils lui avaient poussé par exemple! en gros pinceaux gris... sûr il avait bien pris dix ans j'exagère pas... pas de doute on le tiendrait responsable de cette séance sous le tableau et de toute l'hystérie Kretzer...

« Qu'en pensez-vous?

— Vous avez parfaitement agi, Kracht, parfaitement! »

Surpris que je l'approuve...

« Mais oui!... mais oui!... cette femme est couchée... malade! soit! très malade!... rien d'autre, Kracht!... elle délire... elle a toujours déliré... rien d'autre Kracht!... raptus émotif : silence absolu!...

— Vous voulez bien me l'écrire, Docteur?

— Certainement Kracht! son cas est net!... écoutez là-haut! écoutez! »

En fait on entend les *boum* de Berlin... loin... et puis plus faiblement, sourds, ceux de Frau Kretzer, en écho... les *boum* aussi des murs... des vitres...

« Tâtez le mur, Kracht! »

Il tâte... ça lui fait du bien... il me croit mieux...

« Toute la plaine depuis des mois! notre nerveuse est tombée malade de ces vibrations! en plus du chagrin de ses tuniques!... raptus, Kracht!... raptus émotif!... vous n'y êtes pour rien!... »

Et la fumée d'en l'air, alors? il a pas remarqué?... j'entrouvre la persienne, j'invente pas!... qu'il se rende compte!... de ces houles là-haut!... jaunes... noires... et que tout vient sur nous! la preuve, les feuilles!... comme peinturlurées... et tous les taillis, jaunes, noires... alors?... c'est exact! c'est vrai!

« Maintenant Kracht, attention! que personne monte la voir! son mari, c'est tout! »

Le rapport, je demandais pas mieux, mais qu'est-ce qu'il vaudrait? « que j'avais observé cette dame, avant, pendant, et après sa crise...

qu'elle me semblait avoir agi en " état second "... ayant absorbé de très fortes doses de divers toxiques... qu'elle était retombée prostrée... net ralentissement du pouls... 62... 66... troubles de la parole... réflexes affaiblis... »

Tout de suite, je rédige... sur une ordonnance à en-tête... « Ville de Bezons »... le... le...

« C'est bien n'est-ce pas Kracht?

— *Ja!... ja!... ja!* »

Le Landrat, je lui demande, s'il n'a pas disparu aussi?... non!... Kracht a eu de ses nouvelles... il est à Berlin!... sous les bombes alors?... oui!... mais bientôt il viendra nous voir... et pas tout seul!... avec la comtesse Tulff-Tcheppe... on nous l'a assez annoncée cette comtesse de Poméranie! qu'elle était à Moorsburg!... et qu'elle y était plus!... maintenant elle était à Berlin? est-ce qu'elle existait seulement?... oui! Kracht était sûr!... même qu'elle était très bavarde et qu'elle adorait les Français, encore une! qu'elle parlait notre langue mieux que sa fille Isis, et mieux qu'Harras, mieux que Marie-Thérèse l'héritière, et mieux que le vieux... elle allait être bien contente de nous trouver ici... nous de même je pensais... elle devait en savoir un bout sur tout un chacun... peut-être on pourrait l'interroger?... oh, mais d'abord à l'immédiat!... qu'est-ce qu'on allait raconter? à tous les bureaucrates en bas? puisque tout Zornhof bavachait?... bien leur faire comprendre que Frau Kretzer avait eu un moment de folie... ce qu'elle avait dit n'avait pas

C : Helfer Krachts

de sens!... qu'elle avait pas voulu du tout insulter le Führer! qu'ils étaient depuis toujours, elle, lui, des fervents nazis!... qu'ils avaient eu beaucoup de chagrin, mais qu'ils auraient donné dix fils pour le triomphe des idées!... la vérité même!... cependant je suggérais puisqu'on mettait les choses au point, qu'on leur fasse pas la morale... qu'on leur paye une petite agape... dans le bon sens!... absolument dans le bon esprit... ils avaient tous faim même s'ils se rattrapaient dans leurs piaules, se faisaient revenir des bouts de *wurst*, tout de même c'était pas des repas... un peu de gnole d'abord, apéritif!... j'en avais un peu dans l'armoire, je crois... j'avais pas regardé... du vin, plutôt, il pensait... on arroserait le *mahlzeit*... mais quel vin?... il savait sûr où il y en avait... chez le cul-de-jatte!... il irait leur demander, il expliquerait que le moral de la Dienstelle était au plus bas, qu'avec trois quatre bouteilles mousseuses, ça s'arrangerait... il le corserait lui-même ce vin du Rhin... il avait de quoi, un petit stock de noix kola... ça allait bien les requinquer, ils piafferaient...

Il part, il y va... je leur dis : au moins six bouteilles!... qu'un soulèvement est possible, que la ferme est en danger... il me demande pour la caféine?... en plus de la noix?

« Mais oui! *ja! ja! prima! prima!* »

J'approuve... j'approuve tout pourvu que ce hameau, ménagères, prisonniers, gitans, viennent pas prendre le manoir d'assaut... écharper tout et nous avec... toujours des raisons, innombrables!... jamais l'espèce est en panne, enfile, procrée, tranche, écartèle, arrête jamais depuis cinq cents millions d'années... qu'il y a des hommes et qui pensent... tort et travers, vous allez voir, mais hardi! copulent, populent, et *braoum!* tout explose! et tout recommence!

Là, *mahlzeit*... nous y voici!... ils nous attendent... ils ont des petits airs entendus... oh ça ne traîne pas!... Kracht attaque... je lui coupe le sifflet... pas la peine! à moi! je parle assez allemand pour leur faire comprendre les quatre vérités... « ils ont cru voir?... ils ont cru entendre? pas vrai!... rien du tout! » que le délire de cette femme Kretzer, malade, très grave, alitée, qui ne doit voir personne! « *ja! ja! ja!* » ils ont compris, ils approuvent... la petite bossue verse la soupe, chacun deux louches, en plus une poignée de purée de betteraves... et une demi-boule de pain gris... ils ont qu'à en redemander!... ils en redemandent... *ja! ja!* et la surprise!... vin du Rhin!... mousseux! pas trois bouteilles, douze! chacun une!... de dessous la table!... le vin du Rhin « renforcé »!... *prosit! prosit!* Kracht debout! lève son verre à la santé du Führer! tous les autres en font autant, toute la table... *prosit! prosit! heil!... heil!* et debout!... l'esprit est revenu! excellent, confiant! et que la Kretzer est bien une folle! et qu'on devrait l'enfermer, *sicher! sicher!* certainement! ils ont bien compris ce que j'ai dit!... *prosit! prosit!* encore un verre! *heil! heil!* Kracht a des flacons

KOLLEKTIVER ANFALL DER DT

de renfort... ils ont pas regardé à la ferme!... les jetons qu'ils ont eus que ça s'agite, que toute la Dienstelle prenne le mors, que les comptables se connaissent plus, se mutinent, montent les égorger! ah, là là! qu'il y ait des complots aux étables!... leur ferme à sang et à feu!... s'ils avaient lâché les flacons!

Ça agissait!... je voyais toute la table changer de mine, comptables, les jeunes filles et rombières!... tout ça qu'était pâle, subit écarlate! et *prosit!* à la santé du Führer! *heil!* debout! Kracht ne tient plus au « garde-à-vous » et à lever son bras... il faut qu'il se raccroche!... il oscille... il se lève quand même... la petite bossue a une idée, elle si gentille, si pleine d'attentions, qu'on monte fesser la Kretzer! *ptaf! ptaf!*

« Mais non! mais non! »

Kracht ne veut pas!... ce qu'il veut c'est taper dans le mur... avec ses poings... avec sa tête... en même temps que les bombes!... les *braoum* sur Berlin!... oh qu'il est drôle! tout le monde de la table fait comme lui!... Kracht quitte le mur, se réattable et reboit... au goulot même!... les autres aussi! on peut dire en pleine bonne humeur!... oh mais sa petite moustache « Adolf » il se l'arrache!... elle était collée... pas une vraie... *teufel! teufel!*... diable!... tout ce qu'il trouve!... diable! diable!... et il reboit!... l'effet qu'ils ne buvaient tous que de l'eau, ce coup de vin du Rhin et mousseux, ils sont tous ivres!... et à s'entre-cogner dans les murs... en même temps que Kracht!... question du moral c'est gagné! énormément haut! moi je bois pas, je bois rien, je me rends compte... Lili avait pas touché à leur *Rheinwein*, La Vigue non plus, on était vraiment étrangers... maintenant ils s'embrassent, ils s'aiment... goulûment!... les hommes entre eux, et les femmes... tout ça bien titubant, ribote, cochons... l'S.S. Kracht veut sortir pour respirer... il veut me donner le bras... entendu!... tout doucement!... nous allons au péristyle... nous sommes là sur un banc de pierre... il pue le *Rheinwein*... il va me dire... il me dit...

« Destouches! Docteur! *ich habe sie gern!*... je vous aime bien!... vous êtes brave!... vous êtes honnête!... tous là! tous! »

Il me montre d'où on sort... la salle à manger, les fenêtres...

« *Dreck! dreck!* ordures! »

Me voici bien avancé!

Il veut me dire encore... et que je l'écoute bien!... tout à fait en confidence!... vas-y!...

« *Braver mann*, Destouches! brave homme!... *vorsicht!* attention! Léonard!... Joseph!... *alle mörderer! vorsicht!* tous assassins! »

La belle paire!... j'approuve!...

« Kracht! *alle!* tous! *mörder! donnerwetter!*... tonnerre! »

Y a à rire! mais puisqu'il m'a mis en garde et qu'il m'embrasse et qu'il en pleure, il a fait tout ce qu'il pouvait... maintenant à autre chose! il me quitte, il va traverser le bois par là! il me montre, vers la ferme... il va encore nous moucharder, sûrement!... il va leur dire que j'ai dit ci!... que j'ai dit ça!... il part pas très droit, je le vois, mais tout de même... zigzag... je vais pas avec lui... il leur racontera ce qu'il voudra!... quelle importance?... ça va, je reviens, je remonte... le péristyle, l'escalier... Lili, La Vigue, Bébert m'attendent... les autres sont tous ronds sous la table... il me semble... ils ronflent... La Vigue me demande ce que Kracht m'a dit?...

« Oh, rien du tout! »

Alors qu'est-ce que je pense?... que ce Zornhof est un damné trou... Harras une finie saloperie... un gros satané forban!... etc... etc... on rabâche... on a bien rabâché une heure...

★

A la fin on avait tout dit, le pour, le contre, on n'était pas plus avancés... on était là, et puis c'est tout... mais les gamelles?... notre routine... il s'agissait d'y aller, de les faire remplir avant la nuit... pas très compliqué, ni très risqué, le cuistot des *Bibel* avait pris goût aux cigarettes, aux anglaises, le sergent aussi...

On nous attendait, tout se passe bien, nous revenons par l'épicière... je vois qu'il y a personne dans la boutique, je ne frappe pas, j'entre... je pose six « Lucky » sur le comptoir... ça va!... et je me sers!... une boule... deux boules... en plus à la place je laisse vingt marks... deux fois le prix... sûr l'épicière doit nous voir... elle se montre pas... en tout cas on l'a pas volée, on recommencera demain, on reviendra... trois chaumières plus loin que l'épicerie, c'est la *Wirtschaft,* le bistrot, j'ai dit, là c'est pas la peine de tâter, tous les anti-nazis y sont, et anti-collabos féroces... bien entendu ils disent rien quand on passe, mais ils entrouvrent un peu la lourde et *pflaf! pflaf!*... glavent! loin! ils tireraient si ils osaient... ils osent pas encore... c'est mieux de savoir, éviter de prendre ce même chemin... mais y en a pas d'autres!... peut-être un sentier?... on cherchera... nous voici avec nos gamelles, une pour Iago l'autre pour Bébert... tout de suite au manoir nous descendons voir le chien, voir si la gamelle lui plaît, que La Vigue puisse rentrer chez lui, au bout, au cellier... Iago veut bien, on lui présente la bonne ganetouse, il est pas long, trois coups de langue... *wouaf! wouaf!*... je crois que nous sommes potes... La Vigue profite, fonce à sa piaule, voilà! « tu peux ronfler! »... en fait ça y est, il s'allonge et tout de suite il dort... je remonte chez nous, Lili m'attend... y a du nouveau, la petite est venue, Cillie... nous sommes invités pour demain midi à la ferme... Lili comprenait pas très bien... elles sont montées, Cillie, elle, voir Marie-Thérèse, qu'elle lui traduise... Marie-Thérèse sera aussi au déjeuner... très rare qu'on l'invite! déjeuner de famille et d'amis, plus le vieux von Leiden... pourquoi tous ces gens?... pour nous dire La

Vigue, moi Lili, qu'on avait besoin de notre tour, notre recoin?... pour d'autres réfugiés?... qu'on nous vire?... alors? qu'on nous renvoie à Grünwald?... ou Felixruhe?... vous vous faites, mais c'est assez long, à penser que vous êtes de trop, n'importe où, que vous dégagez une odeur insupportable, que vous êtes vraiment à liquider... même maintenant je vois, j'observe, pas du tout imaginaire, le même haut-le-cœur chez les gens qui m'approchent un peu, ou seulement entendent parler de moi... que j'ai résisté à tout ceci, tout cela... remarquez bien que je me dis moi, qu'ils soient gauche droite, centre, qu'autant de boyasses bien superflues! chacun sa petite opinion! évidemment vous me direz : qu'avez-vous été vous mêler? certes! laisser! laisser dévaler tous ces gens!... mirages!... un autre!... plonger!... précipice! sous myriatonnes de chaux vive!... amen!

Là-bas Zornhof nous n'étions pas encore au point... un certain courage et lâcheté nous faisait penser que malgré tout... en tenant encore... trois... quatre mois...

Va là! bien foutre les trois, quatre mois! des siècles je dirai qu'on a pris! le crime, humainement parlant, l'irrémissible gaffe : penser aux autres!... Sagesse, Égoïsme font un excellent ménage, hideux merdeux, mais si compact; adorable solide!

Je parlais pas de tout ça à Lili, de mes fortes réflexions... surtout question des « forteresses » et des ouragans sur Berlin y avait pas à se

EINLADUNG BEI VON LEIDENS

demander... terre, murs, parquet!... pire en pire!... surtout la nuit... ils avaient eu besoin de trompettes à Jéricho... nous notre Hjalmar, tambour et bugle avait fait tout le nécessaire!... sûr y avait plus de murs à Berlin... et le pasteur Rieder à propos? et le sergent du camp d'aviation? avec son rouge-gorge... dans les moments très difficiles où vous ne vous endormez plus, le mieux est de penser gentiment à des petits êtres vraiment aimables...

Ce rouge-gorge... les rats l'ont pas eu!... le sergent est revenu avec!... il a bien fait!... bravo!... bravo!... vous êtes entre veille et sommeil... bravo!... bravo!...

*

Pas du tout ce que nous escomptions... on s'attendait qu'ils nous préviennent de ceci... cela... et surtout que nous étions virés... mais absolument au contraire! un accueil très chaleureux... dès l'escalier dès l'entrée, une grande banderole « Vive la France »... pour nous sans doute? et toutes les marches peintes, bleu, blanc, rouge... pour nous aussi? démonstration?... là-haut tout le monde est à table... et quelle table!... pas du tout comme notre *Mahlzeit!*... surchargée de raviers et salades de fruits... trois quatre jambons... dindes et poulardes... vraiment le festin!... on nous fêtait?... c'était à voir... ils étaient déjà installés... on nous présente... je connaissais le comte von Leiden *Rittmeister*... je connaissais Simmer, aussi, Harras nous avait menés le voir, très antipathique baderne, fardé, pommadé, blessé de Verdun... tout à fait méchant il paraît, nous étions prévenus... selon les dires, il faisait passer par les armes, sous le moindre prétexte, avec plaisir, les prisonniers des dépôts, russes, polaks, français, il faisait aussi pendre les femmes... les occasions manquaient pas, surtout le marché noir, beurre et œufs... je l'avais pas vu depuis Moorsburg... il ne venait jamais... pourtant il paraît, au mieux avec Isis von Leiden... des « on-dit »!... je le voyais là paré, poudré, avec son grand sautoir or, et bagues cabochons à tous les doigts, vraiment maquillé vieille cocotte, rouge à lèvres, ongles vernis... tout de suite le voyant j'avais dit... « Confrère, il ferait beau au Châtelet et en musique! »... je pensais aux ballets... Harras m'avait mis en garde... pour un rien il prenait la mouche, affreux, et il sévissait... « pleins pouvoirs »... pas à plaisanter!... d'abord il ne nous aimait pas, colonel des uhlans de l'Impératrice!... considérez, bottes à pompons, chapska, brandebourgs violets, sabre à dragonne or... il était pas à oublier... et après tout peut-être pas pire que les autres... tous à se méfier!... je le voyais là, très aimable, surprenant... combien ça durerait? il nous présente à sa voisine... il parle français, bien, avec le certain accent, mais pas râpeux, ni aboyeur, plutôt chantant... il doit être de bonne famille, les bonnes familles à son

TULFF - TCHEPPE (Thor-Th. rf.)

époque avaient des gouvernantes françaises... Russie, Allemagne, Danemark, Angleterre... vous trouverez que tous les gâteux, ainsi de bonnes familles, ont des accents très supportables et les termes élégants et justes, l'harmonie de la grande époque... les autres langues que des à peu près, pas très recommandés, recommandables...

Il nous présente à la comtesse Tulff-Tcheppe... elle enfin! on peut dire qu'elle s'est fait attendre!... on parle d'elle depuis trois mois!... elle ma doué! c'est un pastel! plus maquillée que le Landrat!... et bien plus de bijoux, trois sautoirs!... un face-à-main serti brillants... une haute canne « Régence » pommeau ciselé... perruque blonde, certainement moumoute... à gros chignon... la tragédie de toutes les femmes, peuple ou du monde, si elles se raccrochent elles font maquerelles... elles se laissent aller?... dames patronnesses, plus bonnes qu'à pleurer, toiletter les morts... oh, que la Nature est sévère!...

Cette dame, comtesse Tulff von Tcheppe n'est pas méprisante du tout, au contraire... comme elle est heureuse de nous voir! ravie!... elle s'exclame!...

« Vous ici!... français! quel bonheur!... et tous les trois!... ma fille vous traite-t-elle convenablement?... je veux savoir! mon gendre est un pauvre infirme, vous le connaissez!

— Certainement, certainement Madame!

— Tout en votre honneur, chers amis français!... vous nous ferez le plaisir!... notre très modeste repas! »

Gloussante!

En fait de modeste repas, je voyais de ces plateaux d'hors-d'œuvre et saumon fumé... poulets en gelée... caviar... et compotes de fruits... raviers de beurre... comme j'avais pas vu depuis le *Brenner*... qu'est-ce qu'ils allaient nous faire après? très jolis ces plantureux repas, mais après? au Cameroun je connaissais un peu c'était leur mystique, bien saouler ceux qu'ils allaient mettre à bouillir... peut-être ce qu'ils nous préparaient ces gens tout à coup si aimables? y avait de quoi se méfier... surtout tous assez hostiles... et pas seulement contre nous, entre eux aussi... même très... le vieux *Rittmeister* à côté d'Isis... ils ne se disaient rien... mais ils étaient là... qu'est-ce que ça cachait?... je regardais voir ce qu'ils mangeaient?... un petit peu d'hors-d'œuvre... peut-être les autres plats étaient drôles?... et le mari, cul-de-jatte? Simmer demande où il est... en allemand...

« Avec Nikolas!

— Son fusil! vite! s'il vous plaît Isis!... tout de suite!... avec Nikolas! »

Juste, Isis est nonchalante...

« Son fusil Isis! tout de suite! s'il vous plaît! »

Elle se décide, elle y va... on entend un peu de discussion, et elle revient... avec l'arme... Simmer saisit... en fait jaillir deux cartouches!... et ne lâche plus l'objet!... sur ses genoux... la confiance règne pas... mais la comtesse Tulff-

Tcheppe est si heureuse de nous voir, pleine de mimiques et sourires qu'elle s'occupe plus du Landrat... toute à nous!... « alors nous arrivons de Paris?... tous les trois? et avec notre chat? Bébert? »

« Oh oui! oui! Madame! »

Puisqu'elle a l'air si avenante, j'ai bien des questions à poser, je me risque... je lui demande, très respectueusement, si là-bas chez elle, le paysage ressemble à celui d'ici? plaines?... plaines?...

« Oh, plaines bien plus étendues cher Docteur!... très immenses, vous verrez! trop grandes immenses, je vous assure! je m'ennuie chez moi, mes amis!... je vous appelle : mes amis!... vous permettez?

— Certainement Madame! grand honneur!

— Vous pensez, rien que mon château quarante-deux grandes salles!... je n'ai jamais compté les chambres! mon mari savait!... et la forêt!... »

Elle soupire à la pensée de cette forêt...

« Je ne sais combien d'hectares Docteur!... mon mari savait!... et de loups!... et d'ours!... vous verrez! »

Tout soudain, elle se met à rire...

« Vous viendrez voir avec moi!... vous vous amuserez!... tous les trois!... avec Isis!... avec Cillie!... Marie-Thérèse aussi viendra!... n'est-ce pas?

— Certainement! certainement Madame! »

Oh, pas question de refuser!... lui faisant un

tel plaisir... je nous vois tous les trois en Poméranie! bon!... bon!... qui vivra verra!

« Oh, mais nous ne nous connaissons pas! »

C'est vrai, c'est exact!...

En avant donc tous les souvenirs!... nous avons droit!... tous! tous!... les plus exaltants! la France!... Paris! l'enchantement du Bois de Boulogne! l'avenue des Acacias! le Grand Prix... la bataille des fleurs... je réponds bien, je connais, je partage son enthousiasme... mais l'Élysée, je sèche, j'y étais pas!... le Président de la République... le grand bal de l'Opéra... la fête à Neuilly... là oh, je me retrouve!... comme elle s'est amusée partout, Madame la Comtesse!... le Moulin Rouge donc!... le Ciel! l'Enfer!... l'Abbaye de Thélème!... comment?... pourquoi? son mari, défunt le comte Tulff von Tcheppe était président du Comité Léon-Bourgeois pour l'Allemagne du Nord... tout s'explique!... ah, M. Léon Bourgeois!... quelle distinction!... délicatesse! éloquence!... elle en pleure!... les heures qu'elle a pu vivre là-bas!... ah, ce Paris!... le paradis!... partout!... partout ils ont été!... jusqu'aux Puces! les petits achats si amusants, nous verrons là-bas, chez elle, en Poméranie! bibelots!... portraits! le comte raffolait des « Puces »!... nous verrions nous-mêmes ces souvenirs... là-bas un étage entier au château est meublé « à la parisienne »... certes, la comtesse connaît l'Europe! toutes les grandes villes!... et les villes d'eaux!... villes acceptables, résidences possibles... mais pour vraiment vivre, joie de vivre, une seule ville!... nous étions parfaitement d'accord!... prêts à pleurer avec elle... pas tout à fait les mêmes raisons... enfin presque...

« Vous ne connaissez pas Königsberg? »

J'avoue...

« Nous regrettons bien!

— Vous verrez!... cette ville est si triste... la mer gelée six mois par an!... et quelles forêts!... les miennes, Docteur!... les cerfs!... les ours!... tout à moi!... »

Je voyais la comtesse avait peur de son château... et de ses forêts... et de Königsberg...

« Pire, Docteur!... pire!... ils ont trouvé à se battre par là!... oui!... je crois, plus haut!... vers Memel... j'entends les canons!... mes gens me disent : ce sont les nôtres! qu'en pensez-vous?... je les entends... surtout la nuit... les nôtres?... les leurs?... mes gardes racontent n'importe quoi!

— Madame la comtesse, ici même!... »

J'allais pas lui dire de prêter l'oreille!... mieux parler du marché « aux fleurs »... du Cours-la-Reine... et de Versailles... encore avec M. Bourgeois... les « Grandes Eaux! »... la comtesse en rêve!... et que nous venions tous les trois de Paris, ici à Zornhof ce misérable endroit!... miracle! je n'allais pas lui raconter quel genre de Français nous étions... elle nous voyait à l'Élysée avec elle, à l'Opéra, trente ans plus tôt!... l'enchantement de Paris, à la démence, est pas tellement dans les chansons... effets d'ombres projetées de becs de gaz, rengaines à l'alcool, qu'au cœur des vieillards exilés, désespérés, au loin... la force des choses... Königsberg... Oklahoma... Caraïbes... nous étions donc tout d'accord!... certainement nous irions chez elle!... entendu! juré!... Kracht m'avait assez prévenu : surtout, ne la contrariez pas!... certainement qu'elle faisait drôle, mais son château existait bien, là-bas... pas du tout imaginaire!... les forêts profondes non plus... ni les loups, etc... tout exact!... les combats aussi, vers Memel... les Russes devaient s'approcher... à cette table, je dirais plutôt à ce festin, personne n'avait la parole qu'elle... même pas le Landrat!... elle présidait et c'est tout!... le Landrat avait pourtant à dire... elle le laissait pas... *bitte! bitte!...* pardon!... un petit geste sec de la main, qu'il se taise! qu'il écoute!... lui le précieux poudré colonel, le fusil de chasse sur ses genoux... il avait beau reprendre du poulet, et de la dinde... et encore plein de sauce... et boire en même temps à trois verres... vin du Rhin, bordeaux, kirsch... il pouvait pas dire ce qu'il voulait, elle le laissait pas... *bitte! bitte!* et qu'il avait la bouche baveuse, et qu'il se trémoussait... secouait sa chaise... et qu'il demandait la parole! à moi! à moi! il voulait me parler! et me pointant du doigt... *sie! sie!*

« Vous! vous! *ruhe! ruhe!* silence!... »

Que la vieille se taise!... satanée jacasse!

« Là! là!... voilà! *sie!...* vous! »

Il me sort un papier de sa poche... de son dolman... que je le lise, moi! *sie! sie!...* tout de suite!

Ah voilà! je lis... je me doutais... « permis d'exercer »... *Erlaubnis*... c'est ça qu'on célèbre? ce gueuleton, tous ces gens réunis? pour moi?... et les petits drapeaux tricolores? le Landrat devenu presque aimable... la vieille dingue de Königsberg avec ses forêts domaniales et son amitié passionnée... tout ça?... certes Harras m'avait prévenu que je finirais par l'avoir, après des mois, peut-être des années... que les bureaux de Berlin étaient absolument hostiles... anti-nazis, anti-français, anti-collabos, anti-tout... « le temps fait son œuvre! » vous me direz... « différentes gens différentes mœurs! »... pas du tout!... mes burnes!... ici du kif!... et vingt ans après! pas plus tard qu'hier, la Télévision, la françoise, m'a joué un de ces tours! de toute parfaite lâche muflerie!... bien aussi pire que les pires teutons!... il faut admettre, certains êtres sont exceptionnels au piano, à la guitare, à la pétanque... d'autres à la mathématique, à la peinture, aux mots croisés... moi là j'ai le chic, n'importe quel bord, me faire excommunier, sous-ordre, impiffrable olibriu... tenez encore avant-hier la Télévision!... ils sont venus, ils ont voulu, ils m'ont regardé, ils se sont enfuis dans l'épouvante!... déglingué tout leur matériel, voilé toutes leurs pellicules!... ils ne se sont même pas excusés... rien!... vous dire!... où nous en sommes! « tout finira par la canaille »... Nietzsche l'avait très bien prévu... et que nous y voilà!... Ministres, Satrapes, Dien-Pen-Hu partout! fuites et caleçons roses!...

Soupirs?... j'aggrave mon cas!... à Zornhof là-haut, Brandebourg, je soupirais contre les ministres?... leurs bureaux de la Wilhelmstrasse? je protestais? j'engueulais quelqu'un? ils m'épuraient!... sec!... *La Croix* aurait été contente... Malraux aussi... et tellement d'autres!... on ne me revoyait pas du Brandebourg... pré-épuré par les nazis!... ma carne aux betteraves!... si fragile celui qu'a raison!

« *Lesen sie! lesen sie doch!* lisez donc! »

Il insistait... *Erlaubnis*... « Permis jusqu'au 30 décembre »... marrant ces chèques sur l'avenir! culot! impostures!... qui qui vivra? où le 30 décembre?... très bien! très bien!... parfait!... tous ces gens autour de la table avaient pas qu'un air de famille, tronches à massacre, ils devaient avoir une idée, une petite idée en plus de l'*Erlaubnis*... il me semblait... le festin battait son plein... on nous offrait de tout... nous ne refusions pas bien sûr, mais presque... voilà qui agace!... le Landrat est très agacé... il demande à Lili ce qu'elle porte dans son sac... un sac à dos, de touriste...

« Notre chat Bébert, Monsieur!

— Aurez-vous l'amabilité de me montrer ce chat? »

Lili ouvre le sac... Bébert passe la tête...

« Est-il de race?... peut-il reproduire? »

Je lui explique qu'il est coupé...

« Alors animal à détruire!... vous connaissez nos " ordonnances "... bête impropre à la reproduction!... »

Et il fait le geste d'attraper Bébert par la queue et *vlac!* contre le mur!...

Lili dit rien, renferme Bébert dans son sac... « au revoir, Monsieur »!... se lève et s'en va... quitte la table... elle part... personne moufte... seul le Landrat trouve que c'est drôle... à pouffer!... *ooooh!* La Vigue et moi, nous taisons bien, pas fiers du tout... il s'agit nous de partir aussi, mais très poliment... d'abord les excuses!... pour nous... pour Lili... qu'elle est très très fatiguée... nerveuse... moi c'est surtout le Landrat que je regarde... ce qu'il va faire?... dingues ils sont tous... mais lui en plus il a le fusil... il peut très bien nous abattre... qu'est-ce qu'il risque?... Harras m'a prévenu, aussi impulsif que le cul-de-jatte!... on part à reculons. La Vigue, moi... c'est peut-être entendu entre eux, entre eux tous, qu'on doit nous bousiller... là, *boum!...* pour ça ce festin?... mais c'est entendu depuis si longtemps entre tant de gens que nous devons être exécutés que c'est peut-être pas eux encore?... que ça sera d'autres!... partie remise!... raisons?... motifs?... outre! bouffre! que ça peut faire? vous êtes gentiment désigné... vous réclamerez un autre jour, dans une autre vie!... le petit lapin à la chasse et le brave taureau, vont-ils prétendre qu'il y a maldonne?... qu'on les sacrifie par erreur?... allons voyons! soyons sérieux!...

Là, très gentiment, tout doucement... un pas... deux pas... vers la porte de l'escalier... Simmer a vu...

« Allons, Docteur !... allons ne nous quittez pas !... à votre santé ! »

Marie-Thérèse nous prie aussi...

« A la santé de votre chat Bébert ! »

Nous revenons à table... mais à peine nous avons repris le fil... deux, trois mots aimables... j'entends Lili qui nous appelle... de la cour dehors... et en même temps des *couac !* des *couac !* pas deux, trois !... des centaines de *couac !*... et encore d'autres ! bien d'autres ! de partout !... toutes les oies de la ferme ! le soulèvement des oies !... de quoi rire !... on regarde... ah, des milliers d'oies !... pas que celles de la ferme... de partout ! et furieuses !... et pas un fermier !... pas un travailleur ! que des oies !... cependant elles étaient pas venues toutes seules !... toutes ensemble... rassemblement organisé ! quelqu'un avait dû les conduire !... quelqu'un avait mis des orties ! toute la grande cour pleine d'orties... des gros tas, partout !... monceaux d'orties ! pendant qu'on devisait nous là-haut !... les orties poussaient pas à même... quelqu'un les avait apportées... que les oies se gavent, envahissent la cour... qu'on puisse pas sortir... c'était ourdi !... ah, le Landrat pique un coup de sang... il voit !... il trépigne !... que c'est un coup monté contre lui ! que c'est voulu !... ça ne va plus !... il est encore plus haï que nous, il paraît... à lui le pompon... nous on faisait fusiller personne, lui si ! et pas que des prisonniers quelconques, pour un oui, un non, des boches aussi, et même des permissionnaires... là de cet intermède, les oies

GÄNSE-HORDEN

s'empiffrant les orties, plein la cour, les convives s'amusaient bien!... aussi du Landrat, en colère! rouge à éclater!... il fallait que ça cesse!... *couac! couac!*... elles aussi étaient en colère!... que Lili voulait traverser leurs orties, avec Bébert dans son sac... je lui crie « attends! nous venons!... » mais le Landrat veut être premier!... y avait pas que les oies des von Leiden, y avait celles de toutes les fermes, et des environs!... qui les avait amenées comme ça! en armée? une chose certaine, elles voulaient pas qu'on les traverse en train de se régaler d'orties, méchantes comme vous diriez en France les familles en train de déjeuner... féroces susceptibles!... nous voici là bien en panne... tous, comtesses, Rittmeister, Landrat, et Kracht l'S.S., à pas pouvoir aller nulle part... *couac! couac!* aller quelque part!... envie! envie!... le petit endroit!... et Isis, et son cul-de-jatte!... lui y allait avec Nikolas à califourchon... d'en haut ils avaient vu l'émeute, la ruée des oies vers les orties!... pas à se risquer!... heureusement y avait pas qu'un cabinet!... deux autres dans le jardin... pas côté cour, vers la plaine Nord... Isis emmène tout le monde par là, ils faisaient déjà tous pipi debout, ils tenaient plus... Isis connaissait bien le chemin... le potager... là y avait plus d'oies... chacun y va!... les dames d'abord... et puis le Landrat... il jure... il jure... « *donner! donner!* tonnerre! » il a mouillé son pantalon... vous avez remarqué, certainement, le demi-siècle passé, tous les êtres, plus ou moins, se mettent à fuir, ils n'en peuvent mais... d'où la cruauté des longs repas et des « bien boire »... de même les bateaux, pareil, et les immeubles... pour un rien tout fuit... sphincters, vessies, chéneaux, boyaux... demi-siècle est impitoyable aux messieurs, aux dames... pire aux chiens, aux chats!... eux encore plus tôt!... cinq... six années...

★

Nous avons eu un petit peu de temps... La Vigue, Lili, moi... ces tas d'orties, tous ces *couac!*... les oies étaient pas venues toutes seules, quelqu'un les avait stimulées... de toutes les mares... qui? pourquoi?... contre Simmer?... contre les von Leiden?... l'extraordinaire c'était pas nous, en principe c'était toujours nous... encore maintenant vingt ans plus tard c'est pas à chercher... je vois ici les chiens qui aboient qu'empêchent les personnes de dormir, les chats miaulant à la folie, mon perroquet qui jacasse... l'usine en bas, le sacré boucan et les odeurs, les autos qui montent sur le trottoir, écrabouillent les mères et enfants... y a pas à chercher le criminel!... maintenant, vingt ans, j'ai l'habitude... j'étais pas encore bien là-haut, Brandebourg, Zornhof... maintenant depuis vingt ans que ça dure je trouve tout normal, je suis fait d'être accusé de tout, au petit bonheur... là-haut je m'étonnais encore, un peu... lui La Vigue s'y est fait tout de suite, presque sans effort... mais aussi monstrueusement doué!... acteur-né... vous lui disiez : « La Vigue t'as tué ta maman!... » Gi! pote, ça y est!... vous le voyiez tout changer devant vous!... en monstre aux assises... la mine, la dégaine... « maintenant t'es Javert!... maintenant Valjean! »... il changeait d'être! ça qu'ils ne pouvaient pas lui pardonner, tous ceux qui sont « pas faits pour »... ils l'auraient fait crever en taule, il a bien fait de partir là-bas... si loin... il se voulait coupable?... il l'était énormément, à l'instant même... il vous amenait la scène là, le Conseil de Guerre, l'échafaud, le Théâtre des Champs-Élysées... vous étiez malheureux pour lui!... je vous dis, ce qu'il voulait!... là-haut j'avais du mal à me sentir coupable... j'ai pas le talent... vingt ans pourtant de sérieuses épreuves depuis Zornhof!... et pas encore prêt aux aveux!... pas du tout doué!

Où que vous allez?... ah, ne le sais-je!... au pire!... que vais-je faire entendre à telles hordes butées, hurlantes?

Nous pensions donc, en résumé, que tout allait de mal en pire... gitans, les von Leiden, Berlin de plus en plus bombardé, le pasteur disparu, le ciel de plus en plus noir... nous sauver bien sûr!... mais où?... et comment?... j'avais une petite idée je vous ai dit... mais j'en parlais pas... Lili se doutait... il faudrait tout de même que je pressente La Vigue et que Lili me descende les cartes... nous étions au bout du couloir, dans la cellule à barreaux, après les cuisines...

« *Toc! toc!*

— *Herein! herein!* entrez!

— Kracht! »

Il s'annonce...

« Alors Kracht? »

Une surprise!... Mme Isis von Leiden viendra nous chercher, si nous voulons bien, demain matin, dix heures! Lili, moi, La Vigue, Bébert, pour nous emmener... en excursion!

« Très heureux! certainement Kracht! »

En char à bancs... nous devons aller jusqu'aux lacs... nous verrons les séquoias... la célèbre forêt... la seule forêt de ces si hauts arbres en Europe... Kracht savait tout, il me donne des détails... pas une forêt aussi grande que celle de Mme Tulff-Tcheppe mais tout de même nous verrons, immense!... et les séquoias ne poussent pas en Poméranie!... forêt unique en Europe!... l'autre forêt en Amérique... des arbres appelés à disparaître, trop géants pour les temps actuels, des cent quatre-vingts mètres de cimes... on voulait bluffer la comtesse, je voyais... et nous avec, qu'elle avait pas de séquoias dans son formidable domaine... qu'ici ces arbres! ici seulement! qu'est-ce qu'on allait prendre! cette forêt, la scierie, les lacs!... et bien entendu, la Tulff-Tcheppe nous ferait pas grâce, la millième fois, du récit de toutes les mondanités, bataille des fleurs, Grand Prix... les nuits de l'Opéra... en somme les mêmes sentiments, les mêmes souvenirs que Mme von Seckt, à peu près...

« C'est bien, Kracht!... nous serons prêts!

AUSFLUG ZU MAMMUTBÄUMEN

— Oh, elle ne vous emmènera pas partout! »

Au moment là où je vous écris, qu'est-ce qu'ils peuvent être devenus, tous?... personne sait... oh, ils s'attendaient bien un peu... ils n'étaient pas entièrement dupes du *tarataboum* officiel, *heil!*... mais tout de même... nous pas du tout!... seulement je dois dire j'avais jamais imaginé qu'on nous traquerait si longtemps... deux générations passées!... près de quarante millions d'enfants, jeunes cons et connes... tout a satanément changé depuis César! « ils promettent, ils rient, tout est dit! » salut! ils oublient rien du tout!...

Mauvaise foi, imposture, vacherie...

★

Il paraît qu'il est tout à fait démodé d'écrire « qu'à dix heures le char à bancs des comtesses était avancé... » eh bougre! qu'y puis-je si je me démode?... ce qui fut fut!... et nous-mêmes Lili, La Vigue, moi, Bébert, absolument démodés, prêts à l'heure!... haut du péristyle!... l'héritière Marie-Thérèse, son frère le *Rittmeister,* aussi chevrotant que d'habitude, ses petites Polonaises nu-pieds, et Kracht en uniforme, étaient là aussi, mais eux pour nous voir partir... que tout allait bien... et nous dire au revoir... et qu'on revienne bientôt!... nous emportions trois gros paniers, bourrés, pleins!... petits pains, jambon, rillettes, miel... tout y était!... eau minérale, bière, vin... nous allions prendre des gens en route?... peut-être... je sais qu'il était prévu que nous devions faire halte un certain moment... mais prendre du monde? je croyais pas... il aurait fait beau au départ si le ciel avait pas été comme badigeonné d'un horizon l'autre... coaltar et soufre... et surtout au Sud au Nord... à peu près, mon impression, de Berlin à Rostock... je dois dire la terre grondait toujours, toute la plaine, pas pire, mais pas moins... certes, on se fait à être vibré, trembloté, et recouvert par les nuages de suie, mais tout de même cette peinture d'en l'air, donne à tout, étendue, ruisseaux, arbres, manoir, au char à bancs et aux chevaux, aux comtesses, la jeune, la vieille, un petit genre que je me demande bien où on allait?... faire la dînette sous les séquoias?... il fait déjà assez sombre!... je vois vraiment pas ce qu'on va foutre?... nous en savons déjà assez!... leur camp d'aviation, leur sergent manchot au rouge-gorge, les rats, l'appareil enfoui... maintenant l'excursion qu'est-ce que c'est? pour nous faire plaisir?... pas confiance du tout!... toutes ces provisions, ces tapées de sandwichs, ce poulet, ces confitures, ce soi-disant rendez-vous de chasse, cette forêt profonde... quelles intentions?... qui vivra verra!... une petite poudre dans les rillettes?... bien... bien possible... je chuchote à Lili... il faut attendre!... tout n'est pas prêt! les servantes courent à la ferme... elles vont revenir... il s'agit de manteaux... de couvertures... nous aurions froid!... il paraît!... je profite pour demander à Kracht... ah, pas de chichis... on ne nous entend pas... l'autre extrémité du perron...

« Y a pas de poison dans les sandwichs?... vous croyez Kracht?... dans certains sandwichs, exprès pour nous? »

Il sait sûrement, ce botté tartuffe! je l'affranchis, qu'il le dise aux rombières!

« On y touchera pas, alors... Bébert non plus!... alors?... toute cette promenade? toute cette fatigue?... Kracht!... Kracht, c'est pas sérieux!... pensez la mère, la fille, le cocher, deux chevaux!... pour rien!... »

On rigole... je le surprends pas!...

« Non! non Docteur! absolument pas! vous pouvez y aller! »

Voilà un fameux réconfort... lui, qui a une petite demande...

« Docteur vous!... vous pouvez m'aider! voulez-vous?

— Certainement, Kracht! »

Il me chuchote...

« Si vous voyez là-bas vers le lac, des signes.. des traces... si on vous dit...

— Oui... oui Kracht, c'est entendu! le garde champêtre n'est-ce pas?

— Ah, vous savez?

— Je ne pense qu'à lui!... et aussi au pasteur Rieder!... et au Revizor!

— Si vous apercevez quelque chose?

— Je sauterai dessus! je vous les ligoterai! je vous les rapporte! »

Ça y est!... elles sont prêtes!

« Voilà!... voilà! »

Je laisse Kracht... oh, mais il veut être au départ!... il me suit... on grimpe... j'ai plus qu'à m'asseoir entre la comtesse Tulff-Tcheppe et sa fille... Kracht nous serre tous les mains et nous souhaite beau temps, belle promenade, beau tout! là, ça y est, il descend... en route!

Ce char à bancs me fait souvenir de la place Clichy avant 14, le gueuleur sur le marchepied, les courses... « la première d'Auteuil! la première!... » le ramassage des indécis... là il s'agissait pas d'Auteuil... de je ne sais quoi, il s'agissait... certainement d'une promenade charmante... les dames avec nous... les paniers... nous voici donc au petit trot... sur on ne peut pas dire une vraie route... non!... une allée entre les betteraves... très large, sablonneuse... une de ces allées qui n'ont pas de raison de finir... on s'embarque là-dessus et voilà... nous étions assez durement secoués... un char à bancs à ressorts très raides... même peut-être pas de ressorts du tout... cassés?... bien possible!... quand il mettait ses chevaux au pas on bringuebalait un petit peu moins... pas beaucoup... une bonne chose, la comtesse Tulff von Tcheppe pouvait pas me forcer de l'écouter... « ses merveilleux jours de Paris, la bataille des fleurs, le Pré-Catelan, Bagatelle... les courses à Étampes... » ce char à bancs, même au pas, faisait un si méchant bruit de chaînes, moyeux, que vous aviez rien à dire... je la voyais ouvrir la bouche de temps en temps, tenter... on traversait encore d'autres champs... des champs... pommes de terre... et encore d'autres... et puis du sable... simplement sable... et cailloux... et puis tout de même au bout de deux heures... quelques arbres... des sapins... un petit bois... une lisière... c'était ça leur chasse?... tous les trois, quatre arbres, haut entre les branches, une petite plate-forme... que les chasseurs perchés, attendent, l'affût au renard... à propos, pendant qu'en prison, Copenhague, Danemark, j'ai bien connu des militaires qui avaient servi vers Tromjö, ils me racontaient la stratégie des « commandos » russes... c'était aussi par plates-formes, au haut des arbres... tir de précision et de loin, sur les « cadres » officiers, sous-off... je l'ai raconté dans un autre livre, vous me direz... vous vous faites vieux, vous rabâchez, alors?... n'en pouvez mais!... prenez mettons Duhamel, vous lui trouverez pas dix lignes où il ne sorte pas son « non médiocre »... tic de l'âge... comme les forts mollets, une certaine cambrure du pied, le culte des gros ou petits nénés... pour la vie!... pour la vie aussi Duhamel Basile « non médiocre »... on la lui gravera sur sa tombe... prenez le prochain *Figaro,* amusez-vous dans les colonnes, tartines à tartuffes, rare que vous trouverez pas « non médiocre »... c'est lui!... c'est lui!...

« Vous titubez mon ami!... »

L'âge! eh, bien sûr comme Duhamel! mais lui, tous les jours et pour très cher! moi pour presque rien!... et pas tous les jours, tous les quatre... cinq ans!... il a su s'y prendre Duhamel Basile... cinq... six académies au cul!... tant pis si je gâte et me rabâche, ma muse flageole... mais facile se prétendre trahi et que notre mémoire nous joue des tours!... « prouvez! prouvez! » chiche!... pour preuve je recommence à vous raconter ces combats en Laponie... où l'astuce des commandos russes consistait surtout à enchevêtrer dans les branches quelques « tireuses de précision »... elles devaient repérer les officiers... et *pteuff!*... elles n'avaient droit qu'à une seule balle!... repérée, rigodon!... culbute, les demoiselles!

Je vois, je vous promène, je vous fais voyager!... tant pis!... j'ai l'âge! je vous parle de ces femmes-soldates et de leurs plates-formes haut des arbres... les mêmes perchoirs nous voyions là à la lisière de ces sapins... en fait de séquoias géants, je voyais que des arbres bien ordinaires, mélèzes, bouleaux, merisiers... à la fin je demande...

« Séquoias, Madame la Comtesse?

— Non!... non!... plus loin!... »

Je veux bien, mais on n'arrivera jamais... surtout cette route pire en pire, fondrière en fondrière, que notre véhicule penche... penche!... les dames avec!... qu'on va tous verser!... je peux pas être moins digne que ces dames... on va tout doucement... de mare en mare... tout de même, ah!... je vois des arbres plus hauts! et des deux côtés... là nous devons y être!... la fameuse forêt!... je parle pas, j'attends... encore peut-être un kilomètre... deux... la route de sable devient moins mauvaise... on va y arriver à leur foutu rendez-vous de chasse!... je vois des troncs d'arbres, sciés... ils ont pas menti... j'ai vu des gros arbres en Afrique, je dois dire ceux-ci sont très sérieux et en dessous de ces étendues de branches!... des profondeurs d'ombre!... on s'arrête...

« Vous êtes fatigués?

— Oh, non Madame!... oh pas du tout!... charmés!... émerveillés! nous sommes!

— Alors nous allons descendre... voulez-vous?... il ne pleut pas!... nous allons goûter...

— Certainement!... certainement, Madame! »

Toujours d'accord!... jamais non!... à l'ombre des grands arbres... Isis et sa mère veulent aller un peu plus loin... elles se parlent... je me dis « ça y est!... je savais! une entente! »... du début je m'étais méfié, surtout le coup de tant de sandwichs... et le pâté en croûte, et aux champignons!... salut, marquises!...

« Madame!... Madame! »

Elles appellent... Lili qu'elles veulent... aux autres arbres en face... elle revient... c'est pas méchant... de pipi qu'il s'agit... je fais pas exprès de parler pipi, croyez-le... Isis paraît-il nous demande de remonter dans la voiture... soit... parfait!... nous attendons... ah, ces dames!... enfin!... maintenant, la dînette! les paniers!... et la comtesse Tulff-Tcheppe dès le premier sandwich ça y est!... nous prie de l'écouter et de lui rectifier son français... oh, là là! bien vous en garder! ce que veut l'étranger c'est parler son français à lui, tout en fautes... gardez-vous bien de trouver ci, ça! même très poliment!... nous sommes là pour ne rien dire, écouter... tous les bals à l'Hôtel de Ville... M. Bourgeois encore... encore... Sarah Bernhardt dans sa loge... la duchesse de Camastra... Boni de Castellane... Sem...

Isis s'occupe des paniers... elle met le couvert... tout y est!... rillettes, saucisses, *delikatessen,* cresson, confitures... je la regarde, tous ces gestes... une fatigue qui n'a l'air de rien, regarder, observer tous les gestes pendant des années... le sens, les intentions... tout autour de soi... et pas pendant une heure, vingt ans!... en cellule, hors cellule... un bail!... humains, à gestes et intentions, vous les expédieriez au diable qu'ils vous reviendraient encore bien pires!... même pulvérisés sous-atomes, ils se reformeraient en asticots... suractivés vers, une telle méchanceté d'outre-là, à vous rendre la mort impossible... passons!... nous en étions à cette dînette sous les séquoias... bien convenu, Lili, moi, La Vigue, que nous ne toucherons à rien... pour la politesse tout de même, faire semblant!... Lili me passe une tartine... deux... La Vigue aussi... j'ai des très grandes poches... je n'ai plus qu'une main, mais bien habile... je crois... le hic, si elles voient mes poches enfler... gonfler... ça fera mal... je jette quelques tartines derrière moi... et que je mâche... et remâche... semblant!... et que je réponds à la vioque que c'est vraiment extraordinaire tout ce qu'elle a vu à Paris!... l'Exposition... la Grande Roue... et la Vente de la Charité... qu'un an plus tard elle y flambait!

« Vous croyez?... vraiment?...

— Certainement, Madame!

— J'étais invitée, vous savez?

— Certainement, Madame! »

J'évoque... j'évoque... le Bazar de la Charité... les plus grands noms de France... cette fournaise... la catastrophe que ce fut!... je profite de l'émotion pour bourrer mes poches... si j'en ai!... dix!... douze de chaque côté... *Leberwurst!*... foie gras... que ça s'étale, fond, suinte... plein mon fond... j'oserai plus bouger... ça sera horrible quand il faudra!... mais Isis interrompt sa mère... il faut qu'on se lève!... finie la dînette!... nous avons encore au moins trois heures de promenade... les chevaux sont reposés...

« Et puis vous savez maman j'ai à parler au Docteur! »

Tiens! tiens! parler de quoi? elle pouvait me parler à Zornhof, pourquoi ici?... encore un micmac? certainement quelque chose entendu entre elle et sa mère... la preuve, Mme Tulff-Tcheppe Lili et La Vigue... elle les emmène... de l'autre côté!... sous les séquoias d'en face... me voici seul avec Isis...

« Venez!... »

Elle veut que je la suive... bon!... j'obéis... d'abord à genoux et puis debout... grâce à mes deux cannes... je dois dire qu'à ce moment mes pantalons dégoulinent... par les deux jambes... toute la graisse et la mayonnaise... et les rillettes... que je la fais rire!...

« Pardon! pardon!

— Mais vous n'avez rien mangé! ni votre ami! ni votre femme!... »

Moi, mon habileté, elle avait parfaitement tout vu!... ce que je peux être drôle!... quand elle rit, elle fait bien Allemande, dure, gênante à regarder... les Germains sont pas faits pour rire...

« Videz donc vos poches!... voulez-vous que je vous aide? »

Pas besoin d'aide!... puisque c'est ça!... *vloaf! vloaf!*... à pleines poignées toute la bouillie!... hop!... je l'envoie loin!...

« Venez par ici, maintenant... voulez-vous?... il faut que je vous parle... »

Elle aussi!... leur manie de vous emmener ci!... là!... tous!... pas que Kracht! en petite promenade... où cette Isis?... au fait, Hjalmar le garde champêtre?... et le *Revizor?*... et le pasteur?... Kracht m'avait bien recommandé... je pouvais demander à Isis... mais elle était pas à m'entendre, elle m'emmenait plus loin!... très doux ce sol, tapis d'épines de séquoias... en avant grande garce!... pas du tout confiance en cette femme, elle marche mieux que moi, elle est pas gênée par des cannes, elle, elle va à grandes enjambées... un moment : hop!... elle retrousse ses jupes!... haut aux hanches! elle

GESPRÄCH MIT ISIS

s'amuse!... pas mal foutues, assez musclées, longues... mais bon Dieu que c'est pas le moment!... plus jamais le moment, j'ai assez vu de jambes pour la vie!... je pense bien à autre chose, Isis!... la pièce est jouée, rideau tombé!... les femmes, dont le sexe renonce jamais, se rendent mal compte que chez les hommes, horriblement priapiques, une goutte de pluie, tout recroqueville!... elles s'acharnent après la coquille... le coup monstrueux pour les dames, que les hommes bandent plus!... ainsi je vois pour les chattes la vie qu'elles mènent aux chats coupés! la mort, s'ils se sauvent pas!... mais moi là je peux me sauver où?... le mieux que j'aie l'air quand même un petit peu intéressé... nous voici à un tronc d'arbre... pas un des très gros... un on peut s'asseoir... elle m'invite à prendre place tout à côté d'elle... bien!... nous sommes au plus profond du bois, je crois... personne peut nous voir... je crois... tout cela n'est pas sûr... nous sommes peut-être photographiés? ou mieux des tireurs là-haut?... des tireuses?... pas à être surpris!... elle me prend une main... les deux mains... peut-être le moment que je l'embrasse?... ça serait peut-être poli?... je ne sais pas... cette façon de m'entraîner si loin... et dans l'ombre... des branches si touffues... si épaisses...

« Docteur, il faut que je vous dise!... »

Elle m'embrasse...

« Vous vous êtes sans doute aperçu? »

Je ne réponds rien...

« Mon mari, n'est-ce pas? »

En avant, pour l'émotion...

« Oui!... oui, Madame!

— Oh, vous n'avez pas tout vu! »

Le reste, je me doute...

« Voilà, je voulais vous demander...

— Je vous prie, Madame!

— Oh, ce sera très difficile! »

Au moins je suis prévenu...

« Kracht sait aussi... mais il ne veut pas... il est pharmacien vous savez, mais il est aussi S.S... vous savez... »

Je vois pas ce que ça vient faire...

« Alors Madame?

— Vous savez que mon mari me frappe... il n'est pas méchant... de nature... mais dans ses accès... vous l'avez vu!... »

Certes je suis subtil et rapide... je passe pas des nuits, tant de nuits, à réfléchir, pour ne pas à peu près tout prévoir...

« Vous savez ce que je vais vous demander?

— Je m'en doute, Madame...

— Vous croyez? »

Elle entrouvre sa blouse... blouse de soie bleue... façon que je voie bien ses seins... et entre ses seins un papier... bien replié... elle me le passe, que je lise... c'est en français, et à la machine... rare la machine par ici, j'en connais pas...

« Vous avez votre permis d'exercer? »

Je fais l'idiot...

« *Erlaubnis?*

— Ah oui Madame! oui! oui! »

Le temps de réfléchir... elle me trouve stupide... elle me reprend la main...

« Touchez, comme je bats! »

Elle me force la main sur son cœur... et puis zut! entre ses cuisses! l'autre main!... que je profite!... que je m'amuse!... pas du tout!... du tout! elle a encore des espoirs, Mme Isis!... elle a pas encore compris, nous si!... elle croit qu'avec des petites malices, un assassinat ou deux, elle va s'en tirer... à la bonne sienne!... mais depuis la gare de l'Est, depuis le tourniquet des billets... nous savons ce qui nous attend... que nous sommes bons pour les pires manèges... pieds poings liés... Mme Isis croit à des trucs... allons!... qu'est-ce que c'est?... grosses malices! voyons!...

« Je vous en prie, Madame! »

Elle se demande si vraiment elle peut?...

« Mais oui!... mais oui Madame! »

Voilà!... avec mon « permis d'exercer » je devais aller à Moorsburg, faire connaissance avec Wohlmuth... lui parler, lui demander quelques produits... Athias Wohlmuth pharmacien... ça va! c'est simple... voyons ces produits... bien écrit, en français et à la machine... *dolosal... curare... morphine... cyanure...*

« Autant qu'il pourra! »

Une petite recommandation!... deux pharmaciens à Moorsburg! mais le sien, celui que je devais aller voir était tout de suite à la route je trouverai facilement, je verrai une statue... *Fon-*

tane! Fontane! en redingote!... je ne peux pas me tromper... juste devant la pharmacie... statue!... ah, je dois y aller seul!... Lili, La Vigue m'attendront... je vois que tout est prévu... d'où lui venait ce petit papier tapé en français?... je pose pas de questions, je saurai plus tard... pour le moment ce que je craignais, qu'en fait d'être seuls on soit en pleine photographie... des appareils plein les buissons... que tout ça ait été boutiqué... la mère Tulff parfaitement dans le coup! et alors?... mon compte était bon! vous me direz : invraisemblable!... pas du tout!... puisqu'elle était à peu près nue... retroussée!... troussée!... échevelée! alors? même, oh là! que je n'y étais pour rien!... j'y pense là, maintenant j'y pense, quinze ans plus tard... elle faisait pas plus de 10 sur 20... je cote... très rare que vous trouvez 10 sur 20 même parmi les belles très vantées... ma Doué!... quel rapetassage d'imperfections! lards, cellulites, pannes... femmes à n'envisager qu'assises, au salon, ou en auto... ou couchées, massées... je résume : ce qui nous intéressait nous, c'était de foutre le camp!... pas des bêtises et bagatelles! Isis avait du retard voilà!... elle ne se rendait pas encore compte... Athias Wohlmuth et ses drogues? empoisonner son cul-de-jatte?... qu'est-ce que ça venait foutre?... vétilles!... on en verrait autrement d'autres, j'étais certain!... les gens qui vivent dans le confortable peuvent penser qu'en rose et douillet, que tout s'arrangera! et leur propre vacherie, pourriture... alors? calomnies!

Isis von Leiden, sous les géants séquoias m'avait pas tellement surpris!...

« Certainement Madame, certainement!... dès demain!

— Je ne peux pas aller avec vous... vous irez seul chez Athias... vous n'emmènerez ni votre femme, ni votre ami.

— Oh, certainement non!

— Vous ne les remettrez qu'à moi ces médicaments... mais tout de suite!... tout de suite!... vous me demanderez à la ferme... »

Je pouvais pas me tromper... des ordres précis... tout en rafistolant sa robe... et se recoiffant... ses cheveux partout... un viol, nous n'aurions pas eu l'air plus drôles... mais photographies peut-être?... je voyais rien... ni dans la broussaille... ni dans les hauteurs... je la croyais capable de tout Mme Isis... les autres aussi, bigre!... la dorade, le *Rittmeister,* le cul-de-jatte, et son colosse donc!... tous d'abord! tous!... le manoir, la ferme, le hameau, et les prisonniers... et même les oies...

Nous irons demain à Moorsburg, entendu!... mais maintenant là?... où allions-nous?... nous retournons à la voiture?... j'aurais pu penser qu'elle aussi voulait me faire visiter un refuge sous terre?... comme l'autre avait voulu me montrer ce qui restait du camp d'aviation... Isis ne me semblait pas armée... bien sûr vous pouviez vous attendre de sous un arbre, d'un revers de remblai... j'avais vu bien pire à Grünwald... le truc des sous-bois est facile, qui qu'a tiré?... vous savez jamais!... là en somme rien ne s'était passé, nous n'avions qu'à revenir aux premières futaies... retrouver Lili et la comtesse... et La Vigue... ils avaient un peu attendu, mais ils ne s'étaient pas ennuyés... la comtesse avait voulu qu'ils goûtent aux petits fours... ils avaient doucement tout recraché... avec elle c'était facile elle regardait pas... Bébert lui avait eu droit à une vraie friture, de poissons du lac, à côté... ils avaient écouté la doche, la même conversation, la même, à quelques variantes, le trottoir roulant, un bal à Bullier, les bords de la Marne... oh, ils l'avaient bien écoutée et bien répondu... mais joliment contents de me revoir!... qu'est-ce que nous avions fait là-bas au fond des bois?... mais rien du tout! *Kss! Kss!*... jamais rien dire, jamais de rien, à personne... nous devions aller plus loin... et youp! dada! messieurs, mesdames, en voiture!... on grimpe, on s'installe... une allée alors d'un grandiose! la largeur des Champs-Élysées... séquoias de plus en plus énormes...

« C'est tout à vous? »

Je peux me permettre, zut!...

« Oh oui! et encore bien plus loin! »

Je vois, ce sont des gens vraiment riches... ça l'amuse de me voir si curieux... je vais l'amuser encore plus...

« Madame je vais vous dire une bonne chose, je me suis mis dans ce cas si pendable, pas que moi, ma femme, aussi mon ami, par infinie curiosité!... pas par ambition ni par intérêt!...

pour ça que vous nous voyez ici, réclamés par toutes les polices, poteaux, meutes... de m'être occupé de ce qui ne me regardait pas!... »

Elle était pas idiote Isis... je l'étonnais pas...

« Eh bien Docteur... soyez curieux! demandez-moi tout ce que vous voudrez!... je vous dirai... n'ayez pas peur!... on ne sait comment vous faire plaisir, au moins une chose, vous dire tout ce qui ne vous regarde pas!...

— Exactement Madame! j'avoue!

— Alors d'abord à la scierie!... je vais vous montrer au bord du lac... elle occupe soixante ouvriers... tous condamnés à des peines... il y a trois assassins parmi eux... refusés par l'armée... indignes... les *Bibel* c'est la Bible!... ceux-ci sont vraiment des forçats... un peu plus bagnards que les « objecteurs »... vous allez les voir... ce lac aussi est à nous... il est assez grand, dix-huit kilomètres jusqu'à Moorsburg... vous verrez les petits bateaux... ces bateaux sont à mon beau-père... ils sont vieux, comme lui... il en faudra d'autres... nous avons une autre scierie, un peu plus haut... nous n'irons pas aujourd'hui... vous savez assez?... assez précis?

— Oui, Madame... »

Mais la comtesse Tulff-Tcheppe pourrait peut-être dire un mot?... non! elle boude!... sa fille s'aperçoit...

« Mais maman vous avez aussi! de bien plus grands lacs!

— Je pense!...

— Dix fois plus de forêts!

— Certainement Isis! certainement! »

Rien de plus... le char à bancs s'arrête, nous y sommes!... je croyais qu'on arriverait jamais... je connais les forêts tropicales, tout le monde les connaît à présent, tout le monde voyage, vous étonnez plus personne... autrefois un casque ça y était... Brazza était plus votre cousin!... maintenant les chutes du Congo vous font au plus un week-end... vous aviez alors l'impression d'être enfermé pour toujours, dans l'ombre moite, dans une confusion de lianes, racines, mares à serpents... là-haut, au contraire, l'ombre, toute sèche... et jaune... le tapis d'épines... en somme une forêt trop belle, trop somptueuse... le lac aussi, trop limpide, trop bleu... tout ça si poétique, dirais-je, symphonique, profond, terrible, bien allemand... que vous échapperez pas non plus, jamais!... je ne prétends pas que vous y alliez!... ni au Congo, ni en Prusse!... l'avantage de cet énorme tapis d'épines, c'est qu'il amortissait le bruit, vous n'entendiez plus le bacchanal des bombes sur Berlin... l'eau du lac tremblotait un peu... les berges... les roseaux mêmes, vibraient... vibraient...

« Docteur tout ceci est à nous... ces bûcherons aussi, là!... vous les voyez? »

Si je les voyais!... ces forçats ne sciaient pas... ils poussaient des géants troncs d'arbres, les faisaient rouler jusqu'à l'eau... d'autres en bas liaient des troncs ensemble... je saisissais... dans ma petite enfance, je peux dire, j'ai été le môme passionné pour le travail des « trains de bois »...

depuis Ablon, depuis l'écluse jusqu'au Pont-au-Change... les mariniers faillaient tout le temps piquer une tête... force et coup d'œil, ils venaient paraît-il du Morvan... où ils allaient ? j'ai jamais su... là ceux-ci avaient pas l'air très mariniers... j'ai fréquenté les sablières, je connais le travail... Isis voit ce que je pense...

« Selon vous, ils arriveront ?

— Où ?

— A Moorsburg !...

— Possible... mais pas sûr...

— Si ils se noient qu'est-ce que vous croyez ?

— Il en viendra d'autres... »

Là, je les fais rire toutes les deux... la fille et la mère... qui boudait... la façon que j'ai bien répondu !... et le *Revizor ?* et le garde champêtre ?... le pasteur ? c'est le moment de se renseigner !... Isis demande à un grisonnant, là tout près... non !... il ne sait pas ! ils n'ont rien vu !... rien à sortir de ces gens-là... nous ne leur disons pas « au revoir » ni « bonne chance »... moi-même plus tard en cellule j'ai jamais demandé qu'une chose : qu'on me foute la paix... je comprenais bien ce sentiment... Léon Bloy mourant réclamait : le Saint-Esprit ou les cosaques !... moi qu'en connais bien plus que lui que vous direz que je clame, exige « la plus forte bombe et les Chinois ! » je plaisante !... il ne s'agissait pas de plaisanter, mais de reprendre l'allée forestière, de nous faire secouer une heure ou deux, cahoter, piler de trou en trou... le char à bancs criait on peut dire des quatre moyeux...

le cauchemar de cette guerre, les corps gras!... axes, pistons, bielles!... brûlés, fissurés, fondus!... en l'air, sur terre ou sous les mers... nous là notre voiture les ressorts, les essieux, voulaient plus... presque hurlaient... mais enfin quand même... très doucement...

En avançant je vois des arbres moins hauts... et plus de séquoias, des sapins... tout d'un coup, je m'attendais pas, Isis commande : *Halt!*... le cocher arrête... « venez! »... elle a à me parler... « vous seul! »

« Il faut que je vous montre notre chalet!... »

Qu'est-ce que ça vient foutre?

« Vous allez voir! venez avec moi!... vous, restez là!... Madame et monsieur Le Vigan!... »

Une autre lubie!... je descends de la voiture... elle me mène par un sentier... encore un!... sa rage les sentiers!... celui-ci passe entre les sapins... qu'est-ce que ça va être?... oh, c'est pas mal!... un grand pavillon tout bois, pimpant, très net, très astiqué, plus propre que leur ferme... elle me précède...

« Venez! »

On entre... je dirais vraiment du luxe, bien mieux que chez eux... moquettes, coussins de cuir, énormes divans, et de ces étagères de bouteilles!...

« *Raus!* dehors! »

L'ordre est brutal!... à quelqu'un... qui?... je vois personne... mais j'entends que ça se sauve... des domestiques dans une autre pièce?

« Je ne veux pas les voir!... elles reviendront

quand je serai partie! elles reviennent toujours! »

Je crois qu'il s'agit de Polonaises... maintenant à moi!...

« Docteur! Docteur, je m'excuse!... voulez-vous demander à Athias...

— Athias? »

Je me souviens plus...

« Vous savez à Moorsburg?... le pharmacien?... vous vous souvenez?

— Ah, oui! ah, oui! à vos ordres Madame! l'*Apotheke!* »

Encore une autre drogue?

« J'ai oublié!... des petites serviettes en papier... pour dames... vous savez? mensuelles?

— Oh oui Madame!

— On les appelle des " kamelia " ici, avec un k... vous avez les pareilles en France, mais en France avec un c!... trois paquets, s'il a!... si il vous dit qu'il n'en a pas vous lui direz : " si! si! " il a! il les garde pour d'autres!... et aussi mon rouge à lèvres... et ma poudre... il sait ce que je prends... si il vous dit non... bien : non!... alors prévenez-le que j'enverrai Kracht... il vous donnera!... vous avez compris?... Wohlmuth Athias... devant la statue...

— Certainement Madame, dès demain!

— Alors, sortons!... retournons à la voiture... vous ne voulez pas m'embrasser?

— Si! si! Madame! »

Je l'embrasse... elle m'embrasse... et nous sortons... bons amis... nous n'avons pas été longtemps... eux n'ont pas bougé de la voiture...

ils n'ont rien fait ils n'ont rien vu... je leur demande... ni le *Revizor*, ni Hjalmar, ni le pasteur... Lili a vu une bête là-bas... presque à la lisière des sapins... elle nous montre... oui!... elle a raison... on regarde tous... un renard qui nous regarde... que sur trois pattes, comme il peut... un renard qui s'est dégagé, pris au piège... Isis m'explique... puisque la chasse est défendue alors « pièges partout »!... ils n'auraient plus un canard, plus une oie, plus un poulet, une dévastation sans les pièges!... pas seulement ici, toute l'Allemagne...

« Maintenant vous savez?

— Certainement, Madame! »

Le renard s'en va vers le bois... nous le regardons s'éloigner... nous allons nous dans l'autre sens... la route est moins cahoteuse... les roues font moins de bruit... ça y est, la comtesse Tulff profite que les moyeux grincent moins... pour prendre la parole... je me dis : en avant l'Élysée!... non! pas du tout!... le Brandebourg maintenant! elle nous entreprend!... mais pas d'aujourd'hui, d'autrefois, de sa jeunesse... les usages, les réceptions, les mariages des nobles familles... les emplois, les grades de chacun... et aussi les lieux, les garnisons, l'artillerie de la Garde, l'école à feu, le polygone... elle connaissait un peu le Brandebourg Madame la Comtesse, pas que sa Poméranie natale!... je l'écoutais... je l'écoutais... mais pas beaucoup... placée à ma gauche, je l'entendais mal... je pensais surtout à Moorsburg... à l'Apotheke, devant la

MOORSBURG, APOTHEKE

statue... j'irai?... j'irai pas?... Wohlmuth Athias?... c'était encore à réfléchir... là, cahotant, tout doucement on arrivait... le parc... l'isba des *bibelforscher*... notre péristyle... Kracht n'est pas loin, le voici!... « bonjour! *heil!* bonne promenade? » surtout bien contents d'être revenus... ça aurait pu finir plus mal... vingt ans après je le pense encore, ça aurait pu finir plus mal... là j'ai rien dit... toute la nuit j'y ai pensé... mais rien dit... ni à Lili... ni à La Vigue...

★

Pas que cette promenade à Moorsburg, sept kilomètres, à badigeon, nous ait paru bien réjouissante... mais puisque c'était entendu!... j'irai voir cet Apotheke!... maintenant pour la question des drogues, sûrement pas la première fois... curare... cyanure... dolosal... on en reparlerait... pour son rouge à lèvres, sa poudre et ses « kamelia » certainement, tout de suite! pour le reste le connaître un peu ce Wohlmuth Athias... tout près de la statue... question la route de Moorsburg tout droit à travers la plaine, pas à se tromper!... suivre les bornes... d'abord on apercevrait de loin, on connaissait... le mieux de partir au petit jour, mettons cinq heures, personne pour vous dire au revoir... très discrets!... d'accord!... nous nous préparons dans la nuit, dans nos antres... Iago laisse passer La Vigue...

on se retrouve au péristyle et en avant!... une!... deux! une!... deux!... doucement! pour moi surtout qui banquillonne... je dois dire c'est bien tranquille partout... à la roulotte... aux isbas... rien ne bouge... même les oies!... ça va!... on avance... pas vite, mais tranquilles... Bébert en boule dans son sac, il a l'habitude... les chats aiment pas nos astuces, nos fugues, mais quand ils savent qu'il faut, il faut, ils s'immobilisent, ils font boule... voici je crois... un! deux!... un! deux!... la petite aube... le ciel est déjà noir... jaune... même avant le jour!... des crasses... vous direz : Dieu qu'il est lassant!... il en sort pas!... ceux-là non plus sortent pas du ciel!... escadres sur escadres... d'aller déposer leurs horreurs sur l'horrible Berlin!... toutes leurs saloperies!... pas que les « forteresses »!... *mosquitos... marauders...* de tout!

« Si il avait pas ses trois points, son style, qu'il dit, oh là! là! on le lirait peut-être un peu plus!... depuis le " Voyage " il est illisible!... le " Voyage " et encore! maintenant il est si abruti, il a l'air, que même à la Télévision, il est pas regardable, la preuve M. Petzareff vient de lui faire sauter, juste à temps, " une heure d'entretien "... c'était fait!... la France était encore perdue!... Juanovici est en prison, mais Petzareff, œil à la brèche, perd pas un geste des anti-tout!... et sans certificat d'études!... réseau " Honneurs, Bénéfices "... »

Ce sont là aimables propos... mais sur cette route de Moorsburg nous n'avons pas à giberner... nous étions encore assez loin... la plaine... quelques personnes... là-bas... tout ces sillons jaunes, gris, jusqu'à l'Oural... quelques gens pas trop éloignés... pas à leur demander ce qu'ils font, ils travaillent... je crois, à des sortes de bâtisses... briques et tuiles... il faut que je fasse attention, que je divague pas trop, que j'aille pas vous perdre, vous lecteur, sur la route de Moorsburg... là tout d'un coup d'un côté, d'un fossé, deux hommes surgissent... deux hommes loqués un peu comme nous, tant bien que mal, sacs, chiffons, ficelles... ils nous parlent et en français...

« Où vous allez?

— A Moorsburg!

— Ah, c'est vous les " collabos "? »

Je vois qu'on est connus... et assez loin du manoir...

« Nous on est des prisonniers! »

Ne pas confondre! oh pas du tout! je leur demande si ça va?... oui, pas trop mal!... leur patron là est un éleveur... éleveur de moutons et de volailles, il est parti au front de l'Est... eux tiennent la ferme... la fermière dort tout le temps... y a plus rien à faire, à la ferme, presque tout le bétail est mort... deux épizooties, coup sur coup...

« On aurait plus rien à bouffer, mais on se défend! »

Pour eux et la femme, ils maraudent...

« On manque de rien, faut pas être pris!... »

Ils savent que ça...

« Vous êtes pris vous êtes flingués!... vous serez fusillés vous aussi mais pas pour les mêmes raisons! »

Ah que c'est drôle!... on se tord!

« Vous allez bouffer chez le Landrat?

— Non! il nous a pas invités!

— Vous le connaissez?

— Oui, un petit peu...

— Vous pouvez lui dire bien des choses! »

Ça va!... on repart! à peine quelques mètres, quelqu'un nous fait *halt! halt!* quelqu'un dans le fossé! l'autre bord de la route... un gendarme allemand... il nous fait signe qu'on approche... *papier!...* voilà... je lui sors mon *Erlaubnis... gut!... gut!* il voit à qui il a affaire!... pas des vagabonds!... il me demande où nous allons, comme ça tous les trois de si bon matin?... très aimablement... chez le pharmacien Athias Wohlmuth! *gut!... gut!...* très naturel!... je profite pour lui demander si il a pas vu le pasteur, lui?... ou le garde champêtre?... et le *Revizor?* non! mais parbleu il les cherche aussi!... si parfois on nous dit quelque chose... par-ci... par-là... nous serions aimables de le prévenir!... par le bureau de poste... à son nom!... Gendarme Hans! évidemment! qu'il compte sur nous! certes!... entendu!... nous nous séparons bons potes... combien de kilomètres?... encore trois!... on peut pas dire que nous allons vite mais tout de même... du chemin parcouru... on voit Moorsburg... l'église... nous nous assoyons dans l'herbe... Bébert va faire ses besoins... il sait ce que c'est, pas le moment des frasques, qu'il faut être sages... il nous revient tout de suite dans son sac... nous repartons... les premières maisons... il est pas encore huit heures... les gens sont levés... ils nous regardent passer... je dirai pas : hostiles... mais surpris... ah, je reconnais!... une petite ville ce Moorsburg avec cinq... six places Vendôme... au moins aussi importantes!... là où Frédéric faisait manœuvrer ses soudards... l'*Apotheke*, voyons?... pas la bonne place?... je vois pas la statue... *Fontane*... ah, nous y sommes! voici le bon square!... et le pharmacien... le nom, le nôtre : Wohlmuth Athias... bien!... je pousse la porte... les mômes nous ont déjà repérés... ils s'agglutinent sur le trottoir en face... ça va être comme à Berlin... les *Hitlerjugend* du métro... nous sommes chez le potard, le voici!... il s'excuse, il ne parle pas français... blouse blanche, barbichette... mille politesses... je présente Lili, La Vigue, Bébert... il nous invite à prendre un réconfortant... oh, là là!... « je vous en prie »!... même pas un verre d'eau!... il nous demande si ça va là-bas à Zornhof?... si nous sommes contents des von Leiden?...

« A ravir mon cher Apotheke! quels délicieux hôtes!... »

Si nous ne trouvons pas les gens du hameau un peu brutes?

« Oh, pas du tout! charmants! délicats! de si touchantes attentions!... »

Je vois qu'il va vachement à la pêche, Wohlmuth Athias... il voudrait bien que je casse du sucre... il peut se l'attraper...

Question d'âge, je le regarde, il est dans mes prix, pas gamin... maintenant assez bafouillé, je veux lui montrer mon « permis »... non!... non!... il s'offusque! il est parfaitement au courant!... nous sommes attendus!... il lui vient au coin de la bouche après chaque phrase comme un petit tic... ainsi : *mgü! mgü!* assez douloureux... et puis tout de suite un sourire...

« Puis-je vous être utile Docteur?... dites-moi je vous en prie!... demandez-moi tout ce que vous voudrez!... »

Que je vais rien lui demander du tout!... ah, si! rouge à lèvres, poudre de riz, et trois paquets de « kamelia »...

« Pour la comtesse von Leiden?

— Parfaitement!

— Vous ne voulez rien d'autre, Docteur?

— *Danke!... danke!...* merci! »

Très obligeant barbichu, salut!... certainement rien d'autre!... *kamelia,* rouge à lèvres, poudre...

« Monsieur l'Apotheke, nous reviendrons, nous allons faire un tour en ville, mais tout de suite là je vous prie... »

Combien je lui dois?

« Plus tard!... plus tard, puisque vous revenez! nous avons le temps! vous allez visiter la ville!... vous ne pouvez pas vous perdre toutes les avenues reviennent ici... à la statue!... on vous a dit!... statue de *Fontane... Fontane,* vous

C: FONTANE – VERGLEICH

connaissez ce nom?... français et allemand, Fontane!... huguenot!... vous connaissez son histoire? »

Je vois qu'il veut nous la raconter... dans ces cas-là il faut s'asseoir, pas avoir l'air de s'en foutre... au vrai, je suis né si curieux que pour apprendre un petit quelque chose, une futilité, on me ferait grimper la tour Eiffel avec mes deux cannes... il en sait un bout sur *Fontane,* le grand écrivain de Moorsburg... ça valait la peine de nous mettre en retard, d'abord et d'un, peut-être que nos tickets étaient périmés?... nous si à court de *leberwurst!* ou qu'ils étaient pour un autre mois?... vous pouvez compter, un moment, quoi que vous fassiez, vous attirez les pires ennuis... mieux rester assis... vas-y pour Fontane!... il était de là tout à côté, une des maisons... nous devions lire « Promenades du Brandebourg » son chef-d'œuvre... bien! Wohlmuth connaissait sa vie, les moindres détails... un rigolo... ce Fontane était en France pendant la guerre de 70... quelle idée!... et mieux encore!... il s'était fait faire aux pattes visitant la maison de Jeanne d'Arc par les « fifis » de Domrémy!... « francs-tireurs » d'alors... touriste pendant l'Année terrible!... c'était pas tout!... accusé bien entendu d'être renégat, traître, s'en fallut d'un poil qu'on lui fît passer toute envie... mais la Providence sait ce qu'elle fait, fut gracié par Gambetta, lui-même, et libéré... revint ici finir ses jours, très furieux... maintenant là, en redingote, sur son socle, vous ne diriez pas... mais grâce à Wohlmuth, nous savons...

« Merci Monsieur l'Apotheke! nous allons peut-être essayer de faire honorer nos tickets! vous savez! *leberwurst!*... nous revenons dans un instant! »

Et nous le quittons... nous faisons deux rues... et une grande place... La Vigue me demande « est-ce que tu crois qu'il m'a reconnu? »... « non! non! » ah nous trouvons une charcuterie! ce charcutier regarde nos tickets très sérieusement... « *franzosen? franzosen?* » il est fixé, tout de suite!... il ne veut pas du tout de nos tickets!... question de nous servir, il veut bien!... rillettes?... saucisses?... *leberwurst?*... prenons!... prenons!... il veut pas de nos marks!... pas du tout!... tout à l'œil alors?... bien!... on va pas se vexer...

« Je crois que celui-ci m'a reconnu?

— Oh oui!... certainement! »

Et voici que Le Vigan s'incline... très grande révérence!... profond salut de scène!... à toute la boutique!... au charcutier, à sa femme, aux commis!... ils le regardent, si c'est bien pour eux?... oui!... alors? il attend... plié en deux... son chapeau effleurant le sol... ils l'applaudissent...

« Tu vois?... tu vois?... »

Il se retire en grandes révérences... touché! flatté!... nous faisons comme lui, nous nous retirons en grands saluts... sans oublier notre paquet, les rillettes... au trottoir, fini les manières!... vite au boulanger! ce commerçant non plus veut pas de nos tickets... oh pas du tout... « mais qu'est-ce qu'on veut? » trois grands pains noirs, longs!... « *gut! gut!* » il ne veut ni tickets, ni marks... il ne répond pas à nos « *guten tag* »*!* servis, qu'on s'en aille!... parfait! on prend l'habitude... mais c'est pas tout! les mômes qui nous suivaient de loin, se sont rapprochés et plus nombreux, et avec une troupe de femmes en plus, au moins une centaine, et hurlantes... elles nous voient, elles nous traitent de tout... canailles! charognes! *fallschirmjäger!...* parachutistes!

Tout le bien qu'elles pensent...

Qu'est-ce que peuvent faire ces furieuses harpies à balais, pelles et fourches?... la voirie!... les égouts!... Kracht m'avait bien prévenu, de rien leur répondre... aux mômes non plus... certes! certes! mais nous avions à passer et ils occupaient tout le trottoir... les mômes, garçons, filles étaient sûrement des « Hitlerjugend » ils nous lâcheraient pas, ils avaient ce qu'il leur fallait, ce qu'ils cherchaient depuis des mois!... trois! trois parachutistes saboteurs! y avait pas à en mener large, le même coup que dans le métro de Berlin... c'est seulement bien grâce à Picpus que nous étions sortis pas lynchés!... là je voyais pas du tout de Picpus!... une quatrième place Vendôme... affreux mômes! hurleurs agressifs! de plus en plus... je dis : planquons!... un café est là, *wirtschaft,* entrons!... j'avais bien besoin...

KINDER-HORDE IN MOORSBG.

ah, le temps de toucher le bec-de-cane les mômes sont sur nous!

« *Fallschirmjäger!* parachutistes! »

Et que ça y est!... nos canadiennes! le même coup qu'à Berlin, bien le trio de foutus saboteurs, recherchés par toutes les polices!... au fait à Berlin sans Picpus nous y passions! sous le métro! où il pouvait être à présent, Picpus?... lui avait reconnu La Vigue!... pas un seul de ces morveux pouvait reconnaître le grand acteur!... mais bon Dieu qu'ils nous accrochaient!... et qu'ils nous forçaient d'avancer!... à dix!... à vingt! garçons, filles, à nous trépigner... vers où? que j'avais beau leur hurler qu'on était de Zornhof!... de chez les von Leiden! où ils voulaient nous emmener?... au Poste?...

Là-bas, l'autre grand-place, un S.S.! je me goure pas! Kracht « ohé! ohé! » qu'il nous voie!... on crie tous les trois!... il vient! le voici!... il rit de nous voir presque noyés, étouffant sous les *Hitlerjugend*... il est en uniforme S.S., bottes, tout! ah, il a tôt fait!... *weg!*... ça suffit!... ils dégagent, ils se sauvent!... plus un!... on rafistole nos canadiennes... je propose qu'on aille au café... là, tout près... mais avec lui... oh, pas sans lui!... il veut bien... on s'installe et on commande... trois cafés « ersatz »!... je profite lui demander ce que sont ces femmes de la voirie qui nous ont traités de tout et tout?... ce sont les prostituées de Berlin en traitement à Moorsburg, les trop contagieuses, qui ne voulaient pas se soigner là-bas... ici bien sûr, elles sont traitées, mais il faut aussi qu'elles travaillent... au moins qu'elles aident!... évidemment elles se tiennent mal, insultent les passants, pas que nous!... tous!... il sera bientôt impossible de les tenir en ville, même aux égouts!... ils n'ont plus assez de policiers!... elles ont cassé trois magasins, déjà!... le dedans, et le devant!... tout!... il est question qu'elles aillent aux champs, à la culture, aux betteraves où elles ne pourront rien casser... lui me pose la question si on a pas vu le *Revizor?*... et le garde champêtre?... non!... partout nous avons demandé... rien!... maintenant ce que je pense de l'*Apotheke?* Wohlmuth?

« Oh, bien aimable! et quel érudit!... Fontane! il sait tout! »

Je parle pas des médicaments...

Il doit faire encore quelques courses... non!... il ne les fera pas!... si!... nous nous partirons en avant, doucement... il nous rattrapera, il a son vélo... il pense à tout, il me donne son sifflet à roulette, si les mômes reviennent à la charge, j'aurai qu'à y aller... *vrrrt!* il sera pas loin... parfait!... et nous revoici sur le trottoir... nous nous séparons... la seconde porte cochère, deux prisonniers en bourgerons sortent une grosse boîte à ordures, très lourde, ce sont des prisonniers français... je leur dis bonjour, ils nous répondent mais assez sec... je vois ce que c'est, ils sont au courant qui nous sommes... les renseignements vont drôlement vite, tout le Brandebourg doit être au fait que les trois monstres sont en balade... plus les ragots sont haineux cons, plus vite ils cavalent et se répandent, de ménagères à betteraves, et prisonniers, et bistrots... bon, je sors deux paquets, trois!... je les leur passe... merci!... alors?... je demande... les nouvelles?... les nouvelles c'est ça : que Simmer le Landrat, cette fiote aux bijoux, avait fait fusiller hier, trois prisonniers, boueux comme eux, motif : avaient appelé « sales boches » des bourres de la *Kommandantur* venus faire l'appel et leur prendre leurs bourgerons pour les peinturlurer rouge, noir...

Nous sommes désolés!... ces boches sont infects!

« Oh, ils en ont plus pour longtemps!... ça va chier ici! et pour vous aussi!... »

Nous sommes classés, je vois... c'est pas la peine qu'on s'attarde... on les écœure... je leur passe encore deux paquets...

« *Heil! heil!* »

Qu'ils me remercient... ils se reharnachent avec leurs gros cuirs... sangles d'épaule, crochent leur énorme boîte d'ordures... *oh! hisse!*... c'est pas la peine d'insister... nous partons... bien nous sommes déjà, à l'autre place, que nous les entendons encore... *heil! heil!*... ils étaient vraiment hostiles ces deux boueux... et les mômes donc!... et les pétasses!... en plus du Landrat! une vraie unanimité!... plus les oies et les *Bibel!*... il devait y en avoir encore plein, plein Moorsburg, de ces prêts à tout, et nous écarteler d'abord!... je me dis : sûr on va en rencontrer d'autres, d'ici Zornhof... non!... personne!... pas un! ils devaient s'être fait le serre...

« Tu crois qu'ils savaient qui j'étais? »

Je comprends pas?... son inquiétude...

« Les boueux? »

Ah, s'ils l'avaient reconnu, La Vigue!

« Bien sûr! bien sûr!

— Pour ça qu'ils nous ont injuriés!

— Évidemment! »

Je crois vraiment que nous allions bon pas... les retours sont toujours plus faciles... mais je ne ramenais rien pour Isis... sauf sa poudre, son rouge à lèvres et les « kamelia »... elle comprendrait... je pensais à elle voyant le cadran... l'église... déjà chez nous!... les chaumes... tout devient vite « chez nous »... le plus rébarbatif endroit... on se fait, on en veut, une douceur... même la réclusion, quand ils vous changent de cachot, vous y étiez fait... la cruauté de vous mettre ailleurs... une autre fosse...

*

Kracht avait dû prendre par un sentier, en tout cas il était là, il nous attendait...

« Alors?... alors? bonne route?

— Oh, parfaite!... parfaite! »

Et il nous quitte... nous montons chez nous... La Vigue veut me parler... « viens! viens! »... sa cellule en bas n'est pas gaie, je vous ai dit, pire que notre tour... je comprends qu'il préfère nos paillasses... pas rigolo notre réduit, mais lui son

JAGO TOT

sous-sol, la tombe... et puis Iago... c'était pas si sûr qu'il nous laisse passer... oh, mais! au fait!... le saucisson, le pain noir, les rillettes?... c'est plutôt le moment?... pas pilonné pour des nèfles!... et sans tickets!... je veux on s'est tapé quinze bornes, et on s'est fait bien insulter, mais enfin une chose, on est exempt, au moins aujourd'hui, d'aller pleurnicher aux marmites... les ménagères seront pour leurs frais, leur bon moment de nous voir passer, se foutre de nous... donc on se dispose pour l'orgie, pain noir, saucisson... le pain noir est tout mou... juste au moment : toc! toc!... quelqu'un!... Kracht!... encore lui!...

« Vous venez voir ce que nous mangeons Kracht?

— Non!... non! cher ami! je me permets de vous déranger... mille pardons, Madame!... un petit mot!... une urgence...

— Une vacherie?

— Non... non Docteur! une tristesse...

— Allez-y pour la tristesse!

— Iago est mort!

— En bas?

— Non!... sur la route avec le *Rittmeister*...

— Ils ne l'ont pas empoisonné?

— Non!... je ne crois pas, vous verrez, il n'a pas vomi... vous verrez, je crois c'est le cœur... vous savez comme il tirait...

— Parce qu'ils sont capables de tout!

— Oh oui!... oh je sais!... mais là je crois c'est le cœur...

— Alors?

— Nous n'avons plus de vétérinaire... le village demande que vous y alliez... ils ont tous peur pour leur bétail... que Iago soit mort d'un mal contagieux!... ils ont peur surtout pour eux-mêmes... ils craignent!...

— Entendu Kracht! à vos ordres! parfaitement compris!... seulement deux minutes!... vous permettez! nos friandises!... absolument sans tickets!

— Mes amis, je vous en prie!

— Kracht, vous qui savez tout, je peux vous demander peut-être?

— Je vous en prie!

— Si la guerre va bientôt finir?

— Harras doit savoir! »

Harras! ah, Harras!... où il peut être le gros garnement?... on rit... on rigole!... je vois qu'il n'a plus sa petite moustache, Kracht... il se l'est rasée... déjà plusieurs fois qu'il se la rase, sa mouche à l'Adolf... et se la laisse revenir...

Nous voilà, on a fini... il reste encore du saucisson... si on le laisse là, les gaspars, sûr, sitôt nous partis, se jetteront dessus... possible ils dévoreraient Bébert si on le laissait là... comme moi mes Épurateurs, rue Girardon, absolument rien laissé!... ils ont brûlé jusqu'à mon page, furieux de pas pouvoir le descendre, trop lourd... donc nous finissons trois sardines, et le reste : oh! dans la musette!... avec le pain noir, deux boules, et Bébert!

« Maintenant Kracht au " constat "! »

Tout près?... tout de même assez loin... après les dernières chaumières, où la route bifurque... oh mais y avait déjà des gens... ménagères, prisonniers, travailleurs russes, polaks... et forcément nos acolytes, Léonard, Joseph... et encore bien d'autres curieux, venus sans doute des fermes là-bas... vers le lac... Kracht fait tout reculer! reculer!... que je puisse examiner Iago... sur le flanc, il est... pas de bave... pas de vomissements... les quatre pattes raides... le corps encore tiède... je demande, il est mort il y a deux heures environ... en traînant le vieux... subit!... des gens étaient là, ont vu... c'était en faisant le tour du soir... pas eu de convulsions, rien du tout!... bien!... je peux conclure: le cœur... le cœur a cédé, l'âge et le surmenage... rien de contagieux!... aucun danger! et puis de pas manger assez de viande... un chien comme Iago, son poids, devait manger au moins cinq cents grammes de viande crue par jour... donc, ni maladie, ni empoisonnement... je suis affirmatif... privations! Kracht leur répète mes paroles... mais plus affirmatif encore! très! grognant, grondant, comme un führer!... une servante traduit tout en russe, que tout le monde comprenne... maintenant on peut enterrer le chien, Kracht a prévu... voici huit *Bibelforscher* avec pelles, pioches, et trois larges pierres... le trou est vite fait... le pauvre clebs au fond, la terre pilonnée... c'est fini... je me retourne... tiens, Isis!... elle qui sort pas beaucoup de chez elle... je la salue... je m'incline... je lui ai donné son rouge à lèvres, ses « kamelia »... rien à lui dire... elle me regarde... elle nous regarde... c'est tout... bien!... je dis à Lili et La Vigue que ça va, qu'on rentre... une voix : *halt!...* la voix du vieux... il arrive... et à cheval!... il est en retard... Kracht m'explique... il a repris son cheval à la ferme, le fils l'avait mis au labour, un cheval blanc demi-sang... oh, il l'avait pas eu comme ça!... une de ces colères qu'on lui rende!... que c'était lui le patron de la ferme, pas d'autres!... lui Rittmeister comte von Leiden! qu'il ne tolérait pas!... qu'il voulait son gaye!... que c'était la honte! qu'il irait jamais à pied, lui!... qu'il se ferait pas porter à dos de Russe, comme son propre fils jamais!... qu'il était pas cul-de-jatte, lui!... et puisque Iago était mort, il remonterait à cheval, et tout de suite!

Ils avaient eu peur d'un coup de sang, qu'il tombe comme Iago... ils lui avaient rendu son gaye, tout sellé, et en bride, gourmette... pas en bridon!... on lui retrouvait plus ses éperons... on y avait retrouvés! là il était là, sapristi coléreux schnok von Leiden, sur son demi-sang blanc... et armé, il fallait voir!... sabre, revolver... il se tenait encore pas mal, mieux qu'en bécane, on voyait qu'il avait monté... mais le sabre à droite? il avait servi aux uhlans... les uhlans portent le sabre à gauche... il innovait! il vient vers nous... je dirais vers le tertre à Iago... il sort son sabre, salue largement...

Maintenant je crois, nous pouvons rentrer...

lui d'abord, le Rittmeister... qu'il prenne sa distance...

Là, ça y est!... il est aux peupliers déjà... on le voit bien de loin sur son cheval blanc... surtout contre le ciel, si gris, si jaune... nous on revient lentement avec les six *Bibelforscher*, et deux gitans et Léonard et Joseph... et Kracht, trois pas derrière nous... on va pas vite... où est Isis?... je la vois plus... elle doit pas avoir pris la route... ou une autre?... ou un chemin creux... on croit tout voir dans ces plaines... et tout s'efface... en tout cas elle ne nous avait pas approchés... pas extraordinaire!... peut-être rien du tout?... je verrai...

★

Je dois dire j'étais inquiet... plus précisément au sujet de La Vigue... drôle il était... toujours drôle... mais là en rentrant de cette promenade il m'avait semblé encore plus baroque qu'en partant... je dormais pas beaucoup, par éclipses... aussitôt qu'il fit un peu jour dans la meurtrière, ni une! ni deux!...

« Dis Lili, je descends voir La Vigue!

— Qu'est-ce que tu crois?

— Qu'il est malade! »

Pas compliqué je secoue la paille et je suis debout... on s'habille pas, on est toujours prêts... je prends l'escalier... là le coin où était Iago, plus que sa chaîne et son gros collier... le couloir de

RATTEN

briques... je vais... au bout la porte à Le Vigan, sa cellule... je frappe pas, j'entre... ah, ça y est!...

« Toi!... toi!... un rat!... un rat!...

— Tu déconnes La Vigue!... je suis pas un rat, je suis moi! je te dis de t'asseoir!... tu me fatigues! »

Il est tout debout sur sa paillasse, il fait des gestes avec ses bras que je suis terrible que je l'épouvante! que je vais le bouffer!

« Mais non La Vigue, marre! assois-toi!

— Si! si!

— Non! non! fous-nous la paix!... tu gueules trop fort!

— Alors regarde ma main! ils m'ont pas mordu? »

Je regarde son pouce... exact!... une morsure de rat...

« Et mon benouse?... je l'invente? »

C'est vrai aussi... ils y ont arraché tout le bas d'une jambe de pantalon...

« Eh bien, tu resteras pas ici tu coucheras là-haut avec nous... on a du rat aussi là-haut, mais pas autant et on se défend! pourquoi ils sont venus tout d'un coup?

— Parce qu'il y a plus de chien! et parce qu'ils voulaient bouffer ma boule... t'as qu'à voir!... »

C'était vrai aussi, ils y avaient entamé sa miche, au moins à moitié...

« T'as pas allumé ta calebombe?

— Avec la paille, t'aurais vu le feu! lutté toute la nuit dans le noir! »

Exact encore!... il avait la mine toute défaite, les cheveux dans le nez, la figure bien crasseuse, poisseuse, dégoulinante...

« Quand je pense que j'ai joué *Le Misanthrope!*

— Y a pas bien longtemps, La Vigue...

— Des siècles Ferdine! des siècles!

— Exact, fils, des siècles!

— Que je pourrais plus en tringler une!

— Toi qu'étais l'ardeur en personne!...

— Fini bien fini! elles m'écœurent! et toi?

— Moi je les noyerais qu'elles chichitent plus!

— Dis l'Isis von Leiden?...

— M'en parle pas!

— Il fait rose au ciel... t'as vu?... une nouvelle couleur!

— Tu as sans doute raison La Vigue... aucune importance!... ce sont des histoires entre les nuages...

— Les murs tremblotent plus qu'hier!...

— La terre aussi! »

Et *broum!*... et *braoum!*... ce sont des explosions étalées... à travers Berlin... sud... est...

« Peut-être l'armée russe?

— Possible! »

Je ne veux pas tellement le rassurer...

« *C'est à vous, s'il vous plaît, que ce discours s'adresse!* »

Des vers, je le laisse...

Ça va mieux quand il tient un rôle...

« Bravo La Vigue!... remontons chez nous!... »
Il a encore une question...
« Le potard? »
Ce que j'en dis?
« Je ne sais pas encore...
— Et l'Isis?
— Douteuse!... douteuse!
— Allez viens! »
Ils sont tous douteux!... enfin il se décide, nous montons... Lili nous prépare un café, un faux...
« Celui-ci ne vous fera pas de mal! »
Gentille Lili tout cœur et prévenances... La Vigue lui raconte qu'il a failli être dévoré...
« Très exact, Lili!... très exact! réfléchis La Vigue que c'est pas fini!
— Certainement que c'est pas fini! »
Et il est pris par le fou rire... dingue? pas dingue? il jouait? avec lui on ne pouvait pas dire...
« Réfléchis Ferdine ce qu'on a vu!... von Seckt! la von Seckt!... vieille saloperie! Pretorius!... le " Zenith Hotel "!... la Chancellerie! le fantôme d'Adolf! et les fifis là-haut chez moi avenue Junot!... tu voudrais que je récapitule!
— Non La Vigue!... tu te fatigues, c'est tout... récapitule rien!...
— Ils m'ont tous donné! dénoncé! tous les Fédérés! et tous les généraux de la Butte!... et Lecomte et Clément Thomas!
— Tu vas te faire du mal, laisse-les, ils sont fusillés!

— Tu crois? tu crois?
— Je suis certain!
— Ah tant mieux! je vais me reposer! »
Il est allongé dans la paille, tout de son long...
« Là tu vois y a rien à craindre... pas un rat!...
— Mais dis des fois, Simmer?
— Des fois quoi?
— Des trucs!
— Et l'Harras donc? tu crois pas? »
Rien à lui répondre... il va se calmer...
« Et les oies?... et les orties?... quelqu'un a mis les orties! t'as vu cette révolte?
— Oui! oui! ça s'est pas fait tout seul!...
— Ah, tu vois!... t'es de mon avis!
— Certainement La Vigue!... »
Oh il est bien mieux qu'en bas... avec nous... je le laisse somnoler... il somnole...
« La Vigue dis, maintenant le ciel est rose!... tout rose! excellent signe!...
— Tu crois?... tu crois?... »
Il peut plus douter, il a plus la force... il s'endort...

★

Nous attendions avec La Vigue, après cette nuit tourmentée... pas par les rats, qui s'étaient tenus assez tranquilles... deux, trois trottinements sous la paille... c'est tout... Bébert avait même pas bougé... La Vigue avait dormi un peu, pas beaucoup, Lili aussi je crois, un peu...

moi, je me demande... y avait assez à réfléchir... on pouvait se passer de sommeil... ce que nous allions faire, première chose?... au petit jour je dis à Lili...

« Tu montes là-haut? »

Elle savait pas...

« Voir Marie-Thérèse?

— Pas avant dix heures, voyons!

— Plus tôt!... tout de suite!

— J'ai peur de la déranger...

— Non!... non!... vas-y!... je te demande! »

Par elle on saurait un peu si les Russes étaient à Berlin... elle, elle avait des nouvelles, je ne sais pas comment... mais presque sûr... Lili monte donc... il devait être huit heures... elle avait le prétexte de sa danse... tout de même huit heures, c'était tôt...

On se demandait avec La Vigue ce que Marie-Thérèse lui dirait... sûrement pas tout... en attendant dans l'escalier ça montait poulopait dur depuis avant l'aube... et ça jacassait... sûrement des mômes... des voix de fillettes... les petites Polonaises du vieux... du péristyle à la galerie du « premier »... ça s'amusait fort... de quoi?... pas à savoir... la jeunesse rit de tout... les Tartares seraient là à couper des têtes qu'elles trouveraient rien de plus rigolo... ceux de la roulotte sont avec, filles et garçons... bruns, cuivrés, passés dans l'huile... avec les robes des grandes sœurs... raccourcies, les tailles aux épaules... et pour se foutre de nous, plein de castagnettes!... tout l'étage! et que ça crépite!...

RITTMEISTER REITET WEG (Schlacht gg. Russen)

elle a de quoi plus jamais dormir, Marie-Thérèse!... je dis à La Vigue... « il se passe quelque chose! »... toute cette invasion de la roulotte et des mômes d'ici, cette farandole du péristyle aux lucarnes, s'ils se permettent tant, et que ça se dispute, tous les baragouins, c'est que quelque chose est arrivé!... Kracht aurait su, il était pas là... Lili nous faisait attendre... elle dansait là-haut?... Marie-Thérèse l'avait retenue?... le petit déjeuner peut-être?... le temps passait...

Ça faisait bien au moins une heure que nous l'attendions... et que les mômes caracolaient, arrêtaient pas, tout ça pieds nus, tant que ça pouvait! plus les castagnettes... et cris j'ai dit, tous les patois!... bas en haut!...

Ah, quelqu'un enfin!... le balcon au-dessus, plutôt la passerelle vers l'autre tour... on aurait pu aussi y aller... je me dis, Lili, ça va être elle?... oui, c'était elle... alors?... eh bien ça valait la peine!... toute cette sarabande de mômes c'étaient les enfants de la roulotte et les petites Polonaises fouetteuses qui préparaient le départ du vieux... oui, il partait!... un coup, il s'était décidé!... puisqu'il avait plus Iago, il avait repris son cheval de guerre, et il partait au combat!... sus aux Russes!... à la bataille pour Berlin!... qu'il leur ferait mordre à des centaines, toute la boue des plaines avant qu'ils le touchent lui!... le plus drôle sa sœur, là-haut, Marie-Thérèse, tout à fait d'avis!... il était pas à contredire... un mot?... sœur ou pas il se connaissait plus... déjà dans sa petite jeunesse quand il piquait des colères ses gouvernantes s'enfuyaient, il voulait leur crever les yeux... à la fin, elles portaient des masques, comme pour l'escrime, qu'il finisse sa soupe... maintenant à quatre-vingts ans, c'était l'armée russe... il se faisait fort d'aller au-devant, de provoquer leur général, et de lui couper les oreilles!... et à tous les autres!... oreilles et têtes!... pas de parade à son moulinet!... *zzzt!*... il avait affûté son sabre, lui-même, le fil à petits crans! ah les têtes russes!... son rasoir à crans!... imparable!... Marie-Thérèse verrait leurs têtes passer là-haut! au-dessus de nous! par-dessus l'église!... il nous les enverrait de Berlin! ah, l'armée russe!... toutes les têtes!...

« Oui... oui, mon frère! »

Comment il allait traiter les Russes!... les provoquer au corps à corps!... ce qu'ils sont : foireux puants boas d'égouts!... eux leurs généraux et leur tsar!

« Certainement, Hermann!

— Les Russes me connaissent! pas d'hier! la horde Rennenkampf, août 14!... Tannenberg!... »

Eux qui venaient le défier maintenant?... eux! ah, ils voulaient venir à Zornhof!... ils y viendraient en cercueils!... oui!

« Certainement, Hermann, mais vous ne serez pas seul!

— Si! si!... je serai seul!... puisque Hindenburg est parti! moi seul contre tous!

— Oh, vous avez raison, mon frère je vous embrasse!... vous n'avez plus à hésiter!...

— Vous me comprenez ma sœur! je vous embrasse!... et en selle!... ce soir, des cadavres! encore des cadavres! regardez le cadran!... l'église!... des têtes!... des têtes!... vous verrez passer! Tartares vous l'aurez voulu!... regardez, ma sœur!... cette plaine sera rouge!... toute rouge!... jusqu'à l'Oder!

— Certainement mon frère, je regarderai tout!... »

Elle au moins était bien d'accord, elle le comprenait, elle ne l'avait pas contredit! maintenant : à cheval! au péristyle!... il s'agissait de le mettre en selle... nous descendons tous les trois et la sœur... et les petites Polonaises pieds nus... tout le hameau devait savoir qu'il s'en allait... mais personne s'était dérangé... sauf trois *bibel* de l'écurie... je vous disais son cheval, pardon! sa jument!... Bleuette! pourquoi ce nom français?... elle était là devant le péristyle sellée... un *bibelforscher* la tenait... il la tenait bien... un homme qui connaissait les chevaux... à la ferme ils ne l'avaient pas trop éreintée cette Bleuette!... pourtant au labour ils demandaient beaucoup... pas du tout le travail de demi-sang!... voici le Rittmeister, tout équipé, éperons, épaulettes, brandebourgs, croix de fer... et shapska!... il se tâte s'il a tout... oui, il a!... et ses étriers?... il chausse court... et s'il a assez d'avoine?... oui, deux musettes!... et le sac de toile?... bien!... un des *bibel* lui tend l'étrier... *nein!* il refuse... sans aide!... une main au pommeau et hop!... il est en selle... il se tient « droit, aisé sans raideur »... tout à fait dans le « Règlement »... je peux apprécier... autrement en selle que les écuyers que j'ai vus depuis, que je vois tous les jours passant le pont de Saint-Cloud... ou au bois de Boulogne, éperdus, raccrochés aux encolures... des gens jamais « mis en selle », exempts de tape-cul, tout « sur les couilles », abominables, pas regardables... que vous seriez mort au cachot, avant 14, d'oser vous présenter ainsi... genoux remontés, coudes en ailerons...

Maintenant ça va, tout va!... « on tourne! »...

Mais je vous promène tort et travers, je me laisse entraîner moi aussi!... deviendrais-je jean-foutre?... présent, passé, je me permets tout!... si vieux, je me dis : zut! tant pis! je pourrai pas écrire toujours, si j'en omets?... Nimier me promettait l'autre jour : quand on vous passera en « comics » on vous coupera ceci!... cela!... « tout finira par la canaille! » Nietzsche... parbleu, nous y sommes!... connaissez-vous rien de plus voyou que la Télévision françoise? impossible?... pas un mercredi que ne surgisse un affreux quelconque incapable qui me plagie éhontément et qui hurle, culot! que je n'existe pas!...

Vous pensez, j'ai pas l'appareil, mais Lili l'a!

Bien!... que je vous reprenne au Brandebourg, où nous étions, devant la plaine... cet infini de betteraves... patates... sillons... sillons... et le Rittmeister en selle... le bizarre, comme il était venu peu de monde pour le voir partir!... ni de la ferme, ni des bureaux... certainement ils savent mais ils se montrent pas... sûrement les Kretzer sont chez eux... et l'Isis von Leiden? et Kracht?... certainement ils veulent voir le vieux fouettard partir à la guerre... ils biglent d'où, je me demande?... nous ne nous cachons pas... le Rittmeister, bien en selle, s'éloigne, au pas... les petites Polonaises lui font des signes « au revoir »!... « au revoir »!... des grimaces aussi... en même temps... elles lui tirent la langue... elles s'amusent bien!... et lui jettent des poignées de cailloux!... lui là-bas, presque à la limite du parc, est sur sa carte bien attentif... il regarde pas les mômes, il s'oriente... et à la boussole!... il l'a en sautoir, une grosse... il passe au trot... au petit trot... il est déjà assez loin quand il se met à trottiner de biais... et alors là : volte! et se tourne vers nous, sabre haut!... il nous salue!... La Vigue et moi lui répondons... salut militaire, garde-à-vous!... les mômes autour pouffent... elles poussent des cris et elles se sauvent!... et en nous jetant aussi des pierres... plein!... aussi drôles que le schnok elles nous trouvent!... finalement nous ne sommes plus que nous trois à regarder la plaine, Lili, La Vigue, moi... et le Bébert dans son sac... le vieux a repris le trot vers le Sud... il se détache bien sur l'horizon... pas lui tellement, sa jument Bleuette, toute blanche, sur les nuages, je vous ai dit, direction Berlin, noirs et jaunes, soufre... nous ne partons pas, nous attendons... je croyais que les autres allaient descendre nous demander ce que nous faisions là... et la Tulff-Tcheppe à propos? si bavarde!... pas vue non plus!... personne! personne ne nous demande... ceci... cela... si le vieux est vraiment parti?... pas un mot!... ni au *mahlzeit,* le soir... ni plus tard... rien...

★

« Eh bien! tu sais!... eh bien! tu sais!... »

Tout ce qui lui revenait notre misanthrope... et à nouveau... les yeux fixes... droit devant lui...

« Eh bien!... tu sais! »

La forte impression qu'il avait gardée de notre Rittmeister partant à l'ennemi...

« Eh bien!... tu sais! »

Ça nous avançait pas beaucoup qu'il soit encore tout ému d'avoir vu notre schnok sabre au clair... oh mais tout d'un coup, une idée!... il sort d'hébétude...

« Ferdine!... Ferdine!... va voir Isis!

— Pourquoi moi?

— T'es bien avec elle!

— Tu te goures! »

J'allais pas lui enlever de l'idée qu'il s'était passé des choses au fond des bois, qu'elle m'avait pas emmené pour rien... et que ça me donnait un petit peu le droit de lui demander ce que devenait Harras...

« Pourquoi? »

Lui qui nous avait mis là?... pas un autre!...

où il était le foutu jocrisse?... elle le savait, elle!... gammé pendard!... quand est-ce qu'il revenait?

« Alors, allons-y tous les trois! »

Je décide... j'étais tranquille qu'on se ferait virer... lui savait rien, il ne se doutait pas... vite on prend Bébert dans son sac!... ni une, ni deux!... et on descend... il fait frais dehors, surtout par l'allée des érables... presque aussi sombre que dans notre piaule tellement ces arbres sont hauts, épais et en voûte... on ne s'occupe plus de ces allées, les feuilles restent là, tombées depuis deux trois hivers en énormes tapis, vous enfoncez jusqu'aux genoux... le parc Mansard à l'abandon... du moment où les parcs Mansard ne sont plus entretenus, surtout au Brandebourg, vous pouvez dire que c'est fini, que le Grand Siècle est mort, que vous avez qu'attendre les Chinois... les pendules se remontent pas toutes seules... ramasser les feuilles, élaguer les arbres vous demande des années de labeur... de la tradition... y a plus!...

Je gardais ces fortes pensées pour moi... nous passons par les *bibel,* entre leurs isbas... ils en ont fini!... vastes, hautes... énormes, je dirais... des monuments de troncs... les constructeurs demeurent dedans... ils sont mieux qu'au *Tanzhalle*... les médecins finlandais de Berlin, ceux qui se baignaient dans l'eau glacée, ne viendront jamais! pardi! qu'est-ce qu'il doit rester de tout ça!... pas plus que du « Zenith Hotel »... et du Pretorius et de son étage aux fleurs rares... ah, et le Rittmeister comte von Leiden!... vers par là qu'il était parti, Ouest Berlin, sabre au clair!... on l'avait vu!... il était bath... maintenant il devait y être! qu'on n'en parlerait pas à la ferme! ni de rien d'ailleurs... sauf d'Harras! l'idée de La Vigue!... nous approchons de la roulotte, elle est toute petite à côté de l'isba... des isbas... les romanis nous font des signes, qu'on s'approche... nous passons... rien à leur dire!... ils voudraient nous refaire les cartes?... nous en savons de trop!... de l'avenir et de ses attraits!... ah, nous voici à la ferme... dans la cour pavée... quelques oies, c'est tout... je me méfie des deux Français de la porcherie... surtout de Léonard... eux aussi nous font des signes...

« Oui!... oui!... tout à l'heure!... »

Il a plu... je remarque que la mare à purin a débordé jusqu'au milieu, la moitié de la cour, une vraie piscine... pas que le purin et la pluie, ça doit être aussi le jus de betteraves, je crois... des hauts silos... parce qu'une de ces odeurs, alors!... certes, on s'y fait... nous voici au petit escalier... je frappe... pas long, les autres là-haut nous ont vus venir, le cul-de-jatte, sa femme... une servante russe descend, ouvre... « Madame! Monsieur! *krank!* » et *vlang!*... referme la lourde!... malades?... je crois pas... mais au moins nous voici fixés!

« Tu comprends, La Vigue?

— Oui!... oui!... ça va! »

Y a plus qu'à retourner chez nous... oh, mais

J+L GEBEN IHNEN MAUSER

Léonard et Joseph ont bien tout regardé du fond de leur étable... et ils se foutent de nous!... ils nous font signe qu'ils ont quelque chose... eux!... quoi?... nous longeons l'étang... le purin... nous voici chez eux... ils nous ont demandé... alors?... j'attaque...

« Qu'est-ce que c'est?... »

Il faut qu'on rentre!

« Vous raconterez à personne?

— Y a des bourres, pas nous!

— Non!... non!... mais enfin...

— De quoi il s'agit? »

Très simplement de deux *Mauser* qu'ils peuvent pas garder!... une vétille!... ils partent farfouiller dans leur paille du fond de l'étable... voici les objets!... ils nous les montrent... deux très gros *pistol!*...

« Pour les mettre où? »

Je demande...

« On a pensé à votre armoire... elle sera pas fouillée...

— Notre armoire?

— Celle à Harras, quoi! »

Je vois qu'il y a pas de secrets...

Si je leur refuse, je sais pas ce qu'il y a de très très moche, mais y a, la façon que je les vois petzouilles comploteurs, je me demande ce qu'ils vont encore trouver?... il faut avoir l'air d'être d'avis...

« Oui... oui... vous avez raison! »

Puisqu'il s'agit de planquer le joujou... je pense... sûrement pas dans l'armoire d'Harras!...

n'importe où ailleurs!... déjà que tout le monde sait que je tape dans le tabac, ça suffit... les largesses que je fais, que si il reste encore longtemps loin, je ne sais où, il ne retrouvera plus rien Harras!... certainement que je les fouterai dans n'importe quel fossé mais pas dans l'armoire!

Pendant le *mahlzeit* je pensais qu'à ces chieries de *pistol*... je pensais qu'à ça... *heil!*... *heil!*... je me force à écouter ce qui se dit, on ne sait jamais!... babillages... narquois propos... de quoi?... sur qui?... juste, ça vaut la peine... Kracht moufte pas... la Kretzer qui mène... plaisanteries... à propos de nous?... elle y met du rire... rire de ménagerie, genre crise de hyène... non! pas de nous qu'il s'agit!... elle commente, ils commentent un ordre du Landrat, d'hier... « Toutes les armes, revolvers, fusils, grenades, doivent être remises au *Tanzhalle* »... un camion de la *Kommandantur* viendra les chercher... à l'aube... même les fusils de chasse!... aucune exception... tout contrevenant sera placé en « surveillance »... je vois pas la drôlerie... ah si! mais si!... le cul-de-jatte a déjà remis son arme... lui!... et à Kracht!... fini de terroriser sa femme et les invités!... il tient à sa peau, cul-de-jatte!... il sait ce que c'est que la « surveillance »... et si il se méfie du Landrat, l'ami intime!... que tout le bled sache bien que lui est en règle!... l'avis aussi d'Isis sa femme, que, jalousie ou pas, qu'en lui laissant son fusil, il finirait bien par la tuer... et Cillie avec!... tout ça les faisait tordre, toute la table!... et même notre petite bossue... leur raison de rire?... peut-être aussi de nous?... nos soufflants?... sûr, ils savaient... pas compliqué, qu'à nous regarder aller venir... assis encore!... mais debout, nos poches énormes!... La Vigue se tourne vers moi, si je comprends?... bien sûr! bien sûr!... tout!... la Kretzer devait pisser sous elle la façon qu'elle secouait sa chaise, la table... le tintamarre des assiettes!... elle en aboyait!... les sous-entendus les faisaient tous glapir!... irrésistibles!... dactylos, secrétaires, et même Kracht!... elle parlait pas allemand d'argot, mais en demi-mots et chutes de verbes... tout ça certainement contre nous... la preuve j'avais entendu le mot *Mauser*... à deux, trois reprises... entre aboyements... que même les filles là à glousser le mot leur était venu... Mauser... ça suffisait!... on avait assez compris!... hoquets pas hoquets!... pas aller les remonter chez nous ces Mauser-bibelots! ça qu'ils nous avaient recommandé : dans nos paillasses ou dans l'armoire! salut! tout fiel, ces puants!... si ça devait être conclu, entendu, une « descente » chez nous! d'abord!... et puis après, en bas, chez le vieux!... saisie! mais je roupille pas moi, je fais semblant, j'avise, j'agis!... je me lève de table...

« Je suis malade La Vigue, faut que je sorte!... Lili toi, viens! »

Avant qu'ils sachent nous sommes dehors... le péristyle, le parc... la première allée à gauche...

« Alors?... alors?...

— Alors?... les soufflants! »

Ceux-là on peut dire qu'on les a, et qu'ils pèsent! Lili elle avait l'idée qu'on les redonne à Léonard... fameuse astuce!... ils refuseraient, sûr!... ils diraient que c'était pas eux, qu'on inventait, qu'on les provoquait... certainement ils avaient prévu, ils nous feraient cueillir et c'est tout! pas pour d'autres raisons qu'ils nous avaient refilé leurs feux!... matois croquants faux derges, des mondes! alors?... la mare au purin?... elle était énorme, profonde, bien noire... mais ils nous verraient opérer, certainement, toujours aux aguets, de leur porcherie... y avait d'autres trous de boue dans le village... mais lequel?... à Grünwald c'était un cratère très profond tout rempli d'eau, où j'avais glissé mes grenades... ils les avaient retrouvées le lendemain!... du moment qu'ils cherchent ils trouvent... je veux dire les objets, pas les gens... là nous ayant vus aller venir ils retrouveraient sûrement nos *Mauser*, n'importe quel trou!... nous pouvions faire le tour des mares, en chercher une, nous rendre compte, pas compliqué, devant chaque chaumière! une!... deux!... trois!... toutes presque à sec... les oies sont parties... là une enfin pleine de boue presque... les oies sortent, toutes!... et *couac! couac!* cent becs à l'assaut! et ailes furieuses!... elles nous chargent!... du coup les ménagères viennent voir... cette émeute des oies!... ça recommence!... mais pas tant à nous qu'elles en veulent... ce qu'elles exigent c'est la grande bamboula d'orties, les brouettées de feuilles, comme l'autre jour! elles nous reconnaissent de la ferme... mais nous n'avons rien à offrir... elles avaient pris goût... elles se souvenaient de nos têtes et qu'on les avait régalées!... pensez, des orties plein la cour! des tas! que c'était le moment qu'on recommence! elles fonçaient, qu'on foute pas le camp sans les reconnaître!... qu'elles nous laisseraient jamais passer! goulues avides salopes... comme les bourgeois aux repas de famille... elles étaient pas venues pour rien!... même que nous avions fait demi-tour! elles nous chargeaient, et comment! à dix!... à vingt!... et *couac!* et *couac!* pas qu'elles gardaient les chaumières, ni le Capitole, ni les marais, qu'elles se foutaient de tout, mais nous qu'elles voulaient! nos orties!... goinfreuses! qu'elles voulaient nous arracher tout!... le ventre... les manches... les côtes, *couac! couac!*... le vice qu'on leur avait donné!... nos canadiennes!... nous ouvrir tout... nous sortir tout ce qu'on avait dedans! nous arracher les yeux!... avec les orties!... je comprends le coup de Rome, que les barbares se soient sauvés! pardi! je voyais toutes les oies de Zornhof comme elles étaient ameutées, pour des paquets d'herbes à leur goût, que personne avait pu passer... comme le peuple parisien avait pris Versailles à l'assaut pour ramener ce qu'il lui fallait, le couple royal et les têtes... là, de la cour de la ferme, on avait pu s'échapper que par une petite porte, et la soute à tourbes et au bois... ici là nous qu'on se fasse pas déchiqueter! c'est que d'avancer à petits pas, bien serrés, et bras dessus bras dessous, les mains ouvertes devant les yeux... très courageusement... que ces foutues oies ne nous arrachent pas tout!... jusqu'après l'église!... très heureusement, je connaissais un sentier de briques entre deux chaumières, très très étroit... impossible aux oies... je savais comment me faufiler entre huttes, cahutes, sans être trop vu... je faisais toujours attention aux contours, détours... je commençais un peu à le connaître ce satané hameau... maintenant là ouf! nous y sommes! la cuisine des *bibelforscher!* le sergent cuistot nous connaît bien... *heil! heil!* deux paquets de *Lucky* par jour!... maintenant sa tambouille, soupe aux choux, raves, saucisses... ça sera pour Bébert... il mangera pas tout... nous un petit peu, le reste pour les rats... oh, mais je vois un invité! pas un inconnu!... c'est le sergent manchot du terrain... je le voyais pas... avec une canne... qu'est-ce qu'il fout là?... *heil! heil!*... on se reconnaît... le sergent au rouge-gorge!... comment va son petit oiseau?... pas mal du tout!... le sergent me raconte, son abri était plus tenable, là-bas, de plus en plus de gaspards, plus énormes, et le pire, la flotte!... une pluie!... que son *bunker* en fait d'abri débordait!... tourné réservoir!... son lieutenant commandant le terrain était pas revenu, ils l'avaient piqué, expédié à l'Est... quand il reviendrait?... personne savait... lui le sergent manchot personne lui avait rien demandé, il n'avait reçu aucun ordre... il s'était replié sur Zornhof avec son rouge-gorge...

ANFALL D. FELDWEBELS
(Sergent)

il s'était mis à la popote du *Tanzhalle*... c'est là aussi qu'il couchait... y avait de la place!... tous les autres créchaient aux isbas... une chose aussi au *Tanzhalle* ils avaient l'électricité, le seul endroit de Zornhof... le courant pour la menuiserie, l'atelier... et par un très bruyant moteur!... un condé aussi comme barouf, vous pouviez y aller, dire n'importe quoi, le Diesel couvrait tout!... et *broum!* même les gueulements... alors si le manchot s'en donnait!... il aimait pas les gens de la ferme!... et il le hurlait!... tous de la ferme, les Russes et les propriétaires!... dans le même sac!... aux chiottes!... ah qu'ils pouvaient se foutre de lui et de son uniforme!... ils en verraient d'autres!... *broum! ptaf! Diesel! donner!* le cuistot essayait qu'il gueule moins... il pouvait pas s'empêcher! son indignation!... qu'ils le mettaient en boîte!... pas que les von Leiden... leurs larbins aussi!... polaks!... Russes... *franzosen*... tous lui demandaient pourquoi il montait pas là-haut arrêter les « forteresses »?... qu'il était aviateur ou non?... même avec un bras!... qu'il avait qu'à se faire un avion avec ce qu'il restait là-bas, les monceaux de ferrailles, qu'ils l'aideraient! qu'est-ce qu'il attendait?... foutre que c'était pas son avis!... eux qui devraient tout de suite se creuser une fosse et s'enterrer tous!... ils bêchent assez! cette foutue plaine! tous au trou, et dans la chaux vive!... larbines, les seigneurs, et les mômes!... au trou tout!... il le hurlait... le sergent cuistot trouvait qu'il avait bien raison mais que tout de même il criait trop fort... pourtant le Diesel à plein régime! *braoum!...* que les hangars en tremblaient... il gueulait plus fort que la scie... des ménagères pouvaient passer... pour lui couvrir quand même la voix, mieux que le Diesel, les « forteresses » et les bombes, qu'on puisse plus du tout l'entendre, y avait la ressource du gramophone... l'instrument restait à sa place dans un coin de la salle de danse... celui-ci alors faisait ce qu'il faut!... par trois pavillons! je l'avais entendu beugler quand les *bibel,* une compagnie, étaient venus à l'épluchage aux patates... eux qui devaient jamais se dire un mot, profitaient d'être au *Tanzhalle* pour se filer des tubards... ils n'avaient pas beaucoup de disques... à part les psaumes pour le service du dimanche... « *nun freut euch liebe christengemein...* » et puis « c'est un rempart que notre Dieu »... le sergent cuistot se marrait bien de l'entendre beugler contre les disques, et la scie, le Diesel et les bombes!... furieux total!... « tous à la chaux vive!... je te les ferai monter au ciel, moi!... toi aussi! cuistot *bibel* de mes fesses! » *braoum! Vrrang!...* et que ça le faisait pas taire du tout!... au contraire!... « von Leiden! là! là! au trou avec!... la femme et le cul-de-jatte! » ils se doutaient de rien... l'Harras avec!... qu'il était parti éclaireur!... « au trou! au trou! » Harras... le rusé!... et comment! le bouquet!

Ce manchot avait mauvais esprit, certes, mais il nous faisait bien marrer, et il ne déconnait pas du tout!... les autres qu'avaient la berlue, la ferme et le manoir, se croyaient encore sous Guillaume II!... le Diesel et la scie et le phono ils devaient entendre tout au manoir! ils avaient encore deux disques les *bibel,* mais des non religieux, le « Wacht am Rhein » don de l'armée... et « l'Horst Wessel », don du Parti... le sergent cuistot était ravi que l'autre lui annonce plein de catastrophes, lui « objecteur » depuis des payes!... d'avant l'avènement d'Hitler... n'importe quel Déluge le bottait!... mais très prudemment! il avait été à l'école, il savait que Dachau possédait des sections spéciales dites « de silence »... pour les trop bavards... bavards tous poils! philosophes, politiques, militaires, évangélistes!... des héros même! et de tous les fronts!... et d'air, terre, mer!... ce que le manchot savait pas assez, lui et son rouge-gorge!... qui se croyait paré, avec son amputation! salut! j'aurais pu le renseigner un peu... tous les pays de même!... la boucherie finie?... trompettes, oriflammes, et rideau!... les pas-morts par quatre! et silence!... et à la niche! dans notre état je voyais qu'une chose, qu'écouter ce sergent si ardent pouvait nous coûter très cher! bien repérés déjà « affreux piafs » nous faire expédier « au silence »... anti-von Leiden, anti-manoir, anti-Zornhof, anti-Reich... déjà les bolcheviks en somme! je pense: sauvons-nous!... La Vigue une gamelle moi l'autre... deux paquets de *Lucky* à ces braves!... chaleureux adieux!... on s'en va sur le *Wacht am Rhein*... on a besoin de nous au manoir... nous ne rencontrons personne... je connais de plus en plus d'impasses, j'ai dit, à voltes et détours... ces ruelles qui font mine d'aller à la route et se perdent aux champs... astuces de sioux de l'une à l'autre jusqu'aux arbres... que personne vous ait vraiment vu, ni les oies, ni les ménagères, ni l'épicière, ni les « résistants » de la *Wirtschaft*... ça valait mieux... nos *Mauser* dans nos poches faisaient plus que drôle... entre les chaumières ça allait mais à découvert!... surtout les mains prises, portant les gamelles... enfin nous voici, nous y sommes!... le péristyle, l'escalier... Lili est là, elle se demandait ce que nous devenions... on est pas long lui raconter tout, le *Tanzhalle,* le manchot, le cuisinier, les psaumes... que nous étions partis pour pas en entendre davantage, que sûrement d'autres entendaient!... malgré le Diesel et la scie! *boum! broum!* et les canons!... le Simmer avait des oreilles partout!... et comment chez les *Bibel!* le plus méchant de tous Simmer, qui voulait supprimer Bébert...

« Votre Landrat! »

l'appelait Lili... pas du tout le nôtre! zut!... maintenant aux détails!... que le sergent manchot avait dû quitter son *bunker,* qu'il pouvait plus tenir, inondé!...

« Et son rouge-gorge? »

Tout ce que voulait savoir Lili...

« La même cage?

— Oui... oui... la même! »

Voilà qui l'intéressait! cette barbarie!... une si petite cage!... je crois Lili, les tragédies d'hommes elle en voyait tellement autour, que c'était entendu, tout voulu, pas à s'en mêler... tandis que les malheurs des bêtes, personne y faisait attention, alors pour elle y avait que les bêtes qui existaient... le temps a passé, et bien des choses... à réfléchir je crois qu'elle avait assez raison...

En tout cas, maintenant, nos poches!... planquer nos engins... j'étais moi plutôt d'avis d'aller les noyer, mais où?... comme j'avais fait à Berlin, avec les grenades... dans le trou d'eau des bains finlandais... certes, ils les avaient repêchées, et pas longs!... mais ici y avait moins de chances, on regarde pas souvent dans le purin... La Vigue trouvait que j'avais raison... n'importe quoi n'importe où mais qu'on se débarrasse... Lili elle voyait pas ainsi... du tout!... méfiante, même certaine que nos deux affreux, Léonard, Joseph, allaient guetter nos moindres gestes... et qu'ils la trifouilleraient la mare!... eux!... que tout était prévu, convenu!... soit!... La Vigue, moi, irions au petit jour! question d'urgence c'était urgent... exact!... tout de même il fallait attendre l'aube... des heures encore... on pouvait un peu s'allonger, la paille manquait pas... Bébert dans son sac, Lili, moi, La Vigue côte à côte... je peux pas dire que j'étais tranquille... non!... y avait pas de quoi... je commençais à plus savoir... un peu le droit d'être fatigué!... non!... pas le droit!... du luxe, la fatigue... les gens miteux surtout nous autres avions que le droit de faire attention... réfléchir... réfléchir

KRACHT KOMMT, NIMMT MAUSER AN SICH (HELFER C.)

encore... je vous parle plus des bruits de Berlin, des écrasements, des rafales... des « aller et retour » plein les nuages... vous savez je vous ai assez dit... le fastidieux manège... tout de même Hjalmar, je pensais à lui, ses appels au bugle... où il pouvait être celui-là?... et le pasteur donc? bien des questions à se poser... bien une heure que je me demandais... je ne dormais pas... j'entends un bruit dans l'escalier... oui!... un pas... quelqu'un à notre porte... et *toc! toc!* pas du tout imaginaire... on a frappé!... à cette heure-ci?... je me secoue de la paille, je me lève, j'y vais... j'ouvre... trois marches plus bas, une voix!... c'est Kracht!... il me chuchote, il veut pas me parler dans notre chambre... il demande que je descende avec lui jusqu'au péristyle... bien!... tel quel!... je le suis... il m'emmène pas loin, il me dit tout de suite de quoi il s'agit... il me le dit en allemand bien simple... je le comprends... oh je me doutais! que Léonard et Joseph nous ont dénoncés le matin même, comme « saboteurs et détenteurs d'armes »... oui! oui!... que le *Landrat* a donné l'ordre de fouiller notre tour, et nos vêtements et nos paillasses, et de tout saisir... Kracht me chuchote ces bonnes nouvelles... on fait théâtre! de quoi rire!... avec fond de lueurs d'incendie, jusqu'aux nuages, Berlin qui brûle... fond très sonore!... *boum! brang!* petites bombes et les grosses! ils ont pas ça à « l'Ambigu » ni dans aucun cinéma... alors? alors?... au fait!... la suite!... là, il m'épate... que je lui donne les deux *Mauser*, le mien et celui de

La Vigue... que j'aille pas les jeter!... qu'il les garderait pour lui!... rien au Landrat!... *nichts! nichts!* rien!... est-ce que je comprenais?... parfaitement!... très bien! c'était un peu fort mais bon!... bon!... pourquoi il voulait les *Mauser?*... ça le regardait!... j'ai jamais su!... en tout cas j'étais de son avis!... il s'organisait une défense?... privée?... contre la *Wehrmacht?* contre les Anglais? contre les prisonniers?... plus tard en prison au Danemark j'ai entendu bien des récits de mutineries S.S... S.A... *kriegsmarine*... j'étais avec eux... tellement de conjurations à bombes, à poisons, à couteaux, que c'est vraiment extraordinaire que ce régime ait tenu dix années... vous me direz : Poléon, César, Alexandre, Pétain ont tenu aussi une... deux décades!... sitôt que vous êtes oint, couronné, porté, installé sur le trône, maître de tout... le bacchanal commence... vous échappez plus!... baisers, nœuds coulants, bouquets, *dinamiteros*... votre peuple chéri, attendait que ce haut moment pour vous montrer ce qu'il attend de vous, vos boyaux hors et plein l'arène... vos hominiens...

Là, je vois Roger et ses *comics!*... Achille à son deuxième milliard!... passons! avec Kracht je riais pas, j'allais pas lui poser de questions... il me débarrassait, c'était tout!... si il complotait?... son affaire!... résistait?... que je grimpe vite chercher les objets!... je monte à tâtons... je veux pas me tromper de porte... je suis comploteur bien malgré moi... je rigolerai plus tard! d'abord que je me casse pas la gueule! je faille...

je titube beaucoup sans mes cannes... La Vigue est très étonné...

« Tu crois?... tu crois?... »

Je lui réponds pas... je redescends...

« Écoutez Docteur!... écoutez!... »

Il me chuchote encore plus bas...

« Si quelqu'un vous demande...

— Me demande quoi?

— Ce qui s'est passé...

— Alors?

— Vous répondrez : rien!... vous vous souviendrez?... *nichts!* vous prononcez *nix!*

— Oui! entendu! *nix!*

— Là-haut aussi : *nix!* n'est-ce pas?

« D'abord on vous demandera rien! »

Et ça le fait rire! je trouvais tout ça bien barbouillé, énigmes sur énigmes... toujours une chose : on avait plus nos *Mauser!* qu'ils en fassent foutre des confitures! à leur bonne santé! toutes ces manigances pour nous?... un moment donné tout se peut!... vingt ans après je me demande encore... que l'endroit existe même plus!... enfin sous ce nom... ni les gens... les von Leiden... leur manoir, leur ferme... j'ai demandé à bien des personnes... Allemands de l'Est... à d'autres de l'Ouest... Zornhof?... ils ne savent pas... *nix!*... si c'est occupé?... il m'a semblé, certains indices, par des Polonais... pas sûr du tout!... en tout cas une chose, précise, il est temps qu'on refasse les cartes, honnêtes... comme nous avions à l'école... pas tant du pôle Nord au pôle Sud qu'ont plus un secret, plus

« relevés » les moindres replis, plus fréquentés que les « Pas-Perdus »... mais d'Europe toute proche, dont on ne sait plus rien... avec ce qui s'y passe... *nix !*

★

Une journée passe... et puis une autre... je me dis : mieux aller voir les connaissances... sûrement ça mijote! les êtres humains restent pas comme ça sur une émotion... faut qu'ils fassent une maladie... évolution, crise, tcétéra... vous allez pas voir?... ils vous pendent en effigie... et puis vous rattrapent et vous empalent pour de bon, toute la Loi pour eux... le mieux d'aller leur dire bonjour vous faire une idée... donc notre promenade habituelle!... le *Tanzhalle*, l'épicerie, les oies... toujours les mêmes mares bien sûr, les mêmes chaumières, les mêmes coups de rideaux, les mêmes « couac »... là-bas, à la scie, le sergent manchot nous redit tout ce qu'il sait de la ferme, des larbins, des prisonniers, et le reste... et les Leiden! les pires fumiers de tout! encore hobereaux qu'ils s'imaginent! ces déchets!... ce cul-de-jatte gâteux! à pouffer qu'ils sont!... *boum! proum!...* le Diesel!... qu'ils se croient!... et se permettent de l'insulter! lui!... qu'ils le traitent de lâche et fainéant, qu'il devrait remonter là-haut, pas demain, tout de suite! arrêter les « forteresses »!

« Saloperies!... je les emmènerai! oui!... je les ferai valser sur Berlin! moi!... tous! »

Le sergent cuistot approuve même plus... cent fois qu'il a entendu le pote en fureur contre ces ordures Leiden... lui s'intéresse qu'à son Diesel, qu'il ralentisse pas, que la scie tourne, qu'elle fasse bien son *ezzz* atroce... le phono aussi en même temps... *Horst Wessel Lied*... et entre deux... « Dieu est mon rempart »... je crois que dehors, même en tendant bien l'oreille, ils pourront pas entendre grand-chose, je veux dire de paroles, que le phono, la scie et le *poum! poum!*... tout de même, j'hurle c'est important, je voudrais savoir...

« Avez-vous vu la Tulff-Tcheppe? »

Non!... y a huit jours qu'elle est partie... ils croient... ils sont pas sûrs... elle qui nous relançait tant et tant qu'on l'écoute, qu'on lui réponde et lui rectifie son français... qu'est-ce qu'on avait pris!... et le bazar de la Charité, et la Revue de Longchamp! et ses voyages à Monte-Carlo... là d'un coup, évaporée!... plus de Président, plus d'Élysée, plus de trottoirs roulants! ce qu'il avait fallu jurer qu'elle parlait français à la perfection!... mieux, bien mieux que nous!... qu'elle nous quittait pas... ni à la ferme... à la promenade à pied, en voiture... d'un seul coup! *vlof!*... envolée!... plus de comtesse!... pas dit : au revoir!... Lili l'avait aperçue, il lui semblait, vers les peupliers... eux devaient savoir, ces deux mécréants... le bibel-cuistot et surtout l'autre... je rehurle ma question... oh, bien sûr!... bien sûr!... ils avaient pas pu m'entendre! le Diesel!... Diesel!... *proum!*

« Mais oui!... mais oui!... qu'elle est là!... *proum!*... mais il faut plus qu'elle vous parle!... défendu!... les gens comme elle qui viennent de l'Est doivent plus parler à personne!

— Alors?... alors?...

— Elle doit rester à la ferme!... bouffer, boire, ronfler, c'est tout!... les relations interdites! »

Zut!... comme ils veulent! on pouvait en prendre son parti! y en aurait encore qui parleraient!... l'autre dans sa tour, Marie-Thérèse, l'héritière, la propre sœur du vieux fouettard, parti à cheval à la guerre, vous vous souvenez?... celle-là encore très parlante!... au moins à Lili, même vraiment copine... elle avait tout déménagé, tout fait déplacer, ses meubles, son lit, que son étage de tour, l'autre aile, soit plus qu'un immense studio... elle jouait des heures pour Lili, qu'elle lui crée des danses... la bibliothèque du frère, la porte à côté, était si riche en partitions, symphonies, fugues, adages, ballets, presque inédits, joués qu'une fois à Berlin, La Haye, d'auteurs à peu près inconnus, des petites cours allemandes, qu'elles auraient pu passer des mois, des années à les mettre au point... ce qui les ravissait toutes les deux... elles auraient eu amplement le temps de voir passer les hordes de l'Est... Ouest... Sud... à travers les plaines... l'horizon... aller... revenir... slovènes... tartares... kurdes... saccager... à tank... à dada... en charrettes... brouettes... et vas-y!... à d'autres!... races et légions!... elles auraient pu tout regarder de là-haut, de chez elles! enfin, de chez Marie-Thérèse!... par ses baies vitrées... on découvrait encore plus loin... plus loin que les sillons, l'horizon... le ciel, et encore... je dois dire, à ma honte, et pourtant après mille ennuis, y avait un certain envoûtement à regarder ces étendues, ces terres ocre, un charme... on massacre ses heures... il faut être riche et tranquille pour s'occuper de l'horizon... traqué c'est deux mètres sur trois que vous êtes prié de réfléchir! au plus!

On parlerait plus à la comtesse, bien!... certes!... mais d'où venait cette interdiction?... ça serait amusant à savoir... ordre de qui?... Berlin?... Moorsburg?... le Landrat?... peut-être l'Isis?... la rage que je n'avais rien rapporté?... Wohlmuth l'Apotheke m'avait bien semblé s'attendre à ce que je lui demande ceci... cela... mais peut-être une autre raison?... que ça allait de plus en plus mal depuis qu'il avait plus de fusil? Léonard, Joseph, devaient être au courant... eux, de la porcherie, savaient tout, ce qui allait, ce qui n'allait pas, par les domestiques... ils arrivaient parler russe avec les bonnes... le meilleur côté des langues étrangères : les ragots de la méchanceté... le « mur des langues » existe plus... le bafouillage haineux passe poil!... rapporte tout ce qu'il veut, nous livre tous les secrets et le reste... déclinaisons, temps, patati...

Le Landrat est-il venu lui-même? tout était là!... que la doche nous renseigne mais qu'elle nous abrutisse pas... une fois de plus! avec le bal de l'Opéra, les Drags et Sarah Bernhardt...

D'abord et d'un, comment la joindre?... doche défendue?... on peut demander à la cuisine... on y va... le Diesel cogne toujours... si fort, que tant pis, on ne dit rien... trop fatigués, rentrons!... par la route... les ménagères nous verront... tant pis!... plus court tout de même que par les sentiers!... en effet, l'étable... la grande cour... on dirait qu'ils nous attendaient... tout de suite je pose la question...

« Le Landrat est venu?

— Bien sûr! bien sûr!... et il reviendra!... ça vous emmerde? »

L'esprit de ces messieurs!... eux aussi ont une question...

« Alors? alors?... les soufflants?...

— Oui!... oui!... c'est fait!... »

Qu'ils croient ce qu'ils veulent!

« Dans l'armoire?

— Bien sûr!... bien sûr!

— Y a autre chose dites dans l'armoire!... on sait, nous!

— Vous avez de la veine!... quoi il y a?

— Cherchez!... vous trouverez!

— Y a du fil à coudre!

— Fil!... fil!... et la gnole!

— On boit rien, nous!

— Dites, raison de plus!... par ici!... nous on a soif!

— Vous croyez?

— Il a de tout Harras! pas que des cigarettes!... des ananas! des boîtes comme ça! »

Il me montre...

« Par ici!... vous les trouverez! anisette aussi!... et cognac!... des paniers!... vous risquez rien, il reviendra pas! »

Ils sont certains...

« Mais si!... mais si!...

— Pas commode!

— Mais si!... mais si!... très commode!... on va vous dire ce qu'est délicat... très!... »

Et là alors ils m'en apprennent!... et ils en demandent... oh Léonard je me doutais... Joseph encore vous pouviez le voir, le regarder de biais, mais tout de même... tandis que Léonard lui, vous tournait toujours le dos... il fixait le fond de l'étable... le noir... vous pensez dans leur condition de prisonniers-travailleurs, et sûrement « résistants » de l'endroit, ils étaient pas aux confidences!... surtout avec nous!... alors qu'est-ce qu'ils voulaient nous dire?

« Amenez la gnole, vous saurez!... ce qu'est important à vous dire, que vous soyez pas là! »

Quelle salade encore!

« Revenez demain!... avec ce qu'il faut!...

— De quoi?

— De tout!... vous trouverez!... dans le fond à gauche!... le double fond!... vous poussez fort! »

Ils étaient un peu renseignés!... et qu'ils nous précipitaient... signe qu'Harras revenait? ou autre chose?

Je vois ici nos chiens, Dieu sait si on les traite doucement, tout de même ils sont toujours inquiets, ils se demandent toujours ce qu'on va faire... aussi nous là-haut, toutim... ici encore nos si vieux clebs... et l'autre là-bas, en Argentine...

★

La Vigue parle tout seul... « tu sais vraiment!... tu sais vraiment!... » l'effet... il couche plus du tout en bas, au bout du couloir, il veut plus dormir qu'ici, dans notre paille... son couloir est assez dangereux... depuis que Iago y est plus, les rats font ce qu'ils veulent, fondent des familles, se battent, ramènent des canards, les dévorent vivants... même son réduit est pas à tenir... ces hardis rongeurs lui ont emporté deux serviettes et un pantalon... question de se débarbouiller, tous les seaux sont à la ferme... Lili peut encore là-haut chez Marie-Thérèse...

Là somnolent dans la paille, on peut pas dire qu'il sait ce qu'il dit... La Vigue... je gratte une allumette pour lui voir les yeux... ouverts qu'ils sont, fixes... aucun mouvement des paupières... il répète, c'est tout « tu sais, vraiment!... » il en sort pas... il dort sans fermer les yeux... très bien!... je voudrais aussi dormir comme lui, en somnambule... je ferme bien les yeux, mais je rumine, je revois les choses, elles me font rire... bien rire... je classe... je dors pas... là je vous raconte un petit peu... je garde l'ensemble pour moi... eux les mondains, la différence, parlent tout le temps, gardent rien pour eux, que quelques crimes, empoisonnements, que vraiment ils ne peuvent pas avouer... sauf la prescription bien acquise... mais alors qui s'intéresse?... mondains à table, au salon, parlent tout le temps, sont en scène... au lit, encore!... ils ne sont vraiment simples qu'aux w.-c... et un peu au moment du râle...

Je parle tout seul j'avoue, comme La Vigue... je sais que je bourdonne, j'ai l'habitude... certes, je suis porté à la plaisanterie... maintenant là, je bafouille, « comic, comic » Roger dira... mais non! mais non! l'âge!... maintenant à être accusé de tout, vous pensez qu'on ne se fait pas faute!... vendu par-ci!... vendu par-là!... traître!... satyre!... faussaire!... si je considère, bien calmement, je trouve tous les autres bien plus fous que moi... mille preuves!... une chose, ils roupillent... mon tourment, mon gril!... le bonheur, le malheur des êtres, c'est de dormir, plus, moins... lui là, les yeux grands ouverts, dormait... je craque encore une allumette... il cille même pas... il s'en fout... « tu sais vraiment!... tu sais vraiment!... » tout ce qu'il marmonne... moi je crois vraiment que c'est bien fini... se sauver?... mais par où?... vers où?... je vous ai parlé du Danemark, là-haut... pas à côté! pas tout près le Danemark! combien de bornes? et s'embarquer où? Warnemünde?... Rostock?... en temps de paix... mais à présent? je vais pas aller demander les heures!... Rostock... Rostock d'alors?... pas un mot bien sûr à La Vigue... ni à Lili... ils verront bien...

★

L'heure des trains?... j'étais à rire!... d'abord, quelle gare? et les bateaux?... d'où les bateaux?... je nous voyais pas aller demander... à qui?... retourner exprès à Moorsburg?... la route aimable... les trains existaient peut-être plus?... d'après ce qu'on entendait comme bombes, ils devaient pas partir souvent!... Rostock, je me souvenais, la ville... mais maintenant dans quel état?... c'était peut-être plus qu'un cratère?... je pourrais demander au manchot, lui devait savoir, je crois qu'il venait de par là... il parlait toujours d'Heinkel... les moteurs... voyons, je rassemble mes souvenirs... j'ai un peu beaucoup voyagé pour la S.D.N... j'ai fait souvent le Danemark... Berlin... c'était par Rostock... mais Rostock?... La Vigue ronflait... les yeux mi-fermés... je chuchote à Lili...

« On n'a pas emporté une carte?

— Non... non... je crois pas... une carte d'où?

— Rien... »

J'allais pas me mettre à parler...

« Dors! »

Je pense tout seul à ces détails... Rostock, les usines... le manchot déconne pas tout le temps, vous pouvez le faire parler un peu sur d'autres sujets que les infâmes von Leiden... je crois... il a des moments d'éclaircies... si le Diesel cognait pas trop fort, et pas trop d' « objecteurs » autour, j'en sortirais peut-être un mot... deux... sur l'énigme Rostock-Warnemünde... je l'avais pris il y a déjà longtemps ce petit *ferry*, mi-bois, mi-fer... mi-diligence, mi-sous-marin... le sergent manchot devait savoir... je dormais un peu, mais tout de même je guettais... j'avais raison... par la meurtrière là, un petit jour...

« Debout, La Vigue! »

Pas d'histoires!... je le secoue dans sa paille, il sursaute, il se lève, il me suit... on est de bonne heure, très bien! il faut! maintenant en bas, vite! au péristyle, et à la route!... les ménagères nous voient passer... elles dorment pas, les garces... remuent les rideaux... les oies, deux troupes d'oies viennent nous voir... *couac! couac!*... l'église, tout de suite... et à deux pas, le *Tanzhalle*... leur Diesel marche pas encore... le manchot se rase, on le surprend... « chutt! chutt! » je lui fais... je veux lui demander que personne entende... il me fait signe : le cuistot est sorti!... bon!... alors vite!

« Le train marche toujours? celui de Rostock?

— Trois fois par semaine! »

Enfin, un qui sait!

« D'où?

— Moorsburg, Rostock! »

Bon, ça va!... j'explique...

« Je voulais savoir pour ma femme... elle veut

voir la mer... elle connaît pas la Baltique... La Vigue, là, non plus!...

— Oh, *perfekt!* parfaitement! bonne idée! »

Il trouve!... merci! merci!... on se serre les poignes et on s'en va... La Vigue se demande...

« Qu'est-ce que tu veux à Rostock?...

— Tu le verras, pote!... tu le verras!... mais tais-toi!...

— C'est ton idée la Baltique?

— Oh, c'est une de mes idées!

— T'en as des idées!...

— Tu peux le dire! »

Et on reprend la route... les ménagères sont sur leurs portes... les oies s'occupent du fond des mares, elles couaquent plus... voilà! le manoir... nous y sommes!... pas été longs!... Lili me demande ce que nous avons?

« Rien! mais toi tu peux me trouver quelque chose!... »

Elle veut bien, mais que je lui dise... je veux pas parler devant La Vigue, lui qui bafouille en plein sommeil! la petite bossue frappe...

« *Mahlzeit frühe!* »

Elle vient nous dire que notre *mahlzeit* est tout de suite!...

« Bien! bien! on y va! »

Quelle heure peut-il être?... leur rassemblement si tôt? pourquoi?... la soupe à l'eau tiède... certainement quelque chose... un avertissement?... qu'on nous voyait trop dans Zornhof?... La Vigue, Lili, moi?... une plainte des *bibel?*... des ménagères?... que nous devions rester au

C beklagt Informationsdefizit

manoir, ne plus bouger? mais peut-être des nouvelles d'Harras?... nous pouvions tout imaginer... le chien est ainsi, ce qu'on va faire de lui, il est inquiet, il peut tout imaginer... j'en oublie les cigarettes, flûte!... pas le temps d'aller à l'armoire!... notre escalier, la descente, et nous y sommes!... la salle à manger... tout le monde est déjà à table... alors?... *heil!... heil!...* le *Führer* est toujours au mur, son énorme tableau... une chose, des deux côtés, les dolmans des fils Kretzer, accrochés au cadre... déchiquetés, troués... une idée de la mère... rien à dire... non... mais drôle... Kracht est là, à table... il ressemble plus tant au *Führer*... il laisse pousser sa moustache... plus les trois poils, juste une mouche, non!... une grosse touffe... il est agité sur sa chaise... impatient de quoi?... qu'on finisse la soupe?... passons le brouet!... une louche... une autre... le régal... deux boulettes de mie à l'eau tiède... et peut-être une cuillerée de riz... Frau Kretzer plaisante et glousse, je comprends pas tout, elle parle trop vite... il s'agit de nous! encore de nous!... ce qu'on nous prépare?... je fais très attention... non!... c'est pas de nous... aux secrétaires qu'elle s'adresse... comptables, dactylos... oh, que c'est drôle ce qu'elle raconte... de quoi s'esclaffer... de ces éclats de rire!... la hyène s'en donne!... un Zoo!... je me demande... toute la table... sténos, comptables, plongent du nez... Kracht tapote dans son assiette... il pourrait lui dire de se taire... non!... nous sommes habitués à ce rire...

à sa crise... mais là, c'est très fort, plus crispant qu'à l'habitude... plus fort que les éclatements de bombes qui secouent les échos et les vitres... on doit entendre notre Kretzer à travers le parc... oh, ça la gêne pas!... son mari lui fait des signes... il lui secoue le coude... elle s'en fiche... elle est en crise et c'est tout!... et ça vaut la peine! une nouvelle! une fameuse!... « Ordre de la *Kommandantur* »!... les gitans vont nous régaler!... et on ira tous!... soirée dansante et chantante, au *Tanzhalle!*... organisation officielle... « la Force par la Joie »... le relèvement du moral... on a trouvé que le nôtre baissait... ils s'occupent de tout à la Chancellerie!... enfin notre Kretzer prétend!... et elle connaît les détails!... tous les gitans en falbalas, les femmes en robes à volants!... danses de chez eux! tout pour nous distraire!... nous relever le moral!... tambourins, castagnettes, guitares!... Frau Kretzer nous les mime, nous fait voir... personne n'ose plus la regarder... je crois qu'elle va perdre connaissance, finalement... ça lui est arrivé deux fois, épileptoïde... tous là, secrétaires, comptables, sont réformés numéro 1, ils ont rien à craindre, ils sont fixés, mais quand même, ils se méfient de Kracht... qu'elle se mette engueuler le *Führer* sous son propre portrait... qu'elle recommence... qu'ils aient l'air d'en rire, ça pouvait se terminer très mal... oh, mais elle tenait aucun compte! elle voulait nous raconter tout!... son dab avait beau lui secouer le coude!... au *Tanzhalle* ça aurait lieu, la scène on

KRETZER - AN FALL

savait, je l'avais vue, pas grande, et très encombrée, on débarrasserait... les gitans chanteraient à six voix, leurs femmes elles, rempailleuses de chaises, danseraient... programme fandango... y aurait aussi l'acrobatie, garçons et filles... et après, en séance spéciale, à la fin, la « bonne aventure »... par les cartes, marc de café, et boule de cristal... et peut-être un hibou!... on nous l'avait fait là-haut, chez nous, l'avenir... et bien sinistre, prison... personne je dois dire, là à table, trouvait ce programme très drôle « force par la joie »... tout officiel qu'il était... la Kretzer toute seule se pouffait!... de plus en plus fort!... que sa chaise faisait trembler la table... que tous les verres s'entrecognaient, sonnaient... et la voici qui saute! un bond!... jusque sous le cadre! sous Adolf!... elle arrache les deux dolmans de ses fils, les décroche, en même temps qu'elle hurle « *festspiel! festspiel!* »... je vous traduis : la fête!... la fête!... et elle s'écroule... je me doutais... je l'avais déjà vue ainsi... raide... fin de crise... ses deux dolmans dans les bras... ils l'avaient remontée dans sa chambre... elle y était restée des semaines en espèce de léthargie... ça allait peut-être recommencer?... mais personne bouge ce coup-ci, ils restent comme ils sont... ils la regardent même pas, là étendue sous le tableau d'Adolf... mais elle les voit bien, qu'ils s'en foutent!... ah, Madame!... alors! qu'elle se met à taper dans le parquet à grands coups de talons! à deux talons!... et *ptam!*... et *ptaf!* ah, on s'en fout?... ah, on se moque d'elle? on est

BESCHULDIGUNG, C habe ihre Söhne getötet.

déjà bien vibrés par le parquet et les murs, la répercussion des bombes... maintenant elle en plus! *ptam! ptaf!* qu'elle retrousse sa jupe pour taper mieux, plus fort! pouvoir lever les jambes plus haut!... *vrang! brang!...* défoncer le parquet!... que sa jupe se déchire, s'ouvre haut en bas! *rzzz!...* toutes nues ses jambes!... la colère maintenant!... elle se sauve avec ses deux tuniques sous le bras... par la porte du fond... personne bouge... oh mais elle revient tout de suite!... elle a pas fini!... surtout à nous qu'elle a à dire!... « *sie! sie! franzosen!* » assassins de ses fils!... j'y avais pas pensé!... qui c'est que j'ai pas tué finalement?... ses fils bien-aimés!... Hans!... Kurt!... oui, nous les trois! et notre chat!... nous voleurs, traîtres, saboteurs! tout ça que nous sommes! absolument!... et assassins! et de ses deux fils! ce que j'ai pu être assassin tout de même... en France, en Allemagne, partout!... Bougrat est qu'un apprenti, Petiot une mazette, Landru qu'un goujat, gâche-rombières... tandis que nous trois là, pardon! pas qu'assassins des deux fils, responsables de tous les crimes! écrabouilleries de villes... et chemins de fer... de tous les malheurs de l'Allemagne!... comme ceux qui sont montés chez moi, rue Girardon tout me voler, faire pipi et le reste, sont bien grimpés pour me suspendre à mon balcon, me faire voir à tout Paris, le plus affreux des « anti-France », le plus abject des toucheurs d'enveloppes, vendeurs de la ligne Maginot... de-ci, de-là, un moment ils vous voient pareil : le coupable de tout... y a du quiproquo... vous êtes un peu étonné, vous vous demandez qui qui déconne?... et puis vous vous faites... il en faut! coupable de tout?... soit!... c'est entendu! les Kirghizes seront à Courbevoie y en aura encore pour bramer sous cent myriatonnes de décombres, sous vingt-cinq mètres d'eau d'épandage, à la baguette de Petzareff : c'est lui! c'est bien lui! il en faut un, vous êtes celui!... là-haut à Zornhof, chez les Prussiens en état de guerre, que cette folle m'accuse de tout c'était pas à être étonné... plus la douleur de ses deux fils... mais maintenant, vingt-cinq ans plus tard, et dans ma propre famille c'est un peu plus rigolo... et pas de petits crimes qu'on m'accuse!... « assassin de ma mère! »... si je disais : non! ça irait mal!... je sais ce que ça cache... ils ont tout volé chez ma vieille... très sûrs d'eux! « il reviendra jamais! »... pareil de mes bois à Montmartre, que j'aille les réclamer!... si je serais étendu! la loi du milieu!... et par les quatre Commandeurs!... voleurs et déménageurs! « hardi l'hallali! il reviendra jamais! » même ribouldingue sur mes belles œuvres... « hardi petit! satanés ratés tapez dedans!... il reviendra jamais!... pillez-lui tout, bons à lape! à l'assaut!... hardi! clan-culs! ça se verra pas!... on saura rien! il reviendra jamais! » là-haut à Zornhof je me doutais un peu mais à présent je suis fixé... Frau Kretzer, ses crises de hyène, qu'était dans le vrai!... tout l'avenir, et c'est pas fini, la curée!... en même temps, elle nous tire la langue!... long comme ça!... et un pied de nez!... ah, elle est trop drôle!... là toute la table tient plus, se fout à rire! en hyènes!... comme elle! et le mari!... personne la prend plus au sérieux!... Kracht si!... il veut plus d'elle! il veut qu'elle sorte! *raus!... raus!* à la porte elle nous refait son bruit de vache qui caque... bien gras, bien lourd... *raus! raus!* c'en est assez!... Kracht y va... le mari aussi... ils referment à clé... elle refait son bruit derrière la porte, la vache qui caque... *braoum!... vloaaf!...* non!... c'est pas elle!... non!... c'est pas ça! c'est du dehors!... d'en l'air!... et surtout des murs... ils hoquent je dirais... des tombereaux de bombes s'écrasent là-bas... ils font certainement des progrès dans le genre « qu'il ne restera plus rien »... Peccadilles de nous!... de nos histoires! je dois dire, je l'ai pas dit, dans notre tour, et sous le tas de paille, de nuit en nuit, ça se sent, ça vibre plus en plus...

Maintenant la Kretzer a fini, elle est sortie, on attend... notre Kracht va commenter... non?... il reste là, pas nerveux... il dit rien... si, il toussote!... ah! et alors?

« *Hysterisch!... hysterisch!* »

Tout ce qu'il trouve... qu'elle est *hysterisch...* et alors?... ça se savait!... ah, il a autre chose!

« Je veux vous communiquer, Mesdames, Messieurs, que la fête n'aura pas lieu!... Ordre du Landrat! mais ce qui aura lieu, et demain matin, grande excursion, départ d'ici devant le péristyle... sept heures... avec moi et toute la

Dienstelle! Ordre du Landrat! tout le monde est d'accord? »

Il demande...

« *Ja!... ja!... ja!* »

Secrétaires, comptables, dactylos, et nous-mêmes, nous trois...

« Pas de fête des gitans!... plus tard peut-être?... mais demain ce sera la grande excursion! et avec les *bibelforscher* et les gitans au travail : récolte des osiers!... Ordre du Landrat!

— *Ja!... ja!... ja!* »

Nous irons à travers la plaine!... quel plaisir!... chercher les osiers!... il fait assez jour à sept heures...

Il nous montre son Ordre... exact... signé : *Simmer... Landrat... Moorsburg...* tampon...

« Qu'est-ce qu'on va faire dans la plaine? »

Je demande tout doucement à la bossue à côté de moi... tant de monde, toute la *Dienstelle* à travers la plaine pour ébrancher trois... quatre trous d'eau!... les osiers autour?...

« Docteur allez! vous verrez bien! »

Il s'agit de retrouver... peut-être?... le *Rittmeister...* il est signalé par là... un gendarme sera avec nous...

« Vers où? »

demande La Vigue.

« Vers Kyritz! »

Kracht s'approche... puisque nous voulons tout savoir, il sort une carte de sa poche... il la déploie... quelle surface! de quoi voyager!... tout le nord Brandebourg, toute notre plaine là... je trouve Kyritz à l'Est... une carte vraiment intéressante... jamais j'aurais cru que cette plaine fût aussi riche en étangs... petits lacs... ruisseaux... et pas en surface... au fond de tout espèces de creux... crevasses... on se doutait pas, même de très haut, de la tour de Marie-Thérèse, de tout ce que cachait cette plaine ocre... ruisseaux... lacs... des creux naturels ou des ouvrages du génie?... des camouflages?... là-dedans qu'était le *Rittmeister?...* tombé dans un creux avec sa Bleuette?... ou dans un piège?... y avait l'osier, la récolte, je veux, mais d'autres motifs!... ils devaient avoir placé les pièges en certains endroits... ils y avaient pensé sûrement... ils pensaient à peu près à tout...

Tenez les Flandres sont ainsi... tout en chemins creux...

Mais où je vais encore vous perdre! assez!... assez!... je vous parlerai pas de la guerre 14!

★

Le Rittmeister vers Kyritz?... tout beau!... loin Kyritz!... nous aurions aussi de quoi nous perdre!... nous!... surtout une plaine comme sur la carte toute en crevasses et sentiers, aux bouts en pistes et lacets... allant vers le Nord et puis l'Ouest... tortillant, revenant vers d'autres plaines... sur cette carte, deux... trois hameaux comme le nôtre, par-ci... par-là... trois?... dix!...

peut-être des hameaux en carton pour tromper les « forteresses »?... je sais qu'ils en avaient planté... vers l'Ouest surtout... en toile... et même des églises... mais peut-être tout ça n'existait plus?... nous là Zornhof existions bien! pas le crier trop fort!... une demi-bombe ça y était!... évaporés!... manoir, portrait du Führer, la ferme, les Kretzer et nous! on allait se faire voir! là question de cette excursion le risque que je voyais c'est qu'en revenant de chercher je ne sais quoi à travers les champs tout soit parti, qu'on retrouve plus rien... je vous dis : pas une bombe!... une grenade!... avec les chaumes tout prenait!... la ferme, le manoir, les silos, et la soupe, et le grand cadre... on ne nous demandait pas notre avis... nous partions avec un gendarme... rien à dire!... promenade surveillée... juste un peu à réfléchir... toute la nuit on réfléchit...

La plaine jusqu'aux nuages... il est parti vers l'Ouest, qu'ils disent... pas du tout!... nous on l'a vu... Sud-est!... pas vers Kyritz... pas du tout!... sur sa Bleuette... il s'est peut-être perdu?... malgré ses cartes et sa boussole... qu'il a pris Kyritz pour Berlin?... il allait repousser les Russes, il l'avait juré, peut-être les Russes étaient à Kyritz?... c'était une autre hypothèse... on allait voir, avec le gendarme... on serait peut-être tous faits prisonniers... cette façon d'explorer la plaine à la recherche du Rittmeister qui nous reconnaîtrait peut-être pas, qui nous prendrait pour des Tartares si il nous voyait?... il

AUFBRUCH ZU WANDERUNG

nous chargerait! lui qu'était bien dérangé!... surtout depuis que Iago était mort... un jour, un seul coup, repousser les Slaves, reprendre Berlin?... on verrait!... Kracht avait l'air de savoir... si il savait, pas besoin de nous!... qu'il y aille tout seul... mais y avait pas à discuter, y avait pas que nous trois!... les *bibelforscher* en étaient et les gitans de la roulotte, et tous les croquants du hameau, et les prisonniers, on allait être au moins trois cents... à force d'un peu imaginer, et de se retourner dans la paille, et de se chuchoter ce qu'on pensait, il finissait par faire jour... enfin, presque... je décide : c'est le moment!... Bébert dans son sac, et chacun une boule en musette, ça va, on se lave pas, on descend... je m'étais pas beaucoup trompé, ils étaient déjà vingt familles à attendre Kracht et le gendarme... plus toutes les roulottes... on se dit des bonjour! *guten tag!* et *heil!... heil!...* tant que ça peut!... c'est une promenade comme une autre à babillages et tranches de pain... non!... on n'a pas souvent l'occasion d'aller si loin et en chœur... qui ça sera le gendarme?... de Stettin, il paraît... ils n'ont plus de gendarmes par ici, faut qu'ils en fassent venir un de Stettin... de plus de deux cents bornes!... faut qu'ils aient pas beaucoup confiance!... qu'une fois dans la plaine, vers Sterlitz ou Dache, on se mette aussi à disparaître!... tous à l'escampette? le gendarme nous empêcherait pas, si on voulait... oh, juste, le voici!... le gendarme, *feldgendarme*, et Kracht!... pas eux seulement, tout le hameau, tout le monde avec, les filles de la ferme, les travailleurs volontaires, polaks et tchèques, et le reste des *bibel,* sur leur 31, leurs plus beaux treillis, rayés, mauve et rouge... ils sont bien au moins une centaine... je vous note là ce gendarme de Stettin est à peine moins vieux que notre *Rittmeister,* il a la même tremblote que lui, des deux mains, peut-être c'est un « recherché » aussi? échappé de Stettin?... la manie des vieux, fuguer!... regardez Tolstoï!... finir dans une gare, n'importe laquelle! regardez en ce moment Khroutchev!... finir dans le *Subway,* n'importe quelle station!... Eisenhower qu'arrête plus d'un avion l'autre!... Dulles déjà!... il s'en échappe de Nanterre, qui savent plus ni pourquoi comment? vers où?... vous les ramassez!...

Moi à propos, je vais vous perdre... l'âge c'est entendu!... De Gaulle a ses motocyclistes fortement armés... on ne veut pas qu'il aille se perdre en gare de Toul ou Lunéville... moi là, question faiblesse pour la fugue, je dirais : gare d'Orsay!... pas Saint-Lago ni Austerlitz!... nous en reparlerons!... au moment juste, c'était l'appel, on se rassemblait devant le *feldgendarme...* à son commandement!... en formation deux par deux!... un *bibelforscher* et une ménagère!... tant de couples!... le gendarme avait sa tactique... on avancerait main dans la main, et tous sur une ligne! et puis ensuite, il nous prévenait... en « fourrageurs »... à cinq mètres les uns des autres! parfait, je voulais bien, mais avec mes cannes, je ralentirais tout, forcément!... pensez, les sillons de terre glaise!... je lui fais remarquer... « *sicher! sicher!* certainement! »... il est d'accord... il est le gendarme raisonnable... je prendrai l'arrière-garde avec Lili et La Vigue... on regarderait si il restait rien... convenu!... le disparu était peut-être dans un sillon, allongé, ronflant... il s'agissait de bien tout regarder... on pouvait, nous!... le gendarme est d'accord... mais je nous voyais pas à Kyritz, sillon par sillon!... nous regardons encore cette carte, au moins soixante kilomètres! on n'y sera pas ce soir, ni demain, sillon par sillon!... j'allais pas récriminer... exécution! ce gendarme avait pas l'air mauvais mais il pouvait s'impatienter!... moi, avec mes cannes!... la plaine sillon par sillon!... peigner les labours!... je vois que les autres ça leur disait rien ce betterave par betterave... ils aimeraient mieux retrouver la route, même le macadam!... zéro! le gendarme gueule! ça ne va plus! ils discutent!... qu'on va s'embourber, qu'on n'avancera pas! « essayez! » qu'il dit... les romanichels devaient profiter de la promenade pour se réassortir en camelote, osier... remonter leur vannerie... oui ou non? se couper des bottes de pousses autour des étangs... pas sûr non plus! juste des « on-dit »!... alors voilà ce qu'est décidé : plus de main dans la main! formation en « fourrageurs » tout de suite!... à peu près cinq mètres de distance les uns des autres... on peut dire qu'on avait un plan... rien nous échapperait, nous devions tout voir d'ici Kyritz, les moindres replis!... l'allure convenue : pas à pas !... déjà très beau le pas à pas dans une bourbe pareille !... donc, en avant !... on fait au moins un kilomètre, ainsi déployés, en éventail... ils croient que c'est par là Kyritz !... je demande à Kracht de regarder encore sa carte... elle est désespérante cette carte !... nous là, même trois cents, et en fourrageurs, on fait rien du tout sur cette étendue... comme perdus points... il est con ce gendarme !... en fait la glaise gagne, vous colle en bottes, à chaque pied, si lourde que vous en pouvez plus... c'est un tour de force, chaque betterave... chaque trou de boue... ça nous donne le temps de regarder... je regarde que les « fourrageurs » sont que les truands du domaine, prisonniers russes, servantes, gitans, les *bibel-forscher,* et nous autres trois... mais pas là, l'Isis, ni Marie-Thérèse, ni la comtesse Tulff-Tcheppe !... restées chez elles !... ni le Léonard, ni Joseph !... ça serait pourtant un peu la place des gens de la ferme et du château, ils étaient tous fils, filles, neveux du *Rittmeister !...* ils avaient tous affaire au vieux... plus que nous !... on finirait pas de s'indigner de toutes les injustices et faveurs et soi-même toujours à la rame... ils étaient exempts, et c'est tout !... le plus indigne, le plus puant, il en faut un, c'est vous, voilà !... vous êtes celui !...

Question déploiement, en « fourrageurs », je connaissais bien... à l'aile marchante et au centre... mais à cheval !... je voyais aux « écoles à feu » Mourmelon, et un peu plus tard dans les

Flandres, sérieusement, les « batteries volantes », restaient prises jusqu'aux moyeux... ni à avancer, ni reculer... pourtant six nerveux chevaux après!... il fallait que le Génie s'en mêle, avec leviers, treuils, les extirper, servants, bourrins, pièces... les coups de reins de gailles, des fers tant que ça peut!... c'était tout creux sous les canons, le sol devenu un trou... et l'aile marchante dropant là-bas!... *ta! ga! dam!* les quatre escadrons et la clique!... *tarata!... ti! tata! ti!...* les chevaux connaissent bien la trompette!... *tata! ti!*

Nous là c'était pas l'aile marchante, c'était retrouver le dab... je le voyais pas dans un trou!... il était parti droit devant lui, direction Berlin, pas vers l'ouest, à moins d'un crochet qu'est-ce qu'il irait foutre à Kyritz?... il voulait repousser les Russes, pas les Anglais, ni les Français... les Russes, sa marotte!... allez comprendre!... lui aussi avait une grande carte, et une boussole, il pouvait très bien se diriger... mais nos deux là, Kracht et notre stratège-gendarme paraissaient absolument sûrs qu'il s'était caché à Kyritz... informés par qui?... enfin, on allait... pas vite, en faisant bien attention... d'abord à pas s'enliser... s'extirper une jambe... une autre... et pas laisser le vieux entre deux betteraves... ça se pouvait!... huit jours qu'on l'avait vu partir... il faisait des zigzags, des façons... voltes et figures de manège... peut-être pour nous, pour nous tromper?... mais bien vers Berlin!...

Le gendarme commande : *halt!* tout le monde!... ils ont aperçu quelque chose?... non!... c'est une des femmes embourbée!... ils se mettent à trois... à quatre... ils la sortent, et en avant!... *halt!* encore!... quelque chose?... un petit étang il paraît à l'extrémité de notre file... à droite... un petit étang riche, avec des gros osiers au bord... allez les gitans!... qu'ils se grouillent! la récolte!... nous nous attendrons... je crois qu'on va mettre au moins trois jours à se rendre compte qu'on a hersé la plaine pour rien, pas plus de schnok que de beurre au chose!... ah, une idée du pandore!... encore une!... pendant que les gitans coupent leurs branches, envoyer quatre *bibelforscher* très en avant, à la découverte!... il dit qu'il voit des fumées, lui le stratège, là-bas vers un bouquet d'arbres, très à gauche... qu'il faut y aller voir!... bon!... il est le seul qui voit des fumées... on est trois cents à pas les voir... on se rassemble pour mieux regarder... non!... non!... rien!... ce gendarme a bu!... et nos quatre *bibelforscher* au fait?... on attend qu'ils soient assez loin... oui!... oui!... au moins deux kilomètres de nous... oui!... oui!... « y en a! »... ils voient quelque chose aussi!... ils font des signes... ils voient des fumées!... par conséquent, nous les footits! pas le gendarme!... nous les miraux!... et pas loin de Zornhof, cinq... six bornes!... il nous demande de faire l'effort... y aller!... à travers betteraves!... salut!... même avec mes cannes, je pouvais plus... les autres, toute la ligne s'affale, *bibelfor-*

ERDLOCH MIT
PROSTITUIERTEN-HORDE ENTDECKT

scher, prisonniers, l'épicière, gisent... je les voyais pas beaucoup courir!... même jusqu'aux bourgerons là-bas, les derrières rayés mauve rouge... pas qu'ils refusaient, ils voulaient bien, mais comment?... du coup le gendarme se fâche! « vadrouilles! alcooliques! scélérats! parachutistes! » qu'il nous appelle... « pourris! fainéants! »... qu'ils s'extirpent!... moi aussi!... avec mes cannes!... une guibolle!... oh hiss! une autre!... ça y est!... peut-être après tout y avait rien?... une fumée d'un éclat de vieille bombe?... ou d'une hutte de braconniers?... enfin ça y est nous repartons en ligne, les mains dans les mains, sa première idée... six romanichels en avant... y a de la tactique!... nous n'avançons pas au hasard... on les voit là-bas ramper... on ramperait bien, nous aussi... leurs derrières rouges mauves, et les six gitans... net, ils s'arrêtent! ils se penchent... ça doit être un creux... creux de quoi?... trou de bombe?... route?... tunnel?... Kracht croit pas qu'il y ait quelqu'un... ils restent pourtant au-dessus du creux, tous penchés... ils regardent... et ils nous font signe qu'on s'amène!... vite! ils hurlent! « ohé! Kracht! »... maintenant y a plus d'hésitation, ils voient quelque chose!... Kracht est pas sûr... si!... si!... je crois qu'on n'aura plus de genoux quand on sera au rebord... un ravin?... oh, mais y a pas que de la fumée... ça braille!... et fort!... ils sont plein de monde au fond de ce trou... je crois que c'est un ravin... on verra de plus près... ça y est!... nous y sommes!... pas que les genoux, partis... tout le pantalon, par déchirures... et les coudes!... on a fait nos « petit Poucet », on a semé nos loques dans les glaises, loin derrière nous... on pourra nous retrouver facile, à la trace... tout de même ça y est, on regarde aussi... ils sont beaucoup... c'est une crevasse... ils sont combien au fond là-dedans?... pas ils! elles! tout des femmes!... autour d'un feu de bois... elles ont dû amener du bois de loin!... pas un petit feu, un vrai bûcher!... elles ont mis quelque chose à cuire, sur le feu, à même... pas étonnant qu'on voyait rien de loin, cette crevasse est très profonde, avec une petite mare au bout... elles se sont établi un campement... elles se font la cuisine... plutôt elles se font brûler des viandes... que ça sent si fort!... des énormes morceaux!... oh, mais je connais ces rôtisseuses, je crois... elles aussi doivent nous connaître, nos tronches... elles nous regardent d'en bas... tout de suite les insultes! « traîtres! espions! enculés! voleurs! »... je vous traduis approximatif, mais c'est le sens... et tout de suite, une crise leur passe, peut-être qu'on les regarde?... elles se mettent à se battre!... pas un petit peu!... à coups de bâtons!... elles tombent toutes sur deux d'entre elles... et les deux ce qu'elles hurlent! y a de quoi!... qu'est-ce qu'elles prennent! qu'est-ce qu'on leur file! une sauvagerie!... elles vont les tuer!... et *vlang!*... et *brang!*... pas qu'un bâton, pieds, poings, tout!... à cause de nous!... les malheureuses!... je crois, à cause de nous!... dans la fange du fond... elles

OPFER DER HORDE: Rittmeister

beuglent les deux... des bêtes qu'on achève!... et qu'elles braillent vers nous!... d'à même la fange!... du fond!... ces deux qu'on roue nous connaissent!... par nos noms!... *hilfe! hilfe! Kracht! Kracht!...* oh, je crois que j'y suis... je saisis!... je comprends!... ces deux qu'elles sonnent sont pas des femmes!... des hommes c'est!... y a qu'à y aller!... déboulinons!... le gendarme veut pas!... c'est trop profond!... il objecte... il doit croire surtout que c'est un piège!... c'est une pente de glaise très glissante... en bas les mégères et c'est tout... Kracht est armé, il peut se risquer!... *hilfe! hilfe!...* je sais pas ce qu'elles font aux deux victimes!... Kracht se lance, dérape, déboule... nous aussi... on se laisse aller bien vingt mètres... en paquets de boue... culbutes... moi j'arrive avant tous les autres, en bas, avec mes cannes... Lili tout de suite après moi avec sa musette et Bébert... et puis La Vigue et le *feldgendarme...* personne ne s'est rien cassé!... la bonne pente molle, comme autrefois la butte Saint-Vincent, un vrai truc à mômes... mais une chose nous regardons tout de suite, la mare, et le bûcher, et dessus, les bidoches... de ces énormes morceaux de barbaque!... que ça grille et fume! là presque en dessous, deux formes, des loques, dans la boue... ces formes qu'elles sonnaient!... je vois pas les têtes... je tâte... ah, j'en reconnais un!... tout le monde le reconnaît... ils viennent tous voir!... c'est le *Rittmeister,* notre Rittmeister! lui-même! .. comment il a fini ici?... pas parti par ici du tout! on l'avait vu sur sa Bleuette! direction Berlin... Sud!... pas Ouest! et que c'était lui!... pas d'erreur! il peut plus bouger mais c'est lui!... l'autre non plus peut plus bouger... on lui tourne la tête... qu'on le regarde!... personne le connaît... c'est un homme... tout grisonnant... on lui enlève des paquets de boue... il a bien dérouillé de même... il était temps qu'on arrive!... il est tout plaies et je crois fractures... bosses, bourrelets... il se met un peu à bafouiller... il peut pas articuler il lui vient avec la bave plein de sang, par le nez, la bouche, à gros grommelots... le Rittmeister hoque... hoque... veut nous parler... nous fait signe...

« *Was? was?*... vas-y! »

Entre deux renvois il y arrive...

« *Revizor!... Revizor!* »

Ce qu'il voulait nous dire!... ce qu'il était!... on comprend!... celui qui devait venir!... lui!... alors ils s'étaient rencontrés?... comme ça, à travers la plaine... ou à Kyritz? pendant qu'on se demandait ci... ça... les femmes se sauvaient!... elles escaladaient l'autre versant en face... qui c'était elles? nous ne les avions pas reconnues... Kracht lui, si!... oui... oui! en effet!... les prostituées! celles qui nous avaient traités de tout!... celles de Moorsburg!... elles s'étaient sauvées elles aussi!... marre des égouts et des poubelles!... marre des trottoirs! elles voulaient plus obéir!... elles avaient sonné un facteur, le seul qui restait à Moorsburg, y jeté toutes ses lettres à l'égout... elles voulaient plus du tout se soigner, elles allaient plus aux piqûres... mutinerie totale!

Broum!... brang!... ça grondait, tonnait autant, remarquez, au fond de cette crevasse que là-haut au manoir ou dans la cellule à La Vigue... vous dire si cette plaine était secouée... Nord, Sud, et d'Ouest... et si Berlin était servi! je vois pas ce qui pouvait en rester?... ah, Pretorius!... ah notre « Zenith »!... même la Chancellerie, le *bunker* du *Führer* devait plus être qu'une galette, jour et nuit comme ça *braoum!...* on en parle, La Vigue, Lili... pendant qu'on se parle, toutes là du fond, se sont sauvées, toutes les féroces et rôtisseuses... elles nous avaient pas attendus... je les voyais pouloper là-bas... leur tour! les grisettes!... les révoltées vérolées!... loin déjà!... une qu'était restée en arrière... la seule... « brutes! brutes! »... qu'elle gueulait... à nous!... exprès... « *têtes de biques!* » le vent nous apportait ses sottises, nous qu'on serait pas arrivés qu'elles les finissaient tous les deux, le Revizor et l'autre!... elles les passaient au brasero avec les autres viandes!... au fait là les deux dans la boue étaient pas beaux sur le flanc... je voyais qu'ils pourraient jamais se relever... ils hoquetaient encore... par bouts de phrases ils faisaient leur possible... je comprenais que les prostituées avaient cru qu'elles avaient été dénoncées et que c'étaient eux le Comte et le Revizor qu'avaient fait venir le feldgendarme... encore par bouts de mots le Commandant raconte qu'il s'était égaré à cheval... qu'au lieu de piquer Sud il avait cru mieux, par mouvements tournants, de surprendre l'armée russe vers Potsdam... il était tombé sur les filles qui venaient tout juste de se sauver!... la même nuit!... plaqué tout, lazaret, poubelles, facteur... leur but les putains, était l'Ouest, n'importe comment!... Hambourg, la Belgique, le Rhin... l'Ouest, où on mangeait, on leur avait dit... elles savaient pas trop, mais une chose, plus de voirie!... et plus de lazaret ni de piqûres!... nous voyant venir elles s'étaient crues reprises en baraques, alors la colère!... et qu'elles étaient en plein manger!... grillades de ces énormes morceaux!... à même le bûcher!... cette fumée que le cogne avait vue! qu'il avait pas eu de cesse qu'on y aille!... maintenant il voulait tout savoir, pas feldgendarme pour des prunes!... comment ils s'étaient fait prendre?... tous les deux?... le comte von Leiden d'abord?... il avait du mal... même à ânonner... on le fixe assis... il est pas bien non plus, assis... il a froid, il grelotte, l'autre aussi... mais moins... alors?... l'enquête! elles les avaient beaucoup battus, à coups de manche de pioche... et de manche de pelle, et de marmites... elles avaient tout volé là-bas, de leur camp, tout ce qu'il fallait pour bivouaquer... mais c'était de trop à trimbaler à travers sillons... trop de matériel... là elles avaient rien à en faire... elles avaient trouvé une crevasse et une mare au bout... un campement tout fait!... seulement à trouver des branches pour le feu... j'avais pas vu beaucoup d'arbres...

elles avaient dû les amener de loin... elles étaient là depuis combien de temps?... l'interrogatoire... le *Rittmeister* savait pas juste, il savait qu'une chose c'est qu'elles l'avaient beaucoup battu, j'avais qu'à regarder! exact!... son corps était que plaies et bosses... le côté droit surtout, de la tête aux talons... comment ça se passait?... elles l'agrippaient le tenaient sous elles et elles l'assommaient... coups de pied! coups de pioche!... *vlang! prang!*... hardi!... comme ça deux... trois fois par jour... le *Revizor* de même, mais moins... lui le von Leiden c'était son uniforme, elles l'avaient tout déshabillé, et rhabillé en prisonnière, comme elles, sarrau, fichu, tablier de cuir... une avait mis son uniforme, ses éperons, et sa schapska... c'était celle-là qui les lardait avec un tison... je comprends qu'elles s'étaient sauvées!... et sa jument?... elles l'avaient tuée à coups de pioche!... pas vite... lentement... par grosses blessures, en trois jours... et puis elles l'avaient découpée... voilà pour l'enquête!... en attendant ces femmes s'éloignaient... une seulement qu'était restée en arrière... à portée de voix, pour nous agonir... « brutes!... espions! bourriques! »... elle s'en allait pas... ses compagnes à l'horizon, plus que des points... le vieux von Leiden qu'aimait se faire cravacher par ses petites espiègles avait eu son compte!... guéri, peut-être?... sûrement il avait des fractures... et des fractures à son âge ne s'arrangeraient pas facilement... surtout nous là, sans hôpital, ni radio, ni ambulance... le gendarme voulait tout savoir... comment la jument était morte?... comment elles l'avaient fait rôtir?... d'abord abattue?... à coups de pioche dans le ventre et dans le crâne!... et puis elles l'avaient découpée... membre par membre... et puis mise à cuire... nous pouvions voir! elles en avaient déjà mangé... beaucoup!... lui aussi en avait mangé... le Revizor aussi!... entre deux séances de coups de pied... coups de bêche... il fallait qu'ils mangent tous les deux... qu'ils avalent!... l'un comme l'autre! et boire? le gendarme demandait... l'eau là-bas! une eau pas belle!... une eau de boue, noire, verte... tous les boyaux de Bleuette dedans, à tremper... bien des bouchères!... complètement vidée la bête, et mis les bons morceaux au feu, à rôtir... y en avait encore à griller!... elles arrêtaient pas de se faire des biftecks... combien d'évadées elles étaient?... bien une centaine, selon le vieux... « oh plus! » l'avis du Revizor... « bien deux cents! »... ça se saurait à Moorsburg, leur registre, leur nombre exact, le gendarme irait... plus tard... nous là y en avait plus une, sauf celle qui nous injuriait, de là-haut, d'en face... peut-être là-bas, j'ai dit, très loin, on pouvait en voir encore... et que ça poulopait les bougresses!... pas comme nous!... y avait pourtant des vieilles parmi, je les avais vues à Moorsburg, des archi-grand-mères publiques... tout ça très loin, pas une à la traîne, sauf celle d'en face... je regarde leur eau, l'espèce de mare... vraiment l'eau croupie, et pleine de boyaux... alors? et les biftecks sur le feu... plus des énormes morceaux saignants... peut-être quelqu'un avait faim?... au fait! peut-être?... les blessés d'abord!... je demande au *Rittmeister*... « *ja! ja!* » il a faim!... dans son état!... il m'épate... le *Revizor* aussi a faim... j'aurais pas cru... ils avaient pris le goût... les folles pétasses les dérouillaient deux fois par jour mais les gavaient de viande entre-temps... et leur faisaient boire cette bonne eau... nos romanis, nos récolteurs, hommes, femmes, mômes, sont bien attirés par les viandes... ils demandent à Kracht... s'ils peuvent goûter?... les biftecks qui grillent... et les énormes cuisses de Bleuette... ils osent pas se servir mais ils voudraient bien... ils ont des très tranchants couteaux, coutelas plutôt, courbés... Kracht demande au gendarme... « *ja! ja!* »... tout le monde alors! pas que le vieux uhlan, chacun son bifteck...! un romani qui découpe... petites tranches? minces?... ou des épaisses?... il nous demande notre goût?... on voit qu'il est à son affaire... en temps de paix il doit servir, il a du style... il doit être quelque chose dans un hôtel ou restaurant... ce qu'on préfère?... dans le gigot?... l'encolure?... il faudra en remporter, on pourra jamais tout finir... ça sera encore bon... on fait honneur, et puis voilà!... ces dames ne peuvent plus nous voir, dommage!... qu'est-ce qu'elles vont briffer elles là-bas?... elles la sauteront! sanguinaires garces, elles retrouveront bien un petit cheval! et peut-être un gendarme?... à la broche!... je veux faire rire Kracht... il rit pas... il a du ressentiment...

« C'est elles qui cuiront! »

Il peut courir!... elles sont au diable!... nous en tout cas il faut rentrer... on a retrouvé le *Rittmeister* et le *Revizor,* pas en bel état, l'un comme l'autre, un peu chiffonnés, assommés, mais en vie!... je crois, avec quelques fractures... on les trouvait pas, ou seulement deux jours plus tard, ils étaient morts... huit jours qu'elles étaient sur eux, au fond de cette crevasse, à s'amuser... le gendarme aurait pas vu la fumée, nous passions, allions droit devant nous... enfin tant bien que mal... on se faisait aussi kidnapper par d'autres putains, d'autres bagnes... il devait y en avoir... pourquoi pas?... une chose là nos deux numéros pouvaient pas se sortir de la glaise... ils faisaient l'effort, ils collaient... ils étaient un petit peu mieux, mais que sur le dos, et dans la boue... ils grelottaient... elles leur avaient passé leurs jupes, leurs tabliers, leurs camisoles... réhabillés comme elles!... elles leur avaient emporté tout, la redingote du Revizor et sa sacoche et ses dossiers... et tout l'uniforme du vieux, je vous ai dit, et son sabre, ses bottes, et son revolver... le gendarme prenait note, par là qu'elles se feraient ravoir elles essayeraient de revendre, fatal! je pensais : peut-être?... en attendant nous là, nous avions les deux englués, tabassés, concassés, comme!... des loques... pas question qu'ils marchent... heureusement nous étions beaucoup, on les porterait jusqu'au manoir... à dix au moins sous le *Revizor* autant sous le comte von Leiden... ils se trouveraient portés à bout de bras, pas mal du tout!... ils geignaient toujours... mais surtout du froid... l'automne, le vent assez fort, de l'Est... les corbeaux sont au-dessus de nous, et dans la crevasse... y en a partout... forcément, la viande... et des mouettes!... les mouettes c'est de Rostock... Warnemünde... du littoral... c'est par là Rostock!... je pense au littoral... chez Marie-Thérèse y a sûrement les cartes, et en relief... dans la bibliothèque du vieux... il a de tout, le vieux... pas que des cartes, des partitions de tous les opéras et ballets... et des romans, tous les classiques... et George Sand, Paul de Kock, Jules Verne, illustrés... Lili devait monter là-haut voir Marie-Thérèse... cette excursion subite, en dingues, qui avait tout bouleversé... cette poulopade aux betteraves... je pensais à ça de sillon en sillon, très en arrière des porteurs... on voyait déjà l'église, le cadran, les chaumes... qu'est-ce qu'on allait faire de ces deux délicats?... sans doute tout plaies et fractures?... une fois là-bas?... c'était mon affaire à moi de décider... je voulais d'abord qu'ils s'arrêtent!...

« La Vigue!... Lili! eh! nom de Dieu! »

Ils se retournent, tous...

« Attendez-moi! »

Ils veulent bien... ils déposent leurs deux écharpés... je dois dire maintenant le sol est moins mou, c'est plus de la bourbe, presque du gravier... je peux me tenir mieux... me voici!... alors?...

« Docteur, où vous voulez les mettre? »

J'y ai pensé... commode d'arriver à la traîne... l'esprit d'à-propos... la réflexion...

« Tous les deux en bas, au salon!

— Ensemble? »

Ils comprenaient pas... je leur explique, le très grand salon, celui de l'armoire, ils seront bien!... ils seront pas seuls, nous coucherons nous dans les fauteuils, Lili, moi, La Vigue... j'aurai tout ce qu'il faut à portée... ouate, ampoules, gaze... les fractures, je verrai... je pouvais pas m'en occuper là... tout d'abord, qu'ils ne grelottent plus!... les faire prendre par une ambulance?... billevesée!... « aide-toi et le Ciel! »... l'huile camphrée, j'avais... encore une boîte... deux boîtes... ça irait... je prends le pouls du comte von Leiden... et de l'autre... bien... bien faibles!... je demande à Kracht... « du rhum! » je sais qu'il a de tout quand il veut... c'est le moment! et « deux couvertures! »... je veux pas les recouvrir comme nous, d'un mètre de paille!... ils étoufferaient... le rhum est important, un grog... mais au fait, je pense, y avait un page au salon, le divan du vieux!... on y va... et ses couvertures? et ses polochons?... on farfouille, trouve rien... ce qui se barbote tout de suite, oreillers, draps, couvertures!... j'ai vu chez moi rue Girardon, à Saint-Malo, à Sartrouville... à peine vous hors, *pssst!* y en a plus! c'est fusées comme disparitions!... première main basse!... tous les grands redressements nationaux commencent par les vols de literie... à l'instant même!... vous retrouverez jamais un drap!... ni après la Convention, ni après la Terreur blanche, ni après celle de 44... un régime, un autre, tampons! mais les draps!... quelqu'un!... je dis à Lili...

« Perds pas ton temps, monte chez la dorade, tu lui diras qu'on a son frère, qu'il était loin dans la plaine, qu'il est malade, très, qu'elle descende le voir!... mais d'abord! d'abord!... qu'elle te donne deux couvertures, que c'est pas pour nous! que c'est pour son frère, que je vais pas le couvrir de notre paille que j'ai peur qu'il l'avale, qu'il étouffe!... »

Lili comprend, elle file... Kracht part aussi, chercher le rhum... le feldgendarme veut pas rester... *nein!... nein!* absolument pas? même pour goûter à notre faux jus, là chaud... même pour le coup de rhum qui doit venir... *nein!... dienst! dienst!* service! il devait ramener le *Revizor*, c'était fait!... pas rutilant, mais bien lui!... maintenant il a bien d'autres urgences!... d'abord et d'un, Moorsburg, rendre compte! et puis d'autres recherches... bien d'autres!... je lui demande si ils sont beaucoup?... je veux dire à son groupe, sa légion?

« *Nein!... nein! allein!* seul! »

C'est vrai j'en avais pas vu d'autres feldgendarmes... il pouvait un peu pouloper!... *allein! allein!* l'itinérant! *allein!* je le voyais, pas un gamin... il serait de la classe 10, à peu près... plus de cheveux blancs que moi...

« *Guten tag!... lebe wohl!* bonne vie! »

Il part... on se serre fort les mains...

Tout de même on a un peu mangé, là-bas,

dans cette crevasse... je récapitule... à propos qu'est-ce qu'ils ont fait de ce qu'ils ont pris, les autres? je les ai vus en emporter, chacun un morceau... j'ai jamais su... maintenant, moi aussi une urgence... faire bouillir ma seringue... où j'irai?... en face, à la ferme... ou chez Léonard, à l'étable... Léonard avait un réchaud, une sorte de *Primus*... ou chez la Kretzer?... j'irai où il faudra le moins parler, raconter, expliquer... terrible les explications!... tenez là encore, je vous explique... il faut!... et encore mille pages! je serais riche, je vous expliquerais rien du tout!... j'aurais pas de contrat, pas d'Achille... j'irais à la mer, je prendrais des vacances... fatigué, pantelant... tout le monde me plaindrait...

Alors?... pour moins parler?... je crois à la ferme, aux moujiks, on se comprend pas...

Tiens, le gendarme revient!... il nous resserre les mains, fort!... il se repent du trop sec « au revoir »... et *heil! heil!* il l'avait oublié aussi!...

Maintenant il se sauve... je reste seul avec La Vigue... et les deux là, sur le dos...

« Eh bien!... tu crois? tu crois? »

La Vigue me demande... il louche un peu... il voudrait aussi que je lui explique... j'aime mieux qu'il louche et qu'il se taise... mes deux clients respirent mal... un fait... irrégulier... je les ausculterai tout à l'heure... je ne me sens pas la force... La Vigue me demande si j'ai froid?

« Regarde la plaine!

— Eh bien! tu sais!

— Tu vois quelque chose?

— Non!... rien!

— Alors ça va!... mais attention! »

Je veux qu'il s'occupe... moi là qui vous raconte l'histoire je pourrais me taire aussi... d'ici de sous ma fenêtre j'ai plus la plaine à regarder... ni Zornhof... ni Moorsburg... ni les deux vieillards... où tout ça peut être?... et l'*Apotheke?*... et le Fontane, en bronze redingote? et Kracht?... et la dorade dans sa tour? et la petite Cillie?... personne sait... rien qu'en parler vous vous faites regarder drôle... vous avez été voir des choses, des gens, des domaines, des oies, qui n'auraient pas dû exister... vous auriez un peu de tact vous diriez rien de ceci... cela...

Les corbeaux sont rares par ici... les mouettes en grand nombre! planantes! haut du Ciel!.. aux premières tempêtes!... là-bas elles venaient de Warnemünde... ici elles doivent venir de Dieppe... des gens le disent... on le disait déjà autrefois... et de bien plus loin...

★

Évidemment même abrégeant au possible, je vous ai demandé beaucoup... lecteur patient, certes, presque attentif, ami ou ennemi, vous approchez de la millième page, vous n'en pouvez plus... butant, ma faute!... de-ci, de-là, d'un mot... un autre... au trop long cours de ce pensum... vous fûtes arrêté par un « merde »... oh, oh mais que vous fûtes satisfait!... pristi!... Théodule Ribot nous affirme « l'homme ne voit que ce qu'il regarde, et ne regarde que ce qu'il a déjà dans l'esprit »... de là de Ribot, à conclure que la ciboule du lecteur n'est qu'un gros étron, vous pensez, quelle pente facile!... répugnante vengeance!... surtout vers un auteur comme moi, honni au possible, par tant de plagiaires, jaloux tous poils, bords, droite gauche ou centre... dénoncé monstre ennemi de l'homme, traître à tout, de Cousteau condamné à mort, à Madeleine Jacob, muse des charniers, de l' « Huma » à l' « Écho du Pape »... rarissime que les hommes s'entendent... surtout les Français... notons, vous notez, vous ne les verrez jamais d'accord, sur les mérites, vertus, ou crimes, de personne!... de n'importe qui... même archi-saouls, dégueulant, roulant... que ce soit sur Landru, Petiot, Clemenceau, Poincaré, Pétain, Guillaume II, Mistinguett, De Gaulle, Dreyfus, Déroulède, Bougrat... controverses dialectiques, baveries, à plus finir!... le petit succès de mon existence c'est d'avoir tout de même réussi ce tour de force qu'ils se trouvent tous d'accord, un instant, droite, gauche, centre, sacristies, loges, cellules, charniers, le comte de Paris, Joséphine, ma tante Odile, Kroukroubezeff, l'abbé Tirelire, que je suis le plus grand ordure vivant! de Dunkerque à Tamanrasset, d'U.R.S.S. en U.S.A... tous ces pauvres films, soi-disant d'horreur, me font rire!... allons!...

allons ! rien ne m'est impossible décidément ! toute honte bue ! que je vous ramène là-haut en Prusse, où je vous ai laissé en plan... à mon histoire, si peu aimable !... à la chronique de ces espaces de boues et chaumes... aux petits faits, gestes et épouvantes de tous ces gens si disparus... comment ?... où ? de ces villages ?...

Maintenant, au sérieux !... ma seringue, là-haut... mes seringues ! j'allais les faire bouillir peut-être ?...

« Viens... La Vigue ! »

Il faut que nous traversions le parc... il fait déjà noir... la cour de la ferme... je frappe à la cuisine... et à la porte de l'escalier... je cogne... rien !... silence... ça va !... ils veulent pas répondre... tant pis !... à l'étable !... sûrement ils y sont !... les deux !... oui !... leurs voix... « salut ! »... on voit pas leurs têtes... ils n'ont pas de bougie... enfin, ils l'ont pas allumée... ils nous parlent, on peut pas beaucoup les entendre, à cause des cochons... ceux-ci alors font un concert !... de faim ?... de peur ?... ça grogne... on dirait qu'ils sont mille... Léonard a vraiment à me dire, à l'oreille, plutôt il me chuchote, mais très fort...

« Vous avez pensé à nous ?

— Oui !... oui !... oui !

— Alors ?

— Alors ?

— Ça suffit pas de penser à nous ! »

Brutal, je trouve... je devais leur apporter de ci !... ça !... j'avais pas eu le temps !...

J+L ((will Spritze aus-kochen)

« On va vous dire aussi quelque chose... »

Qu'est-ce que ça peut être?... les cochons grognent de plus en plus... je demande, je m'intéresse...

« C'est pas de cochons qu'il s'agit mais de penser à nous avant que ça se gâte! »

Presque menaçant...

« Vous avez pas une calebombe?... ni un " Primus "?... »

Je sais qu'ils ont...

« Non!

— Je voudrais faire bouillir ma seringue.

— Pour quoi faire?

— Pour soigner le vieux von Leiden... et le *Revizor*... on les a retrouvés dans la plaine!...

— Oui, on sait!... avec le gendarme!... ils ont qu'à crever!... mais nous?... mais nous, on n'existe pas?...

— Si! la preuve je vous ramène ce qu'il faut!

— Quand?

— Tout de suite! on va et on revient! mais d'abord mes seringues à bouillir!... d'abord!... et dix minutes! »

Ah, puisqu'ils sont catégoriques!... je les vois pas... ils se chuchotent encore... de nous, sûr!... si ils vont ou non?... oui!... ils veulent... Joseph va chercher leur « Primus »... tout dans le fond... voici l'instrument... il pompe... il pompe... et il allume... ça va... un peu d'eau...

« Dix minutes! »

Je commande...

« Pas deux! attendez qu'on revienne!... »

J+L wollen Luxuslebens-
mittel aus Schrank

(Gegen-
leistung:
Infor-
mation)

Le « Primus » donne une certaine lueur... là je peux voir un peu les deux... je les regarde, voilà, y a plus à chuchoter... Joseph me demande...

« Ils vont pas bien?

— Non pas du tout!

— Amenez le rhum et le gin et le pernod... tout ce que vous trouverez! et tous les cigares!

— Pourquoi?

— Harras va revenir! »

Ils en savent des choses!

« Bon!

— On pensera à vous! »

Qu'est-ce qu'ils peuvent penser à nous ces deux fienteux galapiats?... ça doit être chouette!... toujours à force de quiproquos, les seringues ont bouilli... pas dix minutes, mais au moins cinq, ça suffira!... j'aime mieux les prendre avec moi...

« Attendez-nous!... on revient tout de suite!... je vous rapporterai la casserole!... »

Nous reprenons la cour... et puis l'allée, le sous-bois... La Vigue me demande...

« Qu'est-ce que tu crois?

— Rien! »

Il fait moins noir que dans l'étable, les nuages envoient un peu de clarté... rose... et vert pâle... ce serait joli dans une fête... nous voici au péristyle... et au grand salon... tout de suite l'huile camphrée!... deux ampoules chacun...

« Lili, la bougie! »

Elle nous attendait... tout ce qu'il faut... enfin, presque... ma boîte d'ampoules... mais pas d'alcool, ni de coton... vite, chacun deux centicubes... ils ne vont pas mieux que tout à l'heure... toujours, ils respirent!... ils me semblent avoir un peu de fièvre... j'aurais dû prendre un thermomètre à Moorsburg... j'aurais dû faire beaucoup de choses à Moorsburg!... « ont-ils faim? » je demande à Lili... non pas du tout!... ils ont vomi... ah?... la viande?... l'eau? ils pouvaient! ils pourraient vomir encore... on verra plus tard, on a toute la nuit... pour le moment c'est de fouiller le meuble, de sortir la gniole et les cigares... en somme obéir à ces crouillats, les deux de l'étable, te les gaver!... pitié, des malagaufres pareils! enfin il fallait!... qu'est-ce qu'ils pouvaient avoir à dire?

« La Vigue, cherche un sac en bas!...

— Quel sac?

— Un sac à betteraves! un grand, un vide!

— Qu'est-ce que tu vas mettre dedans?

— Tout!... drope! »

Il se décide...

« Toi Lili, monte chez l'héritière, va à sa bibliothèque... redescends une géographie!... une grande, avec cartes!... la carte du Danemark surtout! dépêche-toi! »

Lili est jamais longue en rien... le seul hic, elle va me demander ce que je veux au Danemark... je lui dirai de se taire, elle se taira... La Vigue remonte avec deux sacs, deux énormes... il a bien fait!... je veux les régaler d'un seul coup nos deux sournois brutes, qu'ils soient schlass là : *ptof!...* qu'ils dégueulent tout, comme les vieux!... j'ai le sentiment qu'ils savent quelque chose... et dans le moment ça peut être qu'une petite finesse... on verra! ces deux « plus que louches » savaient mieux que moi ce qu'était au fond... j'avais jamais vraiment fouillé, juste pris les paquets de *Lucky*, jour après jour... et pas pour nous!... oh, j'avais prélevé en tout cinq... six cartons...

« La Vigue!... soulève! »

Je lui indique le pan du fond. . il force... il fait glisser... on voit!... si y en a!... pour des années!... cartons et boîtes!... l'Harras s'était pas tant magné pour rien, cavalé les airs!... dessous?... qu'est-ce que c'est dessous?... nos deux frisepoulets savaient, eux! un panier de champagne!... on va pas tout leur porter!... une caisse de pernod... oui!... cigares!... tout un plancher en boîtes de « havanes »!... plus, plus profond, caisses de sardines!... plein!... et boîtes de caviar... et jambons! nous n'avions rien vu!... ils savaient, eux! une vraie armoire d'Ali Baba! nous n'avions fait qu'effleurer... et pas pour nous!... pour nous?... *nichts! nix!*... le cas de le dire!... tout pour Kracht, et sous contrainte!... si on nous demande... un peu de *Navy Cut* pour la cuisine des *Bibel*... soit!... j'admets... s'il faut tout avouer!

La Vigue me trouve louf...

« Tu vas pas leur porter tout ça?... »

Il me voit en verser plein le sac...

« J'en laisse!... j'en laisse! »

Je laisse les trois quarts de l'armoire... au

moins!... y a du stock!... mais l'urgence d'abord!... servir nos goulus!... j'ai le sentiment qu'ils sont dangereux... je croyais pas au premier abord, maintenant je les vois sur un turbin...

« Allez oust! en route! »

Chacun un sac plein... je prends qu'une canne... en allant doucement, ça ira... on connaît bien le parc... même dans le noir... à tâtons... la piste dans les feuilles, le sentier... je remarque une lumière de calebombe... aux gitans, leur roulotte, à droite... rien aux isbas?... là-haut au ciel toujours le *vrrrrr* des « forteresses »... et les longs badigeons aux nuages... les projecteurs... et loin, très loin, les incendies... roses... c'est plus Berlin, la ville doit plus exister... même s'ils s'en prennent aux cratères!... je vous fais grâce des *braoum!* et *vrang!* je vous en ai assez fait!... fastidieux tonnerres!... et des tremblotements des feuilles, des futaies, de tout!... vous savez... ça n'a pas cessé, tonner et trembler, pendant six... huit mois... le jour... la nuit... je dis les feuilles, les pavés aussi... la cour... la mare au purin... l'étable...

« Vous voilà?

— Oui!... on a! »

J'annonce... qu'on perde pas de temps!

« Amène la bougie! »

Une toute petite... les allumettes...

Ils voient ce qu'on leur a amené... pas rien!...

« Ah, alors!... alors! »

Ils savaient qu'il y avait beaucoup... mais pas

tant!... champagne!... porto!... foie gras!... absinthe!...

« C'est pas fini! y en a encore!

— Ah pardon! pardon! »

Ils extirpent des sacs, tout!... l'étalage que c'est... ils regardent les bouteilles, les étiquettes...

« C'est pas fini!... encore plein!... hein, La Vigue?

— Oui!... oui!... une autre armoire! »

Il attige...

« Ah, alors, alors!... alors! »

Ça dépasse ce qu'ils imaginaient... ils s'assoient... Léonard prend l'autre par le cou... ils oscillent ainsi, ils se balancent... ravis..

« Ah, ça va fort! »

Ils en reviennent pas!...

« Qu'est-ce que vous en dites? »

Ils posent des questions!

« C'est de la vraie absinthe? »

Léonard veut pas être trompé...

« Soixante-dix degrés! vous savez pas lire?... merde!

— Bien sûr!... bien sûr!... on sait lire! y en a d'autres, vous dites? »

Léonard veut pas me vexer.

« Vous voulez qu'on vous en ramène? »

On se parlait dans le noir, bougie éteinte...

« Oui! oui!... mais nous appelez pas... on saura que c'est vous... jetez tout là par là!... »

Le tas de paille à gauche...

J+L als Freßsäcke

Ils se méfient encore... moi aussi, zut!... qu'ils crèvent!...

« Vous en ramenez d'autres?

— Oui! »

J'entends que l'autre farfouille dans sa poche, Joseph... c'est un tire-bouchon qu'il cherche...

« Je vais l'ouvrir! »

Plof! il l'a!... *mgnam!* il goûte!

« C'est de la bonne?

— Oui!... vraie! »

Il était temps, j'allais partir!... l'autre maintenant goûte, Léonard... *mgnam!*

« Alors Léonard maintenant dis?... y a un secret!... on a attendu!... assez de manigances! »

Je crois que c'est le moment d'attaquer...

« Vas-y!

— Vous comprenez, c'est pas tout... on va partir, nous aussi... »

Ah, ça vient!

« Toi et Joseph?

— Oui! »

Quelle direction?... enfin ça les regarde! ils veulent boire tout et tout fumer... avant de partir?... l'idée?... non, c'est pas ça!... ils veulent emporter les fioles!... comment et où?... avec une brouette?... c'est leur affaire!... mais nous là-dedans qu'est-ce qu'on fabrique?... leur amener des sacs de pernod?

« Écoutez, vous deux!... vous trois!... laissez pas votre femme au manoir... demain soir les gens de la roulotte vont donner une comédie pour le Landrat et les von Leiden..

WARNUNG VON J+L

— Je croyais que c'était supprimé...

— Bidon!... tout le village y sera!... Kracht aussi!... contrordre de Berlin!... ils y seront tous!...

— Berlin?

— Oui!... oui!... quittez pas Kracht!... ça se fera chez les *bibelforscher*, à leur scierie... vous connaissez!... au *Tanzhalle*... qu'on vous voie là-bas tous les trois... bien tous les trois! et partez pas avant la fin!... pas avant la fin!... voilà ce qu'on avait à vous dire!

— Je croyais que c'était remis?...

— Non! la preuve, c'est demain soir!... quittez pas Kracht... et maintenant dites, rentrez chez vous!... vous aurez pas le temps de revenir... ils vous ont vus de la roulotte, sûr!... ils voient tout!... revenez pas!... demain en passant, vous allez toujours aux gamelles, dans votre benouse planquez une boîte...

— Quoi?

— Cigares d'abord!... vous balancez loin!... ça fait pas de bruit... à gauche!

— Que des cigares?

— Oui, d'abord... après on verra... vous parlez pas, vous?

— Non!... jamais! »

La preuve, que je donne pas leurs noms... je pourrais... leurs véritables... pourtant après bien des années...

Ça que je suis fort : mémoire, discrétion...

keine Anerkennung für Cs medizin. Leistungen

*

Je pensais qu'ils allaient parler de notre expédition, etc... que nous avions retrouvé le vieux... et le *Revizor*... qu'ils commenteraient à un point que je serais forcé de les faire taire... basta!... pas un mot!... ni à table, au *mahlzeit,* ni à la scierie, ni le sergent manchot, ni aucun des *bibelforscher*... motus!... ni la Kretzer dans sa chambre... comme s'il s'était rien passé... pourtant la Kretzer, la carne, une furie aux commérages... zéro!... sûr, certainement ils le font exprès, aucune allusion... personne me demande s'ils allaient mieux les deux, comment la nuit s'était passée?... même l'héritière dans sa tour, pourtant assez affectueuse, qu'avait l'air de tenir à son frère, avait donné des couvertures, mais était pas descendue le voir... non!... le *Revizor* non plus, personne avait rien demandé, si y avait espoir qu'il se remette?... les Kretzer, pourtant premiers intéressés puisqu'il venait vérifier leurs comptes, tous les registres de la *Dienstelle,* auraient pu être un peu curieux... non! pas un mot!... elle pourtant si hystérique, si aux aguets... on nous laissait bien tous les trois, Lili, moi, La Vigue avec nos gisants, nous n'avions qu'à nous débrouiller!... Kracht, il faut le reconnaître, se montrait un peu plus soucieux... il savait que question « huile camphrée » je serais bientôt à court... ils n'en avaient plus en Allemagne, ni chez Athias à Moorsburg, ni à

Berlin, mais lui avait du « cardiazol » dans sa réserve personnelle... le « cardiazol » est assez dangereux, toni-cardiaque certes, mais brutal... enfin à bout d'huile, le « cardiazol » valait mieux que rien... fourni par Kracht?... je pouvais encore me demander... mais zut!... doutes partout, alors?... je prépare la solution, ma seringue, j'injecte, aux deux... aussi avachis l'un que l'autre... ils sont mal en point, on peut le dire... les filles folles les auraient achevés si on n'était pas survenus, avec le gendarme... enfin ils ne valaient guère mieux... sûr ils étaient brisés ci... là... crânes, jambes, thorax... je voyais bien des petits traits de sang... mais j'allais pas trop les palper, les faire souffrir, pour quoi faire?... leur tenir le cœur à peu près battant, c'était tout, c'était déjà bien... « cardiazol »... celui de Kracht... à toutes petites doses... première injection... je les ausculte... pas d'incident... nous pouvons aller aux gamelles, on verra eux ce qu'ils ont à dire, là-bas... si c'est exact que la soirée est rétablie, le festival gitan?... s'ils repréparent leur salle?...

« En avant La Vigue!... toi Lili, reste, on sera pas longs! va nulle part, bouge pas... regarde, écoute s'ils respirent bien, les deux... si t'entends qu'ils hoquent ou qu'ils appellent... saute me chercher!... tu sais où, au *Tanzhalle!* »

Ça va donc!... dans le parc, personne!... à la route, quelques ménagères... elles font la causette... elles nous connaissent... elles nous regardent pas... les oies aussi nous connaissent...

elles trifouillent le fond de leurs mares, remuent toute la vase, elles montent même plus jusqu'à la route nous insulter, elles battent plus des ailes, c'est l'indifférence, nous passons... nous voici au *Tanzhalle*... vite nos ganetouses!... je demande au sergent cuistot « vous vous préparez pour demain? »... je pourrais un petit peu me douter!... c'est plein de *bibelforscher* là-dedans et qui rigolent pas!... en plein ménage... à sortir des caisses, et de ces bastringues d'outils, fraiseuses, tous!... et à ratisser, balayer, et vas-y! y a quelque chose comme détritus! des années que les ordures s'entassent, des années aussi qu'on ne danse plus... ce *Tanzhalle* a servi à tout, casernement, Intendance, stand de tir, scierie, jeu de boules... il leur faudra au moins deux jours rien que pour y voir clair...

« Vous serez prêts demain?

— Demain?... pensez-vous! ce soir! »

Je veux bien... à leur aise!... ils ont pas dit mot, je remarque, ni du *Revizor*, ni du uhlan von Leiden... ils savent pourtant, sûr!... c'est pas moi qui vais en parler! on s'en va... « *guten tag!* salut! »... on repasse devant les ménagères... mêmes trombines, les regards ailleurs... elles nous voient pas...

Au manoir, à nos deux concassés, tout de suite! ils sont pas plus mal... cependant, ils auraient dû reprendre connaissance, et c'est pas le cas... ils sont sonnés c'est entendu, mais avec le « cardiazol » ils devraient au moins ouvrir les yeux... et même avoir changé de côté... je demande à Lili... non!... ils ont fait sous eux, c'est tout... ils ont bu une cuillerée d'eau... mais pour manger, ils ont refusé... j'essaye, je leur présente un peu de soupe... non! ils refusent... je peux pas dire : mauvaise volonté!... mais dégoût... alors ils ont qu'à attendre!... on a justement à faire, nous, on n'a pas qu'eux!... capricieux loques!... notre *mahlzeit, heil!*... et d'abord l'étable, nos zigotos si inquiétants, nos petzouilles pirates... que d'activité, palsambleu!... quand je compare ce que je suis devenu, presque aussi croulé que le vieux von Leiden, uhlan-la-godille, je me dis : ça a été vite!... que l'existence m'a durement mené!... c'eût pu être pire, bien sûr, à Buchenwald ou à Montrouge... la suite, on verra!...

Au moment là, les cigares!... chacun deux boîtes, des longues, des « Cuba » on a pas de mal à se les caser derrière nos ceintures, on n'a pas grossi... La Vigue porte des benouzes fuseaux à la gauloise, il serait à la mode à présent... moi des très larges, velours à côtes, d'avant 14, « terrassier-artiste »... mais j'ai plus de bas de pantalon, ils sont restés dans les betteraves, à ramper... je peux me mettre trois boîtes dans la ceinture... La Vigue aussi, mais deux suffisent... nous voici devant l'étable... je lance toutes nos boîtes vers où ils m'ont dit, tout au fond, pardessus les porcs... les porcs grognent pas, ils dorment... les oies aussi dorment, le long de la mare à purin... jamais ça a été si calme... on a lancé nos *Havanes,* maintenant le *mahlzeit!* .. là, on va entendre quelque chose!... ou bien ils moufteront pas, exprès!... pourtant on a ramené l'uhlan... et le *Revizor!* y aurait un peu à commenter... on a fait fuir les cent femmes folles... qu'étaient prêtes à bouffer les deux... les trois!... je compte Bleuette... et que tout ça fut abominable, éreintant, dangereux... je parle pas de reconnaissance, d'effusions, non!... mais d'un mot : bravo!...

Zébi!...

Au portemanteau comme d'habitude je remplis l'étui-revolver, *Lucky, Navy,* et trois *Havanes...* je veux gâter le Kracht! j'en donnerai aussi aux commères en passant allant à la soupe, les dérider!... aussi à tous les moujiks... et aux cochons!... qu'il me reste plus rien dans l'armoire!... puisque le *Reichsgesundt* s'en fout, et de nos mille soucis, au Portugal ou au Diable!... hardi!... hardi!... les *Lucky!...* on vide nos poches!... maintenant à la soupe!... j'attends qu'ils me demandent des nouvelles... comment vont nos deux amochés?... et nos aventures dans la plaine?... comment nous en sommes sortis?... ils me demandent rien... ils parlent de tout, sauf de ça... de petites sottises de leur travail, qu'ils ont perdu une quittance... qu'un tampon leur manque... que la soupe est meilleure au cumin... pourtant le *Revizor* devrait les intéresser, lui qui supervise leurs registres... pas du tout!... je me risque... « il va mieux! » personne répond, les nez s'abaissent... ils veulent rien entendre, c'est tout... je comprendrais du *Rittmeister,* sa fugue de chienlit... son galop à travers la plaine, sabre au clair... mais le *Revizor,* délégué du Reich, lui s'était tenu impeccable, rien à lui reprocher! victime des petites gares et des vérolées en folie... j'attendais la Frau Kretzer, bien remise de sa crise, descendue pour le *mahlzeit,* celle-là alors, championne aux ragots, ce qu'elle allait pouvoir déconner?... j'incite... je provoque même...

« Ils vont bien mieux!... les deux! »

Elle non plus! m'entend pas! c'est elle qui me pose une question... rien à voir avec mes deux vioques...

« Vous y serez aussi, vous Docteur?

— Où?

— Mais à la soirée des gitans!

— Oh, je pense bien!... moi et ma femme et mon ami! et mon chat! »

Y a de la petite manœuvre... je veux couper court, qu'ils soient fixés... elle d'abord, cette furieuse jacasse... et que ça se répète!... qu'on sera tous au *Tanzhalle!*... pas un qui restera au manoir!... tous aux gitans!... tous les trois!... j'ajoute!

« On se fera faire l'avenir! j'y crois!... vous aussi Frau Kretzer?

— Certainement! certainement Docteur! »

Ah, que c'est donc drôle!... pas tant! pas tant!... où je veux en venir? j'attaque Kracht...

« Avec vous n'est-ce pas mon cher?

— Certainement!... certainement, Docteur! »

Il peut pas dire non... j'ai mis toute la table

mal à l'aise avec mes histoires de la plaine et des deux chnoks, mes informations de leurs santés... j'aurais pas dû parler d'eux... tous là savaient quelque chose, le nez dans leurs assiettes, d'abord qu'il ne faut rien dire du tout de ce qu'est plus ou moins militaire... moi je sais le principal, que je quitterai pas Kracht d'un pouce, Léonard est au courant de quoi?... de qui?... du retour d'Harras?... douteux je pense, menteurs comme ils sont ces deux apaches à bougies... on verra... en tout cas, au *Tanzhalle* ils disent rien... et sûr ils sont affranchis... pas que de la récréation gitane, la fête du « Moral par la Joie », programme Göbbels... à la ferme aussi ils se taisent... et Marie-Thérèse est pas descendue nous voir... je l'ai demandée, pour son frère... rien!... à propos, sa géographie?... Lili en a trouvé une, splendide, elle l'a descendue au salon, j'ai qu'à regarder... j'y vais, vraiment un important ouvrage, tout le Brandebourg, Schleswig... les côtes, les ports, les fonds... bien ce que je cherchais... mais encore la soupe!... à la soupe! Kretzer nous verse deux louches chacun... la « Force par la Joie »!... je me sens tout mutin... je lui répète... je récidive!... je la fais rire... son rire à elle... vieille hyène, profond, gras... zoo... mais elle refait pas son numéro d'aller insulter le tableau, le formidable portrait.. on a plus droit à la grande crise... je vous dis : il se prépare du nouveau... ne restons pas là, on trouverait que nous sommes responsables! *heil! heil!* debout et à nos chers malades...

Identifikation mit Revisor als Opfer der Horde

voyons au salon!... les deux brancards... le *Revizor* est un peu mieux, et même il peut me dire quelque chose... je m'approche... « vous savez, il ne respire plus!... » le *Rittmeister* son voisin... j'ausculte... si, il respire mais par à-coups... le cœur faible et irrégulier... j'hésite à lui faire une piqûre... j'attendrai...

« Il doit avoir le crâne fêlé, vous ne croyez pas? elles lui ont frappé fort la tête!... deux fois par jour!... à dix!... à vingt!... »

Lui, le *Revizor* va beaucoup mieux, la preuve l'intérêt qu'il prend à ce qui se passe...

« Pourquoi cette femme rit? »

La Frau Kretzer qu'il entend... rire!... rire! à travers un... deux... trois murs...

« C'est la femme du chef-comptable, elle rit pour la " Force par la Joie "!...

— Ah, le chef-comptable... »

Il réfléchit... lui, je ne lui ferai plus de « cardiazol »... il me dit qu'il a mal à la jambe... je regarde... le péroné... un trait de fracture... je ne peux rien faire...

« Herr Revizor, restez tranquille, ne bougez plus... dans quelques jours nous verrons... »

Des bonnes paroles...

Lui je crois est un homme sérieux... pas le birbe fol comme l'autre, uhlan prêt à reprendre Berlin, et faire qu'une bouchée des cosaques... cézig grisonnant, le fonctionnaire ponctuel et c'est tout! venait voir les comptes... et qu'était tombé sur la horde des furies pétasses... elles l'avaient pas haché menu, mais l'esprit y était... oh, il se rendait compte!...

« Vous êtes français?

— Oui! oui! oui!

— Vous êtes réfugié?

— Certainement!

— Ils m'ont parlé de vous à Berlin... »

Je veux pas le fatiguer... je veux qu'il dorme...

« Demain, nous parlerons! »

Dehors c'est toujours pareil, l'aller et retour des « forteresses »... acharnement... et *braoum!*... l'autre hyène Kretzer en finit pas... elle veut qu'on l'entende, elle sait qu'on l'écoute... *Ach! ach! braoum!* les bombes lui font piquer de ces rires!... je vous dis : à travers deux trois murs... nous autres au moins avec nos écorchés pantelants on nous fout la paix... pas tant! pas tant! d'un coup ils s'esclaffent! tous! positif! une marrance subite! en bas!

Mais nos affaires!

« Lili, la géographie! »

Ce morceau!... ce poids!... elle a du mal à me l'apporter...

« Et la bougie!... et un crayon!

— Qu'est-ce que que tu vas faire?

— Tu vas voir! »

Assez simple! je vais recopier comme à l'école... à l'école c'est encore plus simple, on décalque... là, je vais faire très attentivement... je pourrais déchirer la grande page... certes!... deux pages même!... tout le Brandebourg Sud... Nord... le littoral... les villes... les rails... tout le

Mecklembourg et Schleswig... Rostock surtout!... Warnemünde, le port... et le Danemark, en face!... je pourrais découper... elle doit pas la regarder souvent sa géographie!... peut-être tout de même... on ne sait jamais... j'aime mieux recopier... je serais mieux dans l'autre salon au fond, une plus grande table... à côté... on emporte tout, on étale... ça va!... je m'applique...

Les Mahlzeit s'esclaffent toujours... on les entend... à propos de nous?... sans doute!... alors?... ce qu'est important c'est les noms, que je les épelle bien... Nordenborg est pas Nordborg... le port du Danemark d'arrivée... le bateau de Rostock... je connais cette ligne, je l'ai prise en temps de paix... Copenhague-Berlin... mais en ce moment?... ils ne passent plus du tout par là, peut-être?... Lili regarde comme je m'applique... elle ne pose pas de questions... La Vigue, le divan en face, assis, me pose pas de questions non plus, mais il arrête pas à chaque *braoum!* sur Berlin de commenter... sa réflexion, en écho, comme ça : « à côté!... à côté!... » il en sait rien! si c'est à côté! ils peuvent taper juste!... en tout cas il louche à chaque coup... là, assis, baisse la tête... redresse!... *broum!* « à côté! »... il était pas question de dormir... j'avais à aller voir mes deux étourdis de la pampa... et fignoler encore mes cartes... surtout les petites îles sud-Baltique... La Vigue arrête pas de faire sa remarque « à côté!... à côté!... » et il me demande la bougie!... culot!... on a qu'une!...

« Robert! Robert! tais-toi!...

— Et les autres, tu les entends pas? »

Il veut dire la salle à manger... les éclats de rire...

« De nous qu'ils se marrent! nave!

— Et les vieux? ils pleurent eux, alors? »

C'est mieux que je me taise... on n'en finirait jamais...

★

« Dis donc Ferdine, regarde mon front! »

La Vigue me demande... il doit être cinq heures... on peut pas dire qu'on a dormi... eux, peut-être?... j'ai dû souffler la bougie vers deux... trois heures... j'ai eu le temps de recopier les cartes... qu'est-ce qu'il a au front?... je rallume... je le vois son front... rien!... peut-être un peu de rouge vers une tempe... une marque de doigt...

« Où tu t'es fait ça?

— Pas moi!... les gens!

— Quels gens? je les aurais vus! personne n'est venu!...

— Moi je les ai vus!... toi tu vois rien! »

Sa manie qui le prend, les apparitions...

« T'es Bernadette, fils!

— Non pas Bernadette mais j'ai vu! »

Je sais jamais si c'est du mensonge ou si vraiment il y croit... sa manie de bluffer... ou s'il est victime?... en tout cas il ferait pas bon que je le contredise... il casserait tout... je le laisse m'étonner... je fais : ah?... ah?... il me raconte, pendant qu'on dormait Léonard et l'autre sont entrés ici au salon, et le géant russe, Nicolas... ils ont tout fouillé, les commodes, l'armoire et ils ont volé plein de bouteilles... et ils se sont sauvés... mais il s'est mis en travers!... mais oui! y a eu grande lutte, d'où je peux voir ses marques rouges au front...

« Oui, oui La Vigue! je les vois! »

Je le regarde bien, il est malade... je veux dire très nerveux...

« Dis Ferdine, je suis dans le rêve!... me trouble pas!... t'y seras aussi, comme moi!... Lili aussi! Bébert aussi!... tous les quatre dans le rêve!... c'est pas beau?

— Si!... si!... splendide! je vais voir l'armoire! »

Oui!... en effet... je vois... on y a farfouillé... mais qui?... je crois pas Léonard ni Joseph... d'autres visiteurs... mais quels?... Léonard Joseph se risqueraient pas... je crois pas... ils aiment mieux nous envoyer nous... lui là La Vigue de me raconter cette lutte de nuit, il en tremble... en « état de scène »... il louche comme dans son dernier film... même plus, il me semble... d'habitude c'est au petit matin qu'il a son accès...

« Le rêve Ferdinand!... le rêve! je vous emmène tous!... tu vas voir avec d'autres yeux!... tout, tu vas voir!...

— Je veux bien La Vigue!... ça va être bath! »

On avait besoin! question divaguer, entendu!... sa nature... pas à discuter!... il était arrivé des choses... mais quelles?... je ne saurai jamais!... ça se calmerait dehors, à l'air... il devait faire assez froid dehors...

« Tu sais Ferdinand les *braoum*... je les ai comptés!... tu sais combien il y en a eu?

— Non!... dis-le-moi!

— Deux mille deux cent quatre-vingt-sept!... tu peux pas dire moins!

— Non! certainement!

— Eh bien!... je me goure! trois mille quatre cent quatre-vingt-douze!...

— C'est un chiffre! »

Nous sommes dehors... oui il fait froid... je voyais, ça allait pas mieux... il louchait pire...

« Dis donc, on va à la ferme? »

Je veux qu'il bouge...

« Pour quoi faire?

— Regarder s'il y a du nouveau... tu sais, ça se peut!...

— Alors donne-moi le bras, me lâche pas! »

J'étais moi-même pas très d'aplomb...

« Pourquoi?

— Parce que tu comprends, je suis heureux!... je sais combien il en est tombé!... »

Il me tiendrait là encore des heures à me raconter le chiffre, les chiffres, j'aime mieux qu'on avance... mais on a pas regardé les vieux... avant de sortir!... on revient sur nos pas... là, ils sont tranquilles... enfin il me semble... ils dorment... par à-coups je dirais... ils respirent par à-coups aussi... leurs fractures doivent les réveiller... et ils retombent...

« Lili toi tu vas remonter les Atlas... et tu demanderas à la dorade si elle descend? et si elle va à la soirée?

— Vous, vous serez longs?

— Oh, y aller!... revenir!...

— Pour quoi faire?

— Voir si ils sont partis?...

— Oui... tu as raison... »

Je lâche pas La Vigue... je dois dire il est drôle... plus que d'habitude... il marmonne... il compte les échos... il était déjà tout en tics... maintenant il est comme automate... « en rêve » qu'il a dit... un état!... pendant qu'on y est, moi aussi!... Lili aussi!... on verra!... mais lui La Vigue, rêve pas rêve, est à se méfier... toujours on va voir Léonard... qu'ils soient venus, lui, Joseph et le moujik, je crois pas... je répète... qu'on ait farfouillé, sûrement... mais qui?... les marques à La Vigue, son front?... il s'est peut-être cogné quelque part?... pas grand-chose... il a voulu les empêcher, qu'il dit... je peux rien faire aux deux ratapoils... ils geignent un peu... en revenant je leur ferai une piqûre, ils dormiront... enfin, on s'en va... le parc... La Vigue arrête pas de grommeler... « ce que je suis heureux! » et de me demander... « t'es pas heureux, toi?... » je le rassure... « oui!... oui!... » enfin la cuisine... je cogne et recogne!... personne! à l'escalier d'Isis non plus! nous longeons la mare à purin... aux étables, j'appelle... rien!...

que les cent et quelques porcs... ça grouine... nos arsouilles sont peut-être au fond, veulent pas répondre?... demi-tour!... encore le parc, nous revoici au salon... Lili y est déjà... Marie-Thérèse nous fait dire de pas nous éloigner, qu'elle nous descendra des gâteaux, qu'en même temps elle verra son frère... La Vigue louche toujours...

« Délouche! tu peux!

— Non!... je ne peux pas!

— T'es toujours heureux?

— Oui!... toi aussi?

— Oui!... cabotin! »

Je l'attaque pas plus, je le réveillerais... il dit qu'il rêve, il prétend bon!... je le laisse... nous n'irons pas au *mahlzeit*... je décide... on attendra le soir... je veux pas revoir la Kretzer, réentendre son rire... pas que je sois tellement délicat, mais l'hystérie certains moments amène des drames... ce qu'elle veut cette Frau!... on finira notre gamelle ici, au salon... la séance est à huit heures, il faudra que j'attrape Kracht à sept heures et demie... et qu'on ne le quitte plus d'un pouce... je ne sais pas pourquoi... je ne suis pas, de loin!... si doué que certaines personnes qui savent comme par ondes ce que l'avenir fricote... mal ou bien... plus sûr que le marc ou les cartes... naissances, fille, garçon, gros lot, attentat, cancer, passage à niveau... je serais un petit peu intuitif, peut-être, mais pas plus... je suis trop sceptique... mais là dans le cas, je ne doute plus, c'est plus à rire... les deux bouzeux à la chandelle nous avaient prévenus ce qu'il fallait... pourtant deux satanés faux jetons!... bien avertis que nous sommes!... « ne pas bouger en attendant! » bien! bon!... en attendant, encore une boule!... La Vigue découpe... toujours rêveur... nous regardons la plaine...

« Dis Ferdine, c'est pas à croire ce que je suis heureux!... toi aussi n'est-ce pas Lili?... hein, crois-tu pote?

— Aux anges cher La Vigue! aux anges! »

C'est un peu moins bruyant là-bas, Berlin... mais toujours en lumière, aux nuages... rose d'incendies et jaune de soufre...

« Ce que je suis heureux!... »

Il répète...

« Je t'ai dit, aux anges!... nous sommes bénis!... »

Pour des mouettes, y en a!... par grands envols... et encore d'autres!... elles planent... s'abattent... les corbeaux se sauvent...

« La Vigue tu vois une plaine comme ça... c'est infini!

— Infini?

— Non!... pas infini!... de la Somme à l'Oural!... »

Je veux le faire réfléchir...

« Oui! oui!... t'as raison!... mais Ferdine est-ce que t'es heureux? »

Que ça qui le tracasse... le temps passe... on a fini nos gamelles, à fond... là-bas à la ferme, j'y pense, le cul-de-jatte et sa femme étaient en train de se faire « l'avenir »... parbleu!... on

Imbiß vor KdF-Abend

pouvait toujours y aller!... défoncer le battant!... d'abord c'est pas qu'eux, c'était tous qui interrogeaient les brèmes... les ménagères donc! brise-bise rabattus!... les gitans, virtuoses!... elle l'Isis et son cul-de-jatte tellement dans les cartes étaient pas à voir!... l'épicière, une habituée!... deux, trois jeux derrière ses « faux-miel »... on comprend qu'ils ne soient pas tranquilles, mais s'ils étaient à notre place! la preuve La Vigue, qui dessous sa dinguerie se rend compte, ose plus voir les choses comme elles sont...

« Dis Lili, notre dorade là-haut se fait pas les cartes?

— Tu peux le dire!... elle arrête pas... »

J'étais sûr...

« Pour ça qu'elle est pas descendue... pas le temps!...

— Faut pas être en retard! »

Ils ont dit au *mahlzeit* qu'il y aurait un petit casse-croûte à la séance récréative... pas sûr du tout!... en tout cas on piquera le Kracht et on le lâchera plus!... je suis con, mais le godiche décidé!... pas toujours, hélas! les fois où l'hésitation m'a pris je me repens encore...

J'entends des pas dans le vestibule... vers le *mahlzeit*...

« Hop! on y va! »

En fait nous sommes à l'heure exacte... même avant tout le monde... la table est mise... plein de *butterbrot*... on nous gâte!... quatre piles de sandwichs « margarine-rillettes »... ça peut aller!... ah, voici les autres!... notre doche

KdF - ABEND

héritière, la Kretzer et son mari, et tout le personnel *dienstelle*... pas un manque!... je suis un peu étonné... tous!... et Kracht!... lui! bon! *guten tag! heil!* peut-être un petit peu de moustache?... il se la serait remise?... sa mouche à l'Adolf?... non, je vois, il ne s'était pas rasé... prudence?... bouderie?... pas de commentaires, ça me regarde pas... mais ce qui me regarde : les deux gravos... si ils clabotent en mon absence, pataquès sûr, ce que j'aurais dû et patati... j'attaque carrément... à voix haute... qu'ils m'entendent tous...

« Kracht, cher ami... vous allez à cette soirée?... tout le monde y sera!... nous aussi!... mais je vais vous demander...

— Je vous en prie, cher Docteur...

— A l'entracte!... y aura des entractes... je vous demanderai de faire un saut jusqu'ici pour voir nos malades... je ne veux pas les laisser seuls longtemps... vous avez bien entendu?

— Mais certainement, cher Docteur!... »

Voici qui est net!... personne moufte... plongés qu'ils sont dans leurs sandwichs... ils se régalent... ça va!... Kracht regarde sa montre... presque huit heures... y a assez longtemps qu'on se prépare!... il a pris ses lampes électriques... ses « torch », une très grosse... il a droit aux « torch » lui, S.S... alors, en avant!... le *Landrat* doit venir, présider... il y est peut-être déjà... la « Force par la Joie » n'est pas un simple divertissement, c'est une soirée « pour la Victoire » sous l'haut patronage de Göbbels... nous verrons bien!... je serais surpris qu'ils nous amusent... mais pas à bouder!... bien applaudir!... en même temps que Kracht!... j'étais pas tranquille... une chose, laisser les vieux là, sans personne... je peux pas les emmener!... ça sera pas long à être l'entracte, je crois, je reviendrai voir avec Kracht, c'est entendu... alors en avant! encore le parc, puis le village, les ruelles, tous ensemble... nous passons devant l'épicière, la *wirtschaft*, l'église... nous trébuchons, butons pas mal, plus qu'en plein jour... forcément... Kracht pourrait nous éclairer... il veut pas, il a peur de se servir de ses « torch »... il paraît qu'on les voit de très haut, des nuages... j'entends les voix des dactylos, en avant de nous... j'entends pas Isis, ni le cul-de-jatte, ni la comtesse Tulff-Tcheppe... ils doivent être déjà au spectacle... le *Tanzhalle* peut pas être loin... Kracht pourrait nous éclairer, on trouverait tout de suite... il refuse... c'est à tomber dans une mare... y a aussi les buttes à betteraves... en terre molle... Kracht veut pas!... soi-disant les « forteresses »!... salut! y a longtemps qu'elles savent où nous sommes, putaines « forteresses » si elles brûlent pas ce foutu hameau c'est qu'elles veulent pas!... Kracht déconne!... son *Tanzhalle*... après où les routes se rejoignent... oui!... la guitare!... oui!... oui!... ils sont déjà à la musique... « *Hier! hier!* par ici! » et ils nous appellent... leur porte!... un rien! une lampe à souder devant la porte!... nous entrons... grand allumé, ce hangar! aux quatre coins! à l'acéty-

ZIGEUNER
(vgl. Tugenden)

lène!... « la porte! la porte! »... d'autor on se fait agonir! et leur lampe eux? dehors? ça, ils regardent pas! tant pis dehors, mais qu'on referme la lourde! à leur aise, flopée de choucroutes! maintenant là, la salle, je vois tout le plateau... je vois que ça... blafard... question du public je peux rien discerner, que des nuques d'hommes et des chignons... ces phares à l'acétylène sont d'une violence! l'effet noir blanc... vous êtes aveuglé... mais on voit les romanichels... hommes... femmes... mômes... le vieux à cheveux blancs qui s'intéressait tant à Lili... à ses castagnettes surtout, et à sa bague... toute la tribu je crois est là, tassée, les vieilles dans le fond, les jeunes devant... je pense qu'ils vont danser tout de suite... un fandango!... une grosse houri chante... une gitane ou une Hongroise pas jeune, grosse, grasse, de ces bourrelets!... et des bras d'homme, un ventre pour au moins trois fibromes... des nénés, une bouée!... elle chante une romance brandebourgeoise... ce que me dit Kracht... pas une vilaine voix, même claire et un charme... elle relève sa jupe... haut!... elle va nous danser quelque chose... le vieux annonce : une séguedille!... vive! très!... des talons!... des nichons!... elle martèle!... toute la scène en tremble... une femme dans la cinquantaine... pas laide même encore assez jolie... et un chaud tempérament... bien plus de feu que les fillettes autour... les fillettes autour ont beau sortir d'une roulotte on voit qu'elles pensent à autre chose... pas les tempéraments de feu, du tout!... se marier gentiment je crois, les petits soins, les grands magasins, le coiffeur, se faire teindre en blond, houblon... s'établir, se faire respecter, fonctionnaire quelque chose, aux postes, vendre des timbres... pas gesticuler là pour nous, pignoufs! sur un plateau vous voyez tout, tous les avenirs, tous les désirs... le théâtre trompe pas... peut-être encore un peu faucher aux étalages, question de rester dans la note... pas trop, pas de scandale!... les garçons aussi, sont plus ça, gitans tragiques!... ils guinchent entre eux, frotti, frotta, la *jota* pédé... « tout finira par la canaille »... pardi!... pas besoin de Nietzsche, vous pouviez être sûr à Zornhof... la grosse nichonne, la cinquantenaire croyait encore au feu sacré, la jeunesse plus... la salle demandait qu'à comprendre... que la grosse aux nénés se retrousse davantage, plus haut! plus haut! ils réclamaient! qu'elle empoigne un des pédés et qu'elle l'embrasse sur la bouche!... *küss! küss!* ça qu'ils veulent! exigent!... elle en empoigne un... il fait la grimace... elle le gifle! voilà du spectacle! yop! mon ami!... toute la salle hurle! hurra! hurra!... couples de garçons!... couples de filles! frotti-frotta! en avant la danse! la fougue! vraie de vraie!... on est évolué à Zornhof!... transe de transe!... on aurait pas dit... ah le moral, un fameux coup! s'il est remonté!... quelque chose!... pas à se plaindre, la Propaganda! et en moins de deux!... ils font pas que rempailler les chaises nos romanichels!...

Oui, mais pardon maintenant j'y vois mieux...

les yeux se font aux projecteurs... je discerne des gens dans tout ce monde... je voyais tout blafard... je reconnais les uns... les autres... je cherche Isis, si je la vois... et le Landrat?... ils doivent être aux premières places... je crois... je les trouve pas... la salle est bien aménagée, banquettes et banquettes... ces *bibelforscher* travaillent bien, pas en luxe mais solide, pratique... en plus au moins trente rangées de chaises, je compte... tout ça comme prêt pour un prône, protestant dirons... y a de quoi asseoir tout le village... et si ça trépigne!... si ils bissent la grosse mémère et son greluchon! s'ils les redemandent, hurlent!... c'est vrai que ça serait bon n'importe où!... je voyais presque de l'enthousiasme... je rigole avec!... c'est pas le moment des chichis... je stimule...

« Allez vas-y!... et toi Lili!... et vous, Kracht!... vous êtes pas bien? »

Je crois à la « Force par la Joie » moi!... La Vigue boude plutôt... il pourrait réciter quelque chose!... la bouderie fait mal... sûr on nous regarde!...

« Oui! oui! t'as raison! »

Il se rend compte... alors on s'y met... nous applaudissons! Kracht avec, fort!... ce qui me turlupinait, de repérer le Landrat... sûr il était là, dans l'ombre... ou aux places d'honneur... je ne voyais qu'Isis, sa petite fille... je scrute... et encore... oui! oui!... les von Leiden! entre deux femmes que je connais pas... la comtesse Tulff-Tcheppe un peu plus haut, vers nous, toute seule... la petite Cillie un autre banc... comme fait exprès ils s'éloignent les uns des autres... toute la famille dans l'auditoire... répartie... mais pas un près de nous... aucun doute, accord qu'on ne nous connaît pas!... tocards, à l'index!... mesure morale et salutaire, en Bochie là-bas comme en France... à Moorsburg comme à Meudon...

« Ne pas fréquenter ces gens-là! réprouvés puants pustuleux... »

Vu de l'autre bord c'est assez chouette... vous avez plus à bavarder perdre votre temps à être aimable, le statut de paria a du bon... quand je vois de Gaulle chez Adenau... Adolf et Philippe à Montoire... Charles-Quint chez Élisabeth... que de salamalecs, rouge à lèvres, poudres de riz, pour rien!... « l'intouchable » a plus à se farder, un peu plus de merde, et c'est tout, du haut en bas, tout ce qu'on lui demande!

Mais que je revienne à mes brebis! je vous mène à cette fête! et me perds en philosophies!... vous allez dire : il se moque du lecteur!... pas du tout! je vous faisais voir la salle... la Kretzer et son mari... et tout le personnel *Dienstelle*... je commençais à m'y retrouver, repérer celui-ci... celle-là... les Kretzer sont une autre travée... un peu derrière nous... ils ont l'air de bien s'amuser... la première fois que je les vois rire.. sur la scène ça barde... les vieilles gitanes bougent du fond... elles traversent les couples, s'avancent à la rampe, elles vont chan-

RÜCKWEG IN KdF-PAUSE MIT KRACHT

ter... le chef romani à boucles d'oreilles annonce...

« *Le Chœur du Danube avec guitare et castagnettes !* »

Bravo! bravo!... ça fait bien une heure que dure cette forte séance à nous ravigoter le moral, et c'est pas fini... je demande à Kracht...

« L'entracte?

— Non, pas encore!

— Alors il faudrait y aller!

— Si vous voulez! »

Je pense aux deux vieux... La Vigue qu'on se lève lui plaît pas, il grogne... Lili est pas contente non plus, elle attendait les castagnettes... nous partons donc très discrètement, travée par travée... je crois pas qu'ils aient fait attention, ils étaient à reprendre le « Chœur du Danube », toute la salle, en tapant des mains et des pieds... la « Force par la Joie »! nous voici dehors, il fait froid... ça serait bien que Kracht nous éclaire... il a deux *torch*... ça serait bien mais juste une seconde!... au fait ça va, le ciel suffit... toujours la certaine lueur rose... jaune... aux nuages... en regardant bien on voit la route... on voit les murs... les chaumes... le manoir est pas loin... mais juste là brusque : *halt!* un peu après l'épicerie... et devant nous quelqu'un!... une tête!... Kracht braque sa lampe... la tête parle... lui parle, chuchote... je connais pas ce quelqu'un... je comprends pas ce qu'ils se disent... c'est en allemand... en patois... une tête blafarde, plus que blafarde, comme passée au

PARTISANEN-HORDE

plâtre... et à grosses lèvres, et à longs cils... y a pas de projecteurs dehors ! ça serait l'effet de moi, que j'ai été aveuglé par l'acétylène ? je crois pas... un pierrot ?... des pierrots ? Kracht aussi a l'air surpris... ils se parlent avec ce blafard... encore une autre tête sort de l'ombre !... et puis une autre !... une ribambelle !... et qui lui chuchotent en patois... j'ai jamais vu des têtes si blanches, si poudrées... des réfugiés ?... d'où ?...

« Qu'est-ce qu'ils se disent ? »

Je peux pas répondre, La Vigue me demande, j'ai rien compris... ça doit être grave...

Pas le temps de faire : ouf !... Kracht tire !... en l'air !... pistol !... deux coups !... d'où pouvaient venir ces hommes poudrés ?... j'ai jamais su... ils sont partis sans dire au revoir... jamais rencontrés par la suite... Kracht maintenant allait devant nous avec ses deux lampes... il se gênait plus... la hâte qu'il avait de je ne sais quoi ?... des gens arrivaient de partout, essoufflés... ceux-ci du hameau je les connaissais de vue... les deux coups en l'air les faisaient accourir... « Kracht ! Kracht !... » ils l'appelaient du fond du noir... ils devaient venir aussi de la séance... ça devait s'être arrêté là-bas, net... je voyais des gens de l'assistance, autour de nous, piétiner là, bafouiller... « qu'est-ce que c'est ? »... les coups de revolver de Kracht... mais on n'en savait rien non plus !... on allait voir !... foutre rien !... le petit bois d'abord !... le parc... le manoir là !... les gens veulent nous suivre, bien sûr ! entrer avec nous... Kracht les chasse... il a tôt fait !... un

RITTMEISTER TOT

coup en l'air! encore! *pang!...* ils se sauvent tous... décidé maintenant le Kracht... le pétard et les lampes!... lui moi Lucette La Vigue allons tout de suite aux blessés... c'est le moment!... le Revizor d'abord... il va mieux... *guten abend!* bonsoir!... le pouls est faible, mais quand même... je l'ausculte... il respire bien... et pas de fièvre... ils n'ont pas eu froid?... non!... à la jambe, sûrement une fracture... qu'il ne bouge pas, on verra plus tard!... l'autre, le comte uhlan, ne dit rien... je prends la lampe... à sa tête, ça va, ça y est... Kracht me demande « *glauben sie?* » croyez-vous? « *oh ja! ja!...* » il est mort depuis plus d'une heure... j'ai l'habitude des « constats »... le Revizor à côté de lui est surpris, a rien entendu!... pas une plainte... le comte von Leiden est mort vite... nous sommes restés dehors deux heures à peu près... il n'était pas bien... mais j'aurais pas cru... si vite... une syncope? enfin voilà, il faut l'annoncer, qu'on nous foute la paix!... « le Rittmeister comte von Leiden est mort »... je propose : est mort au combat... non! non!... Kracht veut pas!... d'abord, avertir Moorsburg!... comment avertir?... il va y aller en vélo!... tout de suite?... oui!... dans la nuit?... la route?... je proteste...

« Kracht, on part avec vous! nous n'allons pas rester ici, seuls!... » rassemblés comme ils étaient là, tous, ménagères, moujiks, prisonniers, ils attendaient que l'occasion de nous trouver sans notre S.S... comment qu'ils nous feraient notre affaire!... si ils la finiraient l'armoire!...

DT hören auf Vernünftiges

« *Ja! ja! ja! sicher!* »

Il me donnait raison... les Allemands sont pourris de défauts mais ils ont une qualité... vous leur dites ce qu'est vrai raisonnable, ils admettent... les Français, jamais!... là Kracht était d'accord que lui parti il nous retrouverait en papillotes... pillage et chipolata!... la ruée du hameau... nous réfléchissons... à l'instant on frappe... « *herein!* entrez! »... personne!... si, une tête!... pas poudreuse, au plâtre, une tête ordinaire, mais pas du hameau... je connais les têtes...

« Qu'est-ce que c'est? »

Kracht braque ses lampes les deux... l'inconnu parle... patois encore... je comprends un mot... deux... oh ça se complique!... il est question d'un homme dehors... où?... à la ferme?... dans la cour?... et encore d'un autre!... tout près là!... ils ont profité de notre absence, il me semble!... il faut que Kracht y aille!... pardon! pardon!... pas sans nous!... on pouvait se méfier de Léonard, le petzouille prêt à tout, sûrement... mais il savait ce Léonard ce qui arriverait si on nous faisait notre affaire, que ça serait le pillage total... à zéro! qu'il ne resterait rien... ni pour le porcher... ni pour lui... « le quittez jamais! » avait un sens!... quand les gens s'occupent de vous c'est à eux qu'ils pensent, ils ont leur idée... « le quittez jamais!... » tu parles qu'on allait pas le quitter!... allons voir ce qu'est arrivé! de quoi il s'agit? nous voici dehors avec Kracht... bien!... on nous escorte... on nous

LANDRAT TOT

conduit... ils savent où c'est, eux... côté plaine, dans la mare, sous la fenêtre à Le Vigan, il y couchait plus, je vous ai raconté... une chambre, briques et terre battue, fenêtre à barreaux... plutôt une cellule... la mare est là, très peu d'eau, mais comme algues!... herbue, touffue, bouffie d'herbe... herbes et sable... à la lampe on voit le fond, les ruisselets d'eau vive... et les reflets d'en haut des nuages... l'incendie de loin... les lueurs projetées roses, jaunes... ça serait joli... je dis : ça serait... et puis nous venons voir autre chose... nous voyons... côté plaine profond enfoui sous les algues les gens nous montrent : des bottes... je demande à Kracht : « *ja! ja!*... ça y est! » on se comprend... quelqu'un au fond!... ce quelqu'un, je pressens... il s'agit de le sortir de l'eau... ça sans doute qu'ils lui avaient dit les « poudrés »... j'avais pas compris... à la sortie du *Tanzhalle*... Kracht commande : quatre *bibelforscher!*... ils viennent, eux pigent tout de suite, ils voient les bottes... ils descendent à l'eau... ils s'embourbent... ils empoignent les bottes, et tirent le corps, l'arrachent de sous les algues... le voici! c'est lui, sur les algues, sur le dos maintenant, tout de son long... oh, pas de surprise, je me doutais!... le Landrat *Simmer*... il vit plus, il a bu la tasse et pas que ça!... étranglé qu'ils l'ont, en plus!... on lui dénoue la corde du cou... un gros cordon de soie... où ils ont trouvé cette soie?... ça c'est une énigme, je vois pas de soie à Zornhof, surtout en cordon!... ni à Berlin! enfin pas d'erreur c'est de la soie... d'abord, ils l'ont assommé... il a une plaie... profonde, bien saignante encore... en plein crâne... je dirais un coup de pioche... au-dessus de la tempe droite... ils l'ont garrotté, et puis étranglé... mais le coup de pioche d'abord, sans doute... ils enquêteront... ils l'ont mis à l'eau après, sous les algues... d'où il venait?... d'où il sortait?... il devait présider la soirée... il avait dîné à la ferme? sans doute... on ne savait pas, mais presque sûr... en tout cas nous avions bien fait de pas être au manoir... ou dans la cour... j'ordonne ce qu'il faut... qu'ils lui appuient sur le ventre, sur l'estomac... fort!... ils le retournent dans tous les sens, bien! qu'il vomisse!... rien!... il est très froid... mouillé, forcément... raide comme s'il était mort des heures... ce que je comprends pas bien... l'eau qui dégouline de partout... de ses vêtements, de ses bottes... le visage est calme, pas crispé, jaunâtre... y a pas eu lutte... ça chuchote dur autour de nous... et encore!... ils savent tout!... rien ils savent, menteurs!... je peux pas dire qu'on était prévenus... même le Landrat là dans la mare devait pas se douter... pourtant il avait sa police et les renseignements... non! un peu de vape il serait pas sorti!... alors?... alors?... La Vigue louchait dur...

Juste au moment . *vzzzz!* un petit avion pique... de très haut... nous passe par-dessus, pas le temps de faire : *ouf!* et nous repasse!... et encore!... en loopings!... je me ressaisis... je le vois... c'est un « Marauder », un escorteur de « forteresses »... c'est déjà arrivé deux fois... il y a un mois... comme ça, qu'ils piquent se rendre compte... là je comprends c'est les *torch* à Kracht... ils ont tout de même autre chose à faire, je pense!... on dit rien nous aux « forteresses »!... et les revoici!... vrai, ils insistent!... et chaque « piqué » ils illuminent vingt... trente chandelles au phosphore!... et qui se balancent, voguent... d'un nuage l'autre... ils veulent tout voir... les chandelles crépitent, flamboient... on a plus rien à leur cacher!... plus clair que le plein jour... les arbres, les isbas, la roulotte, la mare, tout!... comme au soleil!... et les ménagères, et le Landrat qui attend dans l'herbe, sur le dos... plutôt je dois dire sur une litière de feuilles trempées... les *bibel* l'ont tiré de la mare, l'ont déposé au bord des algues, les mains jointes, là... je pense ces avions à chandelles vont peut-être se décider nous verser ce qu'il faut? qu'on en finisse!... un bon coup : *broum!* le hameau, l'église et nous!... et le Landrat! bordel! *vzzz! broum!*

« Dis donc pote, tu crois pas que ça y est? »

La Vigue est plus béat du tout, il me demande plus si je suis heureux... non!... il est même sûr que ça va mal... il reprend conscience... je veux pas dire comme lui, mais vraiment on a tout fait pour... que les acrobates R.A.F. nous giclent et *broum!* ça sera pas volé... surtout Kracht avec ses *torch*... il voulait plus les éteindre... tout le public de la séance était là, et les gitans, et qui savaient tout! ils commentaient!... ils ne savaient rien, ils y étaient pas, ils étaient là-bas avec nous, donc ils inventaient!... et avec détails! quels détails! comment le Landrat était mort, la façon qu'on l'avait saisi et étranglé!... pour se rendre intéressants les gens inventent n'importe quoi... vous me direz : et vous sale merle?... moi c'est du vrai, c'est de l'exact, rien de gratuit!... qu'on se le dise!... je minimise plutôt... chroniqueur aimable... ils étaient pas à la ferme, ni dans la cour... alors? qu'est-ce qu'ils ont pu voir?... ils savent, c'est tout... la preuve ils nous mènent... où?... c'est pas assez du Landrat, y a un autre noyé!... qu'ils disent!... qui c'est l'autre?... je vois la comtesse Tulff-Tcheppe... elle nous évitait depuis huit jours... là elle est là, je profite pour l'interroger... où était le Landrat?... à la ferme? oui, elle avait dîné avec lui... donc il sortait juste quand ils l'avaient attaqué et estourbi et noyé... où il allait?... nous retrouver, pardi!... puisqu'il présidait la séance!... c'est en traversant la cour qu'ils l'avaient abattu d'abord, et puis garrotté... la comtesse hésitait pas, elle accusait, mais qui?... les assassins l'avaient traîné jusqu'à la mare, et jeté dedans... je le savais comme elle, il était sur un lit d'algues... qu'elle aille y voir!... la R.A.F. nous gâtait, c'était illuminé, une fête!... des bougies maintenant par centaines, plein l'air!... j'ai dit!... plus éclairé que du plein jour!... qu'est-ce qu'il fallait regarder maintenant? ils nous houspillent tous qu'on se dépêche, qu'on profite qu'il fait si clair!... tout l'hameau est là, et les Kretzer, Monsieur, Madame, et les *bibel* et les prisonniers... j'avais bien du mal, mais hop!... je remarque, je vois pas Léonard, ni l'autre... Nicolas le colosse est au beau milieu de la cour, à genoux, en train de rendre... trop bouffé? trop bu?... il a fini paraît-il toutes les bouteilles de la cuisine... y avait de la réserve... il savait... bon!... pourtant je l'avais jamais vu saoul... une folie, parce qu'on était à la soirée?... peut-être qu'il faisait seulement semblant?... et son cul-de-jatte?... où il l'avait mis?... il le portait partout... le quittait jamais!... tout le monde lui demande...

« Nikolas!... Nikolas! dis où? »

Nikolas dégueule vraiment, je vois... et il se fait secouer!... tout le monde le secoue! qu'il réponde quelque chose!... c'est pas tout de vomir!

« *Sagt Nikolas!...* dis! dis! »

Il répond rien, il s'allonge...

« *Sagt!* »

Sur le flanc il vomit encore plus... à même la boue, et des glaires... un poison?... je me demande... la R.A.F. se surpasse, une illumination grandiose... on voit tout le parc, l'église, les chaumes... jamais si bien, si net...

« *Sagt Nikolas!* dis! »

Il se crispe, il fait des efforts... plein de petites flammèches à présent... et qui remontent au ciel... voguent... ça pourrait mettre le feu partout!... des virgules... ça y est peut-être déjà?

quelque part?... une chose qui compte, le reste on verra, ce qu'est devenu le cul-de-jatte?... au moment juste, si critique, une ménagère attire Kracht, par son ceinturon, elle veut lui parler, absolument lui parler... ils s'éloignent... là-bas je les vois, elle fait des gestes, elle lui montre vers nous, quelque chose... ah, ça y est!... la fosse! la fosse au purin qu'elle lui montre du doigt, là... pour ça qu'elle voulait lui parler... tout de suite, mon intelligence... je me dis : elle, elle sait!... pas très ardu!... elle, elle a vu le grand Nicolas balancer le cul-de-jatte... je me gourais pas!... Kracht siffle deux coups, à roulette!... il avait au moins quatre sifflets... et que ça radine!... plein de *bibelforscher!* il leur donne un ordre... des ordres!... je crois, qu'ils aillent chercher le cul-de-jatte... tout de suite! au fond du purin! il me semble... ce trou-là est plus dangereux que l'autre... l'autre était qu'en herbes et en boue... celui-ci est en ciment armé... j'entends ce qu'ils discutent... profond il paraît, hauteur d'homme, et pas vidé depuis trois ans!... ils attendaient la fin de la guerre... le tronc, s'il est au fond, peut attendre la fin de la guerre!... avec La Vigue on se marrerait si y avait pas Isis et la môme... ça discute autour de la cuve... construite exprès pour les betteraves, le jus des silos, et puis après pour le purin, les quatre cents vaches... on apprend des choses... cette cuve, on pouvait pas y aller comme ça, il fallait d'abord la vider... comment? ouvrir la vanne... et on trouverait le cul-de-jatte au fond!... Nicolas avait rien dit il

Schleuse von Jauchegrube geöffnet

était toujours sur le flanc là, à essayer de vomir... il hoquetait...

« *Sagt Nikolas!* »

Tout le monde essayait qu'il parle... la ménagère l'avait vu!... elle!... ballotter le cul-de-jatte!... elle montrait comment... il était seul dans la cour, avec l'infirme sur son dos, à califourchon, comme d'habitude, il longeait le purin, et *vloff!* te l'avait balancé! loin!... elle avait vu... *plouf!* ça avait fait!... il allait au *Tanzhalle*, avec son cul-de-jatte... le Landrat devait nous rejoindre... aussi... lui avait fini dans l'autre mare... lui aussi venait de la ferme von Leiden... mais lui personne avait vu le coup... le cordon... la strangulation... pourtant presque au même moment... enfin ça se saurait... plus tard... si on avait le temps!... l'urgence, sortir le cul-de-jatte!... ouvrir la vanne!... ça ils savaient! c'était paraît-il une grosse perte, ce purin lourd valait très cher... ils s'y mettent... à six... à huit... que ça dégouline, se déverse! et à flots!... y en a!... de là-haut il ne descend plus de bougies, ni de flammèches... on les amuse plus, ils savent... ils éclairent plus, il fait noir... juste les deux *torch* à Kracht... l'R.A.F. nous a rien largué!... qu'avec une seule petite bombe ils auraient pu tout finir et Zornhof avec nos mystères et les mares et nos avenirs si compromis et l'épicerie et le *Tanzhalle!*... ils s'étaient amusés c'est tout, on n'avait pas valu une bombe... les *bibel* avaient fait céder la vanne à coups de bêche... le jus cascadait, du jus précieux, de quoi fumer bien

KRÜPPEL TOT

des hectares... Kracht à genoux sur le rebord essayait de repérer le cul-de-jatte... dans la glu du fond... l'épaisseur... ça y est!... tout de suite!... il l'a!... il me montre... une profondeur d'au moins deux mètres!... que Nicolas l'ait fait exprès?... possible!... qu'il se soit rendu malade lui-même?... qu'il puisse pas répondre?... bien capable?... avec quoi?... la gniole?... un poison?... de la mort-aux-rats?... pas moi qu'irai dire ci... cela...

Le cul-de-jatte on le voyait à présent... dans la bourbe, oui c'était lui, le fils von Leiden... replié sur lui-même, un gros tronc, les jambes atrophiées... pas d'erreur!... recouvert de purin, noir et jaune, barbouillé comme peint, enduit... il avait pas de cordon au cou comme l'autre, ils l'avaient pas étranglé, lui... heureusement Kracht éclaire, les *bibelforscher* pouvaient voir, fouiller... quatre costauds l'extirpent!... ils le hissent jusqu'à la margelle... à moi, maintenant! mes fonctions!... je tâte, j'ausculte... vraiment c'est un purin très âcre... l'avant-bras est raide... il est mort subit... peut-être d'abord une syncope?... j'en parlerai pas!... ils avaient fait joliment vite pendant qu'on était au spectacle! pendant même pas jusqu'à l'entracte!... au poil!... certainement on pouvait se douter... mais pas tant et en pas une heure!... le Rittmeister, son fils, le Landrat... tout ça regardait Kracht l'S.S.! pas nous! oh, pas nous!... nous on était en pleine « soirée »... tout le monde nous y avait regardés... Lili, moi, La Vigue, Bébert!... nous devions quelque chose à Joseph... certes, je ne nie pas!... pourquoi il nous avait prévenus ce croquant haineux... sûr de l'autre bord, qu'avait jamais pu nous piffrer, « recruté obligatoire »? qu'avait toutes les superbes raisons de nous faire disparaître, traîtres, etc... pourquoi ils nous avaient prévenus Léonard et l'autre?... pour les liqueurs?... pour les cigares?... peut-être un peu, mais pas seulement... vingt ans après je suis encore à me demander...

Enfin maintenant il s'agissait de ce qu'on allait faire du cul-de-jatte, notre troisième défunt... Kracht décide que nous allons le porter ailleurs, à côté de l'autre, qu'il ne peut pas rester dans la cour... il faut le disposer décemment... étendu aussi sur les feuilles... il donne l'ordre... les *bibel* s'y mettent, encore eux, à six... soulèvent le paquet... bien plus noir gluant que le Landrat... Isis, sa fille et la comtesse suivent le corps... et Marie-Thérèse et tout le personnel *Dienstelle* et les Kretzer, et nous trois... et tous les gitans... à travers le parc... voici l'endroit!... la même litière que le Landrat... la toilette, un peu... on le décrasse, dépoisse... y a l'eau, là!... on lui joint les mains... et maintenant? d'urgence avertir Moorsburg!... il paraît... au moins, la *Kommandantur!*... Kracht va y aller en vélo!... eh là! oh je m'oppose!... absolument pas!... il reste ou on part avec lui!... sitôt lui parti, c'est le massacre, ils nous dépiautent! il nous retrouvera pas!... c'est simple!... ils attendent que ça! tout l'hameau!... ils en rugissent qu'on reste seuls!... il admet...

« Vous avez raison! »

Que lui nous tue tout de suite plutôt! je le lui offre, je préfère, sans plaisanterie! il veut pas... il reste avec nous... il envoie quatre *bibelforscher* avec un petit mot... *dringend*... « urgent »... on attendra la réponse... parfait!... La Vigue comprend rien, plus rien... je lui demande...

« Ça va?

— Non!... pas du tout! »

Le voici je dirais, somnambule... il était de même rue Lepic quand il se battait avec un rôle, qu'il le possédait pas... pas encore... absent... entre le réel et scène... je le secoue...

« Montons! »

Il veut bien... il me suit... *hep! hep!*... on nous appelle... c'est Kracht... il a déjà reçu la réponse!... pas de Moorsburg, de la route même!... ils ont rencontré le capitaine qui savait ce qui s'était passé... oui!... tout!... le capitaine commandant d'armes... même qu'il a l'ordre là, écrit... « de ne plus bouger, sous aucun prétexte, de rester tous dans nos chambres, et de ne pas toucher aux morts »... salut! on les avait bougés un peu! si y avait enquête je nous voyais pas beaux!... la loi vraiment européenne : pas toucher aux morts!... vivants, vous leur cassez la gueule! parfait!... même à l'agonie : tant pis! mais si froids? vous y coupez pas! fous criminels!... je nous voyais dans un vilain cas... ça serait le moment de nos clics... nos clacs... mais où? vers où?... et comment?... j'avais des idées, je vous ai dit, mais les autres ils ont pas d'idées? plein d'idées? et des baths!...

« Ça va pas, Ferdine! »

Y avait qu'à répondre comme lui...

« Ça va pas!... »

Lili aussi... « ça va pas »!... on verrait demain!... on s'est endormis sur les marches, là, assis... ça bombardait toujours au Sud... Sud-est... pas trop fort... assez régulier... c'est ça qu'il faut... *broum!*... pas trop fort... régulier...

EXKURS (Selbstmitleid)

Pendant que vous êtes à votre travail les gens se disent : hardi c'est le moment!... ils sautent vous saccagent, sabotent tout!... eux qui ne foutent rien, jamais, que leurs mille sottises et simagrées... vous saboter vos instruments, vous démolir vingt ans de labeur, quelle merveilleuse occasion, quel stupre! matin, soir, observez-les, bâfrer, roter, pinter, se faire faire les cartes, se regarder encore les braguettes, s'envoyer des fleurs, et hop! en voiture! une autre gargote! un autre caviar!... vous vous absentez vous retrouvez votre chantier dessus dessous, poutres, briques, balcons, arcades, endroit, envers, méli-mélo! l'hideux tumulus!... ils sont passés par votre travail, discutants hagards, gibbons écumants! haineux!... allez vous reconnaître!... vous avez plus qu'à vous recoller, tout refaire, avec

schl. Rezeption seiner Bücher
Distanz zu sich: sagt, er schüttet seine Sekret. mit Klagen zu

énormément plus de peine, vous fouetter, hardi les ferveurs !

Là je voyais où j'en étais, presque à la page 2 500... à cet endroit où j'ai trois morts, trois assassinés, je dois dire... qui cela peut intéresser?

Juste Mlle Marie vient me voir, ma secrétaire... je lui demande ce qu'elle croit...

« Oh, vous savez... vos livres... depuis le *Voyage*...

— Le *Voyage* quoi?

— Vous ne pouvez plus attendre grand-chose...

— Que je n'attendrais rien du tout, je vous jure, Mademoiselle Marie, si ils ne m'avaient pas tout volé!... moi qui vis de si peu, qui tiens si peu de place, et ne demande à voir personne...

— Donc?

— J'irai finir sous un autre nom... dans un endroit où on ne va pas... dans les dunes, tenez... quelque part... »

Mlle Marie ne rêve pas... je lui ai raconté mes malheurs mille fois!

« Oui mais votre " relevé "?... vous avez vu? »

Je comprends que je l'ai vu!... neuf millions de dettes!... une paille! pour un homme qui vit de rien!...

« On me sabote, Mademoiselle Marie! »

Elle sait aussi... tous les détails...

« Je suis accusé de tout!... et par tous!... de Cousteau le condamné à mort à Petzareff, le

C zu VERLEGER

Buchenwald d'honneur... comment voulez-vous que je m'en sorte?

— Évidemment! »

Oh, bien sûr je suis averti... combien de fois ils m'ont répété : vos livres ne se vendent plus!... d'ailleurs pas que vos livres, tous les livres! les gens n'achètent plus! ils ont n'est-ce pas les impôts! la télévision, les vacances, l'apéritif, plus la voiture, les assurances!... ils n'ont même plus le temps!... encore en plus, à vrai dire, on a jamais acheté de livres, on se les faisait prêter et on les gardait... on les volait chez des amis ou aux étalages... un sport! mais à présent, le golf, le strip-tease, les blousons! les têtes sont ailleurs!

« Je m'en fous! je dis... je vais voir l'affreux! »... il est plus à voir!... ma secrétaire est renseignée... depuis son avatar aux ouïes, il s'est mis en coffre... protégé!... il vit, dort dans son coffre-fort... il compte ses sacs, et ses francs lourds... « on le verra »... je fais... « on le verra! »...

« Mademoiselle Marie, faites-moi la grâce, accompagnez-moi, vous serez témoin! »

Je demande un taxi, voici! nous y sommes!... le lieu est connu... sinistre... larges dalles de marbre, noires et blanches... un immense amphithéâtre... bien froid... bien morgue... on attend... ah, un canapé... un seul... installé, jambes croisées, le frère de « l'affreux »... il ne nous parle pas... je pense à la page que je viens de quitter, qu'était à m'attendre, la 2 500... ce frère de « l'affreux » me fait tartir, le temps que je perds!... et les trois maccabs là-bas... sur les algues mouillées... j'attaque ce morne...

« Où est Brottin? »

Il hoche, il ne sait pas...

« Et les autres? »

Ah, il répond!

« A la leçon!

— Leçon de quoi?

— Trompette! »

Voilà qui ne m'avance pas du tout...

« Et M. Nimier?

— Aux " huit jours " de Trébizonde... »

C'est tout, je vois qu'il ne répondra pas plus... je l'ai excédé... il bâille vers le buste de son frère, tout à l'autre bout de l'amphithéâtre... et puis il rebâille et puis s'en va... il est très las.. nous restons seuls avec Mlle Marie... contre le buste... j'avise une banquette... un meuble vraiment indigent, pas qui ferait cent francs (légers) aux « Puces »... tous ses ressorts, tire-bouchons hors...

Du couloir il vient des voix... je veux écouter... ça discute dur... j'y vais... personne!... c'est dans les bureaux...

« Pour qui vous votez? »

Y a des opinions... deux fois... trois fois!... « pour qui? » et puis tout d'un coup une chanson... scandée par des applaudissements...

Vous allez l'avoir dans le baba!
Ollé! ollé!

Des hommes, des femmes...

Ils vont l'avoir dans le baba!
Olla! olla!

Ah, une qui sort!... congestionnée, tomate... elle me voit... elle m'interpelle...

« Alors vous!... et vous?... pour qui vous votez?... »

Urgence, on dirait! j'ai rien à dire... je vote pour personne...

« Oh, mais vous n'êtes pas Céline? »

L'idée lui vient...

« Si! si! moi-même!

— Vous venez pour la leçon? »

Je dois avoir l'air « tombé de fusée! »... irresponsable...

« Vous ne savez pas?... après les bains de pieds? la réunion des flagellants?

— Non! non! je vous assure... nous venions pour voir Achille... lui demander un peu...

— Ah, qu'il est drôle! »

Elle pouffe... je suis si comique?

« Depuis ses oneilles, depuis trois mois, Achille est dans le coffre!... vous ne savez pas? »

Elle se sauve... elle va le dire aux autres... au fond... et elle les fait rire, tous les autres au fond... qui ils sont?... un sort maintenant, un en chandail et à lunettes... et pipe à la bouche...

« Je suis Rastignan, je me présente, vous ne me connaissez pas, Céline!... Directeur de la " Revue Compacte "!

UNFÄHIGES LEKTORAT AUS NICHTSNUTZEN etc

— Félicitations, cher ami! mais quels sont ces gens qui hurlent?

— Mais notre Comité, Céline!

— Ils hurlent et ils votent?

— Parfaitement! l'idée est géniale! mon idée!

— Je n'en doute pas! mais qui sont-ils?

— Gens du monde et fortunés, oisifs absolus!... pédérastes... alcooliques, il faut! j'y veille!... quelques assassins... quelques blousons...

— Je vous comprends, Rastignan...

— La " nouvelle vague ", vous saisissez? Comité de lecture! tous strictement incapables, j'y tiens! ces gens-là jaugent! savent " juger "... toute leur vie!... et parlent anglais... et kirghize!...

— Oui! »

Rien à répondre...

« Vous avez votre manuscrit Céline? le Comité est prêt! êtes-vous prêt?

— Il m'a déjà refusé le *Voyage*...

— Oh vous savez, en ce temps-là... tous étaient des lettres!... gens de lettres!...

— Je vous ai " disturbé ", Rastignan!

— Oh " disturbé "! redites! Céline!... redites! quel verbe charmant! »

Je l'ai ému...

« *Disturb!* Rastignan! »

Mais que ça beugle! et du fin fond!... ils veulent voter! le « Comité de lecture »... ils l'appellent...

« Fumier!... bavard!... saloperie!... magne!...

— Vous les entendez?

— Oh oui!... oh oui! nous vous laissons!... ils veulent voter!...

— Cher Céline redites-le-moi-le!

— *Disturb! disturb!* Rastignan! »

Ça va!... Mlle Marie me fait signe que ça suffit, que nous pouvons nous éloigner...

Certainement!... tout ce que nous pourrions dire ou faire!... la gaffe est de revenir dans un lieu où les gens dansent comme ci... comme ça... plus du tout la même chose que vous... vous ne savez plus!... on vous regarde drôle... je réfléchis... fil en aiguille le temps a pris bien des personnes... celui-ci... celui-là...

« Ma propre fille, tenez Mademoiselle!

— Vraiment?

— Je l'ai jamais revue...

— Et puis?

— Je ne sais pas... »

Nous avions échoué où j'ai l'habitude... où tout mène par là, d'une rue l'autre, square Boucicaut... autour du square les autos tournent... tournent... trois... quatre personnes viennent de la rue, entrent... pas plus... sur quatre, trois curés... leur maison mère est tout près, rue de Babylone... j'ai demeuré môme là tout contre... rue de Babylone... leur Mission... je me souviens encore *ding! ding!* leurs matines... maintenant je vois, nous pouvons aller... le boulevard Raspail... mais quel bruit, vraiment pas l'endroit pour se souvenir précisément de ceci... cela... salut!... cette visite m'a exaspéré! foutre du Brottin! et de son Comité et de son coffre!

« Certainement! certainement! taxi! »

Mlle Marie est d'accord..

En voici un!

« Taxi!... Meudon!... à mes histoires!

— Certainement! en avant! »

Voici au moins un homme poli!

« Mademoiselle Marie, dites-moi, ces gens des Éditions Brottin ne nous ont-ils point insultés?

— Oh à peine!... à peine!...

— Qu'avais-je été foutre chez eux?

— Leur dire bonjour!

— Exact! exact! ils n'ont pas été bien corrects...

— Oh, si!... oh, si! leur genre!... ils étaient en plein travail...

— Nous les avons dérangés?

— Peut-être?... peut-être?... »

*

Vous pensez!... je n'allais pas y retourner de sitôt! qu'ils trafiquent, se moquent, carambouillent! gredins et gredines!... s'en fassent sauter le pédicule! fol qui s'occupe de ces gens-là!... tarabiscotés mal pensants, cogiteurs traviole!... dansant contre-temps!... là!... là!... et sachant plus d'un couloir l'autre... on les appelle... ils savent plus qui?... quoi?... rien!...

leur téléphone répond pour eux... « M. Péliotrope est parti!... attendez-le!... il revient tout de suite!... » toc!... on raccroche!... n'attendez pas!... M. Péliotrope revient jamais, le bougre!... vous non plus!... zut! un peu plus de patience, j'aurais pu parler à Nimier peut-être?... de son projet de *comics?* je me demande s'il y pense toujours?... sérieusement?... je me permettrai la prochaine fois... la prochaine fois, dans quelques années... de lui dire un mot... mais là nous-mêmes?... où suis-je? où sommes?... la tête ébranlée... je vous perds encore!... certes quelques excuses, mais enfin... vous perdre est grave!... mon dernier lecteur, peut-être?... allons! allons! où nous étions! ne flânons plus!... d'autres soucis!... moi qui dors si légèrement, m'éveille d'un rien, je dors plus du tout... que se passe-t-il?... là, dans le parc?... à peine le petit jour... ni les « écrasements » ni les « Marauders » ne me réveillent... tout ça fait partie du décor, du tintamarre, en plus, en moins, aux nuages... et au sol... le tremblotement des murs de même... non, là c'est autre chose... ce sont des gens!... et des gens en automobile, on n'a pas vu d'automobile depuis des mois... même des « gazogènes »... une voix que je reconnais : Kracht!... et d'autres voix... le sentiment, c'est sûrement pour nous... y a qu'aller voir!... ils viennent peut-être pour nous pendre?... ils ont le droit, ils ont tous les droits... on est vite debout... pas difficile, on reste habillés... on prend Bébert dans son sac et nous voici!... en

ANKUNFT U-RICHTER

effet j'avais raison : une grosse Mercédès à essence et cinq hommes autour... mais pas pour nous pendre!... pour l'enquête!... Kracht nous présente... le juge d'Instruction!... l'*Untersuchungsrichter!* bouffi, barbu, très grisonnant... il s'est levé de bonne heure!... quatre réservistes avec lui, *landwehr*... ils viennent d'où? de Berlin?... non! d'ailleurs!... *chutt!* on ne dit pas!... je vois, ils ont encore des autos... elles doivent être garées profond!... toujours, ce juge nous regarde... Kracht le renseigne, qui on est, d'où on sort... lui, ne parle pas français... il a que la casquette militaire... le reste, civil... le brassard croix gammée, un vieux complet et le paletot de chasse... il fait pas riche... oh, mais sûrement il mange bien, il pourrait être de bonne humeur, il est pas... il est même brutal...

« Tout le monde en bas! vite!... *schnell!... schnell!* »

Que tout le monde descende!... tout le manoir!... il est pressé de s'en aller... qu'est-ce qu'on dirait nous!... oh Kracht veut bien! aux isbas!... deux corvées tout de suite! et deux de la ferme!... plus le grand rassemblement!... tout le personnel! dactylos, comptables!... et les Kretzer!... et Isis von Leiden et sa fille!... et les servantes et jardiniers... ce juge rigole pas!... il veut aussi Marie-Thérèse... il attend, il ne nous dit rien... si!... il s'adresse à moi... « *wo sind die?* où sont-ils?... » de l'allemand que je comprends... sûrement il veut dire les maccabs!... « *einer ist da!*... un est là! *tzwei sind da!* » je lui fais signe, un au salon, à l'intérieur... les deux autres où on les a mis, sur le tas de feuilles, le cul-de-jatte et le Landrat... au bord de l'eau, enfin de la mare... au fait le cordon du Landrat?... le cordon de soie qui l'étranglait?... qu'est-ce qu'il est devenu? il veut voir d'abord ceux qui sont chez nous... au salon!... bien!

« *Sie wohnen da?*... vous demeurez là?

— *Ja! ja! ja!*

— Alors venez! »

Que je le conduise... nous y sommes... il se penche sur les deux...

« *Sie sind Arzt*... vous êtes médecin? »

Kracht a dû le renseigner...

« *Ja! ja!*

— *Tot?*... mort?... »

Il me demande... et il se penche encore, soulève une paupière... il s'est trompé!... pas le mort, l'autre!... la paupière du Revizor!... qui ronflait!...

« Ooh!... ooh!... »

Ça hurle!... il réagit!...

« *Die Frauen!*... les femmes! »

La frayeur!... il les croit revenues!

« *Nein!... nein!* »

Je le rassure... je montre au juge celui qu'est cadavre... le Rittmeister... celui-là il peut y aller!... lui secouer tout ce qu'il veut!... il essaye le bras... rien à faire!... raide! un bâton!...

« *Tot?... tot?... ... ...* »

Il prend son carnet, il note... il sort sa montre... acier noir... l'heure... il note encore...

« L'autre?...

— *Revizor!*

— *Ach!... ach!* »

Il note... voilà qui est fait...

« *Die andern?* les autres? »

De l'autre côté... dehors, je lui ai dit...

« *Nun!... nun!* »

Il est pressé... on y va... voici les deux autres...

« Ceux-là aussi sont morts... bien morts!... noyés! *ertrunken!* »

Un mot que je sais... ceux-là il peut toujours les secouer!... il y touche pas, il me croit sur parole... il note sur son petit carnet, l'heure la date...

« *Da der Landrat? da der sohn Leiden?...* »

Il veut pas se tromper...

« Là le *Landrat!...* là le fils Leiden! »

Il me demande pas où est le cordon... c'est pas moi qui vais en parler!

« *Gut! gut! nun* Kracht! »

Kracht arrive... il amène du monde, une petite foule... tout ce qu'il a trouvé à la ferme... et au manoir, dans les étages, et au jardin... et les dames... toutes!... Isis von Leiden et la petite Cillie, et Marie-Thérèse l'héritière... et les Kretzer... et tout le personnel du *Dienstelle,* je vois pas Léonard ni Joseph... personne parle... ils font drôle là qui se taisent tous, muets... eux qu'étaient toujours si bignolles, papoteurs dans tous les coins, au bureau, à table, dehors... la première fois que je les prends absolu discrets figés... voici Nicolas, le géant russe... il vomit plus, ils l'ont fait lever, ils sont à quatre pour le soutenir, ils sont pas de trop... vraiment un bœuf... ils le font s'asseoir sur les feuilles... sonné, abruti, plus là!... le barbu lui pose une question... en russe... dur! sec!... il répond rien... je sais pas ce qu'il a bu... ou bouffé?... ou s'il fait semblant?... mettons qu'on lui vide l'estomac... je vais pas suggérer!... ah, le sergent manchot arrive... lui aussi, et le chef cuisinier du *Tanzhalle* et encore d'autres!... prisonniers russes et allemands... le barbu veut que tout le monde soit là... il doit avoir d'autres questions... il allume un tout petit cigare, mégot mâchonné... je vois il en sort encore plein de sa poche, trois poignées de mégots mâchonnés, et qu'il les renfourne... je pourrais lui en offrir d'autres, des baths, des neufs... on verra plus tard... brutal, c'est sûr!... méchant je ne sais pas encore... nazi peut-être?... il a le brassard... mais la croix gammée prouve rien... je me rendrai compte... là, il veut tout le monde autour de la mare... en cercle... ceux qui tiennent pas debout, assis ou couchés... mais tous là!... Nicolas lui s'est allongé, il a pas tenu... il s'est endormi, il me semble... il respire bien... les autres sont presque tous debout accolés les uns aux autres, comme agglomérés autour de la mare... ils ont mauvaise mine, ils pipent pas... Isis von Leiden dit rien non plus, ni Marie-Thérèse presque à côté d'elle... le barbu va parler... il crache son mégot, il graillonne, voilà!... il annonce, très lentement, et fort... qu'on puisse traduire au fur et à mesure... pour les Français il se tourne vers nous... « vous me comprenez?... *ja! ja!* »... il est huit heures du matin, je vois le cadran, au-dessus des chaumes... il fait pas encore bien jour...

« Tous qui êtes ici, savez-vous quelque chose?... vu, entendu quelque chose? »

Personne répond... il pointe du doigt Isis von Leiden.

« *Nein!* »

Elle était au *Tanzhalle*... « et vous? »... à nous qu'il s'adresse...

« *Nein!* »

Nous aussi nous étions à la séance...

« *Und der?* »

Der c'est Nicolas, il dort sur le tas de feuilles, il ne peut pas répondre...

« *Später!* plus tard!... »

Ah, Kracht!... qu'il approche!... il lui donne un ordre... je comprends qu'il s'agit de cercueils... *särge*... Kracht y avait déjà pensé... les cercueils sont prêts... le barbu veut les voir... un mot, les voici!... trois cercueils épais... sapin rouge... y a plus qu'à mettre les trois en boîte... le barbu veut que ce soit fait tout de suite!... encore les *bibelforscher!*... ils sont là... le corps du cul-de-jatte entre mal... il a la tête presque dans le dos, retournée... l'effet des efforts qu'il a faits dans la cuve, ou bien les autres pour le sortir?... là maintenant ça y est!... les couvercles!... Léonard?.. Joseph?... Kracht me

LV, schreit, er sei Mörder

demande... je les ai pas revus?... absolument pas!... ni l'un ni l'autre...

« Demain matin, six heures! »

Le barbu annonce... encore l'enquête?... non!... l'enterrement des trois!... « provisoire »!... le définitif dans deux mois, après l'autopsie! ils ont tout ce qu'il faut à Berlin mais en ce moment tout est ailleurs, déménagé... leurs Instituts et leur Morgue... maintenant il paraît vers Brême... enfin nos trois là seront enterrés « provisoire »... nous connaissons le petit cimetière... un peu après l'école « volkschule »... un enclos tout sable, en pente... pas loin... deux... trois cents mètres... avant le bois de bouleaux...

« Entendu!... au péristyle! »

Et je dis moi, j'ajoute...

« Cinq heures trente! »

Comme enquête, ça a été vite... enlevé, je dirais... ce barbu doit avoir une raison... on saura peut-être plus tard... pour le moment : cinq heures trente! je vois qu'on ne va pas dormir beaucoup... oh, il ne s'agit pas de sommeil! La Vigue dort un peu... plutôt somnolent, absent... et là je le regarde... il recommence à loucher!... le coup que je le regarde, il crie! il s'y met... et en allemand!...

« *Leute! leute!... ich bin der mörderer!... ich! ich!* »

Il se frappe la poitrine! il s'accuse!...

« Moi! moi! l'assassin!

— Tais-toi voyons! con! t'étais avec nous! »

Wahnsinn → Nachsicht

Tout le monde l'avait vu avec nous! heureusement! et entre Kracht et Isis!... ça la foutait mal tout de même!... le barbu veut savoir... je vais lui expliquer... Kracht lui explique...

« *Nichts!... nichts... schauspieler! nervös!* comédien! hystérique!

— Il est comédien?...

— *Die Bühne! die bühne gesehen!* »

Je veux qu'il comprenne que c'est la scène!... d'avoir vu la scène, de pas en être!... que c'était tout!... l'accès de jalousie! le juge répond...

« *Ach!... ach!* »

Les gens tous qu'allaient s'en aller reviennent... ils l'écoutent gueuler : *ich! ich!* moi... *mörderer!* mais ils y croient pas, ils se moquent... ils savent... tous!... même les Russes et les ménagères... ils étaient tous au *Tanzhalle!*... que ce *franzose* est complètement louf! « *schauspieler! verrückt* » qu'il est!... « *überspannt!*... surexcité! »... ils le connaissent, ils savent! je vois un mouvement de sympathie... pas très agréable, mais un... le seul qu'on ait eu à Zornhof... l'*untersuchungsrichter* barbu se met un peu plus loin, dans la boue... il se planque là, nous regarde... La Vigue gueule plus, il a repris son expression « homme de nulle part »... et sa loucherie...

« *Sie nehmen ihn mit?* »

Il me crie...

« *Ja! ja! ja!* »

Je suis catégorique, certainement je le prends avec moi!

« *Sie sind verantwortlich?* »

Bien sûr que je suis responsable!

« *Sicher! sicher!* »

Marie-Thérèse vient à mon aide, elle a peur que j'aie pas compris...

« Il vous a demandé si vous le prenez avec vous?

— Oui! oui Mademoiselle!... parfaitement d'accord!... mille grâces! et la responsabilité! de tout, d'abord, je suis responsable! »

Elle va trouver le juge à travers la boue... elle lui parle... il sort un monocle de la poche de son gilet, il nous toise... je remarque, ils se parlent... ils parlent! ils sont embourbés, tous les deux... ils se donnent le bras, ils s'extirpent... ils reviennent... ils passent tout près de nous... pas un mot!... comme si on n'existait pas... très bien!... bon! nous n'avons plus qu'à remonter, mais là : *hep! hep!...* Kracht m'arrête... pour nous : un ordre!... nous devons tout de suite déménager!... le juge d'instruction prend le salon... lui et ses quatre soldats *Wehrmacht...* je dois seulement passer matin, soir, pour les soins au *Revizor...* et lui porter sa gamelle... c'est tout!... et rester là-haut dans notre tour... attendre!... on n'était pas mal au salon... Marie-Thérèse, la si aimable, nous avait salis, gentiment, de ça qu'ils s'étaient parlé avec le barbu, pardi!... une minute, que je réfléchisse... je dis à Lili et à La Vigue :

« Vous, vous allez voir là-haut! arrangez un

Rev: U-RICHTER-DAMENFRIS.

peu!... je vous rejoins!... je vais faire une piqûre!... d'abord! »

Une idée... le *Revizor* doit savoir qui c'est ce barbu, juge d'instruction... je frappe au salon, j'entre, y a personne... sauf le *Revizor* sur le flanc, sur sa civière... rien bougé... le *Revizor* qui me parle... il me voit... il me demande...

« *Untersuchung?*... l'instruction?

— *Ja! ja!* »

A mon tour!

« Ce gros-là?... *dieser dicke?*...

— *Ja! ja!*

— Qui c'est?

— Je l'ai connu coiffeur... coiffeur pour dames... *Gegmerstrasse*... avant Hitler... il a fait de l'agitation! vous savez?... *politik!*

— *Nein!... nein!* »

Je veux pas qu'il m'en raconte plus, ça va!...

« Votre bras? »

Je l'examine... et sa jambe... sûr, une fracture du péroné, tiers inférieur... je lui ferai un petit appareil avec deux attelles... il marchera... deux cannes... ça sera beau, mais mieux que rien... je lui annonce...

« La promenade! *spazieren!*

— Oh, *danke!... danke!* »

Un coup ravi!... et sa lubie!...

« *Die Frauen! die Frauen!* les femmes! »

Ça le reprend! que les furies rappliquent!

« *Nein! nein! kaput! kaput! alle kaput!* »

Je le rassure... *broum! broum!*... qu'on rigole!... j'imite les bombes moi aussi!... je connais le moral, je connais ses lois! le pire en mieux!

« Je reviendrai vous voir avant la nuit, *Herr Revizor! broum!...* vous n'avez pas faim? *hunger?*

— *Ja! ja!...* très!... *sehr!* »

Je lui apporterai sa gamelle.. si l'autre est là, le juge d'instruction coiffeur pour dames, on verra... et ses *Wehrmacht...*

★

Tout de suite descendant de notre paille je me dis : le *Revizor!...* lui d'abord!... pas eu de mal à me réveiller, j'attendais le jour... à vrai dire il fait encore nuit... « quatre heures » à mon chronomètre... en avance, donc!... je descends, je pousse la porte, j'entre au salon... rien!... pas de barbu, pas de factionnaires... lui là sur le flanc me parle, le *Revizor...* il a basculé de sa civière dans un effort pour faire pipi... il est à même le parquet... tout de suite il me renseigne...

« Ils ne sont pas venus, vous savez... ils sont partis, ils ont eu peur!...

— En auto?

— *Nein! nein!... zu fuss!* à pied! *sofort!...* immédiatement! *ein!... zwei!* »

Il rigole, il les imite, et ça lui fait mal... *ein! zwei!* le pas cadencé!... je le remonte, le rééquilibre sur sa civière... je lui demande...

BEERDIGUNG

« Peur de quoi?

— *Die Frauen!*... les femmes! »

Sa manie!... y a pas de femmes du tout... elles sont loin... hanté, qu'il est!... le souvenir de la ratatouille!...

« Elles sont à Hambourg à présent! »

Qu'il se rassure!... Hambourg c'est au moins trois cents bornes...

« Ça a été tout de même cette nuit? »

Sa jambe?... ses côtes?... son cerveau?... oui, très bien!... seulement un peu mal... mais se lever? comment?... il veut pas se recasser quelque chose... non! non! je l'aiderai!... je reviendrai avec ce qu'il faut... j'apporterai ma seringue et je lui arrangerai sa fracture! mais qu'il ne bouge pas!

« Vous me ferez mal?

— Oh, pas du tout!... mais maintenant je vous quitte!... il faut!...

— Vous allez à l'enterrement?

— Je crois... je crois... »

Sur ce je l'embrasse et je sors... déjà ils sont rassemblés!... au moins cinquante... les *Bibelforscher* avec pioches, pelles... un rien, au moins une heure d'avance!... nous aussi, nous trois et Kracht... avec ses *torch!*... je comprends que tout est prêt au cimetière, qu'ils ont creusé toute la nuit, qu'on n'a pas des forçats fainéants... que ce soit pour abattre des arbres, monter un théâtre, préparer le cimetière, ils sont là, acharnés, capables, et pas un mot!... combien ils sont?... je peux pas savoir... je vois les cercueils, les trois... rabotés, cloués... prêts au départ, si j'ose dire... côte à côte... les noms sur chaque... les noms non! les initiales... en rouge... deux grands LS... sans doute le Landrat, Simmer... un autre L... von Leiden?... le cul-de-jatte... enfin un grand R... le troisième cercueil... le *Rittmeister*... qu'on les reconnaisse... maintenant voilà : rassemblement! par trois comme dans l'armée allemande... mais eux pelles, pioches, sur l'épaule... d'autres escouades pour les cercueils... quatre *bibel* sous chaque... peu à peu, au jour, je vois qu'ils se sont mis tout ce qu'il y a de propre, leurs bourgerons n° 1, cerclés violet, jaune, et rouge... sabots récurés, rabotés, à vif, à sec!... où ont-ils trouvé le temps de tant de soins?... je regarde nous trois... et même Kracht!... question tenue : affreux!... eux pourtant pas à la noce!... après toute une nuit de terrassement!... question travail, c'est dur à dire, il faut opter, c'est *bibelforscher* ou jean-foutre!... alors attention! on y va!... départ! les trois cercueils l'un derrière l'autre... et puis les *bibel* et leurs pioches... et puis La Vigue, Lili, moi... et puis Kracht avec ses « torch » et son revolver à la main... il se méfie, il a raison... tous ces forçats à pelles et pioches pourraient bien se sauver... ils sont religieux, entendu, mais la frayeur? ils peuvent être pris... panique... surtout survolés comme nous sommes!... qu'un « Marauder » se détache, pique, arrose la cérémonie, tout s'égaille!... malin qui en rattrapera un!... à la route nous prenons du monde... des prisonniers,

RÜCKKEHR Hjalmar + Pfarrer

des travailleurs... et encore d'autres que je connais pas... on va être la foule au cimetière!... on dépasse l'église... au moment j'entends un tambour, de derrière un buisson... tout le monde tourne la tête... des mois qu'on l'entendait plus... Hjalmar revenu?... et puis un chant, un cantique... enfin un genre... le pasteur serait revenu aussi?... forcément les gens vont voir... pas à croire, mais oui! Hjalmar et le pasteur Rieder... bien eux!... l'un au tambour, l'autre à chanter... où ils ont pu être si longtemps?... les gens leur demandent, Kracht aussi... ils répondent pas... c'est bien eux pourtant!... le pasteur ne chante plus juste... non... Hjalmar a crêpé son tambour... trois épaisseurs!... où il a pu trouver les crêpes?... son roulement fait mat... très mat... forcément... *drrr!... drrr!*... le deuil... maintenant on les voit au grand jour... le pasteur a mis sa fraise... son grand col à fraise... sa robe noire est presque verte, il a bien plu dessus... lui Hjalmar fait guenilleux, mais pas plus qu'avant... peut-être un peu plus... son pantalon au-dessus des genoux, vieux boy-scout... ses tatanes dépareillées, l'une demi-botte, l'autre escarpin... oh, mais le baudrier rachète tout!... astiqué, luisant... ils sont bien rasés, bien mieux que nous!... où ils pouvaient vivre?... ça faisait bien deux mois qu'ils avaient pris la clé des champs... pas engraissés non, mais pas si maigres, ils avaient vécu... ce que tout le monde voulait savoir: comment? ils disaient pas!... zéro!... le pasteur chantait, l'autre son *drrr... drrr...* c'est tout!... ils s'étaient mis dans le cortège juste après les *bibel* à pioches... le pasteur en plus de chanter portait un énorme livre sous le bras... sûrement la Bible... les ménagères faisaient leurs remarques... qu'ils étaient aussi dingues l'un que l'autre, mais que le pasteur lui en plus était responsable des ruches... et qu'il avait tout déserté oui! abandonné! que les abeilles étaient parties!... fameux trouillard et saboteur ce pasteur Rieder!... il pouvait y aller à chanter!... elles y faisaient entendre, elles aussi, ce qu'elles pensaient!... « *honig!... honig!* miel! »... et qu'on aurait dû l'arrêter!... lui et son complice!... les pendre tout de suite!... tous les deux!... *honig! honig!...* pas besoin de cercueils!... « au trou!... au trou! » tout de suite puisque c'était le moment!... *honig! honig!* mais ça les troublait pas du tout, le pasteur et l'autre... très tranquilles... un au tambour, l'autre aux psaumes, ils suivent les cercueils... on aurait dit des gens d'ailleurs, un peu comme La Vigue... ah, voilà ça y est!... on y est!... nous y sommes!... le cimetière... une haie... et de l'autre côté un versant de sable... et des dalles... des petites... des hautes... des noms... allemands... rien qu'allemands!... pas de français comme à Felixruhe... je vois la fosse... quelque chose!... profondeur, largeur... de quoi en mettre vingt... et plus!... les *bibel* ont pas roupillé!... hop là! nos cercueils descendent!... pas cinq minutes tout est recouvert!... vous dire les terrassiers que ce sont!... c'est à regarder... le pasteur chante plus il a ouvert son énorme livre, Hjalmar lui tient, lui fait pupitre... le pasteur lit... il récite... les *bibel* restent pas se les tourner, actifs toujours, ils tapotent le tertre, le sable, fignolent... posent les dalles... tout le monde est autour... les ménagères répètent... répètent... et fort!... « cochons! *honig!* saboteurs!... lâches!... » c'est pour Rieder... pour l'autre aussi, le pupitre... et que ça ne les gêne pas!... la cérémonie est finie... les *bibel* raplatissent les mottes... des nuées de piafs rappliquent et des mésanges... tout ça après la terre remuée... les vermillons... qu'il faut être oiseau pour voir ces petits vers... tout le ciel vous diriez volette!... la fête!... des rouges-gorges aussi!... et des corbeaux et des mouettes!... Lili et le sergent manchot font *ptaff!*... que les corbeaux se sauvent! le pasteur a fini enfin de réciter!... il referme son gros livre... les ménagères l'engueulent toujours : « cochon! voleur!... trouille!... » *drr... drr!... derr!* Hjalmar se remet à son tambour, et ils s'en vont... ils montent vers le bois de bouleaux en haut du cimetière, personne va courir après! nous on pouvait se demander... Kracht trouve que c'est pas la peine... « *kein sinn!* aucun sens! » je ne veux pas être plus curieux que lui... ça crie encore « *honig! honig!* » les villageoises... que les ruches sont vides... que le pasteur et l'autre chienlit ont tout emporté! trouillards que nous sommes aussi!... et que nous sommes complices!... tout le miel de Zornhof!

WAHNSINN : LVg sagt, C sei wahnsinnig

« Là-bas !... là-bas ! »

Je fais... elles le voyaient le pasteur et l'autre !... aussi bien que nous !... sous les bouleaux ! elles avaient qu'à y aller, elles !... courir !...

Les *Bibel* en voulaient plus, ils voulaient rentrer aux isbas, vite !... nous aussi !... et les gitans à leur roulotte !... nous trois je dois dire les derniers... Bébert dans son sac, Lili, moi, La Vigue... Lili me montre au loin, après le bois de bouleaux, l'autre plaine... le pasteur et Hjalmar... déjà dans l'autre glaise, au Nord... ils doivent avoir une idée...

« Tu crois ?... tu crois ?

— Pas de mal à être plus futés que nous !... »

A propos idées... La Vigue... zut !...

« Dis donc La Vigue, tu diras plus rien ?

— Quoi ?

— Que t'as tué le *Landrat*...

— J'ai dit ça moi ?

— Et comment ! et que tu l'as hurlé ! et au juge !

— Ferdine ! Ferdine, t'es malade ! »

Ah par exemple !... qu'est-ce qui me prend ? il me montre ! il me touche le front ! ça doit être là ! c'est là !... il me regarde... consterné !

« La Vigue, en attendant fils, à la maison !... que je regarde les cartes !

— L'avenir ?

— Non ! m'en fous de l'avenir ! mais non ! la côte !...

— Ça va être beau ! »

Avant notre parc on s'arrête... un instant...

nous écoutons... on entend un peu je crois... le tambour, au Nord... très faible... peut-être?... la buée est très dense... ils peuvent aussi être en crevasse... je dis rien à La Vigue... ni à Lili...

★

Cette cérémonie pouvait nous laisser rêveurs... de nous trois c'est La Vigue qui me semblait le plus secoué... pas plus hagard que d'habitude, mais louchant... tantôt vers un mur... vers un autre...

« La Vigue t'en fais pas!... c'est fini!... il va rien venir!

— Oh, si Ferdine!... bien des choses, va!... bien des choses!... tu ne peux pas te rendre compte, t'es malade!... »

Ma tête!... il me montre encore ma tête... depuis qu'il avait trouvé que j'étais dérangé là!... là!... il avait plus de doutes, il savait...

« Si! si! Ferdine! ils reviendront! »

Qui les « ils »?... le mieux, être de son avis!... et qu'il ne bouge pas, reste dans la paille...

« Tu trouves pas fils, qu'ils peuvent garder leur *mahlzeit?*... et leur gamelle?... les autres? »

Nous on a de quoi rester ici tranquilles... un fond de pot de faux miel et une demi-boule... on ira ce soir ou demain matin au *Tanzhalle*...

« Non?

— Si, mais Bébert? »

C'est vrai! lui n'avait plus rien... la bossue

n'amenait plus de poissons et on n'avait plus de faux tickets... ni de *leberwurst*... pauvre greffe jeûnait déjà assez!... une chose consolante, le *Landrat* pourrait plus l'estourbir!... lui maintenant qu'avait à se défendre, sa pourriture aux astibloches!... chienlit! et ses arrogances!... on l'avait vu glisser au fond avec son grand L peint rouge... au grand rendez-vous...

« Allons La Vigue!... à la gamelle! »

La vie c'est corvées de bout en bout, on les remet, toc! elles rappliquent... tout vous oublie, tout s'efface, le Temps fait son œuvre, mais les corvées, pardon Madame, sont là et re-là!... un peu! comment costaudes!... vous en voulez plus, elles vous somment, sonnent, exigent, vous traquent, vous tuent...

« Alors Lili, toi tu montes! »

Je crois pas aux manoirs hantés... mais tout de même notre recoin de tour, plein de rats, je tenais pas à ce qu'elle reste seule!

« Tu veux?

— Oui!... oui!

— Et vous? »

Je la rassure... nous revenons tout de suite... nous ne traînerons pas dans Zornhof!... les gamelles et hop! et puis dehors y a les bruits!... certes nous sommes blasés, mais... tout de même... plus ou moins d'avions?...

Nous laissons Lili... je tâte les murs, plus ou moins de tremblote?... pareil!... peut-être un peu plus vers le Nord... enfin, il me semble... les nuages pas plus noirs... La Vigue je le regarde, louche autant... la figure peut-être un peu plus figée, plus étonnée... il ne va pas plus mal... nous voici dans le parc... Lili est chez Marie-Thérèse, j'espère qu'elle pourra danser, que le piano n'est pas interdit en raison du deuil... au fait est-ce que c'est elle l'héritière?... notre dorade, ou Isis... parce que femme du fils?... Kracht me dira... je n'ai jamais compris grand-chose à leurs tarabiscoteries de titres... apanages... en ligne directe, indirecte... foutre que c'était pas nos oignons! des lois très à eux... entre Ordres nobiliaires... tout cas une chose les deux sont morts en même temps, ou à peu près... ça faisait sûr un deuil de famille... qui permettait peut-être plus que des psaumes... et pas de danses? une chose aussi que je lui ferai remarquer, la dorade, héritière ou non, qu'elle était pas beaucoup venue le voir pas descendue une seule fois qu'il était bien crevé tout seul, le *Rittmeister* comte... prudente dorade! pendant qu'il posait sa chique!... si je la vois pas je monterai lui dire, dans sa tour!... y a que ça de vrai avec le monde, attendre! attendre et bien se souvenir, précis, et y aller toute!... rapière à fond, jusqu'à la garde! clouer au mur!... hop! fendez!... plein bide!... pétez la baudruche!... que ça gicle! jus partout!... sonnez hautbois, résonnez musettes!

Holà!... vous allez me croire dérangé... m'accuser comme l'autre!... taratata!... à nos gamelles...

« Fils réfléchissons!... nous devons oublier quelque chose?... »

Je m'aperçois, vieux comme je suis, que j'ai toujours été sérieux... très! et que les autres sont énormément futiles... mais si arrogants, sentencieux!... un apéro, ils s'envolent!...

« Réfléchis La Vigue!... nous avons oublié quelqu'un!

— Je sais!... je sais!... le *Revizor!*

— La Vigue, il faut que nous retournions!

— Oh, tu sais où nous en sommes aucune importance! »

Je lui donne pas tort... tout de même c'est à réfléchir... je m'assois... il reste debout... il fait pas chaud... la neige se décide pas à tomber... il paraît que c'est à cause des bombes, qu'on aura du froid et très vif, mais pas de neige... certes je veux bien, La Vigue aussi... toujours est-il que même comme ça, accroupi, je me sens extrêmement fatigué... ça n'arrange pas le *Revizor!*... je décide : un saut aux gamelles!... un saut?... enfin aux *bibel* et clopin-clopant... j'espère qu'ils y seront... je veux dire le cuistot et l'autre... nous voici sur la bitumée, la route aux voitures... personne en vue... sauf les canards... et le troupeau d'oies... elles nous connaissent, on les ennuie, elles battent plus des ailes, elles traversent lentement la chaussée... même pour les oies y a heure pour tout, mettons pour le Capitole, les barbares seraient revenus vingt fois, elles les auraient même plus regardés... Priape, si effarant pour les fillettes... fait bâiller les mères de famille... là je crois tout l'hameau avait marre de nous... personne aux fenêtres!...

d'habitude c'était le frétillement des brise-brise... à croire qu'après les funérailles ils avaient convenu de plus nous voir... je me lève, on y va!... *Tanzhalle!* peut-être deux cents mètres... toujours personne... l'impression qu'ils ont foutu le camp... au bistrot non plus, leur *wirtschaft* qu'était pourtant le zinc fréquenté... une vraie permanence... des hommes qui nous glavaient de très loin... et même la tôlière, leur Madelon, une rousse, je crois veuve de guerre... ce que j'avais compris, une furie, anti-nazi, anti-les-von Leiden, anti-franzose, et surtout paraît, anti-nous!... « scheissbande » elle nous appelait... je vous traduis pas, pas la peine... eh bien, là maintenant, plus personne!... on reste exprès devant cette *wirtschaft*... rien! pas un crachat!... parfaite solitude!... je me demande si la cuisine *bibel* va pas être bouclée? non!... nous y sommes...

« Alors?... alors?

— Rien du tout!... »

Laconique... pourtant y aurait un peu à dire... ils se taisent... je passe nos gamelles... le cuistot les remplit... et *tag! tag!* qu'on décampe!... bien!... Salut!... sur la route, toujours personne... ni ci... ni là... pas une ménagère... des oies, c'est tout... et très tranquilles, tassées par familles... à dormir les têtes sous les ailes... indifférentes...

« Dépêche-toi La Vigue! »

Je pensais à notre *Revizor*... notre survivant... pas si sûr!

Revisor

→ Schienen

« Allons!... allons vite! »

Je pouvais parler moi! toujours la godille, butant partout... nous voici aux arbres... le parc... zut! et l'appareil?... j'oubliais... deux bouts de bois!... ça serait pas beau, mais enfin... j'avais promis... aux autres *bibel,* à l'isba, je trouverai... ça va, ils y sont! je leur demande... ils prennent un bâton... ils taillent! ce qu'il me faut... au couteau... bien!... juste!... je remarque ils ont changé de costume, plus des bourgerons, des houppelandes vertes... leur tenue d'hiver?... d'autres sabots aussi, des énormes, pour la paille sans doute si gros, une botte chaque pied... on s'en va!... *danke! danke!* tout de suite au salon!... il pourrait bien être décédé en nous attendant... non!... non!... il est là, et aimable... parfaitement!... il a pas eu peur des « furieuses »?... je m'enquiers... oh non! que non!... pas du tout! elles sont à Hambourg les « furieuses »!... ne lui ai-je pas dit?... je me souviens plus? je m'en fais?... il me demande... c'est un comble! hanté je suis! braque, voilà!... aussi lui me trouve louf! où j'avais vu des « furieuses »?... j'insiste pas!... parfait!... ça va!... le *Revizor* a le haut moral! alors un peu, son appareil!... voyons sa jambe : rouge et enflée, le très gros œdème... ça sera pas beau, mais enfin...

« Lili! Lili! »

Qu'elle vienne...

« Kracht! »

Lui aussi!

« Deux paquets d'ouate!... et trois grandes bandes... »

Kracht va... revient... ça y est!... maintenant il s'agit de le lever et de le faire s'asseoir... on le porte au fauteuil, on l'installe, mais il ne tient pas... il souffre trop... il nous le dit, il tiendra pas!... et pourtant pas le blessé geignard, au contraire!... le mieux de ne pas insister, de le recoucher, il attendra... sur civière il ne se plaint plus... je lui offre une gamelle... il a de l'appétit, il veut bien... « l'appareil de marche » je me doutais... il aurait fallu l'endormir... tel quel, impossible... plus tard ils verront!... d'autres médecins...

« Vous croyez?

— Oh oui certainement!

— Des médecins d'où?

— Vous verrez!... vous verrez! »

Je peux pas en dire plus... une autre inquiétude!...

« *Und die Kretzer?* et les Kretzer? vous savez? »

Il demande...

« Je suis le *Revizor!*

— Je sais!... je sais!

— Je dois voir leurs comptes! *konto! konto!... kassa!...* la caisse! »

Pas qu'il soit inquiet mais tout de même il aurait aimé voir les comptes...

« Il est venu!... si! si! Kretzer!... mais vous dormiez! »

Qu'il gigote pas!...

« *Schön! Schön!* bien!... »

Là, un peu calmé... à ce moment juste, des éclatements... *broum!* et *crrrac!...* assez près je crois, vers le terrain d'aviation... il redevient inquiet!

« Ils bombardent souvent?

— Très rarement!... de plus en plus rarement!... on les abat tous!... la " passive "!... la *flach!...* vous savez? »

Pour relever le moral je crains personne, ici, là-bas ou ailleurs... toujours le mot!... on arriverait en Enfer je l'appellerais le « réchauffant total »!... je les ferais tous goder ils en redemanderaient! ne redemandent-ils pas la guerre? tortillant du cul!... « la paix! la paix! » tartufions bêlants!... le crématoire qu'ils veulent! un chouette! un final!

Celui-ci m'embête bien, avec ses comptes et sa *kassa!...* qu'il finisse d'abord sa gamelle!... oh mais ses 2 cc. qu'il dorme!... je fais pas bouillir... avec quoi?... j'injecte... il somnole presque tout de suite, voilà, j'ai fait tout mon possible... tout de même un hic... Léonard?... Joseph?... je peux pas m'occuper de tout le monde!... et Bébert?... je crois que je l'entends... il pousse des soupirs... déjà il était plus tout jeune... il a encore vécu sept ans, Bébert, je l'ai ramené ici, à Meudon... il est mort ici, après bien d'autres incidents, cachots, bivouacs, cendres, toute l'Europe... il est mort agile et gracieux, impeccable, il sautait encore par la fenêtre le matin même... nous sommes à rire, les uns les autres, vieillards nés!... je décide... « laissons-le!... montons chez nous!... » dans notre réduit de tour!... demain on verrait!... demain... l'aube...

Ce demain fut long à venir... pas du tout que je sois nerveux... certes non!... mais quelque chose, j'ai retenu!... précisément, deux heures du matin... j'avais demandé à Kracht de me prêter une « torch »... je regarde ma montre... Bébert grogne... lui qui grogne jamais... oui!... y a quelqu'un dehors!... dans l'escalier... un employé de la *Dienstelle?*... ils sortent pas la nuit... ils restent dans leurs chambres, même en cas d'alerte... peut-être le tremblotement des murs?... non!... c'est une marche qui craque... crisse!... d'autres petits crissements... sûr, des marches!... Bébert regrogne... je vais y aller... je veux pas réveiller La Vigue... un cri!... deux cris!... pas que des cris, ça gueule!... plein l'escalier... et des horions!... vlac!... clac!... du pugilat... au-dessus de nous! à l'étage des femmes secrétaires... oh, mais ça va mal!... plein de femmes... et des voix d'hommes!... Lili, La Vigue sortent de la paille... ils me demandent ce que c'est?... j'en sais rien... ça se cogne et ça hurle, c'est tout... j'ouvre notre lourde... je comprends!... c'est tout le personnel en fureur, en lutte... leur étage à eux fait saillie au-dessus du vide... sorte de balcon... c'est pas entre eux c'est contre deux femmes... je monte, je vois tout avec ma « torch »... je vois les deux femmes qu'ils assomment pardieu! tabassent! mordent!... et qu'elles appellent « au secours!

ISIS + KRETZER WOLLEN FEUER LEGEN: OPFER DER HORDE

hilfe! au secours! » c'est l'Isis et la Kretzer! qu'est-ce qu'elles pouvaient branler là-haut?... ils vont leur faire passer la rampe!... au vide!... qu'est-ce qu'elles fabriquaient?... ah, on nous le crie!... elles étaient en train de foutre le feu!... tout simplement! la preuve les bouteilles d'alcool!... j'avais qu'à sentir... plein les marches, d'en bas de tout en bas, du salon à chez la doche au troisième... tous alors qu'on brûle? parfaitement!... jusqu'en haut chez Marie-Thérèse!... quatre bouteilles d'alcool à brûler... elles en avaient versé partout... je m'étais pas gouré en entendant craquer les marches... Bébert non plus... Isis, la Kretzer qui se parlaient jamais!... elles s'étaient bien rapprochées pour foutre le feu à la turne!... toujours elles vont planer, ça y est! ensemble!... je vais pas dire un mot, on irait aussi! le mari surgit! de le voir, ça bafouille!... le comptable... il menace... il menace de quoi?... je comprends pas bien... lui qui parle jamais fort, il hurle... oh, mais Kracht!... enfin lui!... où il était?... il arrive en robe de chambre!... il veut savoir... « elles mettaient le feu!... » on lui raconte et on lui montre les trois bouteilles... il veut se rendre compte... il renifle une bouteille... je monte avec lui jusqu'à l'autre étage... jusqu'à la porte de la dorade... exact!... c'est encore humide... une allumette tout prenait!... nous, notre paille, on a eu de la veine!... le *Revizor* roustissait aussi, et toutes les demoiselles *Dienstelle*... un coup, ça reclaque! une autre gifle!... les demoiselles dactylos veulent remettre ça!

« crâneuse! criminelle! putain! »... pour Isis! ce qu'elles pensent!...

Elles sont à vingt après Isis... ce coup-ci ça y sera!... le plongeon!... d'en haut nous regardons... Kracht sait ce qu'il faut... son gros Mauser!... encore! dans le plafond, deux coups!... *ptaf! ptaf!*... que ça se sauve!... panique de souris!... aux piaules! c'est fini!... plus personne dans l'escalier que nous trois et Kracht... les Kretzer et Isis von Leiden... ces dames sont un peu dépeignées... elles saignent de partout, mordues partout elles ont plus de robes, en loques... mais elles s'en tirent bien, sans nous elles existeraient plus, elles se seraient fait finir, c'était presque... maintenant, c'est pas tout... il faut prendre des mesures... à Kracht, les mesures...

« Docteur, voilà! je ne peux pas les laisser ici... tout le village viendrait les chercher...

— Oh sans doute!... sans doute, Kracht!

— Elles voulaient mettre le feu, n'est-ce pas?...

— Certainement! certainement!... cinq litres d'alcool à brûler! »

Je force un peu...

« Je ne peux les envoyer nulle part... je vais les enfermer ici... enfin, à côté... aux isbas... vous êtes d'avis?

— Parfait!... parfait! »

Une fameuse idée!... mais j'étais pas sûr qu'elles y restent!

« Qui les gardera?

— Les *bibelforscher !* »

Il me donne les détails... ce qu'il a décidé!... une seule des isbas! elles avaient été prévues pour les médecins finlandais... leur bateau devait être en panne... quelque part... bien douteux qu'ils arrivent jamais! et les *bibelforscher* eux-mêmes, est-ce qu'ils voudraient les garder!... une difficulté... ils voulaient bien, mais pas armés! forçats, bagnards, mais sans fusils!... pas soldats! les Écritures!... anti-militaristes, total! toujours dit : non!... si Adolf s'était incliné c'est pas Kracht qu'allait leur faire porter des armes! entendu, donc!... pas qu'Isis, la Kretzer avec! dans la grande isba, et quatre *bibel* à chaque porte, armés seulement de leurs pelles, et pioches... mon avis! je le lui donne tout de suite...

« Excellent! on ne peut mieux!... mais la petite?... et le mari Kretzer? »

Oh oui! oh oui! il va sans dire!... tous ensemble!

« Vous irez les voir tous les jours!... deux fois par jour! »

Je suis d'accord!... lui Kracht la nuit, il veut la nuit... et toutes les heures!... nous connaissons nos bergères!... ah, aussi n'oublions pas les romanichels... à voir toutes les heures! aussi! chaque heure! pas bibliques du tout ceux-là!... redoutables coquins! bien! bon! voici notre programme!... de jour et de nuit... du pain sur la planche!... façon de parler... si on revoit jamais l'Harras on lui demandera aussi ce qu'il en pense!... si jamais... jamais, il reparaît... Kracht descend se reposer... nous allons essayer aussi... on a eu assez d'émotions!... non, Kracht peut pas se reposer... il va conduire Isis et l'autre... nous l'attendrons... oui mais La Vigue? lui ne dort pas...

« Dis La Vigue tu te souviens de Baden-Baden?... »

Il cherche...

« Non Ferdine! non!...

— Et de Mme von Seckt? »

Il cherche encore...

« Non...

— Et de Berlin?... et de Pretorius?

— Attends! attends! un petit peu... »

Je lui indique...

« Par là Berlin!... t'entends? *broum!*... t'entends Berlin? ils pilonnent!

— Ah c'est vrai, fils!... t'as raison! »

Il répète comme moi : *braoum!*

« Ils arrêtent pas!... tu te souviens! la Chancellerie?

— Tu crois, vraiment? »

C'est pas grave qu'il doute... de la Chancellerie et des bombes... ce qu'est grave c'est qu'il nous refasse son scandale... une fois ça avait passé, les gens d'ici le connaissaient... mais ailleurs?...

« T'as qu'à faire *braoum!* La Vigue, c'est tout!... Kracht va revenir!

— Tu crois?

— Oui! oui! oui! je l'entends! »

*

Vous pensez bien que toute la nuit nous n'avons pas dormi lourd!... l'habitude!... l'habitude! il s'agissait de pas être surpris... Isis, la Kretzer en isba... surveillées par les *bibel*... y avait de quoi ne pas être tranquilles... certainement elles allaient revenir!... elles s'échapperaient... et en colère!... alors?... Kracht devait y aller trois fois entre minuit et six heures... à sept heures mon tour... on en avait pour un moment... quand il ferait un petit peu clair, je me lèverais... il faisait froid... par la lucarne il nous arrivait un peu de neige... je veux être sûr... un coup de « torch »!... oui!... des gros flocons... Lili et La Vigue dorment pas non plus... alors je demande... je veux le surprendre...

« Dis donc, pote?

— Quoi?

— Tu te souviens?... ce qu'a dit la gitane?

— Non!

— Que t'as tué Simmer, parbleu! »

Je lui affirme...

« Non! j'ai rien tué!... tu inventes Ferdine!.. tu mens! »

Comme ça brûle-pourpoint... il sursaute...

« La Vigue j'ai dit ça pour te réveiller!

— T'es un beau con, oui! voilà!

— T'as raison fils! serre-moi la poigne! »

On se la serre... pas de ressentiments!... je voulais me rendre compte... il va mieux... j'ai peut-être été un peu vite... tant pis!... tant pis!... on reste à dire des bêtises jusque vers six heures... je sors de la paille...

« Vous mes amis restez tranquilles!... je vais voir à l'isba et je reviens! »

Non!... ils veulent venir avec moi... parfait!... je préfère... mais vite!... il faut convenir, du moment où vous vous déshabillez plus tout va très vite... quel temps gagné!... regardez les pompiers, les sinistres... ils réfléchissent pas, ils sautent!... une minute! attelés, et dehors!... la vraie cadence du genre humain... pas le temps de réfléchir... attelés et dehors! nous dégringolons... le péristyle... nous y sommes!... je regarde l'heure à ma montre... bien!... Kracht nous voit... il revient de l'isba...

« Docteur, vous y allez?... elles sont impossibles! tout le village leur apporte des meubles... vous verrez!... les *bibel* leur construisent un poêle! oui!... vous verrez!... en briques!.. elles sont impossibles! »

On a affaire à forte partie, je m'en doutais... hâtons-nous!... déjà un joli tapis de neige... fin octobre... nous ne sommes pas seuls!... tout le hameau trimbale des meubles, des chaises, des coussins... pour les prisonnières! nous nous avions vu le village vide!... où ils se cachaient?... ils voulaient pas nous voir nous, c'est tout!... maintenant si ça fonce à l'isba!... de quel entrain! que ça barde! quels déménageurs! et plein de mômes avec, pieds nus... qui apportaient aussi des trucs, casseroles, cuvettes... ces

DORF BRINGT I+K
MÖBEL ETC. (chaot. Situation)

dames s'installaient... surtout des mômes russes je crois... qui nous connaissent... qui nous tirent la langue et nous appellent de tous les noms.. sûrement des gros mots... et que ça rigole!.. filles et garçons... chacun à présent porte une brique... et chacune... ils tombent les uns sur les autres... les briques avec!... et que ça se ramasse!... hop! et se bat, s'empoigne! *boum!... braoum!* même les tout-petits font *broum!..* imitent! font les bombes comme sur Berlin! là-bas! et *zzzz!* comme les avions!... aussi, ils savent!... *braoum!* et *zzzz!...* que tout culbute! mômes et les briques!... *zzz!* et en avant!... le plus fou rire, la bombe?... la brique?... l'âge où tout est drôle!... aucune importance... qu'une autre culbute! et *ptaf!* la gifle!... et *zzz* là-haut! l'avion qu'arrête pas!... la brique qui bascule.. trop lourde!... on y va tous!... l'extirpe... du trou de neige... jamais tant ri!... *ptaf!* une autre beigne!... voici l'isba!... ah, je vois au premier coup d'œil, tout le village y est... toutes les ménagères... et les oies... et les canards... je vois l'intérieur, le fameux poêle, en briques... modèle d'Ukraine, énorme... avec la cheminée à travers le chaume... ils sont au moins dix *bibel* plus les mômes... ça va! ça ira! ça se bâtit! que ce soir, ça sera prêt! dix *bibel* maçons, et qui s'amusent pas, les mômes escaladent, passent les briques... dégringolent... hurlent!... s'esclaffent!... et tout recommence!... tout s'arrange! toute la diablerie! avec éclatement des vraies bombes... *braoum!* au loin... et imitations!... *broum!* là tout près!... en même temps le mobilier arrive... tout l'hameau à transbahuter... dans le froid et la neige... que ces dames manquent de rien! affreux, ces dames en isba!... bien victimes des brutes!... si tout le village est ému!... et les Russes et les Polonais et les ménagères et les prisonniers... tous!... question du cul-de-jatte et de Simmer et du Commandant héroïque on en parlait plus, inventions vous auriez pu croire... estourbis qu'ils avaient été?... garrottés?... vraiment?... broyés papillotes?... taratata! mais Mme von Leiden, chassée de chez elle, traitée comme une fille, et nous là, trois rebuts de *franzosen*, derniers des derniers, nous nous moquions?... Zornhof connaissait des épreuves, terribles, au moins une veuve par chaumière, mais nous trois là, notre arrogance, dépassions tout!... en somme nous aussi au purin! vite!... c'était dans l'air... ça se préparait... les mômes avaient les pieds gelés... brasero tout de suite!... rigolade encore!... brasero de fortune... branches amoncelées sur piquets de mine... et au feu!... Kracht veut pas, crie... *verboten! verboten!* les mômes s'en foutent! « ta gueule! *maul zu!* » je crois qu'il aurait bien tiré, mais là dans l'état de la colère, on y coupait pas ils enlevaient le manoir et la ferme, je veux dire les mômes et les mères et les prisonniers... et nous y passions! nous les monstres!... Kracht avait plus la loi, même ils attendaient qu'il tire... je lui dis « Kracht pas la peine! » c'est vrai y avait qu'à regarder... tout le hameau entrait sortait, apportait encore d'autres coussins, d'autres petits meubles... « pour ces pauvres dames... » mieux qu'on revienne plus tard quand ils auraient fini le grand poêle... Kracht est d'avis, nous reprenons le même sentier... neige partout... nous nous faisons huer par les mômes... « *heil! heil! mörderer!* » *heil! heil!* assassins!... tout simplement!... rien à répondre, l'opinion est contre nous!... enfin, ils ne nous ont pas massacrés!... ils auraient pu!... ce que je l'ai répété depuis 39, ce « ils auraient pu! »... mille occasions! rengaine!... Herold Paqui allant au poteau, pleurait, dépité... « ils ont pas fusillé Céline!... » il serait mort content... Cousteau de même, cancéreux insatisfait... ce brave Cousteau!... qu'avait fait tout ce qu'il avait pu pour qu'on m'écartèle... oh, mille autres, certes!

Là, il s'agissait, plus sérieux, que nos dames « surveillées » ne se sauvent pas!... et que personne nous suive... nous allons donc très prudemment, fourré par fourré... la neige tombe... nous voici au péristyle... deux femmes sont là, très emmitouflées... pas des paysannes... pour nous!... pour nous, je crois... nous approchons... oui! Marie-Thérèse l'héritière et la comtesse Tulff-Tcheppe... debout dans la neige... que nous veulent ces dames? elles s'adressent d'abord à Kracht... ce qu'elles veulent?... savoir si on les arrête, si elles vont aussi à l'isba?... il fait presque jour à présent... elles ont pas bonne mine, leurs nez coulent... elles nous attendent depuis longtemps?... je les avais jamais vues

MT + Tulff-Tcheppe ziehen in Salon

ensemble, je crois même qu'elles ne se voyaient pas... l'une chez sa fille, à la ferme, l'autre dans sa tour... maintenant amies, bras dessus bras dessous... elles grelottent... le froid et la peur... la comtesse Tulff-Tcheppe m'explique... elles veulent plus retourner à la ferme... pourquoi?... Nicolas là-bas!... le géant russe!... et Léonard et Joseph!... et tous les autres... ils remettront le feu!...

« Le feu? le feu? »

Je rectifie...

« C'est Isis von Leiden qui mettait le feu!... et elle est enfermée Isis!... vous voulez la voir? »

Je propose...

« Oh, non!... oh que non! »

Elles ont encore plus peur d'Isis que du géant Nicolas... « alors? alors?... » Kracht demande... elles vont demeurer là-haut?... ensemble chez Marie-Thérèse?... et puis?... le soir elles descendront dans l'ancien bureau du frère... elles auront moins peur d'Isis...

Ça sera aussi une compagnie pour notre *Revizor!*... à propos que je le présente!

Elles me suivent...

« Mme la comtesse Tulff-Tcheppe! Mlle Marie-Thérèse von Leiden! »

Lui là qui gît est bien content... il voudrait se lever, saluer... il ne peut pas... il voudrait accueillir les dames... il fait un geste, un bras... pas plus! mais les honneurs!... il se croit chez lui...

« Ici vous voyez, Mesdames, deux divans!

vous pardonnerez ce grand désordre! là, un fauteuil!... et là-bas, je crois, un piano!... au fond, les fenêtres! Kracht l'S.S., vous le connaissez, défend qu'on ouvre les persiennes! son idée!... hi! hi! »

Il rit, mais ça lui fait mal... il se crispe..

« Oh! oh!

— Monsieur le Revizor nous voyons! ne bougez pas!... ne bougez pas! »

Il insiste...

« Vous verriez la mare! juste sous le balcon, votre frère est mort ici, là, à côté de moi... le Landrat est mort dans cette mare... votre neveu Madame me dit-on est mort dans la fosse... vous savez n'est-ce pas dans la fosse? »

Le souci de précision... même très abîmé comme il est, souffrant au possible, il ne veut pas d'erreur, que ces dames aillent croire n'importe quoi!... Kracht écoute, ne dit rien... Le Vigan se tortille, lui ce qu'il voudrait, qu'on retourne à l'isba... sa lubie... « tout à l'heure! » je devais y aller encore trois fois... Kracht la nuit... moi, pour la santé, le jour... sûrement on allait être reçus!... je demande à ces dames si elles veulent faire un petit tour? non! elles remonteront pas non plus chez elles... elles s'installeront au salon, tout de suite... le *Revizor* n'est pas gênant, sitôt qu'il essaye de remuer, il geint... et il geint encore bien plus quand nous devons le tenir sur le vase... c'est le moment, avant que nous sortions... nous le soulevons, le maintenons, il se plaint, mais pas trop, il est brave... il nous remercie affectueusement, ça va jusqu'à la prochaine fois... sa fracture est pas à être fier... je veux dire la consolidation, l'œdème est assez résorbé, mais le cal me fait honte... qu'il reste allongé, sapristi!... avisons qu'il ne gêne pas ces dames!... ces dames ne s'occupent pas de nous, elles en ont après les persiennes, tout au fond, elles essayent de les ouvrir... défendu!... mais elles s'en moquent!... y voir, qu'elles veulent!... très bien!... parfait!... elles s'arrangeront des divans... nous y avons couché... on séparera le salon en deux... en trois... elles seront mieux que nous dans notre grosse paille... le Revizor gémit assez fort, mais quand il a eu sa piqûre, ça va... maintenant il leur faut des matelas... pas se demander d'où, de chez les Kretzer, l'étage au-dessus... on fera ça en revenant de l'isba!... maintenant mon tour, la visite! je tiens que La Vigue vienne... je veux pas qu'il reste avec les femmes et le Revizor, il bafouillerait... je lui dis « arrive La Vigue! »... je commande, j'ai pas très envie d'aller voir Isis, mais enfin, il faut... nous voilà dehors... vous connaissez... le sentier... le dernier buisson avant l'isba... je fais à La Vigue : attention! très peu de gens autour, seulement les *bibel* de garde, ce qu'était entendu... ils allaient venaient, la garde à eux, pas en fusils, en pelles et pioches... je leur crie...

« Rien de nouveau?... *nichts neues?*

— *Nein! nein! niemand weg!* personne parti! tout en ordre! »

Ils me connaissent bien... j'en demande pas

MT + TT richten es sich hübsch ein

plus... je suis rassuré, mais pas tant... l'Isis est capable de tout... je reviendrai, mon autre ronde, dans deux heures... ah, encore!... j'oubliais!... « *niemand krank?* personne malade? *nein!... nein!...* » alors ça va!... demi-tour!... au manoir! le péristyle!... le salon... ça va pas mal... ces dames se sont installées... pas en galetas, des vraies chambres!... débrouillardes!... je connaissais pas les paravents... elles ont déniché ces belles choses! de très belles feuilles, hautes, brodées... ce manoir von Leiden avait eu du style... pas que le parc... un tout petit Versailles...

« Ce n'est pas tout!... maintenant aux gamelles! »

Mais non!... que non! Lili ne veut pas!... le village est tout prêt à nous faire un sort, tous les deux nous et nos gamelles! ils n'attendaient que ça! y a du vrai... en plus le ciel est de pire en pire... « forteresses » sur « forteresses! »... exact!... j'écoute... et pas besoin de toucher les murs... ils vibrent, on les voit vibrer... et le parquet... *braoum!...* pas que des explosions, du vrombissement après chaque bombe... *rrrrrrr...* l'engin qui crève!... se répand partout, s'étale... loin... loin... là-bas... et puis plus près... Lili a raison... et nos gamelles?... pas qu'on ait très faim, mais plus tard?... et puis nous sommes six, sept avec Bébert... bien sûr y a la réserve, l'armoire, toujours l'armoire!... mais devant les rombières?... sûrement elles sont au courant, mais elles me gênent... nous comparant à l'isba, je crois qu'eux sont gâtés, je suis sûr qu'on leur porte... si nous on nous envoie quelque chose ça sera Isis, avec ce qu'il faut, essence... allumettes... et que cette fois-ci ça sera sérieux! que tout prendra!... certain! l'est-ce rigolo!... si on rit encore!... le Revizor est installé lui aussi!... on lui a mis des paravents... trois!... et il se plaint... je l'entends, j'y vais... sa jambe lui fait mal... pas que ça, il a faim!... il me demande... il voudrait un peu de pain noir... une envie!... zut! je préviens Lili... je préviens les blèches... elles savent bien sûr que j'ai déjà tapé dans l'armoire, que j'ai régalé tout Zornhof... et Léonard et Joseph... et les gitans... et la cuisine *Bibelforscher*... alors là pour le *Revizor*, blessé comme il est qui peut passer d'un moment l'autre... il serait inhumain que j'hésite...

« *Natürlich!* naturellement! »

Elles m'approuvent... que si Harras revient jamais, il comprendra...

« Bien sûr... bien sûr!... »

Hardi!... zut! s'il en reste!... j'ai déjà tellement prélevé!... il faut aussi que ces dames mangent... et peut-être nous trois un petit peu... et notre Bébert... pas que le *Revizor!* « Charité bien ordonnée... » sûr aux *Bibel* on se débrouillerait... ils nous refuseraient pas, mais l'aller retour? bien périlleuse expédition, vue l'effervescence... non!... on se nourrirait de certaines conserves, y en avait au moins dix douze boîtes, je les avais palpées, sous les cigarettes, tout au fond... mais ces dames en voulaient pas! pas d'haricots!... des sardines oui! très bien!...

« Je chercherai! »

Je suis sûr qu'à l'isba y avait des sardines... ils avaient de tout... on leur apportait! pourquoi?... comment?... alors, un échange?... on verrait, peut-être?... maintenant, le pain!... certes on pouvait se passer de pain... c'était mieux avec... le *Revizor* tenait à son pain noir...

« Les gonzesses, Ferdine! »

J'oubliais!... les dactylos sûrement en ont!... les filles furieuses du « troisième » que si Kracht avait pas tiré, Isis piquait une de ces têtes!... pas qu'elle! la Kretzer avec!...

Qu'elles aillent aussi nous basculer... possible! cependant nous mettons pas le feu!... on voulait juste un bout de pain, et pour un malade.. certes y avait du risque... elles pouvaient être encore en nerfs..

« Allons-y! »

Je vous ai raconté, les portes de leurs chambres donnaient toutes sur le même balcon au-dessus du grand escalier... je leur proposerai de leur rendre ce pain!... nous montons donc... chaque porte *toc! toc! was?* quoi?... pas aimables!... je gueule fort... plus fort! « un peu de pain pour le Revizor! »... les lourdes s'entrouvrent... ah, une demi-boule!... une entière! et encore une!... on a assez... « *danke! danke!* merci! »... on redescend... nous revoici au salon... le Revizor me demande...

« Elles ne vous ont pas parlé des registres? de mes comptes?

— Si!... si! ils sont prêts!

— Ah! ah! »

Je vois qu'il faudrait d'abord qu'il pisse... ces dames pourraient un peu nous aider... elles veulent bien.. on s'y met tous... la manœuvre très délicate, il souffre... là, ça y est! .. il fait... il n'a pas de fièvre, mais sa fracture... ses fractures... elles ne sont pas belles... tout sera à refaire!... plus tard... plus tard... maintenant c'est qu'il mange... il avait faim tout à l'heure... le pain noir tout sec? avec quelque chose!... je crois qu'il aimera les rillettes... mais d'où les rillettes?... j'ose pas dire, je sais!

« Allons-y La Vigue! »

Il sait aussi... l'armoire encore... il fonce farfouille... à deux bras... le *Reichsoberarzt* Harras a pas voyagé pour rien... question d'épidémie, zéro!... mais comme cigares!... boîtes et des boîtes!... jambons... ah les rillettes!... trois pots!... et de ces bouteilles!... cognac... anisette .. chianti... Marie-Thérèse est curieuse, elle veut nous aider... la comtesse Tulff-Tcheppe aussi... ces dames savent où sont les verres... dans un des buffets... et les tire-bouchons... oh, mais du champagne!... La Vigue en extirpe six bouteilles! du fond, de sous les cigarettes... ces dames se font pas prier... les bouchons sautent, c'est du vrai!... elles en reprennent... et le Revizor qu'on oubliait en veut aussi... *mgnan! mgnan!...* c'est du chouette!... il en redemande..

THEMA ALKOHOL → DEKADENZ
MT + Tulff-Th. gierig, gefräßig...

Lili lui en reverse... nos deux comtesses, Marie-Thérèse, l'autre, viennent voir boire le Revizor... qu'il est amusant! mais elles, pardon, qui sont fofolles! ç'a pas été long l'effet *extra dry!*... preuve elles butent dans le paravent! ensemble! les deux! hop, elles se rattrapent.. elles se donnent le bras...

« Docteur! Docteur que c'est bon! Docteur n'est-ce pas, vous me promettez?... sitôt que vous êtes à Paris?... »

L'autre l'interrompt... crie... réclame!...

« Ping-pong!... Ping-pong! »

Marie-Thérèse veut du ping-pong... elle veut jouer... tout de suite! y a bien une table, là... mais les raquettes?... il s'agit de savoir... elles doivent les trouver là-bas, je crois, je leur indique, entre le divan et le coffre à bois... tout à fait l'autre bout du salon... dans un fouillis!

« Vous chercherez plus tard!... mangez d'abord!... »

Non! elles veulent jouer tout de suite! « ping-pong! ping-pong! »... friponnes!... elles ne peuvent pas attendre! elles y vont... elles trépignent! elles s'emmêlent dans les étoffes! et s'y en a! y en a!... des flots de velours!... et des brassières!... des tringles à rideaux... les deux comtesses tombent à genoux... elles veulent quand même trouver ces raquettes!... alors ce qu'elles soulèvent comme poussières!... elles éternuent... je propose une coupe... et encore une... elles s'allongent.. la Tulff-Tcheppe me relance..

« Docteur! Docteur! vous n'oublierez pas!... Docteur vous me promettez?... »

Bien sûr!... bien sûr!... je promets tout... Marie-Thérèse se donne plus de mal... elle farfouille... quel lumbago je prévois... d'à genoux elle extirpe de sous les loques un fer à repasser, une marmite, trois chaises longues... mais alors tellement de poussières qu'on tousse tous... le *Revizor* aussi... il suffoque... je peux pas le lever!..

« Docteur!... Docteur! »

On voit plus rien, tellement de nuages!... y a plus de champagne... je dis à La Vigue...

« Vas-y! d'autres! y en a encore! »

Il y va... il tâte, il extirpe... c'est un « vulnéraire » qu'il amène... on goûte... les dames en avalent tant d'un coup qu'elles s'emportent la bouche... *ouaah!...* elles soufflent... et elles veulent encore du pain noir! La Vigue sait découper très fin... il se sert lui-même, et puis les dames, et puis le Revizor, sur le flanc... nous l'avions presque oublié... il faut dire : le moral remonte!... on s'amuserait pour un peu... le plancher tremblote, et les murs... alors?... alors?... si nous ne sommes pas habitués?... et aux « forteresses »!... qui le serait?... peut-être un peu plus secoués qu'hier?... il me semble?... Berlin est pire!... je vous ferai remarquer : je ne touche à rien!... je m'enivre pas!... que les autres s'abreuvent, pas moi, pas moi!... le whisky nature! ces dames veulent pas d'eau!... mais elles ont bu de tout trop vite... il serait raison-

Auflösg. d. Ordnung:
Gänse gebraten

nable qu'elles se reposent, qu'elles cessent de chercher les raquettes... trifouiller les détritus, tout le bazar, pour rien trouver... que nous faire tousser!...

« Restez allongées! »

Elles veulent pas!

« Si! si! »

Je commande... elles sont si pompettes... elles s'abattent!... je crois qu'elles vont vomir... non!... elles ronflent... tout de suite!... le Revizor aussi... l'alcool a du bon!... que je profite pour les piquer tous... chacun une ampoule!... au moins trois heures de sommeil... 4 cc...

« Maintenant fils, l'isba! »

Il veut bien... lui n'a bu que du « vulnéraire »...

« Lili, attends-nous! »

Dehors tout de suite je vois un feu... entre le manoir et les buissons... un feu de bois, et sous une oie, à la broche... ils ne se gênent plus! bien défendu de toucher aux oies!... « Ordonnance du Reich »... sabotage grave!... mais la police c'est Kracht, pas moi!... qu'ils se régalent!... Hjalmar pourrait s'en occuper, mais il est loin!... mon attribution moi, stricte, l'état sanitaire... le mieux je crois, de pas s'approcher... à distance!...

« *Nichts neues?*... rien de nouveau?

— *Nein! nein!* »

On va pas aller enquêter... demi-tour! pas que je croie beaucoup aux *nein! nein!* mais Kracht ira!... juste, le voici!...

« Ça va très bien! »

J'affirme!... il ne demande pas mieux... il insiste pas, il rentre avec nous... la neige fond maintenant, une bouillie... lui a des bottes... voici le péristyle... le salon... les deux comtesses dorment à même le tapis... un sommeil bien lourd... bras n'importe comment, les jambes aussi, les jupes en loques... qu'est-ce qui s'est passé?... Kracht me demande...

« Une violence?

— Non, elles ont bu!... elles avaient soif... très soif...

— Elles n'ont pas vomi?

— Non, pas encore!

— Elles ne se sont pas empoisonnées?

— Non... je ne crois pas... »

En fait, elles cuvent... tout bonnement... mais pourquoi lampé tout si vite? et en somme à peine mangé?... ces dames étaient à bout de nerfs, alors le petit choc d'alcool, champagne surtout! elles étaient parties... Kracht me fait remarquer qu'elles seraient peut-être mieux une sur chaque divan...

« Vous avez raison Kracht, ces dames au salon! »

Pas bien spirituel, mais je suis fatigué, j'ai le droit, j'ai autrement peiné, là zut, que ces deux rombières, poivrotes retroussées... alors voilà, nous les portons, par les épaules et par les pieds... les disposons, chacune un divan... Tulff-Tcheppe entrouvre un œil...

« Docteur!... Docteur! vous n'oublierez pas!... l'Orangerie!... l'Orangerie!

— Non! non Madame! je vous le jure! »

Elle se rendort... même si ronde elle oubliait pas les Tuileries... je lui avais promis d'y aller sitôt notre retour... et aussi rue Saint-Placide... pourquoi cette rue?... enfin toujours j'avais juré... là elles faisaient dodo toutes les deux... bien! si vite saoules?... droguées, positif.. Kracht pouvait se demander... un peu anormal...

« La Vigue qu'est-ce que tu penses? »

Il est là assis à côté de moi... le nez en l'air...

« Pas que les murs dis!... le plafond aussi! mords la lézarde! »

Rien de surprenant mais tout de même c'est seulement d'hier que le plafond s'en va...

« T'es comme les Gaulois La Vigue! »

Braoum!... je croyais pas si bien dire... une plaque... deux plaques... ça s'écaille!... vraiment les explosions se rapprochent... pas que de Berlin, du Nord aussi... il semble... en tout cas c'est fini pour nous l'isba... à Kracht d'y voir! la nuit vient... nous avons mangé un petit peu nous ne sommes pas à plaindre... peut-être encore une ampoule au *Revizor?...* oh, il me réveillera!... il se plaindra... nos deux nobles dames, chacune un divan, soupirent... j'écoute... elles ronflent... nous, il s'agit pas de trouver le parquet confortable!... il s'agit de nous étendre, c'est tout... et bien faisant gafe!... chacun droit à une couverture... suffit!... je remarque à La Vigue...

RÜCKKEHR HARRAS

« Tu crois que les Gaulois dormaient? »

Là juste le temps qu'il me réponde... *rrrrr!*... un bruit de moto... et une autre... *rrrrr!*... dans le parc, là!... et plus près... au péristyle... on va pas regarder!...

« Dis, ce que c'est? »

Y a pas de motos à Zornhof... au moins on en a jamais vu... alors?... et deux autres... *rrrrr!*... elles viennent pour nous?... le mieux de pas se montrer... ce sont des Allemands?... des Russes?... des Anglais?... ils entrent pas... ils parlent dehors... là, c'est facile... ce sont des Fritz!... Kracht descend... il a qu'à leur parler, lui!... je tends mon oreille... je comprends un peu... ils viennent de Berlin... qu'est-ce qu'ils veulent?... ils parlent si haché, si rauque, qu'ils me donnent presque l'envie de sortir, qu'ils m'expliquent... ah, un autre *rrrrr!*... beaucoup plus fort!... avec toute une ferraille après... des chaînes... c'est une auto blindée, je connais... et tout de suite Harras, sa voix... pas d'erreur, c'est lui! il peut dire qu'il s'est fait attendre... le galvaudeux!... d'où il sort? et il rigole! en plus!... il ose! sa façon : *oooah!* je vois pas de quoi!... il parle aux autres, il se presse pas... on peut se montrer!

« *Heil* Harras!... *heil* bon Dieu! »

Oui c'est bien lui!... et l'auto blindée! enfin il est là notre pendard!... je l'attaque, et comme!

« Harras! faisan! je vous décore! palme et la croix! qu'on a bien failli y passer, nous! qu'ils ont tué tout le monde ici, vos canaques!... qu'on nous y reprendra en vacances!... à vos vacances! à la cure des nerfs! »

Je le fais rigoler... *oooah!* nous l'avons toujours fait rire... je le regarde, il a maigri... maigri, il en reste!... il est encore deux fois comme moi... il est pas triste, non! c'est un homme qui peut pas être triste... il a dû trop voyager?... je le lui dis... je lui demande...

« Non!... non, mon vieux!... nous avons eu des petits ennuis... beaucoup! mille!... pire qu'ici, mon vieux!... pire! vous ne me croyez pas? »

Je comprends que Grünwald n'existe plus. ni le télégraphe... ni le grand *bunker*... ni les confrères finlandais... ni les demoiselles dactylos... que tout ça a été soufflé, broyé, flambé!... capitolade!... deux nuits!... en deux nuits seulement! *pfff!*... il imite et le geste... *pfff!* nous avons dû voir d'ici?... certes! tous les soirs!... même tous les tantôts!... *pfff! pfff!*

« Et Lisbonne? »

Je demande...

« Plus de Lisbonne!... tous les chefs sanitaires d'en face se demandent aussi... qui?... que?... quoi?... *oooah!* tous ridicules!... moi aussi!... tous les petits choléras avortent!... une variole douteuse à Beyrouth!... sept lèpres à Dakar!.. c'est tout! aux armées?... rien!... ni chez les Russes, ni chez les Turcs... civils, militaires, vaccinés, Destouches, c'est la fin!... même plus d'alcooliques en France!... un seul delirium à Toulouse!... mon pauvre collègue, la guerre chasse la peste à présent!... et guérit les fous!... Dürer est à reprendre! *ooah!...* à refaire! vous savez ses quatre cavaliers? vaccinés, vaccinés tous! sanitaires ils sont!... sanitaires! aucune raison que cette guerre finisse! Apocalypse aseptique! au lance-pierres, collègue, maintenant!... à l'arbalète!... l'arme secrete?... *pfoui! ooaah!...* »

Le gros rire encore! mais lui toujours est armé! palsambleu! je vois! deux de ces « Mauser »! plus trois de ces grenades à manche! à mon tour de rire!...

« Vous allez les repousser aussi?

— Qui?

— Les Russes, tiens!

— Ils ne sont plus bien loin vous savez? »

Au moins lui dore pas la pilule...

« Où croyez-vous?

— *Ach,* leurs partisans?... assez près... je crois... peut-être?... je ne dis pas non... »

Scientifique, Harras, il voit les choses telles... pas à la « propaganda »...

« Où sont-ils maintenant?

— Sûrement à Francfort-sur-Oder!

— Les Russes?

— Oui! »

Je suis fixé... nous là nous sommes aux premières loges... il est bon d'être renseigné... pas seulement sur les typhus et les choléras qui avortent... un peu sur les Tartares aussi... pas loin Francfort!...

« Harras, notre livre, vous savez? »

Il ne se souvient plus...

« Celui que nous avions préparé...

— Ah, oui!... ah, oui!

— La médecine franco-allemande! »

Il se souvient...

« Je n'y ai pas touché!... pas par paresse, mais pas une minute! ni de jour! ni de nuit!

— Je sais... je sais...

— Les dossiers sont là... regardez! contre le mur... les piles!... »

Les piles tremblent...

Il voit les dossiers... *ooaah!* que c'est drôle!... oh, mais que je peux être loustic aussi!

« Harras, les Russes peuvent venir!... nous avons des isbas pour eux!... nous sommes prêts! et des dames dedans! »

A propos faut qu'on aille les voir... je lui demande, ça va, il veut bien... il n'apprendra rien!... il sait mieux que moi ce qui s'est passé... enterrement... assassinats... il ne m'a rien dit mais il est pas à surprendre... son air bienveillant... si blasé... peut-être quelque chose qu'il ne sait pas? l'armoire?... puisqu'on est dans la plaisanterie!... voilà, je commence...

« Vous savez Harras... »

Oh, pas la peine!... il m'arrête...

« Mais oui!... mais oui! mes pauvres amis! cas de force majeure! »

Il me met à mon aise! il plaide même notre cas... que nous sommes à plaindre et c'est tout!... notre cas à pleurer!... oui! oui! et par là-dessus *oooah!*... énorme! la preuve comme nous sommes innocents, nous avons cru vider l'armoire... elle est encore pleine!... je doute?... ah, je doute! Harras y va, à genoux... son énorme fias bariolé drôle, à genoux, caméléon... et il pousse! un panneau! et que voici!... une de ces abondances de fioles, quelle planque! jambons, saucisses! et encore quatre paniers de champagne! de quoi rondir bien des hordes... l'armée russe peut venir!... les gens du hameau savent un peu... Harras sait qu'ils savent, il s'en fout!... il a six S.A. avec lui... huit... alors?... la garde à l'isba?... il faut qu'on en parle... d'abord Kracht!... il l'appelle... je les écoute!

« Kracht!... Kracht faites attention!... ces *bibelforscher* sont des traîtres, des lâches, et des pédérastes... ne vous fiez jamais à ces gens!... envoyez là-bas deux S.A.!... si quelqu'un sort : *ptaf!* vous les prévenez!... pas d'histoires! vous me comprenez? ces *bibel* font bien les cercueils... alors, n'est-ce pas? n'est-ce pas?

— *Ja!... ja!* Monsieur l'*Oberarzt!*

— Maintenant faites-leur porter tout!... tout ça! là-bas! »

Tout ça c'est au moins vingt bouteilles de « rouge » plus deux paniers de *Mumm*... et trois gros jambons... plus, incroyable, des douzaines de pots de foie gras! et de rillettes... de quoi s'établir!... un magasin de *delikatessen!*

« Qu'ils ne regardent pas! je veux qu'on mange tout! demain ils en auront d'autres!... mais qu'ils ne sortent pas!... *ptaff! ptaff!* Kracht!... vous m'avez compris?

— Certainement, Monsieur l'*Oberarzt!* »

A présent à moi!... il se met d'aplomb, avec ses gros Mauser, et ses grenades et sa jumelle... campé, il est, je vous ai dit, deux fois gros comme moi... même très amaigri... et tout bariolé, peinturluré, casque, manteau, bottes, vert, jaune, rouge... camouflé... les *bibel* aussi sont bariolés vert, jaune, rouge... eux c'est pour qu'on les voie mieux de loin!... allez comprendre!

« Mon cher Destouches, ce n'est pas tout! le juge est venu paraît-il... l'*Untersuchungrichter!* ah, dites ce mot! faites-moi plaisir! »

Je le dis...

« *Oooah!* son nom? vous savez?

— Ah, pas du tout!

— Ramke! vous savez ce qu'il faisait sous Hindenbourg?

— Oui je sais! Le Revizor m'a dit : coiffeur pour dames...

— Exact! *Gegnenstrasse... Meisterfrisör...* Salon Danaé...

« Mon cher Destouches, ce n'est pas tout! assez de vétilles! administrons!... à nous deux! une table!... deux chaises! vous allez voir!... l'administration nazie! Confrère, je vais vous compromettre! vous serez fusillé!... bientôt!... ou par ceux-ci! ou par ceux-là!... *oooah!* vous êtes " attentiste "? n'est-ce pas?... assez " alarmiste " en plus?... *oooah!...* j'en ai assez!... nous allons être un peu sérieux!... la table!... la table!... il est temps! »

Je voyais pas la table... celle du ping-pong?... enfouie... un pied! ah, un pied!... il l'empoigne... extirpe... il est fort... et hop! pose cette table, là! je lui raconte que nos deux dames Tulff-Tcheppe et Marie-Thérèse voulaient s'affronter au ping-pong... deux vraies gamines!... mais qu'en cherchant les raquettes elles avaient soulevé tant de poussière, qu'elles avaient dû boire... tellement et n'importe quoi qu'elles avaient vomi... et puis s'étaient écroulées, le profond sommeil!...

« Pas assez Confrère! pas assez! je veux un sommeil d'enfant!... il faut! je vois encore des saccades... »

Il se méfie... il a raison... Kracht revient de l'isba...

« C'est fait?

— Parfaitement monsieur l'*Oberarzt!*

— Ça mange?... ça trinque? Isis aussi?... et la petite fille? »

La petite, il n'a pas regardé...

« Il faut du lait pour la jeunesse!... beaucoup de lait!... y a de tout ici!... tout ce qu'il faut!... allez à l'armoire Kracht, j'ai ouvert le fond, vous un pharmacien, vous n'avez pas pensé au lait?... *Skandal!*... autre *skandal!*... *oooah!*... vous verrez les boîtes... lait condensé... et du meilleur!... pas *ersatz!*... lait suisse! faites porter dix boîtes!... mais hein! là-bas attention que la mère boive pas tout!... ni les autres!... les parents en grande douleur sont terrible avides de lait!... surtout lait " condensé " suisse!.. j'irai voir

H: Klassifizierung d. Menschen in „Gattgen"

NEUE NS-VERWALTGSSTRATEGIE

moi-même! je connais Isis von Leiden... je connais les Kretzer!

— A l'administration, Confrère! administrons! classons ces humains!... l'espèce! quelle espèce?... les deux!... votre avis, Confrère?... pas d'hésitation : *homo deliquensis!* les deux! les Leiden! les Kretzer! délinquants nés!... héré dité!... prêts à tout!... là, ces deux-ci?.. »

Il voulait dire la Tulff-Tcheppe et Marie-Thérese les jambes en l'air dans les rideaux...

« Vieilles femmes douces, ivrognes, radoteuses... pas dangereuses.. non! séniles optimistes alcooliques! les autres, oui!... vous pensez, Destouches?

— Certainement, Harras!

— Ah, nous sommes d'accord!

« Vous, Kracht!... autre chose! faites-moi venir le Russe Nikolas?... quand je pense, vous savez c'est moi qui l'ai donné à la ferme... je suis responsable. blessé, à Orel, il était dans mon service, mon ambulance... je l'ai soigné... je l'ai fait venir ici . cadeau aux Leiden! ah, encore!. encore! vos deux charmants compatriotes! il faut aussi que je les prévienne!

— Léonard?... Joseph?

— Exactement! »

Je vois qu'il était renseigné, il avait eu beau être là-bas, loin, je ne sais où..

« Ça ne va pas être long, Confrère!... vous ne connaissez pas encore notre formule " *blitz* "?... rénovatrice! en profondeur!... administration! oh, très simple! très simple! vous allez voir!...

vraiment allemande!... philosophique accélérée!... je vais vous montrer... vous allez voir... assoyez-vous!... bien boche, réfléchie! mais accélérée! les vaincus, n'est-ce pas, autrefois, on les égorgeait!... tout simplement! banalité! vous savez tout cela Confrère!. . encore maintenant le système russe!... barbarie!... moi!... vous! demain!... *oooah!* »

Que c'est drôle!

« Après on ne les égorgeait plus! non!... à l'esclavage!... aux Pyramides!... plus tard, aux galères!... n'est-ce pas?

— Certainement, Harras!

— Eh bien notre Révolution!... philosophique accélérée!... fini l'esclavage des vaincus! vous allez là, voir, admirer j'espère! devant vous!... mystique nationale-socialiste! les assassins au commandement! »

Il appelle...

« Kracht faites venir Joseph... et Léonard... et Nikolas! »

Il me demande..

« Assassins tous!... n'est-ce pas Confrère?

— Il semble bien!...

— Faites-les entrer tous les trois, Kracht! »

Les voici...

« Ah Kracht, un traducteur! »

Kracht y a pensé... un *bibel* est à la porte... qui peut traduire...

Joseph, Léonard entrent... pas fiers!... ils regardent les murs... et le plancher... Nicolas lui

J + L => CHEFS

nous regarde en face... d'un coup il est réveillé... c'est pas à lui qu'Harras s'adresse...

« Léonard vous! écoutez-moi! »

Léonard ose pas nous regarder...

« Léonard j'ai besoin de vous!... je dis : besoin de vous!... mais attention! vous connaissez bien les étables... la ferme... les silos... les bêtes?... n'est-ce pas Léonard? »

Léonard fait signe que oui, mais il ne répond pas...

« Allez! allez! dites-moi : oui!

— Oui, mon colonel!

— Alors parfait! vous serez le patron!... le patron d'ici : à vous le bétail et le personnel! vous me comprenez?

— Oui, mon colonel!

— Si ça ne va pas vous serez fusillé, Léonard!

— Oui, mon colonel!

— A vous Joseph!... vous les Polonais et les prisonniers! les jardins et les cuisines!... compris?... si ça ne va pas vous serez pendu!... compris Joseph?

— Oh, oui, monsieur le Président!

— Inutile de fuir, le tank et les S.A. resteront là, ici vous serez rattrapés!.. vous voici patrons tous les deux!... tout de suite quelque chose Léonard, pour vous : faites-moi préparer huit vaches!... huit vaches en attelage... vous savez?

— Attelées comment?

— Arrangez-vous! mais tout de suite! »

Kracht lui, sait... au grand chariot à bette raves... oui, mais pas comme ça!... il faut d'abord ferrer les vaches... ça, Léonard sait!... je comprends... par « onglets »... La Vigue m'explique... lui est presque de la partie, il a été presque agronome un temps...

« Tout de suite!... tout de suite! »

Ils sortent tous les trois... ils emportent une « torch »... deux « torch »... vite tout régler!... il va être onze heures...

« Maintenant chers amis, à nous! »

Qu'est-ce qu'on va faire nous?... je note, ça circule toujours autant, là-haut... « forteresses » sur « forteresses »... sur Berlin! pourquoi?... puisqu'il n'y a plus rien, il a dit... ça explose quand même... la preuve, nos murs... l'habitude? la routine?... je veux pas commenter...

« Voulez-vous? allons le voir? »

Il geint, le Revizor... l'autre bout de la pièce..

« *Guten abend!* bonsoir! comment ça va? »

Je présente... *Reichgesundheits* etc... le *Revizor* est très honoré... il ne peut pas se lever... il n'essaye plus... mais comme il regrette!... oh, comme il regrette!

« *Nein! nein! bleibt!* restez! restez! »

J'explique sa fracture... et que nous l'avons sauvé de justesse!... que les prostituées allaient le finir... comme elles avaient écharpé l'autre...

« L'autre?

— Le Rittmeister! »

Il savait... il savait tout et les circonstances... il s'amusait que je lui raconte... là pour celui-ci, je n'avais pas pu faire grand-chose... pas de moyens!...

Rev: Direktor d. Dienststelle
Isis / Kretzer / T-T nach Osten

« Vous ne pouviez pas!

— Morphine...

— Bien sûr! bien sûr!

— Deux centicubes...

— Ça ne sera pas assez pour ce soir... beaucoup d'émotions pour ce soir!... administration de choc!... je vais le nommer directeur! votre Revizor écartelé!... oui Confrère! oui! Directeur de la *Dienstelle!* maître après Dieu!... il ne bougera plus, il pourra vérifier les comptes, toute la caisse!... sa hantise!... ici!... les autres s'en iront au diable!... il sera tranquille!...

— Kretzer?...

— Oui!... et Isis von Leiden!

— Et la comtesse Tulff-Tcheppe?...

— Parfaitement! tout ça en voiture!... il est convenu!... les étapes sont prêtes... Rostock... Stettin... Dantzig... l'administration nazie!... de choc et méticuleuse! philosophique accélérée! vous allez voir cher Confrère!... rien au hasard! préparé de loin! minutieusement! et Nikolas!... mon prisonnier Nikolas!... *oooah!*... vous savez je vous ai raconté... je l'avais donné au cul-de-jatte... il a jeté le cul-de-jatte au purin... son bon maître!... *oooah!* normal!... normal! inhibition, libération, choc!... vous savez!... choc en retour, normal! le médecin général Göring vous allez le voir tout à l'heure, a très étudié les prisonniers russes... il a communiqué ces cas... “ libération, chocs ”...

— Göring?

— Pas le gros, pas Hermann!... non!... Werner Göring, l'aliéniste!... oh, très modéré, celui-ci, raisonnable, pas du tout abracadabrant!... il sera content de vous connaître, il parle français... bien mieux que moi!... un très gros travail il a fait, en français, à Paris, chez Dupré... »

Là-dessus encore une rigolade... *ooah!...*

« Très fin clinicien Werner!... vous le verrez!

— Vous expédiez pour Königsberg alors?... tout!... tous! ces dames et leur suite?

— Parfaitement!... par Stettin, le long de la Baltique... vous voyez? grandiose vie là-bas!... vous ne connaissez pas? forêts!... loups!... ours!... lapins! *oooah!* elle ne vous a pas invités?

— Oh si!... si!... tous!

— Vous irez plus tard... si vous voulez!... très énorme château, vraiment! elle n'a pas été partout, impossible! elle ne connaît pas tout son château! et quelles forêts! et quelles neiges!... renards!... aigles!... et « partisans » aussi! russes!... très énormément!

— Harras je crois que vous savez tout!

— Pas tout, mais assez...

— Alors ceux qui sont venus ici, ces hommes poudrés?

— *Ooah!...* bien possible!... ils s'infiltrent n'est-ce pas?... alors?...

— Et les prostituées de Moorsburg?

— Elles sont à Hambourg!... Hambourg brûle!... pire que Berlin! elles voulaient y aller n'est-ce pas?... toutes les prostituées d'Allemagne veulent aller au-devant des Anglais!...

— Bien sûr!... bien sûr!

— Vous confrère c'est le Nord! votre idée fixe : Danemark... " partisans " aussi au Danemark!... vous savez? féroces!... enfin, votre idée!... moi je ne peux rien faire pour vous, Göring oui! lui a le tampon!... tampon comme ça!... »

Il me montre... largeur de sa paume... énorme tampon...

« Il peut Göring, général Göring!... et même plus!... vous verrez!... *boum!* comme ça! »

Il imite le général en train de tamponner...

« Administration! *baoum!...* médecin général Göring!... oh, mais très ami!... vous verrez!... pas bavard comme moi!... non!... très sage aliéniste! pondéré! raisonnable!... Kracht! »

Kracht accourt...

« Ça va?... *es geht?*

— Oui!... oui!... ils travaillent... je crois tout sera prêt...

— Nous, notre blessé, Confrère!... »

Je crois qu'il doit dormir...

« Il a eu ses quatre ampoules...

— Les deux dames aussi?

— Marie-Thérèse? Tulff-Tcheppe?...

— Je suis sûr elles dorment mais pas assez... »

En effet, vu le bruit, il faut convenir... nous sommes habitués mais quand même!... parquet... vitres... tout!... les explosions retombent vous diriez s'éparpillent... de là-haut à la plaine... cascades!... loin... Harras a raison, le *Revizor* est mal endormi, il somnole, c'est tout... il ne peut rien comprendre, il ne parle pas français... mais les dames?... je veux on ne se dit pas grand-chose, mais tout de même... je propose...

« Je leur fais encore 2 cc?... elles vont vomir!

— Aucune importance!

— Elles dormiront encore demain...

— Tant mieux... Marie-Thérèse reste là!... elle est chez elle, elle sera tranquille, pas d'histoires!... l'autre on la portera! »

Alors, morphine!... j'injecte... le *Revizor* d'abord... et puis les deux dames... la même seringue, les trois... et la même aiguille... Harras remarque...

« Les morphinomanes ne font jamais bouillir leurs seringues... et pourtant ne font presque jamais d'abcès... »

Nous sommes bien d'accord! je lui raconte que moi-même médecin du « Chella » j'ai dû faire une nuit plus de deux cents piqûres... la même façon!... aucun abcès!... il s'agissait d'un naufrage! horreur pour horreur il me raconte que prisonnier à Krasnodar il avait dû amputer, à vif, absolument sans chloroforme, toute une salle de prisonniers russes...

« Harras!... comme Ambroise Paré!

— Oh, les Russes, remarquables, confrère!... les bêtes se plaignent, eux presque jamais!... et encore en plus, vous savez ce qu'ils me demandaient? puisque j'y étais?... que je leur arrache une dent!... deux dents!... en plus de leur jambe... très rares les dentistes chez eux... »

Le Vigan nous écoutait, mais nos histoires ne l'amusaient pas...

« Le Vigan, aide-moi! »

Je voyais ces dames ne dormaient pas... foutue morphine!

« Camelote, Harras! »

J'arme ma seringue...

Au premier divan! la comtesse Tulff-Tcheppe... à cette époque, à Zornhof, je travaillais encore très finement, on ne sentait pas mon aiguille, maintenant je tremblote tout...

« Au *Revizor!* »

Il nous voit revenir... il est ravi...

« *Merkwürdig!*... merveilleux! »

Harras me prévient...

« Vous savez confrère, nous, nous ne pourrons pas dormir!... nous pas de thébaïne!.. nous, caféine!... nous là!... attendre!

— Mais je n'avais pas envie de dormir, cher Harras! pas du tout!... du tout!

— Et Mme Destouches?

— Oh, non plus! non plus!

— M. Le Vigan peut-être?...

— Hum! Hum! »

Le Vigan se demande, Harras lève le doigt... une idée!... pardi!...

« Monsieur Le Vigan, café-crème! encore mieux, n'est-ce pas?... j'oubliais! j'ai tout!... j'ai de tout!...

— Mais certainement!... café-crème?... où?...

— Dans la voiture! que je suis sot!... vous allez voir!... l'administration! Kracht! Kracht!

vous savez?... le coffre en zinc!... amenez-le ici... voulez-vous? »

Nous attendons... il amène ce coffre... en fait de coffre je fais la remarque, c'est une « cantine »... bel et bien!... il l'ouvre... pleine de « thermos »!...

« Buvez!... buvez!... café-crème! à votre bonne santé! »

Je goûte... ça va, c'est du vrai!... on ne dormira plus!... sept... huit « thermos » et bien chauds!...

Le Vigan goûte... ah, pas de l'ersatz!... du moka-crème! positif!

« Vous n'avez pas ça dans l'armoire! *ooah!* »

Fine plaisanterie!

Le Vigan se met à chanter... oui!... et assez fort...

« Harras nous ne dormirons plus!

— Attention!... que notre général arrive! »

Le Vigan?... le général?... là! là! il en a vu d'autres!... qu'il arrive!

« *Y avait dix filles dans un pré!*
Toutes les dix à marier!
Y avait Dine!... y avait Chine!

— Chutt! chutt!... La Vigue!

— Vous voyez!... si ça roupille!

Et la duchesse de Montbazon!

— Tais-toi!... tais-toi! »

Il se vexe...

« Alors je vais tout lui raconter!
— Tu veux aller en prison? casserole!
— Certainement, je veux!
— Tu veux qu'on te fusille!
— Eh, pourquoi pas?... dis-moi pourquoi pas? »
Je fais signe à Harras... sa tête!... oui!... oui!... aucune importance!... il sait... qu'est-ce qu'il ne sait pas?...
Mais le chariot est-il attelé?
« Kracht!... Kracht! »
Encore Kracht...
« Oui!... tout est prêt!... Nikolas est prêt... et les deux S.A. d'escorte... nous nous devons attendre... ordre d'Harras!... Kracht va encore à l'isba et revient...
— Ne les faites pas encore sortir... ils ont mangé?... ils ont dormi? tous?
— *Ja! ja... ja!* »
Nous, nous attendons... une minute! deux minutes... et *rrrr!*... une moto... une autre... et tout un escadron de motos!... c'est quelqu'un! il m'avait prévenu... il me répète...
« Vous ne l'appelez pas par son nom!... surtout!... Confrère, voilà!... Confrère!... n'ayez pas l'air de savoir... Madame non plus!... Le Vigan non plus.. il est très aimable, très simple... »
Rrrrr!... encore d'autres motocyclettes... et puis une très grosse ferraille... une traînée de chaînes...
« Lui vient en tank!... *panzer!*... *panzer!*...

ANKUNFT GÖRING

général, n'est-ce pas?... général!... il sait très bien parler aux fous!... oui!... aimable!... vous verrez!... pas l'aliéniste intolérant! non! le maniaque, non! »

Il a encore le temps de me dire...

« Très compréhensif!... mais pas lui parler de son frère!

— Non!... non! non! »

Voici le général... il descend du tank... il doit connaître le domaine... et le manoir... il est habillé comme Harras... tout caméléon militaire... mais pas d'armes... au moins apparentes... il vient vers nous! *heil! heil!* et « garde-à-vous »... et puis poignées de main... devant Lili il s'incline... il ôte son casque... révérence!.. pas du tout fantasque comme l'Harras, non!... je dirais même très posé, pas le côté *ooah!* La Vigue coupe court...

« *Catherinette!... Catherina!*
Et la duchesse de Montbazon! »

Aucune surprise...

« Mais oui mon cher, mais certainement! »

Il savait...

« *Mes vœux! prières à Célimè...è...ne!*
Toutes mes grâces à la Du.. mai...ai...ne! »

Bravo! bravo! le général applaudit... La Vigue s'assoit... il voit quelqu'un qui le comprend... et tout de suite...

« Alors Harras parlons français ! »

Ce Göring-ci? à peu près dans la « quarantaine », pas poussah comme l'autre!... du tout!... ni parlant fort... la voix enrouée, basse, les cheveux tout blancs... un homme à ennuis... et quelles rides!... cent ans!... les yeux très clairs, bleus... après tout, nous aussi avons des ennuis... La Vigue boude... il prend une autre chaise... non!... un tabouret!... je vais lui parler à l'oreille...

« Tu sais La Vigue, tu peux y aller... tu peux hurler que t'as tué le *Landrat!*... vas-y!... essaye!

— Il s'en fout tu crois?

— Oh, et comment!

— Non! j'en parlerai pas!

Il emporte son tabouret il va dans l'autre coin... il s'assoit... il est vexé... il louche... il ne louche plus... le médecin général va parler... à moi!.. il va m'expliquer... je pensais à autre chose..

« Voici n'est-ce pas, cher Collègue!... »

Il parle très doucement, il a peur de n'être pas compris... je vois, il a la main fine, très fine... mais les ongles sales... le voyage en tank...

« Voici n'est-ce pas... la Chancellerie a dû s'occuper de Zornhof... ils m'ont envoyé pour que tout s'arrange... très vite!... vous savez n'est-ce pas?... les difficultés à l'Est... et à l'Ouest aussi, récemment... sérieuses... nous devons lever de nouvelles troupes... les levées!... vous savez : les levées!... comme Napoléon!... encore beaucoup d'autres ennuis!...

— Oh certainement mon général!

— Non! non!... pour vous, pas général!... votre humble confrère... c'est tout!... et psychiatre!... alors?... fous entre les fous!... vous savez! »

Il va sourire... non... il esquisse seulement...

« Si!... si!... très visible! ils m'ont recouvert de broderies... qu'il ne me manque rien!... n'est-ce pas Harras?

— *Oooah!* vous vous accablez!

— Pas tellement!... pas tellement Harras! »

Il m'explique...

« Zornhof est trop près de Berlin, scandale! pour toutes ces histoires!... n'est-ce pas?... vous me comprenez? cent kilomètres! à côté!... loin, trois cents kilomètres mettons, c'était infime!... le parti ne s'en occupait pas!... mais là, impossible! le scandale c'est la chambre n'est-ce pas à côté!... on entend tout!... n'est-ce pas confrère?

— Tout à fait de votre avis!

— Je dois arranger tout! très vite!... qu'on n'en parle plus!

— Certainement! certainement confrère!

— Les ordres ont été donnés!... de Berlin les ordres!... nous n'est-ce pas ici, les détails!... alors Harras? »

Harras n'arrête pas d'aller revenir... le général lui demande...

« Tout est prêt?

— Parfaitement!

— Faites-les sortir, mais attention!. ils vont se débattre!...

— Non!... non!... ils dorment!

— Ceux de l'isba?

— Oui... »

Les deux femmes là, sur leurs divans, Tulff-Tcheppe et Marie-Thérèse n'ont pas à bouger... elles n'ont pas vomi... le *Revizor* non plus, il se plaint un peu, mais en dormant...

Kracht me souffle, le mieux, Tulff-Tcheppe, de la porter comme elle est, dans des couvertures, emmitouflée, jusqu'au chariot... je veux bien... on s'y mettra six... huit... on l'étendra... bien couverte elle se réveillera pas... qu'elle arrivera comme ça telle quelle là-bas dans son château, dormante! que c'est rigolo!... je suis bien fatigué, mais tout de même je remarque que notre éminent confrère ne nous a pas parlé des deux morts... trois!... j'oubliais le Landrat! mais non! mais non! on oublie rien! la hâte, c'est tout! Kracht a les trois « constats » là dans sa poche... Harras les lui demande... « vite Kracht! vite! » Göring doit les « certifier »... on les lui présente... il lit...

« Harras, les heures?... ils m'en ont parlé à Berlin... le fils Leiden mort à " vingt-deux heures "? le cul-de-jatte? stupide! Isis alors héritière?... non! incorrect! impossible!... Marie-Thérèse héritière!... il faut!... elle reste là! le *Rittmeister* est mort premier!... Isis s'en va loin!... le *Rittmeister* " vingt heures " mettons!... n'est-ce pas?... il faut! »

Oh, nous sommes d'accord!... je vois surtout qu'il faut faire vite!... Harras remarque...

« Les heures sont du juge d'instruction n'est-ce pas?... son enquête?

— Le niais!... le niais!... qu'en savait-il?... il n'était pas là...! témoins?... aucun!... vous étiez tous au *Tanzhalle!* le fait, n'est-ce pas? le *Rittmeister* est mort premier!... il faut!... vous savez Harras, le temps!... le moment! »

Des agonies bien emmêlées!... mais la Chancellerie de Berlin qui avait tant de soucis d'ailleurs trouvait tout de même le moyen s'occuper de pareils chichis! et douteux « constats »!... et de faire venir un général tout exprès...

L'illustre confrère hésite... il peut faire ce qu'il veut, certainement!... Harras me l'a dit. annuler les heures...

« Non!... je préfère!... vous êtes bien d'avis?... ce sera mieux!... »

Il biffe les heures au crayon vert... chaque heure des décès... et il écrit au crayon rouge de sa propre main, par-dessus... *unbestimmt!.* incertain!

« Cela leur fera des procès, de quoi s'occuper!... elles s'amuseront!... après la guerre! dix ans!... n'est-ce pas Harras? voulez-vous signer, cher ami? »

Harras signe...

« Vous aussi voulez-vous confrère? »

Mon tour...

« Et puis Kracht! »

Il signe...

« Maintenant un peu, mes pleins pouvoirs! »

Il sort un gros tampon de sa poche... d'incroyable grosseur!... il a du mal. . une paume de main...

« Voilà confrère!... regardez! jamais vous ne pourrez lire tout!

— Je vais essayer! »

Vraiment important, en effet!

Tout le monde rit! notre Göring s'en amuse!... je déchiffre...

« Quelqu'un, n'est-ce pas? »

Je lis tout haut...

« *Der Reichsbevollmächtigter!* »

Et je traduis... j'écourte :

« Le plénipotentiaire du Reich! »

J'admire... il m'interrompt... il se frappe la poitrine...

« C'est moi!... c'est moi!... paranoïaque n'est-ce pas?... évident? n'est-ce pas?

— Oh, mon général!

— Si! si!... n'ayez pas peur! mais je vais leur rendre!... je ne l'ai que pour ici! pour mission... pour cette affaire! là-bas les pouvoirs! tous les pouvoirs!... là-bas, il faut! il faut!... n'est-ce pas? la Chancellerie : tous paranoïaques!... c'est la guerre!... il faut!

« A présent confrère, je tamponne! »

De l'autre poche!... avec encore bien du mal... la boîte!... la boîte à encre... et *ptaff! ptaff!*... deux fois sous chaque signature!...

Harras me parle...

« Dites confrère!... pour votre voyage à Rostock? c'est le moment! »

Certes, j'y pensais, mais je n'osais pas... lui ose! même il explique... « nous voulons aller à la mer!... voir la plage... Warnemünde... Lili et moi... trois jours!... vacances!... quatre jours!. touristes!... »

La Vigue reste ici... lui ira plus tard...

« Mais certainement!... bien volontiers!... pourquoi aurais-je les pleins pouvoirs? voyons!... voyons!... »

Il prend une grande feuille... blanche... il la tamponne à trois endroits... et il signe...

« Vous, vous la remplirez Harras! »

On ne peut pas être plus gracieux...

« Maintenant mes amis, au départ! »

Toujours la hâte!... c'est vrai, c'est le moment!... il fait jour, enfin presque... nous sortons tous... il ne reste plus au salon que Marie-Thérèse et le *Revizor*... imbibés! alcool et morphine!... sûrement ils n'ont rien entendu.. abrutis... ils ont tout de même vomi un peu... nous ne porterons pas la comtesse... Kracht me fait signe : les *bibel* sont là, six!... ils l'emporteront sur son divan... telle quelle!... alors à l'isba!... enfin au chariot!... il est chaud le chariot, bourré de paille... attelé... à huit vaches... pas des bêtes grasses, mais pas très maigres... le chariot est chargé, ils y ont mis de tout... je vois... balles de foin, sacs de pain, sacs de riz, caisses de conserves, boîtes, bouteilles... elles auront de quoi jusqu'à Stettin... puisque Stettin...

« Ils ne seront pas mal... »

Göring regarde...

« Par où ? »

Je demande à Harras...

« Je vous ai dit, Stettin d'abord !... la *Kommandantur* est prévenue... là, on leur donnera un traîneau... pas loin Stettin !... trois jours... quatre jours... très doucement... on leur donnera une autre escorte, d'autres S.A... et puis Est et Nord... Dantzig... Königsberg... vers Memel... là la comtesse sera chez elle !... toutes ses forêts... sa fille avec et la petite Cillie... la *Kommandantur* de Stettin leur prendra leurs vaches... leur donnera des chevaux... des petits chevaux tartares... exprès pour les neiges... tout cela n'est-ce pas dépend du froid ! »

Je pense bien !... nous sommes fin octobre... le principal qu'elles partent tout de suite !... le Général et Harras vont voir... ils n'ont pas le temps... les voici !... ils étaient prêts... d'abord les Kretzer en larmes... ils n'ont pas dû dormir beaucoup... ils se donnent le bras... elle tient ses deux tuniques contre elle... ils titubent vers le chariot...

« Ils sont ronds, dis ?

— Non ! non ! c'est le chagrin !... »

Je sens La Vigue tout prêt à les provoquer... je le calme...

« Bien !... bien ! »

Du coup il chante... plutôt il fredonne... les Kretzer s'assoient sur les sacs... elle sanglote toujours... les *bibel* amènent la comtesse, sur son divan, emmitouflée dans les couvertures, ils la déposent là telle quelle sur le fourrage... très doucement...

« Vous savez confrère, j'ai des souvenirs de jeunesse!... l'embarquement pour Cythère!... »

Cet embarquement le rend pensif... il regarde... je veux dire notre médecin général...

« Vous savez confrère j'ai dansé souvent par ici!... le vieux comte von Leiden, pas le *Rittmeister,* son père, Hugo, donnait de très grands bals... j'étais alors lieutenant-médecin à Moorsburg, aux Grenadiers-Gardes... j'ai dansé souvent avec la petite Tulff-Tcheppe... Dieu, comme nous sommes devenus pas beaux!... moi mon tampon, elle ses forêts!... son monument! vous savez aussi grand que triste! son château!... vous verrez! Bastille teutonique! deux guerres!... presque trois!... à rire!... à rire! »

La première fois que je le vois rire... pas un *ooah!* comme Harras... mais rire tout de même...

« Oh, ce château mes amis! de quoi loger tout Königsberg!... et tous les ours, et leurs familles!... et les Russes!... le comte s'y ennuyait déjà, il chassait toute la journée... elle maintenant seule?... je comprends qu'elle emmène tout ce qu'elle trouve!... elle vous a parlé de Paris?

— Cher confrère, elle ne pense qu'à Paris!

— Ce n'est pas nouveau... déjà sa hantise, gamine... et parler français... Isis von Leiden aussi, mais moins... »

Tout ce qu'il nous dit me fait penser qu'il a

bien plus de quarante ans... à première vue il fait jeune...

« Vous savez la ville Königsberg?... bien l'endroit des obsessions!... Kant, tenez!... demain, vous!... demain moi, si nous y allons!... nous n'irons pas!... ni à Cythère! »

Nous rions tous!... nous n'irons pas! mais où irons-nous?

« Cette Marie-Thérèse tenez! celle qui reste, je l'ai connue toute petite... l'héritière!... pas encore à l'âge des bals... elle venait regarder... »

Kracht juste sort de l'isba... pas que lui, Isis tout en noir, un mouchoir noir noué sous le menton... et devant les yeux une voilette noire... la petite Cillie lui tient la main... Kracht les fait monter en voiture... Isis d'abord... le couple Kretzer est presque au milieu du chariot, juste sur l'essieu... la comtesse Tulff ne s'en fait pas comme on l'a mise sur son divan, en plein les raves, le foin, les luzernes, elle ronfle...

« Où est Léonard? »

Harras demande... il l'avait pas vu... il était là... mais pas du tout comme à l'étable... trempé d'urine couvert de bouse!... non!... absolument propre, lavé... peigné même... je comprends qu'on ne l'ait pas vu tout de suite!... méconnaissable!... en pleine fonction de propriétaire...

« Tout est en ordre, monsieur l'*Oberarzt!* tout ce qu'il faut!... les vaches ferrées... et du fourrage pour au moins cinq jours... »

Il sait ce qu'il dit...

« Bien! bien Léonard... »

Que j'en prenne de la graine...

« Vous voyez n'est-ce pas collègue tout va!... ils iront!... ne pas les laisser s'agiter libres!... jamais!... tout de suite, responsables!... un commandement! précis! tampon!... et hop! une promotion! »

Indiscutable! je vois!...

« A la Chancellerie ils comprennent... un peu! pas tous idiots, mais bien trop lents!... la vie continue!... alors?... la greffe immédiate... ou l'infection!... la pourriture!... voyez ici, Isis von Leiden est une criminelle, absolument! évidemment!... mais son mari, l'infirme, cul-de-jatte, ne pensait aussi qu'à la tuer!... alors?... alors?... le grand Nikolas aussi!... le tout qu'ils s'en aillent ensemble!... vous n'êtes pas d'avis?

— Oh si!... oh parfaitement!

— Les psychoses s'enveniment dans un lieu, s'évaporent ailleurs, en route... tel est parti assassin s'arrête au pont, pêche à la ligne... pense désormais très calmement!... autrement!... n'est-ce pas Harras? cent affaires semblables! en France... en Pologne... en Allemagne... mais là si près! cent kilomètres!... je vous ai dit : impossible! »

L'illustre confrère ne regrette pas...

« Je n'aurais pas eu le plaisir de vous rencontrer!... et Madame! le grand honneur! le principal que tout s'en aille! mouvement! Moorsburg! ils ne seront pas mal à Stettin... et plus loin encore!... ils sont attendus... »

Moi je veux bien... attendus?... attendus?...

La Kretzer et ses deux tuniques bien serrées contre elle... elle a pas fini de les montrer d'ici Königsberg!

Le moment du départ sans doute?...

Les deux S.A. se placent chacun d'un côté... à l'arrière... ils iront à pied... Nicolas tout en avant, il conduit le premier couple de vaches... un signe de Kracht et ça démarre... très lentement... nous saluons... nous faisons des « au revoir »... personne ne répond... ni Isis, ni les Kretzer, ni Nicolas... ils ne nous regardent même pas... enfin le chariot a démarré... il n'a pas de ressorts... Harras note « le tank non plus! »... il me renseigne...

« Je laisserai ma voiture ici, la " blindée "... pour vous et Kracht!... et quatre S.A... pour l'ordre! la gendarmerie! vous n'avez plus de garde champêtre!... *oooah!* ni de pasteur!... la morale, alors?... et l'ordre, confrère? rien du tout? non?... ça ne bougera plus!

— Parfaitement!

— Mille regrets, Madame... vraiment du chagrin... mais je dois repartir n'est-ce pas?.. tout de suite!

— A pied?

— Non!... non!... en tank!... avec le confrère général! et toutes ces motos!... devant!... derrière!...

— Les routes sont minées?

— Oh, bien sûr!... bien sûr! par les Allemands! par les Russes!... par les prisonniers!... on ne sait plus par qui! *oooah!*

— Alors?

— *Ave Cesar! broum!* ces dames en chariot courent moins de risques! après Stettin là, peut-être?... après Stettin, elles auront!... nous? tout de suite?... tank! ferraille!... *oooah! broum!* »

Je vois que ça l'amuse...

Le général est plus sérieux, il va... il parle aux S.A. du chariot... il sort une carte... il leur pointe, un village... un nom... leur route... il leur indique... là! là!.. bien!... vers l'Est ça ne bombarde pas trop... mais vers le Sud? juste vers où vont partir nos deux éminents camarades... quelle pyrotechnie!... ciel! nuages!... terre!... et les routes aussi sans doute? ils vont être servis!... les mouettes sont bien habituées... elles planent, voltent... frôlent les attelages... la neige tombe, mais pas bien épaisse... nous ne sommes pas en pays de neige... la neige c'est après Rostock...

Maintenant c'est l'adieu officiel!... on y va tous!... et en levant le bras!... Léonard, Joseph... les demoiselles de la *Dienstelle... heil! heil!...* le général, Harras, Kracht... et nous trois La Vigue et Lili... *heil! heil!* Nicolas nous répond... *heil!...* pas les autres... ah si!... Cillie!... *heil! heil!* elle lève ses petits bras vers nous... *heil! heil!* elle est contente, elle s'amuse bien.. en voyage!... voyage!...

Ils ne prennent pas la route, la chaussée... non.. une autre... je dirais plutôt une piste, bien boueuse... entre les cultures... Göring a dû leur indiquer... ils s'éloignent... ils ont pas besoin d'aller vite... une éclaircie!... et même du soleil!... pas à croire mais oui! la petite Cillie était pas gaie, je l'ai jamais vue gaie à la ferme, là y a de la joie!... voyage! elle nous fait encore des *heil!* toute seule! personne nous a répondu qu'elle... la Tulff-Tcheppe en écrase bien, elle se réveillera après Stettin!... divan, Madame! oh, mais Göring a une idée!... subite!...

« Kracht! Kracht! tapioca!

— *Wo? wo?* où?

— Au tank! »

Voilà ce qu'il fallait!... *halt!... halt!* que le chariot s'arrête! nous hurlons aussi!... qu'ils attendent!... Kracht court... et trois *bibel*... les voilà! voilà! ils ont trouvé!... ils reviennent avec!

« Au chariot, vite!... *für die kleine!* pour la petite! »

Un *bibel* enlève ses sabots et se jette nu-pieds dans la gadoue... il patauge... il a du mal... c'est un dévoué, c'est un athlète... il va les rejoindre, ils sont déjà loin... il y est!... il passe les paquets à Isis pas un merci!... et tout repart... vaches, le chariot, Nicolas, les S.A. d'escorte... Harras remarque...

« Vous voyez mon cher Destouches, la retraite de Russie à l'envers... retour! retour! *oooah!* »

Göring l'interrompt...

« Oh, pardon! pardon Harras. pardonnez-moi! ils n'ont jamais pris par cette route! jamais!

— Ah je croyais!

— Mais non! mais non! cher Harras! ne

croyez pas!... très peu sont revenus par Stettin!... une poignée!

— Pourtant!...

— Oh non Harras! je vous arrête!... je sais!... »

Le médecin général était sûr...

« Laissez-moi un peu m'asseoir... »

Et il s'assoit, là dans la neige...

« Une minute! une minute Harras! »

La première fois qu'il s'animait...

La méchante affaire du *Landrat*... la fin du *Rittmeister,* je l'avais pas vu s'intéresser, il avait fait de son mieux, c'est tout!... mais là question la retraite de Russie, il prenait pas à la légère!...

« Il me semblait, Göring...

— Qu'il ne vous semble plus! attendez Harras!... »

Assis dans la neige, il va retrouver...

« Pas du tout Stettin, Harras! »

La tête dans les mains...

« Insterburg... oui! et puis Elbing! et Gumbinnen... Thorn!... là ils sont passés!... et puis Plock!... Landsberg!... voilà leurs étapes!... Neuenkirschen!... presque pas Stettin!... Neuenkirschen!... beaucoup de malades... Neuenkirschen! il y avait encore des souvenirs!... vous savez, à l'hôpital! j'ai servi là, aide-major... des noms dans le bois, dans les poutres, des noms... taillés, n'est-ce pas?... »

DU MÊME AUTEUR

Aux Éditions Gallimard

VOYAGE AU BOUT DE LA NUIT, *roman* (Folio n° 28 et Folio Plus n° 17).

L'ÉGLISE, *théâtre*.

MORT À CRÉDIT, *roman* (Folio n° 1692).

GUIGNOL'S BAND, *roman*.

LE PONT DE LONDRES (GUIGNOL'S BAND, II), *roman*.

GUIGNOL'S BAND I — GUIGNOL'S BAND II (Folio n° 2112).

CASSE-PIPE *suivi de* CARNET DU CUIRASSIER DESTOUCHES, *roman* (Folio n° 666).

SEMMELWEIS (L'Imaginaire n° 406)

FÉERIE POUR UNE AUTRE FOIS, I, *roman*.

NORMANCE (FÉERIE POUR UNE AUTRE FOIS, II), *roman*.

FÉERIE POUR UNE AUTRE FOIS, I et II (Folio n° 2737).

ENTRETIENS AVEC LE PROFESSEUR Y (Folio n° 2786).

D'UN CHÂTEAU L'AUTRE, *roman* (Folio n° 776).

BALLETS SANS MUSIQUE, SANS PERSONNE, SANS RIEN.

NORD, *roman* (Folio n° 851).

RIGODON, *roman* (Folio n° 481).

MAUDITS SOUPIRS POUR UNE AUTRE FOIS, *version primitive de* FÉERIE POUR UNE AUTRE FOIS.

LETTRES À LA NRF (1931-1961).

LETTRES DE PRISON À LUCETTE DESTOUCHES ET À MAÎTRE MIKKELSEN (1945-1947).

Bibliothèque de la Pléiade

ROMANS. *Nouvelle édition présentée, établie et annotée par Henri Godard.*

I. VOYAGE AU BOUT DE LA NUIT — MORT À CRÉDIT.

II. D'UN CHÂTEAU L'AUTRE — NORD — RIGODON — APPENDICES : LOUIS-FERDINAND CÉLINE VOUS PARLE — ENTRETIEN AVEC ALBERT ZBINDEN.

III. CASSE-PIPE-GUIGNOL'S BAND, I — GUIGNOL'S BAND, II.

IV. FÉERIE POUR UNE AUTRE FOIS, I — FÉERIE POUR UNE AUTRE FOIS, II [NORMANCE] — ENTRETIENS AVEC LE PROFESSEUR Y.

Cahiers Céline

I. CÉLINE ET L'ACTUALITÉ LITTÉRAIRE, I, 1932-1957. *Repris dans* «Les Cahiers de la NRF».

II. CÉLINE ET L'ACTUALITÉ LITTÉRAIRE, II, 1957-1961. *Repris dans* «Les Cahiers de la NRF».

III. SEMMELWEIS ET AUTRES RÉCITS MÉDICAUX *Repris dans* «Les Cahiers de la N.R.F.».

IV. LETTRES ET PREMIERS ÉCRITS D'AFRIQUE (1916-1917).

V. LETTRES À DES AMIES. *Repris dans* «Les Cahiers de la NRF».

VI. LETTRES À ALBERT PARAZ (1947-1957) *Repris dans* «Les Cahiers de la NRF».

VII. CÉLINE ET L'ACTUALITÉ (1933-1961).

VIII. PROGRÈS *suivi de* ŒUVRES POUR LA SCÈNE ET L'ÉCRAN.

Aux Éditions Futuropolis

VOYAGE AU BOUT DE LA NUIT. *Illustrations de Tardi.*

CASSE-PIPE. *Illustrations de Tardi.*

MORT À CRÉDIT. *Illustrations de Tardi.*

COLLECTION FOLIO

Dernières parutions

3769. Jean Rouaud	*La désincarnation.*
3770. Anne Wiazemsky	*Aux quatre coins du monde.*
3771. Lajos Zilahy	*Le siècle écarlate. Les Dukay (tome III).*
3772. Patrick McGrath	*Spider.*
3773. Henry James	*Le Banc de la désolation.*
3774. Katherine Mansfield	*La Garden-Party* et autres nouvelles.
3775. Denis Diderot	*Supplément au Voyage de Bougainville.*
3776. Pierre Hebey	*Les passions modérées.*
3777. Ian McEwan	*L'Innocent.*
3778. Thomas Sanchez	*Le Jour des Abeilles.*
3779. Federico Zeri	*J'avoue m'être trompé. Fragments d'une autobiographie.*
3780. François Nourissier	*Bratislava.*
3781. François Nourissier	*Roman volé.*
3782. Simone de Saint-Exupéry	*Cinq enfants dans un parc.*
3783. Richard Wright	*Une faim d'égalité.*
3784. Philippe Claudel	*J'abandonne.*
3785. Collectif	*«Leurs yeux se rencontrèrent...». Les plus belles premières rencontres de la littérature.*
3786. Serge Brussolo	*«Trajets et itinéraires de l'oubli».*
3787. James M. Cain	*Faux en écritures.*
3788. Albert Camus	*Jonas ou l'artiste au travail* suivi de *La pierre qui pousse.*
3789. Witold Gombrovicz	*Le festin chez la comtesse Fritouille* et autres nouvelles.
3790. Ernest Hemingway	*L'étrange contrée.*
3791. E. T. A Hoffmann	*Le Vase d'or.*
3792. J. M. G. Le Clézio	*Peuple du ciel* suivi de *Les bergers.*
3793. Michel de Montaigne	*De la vanité.*
3794 Luigi Pirandello	*Première nuit et autres nouvelles.*
3795. Laure Adler	*À ce soir.*
3796. Martin Amis	*Réussir.*
3797. Martin Amis	*Poupées crevées.*
3798. Pierre Autin-Grenier	*Je ne suis pas un héros*

3799. Marie Darrieussecq — *Bref séjour chez les vivants.*
3800. Benoît Duteurtre — *Tout doit disparaître.*
3801. Carl Friedman — *Mon père couleur de nuit.*
3802. Witold Gombrowicz — *Souvenirs de Pologne.*
3803. Michel Mohrt — *Les Nomades.*
3804. Louis Nucéra — *Les Contes du Lapin Agile.*
3805. Shan Sa — *La joueuse de go.*
3806. Philippe Sollers — *Éloge de l'infini.*
3807. Paule Constant — *Un monde à l'usage des Demoiselles.*
3808. Honoré de Balzac — *Un début dans la vie.*
3809. Christian Bobin — *Ressusciter.*
3810. Christian Bobin — *La lumière du monde.*
3811. Pierre Bordage — *L'Évangile du Serpent.*
3812. Raphaël Confiant — *Brin d'amour.*
3813. Guy Goffette — *Un été autour du cou.*
3814. Mary Gordon — *La petite mort.*
3815. Angela Huth — *Folle passion.*
3816. Régis Jauffret — *Promenade.*
3817. Jean d'Ormesson — *Voyez comme on danse.*
3818. Marina Picasso — *Grand-père.*
3819. Alix de Saint-André — *Papa est au Panthéon.*
3820. Urs Widmer — *L'homme que ma mère a aimé.*
3821. George Eliot — *Le Moulin sur la Floss.*
3822. Jérôme Garcin — *Perspectives cavalières.*
3823. Frédéric Beigbeder — *Dernier inventaire avant liquidation.*
3824. Hector Bianciotti — *Une passion en toutes Lettres.*
3825. Maxim Biller — *24 heures dans la vie de Mordechaï Wind.*
3826. Philippe Delerm — *La cinquième saison.*
3827. Hervé Guibert — *Le mausolée des amants.*
3828. Jhumpa Lahiri — *L'interprète des maladies.*
3829. Albert Memmi — *Portrait d'un Juif.*
3830. Arto Paasilinna — *La douce empoisonneuse.*
3831. Pierre Pelot — *Ceux qui parlent au bord de la pierre (Sous le vent du monde, V).*
3832. W.G Sebald — *Les Émigrants.*
3833. W.G Sebald — *Les Anneaux de Saturne.*
3834. Junichirô Tanizaki — *La clef.*

Impression Bussière Camedan Imprimeries
à Saint-Amand (Cher),
le 20 mai 2003.
Dépôt légal : mai 2003.
1er dépôt légal dans la collection : novembre 1976.
Numéro d'imprimeur : 032585/1.
ISBN 2-07-036851-3./Imprimé en France.